KB065506

달과 소년병

책임 편집 이광호

1988년『중앙일보』신춘문예 문학평론 부문에 당선되어 문학 활동을 시작했다. 문학평론과 에세이를 쓰며, 책 만드는 일을 한다.『시선의 문학사』『익명의 사랑』『이토록 사소한 정치성』등 다수의 비평집을 썼다. 그 외 산문집『사랑의 미래』『지나치게 산문적인 거리』『너는 우연한 고양이』가 있다. 소천비평문학상, 현대문학상, 팔봉비평문학상, 대산문학상, 김달진문학상 등을 수상했다.

문지작가선 1 | 중단편선
달과 소년병

펴낸날 2019년 7월 23일
지은이 최인훈
책임 편집 이광호
펴낸이 이광호
주간 이근혜
편집 이민희 조은혜 박선우 김필균
펴낸곳 ㈜**문학과지성사**
등록번호 제1993-000098호
주소 04034 서울 마포구 잔다리로7길 18 (서교동 377-20)
전화 02)338-7224
팩스 02)323-4180(편집) 02)338-7221(영업)
전자우편 moonji@moonji.com
홈페이지 www.moonji.com

ⓒ 최인훈, 2019. Printed in Seoul, Korea

ISBN 978-89-320-3556-7 03810

이 도서의 국립중앙도서관 출판예정도서목록(CIP)은 서지정보유통지원시스템 홈페이지
(http://seoji.nl.go.kr)와 국가자료공동목록시스템(http://www.nl.go.kr/kolisnet)에서
이용하실 수 있습니다. (CIP제어번호: CIP2019027255)

문지작가선1

달과 소년병

최인훈 중단편선

문학과지성사

차례

그레이 구락부 전말기

함빡 어둠이 깃든 휑한 고갯길은, 늦은 봄날의 밤답지 않게, 허전하면서 썰렁한 데가 있다. 어디선가 컹컹 개 짖는 소리. 현은 걸어가면서 호주머니를 들추어 담배를 꺼내 물었다. 손끝으로 탁 튀긴 성냥개비가 연한 불꼬리를 이끌며 휘—어둠 속으로 사라져갔다. 현은 무어랄까 드높아진, 그런 술렁거림이, 속에서 오감을 느끼는 것이었다. 알지 못하는 것에 보내는 바람. 어느 무엇에 칵 실린다든가 넋 없이 빠져본다든가 그런 일을 가져본 지 오랜 현으로서는, 이것은 분명히 놀라운 일이 아닐 수 없다.

혼자 셈으로, 설렘의 철은 지난 줄로 알고 있었다. 눈에 벌겋게 핏발을 세우며 밤샘을 하여 책을 읽던 무렵. 참 숱해 읽기도 했거니 그는 생각한다. 그때는, 잠잘 때 말고는 활자를 눈알에 비치고 있지 않으면 금방 무슨 몸서리칠 재앙이 다가오기나 할 것처럼, 이야기에 있는, 무슨 그러기로 된 몸놀림을 멈추자마자 마귀에게 잡아먹힌다는 그런 식으로, 책을 한때라도 놓으면 금방 자기의 있음은 온데간데없어질 것 같은, 가위눌림 비스름한 것에 등을 밀려서 책에서 책으로 허덕이듯 옮겨갔던 것이다. 책에 음淫한 무렵. 그때는 되레 살 만한 때였다.

아무것에나 매달릴 수 있으면 괜찮은 편이라는 뜻에서. 그 다음에 온 것, 그리고 지금까지 이어지고 있는 마음밭의 모습이 말썽이었다. 현은 끝내 책을 버리고 말았다. 책을 아무리 봐도 책에서 얻고 싶었던 것은 얻어지지 않았다. 책이 쓸모없음을 안 것이 아마 책의 쓸모의 모두였다. 우스개 같지만 정말이었다. 그의 눈은 말하자면 뚫어보는 힘이 붙어서 맹랑한 일이 일어났다. 모든 일이 유리그릇이 되었다. 역사 · 철학 · 문학, 그런 것들이 그 알몸뚱이를 보고 나니 더는 끄는 힘이 없어졌다. 누리가 유리 실로 만든 실공이기나 하듯, 처음과 끝이 돌고 돌아 비끄러매진 마지막 매듭까지 보아버렸노라고 현은 생각했다. 한마디로 아무것도 모른다는 것, 그 모른다는 것을 똑똑히 알고 있다는 것, 두 겹으로 싸인 덫에 치어 발버둥 치는 꼴, 그것이 자기였다.

며칠 전 일이다. 그날 현은 늘 드나드는 찻집에서 하릴없는 때를 죽이고 앉았다가 뒤적뒤적하던 신문지 한 모서리에 문득 눈길을 멈췄다. 첫 장 아래쪽 정부 인사란이었다. 거기에는,

"김만술. 명 마르세유 주재 총영사."

외무부 인사 발령이 늘 그런대로 자그마한 칸 속에 박혀 있었다.

마르세유. 그 다른 고장의 이름을 속으로 불러본다. 그것은 결코 낯선 도시가 아니었다. 이 도시의 이름이 불러일으키는 푸짐한 떠올림의 부피로 보아, 어쩌면 현이 아직 살아본 적이 없는

숱한 한국의 도시보다 더 가까운 곳인지도 몰랐다.

　마르세유 주재 영사, 흠, 괜찮은 자리야. 대사보다도 영사가
나아. 요새 대사 공사래야 무어 옛날 모양으로 대사 그 사람의
인간적 매력이나 솜씨로 일을 꾸린다느니보다 본국의 훈령을
앵무새처럼 그쪽 외무부에 옮기는 것뿐이니까. 영사라면 오히
려 홀가분하고 알아서 움직여볼 수 있단 말이야. 마르세유 주재
한국 영사. 번잡지도 않고 초라하지도 않고…… 김만술이라 흠,
내가 이 친구 대신 영사가 된다면…… 웬걸 한 열 곱은 잘할 거
야. 먼저 요코하마 · 홍콩 · 캘커타로 인도양을 지나 지중해를
가로지른 다음. 비행기보다 그래도 뱃길이 재미있어. 지중해의
코발트색 물결. 그리스 · 로마의 옛 뱃사람과 무사들의 뼈다귀
가 그대로 묻혔을 바다 속의 노예선. 그 바다를 건너 마르세유
부두에 닿는다? 옳지, 여부가 있을까. 멀리 파리서 온 명사 귀부
인을 합쳐 마르세유의 알짜한 귀하신 분들이 서성거리면서 내
배가 닻을 내리는 것을 바라보고 섰을 테지. 코스모스의 한 무
더기 같은 양산 받친 여자들의 모습. 부두에서의 전통적인 짤막
한 환영 절차와 인터뷰. 그것이 끝나면 시장 내외와 함께 차를
타고 마르세유 상공회의소가 베푸는 환영 파티로 간다. 거기서
나는, 오로지 의젓한 미소를 지으며 그들의 말에 귀를 기울일
것이다. 그들은 내가 얼마나 훌륭한 사교가인지를 이윽고 알게
된다. 영사의 일이라야 프랑스라면 기껏 여행자의 여권에 도장
이나 찍는 것밖에 더 있을라구. 나머지는 인제 차츰 예술가 · 학
자 들의 패거리에 발을 들여놓거든. 스탕달, 발자크, 모파상, 졸

라, 카뮈에 이르기까지 푸짐한 문학사적 조예와 철학적 논평으로 그들의 존경을 차지하고 우정을 얻는단 말이야. 이윽고, 파리의 이렇다 할 예술가 지식인과 너나 하는 처지가 되고 보면, 나더러 어디 가서 강연을 해달라느니, 한 주일에 한 시간쯤이라도 좋으니 대학에서 비교철학 자리를 맡아달라느니 할 것이 아닌가. 아니 그것보다도, 소설가 친구들이 나더러 꼭 소설을 쓰라고 조를 거야. 어디 한국 사람이 재주가 모자라서 세계적이 못 되나. 못난 나라에 태어난 탓으로 늘 밑지는 거지. 현대인의 불안을 상징풍으로 다룬 아름다운 장편시를 써내지. 아, 단박 베스트셀러가 되고 영역·독역이 되는 통에 한국에 역수입되거든. 흥, 서양 문학이 무에 대단한 게 있어. 가락이 높고 은은한 우리네 마음을 나타내는 주인공을 그려내는 날이면, 모든 명작 소설이 무색하게 될 테거든. 온통 파리의 예술계가 뒤끓는 가운데 출판 축하회가 열리고…… 샴페인을 터뜨리는 소리. 여기저기 모여서 환담하는 웅성임. 신사들의 새까만 턱시도. 아낙네들의 눈부신 가슴, 그리고……

현의 행복한 공상은 줄줄 펼쳐져나가 어쩌면 드디어 프랑스 한림원 회원이 되는 데까지 이르렀을 텐데, 불시에 손끝에 찌르는 듯한 아픔을 느끼며 퍼뜩 제정신이 들었다. 담배가 꽁지까지 타들어와 손을 지진 까닭이다. 부옇게 자리가 팬 그 자리의 아픔은 잠시 후에는 쿡쿡 쑤시는 아픔으로 바뀌었다. 현은, 염치 불고하고 요란한 소리를 내어 의자를 박차며 찻집을 뛰쳐나왔다.

한 손으로 담뱃불에 덴 자리를 감싸쥐고, 어두운 거리를 실성한 사람처럼 무작정 걸었다. 육체의 아픔에 곁들여 폭폭 꽂혀오는 바늘 같은 비웃음의 아픔이 더 강했다. 에익 나란 놈. 만화…… 아쉬움 없이 딱 보기 싫도록 자기란 것이 싫어지는 느낌이었다. 강한 꾸지람이나 뉘우침을 다그치는 그런 잘된 자기혐오가 아니고, 시들해진 연인의 하품하는 입모습을 보고 불시에 느끼는 오입쟁이의 혐오 같은, 말하자면 그런, 이리도 저리도 못할 마음이었다. 재주도 없고, 게으르고 남을 사랑할 너그러움도 없고, 젠체하고, 그러면서 안달을 내고. 아아 퉤.

"각하, 무슨 못 드실 것을 드시었는지 침을 뱉으시는 모습이 매우 심상치 않으십니다. 매우."

화가인 K가, 그의 익살맞은 몸짓으로, 현의 어깨를 넌지시 두드리고 서 있는 것이었다.

"어, 잘 만났어."

"뭐 별로 잘 만난 것 같지도 않은데그래."

현은 쓴웃음을 지으며 어느새 나란히 걷는다.

"난 요새 자신이 없어졌어."

"자신? 자신이야 생각하기에 달렸지. 붙었다 떨어졌다 하는 게 자신 아닌가?"

"벽창호로군. 나는 왜 이리 무딘 친구만 가졌을까 응?"

"그렇지도 않을 거야."

K는 웃지도 않고 시무룩하게 말했다. 어느 선술집에서 마주 앉아, K는 현에게 이런 말을 했다.

"허긴, 날마다 거리에 나와서 돌아다니고 보면, 마음만 지치

고 울적하기만 해. 그래서, 널찍한 집을 혼자 지키고 있는 친구
애가 있는데, 그 집을 아지트로 하고 게서 모이고 소일하면서,
한동안 거리엔 발을 끊어보는 게 어떨까, 해서. 그 애하군 벌써
얘기가 되었고 회원을 찾고 있던 참야. 현이가 꼭 한몫 껴야겠
어. 그 친구란 작자가, 레코드 모으기가 취미라서, 큰 집은 몰라
도 시시한 찻집에서 음악 듣는 따위가 아닐 거야. 왜 예술의 유
파가 흔히 그런 은근한 모임의 형식으로 이루어진 예는 허다하
지 않아? 그래서 조금 쑥스럽게 들릴지 몰라도 비밀결사의 창당
비슷한 설렘이 없는 것도 아니야."

그러곤 그 결사의 뜻인즉 부엉이는 부엉이끼리 모여서, 그들
스스로 어떤 분위기를 만들어, 그 속에 틀어박힘으로써, 현실과
의 쓸데없는 부대낌을 비키는 데 있다고 늘어놓으면서 K는 손
으로 턱을 고이고 창밖을 내다보며 무슨 아리아를 휘파람으로
구성지게 불어대었다.

"비밀결사아? 오라, 어두운 등잔불 밑의 숨은 모임. 문간엔 피
스톨 든 망보기. 어두운 거리. 뒤따르는 밀정. 모퉁이. 쓰러지는
그림자. 브라보! 좋아. 비밀결사란 말이 영 멋있어. 우리의 비밀
결사를 위해 한잔!"

큰 소리를 지르는 통에 곁에 있던 사람들이 한결같이 고개를
돌려 그들을 보았다. 꽤 올랐다.

K는 헤어질 때 그 집 길 찾기를 그려주었다. 쉬워, K가 지도
를 그리면서 그렇게 말했듯이, 이 언저리의 생김새를 잘 아는
현에겐 그 집을 찾긴 쉬웠다.

지금 현이 담배를 피워 물고, 이 휑한 길을 따라 올라가는 것은 이런 사연으로였다. 성곽처럼 돌담이 높직한 적산 가옥 앞에 와서, 그는 우뚝 섰다. 오던 길을 돌아보니, 저 밑에 전차길이 보이고, 멀리 도심 지대의 불빛이 환히 바라보였다. 꽤 높은 언저리다. 성냥을 그어 문패를 읽어보고는, 구두를 탁탁 털면서, 기둥에 달린 벨을 지그시 눌렀다.

　8조짜리 방에, 모두 양식 세간이었다. 방 한가운데 굉장히 큰 둥근 탁자가 있고, 그 위에 부엉이가 한 마리 앉아 있다. 세 사람이 그 탁자를 둘러 그림처럼 앉아 있었다. 전기 사정이 나쁜 때도 아닌데, 웬일인지 전등을 켜지 않고 웬 놈의 촛대에 굵은 초가 한 대 꽂혔을 뿐. 방의 네 귀는 처음 들어선 사람에게는 컴컴한 굴속 같았다. 탁자에 앉은 부엉이의 눈이 번쩍 빛났다. 현은, 대뜸, 그 기묘한 광경에 말할 수 없는 설렘이 가슴에 번지어가는 것을 느꼈다.
　K도, 마치 처음 만나는 사람이나 한 것처럼, 시큰둥하게 말은 없이 손을 들어 자기 옆자리를 가리키는 것이다. 자리를 잡고 비로소 모르는 두 사람을 쳐다보았다. 부자연스러우리만치 초연한 태도를 지니고 앉았던 두 청년 중 한 사람이, 현의 눈길을 만나자 눈을 찡긋한다. 그러자, 그 당돌한 인사가 그러나 조금도 당돌해 보이지 않을 그러한 분위기에 지금 자기도 어느새 들어와 있는 것을 현은 느끼는 것이었다. K가 일어선다.
　"회원이 다 모였습니다. 발당 선언을 M씨에게 부탁합니다."

이러고선 털썩 자리에 앉는다. M이라 불린, 현의 바른편에 앉은 낯빛이 남다르게 창백한 청년이 넌지시 일어나더니 미리 마련한 글을 읽기 시작한다.

"움직임의 길이 막혔을 때, 움직이지 않음이 나옵니다. 예스라고 하기 싫을 때 노라 하지 않고 그저 입을 다무는 것도 또한 훌륭한 움직임입니다. '손쉬운 도피'란 말을 속물들은 멋대로 지껄입니다. 손쉬운 풀이가 아닙니까? 우리는 이 손쉬움에 대듭니다. 창조는 끝났습니다. 다만 기계적 되풀이만이 남았습니다. 신이 늘 꾀를 내고 사람은 덤으로 찍어낼 따름입니다. 천재가 피리 불면 무리는 장단을 넣습니다. 우리는 겉보기를 믿지 않습니다. 겉보기는 허울인 까닭입니다. 우리는 역사의 알몸을 보았습니다. 역사란 시간의 아지랑이입니다. 우리는 시간을 믿지 않습니다. 우리는 말짱한 빈손, 이것을 위하여 이 자리에 모였습니다. 우리는 움직임을 저주합니다. 나쁜 미움은 '움직임'에서 비롯합니다. 슬기 있는 이는 역사가 하루의 움직임을 뉘우치며 참회의 계단에 엎드리는 잿빛 노을을 이끕니다. 우리는 잿빛을 사랑하는 자로 나섭니다. 어찌하여 속물들은 '치기'를 그리도 두려워합니까? 우리는 분명한 마음으로 외칩니다. 우리는 움직임을 마다한다고. 잿빛의 저녁놀 속에서만 슬기의 새 '미네르바'의 부엉이는 눈을 뜹니다. 이는 우리의 상징입니다. 우리의 강령은 심령적인 것입니다. '동지 서로 사이에 내적인 유대 감정을 이어가고 순수의 나라에 산다는 느낌을 이어간다.' 이것이 바로 그것입니다. 어떤 사람들에겐 이 같은 젊음의 숫기가, 다만 나이

탓인 한때 돌림으로 그치지 아니하고, 평생 가는 바탕이었던 것을 우리는 압니다. 이 지키기를 어겼을 때, 회원 저마다 스스로 물러가야 하며, 만일 밖에 일을 새게 할 때, 그는 마땅히 정신적인 암살의 대상이 될 것입니다. 정신적인 암살이란 그에게 '속물'이란 딱지를 붙이고 절교를 선언하는 것입니다. 우리 당은 그레이 구락부라고 불릴 것입니다."

M이 자리에 앉자, K는 그제야 회원들을 서로 터주었다. C라는 젊은이는 M의 친구로 K도 처음 통성하는 것을 보고 현은 거듭 놀랐다. 현이 오기 전, 인사도 않고 앉아 있었을 그들을 그려 보고서였다. 현은 선언문이 낭독될 때, 처음엔 약간 그 품이 장난 같은 데 쓴웃음 비슷한 것을 느꼈다. 그러나 선언이 끝날 무렵에 가서는, 아주 다른 생각으로 바뀌어 있었다. 적어도 이것은 티 없는 매임이었다. 치기라면 으뜸 값진 치기였다. 현이 처음에 단수가 높은 체하고 쓴웃음 지으려던 몸짓은, 이들의 맑음 앞에 금방 허물어지고 말았다. 악마의 서슬도 어린 애기의 웃음 앞에는 맥을 못 쓰는 것이 아닐까? 그보다도, 현 자신 속에 있던 감상성에 대한 깔봄이, 알맞은 낌새 속에서 그 힘을 잃어버리고, 제 모습이 드러났다고 하는 것이 정말이겠다. 갈래갈래 찢긴 나. 나의 마음 놀림이나 행동을 지켜보고, 흉보고, 놀리는 또 다른 나로 말미암은, 스스로를 우스개 삼는다는, 참을 수 없이 비뚤어진 마음보가, 이 순간 삐그덕 소리를 내면서 바로잡히는 것을, 현은 분명 느끼는 것이었다.

'구원이다!' 현의 가슴에 그렇게 속삭이며 지나가는 소리가 있었다. 그는 새삼 회원들의 얼굴을 돌아보았다. 어느 얼굴이 랄 것 없이, 현은 거기서, 분명한 한패들을 알아보았다. 현은 양 양하고 따뜻한 밀물이 자꾸 가슴에 솟아오르고, 또 그것은 그를 말이 많게 만들었다. 수다스러움도 또한 믿음의 증거가 아닌가?

박제의 부엉이의 눈은 맑아만 가고 밤은 깊어갔다.

그레이 구락부가 만들어진 지 달포나 되어, 회원이 하나 늘게 되었다. 그 앞뒤인즉 아래와 같고 주인공은 현이 맡아본 셈이 되었다. 하루는 전에 늘 드나들던 찻집에 별일 없이 훌쩍 들르 게 되었다. '전에'라고 하는 것은, 그레이 구락부의 회원이 되고 서는 다른 회원도 마찬가지였지만 현은 거의, 전에는 살다시피 하던 찻집이니 음악집에서 발을 떼고 말았던 것이다. 그들 회원 들에겐 그레이 구락부는 인제 숨과 같은 것이어서, 하루도 걸러 서는 배기지 못하였고, 만나면 반드시 온 하루를 뿌리를 빼고야 말았고 밤을 새우기도 하였다. 야릇한 일이지만 다른 어떤 단체 나 모임에 낀다는 것, 회원 아닌 사람과 회원보다 더 친한 사이 를 맺는다는 것은 안 될 일이다, 하는 기운이 생겨버렸다. 그래 서 오늘 현이 이 찻집에 들른 것은 정말 오랜만이었다. 옛 단골 손님에게 알은체를 하며 문안하는 카운터 쪽에 끄덕 고개를 숙 여 보이고 자리에 가 앉자, 우르르 달려드는 옛 패들이 저마다,

"어디 갔더랬나?"

"원, 통 보이질 않으니."

"연애하는 모양이군?"

비슷한 말들을 뇌며 안부를 묻는 것이었다. 그러고 있는 그들 옆으로, 웬 여자가 지나가는데, 패 중에서

"오랜만입니다. 재미 어떻습니까?"

그런즉 저편의 대답이,

"무재미."

이러고는 획 지나가버리는 것이었다. 깨끗하다. 다른 여자 같으면 퍽 닳아빠진 것으로 보이거나 적어도 우스꽝스러워 보였을 그 수작이 조금도 그런 티가 없을뿐더러, 이 친구들도 그러려니 하는 일이 더욱 그럴듯했다.

"웬 여자야?"

"응, 미스 한이라고 B대학교에 다니는 앤데 저래 봬도 미운 데가 없는 애야. 왜, 입맛이 당겨? 내 터주지, 응?"

"흠흠."

현은 말웃음을 웃고 앉았는데, 그 여자가 다시 이편으로 돌아오는 것이 보인다. 쓱 옆을 지나 아까 앉았던 자리로 가 앉는 것을 현은 곁눈질로 보았다. 패들은 한참 만에 우르르 일어서면서 현더러도 한잔하러 가는데 어때 끼겠나, 이러며 끄는 것이나, 그는 머리를 흔들었다. 무슨 생각이 있는 것이었다. 그들이 문밖으로 사라지자 현은 불쑥 일어서서 그 여자의 바로 맞은편 자리로 옮겼다. 물론 예까지는 있을 수 있는 일이지만, 그다음 현은 종이를 한 장 꺼내어 이런 글발을 적었다.

─ 당신이 아주 궁금합니다. 궁금함의 뜻에 대해, 촌뜨기처럼 묻지는 마십시오. 남자고 여자고, 어떤 특이한 풍모 때문에

처음 만난 사람에게 강한 끌림을 준다는 일을 아실 테니깐. 당자에겐 자랑일 수 있고 다른 쪽에는 기쁨일 수 있는 그런 일입니다. 본인은 어떤 비밀결사의 당원인바, 귀하에게 입당을 간절히 권고합니다. 결코 귀하의 명예에 더럽힘이 없을 것입니다. 즉답을 바랍니다 ―

그러곤 말없이 앞으로 밀어 보냈다. 약간 놀라는 눈치가 있었지만 일어서거나 하지 않는 것을 보고 그러면 그렇지, 현은 속으로 먼저 제가 사람 보는 눈에 으쓱해지며 적이 느긋했다. 그녀는 쭉 훑어 읽고는 종이를 살짝 엎어놓으면서 나무라는 듯이 웃고,

"마다하면?"

"숨길 일이 알려지고 보면, 죄송스러우나 험한 일을 각오하셔야 하겠습니다. 어떻습니까?"

"그런 으름장에 당장에야 꺾이지 않을 여자가 있을까요?"

현은 두번째 속으로 손뼉 쳤다.

이 말을 구락부에 가져왔을 때, 한바탕 소동이 일어났다. 현의 경거망동을 입을 모아 나무라는 것이다. K는,

"안 돼. 우리 구락부가 오늘의 번영과 순수성을 지킨 것은 남자들만이었다는 데 열쇠가 있는 거야. 여자를 넣어보아. 반드시 틈이 생길 거란 말야. 뭐 그런 뜻이 아니더라도, 여자가 끼여서 조심스럽고, 그래서 치러야 할 겉치레를 어떻게 감당할 텐가? 안 돼, 안 돼. 멋대로 움직인 현일 징계 처분해야 돼!"

C는,

"예로부터 비밀결사가 무너진 뒤에는, 여자가 있었단 말이거든. 왜 저 스탕달의 『바니나 바니니』를 못 봐? 설사 현의 말대로 그녀가 그렇게 멋지고 같이 놀 만하다 해도, 생소한 남자들 틈에 그녀가 혼자서 과연 숨 쉴 수 있을는지 그 점은 아무도 보장 못 한단 말이야. 안 될 말. 그만둬."

이렇게 K를 밀고 나서는 것이었다. 그러나 M은 레코드에서 천천히 떠나며,

"그러나 생각해보아. 만일 우리가 거부한다 하면, 우리 일은 밖에 드러나는 거야. 그리고 자네들은 이성이라는 데 신경을 쓰는 모양인데, 그건 자네들 위태로운 인격을 스스로 들고 나오는 것이야. 벌어진 일을 어떻게 여미느냐가 문제야. 원칙론은 쓸데 없어."

이렇게 되어, 형님들이 이러쿵저러쿵하는 동안 철없는 말썽을 일으킨 막내동생 꼴이 된 현은, 구석에 처박힌 채 발언권을 빼앗기고 있었다. 마침내 몇 가지 꼬리를 달고, 사람을 보아 받자, 이렇게 되었는데, 꼬리란 이렇다.

첫째, 그녀를 이성으로 여기지 않는다.

둘째, 그녀와의 개인플레이를 못 한다.

셋째, 무슨 일이든 구락부의 이름을 머리에 두고 움직인다.

들어온 첫날부터 그녀는 선배 회원들의 걱정을 말끔하게 씻을 만큼 좋은 느낌을 주었다.

"처음 종이를 불쑥 내밀 땐 사실 자리를 떠날까 했으나, 미스터 현의 얼굴을 보니 아, 이건 불량 아동이 아니야, 그렇게 느껴

져서 눌러앉았어요."

이러면서 그 권유 문서를 내놓았다. K는 부엉이 눈알을 빼고
그 뚫린 구멍에서 예의 발당 선언서를 꺼내 읽고 그녀의 선서를
받은 후, 현이 쓴 권유문도 구락부의 사료로써 값이 있다고 하
여, 선언문과 같이 구멍에 밀어넣고 도로 눈알을 박았다. 그러곤,

"음, 현이 웬만한데, 기막힌 연애편지야."

이러면서 사뭇 주억거리는가 하면, C는 집회까지의 파란곡절
을 말해주고,

"이러한즉, 우으로 선배 회원을 받들며, 구락부의 이익을 지
켜야 하고, 구락부의 청소, 정돈에 소홀함이 없도록."

어쩌고 하는 통에 그녀는,

"어머나 이건 종으로 붙들려온 셈이네요"

하고 우는소리를 했다. 그들은 새 회원을 반기는 뜻으로 영화
구경을 갔다. 『알트 하이델베르크』를 각색한 그 영화는, 그 치닫
는 삶이며 젊은 객기가 지금의 그들 느낌에 거슬림 없이 안겨오
는 바가 있었다. 이날 밤 그들은 미스 한에게 '키티'라는 이름을
주고, 구락부에서 그녀를 부르는 이름으로 삼기로 하였다.

그레이 구락부는 눈부신 한창때를 보냈다. 구락부는 그들에
게 바라던 것보다 더한 것을 주었고, 늘 어김없는 보금자리였
다. 모이는 날이 정해 있는 것도 아니요, 때가 있는 것도 아니었
다. 한 사람씩 어느새 모여들어선, 또 어느새 없어지곤 하였다.
무슨 정기 총회가 있는 것도 아니었다. M은, 사람이 오건 말건

레코드만 뒤적이며 앉아 있었고, K는 그림 도구를 가져와서 그림을 그리기도 하였다. 창에 가까이 놓인 난로는 늘 벌겋게 타고 있어서, 현은 난로와 창문 사이에서 서성거리며 지나는 게 일쑤였다. 추위를 타서가 아니고, 그 활활 타오르는 불길을 지루하지도 않은지 한 시간이고 두 시간이고 들여다보고 있는 것이 그의 낙이었던 것이다. 난롯불을 들여다보는 것이 낙이라면 웃을지 모르나, 웃는 편이 속없는 일일지도 모른다. 태공망이 낚시질한 것이나, 달마가 벽을 보고 앉았던 것이나, 당구를 즐기는 여드름쟁이나, 낙이란 점에선 매일반이다. 남의 즐거움을 받아주는 것이 민주주의이고, 남의 취미에 대한 너그러운 아량이 얼마나 동네를 숨 돌릴 수 있게 만드는 것인가. 이것은 현의 지론이다. 그래서 현은 '난로의 기사'라는 이름을 받았는데 '난로의 기사'는 어느덧 땔감을 날라오고 재를 털어내는 '난로의 소제부'를 곁들이고 있었다. 키티는 또 굉장한 호콩 미치광이여서 늘 호콩 껍질을 딱딱 부수고 앉았는 것이, 호콩을 먹으려 태어난 여자로 보였는데, 키티의 호콩의 힘은 어지간했다. 즉, 키티는 호콩 서너너덧 알을 가지고, 구락부의 아무고 마음대로 부려먹을 수 있었기 때문이다. 이 호콩의 끌림을 물리칠 수 있는 힘을 가진 사람은 없었다. 한번은 K가 클로스 표지의, 으리으리하게 꾸민 드가의 선집을 호콩 한 봉지와 바꾼 일이 있었다. 그날 K가 이것을 가지고 와서 한 장 한 장 들여다보고 앉은 것을 이윽고 바라보고 있던 키티는, 단 한 알도 호콩 인심을 쓰려 않는 것이다. K는 사정을 하다못해 골이 잔뜩 나서 홧김에, 그럼 이

걸 줄 테니 바꾸어, 이렇게 되었던 것이다. 이튿날 K는 먼젓날 흥정을 물리자고 했다가 대번 회원 모두의 뒤끓는 나무람과 삿 대질의 과녁이 되어 본전도 못 찾고 말았다. 예의 호콩으로 매 수해두었던 것이다. C는 낮잠자기와 키티에게 '호콩 하나만'을 구걸하는 것을 사는 보람으로 알고 있었다. 가끔 M의 할머니가 기웃이 들여다보고 갈 때는 키티는, 꽤 손이 크게 호콩을 바치 는 것이 예사였다. 그것은 야릇한 분위기였다. 어른이 될 나이에 있는 사람들이 죽자고 톰 소여의 해적굴에 매달리는 그런 것이 라고나 할까.

"움직임의 손발을 갖지 못하고, 내다보는 창문만을 가진 인간 형이 있다. 손 하나 발 하나 까딱하긴 싫고, 다만 눈에 보이는 온 갖 빛깔, 형태를 굶주린 듯 지켜봄으로써 보람을 느끼는 사람, 이런 사람은 '창' 타입의 사람이다. 창은 두 가지 몫이 엇갈린 물건이다. 창은 먼저, 밖으로부터 들어앉은 방을 막아준다. 거친 행동과, 운동의 번잡에 대한 보호를 뜻하는 '건물'의 한 군데인 것이다. 블라인드를 치고 커튼을 드리우고 덧창을 달고 자물쇠 를 채우고 하는 모든 것이, 이 창의 닫힘을 나타내는 것이다. 그 러나 한편, 창은 이같이 닫힌 집이 바깥과 오가기 위한 자리다. 창에서 이루어지는 바깥하고의 오가기는 오직 눈에 의해서만 이루어진다. 눈으로 하는 사귐은 떨어져 있고 번거로움이 없다. 그는 화창한 삶의 봄과, 매서운 싸움의 겨울을 바라본다. 그는 즐거움에 몸을 불사르지 않는 한편, 괴로움에 대하여 저주하지 도 않는다. '누리는 만들어지지 않는 것이 좋았다' 하는 말을 그는 받아들이지 않는다. '누리가 만들어진 것은 아무튼 좋은 일이었다' 하는 것이 그의 믿음이다. 이런 창을 가지지 못한 사람은 창 없는 집과 같다. 그는 좁은 생각과 외로움으로 숨 막히고 끝내 미칠 것이다. 그레이 구락부는 그러한 '창'의 기사들의 기사단인 것이다. 그들은 투정보다도 노래하여야 할 것이 많은 누리를 받아들였다. 창으로 바라보는 풍경은 거의 아름다웠다. 창으로 바라보는 인물은 모두 소설 가운데 주인공처럼 흥미를 돋우며, '안'과 바깥과의 '어울림' 속에 살아 있는 인물이었다. 창은 슬기 있는 사람의 망원경이며, 어리석은 자의 즐거움이 아닐까? 이것이 그레이 구락부의 믿음이다."

이것은 '난로의 기사'라는 벼슬을 받았을 때, 현이, 창에 가까운 자리를 변호하기 위해서 내놓은 한자리 말씀 가운데 한 대목을 옮긴 것이다. 어떻든 그레이 구락부는 창을 가졌을 뿐 아니라, 그것도 아무 데나 붙어 있는 너절한 게 아닌, 그런 창을 가지고 있었다. 그것은 구락부의 눈이었다. 말씨가 떨어지면 누구고 으레 이 창가로 온다. 동편으로 난 커다란 창문으로는, 이랑이랑 이어진 지붕을 거쳐, 멀리 남산 기슭까지 한눈에 들어온다. 도시의 전모를 높은 곳에서 바라보는 것은, 그것 스스로 사람으로 하여금 깊디깊은 속으로 끝 모르게 끌고 들어가는 힘이 있었다. 가지각색의 모양과 빛깔의 기와며 벽의 빛깔. 서울의 집들의 색채는 요즈음 들어 부쩍 울긋불긋해진 것만은 사실이었다. 우리 조상들은 집에다 울긋불긋 칠하는 것을 그닥 즐기지 않았던 모양이나, 지금은 안 그렇다. 맑게 갠 겨울 하늘 아래 굽이굽이 펼쳐진 지붕들의 색깔. 저 새빨간 양철 지붕 밑에는 사과꽃처럼 진한 삶이 있는 것일까. 저 새파란 지붕 밑에는 창포꽃처럼 숨 쉬는 여자의 슬픔이 있는 것일까. 그러나 그 모든 지붕들도 이 찬란한 저녁노을의 때가 되면, 빠짐없이 한 가지 잿빛의 너울을 쓰는 것이다.

현은 K에게 말했다.

"사람은 외로울 때 창가에 서는 것이 아닐까?"

K는 유리에 얼굴을 누르며 아득히 내다보며 받는다.

"사람은 외로울 때만 창가에 다가선다, 하는 게 더 옳을 거야."

"맞았어. 외롭다는 것, 친구가 있는데, 그레이 구락부가 있는데 외롭다는 건, 근데 웬 소리야?"

K는 대답 대신 이윽히 현의 얼굴을 들여다보았다.

"알면서 묻는 거야? 몰라서 묻는 거야?"

"알 것 같기도 하고 모를 것 같기도 하고 하니깐."

K는 소파에 벌렁 나가누웠다.

"외로움이란 건 즉 여자야."

"여자?"

"그렇지."

"시시한 프로이트 취미야. 이젠 낡은 이론이야. 사람은 여자 때문이 아니라도 외로울 수 있네. 돈 주앙이 느끼는 외로움은 무어가 되지? 그러면……"

"그럴싸한 말이지만 돈 주앙의 이야기는 반증이 못 돼. 돈 주

앙의 허전함은 마찬가지로 또 다른 여자의 가슴에서만 메워진
단 말이야. 여자란, 존재의 막다른 골목의 담벼락에 붙은 문이란
말이야. 우리는 그 너머로 갈 수 없어. 언제까지나 열리지 않는
문, 아주 녹슨 문, 사람이 손으로 만지고 눈으로 볼 수 있는 가장
마지막 물건이란 말일세."

"그러나 문 그 자체가 목적인 건 아니잖아. 문은 어디까지나
그 건너편에 있는 그 무엇으로 가는 길목일 뿐이야."

"그런데 그 문이란 영원히 잠겼으니깐 결국 마지막 목적이지
뭐야."

"옳아. 턱없는 자리를 사태를 틈타서 차지한 것이 되는구먼."

"옳거니. 하지만 여자가 차지했다느니 남성 모두가 멋대로 뒤
집어씌운 셈이지."

"그걸 여자는 마다하지도 않고 눌러쓰고 있다?"

"그런데 영리해서가 아니라 염치없어서."

이때 그들의 뒤에서,

"신사 여러분, 커다란 잘못이로소이다."

이런 소리가 났다. 두 사람 말고 방에는 아무도 없었으므로,
그들은 놀라서 돌아보았다. 어느새 왔는지 키티가 상글거리고
서 있었다. 새로 지은 홈스펀 오버에 숄을 뒤집어쓰고 눈만 내
놓고 서 있는 맵시가 여느 때보다 여성다워 보였다. 키티는 오
버를 훌훌 벗으면서,

"그렇지 않은 줄 알았더니 여기가 꽤 낡으셔"
하며 자기 머리를 손가락으로 가리킨다.

"하하하……"

손쉽게 현과 K는 웃는 재주밖에 없었다.

"여자들한테 그런 멋대로의 풀이를 붙인다는 건 남자들한테도 안 좋아요. 이쪽을 똑바로 보지 못하는 사람들이 어떻게 변변히 굴겠어요. 제가 말씀해드리지요. 여자는 남자와 꼭 같이 사람입니다. 그리고 아까 그 이론은 여자가 남자를 대할 때도 역시 들어맞을 수 있는 것이구요. 왜 벌써 입센 시대부터 환해진 이야기가 아니에요? 아니, 입센보다도 숫제 사람이 만들어진 처음부터 남자와 여자는 똑같은 짐승이었지요. 뭡니까, 사회적 위치니 하는 겉보기 때문에 사람의 본질을 놓치는 건 어리석다고 믿어요. 그렇다면 두 분께선 나 역시 그런 안경으로 보시는 모양이군요, 네?"

"결코 아닙니다. 꼭 같은 벗입니다. 그건 뭐 잘 아시면서, 여왕께서."

"점점 안 되겠는걸. 자격을 몰라준다면 난 물러갈 테예요."

키티는 일부러 연설조이던 말투를, 이렇게 평상대로 고치며, 턱 허리에 손을 버티는 것이다. 현은 난처한 일이 되어 도대체 무슨 그럴싸한 둘러댈 말이 없을까 했으나 이렇다 할 생각이 나지 않았다. 그러나 K가 이런 땐 그 사람이었다.

"무슨 소릴. 함부로 당을 나가는 자는, 그 마지막이 어떻게 되는지 당신도 잘 아는 일. 어느 캄캄한 밤에 쥐도 새도 모르게 이렇지……"

하면서 비수를 곤두 잡고 허공을 폭 쑤시는 시늉을 해 보였다.

"농담, 농담, 절대 농담입니다."

키티는 이렇게 말하면서 호콩 봉지를 내놓았다. 그러는데 M
이 들어온다. 집주인인 그는, 손님이 있건 말건 휙 나갔다 어느
새 들어오고, 그의 집인지 그가 손님인지 통 알 수 없는, 짜장 무
정부주의적인 구락부의 분위기인 것이었다. 키티가 일어서서
레코드를 올려놓았다. 무겁고 아름다운 가락이 지금의 그들 모
두의 무드처럼 물결쳐 나왔다. 전축에 기대어 선 키티의 얼굴이
어둑어둑한 방 안에서 박꽃처럼 보얗게 보였다. 현은 불현듯 속
으로 (나는 처음부터 키티를 사랑한 것이 아니었을까) 이렇게 생
각하며 섬뜩해졌다.

어느덧 여름도 다 가고, 그레이 구락부의 창가에 선 전나무의
가는 잎사귀가 한 잎 두 잎 지는 철이 되었다.

현과 키티는 구락부를 향하여 나란히 걸어가며, 지금 막 갈라
지고 온 사람들을 생각하고 있었다. 그들은 '여호와의 증인'이
라고 불리는 기독교파의 사람들이었다. ── 한번 꼭 와보시오.
교리를 알아본 끝에 믿고 안 믿고는 자유입니다 ── 전도사가 찾
아와서 그렇게 권하고 갔는데, 혼자 가긴 싫고 같이 가자고 키
티가 졸라서 현은 따라나섰던 걸음이었다. 분명히 그들의 모임
에는 신선한 종교적 분위기가 있었다. 예수의 일이 엊그저께 일
어나기나 한 것처럼 안절부절못해하는 사람들 같았다.

── 예수 낳은 날은 성경에 말이 없다.

── 예수의 그림은 뒤에 꾸며낸 것이다.

── 예수의 형틀은 십자형이 아니고 한일자형의 막대였으므

로, 십자가를 믿음의 부적으로 가슴에 품어온 것은 교회의 무지와 승려의 기만이었다.

— 넋은 가멸성이다.

— 곧 예수의 나라가 땅 위에 세워진다.

이 같은 교리를 성경 연구를 통하여 내세우며, 성경의 여러 편 중에서도, 지금껏 비유적으로만 알려져오던 묵시록을 글자 그대로 받아들이자는 것이 그들의 말이었다. 이 교파의 처음은 19세기 말에 비롯한다고 하며, 미국 본부에서 나오는『파수대 *Watch Tower*』라는 책을 가지고 성경 연구를 하는 것이 모임의 큰 일이었고, 직업 목사를 안 두기로 하고 있었다. 그 너무나 자로 잰 성경 해석에 현은 도리어 떨떠름해졌다.

"굉장한 사명감을 느끼고 있는 모양이야. 열심히 깨우치려고 들거든."

현은 말했다.

"하긴, 요즈음 드문 사람들이야. 습관으로 교회 나간다는 것과는 달라서, 거의 기성 교파에서 떨어져나온 사람들인 걸 보면, 이래도 그만 저래도 그만이란 태도가 아닌 것은 분명해."

"그래도 구약에서 누리를 만드는 대목이 현대 물리학의 이론과 맞는다는 주장은 지나쳐. 성경의 말을 낱낱이 과학적인 증명으로 밑받침해나가는 식인데, 과연 성경이 과학의 증명을 필요로 할까?"

"오히려 과학으론 알 수 없고, 그러나 정말 일어난 일이라고 해야 하겠지."

"성경은 증명하려 들 것이 아니라, 다만 그렇다고 완강히 우기기만 하는 것이 하나뿐인 길이야. 과학상의 학설이 바뀔 때마다 성경 해석이 달라서야, 어디 마음 놓을 수 있나. 성경의 과학적 풀이란 것처럼 성경에서 동떨어진 것은 없을 거야."

현은 이렇게 말하면서 문득 하늘을 쳐다보았다. 눈부신 별밤이었다. 키티는 따라서 고개를 들어 하늘을 본다.

"그러니깐, 예수가 물 위로 걸어오는 것을 본 사람만, 예수가 무덤에서 나와 더불어 이야기한 자리에 있은 것을 본 사람만 믿을 자격이 있다고 생각해. 불교하고는 또 사정이 다르거든. 하나는 사실이고 하나는 철학이니깐. 철학은 천년 후에 읽어도 철학이지만, 사실의 기록은 사실 자체는 아니니깐."

"보지 못했으니깐 못 믿는다?"

"보지 않고 믿는 자는 악마야."

"보지 않고 믿는 일이 얼마나 많아. 지구가 둥근 걸 보았나? 뭐."

"여자는 역시 깡통야. 그것과 이것과 어디 같아."

"어렵쇼. 또 여자를 끄집어내. 그 상투는 여간해선 못 자를 모양이야."

현은 이마에 손을 붙이며 꾸벅 하고 미안을 해 보였다.

"그건 그렇고 키티, 사람은 왜 하느님 이야기를 이렇게 알고 싶어 할까?"

"왜, 천주교 요리문답을 못 봤어. '사람은 왜 세상에 났나뇨' 왈, '사람은 천주를 알고 천주를 공경하기 위하여 세상에 났나니라' 그쯤 되겠지."

현은 그 대답 아닌 대답에 끄덕였다. 그는 골치 아픈, 신에 대한 궁금증을 쓸데없는 일이라고만 보고 싶지는 않았다. 나이를 먹고 세월이 흐르면 절로 그 물음의 긴박감이 가셔버릴 것이라면, 오히려 그런 얼렁뚱땅하는 삶은 살고 싶지 않았다. 그러나 우격다짐으로 쥐어박아서 해답을 끄집어낼 아무런 재주도 없었다. 믿지도 않고 안 믿지도 않는, 잿빛 안개가 짙게 휘감겨오는 때면, 애써 지어놓은 초라한 결론의 울타리가 너무나 무르게 허물어지면, 또다시 앙탈을 부리는 마음을 타이르는 자기와의 싸움을 시작하여야 하는, 그런 허망한 마음이 정작 알고 보면 너무나 허황한 이야기를 떠들고 있는 저들, '여호와의 증인' 같은 모임에까지 서성거리게 만드는 것이었다.

구락부에 닿았을 때 M은 보이지 않고 C가 혼자서 의자에 누워 있었다.

C는 머리도 돌이키지 않은 채 대뜸

"사람은 무엇 때문에 살아야 하나?"

느릿느릿 외우듯 이러는 것이다.

"천주를 알고 천주를 공경하기 위하여 사느니라."

현은 경을 외는 가락으로 그런 대꾸를 한다. C는 또,

"그으러면 처언주는 어디 있나뇨?"

현은 더 대답을 않고 자기도 소파에 벌렁 누워버렸다. 갑자기 조용해졌을 때, 바스락하는 껍질을 부수는 소리가 나자, C는 깜짝 놀라 일어나면서,

"나 한 알만."

키티에게 손을 내민다. 현은 속으로 적이 놀랐다. 어느새 저 호콩을 샀을까. 정말 귀신 같은 노릇이었다.

"한 알만. 덕분에 고귀한 신앙 문답을 깨뜨려버렸어. 그 손해 배상으로."

"시큰둥하게 웬…… 그저 곱게 나올 것이지. 그런 맘보니깐 섭리를 느끼지 못하는 거야."

"알아 알아. 나는 유혹에 너무 약해. 그놈의 바스락 딱 하는 소리에 그만……"

"신학이 온데간데없이……?"

"바로 그거야. 그래서 홧김에 그냥 한 알 해야겠어."

"호호호. 홧김에 한 알…… 자."

현은 숨을 내쉬었다. 구락부에만 들어서면 모든 일은 이렇게 쉽게 풀리지 않는가? 터무니없는 이런 생각을 하면서, 한편, 자기와 둘이 있을 때와 구락부에서의 키티의 노는 모양에 틈을 느끼는 것이었다.

크리스마스.

분주히 오가는 사람마다 가슴에 선물이 안겨 있고, 그러한 사람들의 머리 위로 탐스러운 눈이 펑펑 내리는 크리스마스이브. 네온 글자와 꾸미개들이 마치 그림 같은 거리에 흥겨운 크리스마스 캐럴의 가락이 확성기마다 흘러나와, 온통 명절 바람을 흐뭇이 빚어내고 있었다.

길모퉁이 어느 장난감 가게 앞에, 현의 일행 다섯은, 쇼윈도를 들여다보며 서 있었다. 인형, 큐피드, 털강아지, 기린, 백곰, 미키마우스, 코끼리, 꼬마 사람…… 쇼윈도에 벌여놓은 장난감들은 조용히 숨 쉬고 있었다. 그들의 얼굴은 한결같이 나그네의 고향 그리움을 지니고 있었다. 그들은 원래 이 세계의 시민들이 아닌 것이다. 정말 기린의 목은 저렇게는 길지 않으며, 흰곰의 주둥이는 실은 훨씬 작을 것이요, 미키마우스 같은 쥐가 어느 집에 있단 말인가? 특징을 부풀린 아름다움, 동화의 나라의 아름다움이었다. 그들은 인간의 외로움을 달래기 위하여 붙들려 온 먼 나라의 포로들이었다. 사람은 그의 어린 시절을 이들에게서 짙은 외로움을 배우며 자란 탓으로, 어른이 되어도 영원히 인형을 찾아 헤매는 것이 아닐까? 붓다니, 예수니, 마르크스니. 장난감의 그 간추린 아름다움에는 순수함이 있었고, 그러므로 현은 소리 없이 흐르는 핏줄을 느끼는 것이었다.

크리스마스이브에 이교도의 마음이 빚어내는 감상일까? 그렇기도 하고 또 그것만도 아니다. 현은 우울하였다. 그레이 구락부는 허물어져가고 있었다. 사람이 모여서 어떤 한 가지 일을 한다는 것이 그렇게 어려운 줄을, 아마, 처음 깨달았다. 다치기 쉬운 젊은 마음의 야릇한 소용돌이. 참 그것을 어떻게 옮기면 좋은 것일까? 아무 이렇다 할 까닭도 없이 시들해져서 서로 손을 뗄 궁리를 하고 있는 연인들과 같은, 그러한 마음의 풍경이었다. 어디서부터 잘못된 것이었을까? 아니, 그런 장사꾼 같은 물음을 하는 자를 저주하라. 어디서부터도 아니다. 중요한 것은 그레이 구락부가 허물어져가고 있다는 일이다. 그레이 구락부가 "내적인 유대 감정을 이어가고 순수의 나라에 산다는 마음을 이어간다"는 것이 그 강령인 바에는.

현은 배반자였다. 밀물처럼 키티에게로 쏠리는 마음. 현은 그 밀물을 막아낼 수 없었다. 괴로워했다. 그러나 그러한, 구락부에 대한 충성심을 완강히 밀어내는, 또 하나의 현이 있는 것이었다. 그것이 회원들의 마음에 비치지 않을 리 없었다. 키티는 현의 바로 곁에 서 있었다. 현은 키티의 외투 주머니에 손을 넣으면서 그녀의 손을 더듬었다. 더듬는 현의 손바닥에 키티는 동글동글하고 따뜻한 물건을 살짝 쥐여주는 것이다. 현은 곧 그것이 무언지 알 수 있었다. 군밤. 모른 체하고 슬쩍 군밤 한 톨로 때우는 키티의 상글상글 웃어가는 그 태도가 현을 안달나게 만드는 것이었다. 그들이 구락부로 돌아온 것은 12시도 지나서였다.

"자, 이교도의 성탄제를 지내잔 말야."

K는 노래 부르듯 하면서 들고 온 꾸러미를 원탁자 위에 쏟아놓았다. 현도 호콩과 도넛을 부어놓으면서 유쾌하게 외쳤다.

"그래, 이교도의 성탄제, 그레이 구락부의 송년 만찬회야. 아아, 사랑하는 그레이 구락부!"

키티는 창가에서 밖을 보면서,

"눈발이 점점 심해져. 아주 새하얀걸. 아무것도 안 보여."

M은 차이코프스키의 「파세틱」을 걸어놓고, C는 다섯 개의 촛대에다 불을 달았다. K는 모두 불러 앉힌 다음, 맥주잔을 높이 들었다.

"그레이 구락부의 영광을 위하여."

다섯 개의 잔이 짝짝 소리를 내어 부딪쳤다.

"얘, 맥주 재고는 넉넉해?"

"염려 마. 두 상자면 부족할까?"

"만세! M선생을 위해 건배!"

키티만 따르지 않는다. K는 호통치는 것이다.

"키티, 이건 무슨 뜻이지?"

"맥주 두 상자를 비워버리면 난 주정뱅이 틈에서 어떡허구."

K는 가슴이 미어지게 한숨을 쉰다.

"오호라! 신사 여러분. 우리는 도매금으로 넘어갔습니다. 여왕께서는, 우리 인격을, 맥주 두 상자 안에서만 믿는다아, 이런 말씀입니다."

M은 더 으르렁거린다.

"오인은 이 치욕의 자리에서 감히 퇴장하는 영광을 가지는 바입니다."

키티가 손이 발이 되게 빌어서 겨우 고비는 넘어갔다. 현은 근래에 없이 즐거웠다. 그러면서도 이 흥겨움이 오히려 저마다 꾸며대는 안간힘 — 어려움을 보지 않으려는 딴전 부리기같이도 여겨졌으나, 대뜸 '이놈아 네놈이 그게 비뚤어진 소갈머리란 말이다. 동지의 파멸을 세고 앉았는 놈아' 이런 소리가 들렸다. 마치 다른 누구, M이나 C가 말하지 않았나 싶도록 자기도 깨닫지 못한 속의 꾸짖음이었다. 현은 미칠 것 같았다. 현은 불쑥 일어나면서 외쳤다.

"여러분, 그레이 구락부를 위해 즉흥시를 읊고자 합니다."
박수와 환성이 일어났다.

　　우리는 안다, 저 짙푸른 정글에
　　큰물 지는 욕망을
　　햇바퀴는 피 묻은 미움처럼
　　왜 저렇게 타야 하는지를

　　우리는 안다
　　큰비 내리는 산마루를
　　암컷을 데리고 타고 넘는
　　표범의 꺾임 없는 마음을

　　우리는 모든 것을 안다
　　누리를 빚던 날에
　　데미우르고스가 떨어뜨린
　　비망록을 찾아냈으므로

　　순결의 수풀에 살며
　　비치는 슬기의 물을 마시는
　　현자는 안다
　　가없는 하늘에 흩어지는
　　저 흰 구름의 마음을

너 삶을 사랑하여 서러운 무리여
오라 다함없는 잿빛의 수풀 속
순결의 물가로 오라

젊음은 하릴없고
사랑이 다하여 짐짓
미움에 뒹굴어도 보며
붉은 술잔 속에 영원을 뚫어보며
웃고 또 울자는
오 Grey 구락부

너는 내 사랑
너는 내 목숨
아 바람에 훼살 짓는
젊음의 깃발 너
Grey 구락부

난장판이 벌어졌다.

K는 현의 목을 끌어안고 키스하는가 하면, 또 M은 현의 다리를 어쩌자는 것인지 마구 잡아당기고, C는 입에다가 무작정 맥주를 부어넣어 그를 숨막히게 하려고 노렸고, 키티는 도넛과 호콩을 마구 현의 얼굴에 갈기는 것이었다.

밤은 깊어갔다.

새벽녘이 되어 가까운 데서 문득 노랫소리가 일어났다. 모두 다 창으로 몰려가서 유리창을 열어젖히며 밖을 내다보았다. 어느새, 눈은 멎고, 흰 것이 눈부시게 펼쳐진 위로 크리스마스 노래가 울려온다. 밤중 난데없이 일어난 합창에는 무언가 당돌한 깨끗함이 있었다.

"합창대야."

"선물을 가지고 가야지."

"좋아 좋아."

"빨리 빨리."

그들은 쿵쾅거리며 계단을 내려가, 뒤뜰을 거쳐서 뒷문 쪽으로 달려갔다. 현은 모퉁이를 돌아가다가 키티가 호콩 봉지를 안고 달려가는 것을 보았다. 그는 키티의 팔을 붙잡았다. 키티는 마주 볼 뿐이었다. 현은 뜰 안 소나무에 기대어 키티를 끌어당겨 입을 맞추었다. 키티의 손에서 호콩 봉지가 떨어지고, 나뭇가지에 쌓였던 눈덩어리가 미끄러 떨어져, 키티의 등에서 부서졌다. 현은 멍한 기쁨 속에서 이제 키티도 가버리는구나…… 그런 생각을 흐릿하게 좇는 것이었다.

크리스마스가 지난 며칠 후, 현은 그날 이후 처음으로 구락부에 나갔다. 키티를 어떻게 대할지. 구락부로부터의 진퇴 여부, 그런 일 때문이었다. 그러나 끝내 이렇다 할 매듭을 짓지 못하고 아무튼 나가보기로 하였다. 문을 열고 들어서자 현은 너무나 뜻밖의 광경에 그만 딱 얼어붙고 말았다. 벌겋게 타는 스토브의 불빛을 빛무리처럼 뒤로하고 키티가 거의 다 벗고 서 있고, 그 앞에 벽을 등지고 K가 화구를 버티고 붓을 놀리고 있었고, M 과 C는 여전히 소파에 누워서 천장을 쳐다보고 있는 것이다. 현은 간신히 낯빛을 꾸미면서 한편 의자에 앉아 눈을 감았다. (화냥년, 전날 밤 일은 아무것도 아니다. 오해 마라 이런 말이지, 화냥년……)

"뭘 깊어지구 있어요?"

키티의 목소리가 바로 옆에서 들렸다. 어느새 옷을 입고 방글거리고 서서 "K가 전람회에 누드를 내겠다고 해서 내가 모델이 돼주기로 했지. 뽑히면 그림 값을 반씩 나누기로 하고" 이러는 것이었다. 현은, 키티가 갑자기 우쭐우쭐 키가 커지면서, 벌써 어울릴 수 없는 거인족이 되어가는 것을 느꼈다. 인제는 언제 어떤 핑계로 탈퇴하느냐 그것만이 남았다고 생각했다.

그러나 끝장은 뜻밖에도 빨리, 전혀 짐작 못 한 모습으로 찾아왔다. 그날도 현은 요즈음 날씨처럼 컴컴한 가슴을 안고, 해질 무렵이 다 돼서 구락부로 나오고 있었다. 넓은 길에서 접어든 골목에서 한 다섯 발짝 옮겼을 때였다.

"이봐."

이렇게 부르는 소리와 함께 인기척이 났다. 그 짧은 한마디에 서린 차가운 것이 그대로 현의 등골을 타고 흘러갔다.

휙 돌아다보는 현의 눈앞에 낯모르는 사나이가 서 있었다.

"난 P서 형산데……"

이렇게 자기를 밝히고 그는 현의 이름을 다졌다. 그렇노라는

현의 대답에,

"서까지 좀 가"

하고 동행을 요구한다.

"아니 무슨 일로?"

"가면 알지."

"가면 알다니요? 영장을 보여주십시오."

"무엇이, 건방진 자식!"

딱 하고 자기의 뺨이 울리는 소리를 현은 들었다. 그는 형사실까지 와서 또 한 번 놀랐다. K, M, C가 먼저 와 있다. 현의 어쩐 일이냐는 물음에 셋 다 모른다고 눈으로 말한다. 그들은 따로따로 나뉘어 심문을 받았다.

"어때, 이렇게 된 바엔, 순순히 부는 게?"

현은 어이가 없었다. 그래 잠자코 있노라니,

"왜, 대답 않기로 했나. 좋아. 그럼 내가 말하지, 이자를 알지?"

그는 옆에 있는 명부에서 그중 어느 이름을 가리키며 노려본다. 모르는 이름이다.

"모릅니다."

"몰라아? 음……"

그는 씨근거리면서 의자에서 벌떡 일어났다. 현은 무심결에 한 걸음 물러났다. 형사는 다시 앉으면서 현에게 의자를 가리켰다.

"게 앉아. 그럴 게 아니라, 내 말을 들어봐. 너도 잘 알 테지만 수사관의 심증이란 게 있단 말야. 네가 나오는 데 따라서 조서의 분위기가 달라져. 가령 피의자는 완강히 심문을 거부하고 또는 허위 진술을 계속하고…… 운운하는 문구가 끼게 되면, 검찰에 넘어가서 얼마나 불리한지 아나?"

"아니, 도대체 전 뭐가 뭔지 도무지 알 수 없습니다. 제가 가만있는 건, 가만있을 수밖에 없기 때문입니다."

형사는 눈을 가느스름히 떠가지고 건너다보았다.

"그래? 좋아."

그는 턱을 고이고 바짝 낯을 가까이 대면서,

"너희들 거기 모여서 뭘 했어?"

"무얼 하다니요?"

"음……"

그는 몇 번이나 머리를 흔들더니 문을 열고 밖으로 나갔다. 현은 혼자가 되는 순간 비로소 무서움을 똑똑히 느꼈다. 형사가 다시 들어왔을 때 먼저 입을 연 것은 현이다.

"혐의는 잘못일 수도 있습니다. 먼저 어떤 혐의로 우리가 이곳에 오게 됐는지 말해주시오."

"뻔뻔스런…… 너희들이 매일같이 모여서 불온서적을 읽고 이자들과 연락하여 국가를 전복할 의논들을 한 게 아니냐?"

"네……?"

현은 너무 뜻밖의 이야기에 대뜸 이을 말을 몰랐다. 그제야 비로소 혐의의 테두리를 어렴풋이나마 짐작할 수 있었다.

"전혀, 네, 오햅니다. 우린 그저 모여서 철학이나 문학에 대한 잡담을 하고 소일한다는 것뿐, 집이 너르고 하여 같은 집에서 자주 만났다는 데 지나지 않고, 무슨 목적이 있었다던가 한 것이 아닙니다."

이렇게 말하면서 현의 마음에서는 참을 수 없는 굴욕감이 복받쳐 올라왔다. 이게 우리의 그레이 구락부에 대한, 내 입에서 나온 풀이란 말인가. 잡담과 소일! 그리고 다음에 온 것은 이 같은 표현을 뺏어낸 그자에 대한 미움이었다.

"흠, 그렇다면 한 가지 묻지…… 만일 그뿐이었다면, 너희들은 다섯이 모이는 것을 그토록 비밀에 붙인 이유는…… 다시 말하면 너희들은 아무에게도 너희들의 모임에 대한 이야기를 한 적이 없으며, 한사코 숨기려고 든 흔적이 있는데 그건 무슨 까닭이냔 말야?"

현은 말문이 꽉 막혔다. 이 까다로운 그의 사정을 무슨 수로 이자에게 알릴 것인가. 그러나 가만있을 수는 없었다. 그는 체면을 겨우 지키는 데까지 일을 비속화시키면서 누누한 풀이를 꾀했다. 형사는 뜻밖에 비꼬는 말도 없이, 고개를 끄덕이며 간간이 짧은 질문을 던질 뿐, 죽, 고즈넉이 현의 말을 들어주는 것이었다. 현의 이야기가 끝나자 형사는 또 밖에 나가더니 한 반시간이나 지나서 다시 돌아왔다. 그리고 또 나갔다가 이번에도 삼사십 분 후에 돌아왔다. 이번에는 현을 데리고 형사실로 왔다. 이윽고 K, M, C도 뒤미처 들어왔다.

"별일 없을 것 같아. 오늘은 여기서 자고 내일 아침 집으로 돌려보낼 테니……"

하고는 나가버렸다. 난롯가에 의자를 끌어다놓고 앉은 채 그들은 입을 떼지 않았다. 그들은 저마다 무슨 비열한 일을 저지르고 난 연후에 동지를 만난 그런 느낌이었다. 심하게 말하면 동지를 팔고 놓여난 배반자의 괴로움을 똑같이 치르고 있었다.

이튿날, 9시 좀 지나서 풀린 그들은 두 패로 갈렸다. K와 C는 집으로 돌아가고 현은 M을 따라 구락부로 돌아왔다. 나올 때 그 형사는 수사 때문에 밝히지는 못하지만, 어떤 불온 단체와의 접선이 혐의의 내용이었음과, 키티는 일부러 끈을 다느라고 잡지 않았다고 하면서,

"잘 알 만한 양반들이니깐 과히 노여워 말게"

하면서 현의 어깨를 탁 치는 것이었다. M이, 아래층에 있는 할머니한테 들른 탓으로, 혼자가 되어 문을 밀고 방에 들어선 현은, 키티가 방 한가운데 서 있는 것을 보았다. 그녀의 얼굴은 굳어 있었다.

"어떻게 된 거야, 할머니한테서 들었어."

그 말에 대답은 않고 현은 키티를 쳐다보았다. 현은 자기가 자꾸 못난 생각만 들어 견딜 수 없었다. 누더기누더기 갈린 심정이었다.

"아무것도 아냐, 학생 깡패로 잘못 알고……"

"학생 깡패……"

키티는 아주 의아스런 눈치다.

"하하하."

현은 저도 모르게 허파가 푸들거려 실없는 웃음을 흘렸다.

정색했던 키티는 분명히 현의 그런 투가 못마땅한 눈치였다.

현의 머릿속에서 이때 무슨 생각이 번개같이 지나갔다. 현은,

"그건 그렇고, 키티, 큰일이 있어."

"큰일?"

"음."

현은 한참 머뭇거렸다. 그것이 더욱 키티를 건드리는 모양이었다.

"아이 왜 사람이 저 모양일까?"

현은 그제야 고개를 번쩍 들었다.

"키티, 다름이 아니고, 키티의 자진 사퇴를 권고하도록 구락부를 대표해서 내가 위촉을 받았어."

순간 키티의 안색이 새하얘졌다.

"그건……"

"역시, 역시, 오산이었어. 맨 처음 내가 키티더러 들어오라고 한 것은 짧은 생각이었어. 키티에겐 책임 없는 일이야. 허나 그 이후로 잘 아는 바와 같이 구락부의 평화랄까, 그런 것이 키티로 말미암아 야릇하게 됐어. 그래서 의논한 끝에……"

현의 말은 찢어질 듯한 키티의 웃음으로 끊어졌다.

"호호호호……"

키티는 죽자고 웃고만 있다.

"호, 실, 실례합니다. 그레이 구락부에서 제명 처분. 오우 이 일을 어쩌나, 그건 저의 목숨을 뺏는 것보다 더 잔인한 일이에요. 현자의 집에서 쫓겨나면 나는 어디서 슬기를 찾으란 말입니까? 최고의 달인들의 단수 높은 사교실, 영혼의 밀실에서 저를

추방하다니 잔인해요. 호호호호……"

키티는 웃음을 딱 그쳤다.

"웃기지 마세요. 그레이 구락부가 무에 말라빠진 것이지요?
무능한 소인들의 만화, 호언장담하는 과대망상증 환자의 소굴,
순수의 나라! 웃기지 말아요. 그 남자답지 못한 잔신경, 여자 하
나를 편안히 숨 쉬게 못 하는 봉건성. 내가 누드가 되었다고 화
냈지요? 천만에, 난 당신들을 경멸하기 위하여 몸으로 놀려준
거예요. 그 어쩔 줄 모르고 허둥대는 꼴이란. 그레이 구락부의
강령이란 게 정신의 소아마비지. 풀포기 하나 현실은 움직일 힘
이 없으면서 웬 도도한 정신주의는? 현실에 눈을 가린다고 현실
이 도망합디까. 난 당신들 때문에 버려졌어요. 뭐 그렇다고 나
자신의 책임을 떠맡아달라는 소린 아니구요. 하긴, 방황도 또한
귀중한 것이니까요. 내가 한 수 늦었군요. 소박 맞도록 눈치가
없었으니. 어떻습니까? 이것도 인연, 옛 동지가 아닙니까? 자 그
럼 아듀, 그러나 마지막으로 나의 영원의 애인 그레이 구락부의
번영을 빌며……"

노여움, 게다가 일부러 신파조를 부려가며 기가 죽지 말자고
너무 악을 쓴 때문에, 키티는 낯이 핼쑥해서 숨이 턱에 닿아 있
었다. 현은 말없이 한참이나 그대로 있었다. 마치 넋을 잃은 사
람모양으로 한참이나 그러고 섰다가, 천천히 입을 열었다.

"키티……"

"천만에, 그 광대 같은 이름도 곱게 돌려드립니다. 창피해요,
언제부터……"

46

"키티……"

현의 소리는 무겁고 누르는 듯한 힘이 있었다.

"키티, 좋자고 만났던 사람들이 왜 이다지 미워하면서 이렇게 상대방의 가슴에 모진 못을 박고 갈라져야 합니까?"

키티가 더 까불지 못하도록 장중하고 침통한 목소리였다.

"키티를 위해 그런 방법을 취했으나 이렇게 헤어져서는 참을 수 없어. 키티는 역시 여자야. 그리고 너무 정이 없어. 무슨 말인지 알겠어……?"

대답할 틈도 주지 않고,

"키티는 M과 K, C와 나, 즉 구락부가 모조리 검거된 진상을 알아보기도 전에, 그 말을 확인하기도 전에 그만 화를 냈거든. 깡패. 그런 말을 했었지 내가? 그런 일이 있을 수 있어? 허긴, 키티가 실컷 경멸한 바에 의하면 깡패보다 못하지만 그래도 방향이 전혀 다른 것쯤야 알아줄 테지……"

키티의 얼굴에 헝클어진 빛이 지나갔다.

"키티, 키티는 정말 실천력의 찬미자였나? 행동의 찬미자였나? 들어봐. 그레이 구락부는 기실 무정부주의와 테러리즘을 내세우는 비밀결사의 세포였어. 놀래? 농담이라구? 키티, 인간이란 복잡한 짐승이야. 크롬웰의 민완 비서가 저 밀턴이었던 일을 키티도 알지. 바이런이 그리스에서 죽은 것은, 하이네가 혁명의 동조자였던 것은 다 무엇일까? 시인은 힘을 찬미해. 시인의 깊은 마음속에는 제왕의 꿈이 숨어 있는 거야. 플라톤이 정치학을 누누이 풀이한 건 무슨 생각에서일까? 사람이란 아주 복잡한 거야. 해방되고 연이어 일어난 저, 정계 거물 암살범들의 뒤가 이내 아리송한 채로 있는 건 다 아는 일인데, 어떤 측에선 공산당일 줄로 짐작도 했지만 그도 아니었단 말야. 바로, 우리 결사의 손이었어. 우린 플라톤의 공화국을 이념으로 시인하면서, 테러를 마다하지 않아. 마르크스의 유토피아를 인정하면서 사람의 기계화는 반대야. 지금 학계의 인사들 중에도…… 아 이건 쓸데없는 말이고…… 자 그런데 바로 키티에게 정말 사람으로서 깊은 사죄를 먼저 하면서 줄여서 말하면, 키티를 모임에 넣은 것은 눈속임이었어. 무쇠의 육중한 빛깔에 엷은 복숭아 빛을 빌려다 가리개를 한 것이었어. 노여워 마. 아니 그건 바라서는 안 되고…… 한데 이 조직의 일부가 잡혔어. 세포가 검거됐단 말야. 우리 세포와 가장 가까웠던 조직이야. 우선 우리가 지금 나오기는 했으나 K와 C는 아직 갇혀 있고, 경찰이 우릴 짐짓 놓은 것도 꾀를 쓴 줄 번연히 알아. 그러나 그들의 수사를, 헛갈리게 만들어, 때를 벌자는 게 우리 속셈이거든. 조만간 다시 들어갈 몸이야. 이번에 놓인 건, 끝까지 문학청년들의 동호 구락부라고 순진을 꾸몄더니 친구들도 알쏭달쏭한 모양이야. 허나 그것도 시간문제야. 키티는 아무 피해가 없을 거야. 사실 아무것도 몰랐으니깐. 사실대로만 말하면 나중에도 아무 일도 없어. 이 구락부로 더 나오지 않게 하려고, 어수선해질 앞으로의 며칠간을 공연히 휩쓸려 고생시키진 말자고 한 노릇이, 그만 키티의 비위를 건드렸어. 난 키티와 그런 식으로 갈라질 순 없어. 그렇게 된 거야. 사람은 복잡하고 깊다는 것, 나쁜 놈들에게 써먹혔을망정, 키티의 말마따나 헤매어보는 것도 또한 귀중하잖아? 그리고 키티의 말씀에서 나중 대목 실천과 행동의 장에 대한 대목은 거둬들여 줄 테지. 하하…… 아, 고단해…… 그리고 이 못난 놈은 키티를 조금은 사랑했어……"

현은 머리를 짚으며 비틀댔다.

"이상, 이상이 진실의 모두올시다. 여왕이시여……"

어느새 키티는 원탁자에 엎드려 울고 있었다. 흐느끼는 어깨를 현은 물끄러미 보고만 있다. 얼마나 지났을 때일까?

"으하하하하하……"

미친 듯한 너털웃음에 키티는 퍼뜩 머리를 들었다.

"으하하하하하하……"

찢어지게 눈을 부릅뜨고 허리를 붙안고 현은 웃는 것이다. 키티가 벌떡 일어났다. 아까부터 몇 번이나 곤두박질을 하는 참과 거짓의 재주 놀이에서 그녀는 얼이 빠져 있었다.

"으하하하하하…… 키티 어때, 이만하면. 난 영화의 신인 모집에 가볼 테야. 박진적 연기, 으하하하하하……"

짐승처럼 이상한 소리를 지르며, 키티의 두 손이 탁상의 부엉이 다리를 움켜잡은 것과, 그 부엉이가 깃소리 요란하게 현의 얼굴을 향해 덮쳐온 것과, 현이 두 손으로 피가 번지는 얼굴을 감싼 것이 말하자면 모두 한꺼번에 일어났다. 키티는 그대로 마루 위에 까무러쳐버렸다. 그러나 현의 웃음은 멎지 않았다. 그는 낭자하게 부엉이의 깃털이 흩어진 마룻바닥을 내려다보며, 얼굴에서 흐르는 피는 아랑곳없이 웃는 것이다.

"으하하하하하……"

문이 열리며 M이 들어섰다.

얼마나 지났는지 모른다. 현은 퍼뜩 잠이 깨었다. 흐릿한 푸른 안개가 자욱이 방 안에 퍼졌고, 괴괴한 고요함이 잠에서 깬 그의 둘레를 휩싸고 있었다. ── 키티가 까무러친 일, 뒤 이어 들어온 M, 깨어난 키티가 열을 내어 부득이 묵고 가게 된 일. 그의 마음이 잠들기까지의 그러한 일들이 지금 막 깬 그의 마음의 빈 자리를 메워주려는 듯이 차츰 떠올랐다.

그는 잠들었던 소파에서 조심스레 몸을 일으켰다. M은 얼굴을 벽으로 돌리고 깊이 잠든 모양이었다. 현은 키티가 누운 소파를 건너다보았다. 창으로 들어오는 달빛에, 창백한 얼굴이 똑똑히 보였다. 그는 조심스러이 걸음을 옮겨 그녀의 얼굴을 바로 눈 아래로 내려다보는 자리에서 멈추었다. 광선의 영향으로 유난히 하얗게 오똑해 보이는 코가 장난감의 그것처럼 서툴러 보여서 가여움을 불러일으킨다.

현은 그녀가 깨어 일어나 앉기를 기다리기나 할 것처럼, 그대로 서 있었다. 그의 마음은 잔잔했다. 잠에서 덜 깨어서 멍멍한 것인지, 그러나 그런 생리적인 것은 아닌 모양이다. 현은 키티의 그 잠든 얼굴에서 비로소 이성을 알아보고 있었다. 지금껏 현에게 있어서 키티는 이성이라느니보다 재주 있는 사람이었다. 그 재주가 키티의 끄는 힘이었다. 크리스마스 날 그녀와 입술을 맞추는 순간에도 마찬가지였다. 똑똑지 못한 여자와 어울리기는 어려운 일이었다. 그러나 지금, 현의 수에 골탕을 먹고 이렇게 남의 집 소파에서 잠든 키티는 그저 여자였다. 그리고 현 자신도 그저 남자인 것을, 그저 사람인 것을 느끼는 것이었다. 아름답고 신비하지만 그것만을 쓰고 있을 수 없는 탈을 인제는 벗어야 할 것이 아니냐, 현은 그렇게 생각하였다. (현자도, 철인도, 공주도 아닌 그저 사람. 얼마나 좋은가. 더 멋있다)

그는 다시 발소리를 죽이며 창가로 붙어서서 바깥을 내다보았다.

이슬을 받은 바위 등걸들처럼 번들거리는 가까운 지붕에서, 부연 안개구름 같은 멀리의 지붕들까지, 달빛 아래에 보는 깊은 밤의 도시는 처음 보는 동네 같았다.

아무런 뉘우침도 없었다. 모든 일이 잘된 것이었다. 현은 자기의 몸을 둘러보고, M을 바라보고 다음에 키티를 보고 한숨을 쉬었다.

(왜 산다는 것은 이렇게 재미있을까?)

닭 우는 소리가 들린다. 이 지붕들 위로 눈부신 해가 솟는 것을 현은 그려본다. 그 빛나는 아침을 꼭 보고만 싶었다. 갑자기, 졸음이 덮쳤다. 그는 소파로 돌아와서 조용히 드러누웠다. 마지막 한 발자국마저 깊은 잠의 진구렁 속에 폭 빠지기 바로 앞서, 그의 눈 속에서, 솟아오르는 햇바퀴의 빛살이 쫙 퍼져나갔다.

(1959)

국도의 끝

한낮이 기운 8월달 햇빛이 철길 위에서 지글지글 끓는다. 트
인 지형이다. 철길은 아득한 데서 와서 아득한 곳으로 달려간다.

철길에 나란히 국도가 달리고 있다. 국도는 잘 포장되어 있는
나무랄 데 없는 길이다. 윤이 흐르는 기름진 골탄 바닥은 폭이
넓고, 고른 것이 철길보다 더 당당하다. 도로를 따라가면서 언저
리에 모두 미군 부대가 들어앉아 있는 것이다.

햇빛에 이글거릴 뿐 철길은 공허하다. 도로 역시 왕래가 뜸해
진 그런 짬이다.

도로의 저쪽 끝에 차량이 한 대 나타난다. 차량은 평탄한 길
을 미끄러지듯이 점점 가까이 달려온다. 민간 버스다. 버스에 탄
손님은 많지 않았다. 주말도 아니고 해서, 시간도 어중간해서 그
럴 것이다. 손님은 모두 여섯이다. 누르무레한 노타이 셔츠를 입
고 유행이 지난 푸르죽죽한 더블 양복 윗저고리를 의자의 팔걸
이에 걸쳐놓은 쉰 살쯤 된, 미군 주둔 지역의 뒷구멍 물건 장사

같이 보이는 남자. 꼭같이 흰 모시 두루마기에 빛이 바랜 중절모를 쓴 시골 사람이 둘. 두 사람 다 모자 테에 버스표를 꽂고 있다. 그리고 푸수수한 머리에 여름 셔츠를 입고 있는 시골 청년이 둘. 맨 뒷자리에 얼굴이 하얀 청년이 대학생들이 쓰는 손가방을 무릎에 얹고 창으로 줄곧 철길을 내다보며 간다.

검문소에 이른다. 헌병이 기웃해보고는 물러가고 경관이 올라온다. 더블 양복 입은 남자의 신분증을 본다.

"직업은?"

"장사야요."

"무슨 장삽니까?"

"뭐, 소소한 장사죠."

두루마기 한 쌍은 그대로 지나친다. 나란히 앉은 청년 두 사람에게 손을 내민다. 그들이 건넨 종이를 받아보면서 물었다.

"신체검사를 받고 오나?"

"네."

두 사람이 시큰둥하게 대답한다. 신분에 가장 자신이 있어 보인다.

맨 뒷자리에 앉은 청년에게로 온다. 증명서를 받아본다.

"학생이오?"

"네, 아니……"

그는 얼굴을 붉힌다.

"그건 학생 때 낸 겁니다."

"지금은?"

"교원입니다."

"무슨 일로 갑니까?"

"부임하는 길입니다."

"무슨 증명이……"

청년은 가방 속에서 종이를 내보인다.

"국민학교 교사군?"

"네."

청년은 조금 화난 투로 대답한다. 경관은 내려갔다. 손으로 가라는 신호를 한다. 운전사는 다정스레 손을 흔들어 보이고는 발차시켰다. 젊은 교사는 또 철로를 내다본다. 햇빛에 이글거리는 공허한 철로가 말없이 자꾸 따라온다.

다리 어귀에서 미군 수송 차량대를 만난다. 앞장서 오는 지프차에서 비켜서라고 손짓을 한다. 이 길에서는 원님 행차다. 운전사는 투덜거리면서 자기 차를 한쪽으로 비켜 세운다. '폭발물 위험'이라고 붉은 글씨로 쓰고 자상스럽게 해골의 탈바가지까지 그려놓은 판대기를 저마다 붙인 트럭들이 잇달아 지나간다. 모두 가리개 천을 덮었다. 반들반들하게 손질이 잘된 차체에 운전대에는 멀끔한 병사가 둘씩 타고 있다. 군모가 아니고 운동모자를 쓴 친구도 있다. 검둥이도 있다. 검둥이 병사가 이쪽을 보면서 주먹을 불끈 쥐고 실없이 을러댄다. 그리고 흰 이빨을 씨익 드러낸다. 신체검사를 받고 오는 길이라는 청년들이 목을 움츠리며 킥 웃는다.

차량들은 노란 헤드라이트를 켜고 있다. 같은 모양의 같은 가리개에, 같은 '폭발물 위험'에, 같은 노란 헤드라이트에, 같은 빠르기로, 같은 병사들을 태우고 차량들은 한없이 지나간다. 언제 끝날 성싶지 않다. 길의 아득한 저쪽, 건널목이 보이는 산모퉁이에서 차량들은 꾸역꾸역 자꾸 밀려나오고 그것은 이곳까지 빽빽이 이어져 있다. 차량들의 전진은 무한궤도의 뒤풀이처럼 그저 자꾸 제 마디가 또 돌아오고 하는 착각을 일으킬 뿐, 축이 나는 것 같지 않다. 행차를 비켜선 버스의 뒤에는 어느새 줄줄이 차가 밀려섰다. 이 대열은 모양이 갖가지다. 민간 차량, 군용 차량, 트럭, 지프, 스리쿼터 등등이다. 그러나 표정만은 한결같다. 조바심들이 나서 근질근질하는 역정을 누르면서 행차가 끝나기를 기다리고 있는 것이다.

차량대의 맨 끝 차가 지나갔다. 버스는 다시 달리기 시작했다. 교사는 다시 철길 쪽으로 눈을 돌린다. 뙤약볕에 이글거리는 철길은 그저 공허하다.

버스는 탄탄대로를 무료하게 달린다. 한참 가다가 버스 속의 사람들이 한꺼번에 몸을 내밀고 목을 빼며 차가 가고 있는 앞쪽을 살핀다. 길 한가운데로 울긋불긋한 행렬이 천천히 다가오면서 화려한 곡성哭聲이 들려온다. 버스는 또 아까처럼 길 옆대기로 비켜섰다. 손님들은 모두 한쪽으로 몰려 창으로 목을 내밀고 구경한다.

깃발이 숱한, 구식 장례 행렬인데, 소복 차림에 머리를 풀어헤친 것은 식대로지만, 상두꾼이 모두 여자뿐인 데다 영구를 멘 여자나 따라오는 여자들이 모두 시골 사람들이 아니다.

운전대 옆 비상구에 한쪽 발을 올려놓고, 팔굽을 핸들에 걸친 팔의 손바닥으로 턱을 고이고 심드렁하게 바라보고 있던 운전사가, 신기하지도 않다는 투로 풀이를 한다.

"양색시 장례예요. 조합원들이 메구 나가지요."

손님들은 고개를 끄덕인다. 깃발에는 저마다 다른 글귄데 이런 것도 있다. "언니 잘 가요." "수잔 너만 가고 나는 남고."

행렬은 당겼다 놓았다 하면서 굼벵이 걸음을 치고 북망산천이 하고 넋두리 한 꼭지가 끝나면 어이어이 하고 나왔던 영구가 또 주춤주춤 물러서고 몸부림치곤 한다. 언제 지날지 한정 없을 것 같다.

행렬의 앞뒤에는 밀린 차량들이 주르르 늘어서서 구경꾼이 되고 있다. 서로 마주 본, 방향을 달리한 차량들의 사이에 남겨진 공간에서 장례 행렬이 노닥거리고 있는데, 조금 이쪽으로 더 나와서 왼쪽으로 국도를 벗어나는 사잇길로 행렬은 빠질 모양이다. 그사이 차량들은 기다리고 있어야 한다. 장례 행렬은 앞뒤로만 주춤주춤하는 것은 아니다. 좌우로도 비틀비틀하면서 도무지 한번 내디뎠다가는 두세 걸음을 물러나곤 하는데 행렬이 ─ 앞으로 나가려는 행렬이 아니라 길 한가운데 자리를 잡고 광대놀음을 펼쳐놓은 형국이다. 햇빛은 창창하게 쏟아붓는데 남빛 비단 깃발이 번뜩번뜩 빛나면서 넘어졌다 곧게 섰다 한다. 행렬은 구경꾼들에게는 아랑곳없이 마냥 늑장을 부릴 모양이다. 아까보다 얼마 자리를 옮기지 않고 있는 것이다. 바람 한 점

없다. 덥다. 겨우 행렬을 스쳐 지난다. 여자 하나가 넋두리를 하면서 버스의 볼기짝을 뒷손으로 찰싹 치고 간다. 버스는 움찔하고 다시 움직인다. 국민 교사는 한참 만에 뒤를 돌아보았다. 장례 행렬은 철로와 도로가 마주친 건널목을 넘어가고 있다. 건너간 저편이 쑥 내려간 곳이어서 행렬은 사라졌다. 뒤에는 공허한 철로가 이글거리며 모습을 드러낸다.

얼마 안 가서 버스는 작은 마을에 닿았다. 이 국도의 연변에 가다가다 푸술이 늘어선 텍사스 마을이다. 거리의 양편에는 '아리조나 상회' '릴리 자매 상점' '하니 케츠' '핑크 하트' 이런 영문 간판이 붙은 가게들이 처마를 맞대고 늘어서 있다. 천막지로 지붕을 가린 바라크 구멍가게들인데 속에 펴놓은 물건들은 지루한 국도를 지루한 논과 밭, 야산과 그 기슭을 달리는 철로만 보며 오던 눈에는 당돌하도록 기름지다. 어느 가게에서 젊은 여자가 한 팔로 흑인 병사의 허리를 뒤로 끌어안고 다른 팔 주먹으로 그의 등을 때리고 있다. 병사는 두 손으로 뒤통수를 감싸고 맞고 있다. 미군 상대의 가게들이다. 그 가게들 뒤에 마찬가지 바라크집들이 올망졸망 모여 있는 작은 거리다. 거리는 버스가 단숨에 달리면 끝날 길이밖에 안 된다. 여기서 손님 넷을 태우고 버스는 다시 떠난다.

버스 안이 환해지고 활기를 띤다. 한 사람은 여잔데, 분홍색 블라우스에 분홍 구두를 신은, 한눈에 이 거리에 사는 그런 여자인 것을 알아볼 수 있었다. 그녀는 외국제로 보이는 여행 트렁크를 가지고 올랐다. 나머지 셋은 군용 작업복을 입은 술이 취한 청년들이었다. 그들은 머리를 귀밑까지 기르고 그것을 기름으로 짝 밀어붙이고 있다. 조금 있더니 그중 하나가 분홍색 블라우스를 향해서 말했다.

"간판 괜찮은데? 너 언제 왔어?"

사실이었다. 잘생긴 얼굴이었다. 여자의 귀에 달린 은색 귀걸이가 떨리는 듯했으나 대꾸는 없었다.

"귓구녕에 말뚝을 박았나 원, 말이 말 같지 않아 엉?"

한패의 다른 청년이 얼른 받았다.

"말뚝이야 딴 데 박지."

손님들이 맥없이 흐드르르 웃었다. 운전사의 어깨도 움찔했다. 여자는 매섭게 청년들을 노려본다. 청년들하고 같은 줄에 앉은 탓으로 젊은 교사는 여자의 눈길이 자기를 쏘는 것 같아서 고개를 돌렸다. 사실 그는 웃지 않은 단 한 사람이었는데.

"어? 봐? 엽전도 생각 있어?"

여자는 다시 고개를 홱 돌려 앞을 바라본다.

"야 꼴값하지 마. ××××야."

손님들은 또 맥없이 흐드르르 웃었다. 교사는 얼굴이 뻘게지면서 몸을 일으킬사하며 무엇인가 입을 뗄 듯하다가 주저앉았다. 목을 꼬고 밖을 내다보고 있는 옆얼굴이 아름답다고 그는 생각하였다. 그리고 입매가 참하다고 생각하였다. 청년들은 쉴새 없이 음란한 상소리를 지껄여댔다. 그때마다 더블 양복은 허어 하고 웃었다. 흰 모시 두루마기들은 소리는 없이 벌쭉벌쭉했다. 신검필 청년들은 킬킬킬 웃었다. 교사는 붉으락푸르락하면서 그때마다 여자를 훔쳐봤다. 여자는 여전히 목을 꼰 채 이쪽을 보지 않기 때문에 교사는 자기가 웃는 사람들의 무리에 들어 있지 않다는 것을 알릴 길이 없다. 버스는 지루한 길을 지루하게 달리고 취한들의 음담은 그칠 줄 모른다. 한참 조용한가 했더니 한 사람이 또 무어라고 했다. 손님들은 또 <u>흐드르르</u> 맥없이 웃었다.

여자가 발딱 일어섰다.

"내려줘요!"

운전사가 돌아본다. 다시 앞을 보면서, 느릿하게 대꾸한다.

"한길인데……"

앞뒤로 국도만 창창한 허허벌판이다.

"괜찮아요, 내려줘요!"

운전사는 입을 비죽하더니 발동은 끄지 않고 부르릉부르릉 건 채로 에라 하고 차를 세웠다. 여자는 트렁크를 들고 문간으로 다가선다.

"어? 내려?"

"길에서 ×× 팔아?"

"이따 갈게. ×× 썻고 기다리라구."

취한들은 끝까지 음담이다. 여자는 못 들은 체 승강구를 내리더니 끝단에서 홱, 돌아섰다. 쨍하는 목소리가 날아왔다.

"개 같은 새끼들아! 너희들 다!"

쏘아붙이고 그녀가 훌쩍 뛰어내린 것과, 차가 달리기 시작한 것과는, 아마 나중 것이 조금 먼저였다.

개들을 실은 버스는, 어쩔까 망설이기나 하는 듯이 주춤주춤
하다가, 그대로 달린다. 실려가면서 창문에 앞발을 걸고 뒤에 대
고 짖어대는 개들과, 나머지 개들을 싣고, 개가 모는 버스는, 불
알 채인 개처럼 국도를 달려갔다. 멀리 사라졌다.

왕래가 없는 허허한 국도에, 조그만 분홍색 인형 같은, 그녀만
남는다. 버스가 사라진 쪽을 그녀는 멍하니 바라본다. 한참 만에
그녀는 오던 쪽으로 돌아선다. 그쪽에서 하얀 국도가 이글거리
는 철도 —— 두 가닥 허허한 길이 저만치서 건널목을 이루고 마
주쳤다가 다시 갈라져 아득히 뻗어 있다. 그 건널목 저쪽 어귀
에 SALEM 담배의 거대한 모형이 빌딩처럼 우뚝 솟아 있다. 높
은 받침대 위에, 약간 삐딱하게 얹힌 녹색의 거대한 담뱃갑 위
꼭지에서, 연통만 한 담배 한 개비가 3분지 1만큼 나와서 포신
砲身처럼 하늘을 겨누고 있다. 그녀는 멍하니 그 하얀 포신을 바
라본다. 농지거리를 하는 미군 병사들을 실은 트럭이 몇 대 지
나가고 버스는 안 온다. 그녀의 얼굴은 초조해 보이지 않는다.
여전히 거대한 SALEM을 바라보면서, 무슨 생각에 골똘히 잠
겨 있다. 반시간쯤, 뙤약볕 속에, 그렇게 서 있었다. 마침내 그녀
는 트렁크를 집어든다. 그러고는 방금 자기가 타고 온 방향 ——
SALEM 쪽으로 걸어간다. 고개를 숙이고 생각에 잠겨 타박타
박 걸어간다. 이윽고 SALEM이 도로에 드리운 그늘 속에 들어
섰을 때, 그녀는 등 뒤에서 오는 차량의 엔진 소리를 듣는다. 그
녀는 돌아본다. 버스다. 그녀는 그늘 속에 트렁크를 내려놓는다.

버스가 그녀 앞에 멎는다. 그녀는 트렁크를 들고 버스에 오른다. 문이 닫히고 버스는 다시 달린다. 멀리 사라져간다. 햇볕에 이글 거리는 기름진 도로 속에 녹아들어가버렸다.

들판에는 인제 홀로가 되어 그저 기름지게 허허한 도로와 이글거리는 허허한 철로—두 줄기의 말 없는 여행자만 남는 다. 그들은 묵묵히 서로의 아득한 길을 간다. 거대한 녹색의 SALEM이, 멀어져가는 그들을 묵묵히 보고 있다.

도시의 변두리, 교외의 초입에 있는, 철로와 국도가 마주치는 건널목 이쪽에서, 소년은 기다리고 있다. 땅거미가 지는 8월의 저녁 속에서. 해가 중천에 있을 때부터—그의 집보다 두 배쯤 큰 '비타 엠'의 양철 간판의 그늘 속에서. 많은 버스가 지나갔 다. 그가 기다리는 사람은 오지 않았다.

국도는 차츰 어두워오고, 철로는 뉘엿거리는 햇빛 속에서 소 년의 마지막 희망처럼 둔탁한 금색으로 빛나고 있다. 엔진 소리 가 들려온다. 소년은 한 발 나선다. 이윽고, 헤드라이트를 켠 버 스가 건널목 저편에 나타난다. 넘어온다. 그대로 지나간다. 소년 은 다시 쪼그리고 앉는다. 인제 철로는 빛나지 않는다.

으르릉으르릉거리며 열차가 달려온다. 소년은 일어나서 조금 물러선다. 까닭 없이 화를 내면서 기관차가 지나가고, 그 뒤를 객차가 따라온다. 십+ 자의 표를 옆구리에 그려 붙였다. 불 밝 힌 환한 창에, 코쟁이 남자들과 하얀 옷을 입은 코쟁이 여자들 의 얼굴이 비친다. 하얀 모자를 쓴 여자가 유리창에 얼굴을 대 고 밖의 어둠을—소년을 응시하며 지나간다. 객차 다음에는,

밑판만 있고 지붕과 벽이 없는 차량이 매달려 지나간다. 그 위에 지친 듯이 포신이 무겁게 들이쳐진 커다란 대포가 부상병처럼 뻗어서 실려간다. 봉우리처럼 웅크린, 소년의 집보다 조금 더 커 보이는, 캐터필러 없는 탱크가 실려간다. 바퀴가 빠지고 머리가 부서진 지엠시가 주저앉아서 엎혀간다. 말 없는, 상하고, 지친 여행자들이다. 한없이 긴 기차다. 한결같이 부서진 트럭과 탱크와 대포가, 한없이 지나간다. 소년은 무서워진다. 이 기차가 한없이 막고 있으면 버스는 건널목을 넘지 못할 테니깐. 저쪽에, 지금이라도 그가 기다리는 사람을 태운 버스가 와서 기다리고 있는 것만 같다. 언제가 되더라도 그들이 지나갈 때까지 기다리기로 마음먹고, 소년은 쪼그리고 앉는다. 아득한, 오랜 시간을 소년은 꾸준히 참았다. 기차에 실린 여행자들이 겨우 다 지나갔다. 벌떡 일어서며 소년은 건너다보았다. 없다 — 길이 없다. 철로도 없다.

철로와 도로도 밤을 타고 가버린 것이다.

남은 것은 소년의 동공 속으로 먹물처럼 넘어들어가는 어둠과, 그 어둠 속에 깊이 침몰해가는, 소년의 마음뿐이다. 누나는 왜 안 올까?

(1966)

구운몽

관棺 속에 누워 있다. 미라. 관 속은 태胎집보다 어둡다. 그리고 춥다. 그는 하릴없이 뻔히 눈을 뜨고 누군가를 기다리고 있다. 몸을 비틀어 돌아눕는다. 벌써 얼마를 소리 없이 기다려도 아무도 찾아오지 않는다. 몇 해가 되는지 혹은 몇 시간인지 벌써 가리지 못한다. 혹은 몇 분밖에 안 된 것인지도 모른다. 똑똑. 누군가 관 뚜껑을 두드리고 있다. 누구요? 저예요. 누구? 제 목소릴 잊으셨나요. 부드럽고 따뜻한 목소리. 많이 귀에 익은 목소리. 빨리 나오세요. 그 좁은 곳이 그렇게 좋으세요? 그리고 춥지요? 빨리 나오세요. 따뜻한 데로 가요. 저하고 같이. 그는 두 손바닥으로 관 뚜껑을 밀어올리고 몸을 일으켰다. 어둡다. 아무것도 보이지 않는다. 게 누구요? 대답이 없다. 그는 몸을 일으켜 관에서 걸어나왔다. 캄캄하다. 두 팔을 한껏 앞으로 뻗치고 한 발씩 걸음을 떼놓는다. 한참 걸으니 동굴 어귀처럼 희미한 곳으로 나선다. 계단이 있다. 두리번거리면서 한 계단 밟아 올라간다. 캄캄한 겨울 밤 독고민은 아파트 계단을 올라간다. 지난밤 꿈을 골똘히 생각하면서. 그는 잠시 망설인다. 꼭 한 잔만 했으면. 후끈하게 몸이 녹을 것 같다. 그렇지만 그는 술을 즐기는 편은 아니다. 어쩐지 오늘따라 춥고 허전함이 사무친다. 지붕 양철이 날카롭게 운다. 양력 정월 그믐께 한창 고비로 설치는 모진 바람에 싸구려로 지은 나무집이 늙은 쥐덫에 낀 소리를 낸다. 그는 목을 움츠리면서 부르르 떨었다. 다시 현관으로 나가 길건너 골목을 빠져…… 바람이 에듯 휘몰아치는 거리를 지나 술집까지 나갈 맘이 싹 가시면서 민은 불 없는 캄캄한 계단을 간신히 기어올라 2층 자기 방문 앞에 다다랐다.

장갑을 벗고 호주머니에서 열쇠를 꺼내 문을 열었다. 뒷손으로 문을 닫으면서 한 손으로는 문 옆 선반을 손어림하여 성냥을 찾았다. 넓지도 않은 선반에 얹혔을 성냥갑은 얼른 찾아지지 않았다. 다른 손도 마저 선반에 올려 두 손바닥으로 그 위를 쓸었다. 그의 왼손이 성냥에 부딪히면서 그것을 마룻바닥에 떨어뜨렸다. 아차. 민은 엉거주춤하고 엉덩이를 붙이지 않은 채로 구부리고 앉아서 어둠 속에서 마루를 쓸어갔다. 워낙 칼칼한 성미가 아니었으나 이때만은 울컥 짜증스런 맘이 들었다. 간신히 성냥이 잡혔다. 마치 참새 새끼라도 잡은 듯한 손으로 성냥갑을 잔뜩 움켜잡고 개비를 뽑아 득 그어댔다. 화약 냄새에 툭 쏘인 코 밑에서 입김이 시뿌옇게 퍼진다. 초가 놓인 책상까지 이르기 전에 성냥불은 슥 꺼져버렸다. 그는 또 한 개비를 그어 촛불을 켰다.

전기도 들어오지 않는 아파트. 한 자루 촛불이 밝혀낸 방 안 꼴은 한마디로 을씨년스러움 그것이다. 오른쪽 벽에 붙여서 군용 나무침대가 놓였다. 맞은쪽 벽에 벽면 반을 위로 차지한 찬장. 촛불이 얹힌 테이블과 거죽이 터진 사이로 속이 비죽이 내민 의자가 그 앞에. 한길로 난 창문에는 커튼 대용의 담요. 이뿐이다.

참 또 하나 양철난로가 있는데 이 겨울 들어 그 속에 불이 타본 일은 한 손으로 세고 좀 모자랐다. 돈도 돈이지만 방을 비운 사이 불을 봐줄 사람이 없다. 늘 하는 대로 점퍼를 벗고 윗도리를 벗고 바지를 벗어던지고 침대 속으로 뛰어들려 했다. 탕 문소리가 나면서 촛불이 너풀한다. 그는 잔뜩 웅크리고 문께로 가서 잘 물리지 않는 문을 이럭저럭 문틀에 맞추려고 했다.

그때다.

마룻바닥에 떨어진 한 통의 편지를 보았다. 아파트 주인 할머니가 문틈으로 집어넣은 모양이다. 하도 신기한 생각에 가슴이 훌쩍 뛰었다. 편지라니. 그는 편지를 집어서 우선 앞을 보았다. 혹시 잘못 넣어진 것이 아닌가 해서다. 독고민獨孤民. 틀림없는 그의 이름. 다음엔 뒤집었다. 그는 찬찬히 들여다보느라고 편지를 바싹 촛불 앞으로 들이댄다. 그러자 그는 갑자기 얼어붙은 사람처럼 빳빳해졌다. 아니 이게……? 원 이런. 후들후들 떨면서 편지봉을 찢고 속을 집어냈다. 그리고 읽는다. 편지를 읽는 동안 황송스럽고 황홀한 낯빛이었다. 다 읽고도 멍하니 서 있는다. 한데나 다름없는 방 안에서 잔뜩 오그렸던 몸이 지금은 허리를 꼿꼿이 펴고 의젓하리만큼 똑바로 섰다. 방 안이 갑자기 더워진 것도 아닌 만큼 그가 이렇게 갑자기 변한 것은 분명히 그 편지 때문이란 것을 알 수 있다. 얼마나 그렇게 서 있었을까. 문득 꿈에서 깬 사람처럼 손에 든 편지를 내려다본다. 머리를 설레설레 흔들면서 또다시 편지를 불빛에 대고 읽는다. 괴로운 빛이 그의 얼굴을 덮는다. 다시 읽고 또 읽는다. 횟수를 거듭함에 따라 그의 낯빛은 점점 밝아진다. 이윽고 편지를 꼭 쥐고 돌아섰을 때 그의 낯빛은 이를테면 기쁨에 찬 얼굴이라고 부를 수 있는 그런 것이었다. 편지 속은 이렇다.

민.

얼마나 오랜만에 불러보는 이름입니까? 저를 너무 꾸짖지 마세요. 지금의 저는 민을 보고 싶은 마음뿐입니다. 돌아오는 일요일 아세아극장 앞 '미궁'다방에서 기다리겠어요. 1시에서 1시 30분까지. 모든 얘기 만나서 드리기로 하고 이만. 민, 꼭 오셔야 해요.

그는 또 한 번 편지를 들여다보았다. 그 편지는 보낸 사람 이름이 없었으나 독고민은 그녀의 장난꾸러기 같은 얼굴을 대뜸 머리에 떠올릴 수 있었다. 왼쪽 뺨에 있던 까만 점. 그녀는 이를테면 그의 첫사랑의 여자였다.

첫사랑이나마나 독고민의 스물일곱 해 생애에 같이 자본 것은 그녀 한 사람뿐이라면 말 다한 셈이다.

독고민은 황해도 태생으로 전쟁통에 내려왔다. 자신은 반드시 그렇게 해야겠다는 생각은 아니었고 도리어 부모 곁에 머무르고 싶었으나 부친의 뜻은 그렇지 않았다. 그를 남으로 떠나보내는 날 저녁에 부친은 사랑방에 그를 불러 앉히고 말했다. "우리야 다 늙고 죽기만 기다리는 몸. 아무 염려 말고 어서 떠나라. 네 한 몸만 무사히 자유스런 곳에서 살면 그만이다. 어서." 독고민은 외아들이었다. 삼대는 아니었으나 외아들이었다. 부친은 그 귀한 아들이 공산군에 잡혀가는 것을 참을 수 없었던 것이다. 그는 부친의 뜻을 따르는 수밖에 없었다. 그 고을에서는 밥숟가락이나 먹는다는 포목전을 내고 있던 부친의 덕으로 이렇다 할 고생도 해본 일 없이 그 나이까지 살았다. 학교에서 독고민은 결코 머리 좋은 아이는 아니었다. 하기는 묘한 일이 한가지 있었는데 독고민이 국민학교 1학년 때 그는 급장이었다. 다시 말하면 공부를 썩 잘한 것이다. 그런데 2학년에 가서 그는 급장을 내놓았을 뿐 아니라 성적도 가운데쯤으로 뚝 떨어졌다. 3학년 때 그는 예순 명 가운데 마흔다섯번째였다. 4학년에서는 쉰번째였다. 5학년과 6학년에서는 55등에서 57등 사이를 학기마다 오르락내리락하며 지냈다. 중학교에서 고등학교까지 그는 죽 공부 못하는 학생이었다. 월남 후에 바로 입대해서 2년 복무한 다음 다리에 부상을 입고 제대가 되었다. 그가 제대한 것은 아직 싸움이 한창때고 서울이 부산으로 돼 있을 무렵이었다. 그 무렵 세상 살기가 얼마나 어렵고 얼마나 참 기막힌 때였던가는 말하면 잔소리겠으나 독고민도 빠질 순 없었다. 도떼기시장에서 넥타이 장수로 내디딘 그의 직업 편력은 다채로운 바 있었다. 군복 장수. 고구마 장수. 깡통 주이. 무연탄 장수. 물론 군복 도매상이 아니고 왼팔에 사지 즈봉 한 벌 오른팔에 점퍼 한 벌을 걸치고 평안도 에미네들이 군복 사시라우요 네, 군복 헐하게 사시라우요 하면서 노점 사이를 왔다 갔다 하는 그런 것 말이다. 고구마 장수도 그렇다. 온 배에 산더미 같은 고구마를 배 떼기로 척척 사고 팔았다는 말이 아니고 드럼통 위에서 구워내는 저 그것 말이다. 그 밖에 모두 그런 어름이다. 줄여 말하면 좀 고생했다. 하긴 사람에게는 황금시대란 게 있다. 사람들이 말하는 "옛날엔 나두……" 할 때의 옛날이 그에게도 있다. 옛날이래야 몇 해 전이지만 어쨌든 옛날은 옛날이다. 미군부대에 들어가게 된 것이다. 물론 그는 영어라곤 한마디도 못 했다. 이북에서는 학교에서 러시아말을 가르쳤기 때문이다. 그렇다고 독고민이 러시아말은 잘한다는 게 아니라 하물며 영어 못한 것은 그의 탓이 아니라는 것뿐이다. 여기서 그는 타고난 제자리를 찾아냈고 그것은 그가 영어 못하는 것이 조금도 흠일 것이 없는 일이었다. 학교 시절 때 얘기에서 빠뜨렸는데 민은 다른 학과는 모조리 젬병이었으나 그림만은 빼어났었다. 그림 시간이면 독고민은 즐거웠다. 미술 선생은 그의 머리를 호되게 두드리면서 말한 것이다. "민은 장차 위대한 미술가가 될 거야." 민은 오랫동안 그 말씀을 잊지 못했다. 그 솜씨가 미군부대에서 끝내 빛을 나타낸 것이다. 그가 어느 날 쉬는 참에 장난삼아 감독 하사관의 얼굴을 그려주었더니 나도 나도, 이렇게 하여 민은 궁정화가

宮廷畵家가 되어버린 것이다. 하기는 초상화뿐이 아니라 미국 군대란 괜히 페인트와 간판을 사랑하는 것이었다. 그런 일은 모두 그의 몫이었다. 그뿐이 아니었다. 정승 좋다는 게 가마 타는 재미뿐이겠느냔 말마따나 절로 여러 가지 중매 거간 노릇을 하게 되어 커미션만 받아도 돈을 주체할 수 없었다. 숙을 만난 것은 그때였다. 그녀는 양부인이었다. 미군부대 종업원과 양부인이란 환관宦官과 궁녀 비슷한 것으로 그 이상 가까울 수 없는 사람들이었다. 그녀는 얼굴이 동그스름하고 살진 엉덩이를 가지고 있었다. 하기야 애초에는 물질적인 주고받음이 다리를 놓아주었다. 신세 지는 것은 그녀 쪽이고 입히는 것은 민이었다. 그녀는 지는 것만으로는 미안하다는 마음으로 민에게도 입혀준다는 형식으로 비롯된 사이였으나 그런 게 어떨 것은 없었다. 그녀는 민더러 증류수처럼 순수한 사내라고 했다. 그녀는 대학을 중퇴했노라고 했다. 그런 점으로도 고등학교 중퇴한 초라한 학력밖에 못 가진 민에게는 과분한 상대라고 아니 할 수 없었다. 같이 살지는 않았다. "서로 불편해진다"는 숙의 말을 좇아 방은 따로 가지고 '마음만 늘 같이'하기로 돼 있었다. 독고민이 쉬는 날이면 그들은 영화를 보고 밥을 같이 먹고 차를 마시고 가끔 음악도 들었다. 민은 음악에는 귀머거리나 진배없었으나 그는 사랑하는 이의 취미를 아낀다는 맘에서 아무 소리 없이 따라다녔다. 그럴 때 어느 모로 보아도 그녀는 양부인 같지 않았다. "남들이 보면 우릴 점잖은 애인들끼리라 할 테죠. 호호호." 옳은 말이었다. 그 무렵 사람들의 돌아가는 말로는 민은 좀 모자란다는 소문이 있었으나 숙의 말을 빌리면 '참 좋은 분'이며 '증류수처럼 순수한 분'이었다. 그는 숙이 같은 예쁜 여자가 자기를 사랑해준다는 일이 무진장 고마웠다. 그는 실지로 그녀에게 묻기까지 했다. "저어 내 한 가지 묻겠는데…… 숙인 정말 날 사랑해?" 그녀는 빤히 쳐다보더니 깔깔 웃기 시작했다. 그녀는 그 펑퍼짐한 엉덩이를 옮겨 민의 무릎에 올라앉으면서 그의 목을 끌어당겼다. "당신은 정말 좋은 분예요. 어떡허다 당신 같은 분이 나한테 걸렸을까?" 그녀의 목소리는 그때만은 조금 떨렸다.

그런 나날이 반 년 남짓 나가다가 그녀는 훌쩍 자취를 감췄던 것이다. 말할 것도 없이 당시로서도 적지 않은 금액의 신용대부(애인 사이에 신용대부도 우습지만) 형식으로 맡고 있던 민의 현금과 함께였다. 말 못 할 무슨 사정이 반드시 있을 것으로 짐작했다. 돈을 잃었다는 생각보다도 그렇게 하지 않을 수 없었던 그녀의 사정이 더 안타깝고 걱정스러웠다. 참다운 애인일 때 이것은 말할 것도 없는 일이었다. 그래서 민도 그랬다.

그렇게 사라진 그녀가 지금 이렇게 편지를 보내오다니. 그는 가슴이 훈훈해지고 눈시울이 뜨거워졌다. 자식 진작 편지할 일이지. 아무렴 내가 빚 재촉할까 봐. 그는 자꾸 자식을 뇌었다. 그는 이불 속으로 기어들어가 손만 내놓고 편지를 읽는다. 꼭 오셔야 해요. 체, 안 가구 어째. 독고민은 지금 조그만 간판 가게에서 일을 본다. 물론 자기가 하는 가게는 아니다. 직공이다. 수입이야 그녀와 지내던 때하고 견줄 바 못 된다. 그럴 수밖에 없는 것이 황금시대가 마냥 그냥이라면 애초에 그런 말부터 생기지 않았을 테니까. 그는 반이나 얇슬해진 해묵은 구제품 홈스판 오버를 걸치고 늘 감기 기운으로 코멘소리를 가지고 다녔다. 그의 일은 극장에서 프로가 바뀔 때마다 붙이는 간판을 그리는 것인데 서부 사나이들의 털북숭이 가슴과 서부 여편네들의 사라브레드처럼 살진 궁둥이를 다듬느라고 그의 붓은 거칠 대로 거칠어 있었다. 그렇다고 온전한 화가가 되지 못한 것을 한탄할 만큼 민은 예술가도 아니었다. 불교에선 업業이란다지만 사람도 나름이어서 독고민은 한 가지 일에 매달려서 낭떠러지 끝까지 내처 달리는 그런 축이 아니다. 그런대로 그녀를 떠올릴 때마다 늘 생각나는 일이 한 가지 있다. 그것은 그의 생애에서 마치 처녀의 초조初潮처럼 부끄럽고 당황한 사건이었다. 어떤 날 그는 부대에서 끝내지 못한 일거리를 든 채로 그녀를 찾아갔다. 숙은 파자마 바람으로 침대에 누워서 한 손에는 담배를 붙여 든 채 그 초상화를 한참이나 들여다보더니 "당신은 정말 좋은 소질을 가지셨어. 양놈 코빼기나 다듬기엔 아까워요." 그러고 잠깐 무엇인가 생각하더니 "어때요. 국전에나 한번 내보내면, 사람 일 알아요." 이러는 것이었다. 민은 왜 그랬던지 가슴이 철렁했다. 그다음에 아득한 옛날을 퍼뜩 떠올렸다. "민인 장차 위대한 미술가가 될 거야." 마치 잘못한 학생에게 한 대 먹이는 식으로 호되게 그의 머리를 꽁 내리찧으시던 미술 선생님의 주먹을 떠올렸다. 그날 그녀와 갈라진 다음에 그는 곰곰 생각했다. 그녀가 그의 재질을 알아주고 부추겨준 일이 먼저 고마웠다. 그것은 서로 보다 나아지려는 연인이 아니고는 있을 수 없는 보살핌이었다. 그는 결심했다. 다음날부터 출품 작품에 달라붙었다. 그녀에게 값하는 사람이 되고 싶은 한 마음에서였다.

가시쇠줄 울타리가 있었다. 미군 보초가 서 있었다. 양부인이 마주 서서 손을 벌리고 웃고 있었다. 조금 떨어져서 담배 파는 할머니가 올망졸망 늘어놓은 목판 뒤에 앉아 있었다. 할머니 옆에 거지 계집애가 깡통을 안고 쭈그려 앉아 있었다. 그리고 밤이었다. 이런 그림이었다.

받는 곳에 들고 갔을 때 마치 물건 버리러 온 사람처럼 팽개치듯 하고 물러나왔다. 혹시 무슨 말을 물을까 겁이 나서. 국전이 열리기까지의 사이 그렇게 안타까운 나날이 그의 생애에 일찍이 없었다. 어느 가을날 국전은 열리고 그의 작품은 물론 낙방이었다. 숙이한테는 감쪽같이 한 일이었으나 그는 마치 죄나 지은 듯이 볼 낯이 없었다. 애인 몰래 딴 여자와 사귀다가 퇴짜를 맞고 되돌아왔을 때 양심 있는 인사라면 가질 만한 느낌이었으나 독고민은 그런 못된 겪음이 없기 때문에 그저 죄송스러웠다. 숙이 자취를 감춘 것은 그로부터 얼마 후였다.

아픈 마음속에서도 무엇인가 그럴 만한 일처럼 느껴지기도 했다. 잘됐지 뭐야. 어차피 자기 같은 사람에겐 과분한 여자였고 모처럼 잘되자고 북돋는 애인에게도 갚을 만한 재질이 없는 자신을 꾸지람하는 맘에서였으리라. 그런 그녀가 편지를 보내온 것이다. 그는 자꾸 좋았다. 그녀와 갈라진 이후 그의 생활은 조금도 재미없었다. 나쁜 일만 생겼달 것까지는 없어도 좋은 일은 하나도 없었다. 물론 애인도 생기지 않았다. 독고민 주제에 그

찬란한 분홍빛 지난날이 있었다고는 아무도 믿지 않을 것이다. 사람이 옹졸한 터라 누구에게 그런 옛날을 술주정으로나마 쏟지 못하는 사람이고 보니 그야말로 독고민의 세 치 가슴속에 고이 간직된 몹쓸 꿈이라고 할 수밖에 없다. 말하자면 숙과의 지난날은 그의 삶의 보람이며 누더기옷에 꿰맨 보석이었다. 이 추운 겨울날 지난날 그런 눈부신 때를 가졌다는 달콤한 추억이 없다면 그는 진작 얼어 죽었을 것이다. 어느 시인이 말하기를 얼어 죽는 사람은 추억이 없었던 사람이라고 했다지만 그것은 바로 독고민을 두고 한 말일시 분명하다. 마음이 추우면 죽는다. 늙은이 뼈마디처럼 덜거덕거리는 이 낡아빠진 바라크 아파트에서 불도 없는 찬 방 침대에 자면서도 독고민이 아직껏 죽지 않은 것은 사실 이 때문이었으나 본인은 모르고 있었다. 그러나 공기의 화학 방정식을 모른다고 해서 그 사람은 공기를 마시지 않고 있다고 우긴다거나 교리 문답을 한 번도 읽을 기회가 없어서 하나님의 성함을 모른다고 해서 천주는 없다고 주장하는 것이 터무니없는 잘못이듯이 민이 그런 사실을 스스로 깨닫지 못한대서 진리는 흔들리는 것이 아니다.

벌써 3시가 뎅뎅 울린다.

아래층 주인 할머니 방 기둥시계다. 민은 하나 둘 셋 그 소리를 센다. 그러면서도 잠들 눈치는 전혀 보이지 않는다. 그는 또 편지를 펴든다. 오늘밤 그는 몇 번째 되읽는지 모른다. 마치 놓아두면 그 편지 내용이 종이를 떠나 훌훌 날아갈 것을 걱정하듯. 마치 자기 눈길로 글자 하나하나를 꼭 얽어매놓으려는 듯.

독고민은 자꾸 읽는다.

  사흘 뒤 일요일. 민은 극장을 건너다보면서 서 있다. 매표구에
는 사람들이 뱀모양 구불구불 줄을 지어 밀려들고 있다.
  사람들은 다 잘 차리고 있다. 스무 살대의 남녀가 으뜸 많고
서른 줄 마흔 줄 그런 순서인 것 같다. 사람들은 대개 쌍이었
다. 줄을 같이 서서 앞뒤로 즐거운 듯 말을 주고받는 사람. 한쪽
은 줄에 들고 다른 쪽은 줄 밖에서 줄이 움직이는 대로 짝을 따
라 움직이는 사람. 그것은 다정스러워 보였다. 그는 호주머니를
뒤져보았다. 돈은 넉넉했다. 그는 표 사는 줄에 끼어들었다. 어
느새 그의 뒤를 따르는 줄이 생기고 그는 매표구 앞까지 밀려왔
다. 그의 가슴은 무거웠다.
  그의 옆자리에는 웬 늙은 남자가 호콩을 썹으면서, 지그시 눈
을 감고 있다. 눈을 감은 채 연방 입으로 호콩을 나르는 손은 멈
추지 않는다. 오른편은 젊은 여자였다. 어디선가 많이 본 여자
같았다. 그러나 생각나지 않았다. 아직 불을 끄지 않은 자리는
영사가 시작되기 전의 부산한 즐거움에 싸여 사람들은 웅성거
리며 가볍게 들떠 있었다.
  독고민의 옆자리에 앉은 여자는 자기 옆에 앉은 남자가 퍽 미
남자라고 생각했다. 그녀에게는 아무리 교양 있는 남자라도 거
기 어울리는 풍모가 아니면 꼭 만화를 보듯이 재미스럽게밖에
는 보이지 않았다. 그녀는 그가 자리에 들어설 때 흘긋 쳐다본
것뿐이었으나 썩 좋은 얼굴이라고 생각하였다. 그리고 조금 굳

어졌다. 그녀는 손을 들어 매니큐어한 손톱을 만지작거렸다. 엷은 분홍을 칠한 손톱. 요담엔 그냥 비치게 해야겠어. 매니큐어를 그만두는 것도 좋지만 뭐 괜찮아. 이 남자는 어느 편을 좋아할까. 그녀는 깜짝 놀랐다. 그 한마디는 전혀 장난처럼 불쑥 튀어나온 것이었다. 그녀의 밖에서 떠돌아다니다가 먼지가 쑥 내려앉는 모양으로 그녀의 마음에 내려앉은 것이다. 그녀는 몹시 재미있었다.

사람이란 참 이상해. 그러면서 손끝으로 옷깃을 약간 잡아당기는 시늉을 했다. 따르릉. 민은 옆자리 여자가 웃는 듯이 느꼈으나 벨소리에 부지중 스크린으로 후딱 머리를 돌렸다. 밤낮 보아온 서부의 포장마차와 불가사리 같은 사나이. 인디언. 위기일발. 달려오는 구원대. 민은 화면을 보면서도 사실은 보고 있지 않았다. 왜 안 왔을까. 숙은 오지 않았던 것이다. '미궁'에서 네 시간이나 기다렸지만 그녀는 끝내 나타나지 않았다. 무슨 일이 생긴 것일까. 거짓말할 여자가 아니다.

극장 문을 나선 민은 그저 건성 집이 있는 쪽으로 걸음을 옮겼다. 짧은 겨울 해는 이미 넘어갔다. 전차가 털렁거리면서 지나간다. 여자가 저편에서 걸어온다. 지내놓고 보니 어디선가 본 듯싶은 여자였다. 그는 문득 생각했다. 극장에서 옆자리에 앉은 여자 같아서. 그러나 확실치는 않았다. 그녀는 총총히 사라져가고 있다. 민은 우뚝 서서 그 뒷모습을 바라보았다. 그녀는 정말 옆자리에 앉았던 여잘까. 그는 조바심이 난다. 알 수 있는 길은 한 가지밖에 없었다. 쫓아가서 한 번 더 보는 것. 돌연한 용기로 가

숨을 울렁거리며 여자가 사라진 쪽으로 달려갔다. 그녀는 보이지 않았다. 골목이 나섰다. 그는 거침없이 그 골목으로 접어들었다. 그러나 막다른 골목이었다. 그는 되잡아 큰길로 나서서 내처 길을 따라 뛰어갔다. 앞이 확 트이면서 광장이 나타났다. 광장에는 얼어붙은 분수가 환한 가로등 불빛 아래 동상을 옮겨낸 밑판처럼 서 있을 뿐 오가는 그림자 하나 없이 텅 비어 있었다. 우뚝 섰다.

하늘을 쳐다보았다. 부시도록 아름다운 별하늘이다. 유리처럼 단단하고 짙푸른 하늘 바탕에 찬란한 보석들이 쏟아질 듯이 부시다. 하늘의 그것들은 그에게 말하는 것 같았다. 알고 있어. 네 심정은 다 알고말고. 괜찮아. 잘될 거야. 사실 별들이 그렇게 말했을 리는 만무지만 민은 꼭 그런 소리를 들은 것만 같았다. 숙은 왜 오지 않았을까. 민은 오던 길을 되돌아 걸어온다. 등불이 드문드문 비치는 집들 앞에서 그는 잠깐씩 머물러 선다. 불빛은 노랗고 따뜻해 보였다. 푸르게 빛나는 창은 형광등인 모양이었다. 그 속에서 사는 사람들은 다 행복한 사람일까. 아까 그 여자는 어느 창 안에 있을까. 그는 그 여자를 꼭 만났어야 했다고 이제는 생각하는 것이다. 그녀를 만났다면 꼭 무슨 좋은 일이 있었을 것이 분명하다. 그러나 이제는 다 쓸데없는 일이었다. 집으로 빨리 돌아가고 싶은 생각은 없었다.

때는 아직 이를 텐데 지나는 사람이 통 없다. 하긴 몹시 추운 밤이다. 장갑 긴 채로 따끈거리는 귀를 세게 비빈다. 귀는 나무 손잡이처럼 삐걱거리는 소리라도 날 듯이 뻣뻣할 뿐 시리기는

매한가지다. 절로 걸음이 빨라진다. 길가 가게도 문을 닫은 집이
태반이다. 꼭 이슥한 밤중 같은 거리의 모습이다. 걸어가는 그
의 머리 위에서 양철 간판이 삐그덕거렸다. 전깃줄이 운다. 어깨
와 등판이 맨살처럼 싸하다. 그는 더 빨리 걷는다. 걸으면서 몸
을 녹이고 갈 그럴싸한 집을 찾는다. 어떤 찻집 앞에서 걸음을
멈추고 문을 민다. 문은 열리지 않는다. 홀에는 분명히 불이 켜
있다. 그는 세게 밀어본다. 역시 열리지 않는다. 한길 쪽으로 난
창으로 속을 들여다본다. 커튼이 꼭 당겨지지 않은 사이로 속이
보인다. 자리는 텅 비어 있다. 그래도 카운터에는 젊은 여자가
한 사람 턱을 괴고 멍하니 앉아 있다. 창유리를 똑똑 두드린다.
그녀는 알아차리지 못한다. 더 크게 똑똑 두드린다. 그래도 그
녀는 여전히 빈 홀 맞은편 벽을 쳐다본 채 움직이지 않는다. 두
드리던 손을 내리고 그녀를 바라본다. 홀에는 파란 불이고 그녀
앞에 놓인 스탠드는 분홍빛 갓을 썼다. 콧날이 서고 뺨이 미끈
한 얼굴은 아름다운 편이다. 그런데 먼발치서 보는 터라 단정할
수는 없으나 사팔뜨기인 듯싶었다. 그녀는 한 팔을 올려 머리핀
을 뽑아 그것으로 머리를 긁는다. 민은 세번째 똑똑 두드렸다.
여자는 머리핀을 꽂고 도로 턱을 괸다.

　그만두기로 하고 창에서 떨어져 걸어간다. 길 아래위를 둘러
본다. 강아지 한 마리 얼씬하지 않는다. 아이 취. 추위에 동동 발
을 구르고 싶어지면서 큰길을 버리고 골목으로 잡아든다. 몇 걸
음 옮기지 않으니 왼편에 찻집이 나선다. 어깨로 문을 밀면서
걸어 들어간다. 들어서보니 사람들은 스토브를 빙 둘러싸고 서

있다. 의자는 스토브를 둘러싼 그들 뒤에서 또 한 바퀴 원을 만들었다. 아무도 앉은 사람은 없다. 민은 그들 뒤로 다가서면서 먼저 사람들 허리 사이로 장갑 벗은 손을 디밀어 불을 쬔다. 그들은 큰 소리로 싸우고 있었다. 그 중 한 사람이 종이를 쳐들고 그것을 읽고 있다.

"우리의 시단詩壇을 살펴봅시다. 미친 여름 다음에는 차분한 가을이 옵니다. 저 반동의 철이. 사람들은 자기들의 지난날을 돌아다보고 혹시 무슨 실수나 없었던가 괴로워합니다. 댄서들은 손님들의 값싼 환호에 취해서 너무 드러내지 않았던가 괴로워하기 시작합니다. 옛날식으로 처녀의 허벅다리를 본 사람은 다애인으로 친다면 그녀는 얼마나 많은 애인을 가진 것이 됩니까? 날카롭던 전위 시인과 전위 비평가들은 눈에 띄지 않게 발을 뺄 수 있는 전향 성명서를 짓느라고 밤을 새웁니다. 사람들은 오래 기억 못 합니다. 민중처럼 잘 잊어버리는 사람들도 없지요. 어제의 매국노가 오늘의 애국자래도 곧이듣습니다. 어제의 쉬르레알리스트가 구렁이 담 넘듯 온건한 레알리스트로 바뀌어도 그들은 알아보지 못합니다. 신문이 그렇게 말하면 그만입니다. 오스카 와일드는, 독자란 예술가가 그렇다고 하면 그런 줄 안다고 했다지만 지금은 예술가 대신에 신문기자의 시댑니다. 귀중한 목숨. 사람의 팔다리가 데굴데굴 구른다는 얘기도 한두 번이지 세월이 가면 물립니다. 어머니들은 외아들의 전사를 잊어버리고 자선사업과 양로구락부에 재미를 붙이기 시작합니다. 아직도 우리는 그 시대를 기억합니다. 참 그 기막히던 시절. 죽음과 굶주림이 우리와 같이 살던 계절. 우리는 그 시절을 잊지 못합니다. 그래도 소용없습니다. 지금은 여자들이 잃어버린 정조를 못내 한탄하는 복고復古의 계절. 목숨처럼 어찌할 수 없었던 반역을 마치 낭비한 슈미즈처럼 뉘우칩니다. 늙은이들은 젊은 사람들에게 지나친 추파를 보낸 일로 말미암아 가슴을 앓습니다. 낡은 빛 우수수한 산수화와 괴기한 벼룻돌을 슬그머니 끌어당기며 그들의 믿음은 사실은 부동不動이었노라고 뇌까리기 시작합니다. 어리석은 사람들. 그들은 어느 누구고 다 옳았던 것입니다. 그때 그들이 그렇게 한 것은 옳았던 것입니다. 우리는 미친듯이 춤을 춘 그녀들의 다리를 알 만합니다. 그녀들의 파트너는 바로 우리였으므로. 우리는 그녀들이 슈미즈를 낭비했다고 나무라지 않습니다. 그 슈미즈를 찢은 것은 우리였으므로. 우리는 저 빛나던 전위 비평가의 경솔함을 사랑합니다. 그들은 우리들의 나팔이었으므로. 우리는 저 늙은이들을 깔보지 않습니다. 그들은 우리들을 사랑한 것이므로. 그 어두운 시절에 우리는 많은 것을 배웠습니다. 싸움에서 돌아온 아이들은 찢어진 배낭 속에 무거운 수확을 가지고 왔지요. 선승禪僧의 눈초리보다도 빛나는 그 무엇을. 그 많은 막달라 마리아들. 우리의 누이들과 애인들도 많은 것을 배웠습니다. 그녀들의 잠자리와 밤은 헛되지 않았습니다. 늙은이들은 더 많이 배웠습니다. 그들이야말로 최고의 수확자. 그들은 검은 시절을 겪고 젊어졌던 것입니다. 그것은 위대한 시대였습니다. 우리 앞에 간 비굴과 노예의 시대도, 우리 뒤에 올 평화와 번영의 시대도 결코 알지 못할 우리들의 몫. 우리

의 머리와 우리의 심장과 우리의 생식기만이 알고 있는 착란과
고뇌와 욕망의 계절이었습니다. 우리는 피 맛을 본 맹수. 다시는
길들여지지 않을 것입니다. 그런데 사람들은 이 시대를 서푼짜
리로 팔아넘기려 합니다. 늘 소독물에 손을 씻고 먼지만 일어도
입을 막던 위생가들만이 아닙니다. 옛날의 우리 전우들이 이제
는 슬금슬금 꽁무니를 뺍니다. 그들은 우리와 어울리기를 꺼려
합니다. 한밑천 잡고 들어앉은 장사꾼처럼. 우리의 연인들은 춘
향전을 읽기 시작하고 국악은 어딘지 그윽한 데가 있다고 넌지
시 비치기 시작합니다. 그들은 결국 아무것도 알아보지 못한 것
입니다. 몸서리치는 값을 치르고도 그들은 끝내 아무것도 배우
지 못한 것입니다. 겉멋으로 포즈를 잡았을 뿐, 유행으로밖에 이
해 못 한 것입니다. 참새가슴보다 얇은 끈기. 할 수 없는 카멜레
온들. 칠면조들. 곰팡내 나는 벼룻돌과 이끼 낀 산수화山水畵와
표지 떨어진 성경책들과 전도 부인들이 대승정大僧正들과 외국
장군들의 힘을 빌려 교활하고 음흉한 역습을 준비하고 있습니
다. 이것은 해결이 아닙니다. 이것은 새로운 순결의 시대를 가져
오는 대신에 보다 나쁜 소돔의 시대, 거짓의 시대를 가져올 것
입니다. 그들은 우리에게 반역자의 누명을 씌우고 역사책에 이
렇게 기록하려고 음모하고 있습니다. 우리들을 가리켜 경솔하
고 주책없고 음란하고 어른들 말 듣지 않고 그러면서 실력 없고
무모하고 함부로 까불고 철딱서니 없고 지조 없고 겁쟁이고 자
존망대하고 예술을 망쳤으며 결국 형편없는 개새끼들이란 올가
미를 씌워서 묻어버리려 합니다. 여름날 태양 아래 기름에 번들

거리면서 콩밭을 갈고 있는 트랙터를 보고 적의敵意를 품은 사람은 아무도 없습니다. 이 트랙터가 돌연 장미꽃밭으로 방향을 돌렸을 때는 문제가 다릅니다. 가이사의 것은 가이사에게. 향단이의 것은 향단이에게. 트랙터가 장미꽃밭에 들어서서 어쩌자는 것입니까. 이것은 변입니다. 우리의 연인들은 트랙터가 가꾼 장미꽃을 달기를 거부할 것입니다. 그리고 그것을 묵인한 주변머리 없는 우리들을 경멸할 것입니다. 당연히 우리는 실연의 쓴 잔을 들고 소크라테스의 흉내를 내느라고 내가 아무개한테서 병아리 한 마리를 꾸었는데 어쩌고 하면서 운명의 시간을 연장하려고 애쓰는 비극을 초래하고야 말 것입니다. 시인이란 별것이 아닌 것. 트랙터가 꽃밭에 접근하면 위험 신호를 발하고 필요하면 풍차風車를 향해 돌진한 위대한 선배처럼 원예용 스코프를 높이 비껴들고 트랙터 상대로 한바탕 하다가 급기야 기진맥진한 몸을 산초 판자 아닌 그리운 아가씨의 품에 안겨 대장부의 미소를 방긋 웃고는 지체 없이 기절 상태에 돌입하는 화려한 직업. 며칠 전 내 친구 한 사람을 만났더니 풍차를 향해서 돌격해도 소용없으니 무모한 짓을 그만두라고 하기에 나는 그 자리에서 절교를 선언했습니다. 존경하던 친구지만 진리와는 바꾸지 못했던 것입니다. 제군, 이 트랙터의 침입에 대비하자. 우리들의 피어린 투자를 동결시키고 허리를 졸라가며 모은 재산을 몰수하려는 시단詩壇의 국유화주의자들에게 항거하자.”

그러자 마구 욕설이 튀어나왔다. 그들은 외친다. 그게 무슨 비도덕적인 소린가. 난 차마 그런 줄은 몰랐어. 반성하란 말이야.

가만있게. 왜들 이래, 닥쳐. 무슨 우라질 놈의 왜들 이래야. 반성
하란 말야. 참 좀 냉정히 생각해주십시오. 제군 진정하십시오.
닥쳐라. 사과를 요구한다. 제군 다음 구절을 더 읽은 다음에 비
판해주십시오. 그는 소리 높이 읽는다.

　　바다 풀 사이사이를 지나
　　그 무쇠배들조차 숨막혀 죽은 수압水壓

　왜 무쇠배인가, 나무배이다. 창피한 줄 알게. 그때에 무쇠배가
있었다? 사람 죽이지 마. 그들은 저마다 손에 든 종이를 내저으
며 발을 구르고 고함을 질렀다. 그는 카운터 쪽을 보았다. 마담
은 빙긋 웃으며 까딱해 보였다. 곱게 늙은 유화스런 눈매가 부
드러운 여자다. 갑자기 마담이 소리쳤다. 그를 손가락질하면서.
　"그러지들 마시구 선생님께 물으세요."
　사람들은 마담이 가리키는 곳을 따라 한꺼번에 고개를 돌려
그를 알아보자 우 몰려들면서 저마다,
　"선생님!"
　"어디 가셨더랬어요?"
　"선생님께서 자리를 빈 사이에 이 소동이 됐답니다."
　"조용히 조용히. 자 그러면 자네 선생님 듣는 데서 다시 한 번
읽게. 조용히!"
　아까 그 청년이 밭은기침을 한 다음 종이를 눈높이로 올려든
다. 민은 그 앞에 멍청하니 섰다.

해 전

잠수함이 가라앉으면서
붕어들은 태어난 것이다.
바다풀 사이사이를 지나
그 무쇠배들조차 숨 막혀 죽은 수압
해구海溝를 헤엄쳐
어항 속으로 찾아온 것이다

바다는 그리워서 흔들리는 새파란 가슴
너를 용서하지. 묶여 있는 너를
한 줄기 소낙비를 기폭처럼 날리며
도시를 폭격하는 너를
달려오렴
달려오렴
그렇지

금붕어는
도시에 보낸 너의 잠수함
그 힘찬 원양 항로
그 장대한 뱃길에서
과연 단 한 번도 사랑이 없었다고

할 수 있겠는가
수병들은 그리웠던 것이다

태양도 얼굴을 찌푸렸다
산호가지를 날리고
진주를 바순
폭뢰爆雷

금붕어는
오지 않고는 배기지 못했다
원무곡이 파도치는 찻집
어항 속의 금붕어는
눈알까지 발그스레하다

들어라 큰바다의 울부짖음을
보라 거포의 발작을

산기産氣를 느낀 암고래들이
크낙한 산실을 찾아 헤맸다

잠수함이 침몰했을 때
이등 수병은
어머니의 사진에 입을 맞췄다

그 입술에서는 장수연 냄새가 났다
자식은 열아홉 살이나 먹었는데
애인이 없었다
게다가 담배질도 배우기 전

한때 그 수역水城은
물이랑을 파헤치면서 저 숫고래들이
암컷을 따라가던 곳

기관이 부서지고
산소 탱크가 터져
바다 밑에 내려앉은 잠수함은
가재미 늦새끼만도 못한 것

이제
만 톤급 순양함 바다의 이리는
파이프를 닦아넣는
끽연 클럽의 신사처럼
산뜻이 포신을 거두면서
기지로 돌아가는 것이다

어머니 사진이 물 밑에 깔렸다 해서
바다는 장수연을 피웠다고

할 수 있겠는가

싱그런 미역풀이
함기艦旗만 못하다는 건 아니지만
81명의 수병을
그 물 밑에 영주시켰다고 해서
우리는 위대한 이민移民 국가라고
할 수 있겠는가

하늘에 치뿜는 물기둥이
쏟아져 밀린 해일
다만 금붕어는 온 것이다
철함을 질식시킨
해구의 수압을 뚫고

그리고 내 사람이여
산호보다 고운 이여
나 그대를 사랑하노라

낭독이 끝나자 기침 소리 하나 없이 조용해졌다. 사람들은 그
를 뚫어져라 지켜본다. 민은 얼굴이 시뻘게서 두 손을 마주 비
비며 서 있을 뿐.
"자 선생님!"

민은 그를 보고 애원하듯 모기 소리를 냈다.

"여러분 선생님, 무슨 잘못 아신 모양인데요…… 저는 독고민이라고, 간판삽니다."

떠나갈 듯한 폭소가 일어났다. 어떤 사람은 너무 우스워서 발을 동동 굴렀다.

"우리 선생님 멋쟁이셔!"

"최고!"

"선생님 만세!"

"그렇다. 조용히! 그러나 선생님 한 말씀만 해주세요. 네? 유치하시더라도, 네?"

민은 사람들을 둘러보았다. 모두들 싱글벙글 즐거운 얼굴. 그러면서 민에 대한 존경과 사랑에 넘친 얼굴 얼굴. 어떤 사람은 그의 눈길을 맞자 눈을 찔끔해 보였다. 그는 불에 손가락을 댔을 때처럼 얼른 눈길을 떨구었다. 그의 눈은 빨갛게 단 난로에 머물렀다. 난로를 가운데 두고 둥글게 원을 친 사람들의 맨 앞줄에 그는 서 있는 것이다. 어쩌다 보니 손을 벌려 난롯불을 쬐는 자세를 짓고 있다. 곁에서 보기에는 퍽 자연스럽고 차분한 모습이었다. 그러나 그의 머릿속은 말이 아니었다. 아무것도 생각할 수 없었다. 사람들의 눈길과 눈길이 마치 쇠줄처럼 샅샅이 그의 몸뚱이를 둘러싼 가운데 그는 초롱 속의 새였다. 그는 자꾸 손을 비볐다. 찬 데서 들어온 몸이 뜨거운 불 곁에서 풀리면서 자릿하도록 즐거웠다. 그는 어쩐지 목이 메는 것이었다. 그는 이 사람들과 친구가 되고 싶었다. 아무 말참견도 말고 한 귀퉁이에 서 있게만 해준다면 얼마나 따뜻하게 불을 쬘 수 있을까.

"선생님?"

그는 후딱 머리를 들었다. 안경을 끼고 빨간 넥타이를 맨 그 젊은이는 재촉하듯 머리를 숙였다.

"여러분 용서하십시오. 저는……"

이렇게 말을 떼는데 마담이 쟁반에 얹은 커피잔을 그에게 디민다. 그는 얼결에 기다리기나 했던 것처럼 얼른 잔을 받아들었다. 사람들의 머리 위로만 헤매던 그의 눈길이 문득 한곳에 머물렀다. 그가 들어온 입구. 다방 문이 열려진 채 탕탕 바람을 안고 소리를 낸다. 민은 앞에 선 빨간 넥타이를 바라보았다. 그는 종이를 만지작거리며 발부리를 내려다보고 있다. 이때다. 그는 껑충 뛰었다. 빨간 넥타이가 공중으로 나가떨어진다. 문까지 한 달음에 이른 민은 그냥 문밖으로 뛰어나왔다. 무리돼지를 한꺼번에 멱따는 소리가 일어나면서 사람들이 쫓아나온다. 그는 주먹을 부르쥐고 마구 달린다.

"선생님."

"너무하십니다."

"선생님을 붙잡아라."

그런 소리를 지르면서 사람들은 뜻밖에 가깝게 다그쳐 쫓아온다. 그는 공포로 헉헉 느끼면서 휑한 거리를 자꾸 달린다. 어느 모퉁이를 돌아가면서 그는 뒤를 돌아다보았다. 그들은 저만치서 이쪽을 손가락질하면서 달려온다. 그는 두번째 모퉁이를 돌았다. 민은 약간 속력을 늦췄으나 여전히 뛴다.

아파트 계단을 올라가면서 독고민은 잠깐 망설인다. 꼭 한 잔만 했으면 온몸이 후끈하게 녹을 것만 같았다. 그러면서 그는 술을 좋아하는 편은 아니었다. 좋아하는 편이 아니라느니보다 싫어하는 편이었다. 정월 그믐 한창 고비로 설치는 모진 바람이 싸구려로 지은 나무집을 드르르 흔들었다. 지붕 양철이 날카롭게 운다. 민은 오싹 떨었다. 저 바람이 휘몰아치는 거리로 다시 나갈 생각이 싹 가시면서 민은 계단을 한 번에 두 단씩 건너뛰어 2층 자기 방문 앞에 섰다. 그는 장갑을 벗고 호주머니를 들쳐 열쇠를 꺼내 문을 열었다. 그는 뒷손으로 문을 닫으면서 나머지 손으로 문 옆 선반을 손어림하여 성냥을 찾았다. 넓지도 않은 선반에 얹혔을 성냥갑은 얼른 찾아지지 않았다. 그는 다른 손을 마저 선반에 올려 손바닥으로 그 위를 쓸었다. 왼손이 성냥에 부딪히면서 그것을 마룻바닥에 떨어뜨렸다. 아차. 이번에는 구부리고 앉아 어둠 속에서 마루를 더듬는다. 간신히 성냥이 잡혔다. 그때 그는 쭈뼛해졌다. 요 먼저 그 편지가 와 있던 날 지금과 꼭 같은 실수를 한 것을 퍼뜩 생각해낸 것이다. 악 소리를 지르면서 그는 어둠 속에서 얼굴을 감쌌다. 얼마나 그러고 있었을까. 그는 조심조심 손을 놀려서 성냥을 그어댔다. 이 불이 꺼지면 안 된다. 그렇게 되면 요전날 밤과 꼭 같아진다. 그는 하들하들 떨면서 불붙는 성냥을 쥐고 초가 놓인 책상 앞으로 다가섰다.

　불은 꺼지지 않았다.

　그는 온몸에 쭉 밴 식은땀을 느꼈다. 눈이 움푹 패고 몇 살 더

늙어 보였다. 그는 우두커니 서 있다가 다시 조심스레 문을 열고 방을 나섰다. 주인 할머니 방은 아래층이다. 그는 할머니를 불러서 장작을 한 아름 얻어가지고 방에 돌아와서 난로에 불을 지폈다. 얄팍한 양철난로는 금세 빨갛게 달아오르면서 방 안이 훈훈해졌다. 그는 의자를 당겨 난로를 끼고 앉아서 이 며칠 새 그의 생활에 일어난 엄청난 일을 생각해보았다. 그의 머리는 원래 무슨 일을 토막토막 잘라서 갈라놓고 무게를 달아보고 그것을 또 한데 모아보고 하는 그런 생김새로 돼 있지 않았다. 그저 어 하면서 스물일곱 해를 살아온 사람이다. 오랜만에 방에 불을 지펴놓고 자기 생활을 뜯어보려고 하자마자 독고민은 몹시 난처해졌다. 도대체 그녀는 왜 편지했을까. 나오지도 않을 자리에 그를 불러낸 속셈은 무엇이었을까. 그리고 그 찻집에서 민이더러 선생님이라 부르면서 자꾸 무엇인가 말해달라던 그 사람들은 대체 왜 그랬을까. 그 모든 일이 숙의 편지와 줄이 닿아 있는 성싶었다. 혹시 그 사람들은 그녀와 잘 아는 사이일지도 모른다. 바람이 몹시 부는 날이다. 지붕 양철이 유난히 삐그덕거린다. 늙은이 뼈마디처럼 건물 마디마디가 찌그덕거린다. 민은 또 편지를 집어들었다. 그때 그는 이상한 것을 찾아냈다. 그는 허둥지둥 봉투를 바싹 불빛에 들이대면서 들여다본다. 우표를 물고 찍힌 소인消印의 날짜. 1·25. 다음에 본문에 적힌 날짜를 다시 봤다. 1·15. 그의 머리는 벌집을 쑤셔놓은 모양으로 어지럽다. 1월 15일에 쓴 편지를 25일에 부쳤구나. 그렇다면 편지에 '돌아오는 일요일'이란 그 일요일은 어떻게 된단 말인가? 오늘이 28일. 그러니깐…… 그는 수첩을 꺼내서 15일에서 제일 가까운 일요일을 찾았다.

21일. 21일이었다.

모든 수수께끼는 풀렸다.

편지는 약속 날짜가 지나서 닿은 것이다. 그는 자리에서 벌떡 일어났다. 그는 문을 열고 복도에 나섰다. 삐걱거리는 계단을 밟고 내려가서 주인 할머니 방문을 두드렸다.

"누구요?"

"저올시다. 7호실 독고민입니다."

"들어오구려."

들어선 곳은 신 벗는 데고 방은 또 하나 장지 저편이다. 주인 할머니는 그 장지문을 열고 안경 너머로 그를 내다보았다. 움푹 팬 눈두덩 속에 바싹 마른 카바이드 알맹이 같은 눈알. 그 뒤로 손녀딸이 기웃하고 민을 바라본다. 사팔뜨기 소녀다.

"웬일이오?"

"저, 다름 아니라 좀 여쭐 말씀이 있어서요."

"무슨 얘긴데?"

"저, 다름 아니라 편지 말입니다."

"편지?"

"네. 며칠 전에 제 방에 넣으신 편지 있잖아요?"

"에…… 옳아, 있었지. 그래 그 편지가 어쨌단 말요?"

"네 그 편지 말입니다. 그 편지 언제 온 겁니까?"

"언제라니, 그날 온 편지지."

"혹시 그전에 온 걸 할머니가 잊으시고……"

"원 천만에. 손님들 편지를 내가 그럴 리 있소?"

할머니는 딱 잡아뗐다. 카바이드 같은 눈알이 디룩 한다. 민은 할 말이 없었다. 그는 우두커니 서 있다.

"그뿐이우?"

인사 삼아 한마디 덧붙이고 할머니는 문을 닫아버렸다. 손녀딸이 쿡 웃는 기척이 난다. 병신이…… 그답지 않게 악담이 불쑥 솟는다. 민은 방으로 돌아왔다.

그렇다면 그녀는 뭣 때문에 열흘씩이나 지난 편지를 그대로 부쳤을까. 혹시 딴사람에게 부치기를 부탁한 것이 아닐까. 그리고 그녀는 편지에 쓴 대로 다음 일요일까지, 즉 21일에 그 자리로 나온 것이 아닐까. 그랬음이 틀림없다. 죽일 놈, 이런 긴한 부탁을 이 꼴로 만들다니. 그녀는 얼마나 나를 원망했을까. "꼭 오셔야 해요." 그는 맥이 탁 풀렸다. 내가 나타나지 않은 것을 보고 아마 맘이 변한 것으로 알았겠지. 왼쪽 뺨에 까만 점이 귀엽던 얼굴. 그녀와 자기만 아는 옛일들이 한 가지씩 떠올랐다. 가끔 가다 불쑥 "전 나쁜 년이에요." 알 수 없는 말을 하면서 그에게 매달려 울던 일. 그리고 그녀의 허벅다리 안쪽에 한 치가량 가로 파인 움푹한 홈집을 만져보게 하던 일. 어쩌면 나는 그렇게 무심했을까. 참을 수 없다. 그녀를 찾아야 한다. 그는 일어서서 방 안을 왔다 갔다 한다. 따따따. 양철지붕은 깃발 날리는 소리를 낸다. 그런데 어떻게 찾느냐? 그는 우뚝 선다. 어떻게 찾느냐? 그는 봉투를 수없이 뒤집어보고 바로 보고 한 끝에 암담해졌다.

편지에는 보낸 사람의 주소가 없었다. 그러면? 그러면? 그는 또 걷기 시작한다. 벽에 부딪히자 그는 군대식으로 똑바르게 뒤로 돌았다. 맞은편 벽 앞에서 또 돈다. 이런 식으로 그는 두 벽 사이를 수없이 오락가락한다. 바람은 여전하고 그때마다 집은 늙은 쥐덫에 낀 소리를 낸다. 독고민의 불쌍한 사고력도 덫에 낀 채 바둥거린다. 열흘 열흘. 그러자 그는 거의 괴성에 가까운 소리를 질렀다. 광고, 신문광고를 내자. 그는 책상 서랍을 뒤져서 헌 신문지를 집어냈다. 피아노 야마하 중고품 염가 양도. 이런 것도 있다. 애라 어머니 돌아오시오. 모든 일이 잘되었으니 아무 염려 말고 돌아오시오. 이거다. 민은 웬일인지 눈물이 핑 솟았다. '아무 염려 말고' 하는 대목이 좋았다. 이거야. 그는 의자를 당겨 책상에 마주 앉았다. 연필을 혀끝으로 빨면서 써나간다.

숙이 돌아오시오. 모든 일이 잘되었으니 아무 염려 말고 돌아오시오.

민은 만족해서 소리 높이 두 번 읽어본다. 아니 좀 이상한걸. 돌아오시오라니. 한참 생각하고 이렇게 고쳤다. 숙이 다시 한 번 나오시오. 그렇지. 다시 한 번 나오래야지. 시간을 써야지. 2월 15일 오후 1시 그 다방으로 나오시오. 인제 됐다. 모든 일이 잘되었으니 아무 염려 말고 돌아오시오. 이 대목도 틀렸다. 마치 그녀가 무슨 잘못하기나 한 것처럼 '아무 염려 말고'는 다 뭐야. 연필로 죽 그어버린다. 그 대신 '숙이 꼭 나와야 합니다'라고 넣었다. 다 됐다. '2월 15일 오후 1시 그 다방에 다시 나오시오. 숙이 꼭 나와야 합니다.' 그는 이제 안심이 되었다. 문을 잠그고 침대로 기어들어갔다. 바로 얼굴 앞이 난로다. 벌겋게 단 난로의 열을 받고 민의 얼굴은 환했다. 그는 누운 채로 손을 내밀어 불을 쬐었다. 어느덧 민은 잠들고 있었다.

바다처럼 망망한 강. 빨리 건너야 한다. 그는 힘차게 헤엄쳐나간다. 이른 봄 얼음 풀린 물처럼 차다. 한참 헤엄쳤는데도 댈 언덕은 아득하기만 하다. 그러자 민은 보는 것이다. 그이 왼팔이 어깻죽지에서 홀렁 빠져나가는 것을. 저런. 그 팔 끝에 달린 다섯 손가락. 고물고물 물살을 휘젓는 다섯 손가락. 마치 다섯 발짜리 문어처럼 그것은 저 혼자 헤엄쳐나간다. 오른편 어깨도 허전하다. 어깨를 보았다. 이런. 그 팔도 떨어져 혼자 헤엄을 한다. 다음은 오른다리. 그의 목이 홀렁 떨어져 물 위에 둥실 뜬다. 그의 가운데 토막은 팔다리와 목을 잃은 채 통나무 흐르듯 기우뚱 앞으로 나아간다. 그뿐이 아니다. 떨어진 왼팔이 순대를 길이로 자르듯 두 조각으로 갈라지더니 곧 살이 올라서 똑같은 두 개의 왼팔이 되어 가물가물 헤엄쳐간다. 오른팔 오른다리. 가운데 토막. 모조리 쪼개진다. 쪼개진 조각들이 또 갈라지고 삽시간에 강은 수없이 많은 몸의 조각들로 덮여버렸다. 어느덧 조각이 하나둘 가라앉기 시작한다. 독고민의 눈이 보는 앞에서 반나마 가라앉았다. 나머지는 탈 없이 건너편 언덕에 올랐다. 독고민의 목도 밀려서 거의 언덕까지 왔다가 그만 쑥 가라앉고 말았다. 물은 깊었으나 유리처럼 비친다. 강바닥 여기저기 숱하게 널린 자기 팔다리를 보았다. 물고기들이, 주둥이 끝으로 톡톡 건드려보다가는 슬쩍 달아난다. 어떤 다리는 혼자 서서 걸어다니고 있다. 한편 강 언덕에 탈 없이 오른 팔다리들은, 맥없이 나동그라져 있다. 마치 바닷가에 밀려온 표류물漂流物처럼. 언덕에 한 떼의 도깨비가 나타난다. 옷은 잘 차렸으나, 모두 병신이었다. 팔 없는 사람. 외다리. 목만 데굴데굴 굴러오는 괴물. 그들은 앞을 다투어 표류물을 주워 들고는, 모자라는 곳에 맞추기 시작한다. 그들은 일을 하면서 중얼중얼댄다. 그 표류물들을 달래기나 하는 것처럼. 일은 결코 쉽지는 않았다. 어떤 팔은 주운 이의 손을 뿌리치고, 꼿꼿이 일어서서 다섯 손가락을 재게 놀려 달아난다. 어떤 다리는, 상대편의 허리를 걷어차버리고는, 껑충껑충 곤두박질치며 달아난다. 쫓는 불구자. 쫓기는 조각들. 아수라의 터가 벌어진다. 쫓기고 몰린 조각들은 강물에 뛰어든다. 한바탕 싸움이 끝난 후, 정작 그들 괴물의 손에 잡힌 것은 얼마 없고, 거의 다 강물에 빠졌다. 사람들은 우두커니 서 있다가, 서로 무슨 의논을 하더니, 맞은편 숲속으로 달려갔다. 그들은 금방 다시 나타났다. 손에손에 하나씩 낚싯대를 들었다. 그들은, 무릎까지 물에 잠기면서 조각들을 낚아올린다. 이 일은 바로 맞춘 일이었다. 조각들은 별수 없이 휘젓는 바늘 끝에 걸려 올라왔다. 그들은 기쁜 듯이 낄낄거린다. 그 도깨비들 가운데 외따로 떨어져서, 아까부터 무엇인가 두리번두리번 찾고 있는 괴물이 있다. 벌거벗은 여자였다. 그녀는 몸통과 팔다리는 멀쩡했으나, 머리가 없다. 무엇을 봤는지 그녀는 무릎을 탁 치더니, 기운차게 낚시를 던진다.

덤벙. 추가 떨어지며 낚싯바늘이 물 밑으로 내려온다. 그때야 그 바늘의 과녁이 무엇인지를 알았다. 바늘은 그의 입술을 향해 가까워오고 있는 것이다. 그는 황급히 팔을 들어 막으려 했다. 팔이 없다.

악. 그는 소스라쳐 일어났다. 캄캄한 속. 지붕 양철의 날카로운 울음소리. 늙은이 뼈마디처럼 삐그덕거리는 집채. 온몸에 밴 식은땀이 금세 선뜩하니 시려온다. 살았다. 꿈이어서 얼마나 잘됐는가. 그는 기뻤다. 춥다. 민은 이불을 꼭대기까지 푹 뒤집어쓰고 쓰러지듯 몸을 눕혔다. 추운 밤이다.

큰길에 나섰을 때, 아직 시간은 이를 텐데, 지나는 사람이 통 없었다. 하긴 몹시 추운 밤이다. 부시도록 아름다운 별밤이다. 유리처럼 단단하고 짙푸른 하늘 바탕에, 찬란한 보석들이 쏟아질 듯이 부시다. 그는 귀가 몹시 따끈거려서 장갑 낀 손으로 세게 비볐다. 귀는 나무 손잡이처럼 삐걱거리는 소리라도 날 듯이 뻣뻣할 뿐, 시리기는 일반이었다. 길가 가게들도 문을 닫은 집이 태반. 꼭 이슥한 한밤중 거리 같다. 양철 간판들이 삐그덕거린다. 전깃줄이 우는 소리마저 들린다. 어깨와 등판이 맨살처럼 시리다. 절로 걸음이 빨라진다. 걸으면서 몸을 녹이고 갈 만한 집을 두리번거린다. 어떤 찻집 앞에서 걸음을 멈춘다. 문은 열리지 않았다. 홀에는 분명 불이 켜졌는데. 그는 세게 밀어본다. 열리지 않는다. 그는 창문으로 안을 들여다본다. 창에 친 커튼 틈으로 속이 보인다. 자리는 텅 비었다. 그래도 카운터에는 젊은 여자가 한 사람 턱을 괴고 멍하니 앉아 있다. 어디선가 본 듯싶은 얼굴. 그는 창유리를 똑똑, 두드렸다. 여자는 알아차리지 못한다. 좀 크게 똑똑, 두드린다. 그래도 그녀는 빈 홀 맞은편을 멍하니 쳐다본 채다. 그는 두드리던 손을 내리고 그 여자를 바라보았다. 홀은 파란 불이고, 그녀 앞에 놓인 스탠드만 분홍빛이다. 콧날이 서고 뺨에 살이 많은 그 얼굴은 꽤 미인이다. 그런데 먼 발치에서 보는 터라, 꼭이랄 순 없으나 사팔뜨기인 성싶었다. 그녀는 한 손을 들어 머리핀을 뽑더니 머리를 긁는다. 민은 세번째 똑똑 두드렸다. 여자는 머리핀을 꽂고 도로 턱을 괸다.

그는 그만두고 돌아서다가, 머리카락이 곤두서듯 오싹했다. 요 먼저, 숙을 만나러 나왔다가 허탕을 치고 거리를 헤매던 날 밤도 꼭 이랬던 것이다. 그는 사방을 둘러보았다. 낯익은 거리였다. 그날 밤 그 언저리임이 분명했다. 좀더 가서 골목을 잡아들면 찻집이 나타날 것이다. 그리고 스토브를 가운데 끼고 둘러선 이상한 사람들. 고함. 그리고…… 그날의 기억. 지금 그가 걸어가는 길에 하나하나 펼쳐질, 지난밤의 일이, 똑똑하게 머리에 떠오른다. 게다가 숙은 오늘도 나타나지 않은 것이다. 광고를 볼 짬이 보름이나 있었는데. 그날 밤과 모든 게 꼭 같다. 민은 숨이 가빠온다. 그는 사방을 살핀다. 그 거리다. 핀으로 머리를 긁던 여자. 꼭 같다. 그는 튕기듯 뛰기 시작한다. 전번에 들어선 골목을 지나치고 될수록 낯선 쪽으로 골라서 달린다. 그런데 어떻게 된 일일까? 마치 궤도에 올라앉은 기관차처럼, 벗어나서 달리려고 기를 쓰면 쓸수록, 민은 점점 낯익은 길로 자꾸 빠져든다. 분명히 전에 헤매던 그 거리를 그날 순서대로 달리고 있는 저를

본다. 그때,

"아니야 그쪽은 막혔어, 이쪽이야 이쪽."

금방 그가 빠져나온 골목 안에서 이런 소리가 들리기가 무섭게, 사람들이 모퉁이를 돌아 쏟아져나왔다. 그는 반대편으로 달렸다.

"선생님."

"너무하세요."

"선생님을 붙잡아라."

그런 소리를 지르면서 사람들은 뜻밖에 가깝게 바싹 쫓아온다. 무서워서 헉헉 느끼면서, 휑한 거리를 민은 자꾸 달렸다. 어느 모퉁이를 돌아가면서 그는 뒤를 돌아다본다. 그들은 저만치서 이쪽을 손가락질하면서 달려오고 있다. 그는 몇 번이나 모퉁이를 돌았다. 더는 달릴 수 없이 지친 민은 쓰러질 듯이 길가 벽돌담에 가 기댄다. 가슴이 풀무처럼 부풀었다 꺼졌다 한다. 입으로 숨을 쉬면서 귀를 기울인다. 아무 소리도 들리지 않는다. 그는 눈을 지그시 감았다. 차가운 벽돌담이 얼음처럼 선뜩 볼에 닿는다. 그는 눈을 뜬다. 하늘을 올려다본다. 웬일일까. 별빛이 찬란한 하늘에 수없이 많은 탐조등探照燈 빛줄기가 오락가락 헤매고 있다.

그때, 얼어붙은 공기를 찢으며, 스피커의 쨍쨍한 쇳소리가 쏟아져나왔다. 그 소리는 마치 도시의 하늘 한복판에 둥실 뜬 애드벌룬에서 보내는 것처럼, 공중에서 들렸다. 스피커는 말한다.

여기는 혁명군 방송입니다. 시민 여러분 무기를 잡으십시오. 싸울 수 있는 모든 시민은, 무장하고 거리로 나오십시오. 폭정은 거꾸러졌습니다. 자유는 되살아났습니다. 전쟁은 우리 곁을 떠나기 싫어, 짝사랑하는 남자처럼 문간에서 망을 보고, 연인들은 소제부처럼 헐벗고, 늙은이들은 권위權威의 지팡이도 없이 늘그막에 창피를 당하고, 우리의 아이들은 장난감도 없이 검은 비를 맞으며 잔뼈가 굵어도, 압제자들은, 외국 은행의 예금 잔고만 사랑했습니다. 우리. 자유란 낱말을 사랑만큼이나 애틋이 불러봐야 하는 시대를 살아야 했던 우리. 공화국이란 낱말을 사랑이란 낱말만큼이나 애틋하게 소리내야 하는 시대를 살아야 했던 우리. 배들은 가라앉았습니다. 굴뚝은 꺾어졌습니다. 꽃은 짓밟혔습니다. 공원은 더럽혀졌습니다. 연인들은 강간당했습니다. 우리는 일어섰습니다. 상어보다 날카로운 배를 다시 짓기 위하여. 포신砲身보다 튼튼한 집을 세우기 위하여. 극락의 연못보다 고운 공원을 꾸미기 위하여. 오, 그리고 연인들을 뺏어내기 위하여. 압제자들에게 죽음을 안겨주기 위하여 시민 여러분 무기를 잡으십시오. 싸울 수 있는 모든 시민은, 무장하고 거리로 나오십시오. 압제자들은, 마지막 몸부림을 치고 있습니다. 압제자들은 외국의 간섭을 요청하고 우리 도시에 대한 폭격을 요청했습니다. 공화국이 부릅니다. 자유가 부릅니다. 대답하십시오. 대답하는 것이 당신들의 의무입니다. 미래의 아이들이 부릅니다. 사랑이 부릅니다. 쥐꼬리보다 못한 자존심 때문에 애인의 부름에 선뜻 응하지 못한 죄로 아까운 사랑을 영영 놓치고

만 벗들이 얼마나 많습니까. 대답이란 불렸을 때 하는 것. 지금 못 하면, 영원히 못 할 것입니다. 시민들이여, 우리는 그대들에게 구애합니다. 대답하십시오. 대답하는 것이 당신들의 의무입니다. 싸울 수 있는 모든 시민은, 무장하고 거리로 나오십시오. 흰색 팔띠에 장미꽃 무늬를 놓은 혁명군 장교와 병사들의 지휘를 받으십시오.

민은 하늘을 보았다. 더 많은 탐조등 빛이 도시의 하늘에서 갈팡질팡 엇갈리고 있다. 폭격. 혁명. 누가 혁명을 일으킨 것일까. 스피커의 부름에도 불구하고, 거리로 나오는 사람은 하나도 없다. 개 한 마리 얼씬 않는 거리는 사방이 괴괴할 뿐, 총소리 한 방 들리지 않는다. 그는 벽에서 떨어져 걸어갔다. 그는 우뚝 선다. 막힌 골목. 돌아서려는데.

"이쪽이다."

바로 지척에서 달려오는 발자취 소리. 더 비킬 짬이 없게 가까운 소리였다. 그는 등으로 문을 밀면서 어느 집 안에 미끄러져 들어갔다.

그가 문 안에 들어서는 것과 거의 함께

"틀림없어!"

"이 골목이야!"

"똑바로 가!"

사람들은 왁자지껄 문 앞을 지나갔다.

"사장님 뭘 하고 계십니까?"

민은 소스라치듯 돌아보았다.

기다란 복도 끝에, 안경 쓴 늙은 신사가, 한 손에 두툼한 장부를 들고 서 있다.

"네 잠깐……"

신사는 현관에 내려서면서, 민의 겨드랑을 낀다. 그는 놀라 팔을 뿌리치려 했으나, 노인은 억세게 붙들고 놓지 않았다.

"사장님. 이러신다고 문제가 해결됩니까?"

안경 쓴 노인은, 어린애 타이르듯 하면서, 그를 안쪽으로 끌었다.

"아닙니다. 아닙니다. 사실은……"

"다 알고 있습니다. 다 알고 있습니다."

노인은, 민의 말문을 막으면서, 복도 저편에 대고 소리친다.

"여보게들, 여기 계시네."

그러자, 복도 저편 끝에서 문이 열리며, 복도의 그것보다 더 밝은 방 불빛이 복도로 흘러나온다. 그 불빛 속에 여러 사람이 고개를 내밀더니, 사람을 알아보았는지, 이쪽으로 걸어온다. 그러는데, 밖에서는, 멀어졌던 발걸음 소리와 더불어 왁자지껄하는 소리가 들린다.

"막힌 골목이야!"

"잘못 본 게 아냐?"

"천만에, 분명히 이 골목이야!"

"거 참 이상하다."

"귀신 곡할 노릇인데……"

저마다 지껄이면서 바로 문밖에서 오락가락하는 것이다. 부지중 안쪽으로 한 발 물러섰다.

"암요. 들어가셔야죠."

안경 쓴 노인과 방에서 나온 사람들은, 점잖게 그를 둘러싸고, 그러나 등을 밀다시피 민을 방 안으로 데리고 들어갔다. 방은 회의실 삼아 응접실인 모양이다. 융단이 깔리고 양편으로 소파가 놓였다. 가운데는 긴 테이블. 돌아가면서 카스테라가 얹혀 있다. 그 윗머리에 안락의자가 하나. 그들은 민을 그 자리에 앉혔다. 민이 앉는 것을 보고, 그들도 소파에 앉았다. 모두 쉰 살을 훨씬 넘은 사람들이다. 그 가운데서 아까 현관에서 민을 붙잡은 늙은이가 제일 나이 많아 보인다. 민은 그저 안락의자 끝에 엉덩이를 걸친 둥 만 둥하고 연방 손을 비볐다. 한쪽에 여덟 사람씩 갈라 앉은 노인들은, 아무 말도 없이 마룻바닥만 내려다보고 있다. 아까 그 노인이 민 곁에 와서 두툼한 장부를 펼쳐 보였다. 가는 줄이 가로세로 간 위에, 깨알만 한 숫자가 빼곡히 적혀 있다. 노인은 장부를 손가락으로 가리켰다.

"아무리 해도 안 됩니다. 아까도 토의했지만 중역들로선 최선을 다했다고 봅니다. 우선 동양무역에 꾸어준 36,594,850원만 해도 그렇습니다. 그뿐입니까? 오성화학에서 그 조로 가져간 73,869,875원을 여기 지난달 현재로 말입니다. 아까도 말씀드렸습니다. 물론 협동산업의 23,753,464원은 당좌에서⋯⋯"

민은 멀미와 무서움으로 아뜩해졌다.

소파에서 한 사람이 벌떡 일어난다. 조끼를 입고 머리가 희끗

하다.

"사장님, 지금 감사역께서 말씀하신 협동산업의 23,753,464원은 성질이 다릅니다."

감사역은 손을 저으며 핀잔을 준다.

"그건 또 무슨 소리요. 그만큼 얘기해도……"

"압니다. 그렇더라도, 지금 형편으로는, 문제는 협동산업에 대한 우리의 신용을 지키느냐 못 지키느냐가 중요한 것은 아니라는 말이외다."

"아니 여보 그럼 마치 내가……"

"감사역. 감사역의 취지는 잘 안다고 말씀드리고 있지 않습니까? 요는 협동산업의 23,753,464원은 현 단계로서는 희생하는 수밖에 없다는 것입니다."

감사역은 더 거스르지 않고 민을 바라보았다.

"사장님께서 결정하실 문젭니다."

민은 자리에서 일어서면서, 허리를 굽혀 좌중에 인사하고, 말했다.

"여러분 저를 용서해주십시오."

여기저기서 한꺼번에, 깊은 앓는 소리가 일어났다. 어떤 노인은 고개를 푹 숙이고, 어떤 늙은이는 손수건을 꺼내 눈시울을 닦는다. 노인들답게 조용하지만 깊은 비통의 모습들이었다. 그 낌새는 무겁게 그를 덮쳐눌렀다. 오래전부터 같은 운명 속에 살아온 사람끼리만 나누는 느낌이, 민의 가슴에 꽉 찬다. 감사역은 떨리는 소리로 말한다.

"사장님. 모두 저희들의 보좌가 미흡했던 탓입니다."

또다시 오래 말이 없다. 숨이 막힐 듯했다. 어디선가 기둥시계가 뎅뎅 친다. 그 소리는 아파트 주인 할머니 방 기둥시계를 퍼뜩 떠올린다. 그 아파트, 스산한 자기 방이, 이 순간 애타게 그리웠다. 감사역은 또 말한다.

"결심하십시오. 결심하시는 것이 사장님의 의무입니다. 해볼 수 있는 모든 길을 써보아야 합니다. 아까 김 전무 얘기대로. 지금으로선 최선의 노력으로 최소의 희생을 내는 방향으로 일을 마물러야 합니다. 협동산업 건은 제 말을 물리겠습니다. 저로선 생각이 있어서 한 얘깁니다만 아까 김 전무 얘기를 어떻게 생각하는 건 아닙니다만, 역시 삼자로 볼 적에는 그런 판단도 있을 수 있는 것이니만큼…… 자 결심하십시오!"

노인들은 쿨럭쿨럭 기침을 하여 민에게 재촉의 뜻을 나타내 보였다. 이 방은 무얼로 덥히고 있는 건가? 이 바쁜 때, 민의 머리에 그런 의문이 얼핏 떠오른다. 하긴 눈에 보이는 데는 난로도 없고 스팀 틀도 보이지 않는다. 그러나 방 안은 훈훈하고, 민은 손바닥에 배는 땀을 느꼈다. 또다시 쿨럭쿨럭 기침 소리. 민은 자리에서 일어서면서 빌었다.

"여러분. 저는 어떻게 하면 좋겠습니까?"

대답이 없다. 민은 말을 이었다.

"저를 돌아가게 해주십시오."

그는 문 쪽으로 움직였다. 노인들이 우르르 일어선다.

"사장님."

"고정하십시오."

"진정하셔야 합니다."

"이러실 때가 아닙니다."

"불쌍한 늙은 것들을 보시더라도……"

"사장님……"

그들은 민을 빙 둘러싸고, 제각기 민의 팔목, 앞죽지, 뒷자락을, 부여잡았다. 그와 마주선 감사역은 안경 너머로 울고 있다. 갑자기, 라디오가 숨 가쁘게 부르짖기 시작한다. 라디오는 보이지 않는다.

여기는 정부군 방송입니다. 도대체 어떻게 된 것인가. 질서를 되찾아라. 시민들은 무기를 버리고 시민들의 집으로 돌아가라. 평화적인 사태 수습을 도우라. 반란 지도자는 곧 근위사단 사령부에 나타나라. 그대의 요구를 들어주겠다. 그대들과 더불어 명예스런 휴전을 맺을 뜻이 있다. 그대는 무엇인가를 잘못 알고 있다. 만나서 얘기하면 알 것이다. 지금 그대가 걷고 있는 길은 가장 섭섭한 길이다. 우리는 그대와 그대의 친구를 존경한다. 근위군 사령부는, 사령관 각하의 다음과 같은 양보 조건을 내놓는다. 모든 통제는 크게 늦춰질 것이다. 결혼 등록 제도의 폐지를 다짐한다. 집회와 결사의 자유를 다짐한다. 국가 전복을 논의하는 모임이라 할지라도 가까운 파출소에 미리 알리기만 하면 허가될 것이다. 모든 차량은 될 수 있는 최고 속력으로 내달려도 괜찮다. 함대는, 밀수 배들의 안전과 물길 향도 및 안내를 위하여 24시간 해상 근무케 할 것이며, 밀수 배들이 들어올 때는 그 톤(8) 수와 실은 짐에 따라 규정된 예포로서 환영할 것이다. 신분이 높은 사람들에게 가해졌던 모든 구속을 없이 한다. 모든 착한 시민은 모든 무례한 언사를 하는 시민에 대하여, 자유로이 폭력을 가할 수 있는 권리를 가진다. 선거권과 피선거권의 향유 범위를 크게 늘려, 만 10세 이상의 아동은 선거권을 가지게 될 것이다. 15세 이상의 남녀는 입후보할 수 있게 될 것이다. 밤중에 남의 집 안을 헤매고 물건을 옮기는 취미를 가진 시민을 위하여, 시청에 안내계를 마련하겠다. 정부 재산을 훔쳐 파는 업자들에게서 직접 이를 구입함으로써, 중간 상인을 몰아내, 국고의 충실화를 도모하기 위하여 쓸 돈을 새해에 마련하겠다. 모든 의사들은, 예술적 및 종교적 기분에 따라서, 환자에 대한 치료를 거부할 수 있는 권리가 보장된다. 남편을 가진 부인으로서, 다른 남성과 마음으로 및 몸으로 사귀기를 바라는 분들을 위한 구락부를 세울 것이며 이 구락부에서 일하게 될 직원들을 위한 신분보장법을 만들겠다. 근위사단 사령부는, 사령관 각하의 직접 사회하에, 이와 같은 휴전 제의를 만들어 이를 내놓는다. 이보다 더한 양보에 대한 신축성을 가지고 휴전을 제의한다. 반란군 지도자는 즉시 근위사단 사령부에 출두하라. 우리는 그대를 존경한다. 우리는 기다리고 있다. 즉시 출두하라.

독고민은 사람들 낯빛을 살핀다. 아무렇지도 않은 얼굴들이다. 그는 용기를 내서 말했다.

"혁명이 난 모양이지요?"

감사역은 잘못 들었는지 의아한 낯으로 그를 말똥말똥 쳐다 본다.

"지금 방송 말입니다……"

감사역은 그제야 알아들었다.

"아 네, 증권 시세 소개 말입니까? 그거 어디, 맞아야 말이죠? 일기예보나 마찬가지죠. 흥신소도 믿지 못합니다. 사업을 하자 면, 신용 조사를 위한 사설 기관을 가져야죠. 이 분야에 혁명이 일어나자면 아직도 아득합니다."

독고민은 부끄러웠다. 자기는 무엇인가 잘못 알고 있다는 것 을 차츰 깨달았다. 그는 다시 빌었다.

"여러분 저를 더 괴롭히지 말아주십시오."

"사장님 무슨 말씀을……"

"괴롭히다니 그게……"

"이 일을 어쩌나……"

"자, 다들 자리에 돌아가주십시오. 사장님도……"

민은, 또 한 번 의자에 주저앉았다. 그의 머리는 점점 걷잡을 수 없이 헝클어져왔다. 머릿속에 가는 줄이 거미줄처럼 얽히고, 그 줄마다, 1234567890 숫자들이 까맣게 매달렸다. 그 숫자들 은 제자리에 가만있지 않고, 빙글빙글 자리를 옮긴다. 그는 머리 를 짚으며 앓는 소리를 냈다. 그의 신음 소리는, 노인들의 얼굴 에 똑같이 깊은 괴로움의 빛을 자아냈다. 앓는 소리가 여기저기 서 들린다. 감사역이, 가래를 떼면서 더듬더듬, 또 얘기를 시작한다.

"사장님. 사장님을 괴롭히다니, 그게 무슨, 섭섭한 말씀입니까? 오늘날 이 나이까지, 은행을 위해서는 고생을 아끼지 않았습니다. 돌아가신 분을 모시던 그 정성 그대로, 젊은 사장님을 받들어온 저희들입니다. 공로를 알아달라고 하는 것은 아닙니다. 어디요. 공로고 뭐고 그런 스스러운 심정으로 일하지는 않았습니다. 애오라지 은행 번창만 바라면서, 이 나이까지……"

노인은, 말을 맺지 못하고, 안경을 벗어들고 바른손으로 손수건을 꺼내 눈물을 닦는다. 소파에서 또 한 사람이 일어선다. 바짝 마른 몸집에 금테안경을 썼다.

"감사역. 그 얘기는 지금 새삼스레 이런 자리에 꺼낼 얘기도 아니고 하니…… 그보다 빨리 결정을 보아야지. 큰 집이 넘어져도 의젓이 기울어져야지. 그리고 사장님 생각 여하에 따라서는, 또 마지막 길이 없는 것도 아니잖소?"

아까, 감사역과 맞서던 사람이, 불쑥 뛰어들었다.

"마지막 길이라니?"

금테안경은 상대편을 흘겨보았다.

"그걸 몰라서 물으시오?"

"허 어째 말씀을 그리 하슈? 그럼 알고야 묻는 법이 어디 있겠소?"

"에끼 그만하시오. 이 자리에까지그래……"

감사역이, 뜯어말리듯, 사이에 나선다.

"왜들 이러십니까, 왜들? 이게 사장님 생각해드리는 거요? 제

발 우리 자신의 일은 논의치 말기로 합시다.”

그러자, 자리가 한꺼번에 웅성거리기 시작한다.

“여보 감사역, 자신의 일이라니?”

“그 참 괴이한 소리를 하시는군.”

“그러니 역시 협동산업과 동양화학에 맡길 일이지.”

“허 참.”

감사역은 자리를 한 바퀴 노려보고 말했다.

“형장들이 이러시면 난 이 자리를 물러나겠소. 나야, 이 판국에 무슨 체면이며, 책략인들 있겠소만, 이러고서야 어디, 보람인들 있는 일이오? 자 나는 물러나오.”

그는 장부를 책상에 동댕이치고, 소파에 가서 털썩 주저앉았다. 또 말이 멎는다. 민의 머릿속에서는 숫자들이 구더기처럼 바글바글 끓는다. 고물고물한 몸을 재게 움직이면서, 머리카락보다 가느다란 가로세로 줄을 따라, 까맣게 바글거린다. 그는 머리를 움켜잡는다. 금테안경은 그런 민에게 흘긋 눈길을 주면서, 감사역에게 머리를 숙여 보였다.

“내가 잘못했소. 자!”

그 소리를 기다린 듯이, 좌우 양편의 노인들도, 감사역을 향해 눈짓과 고갯짓으로 권한다. 감사역은 천장을 쳐다보고 한숨을 한번 쉬더니, 다시 일어서서 장부를 집어들었다. 그때 문이 열리면서, 노란 스웨터를 입은 젊은 여자가 방에 들어선다. 기척에 사람들은 모두 그쪽을 보았다. 조끼까지 한결같이 걸친 노인들만 있던 방 안에서, 그녀는 꽃처럼 싱싱했다. 왼쪽 뺨에 까만 점이 눈을 끈다. 노인들은 난처한 시늉들이다. 감사역은 민의 낯빛을 살피면서 여자에게 손짓으로 방에서 나가도록 일렀다. 젊은 여자는 순순히 밖으로 나갔다. 민은 그녀가 사라진 문간을 멍하니 바라보았다. 어디선가 본 듯싶은 얼굴이다. 어디였을까. 가물가물 잡힐 듯 잡힐 듯 생각나지 않는다. 그는 갑자기 시장기를 느꼈다. 무엇인가 허전하고 쓰렸다. 그는 책상에 놓인 카스테라를 훔쳐봤다. 먹음직스러웠다. 그리로 손을 뻗치고 싶은 북받침이 불쑥 일었다. 그러나 손은 내밀어지지 않았다. 그렇게 하면, 정말 이 자리에서 헤어나지 못할 것 같았다.

"사장님. 다시 한 번 말씀드립니다. 전번에 주주총회 때도 말씀드린 바 있습니다만, 이것은 전혀 불가피한 일이었습니다. 연전에 해외 투자에 충당한 2,287,693,546원만 하더라도 거의 완전한 안전율을 예상한 터였습니다. 그것이 한 달도 못 가서 그렇게 될 줄이야 누가 알았겠습니까? 일부에서는 젊은 사장의 역량이 어떻고 합니다만, 다 말하기 좋아하는 세상 사람들이 하는 수작들이고, 누구보다 여기 모인 우리가 잘 알고 있습니다. 그러니만큼, 어디까지나 저희들을 믿어주십시오. 지금 저희들이 내놓은 안은, 현재 조건에서 가능한 최선의 안입니다. 여기서 다만 문제되는 것은……"

민은 귀를 기울여 바깥 동정을 살피고 있었다. 밖에서는 아무 소리도 들리지 않았다. 그를 쫓아온 사람들이 멀리 떠나간 것이 틀림없었다. 이 자리에 앉아 있으면서, 그는 아까부터, 바깥이 조용해질 때까지는 이곳을 빠져나가는 것이 위험하다고 느꼈다.

이제 밖은 조용했다. 그는 자리에서 일어나면서, 도어를 박차고 복도를 달렸다. 현관에서 돌아보았을 때 노인들은 복도로 쏟아져 나오고 있었다. 그는 현관문을 밀었다. 문은 열리지 않는다.

"사장님!"

"왜 이러십니까?"

"제발……"

노인들은 현관을 향해 몰려온다. 온몸의 피가 머리를 향해 치솟는다. 그는 어깨로 힘껏 문을 받았다. 횅하니 문이 열리면서 민은 한길에 나뒹굴었다. 노인들은 현관을 나서고 있다. 그는 구르듯 일어서면서 달아났다. 그 뒤를 따라 노인들은, 장부를 가슴에 안은 감사역을 앞세우고 쫓아왔다. 민은 막히던 골목과 반대쪽으로 달려갔다. 귓부리를 스치는 바람이 에듯했으나, 그런게 문제가 아니다. 그는 노인들보다 훨씬 빨리 달릴 수 있었다. 얼마 지나지 않아 쫓는 사람들의 발자취는 멀어졌다. 그는 털썩 주저앉았다. 그곳은 뒷골목인데도 꽤 넓은 길이었다. 거리로 향한 창은 불빛이 환하다. 어느 집에서 치는 피아노 소리가 둥당거린다. 추운 겨울 밤, 에는 듯한 공기 속에서 그 소리는, 단단한 얼음조각처럼 차갑게 굴러간다. 그때 또다시 스피커가 부르짖기 시작했다.

여기는 혁명군 방송입니다. 여러분은 그들의 방송을 들었을 것입니다. 압제와 굶주림에 못 이겨 빵과 자유를 달라며 일어선 사람들에게 그들은 농담과 음담패설로 맞받았습니다. 농담이란 악마의 것. 그들은 우리를 놀려주고 있는 것입니다. 시민 여러분 무기를 잡으십시오. 전투 가능한 모든 시민은 무장하고 거리로 나오십시오. 압제자들은 악을 쓰고 있습니다. 압제자들은 짓부서질 것입니다. 여러분의 힘을 빌려주십시오. 여러분의 앞날을 만들어내십시오. 여러분의 애인들에게서 경멸을 받지 않겠거든, 이 줄에 끼십시오. 지난날에 매달리지 마십시오. 우리의 과거는 아편과 마취제의 잠자리였습니다. 압제자들은 우리들의 여인을 빼앗고 썩은 주검을 대신 안겨주었습니다. 우리들의 침실은, 썩은 몸뚱어리의 냄새로 울렁거리고, 우리의 피는 문둥이처럼 검게 흐렸습니다. 사슬을 끊으십시오. 교활한 휴전休戰 제의를 물리치십시오. 그들은 빵과 자유를 위하여 일어선 사람들에게, 농담과 음담패설로 맞받았습니다. 여러분은 그들의 방송을 들었을 것입니다. 농담은 악마의 것. 그것들은 우리를 놀려주고 있는 것입니다.

그들은 시간을 바랄 뿐입니다. 반동과 학살의 준비를 원할 뿐입니다. 우리들의 찬란한 옛날을 떠올리십시오. 우리들의 황금시대를 떠올리십시오. 사슬이 손발을 묶기 전, 자랑스러웠던 태양의 철을 떠올리십시오. 6월의 푸른 하늘을 찌르던 전승비를 떠올리십시오. 1만 명의 이순신보다 강하던 개선의 군단을 떠올리십시오. 여인들을 미치도록 즐겁게 하여주던 우리들의 저 많은 예술가들을 떠올리십시오. 바다 끝 항구로 우리들의 상품을 싣고 나가던 오, 우리들의 배 떼를 떠올리십시오. 여러분은 잊어버렸습니다. 여러분의 가슴속 잊음의 바다 속 깊이 가라앉은, 그 불멸의 선단을 끌어올리십시오. 오욕의 쓰레기더미를 걷어내고, 기념비를 드러내십시오. 여러분의 팔뚝에서, 여러분의 핏줄 속에서, 잠에 빠진 군단을 불러일으키십시오. 여러분의 가슴속에서 녹슨 거문고를 끌어내십시오. 여러분의 힘을 빌려주십시오. 여러분의 과거를 되살리는 걸음에 끼십시오. 압제자들은 필사적인 발악을 계속하고 있습니다. 도시의 도랑에 피가 흐릅니다. 악당들의 피와 자유의 전사들의 고귀한 피가 뒤섞여 흐릅니다. 도시의 하수도가 콸콸 넘칩니다. 더러운 피가 깨끗한 피와 함께 흐르는 것을 막으십시오. 여러분의 부모형제의 피를 멎게 하십시오. 사태는 긴박합니다. 총을 잡으십시오. 전투 가능한 모든 시민은 무장하고 거리로 나오십시오. 적의 말을 믿지 마십시오. 폭격은 없을 것입니다. 흰 팔띠에 장미꽃 무늬를 놓은 혁명군 장교와 병사들의 지휘를 받으십시오.

민은 하늘을 보았다. 여전히 수없이 많은 탐조등 불줄기가, 안타깝게 도시의 하늘을 헤매고 있었다. 폭격은 없다고. 혁명. 누가 혁명을 일으킨 것일까. 스피커의 부름에도 불구하고, 거리로 나오는 사람은 하나도 없다. 인적이 끊인 채 거리는 괴괴하고, 총소리 한 방 들리지 않는다.

"이쪽이오. 이 골목이라니까."

독고민은 소리 나는 쪽을 보았다. 장부를 가슴에 안은 노인을 앞세우고 그들은 골목을 들어서고 있다. 그는 일어나면서 달린다. 모퉁이를 돌아선 그는 우뚝 서버렸다. 또 한 패의 사람들이,

저만치서 이쪽으로 달려오고 있지 않은가. 그는 옆으로 빠져 달렸다. 그들은 다방에서 만난 사람들이었다. 그는 작은 골목을 골라서 달렸다. 그때 앞에서 사람들이 달려오는 그림자가 달빛에 어슴푸레 보였다. 사이는 꽤 있었다. 그는 오던 길을 되잡았다. 그러나 몇 걸음 뛰지도 못하고 그쪽에서 달려오는 한 패를 보았다. 이 패는 걸어오고 있다. 그 노인들이 분명하다. 민은 옆으로 눈을 돌렸다. 골목은 없다. 그는 몰린 짐승처럼 낑낑거리면서 둘레를 살폈다. 양쪽에서는 사람들이 점점 다가온다. 그는 어느 집 담벼락에 바싹 등을 대고 붙어 섰다. 그러자 독고민은 훌렁 뒤로 자빠졌다. 공교롭게도 그가 등을 기댄 곳은 담 중간에 낸 작은 드나들 문이었다. 질겁하면서 일어나려는 그의 얼굴에 센 불빛이 쏟아졌다. 어리둥절한 민은, 몹시 부드럽고 튐심 있는 육체들에 둘러싸여 집 안으로 끌려갔다. 넓은 홀이었다. 그는 언뜻 극장인가 했다. 아니었다. 어수선한 무대 뒤 풍경을 닮긴 했으나, 거기는 극장이 아니었다. 그를 붙잡아온 사람들은 민을 홀의 한복판에 세워놓고 한바탕 웃었다. 그녀들은 까만 슈트에 춤버선을 신고 있었다. 모두 여자뿐인 그들은 팔짱을 끼고 민을 둘러싼 채 두번째 웃음을 터뜨렸다. 노래처럼 아름다운 웃음소리다. 그들은 겨우 웃음을 거두고는, 한꺼번에 지껄여댔다.

"선생님, 도망해도 소용없어요."

"저희들 연습해본걸요."

"한데 미라 언닌 어디 있죠?"

그 소리에 세번째 함박웃음이 쏟아졌다. 민도 얼떨결에 웃었다.

"선생님을 놀리면 못 써요오!"

"선생님, 우리 한번 해볼 테니까 봐주세요."

"근데 미라 언니가 없으니 어떡헌담."

"아 저기 오네!"

문간으로 쏠려오는 눈길들을 상냥스레 맞받으면서, 그중 어여쁜 발레리나가 걸어들어온다. 왼뺨에 까만 점이, 눈을 끈다. 민은 그녀를 언젠가 본 듯싶었다. 물론 독고민에겐 발레리나 친구란 있지 않았다. 그는 불안스러우면서도 어쩐지 즐거웠다. 어질어질한 멀미가 나기는 마찬가지여도, 그것은 어딘지 달콤했다. 미라는 민을 보고 말한다.

"그럼 이렇게 하겠어요. 신데렐라가 자기 의붓형제를 도와서 춤잔치 차비를 하는 대목은, 더 나중까지 끌어가도록 하고…… 얘 너 이리 좀 나와. 그리구 너……"

둘러선 무용수들 속에서 두 사람을 불러내가지고 미라는 다시 민을 향했다. 민은 싱긋 웃었다. 마치 잘 아는 일을 장단 맞추는 때처럼 그는 웃으면서, 왜 그런지 켕겼다. 미라는 웃으며 말했다.

"전 얘하구 하면 어떨까 하는데요……"

민은 또 싱긋 웃었다.

"그럼 제 추천대로 해주시는 거죠? 사실은 그럴 줄 알고, 벌써부터 조금씩 연습은 해뒀는데요. 그럼 한번 해보겠어요. 네 좋지요?"

민은 벽 한 옆에 놓인 긴 의자에 가서 앉았다. 줄곧 뛰어다닌

탓인지, 그의 몸은 흠뻑 땀에 젖었다. 널찍한 연습장. 민이 앉은 의자 옆에, 기름 난로가 벌겋게 달았다. 그는 오싹 떨었다. 추워서 그런 것은 아니었다. 조금 미열을 느끼고, 오히려 답답하리만큼 방 안이 무덥다고 생각한다. 그녀들은, 미라의 지휘를 받으면서 연습하고 있다. 그녀는, 레코드 옆에서 후배들을 바라보면서, 손으로 지휘한다. 가끔 춤을 멈추게 하고, 고친다. 그녀는 휙 돌아서면서, 민에게 말을 걸었다.

"선생님 여기가 아무래도 이상하지요?"

"네?"

"아이 싫어요, 놀리심."

"아닙니다."

그녀는 전축을 끄고 돌아선다.

"전번에 말씀하신 것 잊으셨나요?"

"아 아닙니다."

"그럼 왜 그러세요? 전 말씀하신 대로만 하면 성공은 틀림없을 것 같아요. 그런데 선생님은……"

도망하자. 지금 일어나서 저 문을 박차고. 그러면 그들은 따라오고. 그래도 달아나야 해. 말없이 서서 두 사람의 이야기를 듣고 있는, 스무 명 가까운 여자들을 바라보았다. 그들은 한결같은 몸매로 서 있다. 왼다리로 꼿꼿이 몸을 받치고, 오른다리를 꺾어서 왼다리에 걸었다. 한 팔로 턱을 받치고, 남은 손은 그 팔꿈치를 받쳤다. 스무 명 가까운 젊은 여자들이, 새까만 슈트에 몸을 싸고, 밝은 불빛 아래 그러고 서 있는 모습은, 무언가 섬뜩한 광경이다. 도망해야지. 저 문을 박차고 거리로 뛰어나가면. 그러면 서 그는 움직이지 못한다. 그녀들의 눈길이 민을 의자에 묶어놓 았다. 그는 손가락 하나 움직이기도 힘겹다. 나를 용서해주었으 면. 나를 놓아주었으면. 미라는 독고민을 바라볼 뿐, 말이 없다. 날 어떻게 하자는 셈일까. 그는 마룻바닥을 헤매던 눈길을 들어 미라를 쳐다보았다. 환한 불빛 아래 그녀는 무섭도록 이뻐 보였 다. 까만 슈트에 담긴 그 몸은 그를 쭈뼛하게 만들었다. 여자의 몸이 이렇게 고운 줄을 그는 몰랐다. 그는 문득 숙의 허벅다리 상처를 떠올렸다. 가슴 아프도록 그리웠다. 어디 있을까.

"선생님, 결국 이 장면에서는 드라마로 첫 대목이니까, 앞으 로 나올 장면을 비치는 것도 중요하잖아요? 그러니까 여기를 이 렇게 바꿔보았으면 좋겠어요. 얘들아!"

그녀는 모두에게 대고 손짓했다. 늘어선 댄서들은, 그녀의 손 길에 따라서 두 겹으로 반원을 그렸다.

"이렇게 고치면 어떨까요? 무대가 넓으니까 마음껏 이용하는 것이 좋아요. 그리고 그것도 그거지만, 어쩐지 묵직해 보이잖아 요. 너무 날려버리면 저번 꼴이 되기 쉽거든요. 자, 그럼 여기서 부터 해봐요."

그녀는 다시 전축을 걸었다. 음악이 흘러나왔다. 물론 무슨 곡 인지 독고민은 알지 못했으나 그의 가슴은 무겁게 눌리면서 까 닭 없이 슬펐다. 그러면서 행복했다. 슬프면서 행복한 것을 그는 여태껏 본 적도 없고 들은 적도 없었다. 그래도 지금 민이 듣고 있는 음악은, 그를 무거운 슬픔으로 누르면서, 그와 함께 박하보다 더 싸한 행복 속에 잠기게 한다. 그는 손바닥을 비볐다. 그리고, 스무 마리의 인어들이 움직이는 모양을 바라보았다.

그것은 이쁘고 조용한 광경이었다.

이 사람들이 아무 말도 걸지 않고 저렇게 춤만 춰줬으면. 그리고 나한테는 아무 말도 걸지 말아주었으면. 그리고 여기서 불을 쬐면서 앉아 있게만 해준다면, 그는 도망가지 않으리라 생각했다. 이제 독고민은 춥지 않았다. 땀도 걷혔다. 따뜻하고 행복했다. 그녀들은 마치 독고민을 잊어버린 듯 부지런히 추고 있었다.

미라는 그를 거들떠보지도 않는다. 그는 행복했다. 이 사람들이 그에게 말만 걸지 않는다면 그는 이 여자들과 친구가 되고 싶었다. 그녀들은, 이쁘고 날랜 짐승 같았다. 그는 숙을 생각했다. 숙이도 저렇게 출 줄 알까. 이 여자들이 그의 친구가 된다면 얼마나 좋을까. 이 여자들이 모두 누이동생들이라면! 그는 뺨이 후끈하도록 기뻤다. 불 곁에서 따뜻해진 무릎을 손바닥으로 어루만지면서, 독고민은 고개를 끄덕끄덕했다.

여자들은 부지런히 추고 있다.

그녀들이 굉장히 아름다운 음악에 맞춰 몸을 움직이는 광경은 그를 사로잡았다. 스무 명 가까운 여자들이, 넓은 홀에서, 똑같은 움직임으로 재빠르고 부드럽게 움직이는 것을 보면서, 독고민은 자꾸 행복해진다. 음악이 탁 그쳤다. 독고민은 후딱 미라를 건너다봤다. 그녀는 민의 앞으로 걸어온다. 민은 놀라서 일어서지도 못한 채, 꼼짝 못하고 그녀를 기다렸다. 어쩌다 이런 곳엘 들어왔을까. 그녀는 또 무슨 말을 할까. 그는 떨었다.

미라는 그의 앞에 섰다. 앉은키 눈높이에 그녀의 배가 있다.
그녀는 두 손을 맞잡아 앞에 모았다. 그녀의 손가락은 희고 기
름하다.

"어때요?"

"아무 일도 없습니다."

"네?"

그녀는 민을 빤히 쳐다본다. 독고민은 무언가 미안했다. 괴로
웠다. 그녀가 묻는 말에 바른 대답을 해주지 못하는 것이 부끄
러웠다. 그녀는 생긋 웃는다.

"선생님, 생각나세요?"

"네?"

"그것 생각나세요?"

민은 혼란한 가운데도 부산히 머리를 써서 기억을 더듬어보
았다. 문득 편지 생각이 났다. 미라는 그 편지 얘기를 하는 게 아
닐까? 그럴 것만 같았다. 그 얘기구나. 그 얘기만 하면 우린 통
한다.

그는 말했다.

"모르겠어요. 암만해도 이상합니다."

"뭐가요?"

"편지 말입니다."

"편지?"

"그날 저녁에 제가 받은 편지 말입니다."

"어느 날 저녁에요?"

"네!"

아차, 그것이 아니었구나. 민은 무안했다. 자기는 무엇인가 잘
못 알고 있는 것을 차츰 깨닫는다. 그녀는 모른다. 아무것도 모
른다. 내가 누군지 모릅니까? 접니다. 독고민입니다. 숙이 애인
입니다. 댄서 가운데서 한 여자가 빠져나오면서 미라 곁에 와
선다. 미라보다 키가 작고 나이도 어려 보인다. 미라는 기가 막
히다는 듯이 그녀를 쳐다본다. 그래도 꼬마는 까딱 않고 미라에
게 말한다.

"언니. 이젠 선생님한테 여쭐 건 없잖아요?"

"왜?"

"그래도 우린 다 그렇게 생각하는걸."

"우리라니? 누구 말이냐?"

"아이 언니두, 우리 말예요."

"얘는 자꾸 우리라고만 하면 어떻게 아니? 그렇죠 선생님? 선
생님은 아시겠어요?"

"네, 저⋯⋯"

"것 봐. 선생님도 모르시잖아?"

"그래도 언니, 그게 무슨 큰 문젠가?"

"그야 그렇지만. 그래도 안 그렇다."

"그건 알아요. 기분이니깐요."

"그럴까?"

"그럼요."

"너 참 그 일 생각나니?"

"그럼요. 전 잊지 않아요."

"어쩌믄. 잊었으면 하는 일이 참 많아."

"그렇게 사는 거예요."

멀찍이서 두 사람을 바라보고 섰던 댄서들은 어느새 다가와서 난로를 끼고 둘러섰다. 민은 웬일인지 뭉클했다. 그녀들은 얼굴을 쳐들고 미라와 꼬마를 번갈아본다. 미라는 팔을 들어 모두에게 앉으라고 일렀다. 그리고 자기도 쪼그리고 앉는다. 꼬마는 이렇게 말한다.

"언닌 겨울이 좋수?"

"나? 글쎄…… 난 겨울이 좋아."

"제일?"

"제일."

"아이 좋아. 나도."

"난 겨울이 좋아. 이렇게 불을 둘러앉아서 얘기도 하구. 바람 부는 것 봐!"

미라는 귀를 기울여 소리를 듣는지, 눈을 가느스름하게 떴다. 민도 귀를 기울였다. 마냥 바람이 센 모양이다. 싸악 바람은 꼬리를 끌며 지나간다. 아득히 사라졌는가 하면 뒤이어 윙 몰아쳐온다. 싸늘하고 날카로운 울음소리가 짐승 울음 같다. 독고민은 저 속에서 그 사람들은 자기를 찾아다닐까 생각해본다. 그 시인들, 그 노인들. 장부를 가슴에 안고 걸으면서 자기를 쫓아온 노인들. 손에 종이를 들고 그를 쫓아온 시인들. 그들은, 저 매서운 바람이 휘몰아치는 거리에서, 아직도 민을 찾아 헤매고 있을까?

말할 수 없이 두렵고 안타까워진다.

"언니, 언닌 어떻게 살면 가장 아름답게 사는 거라고 생각해?"

"글쎄, 그걸 알면 다 살았게?"

"어머, 그래도 안 생각할 수 있나 뭐?"

"꼭 생각해야 하니?"

"그걸 생각 않곤 살지 못하는 사람이 있는걸요."

"생각한다고 더 나을까?"

"왜요? 생각하는 것만도 벌써 다른걸!"

"난 몰라."

"나도 사실은 몰라요."

"선생님?"

민은 자기 무릎을 뚫어져라 쳐다본다.

"언니, 선생님은 우리하곤 달라요."

"그야 물론이지만!"

"어떡하면 아름답게 살 수 있을까?"

"연애하면 어떨까?"

"연애? 거 어떻게 하는 거야?"

"얘는. 그건 제가 알아내야지."

"그런 무책임한 소리가 어딨수. 그러다 다치면 어떡해? 알고 해야지."

그녀는 깡충 일어났다. 뭣을 봤는지, 에그머니 외마디 소리를 지르면서 뒤로 물러선다. 사람들은 모두 그쪽으로 고개를 돌렸다. 민이 본 것은 늙은 댄서였다. 나이는 환갑도 넘어 보였다. 그녀의 까만 슈트 위로 어룽어룽 갈비뼈가 비친다. 앙상한 팔다리에 척 붙은 옷은, 그녀의 뼈를 감싼 가죽처럼 쭈글쭈글하다. 그녀는 미라를 향해 퉁명스레 입을 연다.

"잠시 비우면 이 꼴이란 말야. 그래 난롯가에 모여앉아 입담이나 늘이면서 지내면 아가리에 밥이 들어갈 줄 알아? 흥 부잣집 아가씨들 같구면. 되지 못한 것들이. 썩 일어들 나지 못해!"

고양이 앞에 쥐처럼 꼼짝없이 서 있던 댄서들은, 쫓기듯 제자리로 돌아갔다. 미라는 전축을 걸고 연습을 시작한다. 그녀의 얼굴은 쓸쓸해 보였다. 왼쪽 뺨의 까만 점이 몹시 애처로웠다. 늙은 댄서는 민의 옆에 앉으면서 그의 손을 잡았다. 딱딱한 북어의 우둘우둘한 살갗. 오싹하도록 징그러웠다.

"여보. 저년들을 조심해요. 무서운 년들이에요. 당신 어디 불편하우?"

징그럽도록 아양을 떤 목소리는 그러나 녹슨 양철처럼 목쉰 소리다. 민은 잡힌 손을 빼려고 옴지락거렸다. 그녀는 민의 손을 끌어다 자기 무릎 위에서 쓰다듬으면서 서 있다.

"안색이 좋지 않아요. 당신 아무래도 어디 안 좋은 모양이군요."

그녀는 쓰다듬던 민의 손을 끌어다 자기 볼에 댔다. 광대뼈. 그녀는 민의 손에다 제 뺨을 비비면서 그이 눈을 들여다본다. 그녀의 눈은 짐승처럼 음탕했다. 퀭한 눈두덩 속에서 말라붙은 눈알이 카바이드처럼 지글지글 타는 것 같다. 민은 새파랗게 질리면서 몸을 떨었다.

"어머나. 당신 떨고 계시네. 이리 와요."

그녀는 민의 곁에 바싹 붙어앉으면서 그를 꼭 끌어안았다.

"내 녹여드릴게요, 몸으로."

쇠꼬챙이처럼 단단한 팔을 둘러 민을 끌어안으면서, 앙상한 가슴을 그의 가슴에 갖다붙였다. 그녀의 가슴은 평퍼짐한 널빤지였다. 다만 그 널빤지 위에, 바람 나간 고무풍선처럼 미끄덕미끄덕 따로 노는 것이 있다. 민은 숨도 못 쉬고 떨기만 한다. 녹슨 양철이 바람에 찌그덕거리는 소리로 그녀는 속삭인다.

"사랑해요. 당신은 나의 보람이야."

그녀는 한참 만에 그를 놓아주면서 의자에서 내려, 아까 미라가 앉았던 자리에 쭈그리고 앉는다. 민은 조금 물러앉았다.

"여보 저년들을 믿지 말아요. 우린 인제 성공했어요. 저년들을 마음껏 부리면 멀지 않아 당신이나 나나, 더는 늘그막에 고생하지 않을 만큼은 벌 수 있어요. 그때부터 삶을 시작해요. 우리의 삶을. 그때부터 삶이 시작되는 거예요. 참 우리는 얼마나 오래 기다렸어요? 이러다 아주 살아보지 못하고 죽는 게 아닌가 손을 놓은 적도 있었답니다. 당신에 대한 믿음이 모자란 탓은 아니었어요. 당신에게 향한 사랑이 약했던 것도 아니었어요. 인생이 두려웠던 거예요. 인생에는 얼마나 무서운 전설이 얽혀 있었던가! 사람들은, 인생은 슬프고 무섭다고 했지요. 위대한 사랑도 배반을 당하고 위대한 예술도 우스갯소리가 되고. 그리고 인생은 헛되다고. 제가 당신의 사랑을 믿지 못한 탓이 아니지요.

저의 사랑이 약해서가 아닙니다. 사람들이 내게 들려준 인생의 전설이 너무나 어두웠던 탓이랍니다. 그러나 우리는 이겼어요. 당신과 나는, 행복을 한 계단 한 계단 쌓아올렸지요. 인제 우리 앞에는 아무도 앗을 수 없는 행복의 뜰이 기다리고 있잖아요? 당신의 사랑이 이긴 것입니다."

그녀는 민의 무릎에 얼굴을 묻고 울었다. 그녀의 눈물이 무릎을 적신다. 주검에서 흐른 물처럼 차가웠다. 음악 소리가 높아졌다. 댄서들은 춤추고 있었다. 음악은 한층 높아지면서 그녀들의 춤도 달아올랐다. 그녀들은 춤에 취해 있었다. 미라도 전축 옆을 떠나 댄서들 가운데 있었다. 그녀들의 눈은 빛나고, 아무도 지휘하지 않는 채, 눈에 보이지 않는 사슬에 얽힌 짐승들처럼 공간을 파헤치면서 움직이고 있다. 늙은 댄서도 일어서서 이 광경을 본다. 그녀는 민의 팔을 끼면서 말한다.

"여보. 이런 땐 나는 저것들이 귀여워진다우. 저 귀여운 돈주머니들을 좀 보세요. 저것들은 기쁜 모양이지요? 딴에는 순수한 예술에 산다고 생각하는 모양이죠? 주님의 섭리는 참 오묘하지 않아요? 주님께서도 우리의 사랑을 도우시는 거예요. 글쎄 여보. 저것들을 억지로 저 지랄을 시키자면 될 노릇이겠수?"

민은 한마디도 알아듣지 못할 소리였다. 다만, 그녀가 그렇게 말하면서 이 가는 소리를 들었다. 뽀득뽀득 이를 갈면서, 그녀는 그렇게 말했다. 소름이 끼치는 소리. 달아나야 한다. 빨리 여기를 벗어나야 한다. 이 무서운 늙은 여자한테서 벗어나야 한다. 그녀는 민의 팔을 놓고 전축 앞으로 걸어갔다. 음악이 탁 그쳤

다. 댄서들의 자세가 와르르 무너지면서, 늙은 댄서를 향해 돌아
선다. 늙은 댄서는 앞으로 나섰다.

"너희들은 푼수를 알아야 해. 너희들은 공주님들이 아냐. 부
잣집 아가씨들이 아니야. 너희들은 쇼걸이야. 몸뚱어릴 팔아먹
고 사는 계집들이야. 오늘 연습을 망치면 내일 당장 목구멍에
밥이 안 넘어간다는 걸 알아야 해. 그리고 미라!"

미라는 한 걸음 나서며, 기어들어가는 소리로 대답했다.

"네."

"네 책임은 무엇이지."

"어머니 안 계실 때, 대리 보는 거예요."

"그래 아까 어떡했지?"

"……"

"왜 대답을 못 해!"

"잘못했어요."

그때 꼬마가 나섰다.

"저희들은 예술가예요!"

"무엇이, 아니 요런 방자한 년, 아니……"

미라는 달달 떨면서 늙은 댄서에게 매달렸다.

"어머니 잘못했어요. 얘는 아무것도 몰라요."

"언니, 언닌 가만있어요!"

"얘 제발 내 말을 들어다오, 응? 응? 알지?"

꼬마는 머리를 푹 숙이더니, 뒷걸음으로 자리에 들어갔다.

"어머니 제가 나중에 벌을 주겠어요. 내일 아침밥 굶기겠어

요. 그럼 되죠? 네? 그리고 내일 공연인데 지금 이러고 있을 때가 아니잖아요?"

미라의 마지막 한마디가 그녀를 움직인 모양으로 늙은 댄서는 꼬마를 무섭게 흘기면서,

"넌 내일 아침밥은 없어. 특별히 오늘은 용서한다. 요년 같으니라구!"

미라를 향하면서,

"네가 그렇게까지 말하니 널 봐서 용서하는 거다. 알겠니?"

"고마워요 어머니."

그렇게 말하면서 고개를 돌린 그녀의 눈길이 민의 그것과 마주쳤다. 그 눈. 민의 가슴속에서 알 수 없는 소용돌이가 세차게 번지고 늪고 했다. 미라는 얼른 고개를 돌려버렸다. 다시 연습을 볼 모양이다. 그러나 미라와 늙은 댄서가 주고받고 있는 사이에 댄서들은 일을 꾸미고 있었다. 미라와 늙은 댄서가 돌아섰을 때, 그들 앞에는 꼬마가, 무리 앞에 한 발 나서서 딱 버티고 있었다. 그녀는 턱을 당기고 쎄리듯 늙은 댄서와 맞섰다.

"아니 요년이 왜 또 이래 응? 너 매를 맞아야 정신을 차릴 모양이구나?"

"집어치워요. 매? 우린 당신의 노예가 아니에요. 우린 이 이상 참을 수 없어요. 우리가 견디어온 건, 선생님과 언니를 생각했기 때문이야요……"

"얘 제발……"

"언니 가만 계세요. 언니는 이런 데 나설 사람이 아니에요. 노

예로서의 우릴 감싸주는 일밖엔 못할 사람이야요. 언니 맘이 너무 곱기 때문이죠. 그러나 지금은 달라요. 우린 저 늙은 여우한테 이 이상 시달림을 받지 않기로 했어요."

"아니 저년이……"

"그래서 우리는 선생님에게 묻기로 했어요. 선생님도 우리를 천한 계집들이라고 생각하시는지, 선생님 말씀을 듣고 행동하기로 했어요. 선생님 대답해주세요. 대답하시는 게 선생님의 의무예요. 왜 잠자코 계세요? 우린…… 선생님을 사랑해요. 선생님 우린 어떻게 해야 할까요? 선생님 왜 지켜만 보세요?"

그녀들은 꼬마와 미라를 앞세우고, 조용히 민의 앞으로 다가온다. 미라도 달라졌다. 미라의 그 눈. 꼬마의 눈. 그 뒤에서 지켜보는 수십 개의 눈. 그녀들은 그의 앞으로 조용히 다가온다.

수없이 많은 탐조등 불줄기가 초조하게 도시의 하늘을 헤매고 있다.

여기는 혁명군 방송입니다. 당신들은 왜 가만히 지켜만 봅니까? 당신들은 왜 방관합니까? 적은 반격에 나섰습니다. 압제자들은 반격을 개시하였습니다. 자유는 목 졸리려 합니다. 공화국은 교살당하려 합니다. 혁명은 위기에 빠졌습니다. 시민 여러분, 빨리 힘을 빌려주십시오. 혁명은 교살 직전에 있습니다. 여러분의 의무를 팽개치십니까? 저 미래의 아이들이 발을 구르는 소리가 들리지 않습니까? 당신들의 미래를 버리십니까? 당신들은 자유보다 노예를 고르십니까? 아직도 늦지 않았습니다. 무기를 들고 거리로 나오십시오. 교만하던 자들의 목에 죽음의 목걸이를! 염치를 모르던 자들의 기름진 배에 다이너마이트를! 사랑을 모르던 자들의 심장에 죽음의 훈장을! 알고도 행하지 않은 자들의 머리통에 폭탄을 선사합시다. 혁명군은 곳곳에서 힘겨운 싸움을 하고 있습니다. 가장 가까운 싸움터로 달려가서 자유를 지키십시오. 사태는 긴박합니다. 압제와 부패와 학살이 우리에게 구애求愛하고 있습니다. 이 구애를 물리치십시오. 압제와 부패와 학살은 아직도 우리를 사랑한다 합니다. 그들은 강간으로 시작한 결혼 문서를 내밉니다. 이 불법 문서의 권위를 거부하십시오. 빨리. 빨리. 당신들은 무얼 하고 있습니까? 당신들은 우리를 죽이시렵니까? 연인이여 당신의 사랑을 밝히십시오. 그 찬란하던 별빛 아래 당신이 세운 사랑의 맹세를 증거할 땝니다. 배반합니까? 모른다 하십니까? 오 그럴 수 없습니다. 당신은 나의 영원한 사람. 나를 버리지 못합니다. 빨리 오십시오. 이 팔을 동여매주십시오. 바리케이드를 쌓아주십시오. 승리한 다음에 우리의 포옹이 태양보다 뜨겁기 위하여. (총소리 스피커에서 흘러나오면서 아나운서의 목소리가 끊어진다. 또다시 총소리) 아아 마지막입니다. 압제자들은 이곳을 에워쌌습니다. 형제여 자매여 그리고 사랑하는 이여. 당신들의 배반을 용서합니다. 우리 가슴마다 하나씩 박혔던 보석을 뽑아 하나의 자그마한 도끼를 만듭니다. 당신들과 우리 사이에 가로놓인 저 깊은 늪 속에 던져넣었습니다. 엎드려 그 깊은 갈라짐 속을 들여다봅니다. 그것은 나의 속으로 들어가는 입구. 사랑을 가지고도 이르지 못했던 깊이. 그 속에 어른거리는 당신의 얼굴을 봅니다. 당신의 희디흰 가슴을 봅니다. 그 가슴을 향하여 나는 도끼를 던집니다. 너에게로 던지는 나의 사랑. 너의 가슴을 부수고 저 흔들리는 별빛 아래 그대가 세운 맹세를 밖으로 내놓기 위하여. 나는 본다. 불사조처럼 날아오르는 그대의 양심을. 그대의 사랑을. 양심과 사랑에 거듭나서, 심연의 그 아득한 거리에 승리하고, 저 높은 자유를 향하여 날아오르는 그대의 앞날을 봅니다. 이 도끼를 받으십시오. (총성. 또 총성. 뒤따라 기관총의 이어쏴) 안녕히. 연인이여. 그래도 나는 그대를 사랑한다. 자유 만세. 공화국 만세.

방송은 뚝 그쳤다. 하늘에서 춤추던 탐조등이 하나둘 사라진다. 사람들은 거리를 헤매고 있다. 바람은 여전하다. 밤하늘이 아주 말짱하게 개어서, 있는 대로 별이 나앉았다. 가슴에 장부를 안은 감사역을 앞세우고, 노인들은 바삐 걷고 있었다. 사실은 그들은 뛰고 있었지만 그것은 그들의 생각뿐이고, 아무리 보아도 걷고 있는 것이다. 걸어가면서 감사역은 가끔 장부를 펴고 들여다본다. 가로등 밑이라든지, 불빛이 환한 길가 창 앞에서. 그러면 다른 노인들도 걸음을 멈추고, 그를 둘러싸고 중얼중얼 토론이 벌어진다.

"사장님 말씀도 무리는 아니야. 그렇다고 해서, 10월 말 현재로 봐서는 전연 무리한 얘기니 결국 그게 그것이고…… 어허 참."

"헴 헴 쿨럭. 즉 다시 말하면 쿨럭, 우리가 말입니다. 즉 그 협동산업 조로 쿨럭……"

"여보시우들. 그게 그런 게 아니라, 우리가 지금 이 거리를 곧장 지나가면, 혹 사장님을 만날지도 모르니, 아무래도 내 생각에는 한번 잘 봐두는 게 좋을 것 같구려."

"암 그렇고말고. 내 아들놈이, 이거 참 아들 자랑 같소만, 이놈이 범상한 놈이 아니라, 영 가끔가다 내가 꿈틀할 소릴 꽤 한단 말입니다. 옛날만 해도, 애들 얘기가 어디 신통한 게 있었소? 한데 작금에는 그렇지 않습데다. 무서운 소리들을 한단 말이오. 오십에 어쩌고 하는 것도 다 옛 얘기구, 요새 애들은 아주 속성식으루 인생을 깨쳐버린단 말이거든. 하기야 늙은 소 콩밭이겠지만…… 그래 그놈이 하는 얘기가, 오늘날 우리가 살기 위해서는 남을 사랑해야 한다고 하는데, 우리는 그걸 모르고 덮어놓고 막무가내라, 즉 좀 모자란다, 이것이거든."

"옳기야 옳지. 그래도 경제라는 게 도대체 적산敵産 나눠먹기에 그치고 보니 어디 꽃필 날이 있겠는가 말이오. 요사이 꽃집이 부쩍 늘었는데, 파는 꽃이란 게 또 어째 그 모양인지. 요 얼마 전 일인데……"

감사역을 비롯해서, 그들은 빠짐없이 모자를 쓰고, 외투를 입었다. 웬일인지 장갑을 낀 손은 하나도 없다. 그들이 가로등 밑에서 이렇게 토론하고 있는데, 옆 골목에서 사람들이 한 떼 미친 듯이 달려온다. 그들은 노인들과는 아주 딴판이었다. 외투 입은 사람이 몇 안 되고, 그보다 모두 젊은 사람뿐이다. 나이 지굿한 사람도 있지만, 젊은 사람 못지않게 사납다. 손으로 삿대질을 해가면서, 고함을 지르고 있다. 노인들을 보자 이 사람들은 제각기 소리를 지른다.

"노인장들. 우리 선생님 못 보셨습니까?"

"선생님 말입니다."

"잠수함이 가라앉을 때 금붕어들은 탄생할 것입니다."

마구 떠들어서 종잡을 수 없으나, 노인들은 입만 딱 벌릴 뿐이다. 노인들에게서 신통한 소식을 못 받을 눈치자, 그들은 오던 길로 되잡아 달려간다.

"저런 노물들에게 물어본다는 게 비극이야."

"저렇게 나이를 먹었다는 것. 오 그것은 누리의 치욕이 아니고 무엇인가?"

"인마 늬 할배도 있더라."

"할배? 닥쳐라! 나의 할배가 어딨단 말인가? 나의 할배는 하늘에 있나니, 나는 땅에 속할 몸이 아니로다."

"그렇다. 우리는 할배가 없다."

"양보해서는 안 된다. 배반자를 처단하라."

그들은 갑자기 멈춰섰다.

"배반자?"

"누구야?"

바글바글 끓기 시작한다.

"아니다. 배반자는 없다."

"그럼 웬 소리야?"

"배반자가 누구야?"

"그것을 묻지 말라."

"그렇다. 묻는 것은 외람되다."

"묻지 말라. 그대는 묻기 위해 만들어지지 않았다."

"묻는 것은 악마의 학교."

"제군 진정하라."

"왜들 이래. 선생님을 찾아얄 게 아냐?"

"사명을 생각하라."

"그렇다."

그때 맞바로 반대편에서, 발가벗은 여자들이 이리로 뛰어온다. 그들은 멈췄다. 발가벗은 건 아니고, 무용 슈트만 입은 모습이 밤눈에 그렇게 보인다. 그녀들 앞에는 늙은 댄서가 있다. 그녀가 먼저 말을 걸었다.

"여보세요. 우리 그이 못 보셨어요?"

이쪽에서는 아무 대답도 없다. 그녀들은 저마다 떠들어댄다. 미라와 꼬마는 늙은 댄서 바로 등 뒤에 있다.

"저분들은 모르는 모양이야."

"뭐 저런 것들이 다 있어!"

"얘 저 맨 앞줄에 선 녀석 좀 봐. 10년 재수 없게 생겼다 얘."

"어디?"

"저기 맨 앞에 말야?"

"넌 올빼미 눈깔이니? 난 안 보여."

"얘는."

"것보다도 선생님을 찾아야지 않니?"

"왜?"

"글쎄 왜 그럴까?"

"난 사실은 알아."

"그래 넌 좋겠다."

이번에는 남자들 쪽에서 댄서들을 향해 소리친다.

"당신들은 뭐요?"

댄서들은 합창하듯 외친다.

"예술가들이에요."

남자들은 충격이나 받은 듯이 뒤로 물러나더니, 뒤이어, 떠나
갈 듯 세찬 웃음을 터뜨렸다. 댄서들은 가만히 서서 그들을 바
라보았다. 시인들은 좀체로 웃음을 그치지 않았다. "사람 살려!"
가끔가다 그런 외마디가 웃음소리에 섞인다. 여자들은 여전히
웃는 사람들을 바라보고 있었다. 남자들 가운데 몇몇은, 한편에
서 담배를 피우면서, 의논을 하고 있다.

"아이 춰."

누군가 한마디 하자, 그녀들은 아이 춰를 입마다 뇌까리며, 일
제히 달리기 시작했다. 달리면 춥지 않을 것이다. 달려가노라면
만날 것이다. 미라는 그렇게 생각한다. 바람이 세다. 그래도 그
녀들은 달린다. 달리면 구원될 것이다. 늙은 댄서는 그렇게 생
각한다. 우리의 사랑은 불가사리. 그와 더불어 살아온 시간의 뜻
을 아무도 풀지 못한다. 다만 나쁜. 그리고 그이. 그녀들은 광장
에 나섰다. 광장 한가운데는 분수가 있었다. 분수는 얼어붙어 물

을 못 뽑는다. 봄여름철에 꽃밭이었을 곳에는, 지저분한 쓰레기가 그득하다. 그녀들은 분수를 싸고 빙 둘러선다. 분수는 마치 동상을 옮겨버린 밑판 같았다. 그녀들은 말없이 그 돌기둥을 바라보았다. 가슴마다 느낌이 있었으나, 아무도 입 밖에 내는 사람은 없다. 바람 소리가 악기의 울림 같다. 아마 전봇대가 우는 소리일 것이다. 양철지붕을 쓰다듬는 소리일 것이다. 쌓아놓은 장작더미를 흔드는 소리일 것이다. 틈난 문으로 새어들어가는 소리일 것이다. 댓돌 위에 벗어놓은 고무신을 움직이는 소리일 것이다. 신문사 지붕에 꽂힌 깃발을 나부끼게 하는 소리일 것이다. 바람 속을 사람들은 달려간다. 달려라. 달리면 구원될 것이다.

독고민은 간수를 따라 감방 구역으로 들어섰다. 감방문은 두꺼운 쇠널로 되어 있고, 위쪽에 들여다보는 구멍이 있었다. 복도는 좁고 불이 환했다. 흔히 감옥이 풍기는 음침하고 무거운 분위기는 조금도 없었다. 가끔 가다 벽에는 기상도氣象圖가 걸려 있었다. 퍼런 굽은 줄이 그래프 형식으로 그려진 그림은, 분명히 자리에 어울리지 않았다. 그런가 하면, 벽이 움푹하게 파진 요면凹面에, 목이 떨어진 해태가 앞발을 모으고 앉아 있었다. 서먹서먹하고 별나게 도사린 분위기가 독고민을 눌렀다. 그는, 이 모든 것에 대하여 간수에게 물어보고 싶었으나, 입이 떨어지지 않았다. 그런 말을 물으면 간수는 입을 딱 벌리고, 목젖을 간들거리면서 앙천대소하거나, 그렇지 않으면, 몹시 화를 내며 어떤 해를 가해올지 모르는 것이므로, 암말 말고 있는 편이 으뜸이라고 그는 마음을 고쳐먹었다.

간수는 어떤 감방 앞에 멈추며, 들여다보는 창을 열어놓고, 독고민에게 눈짓을 했다. 독고민은 구멍으로 안을 들여다보았다. 세간이고 무엇이고 하나도 없는 텅 빈 방 안에, 늙은 남자가 한 사람 서 있었다. 그는 알몸뚱이였다. 아무것도 입지 않은 그 몸뚱이는, 그다지 늙은 것은 아니었다. 두 다리 사이에 축 늘어진 뿌리도 아직 힘이 있어 보였다. 그는 두 주먹을 가슴에 모으고, 턱을 치킬 싸한 채, 허공을 노려보고 있었다. 얼굴 표정은 점잖고, 높은 것을 그리워하는 사람의 의젓함이 있었다. 독고민은 물어보았다.

"저분은 무슨 죄로 잡혀 있는 것입니까?"

"네, 각하께서도 아시다시피, 이 감옥에는 신분이 높은 사람들이 퍽 많습니다만, 저 사람도 그렇습니다. 저 사람은 원래 유명한 시인인데, 그의 죄목은 '투시透視하려 한 죄'입니다. 그의 눈길을 보십시오. 마치 벽을 뚫고 아득한 곳을 바라보는 것 같지요. 외설한 이야기가 되어 죄송합니다만, 저 사람은 잔치 같은 데서, 차려입은 양반아낙들을 저런 눈초리로 뚫어보아 그녀들의 육체의 비밀을 샅샅이 즐긴 것입니다. 어떤 공작부인의 왼쪽 허벅다리에 있는 상처를 뚫어보아 그것을 입 밖에 낸 탓으로, 남편인 공작은 부인을 내보내고 저 사람을 간통죄로 고소한 것이지요. 그때는 증거 불충분으로 놓여났습니다만, 특히 기혼 여성들보다 처녀들이 아우성쳤지요. 성생활을 겪은 여성들은 자기 몸에 대한 부끄럼을 점차 잃어버리는 법이지만, 처녀들은 사정이 다르거든요. 물론 요즈음 세상에 사회에 나다니고 아니고를 물을 것 없이 처녀가 어데 있느냐고 한다면 이야기는 그뿐입니다만, 그렇더라도 미혼 여성의 성 감각은 아직도 보수적인 데가 있지 않습니까? 어쨌든 저 사람의 눈앞에 서면, 공작부인이고 천사고 할 것 없이, 모조리 누드가 되어버렸으니, 저 사람을 잡아먹지 못해한 사람들이 부지기수였지요. 그렇지 않겠습니까? 글쎄, 수십 년씩 데리고 살면서도 알지 못하던 자기 마누라의 육체상의 비밀을 남이 다 알고 있으니 말입니다. 하기는 그것은 저 사람 자신에게 있어서 더 큰 비극이었지요. 처음에는 스스로 한 일일지 모르지만, 나중에는 본인이 괴로워서, 별별 치료를 다해봤으나, 이미 붙어버린 신통력神通力은 떼어버릴 수도 없었다는 말입니다. 혹시 오해하실까 두렵습니다. 제가 말씀드린 걸 들으시고, 저 사람이 순전히 여자의 알몸만 투시한 것으로는 생각지 마십시오. 만물을 다 그렇게 봤다는 말입니다. 이를테면 존재存在를 뚫어봤다는 소립니다. 이 사람은 여왕의 밥주머니 속에 든 시루떡을 보았을 뿐이 아니라, 금강산 비로봉 밑에 깔린 다이아몬드광鑛을 투시했다는 말입니다. 그뿐입니까. 보통 사람에게는 시간이라는 벽이 가로막혀서 보이지 않는 '과거' 역시 투시한 것입니다. 선덕여왕의 배꼽 밑에 까만 점이 있었다는 설을 내놓아서, 사회에 물의를 일으켰던 것은 잘 알려진 얘깁니다. 우리는 이 사람이 짊어진 운명을 동정합니다만, 일개 옥리獄吏로서는 어찌할 수 없는 일입니다. 권력가들도 한때는 이 사람을 사랑하여 퍽 써먹었습니다만, 마지막에는 두려워하여 옥으로 보낸 것입니다. 어쨌든 남다른 재주를 가졌다는 것은 신세 망치는 원인입니다. 한마디, 말을 걸어보시렵니까?"

독고민은 생각이 얼른 나지 않았다. 간수는,

"그럼 제가 대신 물어보지요. 여보."

간수는 감방 쪽을 향해 불렀다. 무거운 대답이 돌아왔다.

"왜 그러시오?"

"당신이 만일 그 투시력을 없앨 수 있다면 그렇게 하겠소?"

곧 대답이 없었다. 한참 만에,

"딱히 말할 수는 없소."

간수는 독고민을 돌아보고 웃었다.

"가둬두는 까닭을 아셨지요?"

간수는 들여다보는 창을 빽 닫아버리고, 걸음을 떼놓는다. 독고민은 따라갔다. 다음 감방 창을 열고 간수는 자리를 비켜주었다. 독고민은 들여다보았다. 거기에는 웬 남자가 책상에 앉아서 제도製圖를 하고 있었다.

"기술잡니까?"

"네? 하하. 재밌는 말씀입니다. 기술자는 기술자지만, 좀 색다른 기술잡니다. 저 사람의 죄목은 '결론結論을 내려고 한 죄'입니다. 지금 저 사람이 하고 있는 작업은, 제도가 아니고 기호신학記號神學 문제를 풀고 있는 것입니다. 신학과, 철학과, 논리학과 거기에다 수학까지를 뭉친, 새로운 방법으로 존재의 구조를 수식화數式化한다는 게 저 사람의 소원입니다. 저 사람은 결론 없는 인생은 지옥이다 이것이지요.

한여름밤을 쏟아지는 소낙비. 번갯불. 깊은 산골짜기에 수북이 쌓인 솔방울. 가을 들판에서 연인들이 피우는 모닥불. 느릅나무 가지에서 울어대는 참매미. 지뢰를 밟은 전차戰車. 실연한 철학자. 생산성 본부에 걸린 통계표. 파헤친 무덤. 잎사귀 거름이 된 경주 콩밭의 신라 진골의 뼈. 이글거리며 뻗어가는 두 마리 구렁이 같은 철길. 관음선원의 창살 문의紋衣로 씌어진 卍과 콧수염 달린 알불한당의 상징으로 쓰인 卍. 피카소의 그림과 유치원 아동의 크레용화 사이의 다름. 데생이 확실한 무절제無節制와 그렇지 못한 장난. 신神을 잃어버렸을 때 아이들이 대신으로 찾게 되는 장난감의 문제. 데카르트는 통상 그의 불알을 바짓가랑이의 어느 편에 두고 있었는가, 왼쪽이냐 오른쪽이냐의 문제. 화폐는 여왕과 갈보를 골라내지 못한다는 사실. 진심으로 사랑했는데도 여인이 도망해버린 시인의 경우. 혹은 그 역逆. 장미꽃 가시에 찔린 도마뱀의 상처. 운하運河 속에 떨어진 기중기起重機. 복숭아와 버섯의 관계. 떡 찌는 솥 밑에서 타는 솔잎과 여름내 빛나던 태양과의 결혼. 한이 없는 얘기가 됩니다만 아무튼 누리 오만가지를 통틀어서 한 줄의 수식數式 혹은 한마디의 명제命題로 나타내자는 것이지요. 짐작하시겠지만 그게 쉬운 일입니까? 저 사람으로 말할 것 같으면, 집안이 좋았고 다정한 친구에다, 몸 바쳐 받드는 아내를 가지고 있었습니다. 이 일에 빠진 나머지 조금도 돌보지 않게 되었단 말씀입니다. 생각해보십시오. 사람 한평생에 믿음 있는 친구 한 사람 갖기가 어디 쉬운 일이며, 딴 남자에 대한 욕망을 장하게도 눌러가며 스스로 인간적 성장을 통하여 천지신명에 부끄럽지 않은 한 남편 섬기기를 마치는 아내를 갖는다는 것이 다 가질 수 있는 행복입니까? 저 남자는 그 모든 것을 가졌던 것입니다. 그러면서도 그는 만족지 못하고, 단 한 줄의 명제에 음淫했던 것입니다. 그에게는 결론만이 중요했습니다. 그는 밤이나 낮이나 길거리에서나 방에서나, 산에서나 바다에서나, 땅에서나 하늘에서나, 결론만 생각했습니다. 당연한 결과로 그는 밤하늘이 얼마나 아름다운가를 모르고 지냈으며, 태양의 정열과 바다의 한없는 매력과, 산의 숭고함, 장작을 뜨뜻이 지핀 온돌의 정서情緖, 이런 모든 것을 모르고 지냈던 것입니다. 쿨럭쿨럭, 죄송합니다. 해수병이 있어서요. 가래가 튀지 않았습니까? 그는 그것들을 다만 수단, 혹은 현상現象에 불과하다고 믿었습니다. 그의 이른바 근본 원리가 밖으로 나타난, 현상에 지나지 않는다고 믿었던 것입니다. 물론 이런 죄목을 달면, 스피노자며, 데카르트도 잡아올 수 있는 일입니다만 잘 알아본 바에 따르면, 스피노자는 뛰어난 렌즈공工이었고, 데카르트는 착실한 가정교사였습니다. 그런데 저 새끼는 놀고먹는 땡땡이, 1년 열두 달 책상에서 떨어지지 않았던 것입니다. 제가 저 사람 여편네를 보았는데, 양귀비가 울고 갈 얼굴에다 천사같이 아련한 여잡디다. 못할말로, 그 여잘 저에게 준다면 히히…… 각하 실례했습니다. 제가 이렇게 악담을 퍼붓는 심정도 넉넉히 짐작하시리라 믿습니다. 옥리 생활 36년에 원 별 개 같은 새끼를 다 다룹니다그려. 무슨 말씀 물어보시렵니까?"

간수는 멋대로 지껄여놓고는 감방 속의 인물에게 소리를 지른다.

"여보!"

"……"

"여보!"

"왜 그러나?"

"어렵쇼, 아주 높직이 나오시는데. 그건 그렇고 한마디 묻겠는데……"

"……"

"당신이 지금 풀고 있는 문제가 해결되는 값으로, 당신 여편네가 다른 남자와 잔다면 어떻겠소? 이를테면 나하고라도 좋고, 이히히."

"……"

"응?"

"글쎄, 무어라 말하기 거북하군……"

간수는 독고민을 보고 웃었다.

"이 사람을 가두어두는 까닭을 아셨지요?"

간수는 창문을 닫고 다음 감방으로 걸어간다.

"자, 보십시오."

그 방에는, 용모가 매끈한 젊은이가 침대에 걸터앉아서, 손에 든 한 장의 사진을 들여다보며 울고 있었다. 세간이며 꾸밈이 으리으리한 방이었다. 이 청년도 알몸뚱이었다. 아까 본 늙은이와 달라서, 젊은이의 육체는 미끈하고 탐스러웠다. 침대가에 턱 걸친 성기는, 알맞게 크고 복숭앗빛이었으며 조금도 망측스럽지 않았다.

"저 사람의 죄목은 '잊어버리지 않는 죄'입니다. 그저 그렇게만 말씀드려서는 얼른 어림이 안 가실 테지만, 이 사람은 첫사랑을 잊지 못한 죄로 여기 붙잡혀온 것입니다. 첫사랑이 다 그렇듯이, 이 청년도 쓴잔을 마셨던 것이에요. 좀 걸쭉걸쭉한 젊은 놈이면야, 세상에 계집이 너뿐이더냐, 하늘의 별만큼이나 많은 게 여자더라 하고 씩씩하게 다음 조개로 달려간다든가, 그것을 계기로 무슨 유익한 분발심을 내는 게 보통일 텐데, 저 친구는 그렇지 못했거든요. 그녀가 왜 나를 버렸을까, 내 어디가 못났을까, 나는 있는 정성을 다했는데. 이런 식으로 무한정 고민하고 들어앉게 됐다는 것입니다. 저 친구가 보고 있는 사진이 그여자 사진인데, 낯짝은 반반한 편이지만, 눈웃음치는 거며, 얄팍한 입술하며, 어지간히 굴러먹은 여자인 게 분명하거든요. 저런 순진한 친구한텐 도무지 어울리지 않는 족속이에요. 어느 주먹센 놈한테 시집가서, 하루에 두서너 번씩 늘씬하게 얻어맞으면서, 늘 푸르죽죽한 눈두덩을 달고 살 팔자란 말씀입니다. 본인이 죽어라구 입을 열지 않으니 모를 일이지만, 도대체 애초에 어떻게 돼서 두 사람이 알게 됐는지가 궁금하기 짝이 없습니다그려. 아무튼 여부가 있었겠습니까. 발바닥 핥지 않을 정도로 저 친구가 흠씬 빠져버렸단 말씀예요. 한쪽은 점점 기승하구. 뻔하지요. 홀랑 도망했습니다. 자, 죽는다 산다 생야단 났을 게 아닙니까? 저 친구 집안이 이름 있는 가문이라, 딸 주자는 집이야 밟히고 쌓일 지경이었지요. 학벌 좋고, 인물 잘나고, 활발한 아가씨들을 들이댔단 말입니다. 어림도 없었지요. 아니라는 것입니다. 다 못하다는 거지요. 저 사진의 여자에 대면 비교가 안 된다는 것이지요. 문을 닫아걸고 주야로 신음하니, 어느 집에서나 바깥양반은, 저런 쓸개 빠진 놈은 자식도 아니니 썩 꺼져버리라구 호령호령인가 하면, 어머니는 눈치를 보면서 밥그릇을 나른다, 약탕관을 나른다, 이렇게 됐습니다. 이 첫사랑의 문제는, 청년 지도상에 가장 어려운 것 가운데 하납니다. 저 사진 속의 여자가 다른 여자보다 나은 것은 그를 배반했다는 사실을 빼고는 아무것도 없다는 점을 아무리 타일러도 쓸데없습니다. 사진을 한번 보십시오."

간수는 청년을 불렀다.

"여보 친구, 자네 따알링 좀 보여주게!"

사진을 쥔 하얀 손이 창구멍으로 나왔다. 간수는 그것을 받아서 민에게 건넸다. 그는 하마터면 소리 지를 뻔했다. 그것은 숙의 사진이었다. 왼뺨에 있는 까만 점. 사정을 모르는 간수는 웃으면서 사진에다 쪽 소리를 내며 키스하고는, 아직도 창문에 걸쳐 있는 하얀 손가락에 끼워주었다.

"자네 따알링은 정말 예뻐. 하지만 아무래도 화냥년 같은걸. 히히."

독고민은 얼굴이 화끈 달았다. 벽에 걸린 전화기가 따르릉 울린다. 간수는 전화기를 들었다.

"네 소장님이십니까? 네네 여기 계십니다. 글쎄요. 헤헤. 네네 알았습니다."

간수는 독고민을 향해 돌아섰다.

"소장님이 뵙잡니다. 다음 안내는 소장님께서 직접 하시겠다는군요. 따라오십시오!"

그들은 복도를 이리저리 휘고 돌아서 어떤 방문 앞에까지 왔다. 간수는 노크를 했다.

"들어오십시오!"

들어선 방은 묵직한 느낌이 드는 사무실이었다. 소장은 의자에서 일어서며 빠른 걸음으로 다가왔다. 간수는 물러갔다.

"죄송합니다. 제가 손수 안내해야 옳을 것이로되, 사령부에 불려간 사이여서…… 지금 막 돌아온 길입니다. 혁명이 일어난 모양입니다. 늘 있는 일이니까요. 뭐 괜찮겠죠. 간수가 혹시 실례나 하지 않았는지……"

"아닙니다."

"네. 워낙 교양이 없고 게다가 입이 건 편이어서. 귀빈 안내는 시키지 않도록 하고 있는데 오늘은 어떻게 된 건지……"

그는 그 점이 몹시 걱정인 모양이었다. 그는 민에게 의자를 권하고 자기도 앉았다.

"이 감옥에 대한 설명을 드리겠습니다. 각하도 느끼셨겠지만, 안내인을 따라 견학하면서 저 이탈리아인 감옥 제도 연구가인 단테와, 그의 저서 『신곡神曲』을 떠올리셨을 것입니다. 감옥 제도에 대한 체계적인 연구로서는 그의 『신곡』이 효시라고 하겠는데, 그 동안 감옥 자체의 성격이 본질적으로 달라져버렸습니다. 그 책 연옥편煉獄篇에 나오는 죄수들은, 대개 그 죄목이 신학상神學上 및 윤리적인 것입니다. 쉽게 말해서 그 사람들이 이 징역을 사는 이유는 신神과 도덕에 어긋나는 일을 한 탓입니다. 따라서 그 감옥의 관리자는 신부神父였습니다. 그리고 그들의 처벌 법규는 십계명十戒銘이었던 것입니다. 하나님과 그 율법에 반항하는 것, 이것이 단테 시대의 죄였던 것입니다. 이 시대 다음에 소위 형법刑法 시대라는 것이 있습니다. 국가가 제정 공포한 형법에 저촉되는 행위는 다 죄罪다 하는 사상입니다. 감옥이란, 이 죄인에 대한 응징이며 사회가 가하는 처벌이라는 거죠. 이 시대는 감옥사監獄史에 있어서 일대 타락의 시대였습니다. 감옥사조상으로는 암흑 시대였던 것입니다. 죄형법정주의라는 것입니다. 이 사상이 얼마나 어처구니없고 그 자체 죄악적이었느냐 하는 것은, 그 사이 이름난 수감자들의 이름을 훑어보는 것으로써 넉넉합니다. 장발장. 간디. 안중근. 오스카 와일드. 이순신. 소크라테스. 플라톤. 성춘향. 그래 이 사람들을 악당이라고 해서 곧이들을 사람이, 천하에 어디 있겠느냔 말입니다. 이 세기 초에 행형사行刑史상에 르네상스가 왔습니다. 오늘날의 감옥은 이 새 흐름에 따라 꾸려가고 있습니다. 오늘날에 있어서 죄罪란, '심리적인 조화調和를 가지지 못한 것'일 터입니다. 어떤 사람은 우리 감옥을 부르기를 정신병원이라고 합니다. 또 복역수들을 환자라고 부릅니다. 좀 재치 있는 수작이 아닙니까? 옛날에 탈난 사람은 부락민들에게 뭇매를 맞아 죽지 않았습니까? 병이란 마귀와 결혼한 상태이며, 따라서 죄이지요. 이런 야만스런 제도는, 육체肉體의 분야에서는 벌써 고쳐져서 병리학, 약리학,

임상학으로 정연한 범죄 이론을 벌이고 병원 제도 및 자택 감금 제도로 이상화된 지 오랩니다만, 유독 정신 면에서만 늦어진 것은, 영혼이네 무엇이네 해서 정신 현상을 쉬쉬하면서 신비한 것으로 다루고자 애쓴 직업적 무당巫堂들의 간계 때문입니다. 본인이 기회 있을 때마다 내세우는 바입니다만 이제는 감옥의 관리권을 신부神父나 권력자에게서 우리 정신의精神醫들의 손으로 뺏어오자는 말입니다. 사실상 대세는 그런 쪽으로 움직이고 있습니다만, 이런 개량주의적 점진漸進 놀음으로는 공연히 과도기에 있는 세대만 골탕을 먹게 마련입니다. 현재 서울을 비롯한 몇 개 도시에, 우리 동지들에 의한 사설 감옥이 정신병원精神病院이란 명목으로 세워졌습니다만 이것은 감옥의 민영화民營化에 크게 이바지하고 있으며, 우편 일을 아직도 국가가 틀어쥐고 있는 나라로서는 신나는 일이라 하겠습니다. 권력자란 어리석은 것이어서, 정신병원을 묵인하는 것이 자기들의 권력에 위협이 된다고까지는 머리가 돌아가지 않는 모양입니다만, 하긴 중세기 끝판에 귀족들이 도시 장사치들에게 차용 증서를 써주면서 권력을 넘겨주고 있다고는 생각지 않았으니, 확실히 역사는 되풀이하는 모양이죠? 물론 제가 정신의精神醫라고 했을 때, 저는 넓은 뜻에서 이 말을 쓰는 것입니다. 작가, 시인, 철학자, 과학자를 두루 가리킨 것입니다. 각하, 한마디로 말씀드리겠습니다. 각하는 정계에서도 진보적인 분으로 알려진 분이니, 믿고 말씀드립니다. 큰일을 꾸며보실 생각은 없으십니까? 플라톤은 『공화국』에서, 마지막 정치 형태는 철학자에 의한 다스림이라고 까놓았습니다. 철학자를 정신의로 풀이해도 어긋나지 않을 것입니다. 각하. 민중은 폭정에 시달리고 있습니다. 결심해주십시오."

독고민은 소장의 얼굴을 빤히 쳐다보았다. 이 사람은 무슨 소리를 하고 있는가.

"각하!"

"용서해주세요."

"그러면 각하는⋯⋯"

그때 문이 열리며 부녀부장婦女部長이 한 통의 공문公文을 가지고 들어섰다. 카바이드처럼 퀭한 눈알. 그녀는 서류를 소장의 책상에 얹어놓고 나가버렸다. 소장은 공문을 읽었다.

극비極秘. 당신을 만나고 있는 독고민 박사를 그 자리에서 체포하라. 그의 죄명은 '풍문인風聞人.' 그는 인생을 살지 않았으며 살았으되 마치 풍문 듣듯 산 것임. 즉 흉악범兇惡犯이므로 밖에 새지 않는 한 어떠한 학대를 가해도 묵인하겠으며 서서히 살해하는 방향으로 취급 요. 본 명령은 집행 후 태워버릴 것.

소장은 두 번 세 번 읽었다. 그는 조용히 낯을 들고 독고민을 바라보았다. 그는 멍청히 앉아 있었다. 소장은 사령부의 간섭에 속으로 화를 냈으나 어쩌는 도리가 없었다. 그의 손으로 박사를 붙들게 하는 사령부의 막된 본대에 소장은 이를 갈았다. 그는 탁상 단추를 눌렀다. 그 간수가 들어선다. 소장은 간수에게 공문을 건넸다. 간수는 한 번 읽고 공문을 책상 위에 얹고는, 독고민에게 다가와서 그의 팔을 잡았다. 독고민은 소장을 보며 빌붙었다.

"왜 이러십니까?"

소장은 침통한 목소리로 대답했다.

"각하는 체포되었습니다."

"네?"

간수는 독고민의 겨드랑을 단단히 끼고 문 쪽으로 끌고 갔다. 소장은 성냥을 그어 공문을 태웠다.

간수는 독고민을 끌고 한없이 이어진 구불구불한 복도를 걸어갔다. 가끔 급사 계집애가 쟁반에 커피를 담아들고 지나갈 때면, 간수는 한 팔로는 여전히 독고민의 겨드랑을 꽉 낀 채 다리를 놀려 소녀의 스커트 위로 음란한 장난질을 했다. 계집애는 킬킬거리면서 눈을 흘겼다. 어디를 어떻게 가는 것인지 간수는 자꾸 끌고 간다.

"어디로 가는 겁니까?"

"감방으로."

"저는 아무 죄도 없습니다."

"그러니까 잡는 거야!"

"죄가 없는데요……"

"몇 번 말이나 해야 아나! 죄 업수니까 잡는다꼬 말이나 하지 않았나!"

독고민은 이 간수가 일본 사람이구나 했다. 일본 사람이 아직도 우리나라에서 간수 노릇을 하다니. 벌써 십오 년 전에 없어졌을 왜놈들이. 어떤 문 앞에서 간수는 멎었다.

"정말 전 아무 죄 없습니다."

"바까야로. 센징와 숑아 나이!"

간수는 눈에서 불똥이 튀게 민의 뺨을 후려갈기고는, 방문을 휙 열고 독고민을 처넣었다.

자욱한 담배 연기. 분홍 불빛 속에서 담배 연기도 분홍빛이다. 유행가 소리. 막판이 돼가는 바는 취한 사람들의 혀 꼬부라진 소리와, 여급들의 풀어진 웃음소리로 흐드러졌다. 에레나는 남자가 하자는 대로 허리를 맡기고 한 손으로 담배를 피웠다. 왼쪽 뺨에 까만 점이 눈을 끈다.

"담배를 버려!"

사나이는 손을 뻗쳐서 에레나의 손에서 담배를 뺏으려 한다. 에레나는 안 뺏기려고 팔을 저으면서, 남자를 올려다봤다.

"왜 그러세요? 술이나 드세요."

"이거 왜 이래."

"뭐가 왜 이래예요? 자 그러지 말고 술이나 드세요."

"시시하게 굴지 말라우."

남자는 어르듯 뱉으면서, 안고 있던 여자의 허리를 탁 놓았다. 에레나는 사나이의 넓은 어깨를 물끄러미 바라다봤다. 이 괴물이 왜 또 지랄인구. 남자는 카운터를 향해서 소리쳤다.

"더 가져와!"

"그만하세요. 과하신 것 같아요."

남자는 듣는 체 않고 또 한 번 고함을 지른다. 에레나는 연기를 혹 뿜어내면서 다리를 고쳐 꼬았다.

"왜 아니꼬와?"

"......"

그녀는 대답을 않고 또 한 번 담배를 깊이 빨아들였다. 카운
터에서 바텐더가 눈으로 무슨 신호를 보낸다. 아마 술을 더 가
져가도 되겠느냐는 뜻인 모양이다. 에레나는 반으로 짝 갈라붙
인 바텐더의 반들반들한 머리를 물끄러미 바라본다. 그는 자꾸
눈짓한다. 그래도 그녀는 그저 멍청하게 쳐다만 본다.

"어떻게 된 거야! 장사하기 싫어?"

단념한 카운터에서 술을 가져온다.

"따라!"

에레나는 남자가 내미는 잔에 술을 쳤다. 남자는 연거푸 마셨
다. 아무 소리 없이 마시는 사내에게, 에레나는 아무 소리 없이,
비우는 대로 잔을 채워주었다. 그들의 등 뒤 자리에서는 노래를
부른다. 명숙이 목소리다.

　　돌아오지 않은 그 배는

　　외로운 내 마음을 싣고 떠난 배

　　카드 점을 치며

　　페퍼민트 마시던 그 밤

　　사랑하는 그대 언제 오려나

에레나는 생각했다. 명숙이년 노래는 그만이야. 외로운 내 마

음을 신고 떠난 배. 외로운 내 마음을? 신고? 떠난 배? 홍 빌어먹을. 유행가 가락이 구수해지더니 요 꼴이 됐지. 계집이 못쓰게 될 땐 유행가 맛부터 알아지는 모양인가? 카드 점을 치며 페퍼민트 마시던 그 밤. 빌어먹을 년. 사람 간장 다 녹인다.

"나 페퍼민트 마실래요."

남자는 에레나를 쏘아봤다.

"아까우면 관둬요!"

"페퍼민트 한 잔."

남자는 팔을 뻗쳐 에레나의 허리를 안는다.

"내 맘 모르겠어?"

"남의 맘을 어떻게 알아요?"

"시시하게 굴디 말라우."

"이 양반은 쩍 하면 시시하게 굴디 말라우."

그녀는 까르르 웃었다. 술이 걸려서 캑캑거린다. 남자는 잔뜩 찌푸린 얼굴로 웃는 여자를 노려본다.

"아이 무서워. 그렇게 노려보지 말라우."

그녀는 또 까르르 웃는다.

"정 이러기가?"

"좀 그 헤설픈 소리 작작하세요. 누가 뭐래요?"

남자는 씩 웃는다. 술이 센 모양인지 눈도 풀리지 않았다.

"그러지 말고 잘 사귀어보잔 말이지."

"또 그게 멋이 없다는 거예요. 잘 사귈 만하면 잘 사귀는 거고 아니면 아니고 그렇잖아요?"

"얼마나 하면 사귀어지는 거야?"

"글쎄 그건 가봐야지요."

"야 사람 죽이지 말라우."

"죽어보세요. 살는지 알아요?"

이 녀석이 왜 나한테만 눈독을 들이누. 머리가 핑 돈다. 귀찮아서 주는 대로 받아 마신 술이 그대로 취해온다.

그녀는 몸을 내밀 듯하면서 지금 막 바 문을 열고 들어선 사람을 바라보았다. 옆의 남자가 그녀의 눈치를 채기도 전에 에레나는 입구로 뛰어갔다. 독고민은 입구에서 급사와 더불어 승강이를 하고 있었다.

"아닙니다. 미안합니다. 잘못 들어왔습니다."

에레나는 독고민의 가슴에 매달렸다. 민은 깜짝 놀라서 그녀를 뿌리치려고 했다. 에레나는 민을 끌고 가까운 빈자리로 가서 그를 주저앉혔다. 그녀는 그의 가슴에 얼굴을 묻고 어깨를 들먹인다. 보이가 주문을 기다리고 서 있다. 에레나는 한참 만에 독고민의 가슴에서 떨어졌다. 보이가 또 한 번 재촉한다.

"뭘로 하실까요?"

"아무 거나. 페퍼민트."

대답한 것은 에레나였다. 급사는 허리를 굽혀 보인 다음 저리로 사라졌다.

"여보 오늘은 웬 바람이 불었수? 난…… 난……"

그녀는 민의 목을 끌어안았다. 그런 거 물어선 뭣 해. 왔으면 됐지. 만났음 됐지. 멋없게. 여자란 좋아하는 남자 앞에선 멋이 없어지는가 봐. 그녀의 머릿속에서 무엇인가 핑그르 돌았다. 뺨을 얻어맞고, 간수의 발길에 채어, 들어와보니 이곳이었다. 민은 머리를 짚으면서 신음했다. 그는 이 여자를 어디선가 본 듯싶었다. 그러나 생각나지 않았다. 어디서 봤을까. 봤을 리가 없다. 자기를 쫓아오던 사람들 가운데 그녀와 비슷한 사람이 있은 것 같았다. 그러나 생각나지 않았다. 이 여자는 나를 제 애인으로 잘못 아는 모양이지. 라디오에서 뉴스 해설이 흘러나온다.

검은 비둘기를 낳은
어머니들이 울고 있었다
애기 들던 날 밤
그녀들은 왜 그토록 음란했을까

그녀들은
정숙한 계절에 자랐었다
고운 해를 보며 언제부터
그녀들의 핏줄은
검은 피를
나르기 시작했는가

비둘기들은
껍질을 벗다

자란 애기들은 검은 기사가 되어
피 묻은 돈을 받아쥐고
장미꽃 심장을 가진 사람들을 찾아다니며
그 갈비뼈 사이에 빛나는
쇠붙이를 찔러넣는다

은혼식 테이블에 마주앉아서
남편에 대한 부정한 음모를 골똘히 새기는
귀부인은 누구란 말인가

아이들은
장난감 없이 자란 아이들은
전쟁을 사랑하고
잘라낸 적병의 모가지를
어머니에게
소포로 부친다

외국은행의 수표를
들고 온 돼지들과
피 묻은 장갑을 벗는
기사들을 상대로
딸들은 옷을 벗는다

본보기 없이 자란
늙은 아이들은
기도를 모르고 자란
늙은 아이들은
아들의 젊은 계집을 훔쳐서
제 계집을 삼는다

소돔의
해가 뜨는 거리에서
누이들은 얼굴을 가리고
형제들은
손을 감추고 다닌다
저 검은 해를
쏘아죽일 씩씩한 사내는
어디서 오는가 그러한 인간을
밸 태胎가
이 거리에
아직도 남아 있을까
내리는 비
저 검은 해가
흘리는 정액

그날 밤

그녀들이
음란했던 것은
정말은 계절 탓이었다
고 둘러댄다고 해서
그것이 무슨
구원이 되는가
연인이여

그대 어머니의
딸이여 이래도
당신은
아이를 배고 싶은가

"이건 어디서 튀어나온 개뻑다귀야?"

민은 깜짝 놀라서 올려다봤다. 그 남자였다. 에레나는 민에게
눈짓을 주며,

"잠깐만 기다리세요. 저 이분 모셔다드리고 올게."

남자를 잡고 원 자리로 끌었다. 남자는 그녀를 홱 뿌리쳤다.
그녀는 마룻바닥에 나동그라졌다.

"이게 뭐 이런 게 있어? 다리몽뎅이가 부러뎃나? 인나 봐."

남자는 민의 멱살을 잡아 일으켜세웠다.

"안 돼요. 이러지 말아요. 이분은 몰라요. 제가 잘못했어요,
네?"

에레나다. 남자의 팔에 매달려서 뜯어말린다.

"쌍 비키디 못하간. 이 새끼레 벙어리가? 아가리 좀 놀려보라우. 네 새끼레 뭐이가?"

앞뒷자리에서 손님과 여급들이 우 일어난다.

"뭐야 뭐야?"

"왜 그래?"

"글쎄 저 깡패 녀석이 손님을 치나 봐요?"

"손님을 쳐?"

홀이 떠들썩하면서 민의 자리로 사람들이 몰려왔다.

마담이 나서면서 남자에게,

"왜 이러세요?"

남자는 물어뜯을 듯이,

"아니 이건 눈깔도 없나?"

"말씀 낮추세요. 왜 영업 방핼 하시는가 말예요?"

"영업 방해? 이걸 그냥. 술 치던 년이 그래, 홀쩍 딴 자리루 가도, 닥치구 앉았으란 말이가?"

"떠나긴 누가 떠나요. 에레나는 아까 초저녁부터 이 손님 모시고 있었는데."

"야 이거 참 애새끼레 환장하갔구나."

"에레나 어떻게 된 심이니?"

"어떻겐 뭐가 어떻게예요? 마담 얘기대로죠."

"정말 이러지 마세요. 말씀이 있으면 저한테 해주세요. 장사 못 하게 이럴 원수진 일은 없으니까요."

아까 문간에서 독고민과 승강이하던 보이가, 어깨를 재면서 나섰다. 그는 남자의 팔을 턱 잡았다.

"형씨 좀 봅시다."

그러나 보이는 적수가 아니었다. 머리끝까지 화가 치민 사나이는, 돌아서기가 무섭게, 보이를 태질하듯 뿌리쳤다. 윽, 소리를 토하며, 어디를 어떻게 맞았는지, 마루에 엎어진 채 일어나지 못하고 버둥거린다. 지켜보던 나머지 보이와 바텐더까지 곁들어, 사나이에게 달려들었다. 사나이는 의자를 집어들자 달려들어 작자의 골통을 내리깠다. 아이쿠. 사람들이 뒤로 물러서느라 의자가 넘어지고, 걸려서 자빠지고. 여자들의 외마디. 쩽그렁, 유리창 깨지는 소리. 민은 이때다 하면서 사람을 헤치고, 입구로 달릴 셈으로 몸을 돌렸다. 그의 팔을 꼭 붙드는 사람이 있다. 돌아본다. 에레나. 그녀는 죽자고 민의 팔에 매달린다.

"너무해요."

그녀는 술이 깬 모양 또렷한 눈으로 그를 쏘아보면서, 숨을 몰아쉬었다. 민은 잡힌 팔을 뿌리치려고 기를 쓰면서, 한 발씩 문 쪽으로 다가간다.

"데리고 가요. 안 놓을 테야!"

그녀는 원망스럽게 입을 꼭 다물고, 매어달린 채 따라온다. 독고민은, 자기에게는 숙이라는 여인이 있다는 일을, 이 여자가 모르고 있는 게 안타까웠다. 그러나, 그 말을 할 용기는 없었다. 그것은 너무한 일인 것 같았다. 민은 자꾸 문간으로 움직인다. 에레나는 갑자기 소리를 질렀다.

"마담. 마담."

민은 붙잡고 늘어지는 에레나를 힘껏 걷어차버리고, 문밖으로 뛰어나갔다.

"마담, 저일 붙잡아주세요!"

마담과 손님들, 에레나와 여급들이, 민을 따라 거리로 몰려갔다. 민은 저만치 달려간다.

"저기다. 붙잡아라!"

그들은 고함을 지르며 따라갔다.

민은 있는 힘을 다해 달린다. 그때 또다시 스피커가 부르짖기 시작했다. 민은 달리면서 듣는다.

여기는 정부군 방송입니다. 반란자들은 진압되었습니다. 시민은 경거망동치 말고, 집 안에 머물러 계십시오. 이 명령을 어기는 시민은 몸의 안전을 보장받지 못할 것입니다. 모든 문과 창을 닫으십시오. 정부의 다음 명령이 있을 때까지 거리에 나와서는 안 됩니다. 정부군은 소탕전을 벌이고 있습니다. 반란자들의 주력은 격파되었으며, 남은 자들은 붙들렸습니다. 음모를 짜고 지휘한 괴수는 현재 도주 중에 있으며, 정부군에 의하여 쫓기고 있습니다. 반란 수령의 이름은 독고민獨孤民입니다.

민은 얼이 빠진다. 귀를 의심했다. 똑똑히 들으려고 위험을 무릅쓰면서, 뛰기를 멈추고 건물에 기대섰다. 방송은 이어진다.

반란 수령은 독고민. 모某 국의 지령을 받고 정부 전복을 꾀한 무정부주의잡니다. 그는 현재 S로 2가 가까이를 달아나고 있습니다. 반란 수령은 독고민. 모 국의 뜻을 받고 조국을 팔려고 꾀한 국제 아나키스트 구락부의 정회원입니다. 독고민은, 시가전에서 네 번이나 에워싸여, 그때마다 간곡한 투항 권고를 받았으나, 여전히 반항을 계속하고 포위망을 번번이 돌파, 달아났습니다. 그에게 제시된 투항 조건은 너그러운 것이었는데도, 그는 이를 마다했던 것입니다. 그는 현재 S로 2가 가까이를 달아나고 있습니다. 일당은 보이지 않고, 독고민은 홀로 달아나고 있습니다. 쫓는 부대의 무선 보고에 따르면, 도주자와의 사이는 아주 가까우며, 체포는 시간문제라 합니다. 그를 포위, 타이른 바 있는 전기 추격 부대는 5개 부대로 나누어 사면으로 그물을 좁히고 있다 합니다. 체포는 시간문젭니다. 시민 여러분은 거리로 나오지 마십시오. 군의 마지막 작전을 가로막지 않는 것이, 가장 큰 협력이 될 것입니다. 독고민에 대한 투항 권고문을 보내겠습니다. 독고민. 무기를 버려라. 달아나기를 그치라. 쓸데없는 도주를 그만두라. 아니면 개처럼 쏘아죽일 것이다.

민은 튕겨지듯 달리기 시작한다. 도대체 어떻게 된 노릇인가. 그의 머릿속은 걷잡을 수 없이 빙글빙글 돌아간다. 도대체 어떻게 된 노릇인가. 그는 몇 번이나 골목을 빠졌으나, 그를 쫓는 사람들은 끈질기게 따라왔다. 광장이 나진다. 광장에는 가로등이 환하고, 텅 비어 있다. 그가 광장을 곧장 가로질러, 건너편 골목으로 빠지려 할 때, 그 골목에서 한 떼의 군중이 쏟아져나오는 것이 보인다. 손에손에 종이를 들었다. 시인들이었다. 그는 오른편으로 방향을 돌렸다. 그쪽 골목에서도 한 떼의 군중이 몰려나온다. 장부책을 가슴에 안은 노인을 머리로, 그들은 걸어나오고 있었다. 그는 기겁을 하면서 왼쪽으로 달렸다. 그 편 골목에서 한 떼의 군중이 쏟아져나온다. 그녀들은 왁자지껄 떠들면서 민을 손가락질한다. 민은 뒤로 돌아섰다. 그쪽에서 에레나를 앞세우고 깡패, 마담, 보이, 손님들, 여급들이 다그쳐든다. 광장으로 들어오는 길은 이렇게 네 곳뿐이다. 민은 몰리면서, 분수가 얼어붙은 돌기둥 위에 올라섰다. 자리는 두 발로 서고도 남았으나, 얼음바닥이 미끄러워서, 스케이팅을 처음 하는 사람처럼 두 팔을 내저으며 허우적거렸다. 사람들은 민이 올라선 돌기둥을 가운데 두고 빙 둘러섰다. 그들은 민을 쳐다보면서 고함을 질렀다. 그렇게 된 민은 꼭 동상銅像 같았다.

"선생님 우리를 버리십니까?"

"사장님 결심하십시오!"

"여보 우리 사랑은 승리한 거예요."

"선생님 대답해주세요!"

"사랑해요."

"사랑합니다."

민은 밀려드는 사람들을 내려다보았다. 그때, 광장을 둘러싼 고층 건물들의 맨 꼭대기 창문들이 한꺼번에 활짝 열리면서, 불빛이 흘러나왔다. 그 때문에, 광장은, 마치 빛무리를 머리에 인

꼴이 됐다. 민은 대석 위에서 한 바퀴 빙 돌면서, 그 창들을 올려다본다. 남자, 여자, 늙은이, 청년, 소녀들. 어린 아기들은 어머니 팔에 안겨서 독고민을 내려다보고 있었다. 그들은 모두 잠옷을 입고 있었다. 금방 잠자리에서 빠져나온 것이 분명했다. 그들의 창틀에는 둔하게 빛이 나는 무슨 기계가 하나씩 놓였는데, 사람들은 집에서 기르는 강아지나 고양이를 쓰다듬듯 그것을 만지고 있었다. 어머니들은 허리를 굽혀, 품에 안은 아기들도 만져보게 하고 있다. 민은 그것을 유심히 보았다. 기관총. 독고민은 가슴이 꽉 막혔다. 그 창문들 중 한 군데서 민을 향하여 손을 흔드는 사람이 있다. 공항空港의 비행기 트랩에서 하듯이. 젊은 여자였다. 환한 불빛을 역광으로 받으며 그녀는, 옆에 선 남자의 팔을 낀 채, 민을 향하여 손을 흔들고 있다. 그녀 역시 잠옷 바람이었다. 여자가 남자를 올려다보면서 웃었다. 그녀가 머리를 돌릴 때 불이 비치면서, 얼굴이 뚜렷하게 드러났다. 숙이. 숙이다. 그는 너무나 뜻밖의 일에 미칠 듯이 고함쳤다. 스피커가 또 방송을 시작한다. 스피커가 울리기 시작하자, 대석 주위에 몰렸던 사람들은 재빨리 물러나, 각기 나온 광장의 통로 어귀로 돌아가서 거기 머물렀다.

시민 여러분 기뻐하십시오. 반란 수괴 독고민은, 드디어 광장에 갇혔습니다. 추격 부대는 광장으로 통하는 네 개의 길을 완전히 막았으며, 다른 부대는 광장 둘레의 건물 위층을 차지하고 창문에서 그를 지켜보고 있습니다. 또한 현장 부대의 무선 보고에 의하면, 포위 부대의 마지막 투항 권고에 대하여도 냉소로 거절하고, 악마적인 집착執着과 발악을 나타냈다고 합니다. (스피커 잠시 그침) 정부군 총사령부의 작전 명령을 보내드리겠습니다. 현장 부대 지휘자는 잘 들어주십시오. 정부군 총사령부의 명령을 보내드리겠습니다. '작전 명령. 포위 부대는 오색 신호탄의 발사를 신호로 반란 수괴 독고민을 현장에서 총살하라.' 다시 한 번 보내드립니다. '작전 명령. 포위 부대는 오색 신호탄의 발사를 신호로 반란 수괴 독고민을 현장에서 총살하라.' 오색 신호탄이 곧 발사될 것입니다.

광장 어귀에 몰려선 사람들은 하늘을 올려다본다. 건물 창가의 사람들은 하늘을 올려다본다. 부시도록 아름다운 별하늘이다. 유리처럼 단단하고 짙푸른 하늘 바탕에, 찬란한 보석들이 쏟아질 듯이 부시다. 독고민은 미친 듯이 부르짖는다.

"아닙니다. 아닙니다. 저는 아닙니다. 저기 있는 저 여자가 제 애인입니다. 저 여자한테 물어봐주십시오!"

독고민이 미칠 듯 부르짖자 사람들은, 가로등 밑에 모여서 잠깐 의논을 하더니, 그중 몇 사람이 바삐 건물 속으로 뛰어 들어간다. 잠시 후에 그들은 다시 나왔다. 맨 앞에 여자를 앞세우고 그들은 독고민의 발밑으로 모여들었다. 민은 여자를 봤다. 숙이였다. 그녀는 아까 창가에서 같이 서 있던 남자의 팔을 붙잡고 있었다. 독고민은 소리친다.

"숙이, 나야 나."

"당신이 누구예요?"

"응? 내 얼굴 잊었어? 독고민이야! 나야!"

"독고민?"

사람들 가운데 한 명이 나서면서 마지막으로 다짐하듯 여자에게 묻는다.

"저분을 아십니까?"

"어떻게 된 영문인지 모르겠군요. 전혀 기억이 없어요. 아마…… 가여워라!"

그녀는 애처로운 듯 민을 쳐다보고는 같이 온 남자의 부축을 받으며 군중을 헤치고 빠져나갔다. 얼이 빠진 독고민은, 진짜 동상처럼 얼어붙은 듯 움직이지 못한다. 그때 스피커가 또 한 번 울려나온다.

긴급 뉴스입니다. 악한 독고민은, 마지막 순간에 한바탕 추태를 보였습니다. 그는 자기의 신분과 반란 현장에 대한 부재 증명을 한다고 울부짖으면서, 정부 모某 고관의 부인을 지명했는데, 재판의 공정성을 고려하여 정부의 종용으로 현장에서 독고민과 대질한 전기 부인은, 명확히 이를 부인했습니다. 이로써 재판은, 범인 자신이 신청한 증거까지도 공정히 살핌으로써, 법 앞에서의 만민의 평등을 구현한 것입니다. 판결은 확정되었습니다. 정부군 사령부는, 전기 명령을 재확인하고 이의 집행을 명령합니다. 신호탄이 곧 발사될 것입니다.

어느새 사람들은 광장 어귀로 물러가서 하늘을 보고 있다. 사람들은 숨을 죽인다. 오직 독고민만은, 아까 숙이 사라진 쪽을 멍하니 쳐다본 채, 동상처럼 움직일 줄 모른다. 그녀는 창가에 돌아와서 흰 목을 젖히고 하늘을 보고 있다. 신호탄이 올랐다.

불줄기는 중천까지 이르자 일순 멈추는가 싶더니, 탁 터지면서, 파랑 빨강 노랑 백색 갈색의 다섯 줄기가 별 모양의 다섯모꼴을 이루면서 사방으로 튀었다.

동시에 광장을 뒤흔드는 발사음과 함께, 창틀에 얹혔던 수십 틀의 기관총이 불을 뿜기 시작했다. 저 낯익은 고전 무용의 몸짓 가운데 하나처럼, 한 손을 허리에 대고 다른 손은 꼬부장하니 관자놀이 곁에 올리고, 한 발을 달싹한 독고민의 모습이 언뜻 보였으나, 다음 순간에는 벌써 퍼붓는 총알이 돌기둥에 부딪혀서 일으키는 뽀얀 돌먼지 속에 싸여, 아무것도 보이지 않게 되었다. 사격은 1분간 실시된 후에 뚝 멎었다. 광장 어귀에서 지켜보던 사람들이 돌기둥으로 몰려왔다. 그들은 둘러서서 쓰러진 물건을 들여다보았다. 사람 크기의 물체가 뒹굴어 있다. 겉이란 겉에서 흐르는 피가, 언 땅에 스미지도 못하고, 가로등 빛을 받아 번뜩인다. 사람들은 그 물건을 맞들어 돌기둥에 걸쳐놓았다.

사람들은 기쁜 얼굴로 서로 쳐다보면서 악수를 나누었다. 그러면서 이렇게 각계각층의 인사와 사귄 고인의 넓은 사귐에 대하여, 새삼스럽게 혀를 내두르며 감탄했다. 시인들은 은행가들한테서 담뱃불을 얻으면서, 아리랑담배의 맛이 좋아졌다고 했다. 노인들한테서 담뱃불을 얻고 있다는 엄청난 일에 대해서는 별로 생각하지 않았다. 댄서 가운데 열심인 애들은 뒤에서 포즈 연습을 하고 있었다. 그런 다음에 노인들은 장부를 돌기둥 밑에 던졌다. 시인들은 손에 들었던 종이를 던졌다. 댄서들은 양말을 벗어던졌다. 바에서 온 패는 계산서며 아리랑 빈 갑 따위를 던졌다. 누군가 성냥을 그어댔다. 불이 확 타오른다. 할 일을 마친 사람들은 저마다 나왔던 길로 광장에서 물러갔다. 모닥불은 곧 사그라졌다. 사람들이 다 물러간 다음 광장에는 얼어붙은 돌기둥 위에 독고민 혼자 누워 있었다.

신호탄 불꽃은 도시의 지붕을 향하여 차츰 떨어져온다.

약 반 시간쯤 지나서.

광장으로 나오는 모퉁이에 언뜻 그림자가 보인다. 곧 사라졌다. 그림자는 벽에 착 붙어선 모양이었다. 하늘에는 이미 신호탄 불꽃도 사라지고, 활짝 열렸던 창문도 하나같이 닫혔다. 광장에는 환한 가로등이 초병哨兵처럼 늘어섰다.

끝내 그림자는 벽에서 떨어져 광장으로 나선다. 좌우를 살피면서 조심조심 그러나 재빠르게 분수까지 이르렀다.

늙은 댄서였다.

그녀는 분수 아래에 꿇어앉아서 두 손을 모았다. 그리고 얼굴을 들어 대석에 걸쳐진 독고민을 바라본다. 그녀는 입 속으로 기도를 드린다. 오랫동안. 대석 위의 주검을 바라보면서. 동굴처럼 휑한 그녀의 두 눈에서 주르르 눈물이 흘러내린다. 깊은 샘에서 흐르듯 눈물은 한없이 흐른다. 그러자 이상한 일이 생겼다. 젖은 카바이드처럼 윤기 없던 그녀의 두 눈이, 이른 봄 샘터같이 환해지기 시작한다. 흙두덩처럼 거센 눈 가장자리가 봉곳이 살이 오르기 시작한다. 눈을 중심으로 그 가까운 힘살이 서로 끌어당기듯 팽팽해지면서, 완전한 젊은 여인의 얼굴로 바뀌고 있는 것이다. 그녀는 일어서서 축 처져내린 시체에 입을 맞췄다. 입술이 떨린다. 그 순간 입술에도 바뀜이 왔다. 낙엽처럼 까슬하던 입술이 장밋빛으로 물들기 시작하고, 이 빠진 조개껍질 같던 턱이 동그란 아래턱이 되는 것이었다. 그녀의 얼굴에 일어난 기적은 온몸으로 빠르게 퍼져갔다. 두 팔은 우아한 조각처럼 살이 오르고 젖가슴은 보살보다 곱게 부풀었다. 마지막으로 쪽 곧은 다리는 암사슴처럼 가볍고 순종 사라브레드처럼 든든했다.

그녀는 팔을 들어 조심스럽게 시체를 끌어내렸다. 그 끔찍한 모양에 그녀는 부지중 낯을 가려버렸다. 그녀는 한참 그런 모양으로 있다가, 겨우 손을 떼고 또 한참이나 시체를 들여다보았다. 끝내 용기를 낸 듯, 그녀는 시체를 이리저리 더듬기 시작한다. 시체에서 무엇인가 찾아내려는 모양 같다. 그녀는 손을 온통 시뻘겋게 물들이며 시체의 한 부분을 잡아서 세게 잡아당겼다. 지퍼가 주르륵 열리면서, 껍질이 훌렁 벗어졌다. 그녀는 껍질을 사지에서 벗겨 던졌다. 독고민은 말짱하게 누워 있었다. 그것은 아래위가 곁달리고, 후드까지 달린, 방탄복防彈服이었다. 그녀는 가볍게 소리 지르며 독고민을 흔들었다.

독고민은 눈을 떴다.

그리고 자기를 들여다보고 웃고 있는 여자를 보았다. 왼쪽 뺨에 까만 점이 눈을 끈다. 그녀는 그를 끌어안고 입을 맞췄다.

"서둘러야 해요. 빨리!"

그녀는 사방을 둘러보면서 서둘렀다. 두 사람은 방탄복을 꾸려들고 광장을 떠났다. 그들은 몇 번이나 뒤를 돌아보면서, 뒤를 밟히고 있지나 않나 조심했으나, 그런 눈치는 없었다. 광장을 빠지자, 거기 자동차 한 대가 기다리고 있었다. 그녀는 서너 발 앞에서 자동차에 대고 나지막하게 말했다.

"피닉스는 다시 날까요?"

운전석 문이 열리며 한 남자가 내려서면서 대꾸한다.

"사랑이 있는 한 날 것입니다."

그녀는 독고민을 보고 방긋 웃은 다음, 그의 팔을 잡고 차에 올랐다. 성능이 좋은 고급 승용차는, 소리도 없이 스르르 달리기 시작한다. 운전사는 앞을 본 채로 말한다.

"수령首領. 우리측의 손해도 적지 않지만 저걸 보세요."

그는 고갯짓으로 밖을 가리켰다.

"근위近衛사단은 전멸했을 겁니다."

독고민은 창밖을 내다보았다.

전차가 아직도 불타고 있다. 녹아내린 포탑砲塔이 무한궤도 위에 진흙처럼 덮였다. 그 옆에 전봇대가 선 채로 새까맣게 그을렸다. 잎 떨어진 플라타너스 밑에 기관총 탄환이, 케이스에서 흘러나와 흡사 그 열매처럼 깔렸다. 차가 달리는 데 따라 치열한 싸움의 뒤끝이 자꾸 펼쳐진다. 눈에 띄는 시체는 거의 붉은 제복을 입은 정부군이었다. 그 말대로 근위사단은 전멸했는지도 몰라. 곳곳에 쌓아놓은 바리케이드도 타고 있다. 차가 멈췄다.

붉은 제복을 입은 근위장교가 보병총을 든 병사와 나란히 서 있다. 장교가 한 손을 들고 있다. 그들은 차 곁으로 다가왔다.

"누구의 찬가?"

운전사가 창문을 열고 증명서를 내민다. 장교는, 불타는 바리케이드 쪽으로 돌아서서 들여다보더니, 휙 돌아서면서 거수경례를 한 다음 증명서를 돌려준다.

"몰라뵈었습니다. 지나가주십시오."

차가 지나갈 때까지, 장교는 차렷으로 서 있고 병사는 받들어 총을 하고 있었다. 운전사는 껄껄 웃는다.

"비상통행증입니다. 사령부에 들어가 있는 동지한테서 보내왔지요."

차는 시가지를 벗어나 교외로 나선다. 탄탄대로다. 별빛이 어슴푸레 비친 산마루. 어두운 숲. 번쩍이는 강. 길 옆 나뭇가지에서 가끔 푸드덕 깃소리를 내며 다른 나무로 옮겨앉는 새. 금방 지나온 끔찍한 거리와는 너무나 심한 대조였다. 차에 붙은 라디오에서 잔잔한 음악이 흘러나온다. 꼭 창밖에 펼쳐지는 풍경처럼 맑고 신비로운 가락이다. 음악이 뚝 멈추며 뉴스를 보내기 시작한다.

여기는 바티칸 방송입니다. 전 세계의 벗들에게 슬픈 소식을 전하겠습니다. 한국에 보내졌었던 교황 사절 독고민 대주교大

主敎는, 수 미상의 신도 여럿과 함께 오늘 한국 시간 13시에 장엄한 순교를 하였습니다. 붉은 악마들은, 지난달 28일, 동 대주교를 그들의 사령부로 속여서 불러들여, 돌연 그를 가뒀으나 사령부 안 모 고위 신도의 도움으로 빠져나와 숨어 있었던 것인데 보름이 지난 오늘 2월 15일 다시 화평 제의를 신문으로 호소, 신도들의 안전을 염려하여 말리는 것을 뿌리치고 나타난 대주교를 또다시 체포했으나, 대주교는 이번에도 빠져나오는 데 성공했던 것입니다. 그러자 붉은 통치자들은 오늘 10시를 잡아, 서울 일원에 걸쳐 믿는 사람들에 대한 대학살을 벌였습니다. 붉은 통치자들은 방송을 통하여 동 대주교에게, 그들의 사령부로 나오도록 권고했으나, 악마의 꾀를 뚫어본 모시는 자들의 말에 따라 신도들의 집을 옮겨가면서 피신을 거듭하던 동 대주교는, 네 번이나 숨은 곳에서 에워싸였으며, 그때마다 신도들이 몸으로 지켜 죽을 고비를 벗어났으나, 끝내 붉은 근위사단의 치열한 뒤쫓음과 뒤져내기에 몰려, 도시 중심부 '자유의 광장'에서 순교한 것입니다. 붉은 학살자들의 살해 방법은 악랄을 다한 것으로서, 동 주교를 광장 중앙부에 밀어넣고, 물러날 길을 끊은 다음에, 고층 건물의 지붕으로부터 기관총에 의해 일제 사격을 가한 것이라고 합니다.

교황 베드로 2세 성하께서는 즉시 동 대주교를 성도의 반열에 넣을 것을 결정, 이를 알리도록 분부하시고 특별 미사의 준비를 이르셨습니다. 전 세계의 교우 여러분, 소식이 들어오는 대로 다시 자세한 진상을 보내드리겠습니다. 너그러우신 성모

마리아, 대주교와 그의 양 떼를 주님께로 이끄소서. 아멘.

아나운서의 말꼬리가 걷히면서, 우람스럽고 드높은 바다 울음처럼 장엄한 혼성 합창으로 구노의 「아베 마리아」가 물결쳐 나온다. 꼬리에 꼬리를 물고 밀려드는 새파란 물결. 튀는 물방울. 독고민은 꿈틀 몸을 움직인다. 그녀가 팔을 꼭 붙잡아준다.

어느새 차는 국도를 버리고 옆길로 들어서더니, 이윽고 울창한 숲 속에서 멎는다. 독고민과 그녀는 운전사를 남겨둔 채 오솔길을 따라서 걸었다. 별장풍의 건물이 나선다. 나무로 짠 문이 굳게 닫혔다. 그녀는 주먹으로 문을 두드린다. 안에서 묻는다.

"피닉스는 다시 날까요?"

"사랑이 있는 한 날 것입니다."

그녀가 대답하자 삐걱 소리가 나며 조그만 드나들 문이 열린다. 두 사람은 현관을 지나 어떤 방문 앞에 이르렀다. 안내하던 남자는 인사를 하고 돌아간다. 그들은 방 안에 들어섰다.

으리으리한 침실이다.

벽의 사면은 밤하늘처럼 짙은 푸른빛 휘장으로 덮이고, 검고 육중한 나무 침대가 안쪽에 놓였다. 바다 속처럼 어슴푸레한 푸른 불빛. 그들은 침대에 걸터앉았다. 그러자, 맞은편 벽을 덮었던 휘장이 가운데로부터 스르르 갈라져 벽 크기의 커다란 스크린이 드러난다. 스크린에 그림자가 비친다. 민은 숨을 죽였다.

스크린에는 안경 쓴 감사역, 빨간 넥타이를 매고 「해전」을 낭독하던 젊은 시인, 미라, 에레나, 그 밖에 여러 사람. 그들은 모두 민을 바라보고 있다. 민은 그들이 영사막 저편이 아니고 꼭 한방에 같이 앉아 있는 듯한 헛갈림이 든다. 시인과 에레나는 팔에 붕대를 감았다. 감사역이 일어서서 한바퀴 돌아본 다음 입을 열었다.

"먼저 간 동지들의 명복을 빕시다."

민과 그녀도 일어섰다. 조용한 기도. 관세음보살 하는 소리가 나직이 들린다. 그들은 앉았다.

그들이 둘러앉은 앞쪽에는, 은컵 속에 수기手旗가 꽂혀 있다. 새하얀 바탕에 붉은 장미꽃 한 송이를 입에 물고 불티를 털며 날아오르는 새 한 마리가 수놓여졌다. 빨간 넥타이가 일어섰다. 그는 독고민을 똑바로 쳐다보면서 이야기를 꺼낸다. 그의 눈은 이글이글 타는 것 같았다.

"수령首領. 봉기는 실패했습니다. 조직은 무너지고 동지는 흩어졌습니다. 왜? 왜 실패했는가? 민중들이 돌아섰기 때문입니다. 그들이 받아 움직이지 않은 탓입니다. 그들은 우리를 버렸습니다. 그들은 우리의 부름을 깔아버렸습니다. 우리가 거리에서 피를 흘리고 있을 때, 그들은 갈보들의 더러운 배 위에서 숨을 죽이고 있었습니다. 더러운 고깃덩이를 하룻밤 살 수 있는 품삯을 주는 자들에게 아쉬움이 있었던 것입니다. 그들은 자유인의 죽 대신에, 노예의 떡을 택한 것입니다. 누구를 위하여 싸우는 겁니까? 대체 누굴 위한 희생입니까. 기막힌 짝사랑. 계집은 싫다는데 무슨 유토피압니까? 짝사랑까진 좋아도, 잘못하면 강간이 됩니다. 그래서야 억울해서 살겠습니까? 챈 것도 기막힌데,

고소를 당해서야 쓰겠어요? 수령. 구락부의 강령 개정을 동의합니다. 민중과의 공동전선을 규정한 현 강령하에서는, 저는 손가락 하나도 명령에 따를 수 없습니다. 새 강령을 주십시오. 버림받지 않을 새 깃발을 주십시오. 새 보람을. 새 원리를!"

그는 주저앉아서 낯을 가리고 울기 시작했다. 어깨가 마구 들먹인다. 독고민은 눈을 감은 채 아무 말도 없다. 감사역은 일어난다.

"내 아들이여. 내 젊은 동지여. 내 말을 들어보십시오. 당신은 그들이 돌아섰다고 합니다. 그렇습니다. 그들은 배반했습니다. 그러나 생각해보십시오. 사랑이란 먼 것입니다. 사랑이란 아픈 것입니다. 어두운 것입니다. 그리고 젊은 동지여. 당신은 그들의 배반이 당신에게 상처를 주었다고 합니다. 당신의 자존심을 다쳤다고 합니다. 그러나 생각해보십시오. 지금부터 2,000년 전에, 신神의 아들조차도 그들에게 버림받았던 것입니다. 기억하십시오. 신의 아들조차 버림받았던 것입니다. 신의 사랑을 마다한 사람들이, 인간의 사랑을 마다한다고 당신은 노여워합니까? 당신은 신보다도 더한 자존심을 가지고 있습니까? 신의 아들은 모욕을 당하고도 2,000년이나 그들을 가만두었습니다. 당신은 한번 버림받았다고 대뜸 징벌론을 들고 나옵니까? 벗이여 사랑은 멀고 오랜 것입니다. 사랑은 어둡고 죄악에 찬 것입니다. 당신의 입술에 미움의 말을 담아서는 안 됩니다. 미움은 가장 아름다운 마음도 썩히고 마는 독입니다. 선을 행하기 위해서도 증오해서는 안 됩니다. 우리가 실패한 것은 어쩌면 우리가 너무 미워한 탓인지도 모르지요. 비록 자유를 위한 증오였더라도. 당신은 고운 아가씨들을 너무 얕잡아봅니다. 끊임없이 구애하십시다. 신의 아들조차 실패했는데, 우리라고 대번 수지를 맞춘대서야 너무 꿀맛이지요. 피 흘리는 짝사랑이라고 생각할 게 아니라, 좋아서 하는 예술가지요. 그들을 사랑하는 것 말고는, 신에게로 이르는 딴 길이 없는 걸 어떡합니까? 그들이 싫대도 사랑해야 합니다. 젊은 동지여. 자 다시 한 번 머리를 빗고 다시 한 번 꽃다발을 챙깁시다. 이런 늙은이도 아직 희망을 버리지 않았는데……"

감사역은 한 손으로 빨간 넥타이를 손짓했다. 청년은 수줍은 듯이 일어서더니 노인 곁으로 와서, 주름진 뺨에 입을 맞췄다. 빵 하고 소리 나는 굉장한 키스였다. 일동은 한바탕 웃었다. 빨간 넥타이는 흥분해서 소리 높이 읊기 시작한다.

얼마나 좋을까
이 비뚤어진 노래를
그만 부를 수만 있다면
정말은 내 맘은 저
어여쁜 종다리처럼
뛰놀고 싶은데
높은 산꼭대기에서 눈을 밟고
울어대는 짐승처럼
너와 더불어
노래 부를 수 있다면

얼마나 좋을까
붉은 해가 불끈 솟는
바닷가에서
사랑하는 여자의
가슴을 물어뜯으며 아무
꾸밈도 없이
사랑을
속삭일 수 있다면

얼마나 좋을까
우람하지 못해도 좋은 내
나라의 호수 속에서
검은 햇바퀴 비치지 않은 하늘을
볼 수 있다면
호수보다
깊고
사랑스런
너의 눈을
들여다보며
너를
사랑할 수 있다면

얼마나 좋을까

거짓말하는 사람들이 없어진

거리에서

아카시아

꽃처럼 향그런 맘씨와

늦가을

시뿌연 옥수수

뭉치처럼 청결한

체구 가진 처녀에게

장가들 수 있다면

그리고

아무리 타일러도 제 버릇

개 못 주는

나쁜 자식들을

하느님께서 모조리

붙들어가시고

우리들에게 한가위

잔치술처럼

진한

기쁨을 보내

주신다면

그럴 테지 우리 손으로
해야 할 테지 나는
알고 있다
하느님은
지금
나들이 가신 것을
그러나 우리
앞을 막는 어두운 벼랑
이 너무나 튼튼한 벼랑 우리의
아이들은 이 벼랑 너머에
설 수 있을 것인가 정말
그렇게 될까

그 어두운 벽
때문에 우리의
성대는 중풍쟁이
다리처럼 뒤틀리고
혓바닥은 비뚤어졌다
저 옛날
얘기의 개구리는 울음 한 번에
구슬 하나씩 뱉었는데 미물보다
나은 우리는 말
한마디에 독버섯 하나씩을

토한다 내 마음은
그렇지 않은데

나를 배반하는 혀 내
말을 듣지 않는 혀 이
비뚤어진 노래를 그만
부를 수 있다면 얼마나
좋을까
하느님 우리
입술에서 검은
낱말들을 거두어
주십시오 우리의
혀를 바로잡아
주십시오 될 수
있으면 우리만 말고 저 나쁜
자식들도 한 번 더
타일러
주십시오
지금 곧
아니라도 좋습니다 우리는
당신이 지금 나들이
가신 것을
압니다 당신이 집을

비운 사이에 일어난

일까지 갚으라고는

안 합니다 이것은 우리의

책임입니다 우리는

싸울 것입니다 이 벼랑에 다이너마이트를

꽂아서 한 조각씩이라도 깨뜨려

보겠습니다 다만 하느님 나들이에서

돌아오시는 대로 우리를 도와

주십시오 하느님 정말

꼭

부탁합니다

믿겠습니다

　사람들은 마지막 마디에서 모두 낭독자를 따라 "믿겠습니다"
하고 외친다. 민은 서먹서먹하면서도 어쩐지 뭉클했다. 사람들
의 얼굴은 환하게 빛나고, 눈에는 알지 못할 괴로움과 꿈의 빛
이 있었다. 민은 그 까닭을 알 수 없었다. 이 훌륭한 사람들이,
무엇 때문에 이렇게 슬퍼하는지 알 수 없었다. 감사역은 모두에
게 자리에 앉도록 권했다. 노인은 독고민을 향하여,
　"수령. 바쁜 일은 뒷수습인데, 수령께서 오시기 전에 우리 의
원들 사이에 이미 완전한 합의를 보았습니다. 모든 조직이 드러
나고, 한 군데는 붙들렸으므로, 우리가 지금 할 일은 지하로 들
어가는 것입니다. 그리고 수령은 나라 밖으로 나가도록 결정했

습니다."

그녀가 한마디 했다.

"그럴 것까지 있을까요?"

"있습니다. 이번 싸움을 통해서 수령의 인상은 완전히 드러났으므로, 국내에서 견디기는 힘든 일입니다. 이번에도 저 동지들……"

감사역은 빨간 넥타이, 미라, 에레나의 세 사람을 가리켰다.

"저 동지들을 근위사단에 프락치로 심어놓지 않았더라면, 수령은 지금 이 자리에 탈 없이 계실 수 없었을 겁니다. 그 방탄복은?"

그녀는, 자기 앉은 소파 아래를 손가락으로 가리킨다.

"그러면 시간이 급하니 서둘러야 합니다. 당신은 수령과 함께 가십시오. (그녀를 지명한다) 연락 일체는 아까 말한 대로…… 조금 더 있으면 바닷가도 막힐는지 모르니까 빨리 하십시오."

독고민과 그녀는 현관에 나섰다. 차는 현관 계단 바로 밑에 모로 대 있었다. 그들은 차를 탔다. 독고민은 그녀가 가리키는 곳을 보았다. 어느새 굳게 닫힌 커다란 현관문이 영사막으로 바뀌고, 거기 감사역을 비롯한 사람들이 따라나와서 그들을 바래고 있다. 흡사 현관에 몰려선 진짜와 조금도 달라 보이지 않았다. 진짜 크기의, 비친 사람들의 표정까지 뚜렷했다. 감사역의 안경 너머로 번쩍 빛나는 눈물을 민은 놓치지 못했다. 그녀는 밖으로 머리를 내밀고,

"여러분, 피닉스는 또다시 날까요?"

보내는 사람들의 외침.

"사랑이 있는 한 날 것입니다. 수령."

소리도 없이 발동을 걸고 차는 스르르 미끄러져간다. 민은 아까부터 골똘히 생각하고 있었다. 그는 야릇한 헛갈림에 빠져들고 있다. 나는 정말 이 사람들의 수령이 아닐까. 아니다. 이 사람들에게 홀리면 안 된다. 그러면 다시는 숙을 못 만난다. 하지만 숙은, 아까 광장에서 내가 총 맞아 죽을 때도 건져주지 않았다. 왜 그랬을까. 그 생각을 하자 왈칵 서러워진다. 무슨 까닭이 있을 것이다. 아까 노인도 자꾸 사랑하라고 했다. 필시 그녀에게 무슨 사정이 있었으리라. 아니 사정이 없대도 좋다. 그녀가 몰라도 좋다. 독고민은, 금방 울음이 터질 것 같아 어금니를 굳게 물며 입술을 떨었다. 이 사람들에게 홀리면 안 된다. 어떤 유혹이 와도 물리치리라. 집착할 아무 까닭도 없어진 사람이, 집착할 아무 까닭도 없어진 사람에게 매달리기로 마음먹은 것이다. 바보는 끝까지 바보였다. 독고민은 앞 창문을 통해 어둠을 내다본다. 허虛가 허虛를 보고 있다. 그녀는 민의 옆모습을 황홀하게 바라보면서 그녀대로 딴생각을 하고 있었다. 오늘밤 이 수줍은 애인을 데리고 자줘야지. 배가 해안을 떠날 때. 그녀는 오랜 사이를 두고 수령에게 바쳐온 짝사랑이 이제 열매 맺는 것을 생각하면, 자기의 사명이 얼마나 위험한 것인가를 돌이켜볼 짬이 없었다. 그녀는 수컷을 사로잡은 암호랑이처럼 자랑스러웠다. 배가 해안을 떠날 때. 차의 모습이 숲을 돌아 사라지자 바래던 사람들은 안으로 사라져버리고, 감사역과 빨간 넥타이만 남았다. 그들은 묵묵히 서서 멀리 하늘을 내다본다. 아름다운 별밤. 짙푸른 하늘 바탕에 차디찬 보석들이 쏟아질 듯 부시다. 바람이 쐬 지나가면서 나뭇가지가 스산한 소리를 낸다. 추운 밤이다. 겨울의 한밤중, 마른 나뭇가지에 바람이 스치는 소리에는, 한 가닥의 에누리도 없다. 노인은 부지중 몸을 떨면서 말했다.

"이런 밤에는 얼어 죽는 형제도 있을 거야."

시인이 받는다. "마음이 추운 사람만."

노인은 잠시 생각하는 듯 고개를 숙이고 있더니 짧게 고친다.

"마음이 추운 사람도."

시인은 가볍게 웃었다. 그들은 서로 팔을 끼고 천천히 안으로 사라졌다. 현관문은 굳게 닫혀 있다.

이튿날 아침.

김용길 박사는, 2층에 있는 원장실 창문에 붙어 서서, 병원 뜰을 내다보고 있다. 여름에 그리도 짙푸르던 나무들은, 하나 없이 앙상한 가지만 드러내고 있다. 굉장히 넓은 뜰이다. 잎이 없어진 나뭇가지들의 멋대로 자연스런 데생 속에서, 흰 페인트칠한 반듯반듯한 벤치가 유별나게 눈에 띈다. 자연은 살아 있는 물건이지. 박사는 그런 생각을 한다. 자연은 살아 있다. 산 물건은 붙잡기가 힘들다. 더구나 사람은. 한가운데 기운차게 물을 뿜던 분수도, 무슨 동상을 옮겨낸 대석臺石처럼 허전하다. 그는 잎사귀가 다 떨어진 엇비슷한 나무들 가운데, 지난봄 그가 손수 심은 복숭아나무를 눈으로 찾았으나 헛일이었다. 신경외과의 대가며 뇌수술의 첫손으로, 사람의 골이라면 제 손금보다 환한 김 박사도, 잎 떨어진 나무를 알아볼 만큼 나무가꾸기에는 밝지 못했다. 그는 문득 돌아보는 느낌에 잠겼다. 그는 황해도 태생으로, 고을에서는 밥숟가락이나 먹는다는 포목전을 내고 있던 아버지 덕으로, 이렇다 할 어려움도 모르고 지냈었다. 북도 사람에 흔한 일로, 그의 부친은 자녀 교육에 푼수에 지나칠 만큼 열을 가진 사람이었다. 하긴 김 박사는 독자였다. 3대는 아니었지만. 그는 대학에 올라갈 때 미술을 택할 생각이었다. 흔히 있는 일로 부친은 잡아떼고 허락지 않았다. 끝내 꺾이는 수밖에 없었다. 그러나 대학에서 전공을 고르게 될 무렵에 또 한 소동이 일어났다. 신경외과를 버리고 내과를 하라는 것이 부친의 말. 그것만은 제 뜻을 들어달라는 김 박사. 이번에 굽힌 것은 아비 쪽이었다. 하긴 그 시절, 아내를 여읜 부친은 대가 약해져 있었다. 어쨌든 김 박사는 뜻을 이루었다. 그때만 해도 신경과는 몰리는 데가 아니었다. 더구나 골은…… 지금, 김 박사는, 국내뿐 아니라 오히려 밖에서 이름이 더 높다. 이를테면 이름이 역수입된 셈이었다. 처음에는 국내 학계와 의료계에서 이러쿵저러쿵 했으나, 뚜렷한 업적에는 어쩌는 수가 없었다. 대학병원이 교외 넓은 땅에 새로 서서 옮긴 다음에는, 밀려닥친 행정적인 짐 때문에 그의 연구 시간은 다 앗기고 말았다. 박사에게는 지금 하고 있는 일이 있었다. 심령학회 보고에 따르면, 외국에 전혀 가본 적이 없는 피술자被術者가 그 외국의 어떤 도시에 대하여 정확하고 자세한 진술을 했다는 것이다. 또 어떤 피술자는 300년 전의 일에 대한 진술을 했는데, 최근 나온 고문서古文書로써 그 사실史實이 밝혀졌다는 것이다. 만일 이것이 정말이라면, 그 진술의 화자話者는 진술한 본인일 수 없다는 말이 된다. 그렇다면 누가 말한 것인가? 그 얼굴 없는 화자는 누군가? 그것은 또 개체個體 개념을 뿌리에서 흔든다. 겪지도 못한 수백 년 전의 기억을 지니고 있는 것은 그 개체일 수 없기 때문이다.

이와 같은 일의 테두리를 넓힌다면 개인의 유일성과 동일성이 뿌리에서 다시 살펴져야 한다. A는 A이면서 A가 아니다? 그것은 인간을 '현재'와 '여기'라는 시간과 공간의 두 축軸으로 완고하게 자리 주어진 좌표로부터, 허虛의 진공 속으로 내놓음을 말한다. 그리고 개인은 시공에 매임 없이, 인류가 겪은 얼마인지도 모를 기억의 두께 속에 가라앉아, 급기야 그 개인성을 잃고 만다. 바다에 떨어진 한 방울의 물처럼, 그것은 미궁迷宮 속에 빠진 몽유병자 같은 상태일 거다. 그 속에서 끝까지 개체의 통일성을 지킬 수 있는 힘은 무엇일까. 박사의 연구는 이 같은 가정에 대하여 과학적인 분석과 종합을 해보되, 그의 전공 분야에서 하자는 것이었다. 연구는 시원치 않았고, 그 탓으로 요즘 박사는 기분이 좋지 못했다. 신경과를 택한 것도, 미술을 못 할 바엔 인간의 신비를 바로 손으로 만지면서 연구하겠다는 생각에서였다. 그 점에서 뉘우침은 없다. 정신의 자리는 뇌수라고 생각한 당시의 소박한 동기는 지금으로선 미소로 더듬어지는 기억이다. 박사는 데스크 위에 놓인 『프시케』를 집어들어 책장을 넘긴다. 한국 심령학회에서 내는 계간 잡지다. 그는 한 손으로 책을 꼬나잡고 읽기 시작한다.

옛날, 세 마리 짐승이 각각 발원發願하여 극락으로 가는 길을 떠났다. 극락에 이르자면, 고해苦海라는 강을 건너야 한다. 강은 넓고 깊다. 강 건너편이 바로 극락이다. 그들은 강물에 들어섰다. 토끼는 물 위에 둥실 떠서 헤엄쳐 건넌다. 말은, 뒷다리는 강바닥을 밟고 앞발로 허우적거리며 목을 내밀고 건넌다. 코끼리는, 기둥 같은 네 다리로 강바닥을 튼튼히 밟고도 머리와 등이, 능히 물 위에 솟은 채 건넌다.

세 짐승은 탈 없이 강을 건넜다. 토끼는 가슴을 할딱이며 숨을 돌리고, 말은 물기를 털며 한마디 울고, 코끼리는 그들을 보고 있었다. 한숨 돌리자 이 세 짐승 사이에는 점잖지 못한 싸움이 벌어졌다. 서로 제가 더 고생했다는 싸움이 시작된 것이다.

"넘실거리는 물 위에 떠오르는데 어찌 어지러운지. 속이 울렁거리고 정신이 떠날 지경이었어. 내가 제일 고생했지."

토끼의 말.

"뒷다리는 강바닥을 밟고 앞다리만 쳐들었으니 그 불안스럽기란 이루 말할 수 없었지. 내가 제일이야."

말이 하는 말.

코끼리는 말이 없었다.

"웬걸. 강물 위로만 헤엄쳐 왔으니, 내가 제일 깨끗하게 왔지 뭐야. 내가 제일 순수해."

토끼의 말.

"그런 소리 마. 나는 물 위 경치만 아니고, 강 밑바닥까지 내

이 두 발로 확실히 짚어봤단 말이야. 내가 더 풍부한 겪음을 했어. 내가 제일이야."

말이 하는 말.

코끼리는 눈만 껌벅거릴 뿐.

이렇게 끝없는 싸움을 벌이고 있는데, 저편 숲속에서 관세음보살이 걸어나오신다. 소풍 나온 걸음인 모양이다. 왼쪽 뺨에 까만 점이 있다. 보살은 그들의 이야기를 듣고 고개를 설레설레 했다.

"안 될 말. 여러분들이 고생해서 고해를 건너온 보람도 없이, 그게 무슨 겸손치 못한 말이람. 토끼는 몸집이 작아서 헤엄쳐 건너고, 말은 선 키가 높아 서서 건너고, 코끼리는 덩치가 크니 걸어서 건넜으되, 극락의 땅을 밟기는 매한가지. 여기 이렇게 셋이 다 서 있지 않은가. 누가 높고 누가 낮으며 누가 높았고 누가 낮았으면 어떻단 말인가?"

세 짐승은 문득 깨달았다.

그들은 보살 앞에 꿇어앉아 잘못을 빌었다. 보살은 웃으며, 꿇어 엎드린 코끼리의 잔등에 오르셨다. 코끼리는 보살을 등에 태우고 일어섰다. 그 앞에 말이 서고 또 그 앞에 토끼가 서서 일행은 저편 보리수 우거진 연못 쪽으로 나아갔다. 보살은 코끼리 잔등에서 한마디 짓궂은 말을 덧붙였다.

"그래, 코끼리가 덩치가 커서 나를 태웠으니, 코끼리가 더 잘났단 말인가?"

그 말에 말은 너무 창피해서, 괜히 앞발을 들었다 놓았다 하면서 딴전을 피우느라 애를 쓰고, 토끼는 숫제 들리지도 않습니다, 저 앞에서 공처럼 굴러갔다.

박사는 책을 거머쥔 채 눈을 감는다. 이 얘기는 원래 불경에 있는 법화를, 작자가 살을 붙인 모양이다. 작자의 말을 따르면, 원전에는 짐승들이 싸웠다는 얘기는 없다지만, 그런 건 아무래도 좋다. 이 단편을 처음 읽었을 때의 깊은 맛을 박사는 아직도 떠올린다. 그 짤막한 묘사, 보는 듯한 우스움. 깊은 상징을 통한 시원스런 대긍정大肯定. 그러나 박사는 종교인도 아니고 동양 심취자心醉者도 아니다. 박사가 이 단편에서 충격을 받은 것은, 이 간결한 종교적 비유와 심층심리학에서 쓰이는 '빙산의 비유' 사이의 비슷함 때문이다. 비슷함이라느니보다 꼭 같다. 인간의 의식은 바다 위에 솟은 빙산의 꼭대기 같은 것이며, 그 거대한 뿌리는 물 밑 깊이 묻혀 있다는 학설. 이를테면 토끼가 빙산의 꼭대기, 말이 중턱, 코끼리 다리가 뿌리라는 식으로 풀이할 수 있다. 그러나 박사가 이 얘기에서 받은 충격은, 이것 때문만은 아니다. 박사는 성인군자라느니보다, 역설과 아이러니의 세례를 받은 요즈음 사람이고 게다가 과학자다. 그는 두 가지 각도로 이 종교 얘기를 꼬집어보는 것이다. 먼저 이 얘기는 성공한 때의 얘기다. 다시 말하면, 누가 더 고생했든 탈 없이 강을 건넜다는 얘기다. 다음에 이 얘기의 인물상人物像은 고전 물리학적인 통일상이다. 건강한 따라서 자기 분열이 없는 소박한 고대인의 그것이다. 토끼라 하고, 말이라 하고, 코끼리라 하지만 결국은 똑같은 인간형이다. 장삼張三이 이사李四보다 키가 한두 치더 높고 낮다고 해서 그들의 우정에 무슨 변화가 있을 수는 없다. 그들은 '같은 무리' '한 가닥'인 것이다. 그러므로 이 얘기를 현대에 있어서도 뜻을 가지게 하자면, 얼마쯤의 보강 혹은 뜻을 넓힘이 마땅하다. 현대는 성공의 시대가 아니라 좌절의 시대며, 건너는 시대가 아니라 가라앉는 때며, 한마디로 난파의 계절이므로. 다음에 현대인의 인격적 상황은 극심한 자기 분열이다. 오늘날 토끼란 동물은 존재치 않는다. 토끼의 뒷다리는 말의 뒷다리가 되고 싶은 욕망으로 중풍에 걸렸으며, 밤송이처럼 동그란 등은 집채 같은 코끼리 등이 되지 못한 열등감으로 애처롭게 꼬물거린다. 토끼는 이미 토끼가 아닌 것이다. 말의 멋없이 민숭한 낯짝은, 토끼 같은 타고난 미모를 갖지 못한 불만으로 늘 괴롭고, 코끼리보다 모자란 무게와 그 가는 다리 때문에 그는 괴로운 짐승이다. 코끼리는 그만인가. 아니다. 그는, 자신의 병신스럽게 육중한 물체성에 구역질이 난다. 토끼 같은 깨끗한 가벼움이 부럽고, 말의 비할 수 없이 멋진 우아함에 대한 부러움으로, 그의 기둥 다리는 짊어진 자학 때문에 오히려 무겁다. 오늘날 토끼, 말, 코끼리란 짐승은 없다. 다만 '토끼 – 말 – 코끼리' 혹은 '말 – 토끼 – 코끼리' 혹은 '코끼리 – 토끼 – 말'이란 짐승이 있을 뿐이다. 스스로에 만족한, 따라서 무자각한 인간이란 원리적으로는 현대와 가장 먼 것이다. 하기야 현대에도 소박한 인간이야 사실상 있긴 하지만, 조만간 진화(?)하게 마련이고, 안 그렇더라도 분열의 분위기는 널리 퍼져 있다.

이것이 박사의 의견이지만, 그는 이 얘기의 끝 모를 깊이를 모른다 하지는 않는다. 풀기에 따라서는, 이 세 짐승은 한 인간의 각각의 구석을 나타낸다고 볼 수도 있다. 한 인간의 여러 재질이 다 함께 자라기는 어려우며, 그것은 그런대로 좋다는 말도 된다. 그러나 이 같은 심리적心理的 조작操作에 의한 체념이나, 칼뱅적인 은총에 있어서의 hierarchy를 받아들이는 방법이 아니고, 처음부터 가라앉지 않도록 뜰 주머니를 주고, 분열하지 않도록 코르셋을 주자는 것이 박사의 생각이다. 그런 뜻에서 박사는 어쩔 수 없이 과학자다. 만져보지 않고는 믿지 못한 도마의 형제다. 문제는 처음부터 어렵고, 갈피로 말하면 무한히 헝클어졌다. 세 짐승이 건넌 물과 현대인이 헤엄쳐야 할 물은 우선 그 복잡성에 있어서 견줄 바 안 된다. 바다처럼 방대한 조직과 풍문보다 불확실한 뉴스 문화의 홍수 속에서 개인의 해체를 막고 그의 허리를 꼭 죄어줌으로써, 한 자루의 대[竹] 빗자루처럼 핑 하니 설 수 있게 해줄 코르셋은 과연 무엇인가. 일을 더욱 어렵게 만드는 것은, 현대 속의 고대인이다. 배움도 적고 겪음의 너비도 좁은 사람들의 정신질환이다. 불경 얘기의 논리를 빌리자면, 대학생의 정신병이든 유치원 신입생의 그것이든, 병리 현상 자체의 생김새는 마찬가지이다. 그러나 과연 그런가? 자연과학의 법칙은 대상에 대하여 무차별적으로 타당하다. 정신 현상에 있어서도 그러한 법칙이 가능한가. 정신병 환자더러 민간에서 귀신이 '들렸다'고 말하는데, 이 피동형의 의미는 중대한 것이 아닐까? 교양인은 스스로 마귀를 불러 '들이'고 소박한 인간들은 밖으로부터 '들리'는 것이 아닐까? 이 '피초대자'와 '불청객'은 같은 인물인가 혹은 다른 인물인가? 이른바 '문화'라는 것이 그 인물인가? 박사가 고안한 뜰 주머니는 자꾸 공기가 새고, 코르셋은 노상 터져왔다. 그럴 때마다 이 불경 얘기를 다시 집어들었다. 야릇한 일로는 그처럼 간결한 얘기가 읽을 때마다 새 짐작을 주는 사실이다. 종교적인 비유의 무한한 다의성多義性, 혹은 미의성迷義性. 아무려나 그것은 생각을 위한 최고의 발판 구실을 해주었다. 발판 없이는 아무도 뛸 수 없다. 신의 아들조차 십자 형틀을 가져야 했다.

인기척. 박사는 뒤돌아봤다. 조수였다. 빨간 넥타이가, 대학 갓 나온 풋내기 티를 더 돋우어준다. 박사는 이 청년이 수재임을 잘 알고 있었다. 게다가 아마추어 시인이라는 걸 알고 있는 박사는 그 고상한 취미와 젊은이다운 순정 때문에 이 청년을 사랑하고 있었다. 어젯밤에도, 「해전海戰」이라는 자작시를 들고 와서 비평을 졸라대는 통에 혼이 났다. 머리가 좋은 사람치고 인격적인 사랑스러움이 갖추어진 경우는 흔치 않은데, 이 청년은 그 드문 예외다. 나이 탓일까…… 아니. 사람은 바뀌지 않는다. 틀은 안 변해. 집채만 해도 토끼는 토끼. 강아지만 해도 코끼리는 코끼리. 나는 코끼리만 한 토끼. 이 친구는 토끼만 한 코끼리. 거토왜상巨兎矮象일까?

"자네 논문은 어떤가?"

"네…… 한번쯤 더 해봤으면 싶은데, 확실치 않은 데가 있어서요."

"무얼 말인가?"

빨간 넥타이는 대답 대신에 손으로, 해부하는 시늉을 해보였다.

"왜, 하면 되잖나?"

"시체가 떨어졌습니다."

"그래?"

박사는 아직 그 보고를 받지 못하고 있었다. 그는 눈살을 찌푸렸다.

노크가 울렸다.

"들어오시오."

간호부장이었다. 환갑이 가까운 간호부장의, 카바이드처럼 바싹 마른 움푹한 눈은, 부하 간호원을 대할 때의 그 서슬은 간데없고, 원장 앞에 선 지금, 그녀는 견습 간호부처럼 수줍다.

"무슨 일이오?"

"제7병동 앞 벤치에서 동사자가 발견됐습니다."

"뭐? 입원 환자란 말인가?"

"아닙니다. 외래인인 모양입니다."

"그럼, 경찰에 알려야지."

"지금 막 보고 돌아갔습니다."

"그래서?"

"밖에다 둘 수도 없고, 연락이 있을 때까지 시체실에 보관해 달라기에 지금 옮겨놓았습니다."

"그래 신원은?"

"네, 경관이 수색했을 때는 아무것도 없었는데, 지금 운반하는데 몸에서 이런 게 떨어졌어요."

간호부장은 신분증을 원장에게 건넸다.

"뭐, 독고민?"

조수가 기웃하고 들여다본다.

"네, 독고란 성이 있습니다. 희성이죠."

"그런데 어떻게 돼서 여기까지 왔을까? 환자도 아니라면……"

"혹시 몽유병잔지 압니까?"

박사는 제자의 재치 있는 농담에 껄껄 웃었다.

"직업이라…… 무직…… 가족이 없고…… 본적이 황해도……
독신…… 자네 뭐라고 했지, 몽유병자라구?"

그 순간 원장과 충실한 조수는 꼭 같이 어떤 생각을 했다. 바
꾼 눈짓은 그 생각이 같은 내용이었다는 것을 말해주었다.

"그럼, 제가 가보겠습니다."

빨간 넥타이는 간호부장을 앞세우고 부산스럽게 방을 나갔다.

일층에 내려와서 시체실과 해부실로 가는 T자 갈림길에서 빨
간 넥타이는,

"먼저 가세요, 저 잠깐 들렀다 갈게요……"

오른쪽으로 걸어갔다.

간호부장은 혼자서 왼쪽 복도를 지나 시체실에 들어섰다. 굳
이 먼저 올 필요는 없는데 그녀는 그렇게 했고, 게다가 혼자 오
게 된 것을 다행으로 여겼다. 까닭이 있다. 음지 쪽인 이 방은 본
동에서 뚝 떨어진 외딴 채다. 지붕에 뚫린 빛받이창에서, 가냘픈
겨울 아침의 햇살이 가난하게 비춘다. 그녀는 시체 앞으로 걸어
간다.

시체는 일어나 앉아 있었다.

벤치에 앉은 자세대로 얼어버린 몸은, 아무리 구부리려 해도 되지 않아서, 그대로 환자용 바퀴의자에다 담아온 것이다. 아까 여러 사람이 붐비는 사이에서 보던 때보다 시체는 어딘지 조용해진(?) 느낌이었다. 부스럭. 부장은 문간을 보았다. 견습 간호부였다. 학교를 갓 나온 풋내기다. 기웃이 들이민 동그란 얼굴 왼쪽 뺨에 까만 점이 귀엽다.

"부장님. 저, 민 선생님이 오시래요."

"어디로?"

"해부실에 계셔요."

부장은 잠깐 발부리를 내려다본다. 민 선생이란 빨간 넥타이다. 알았어 하면서 낯을 들었을 때는 벌써 까만 점은 사라진 후였다. 그녀들이 잠시라도 더 있고 싶을 곳은 아니다. 인부들 손에만 맡기게 되는 이 시체실은 늘 손질이 나쁘다. 부장은 시체 쪽으로 돌아섰다. 시체는 앉아 있다는 것 말고도 또 하나 몸매에 부자연한 것이 있다. 오른팔을 들어서 얼굴을 반쯤 가리듯한 채 굳어 있는 것이다. 마치 애인의 첫 키스를 막는 처녀의 자세처럼. 눈은 편히 떴다. 아까 첫눈에 그녀는 지난 4월에 잃은 아들을 보는 듯싶었다. 그녀의 외아들이었던, 서른둘에 낳은 유복자를 꼭 닮았다. 코언저리며 어질디한 입매가 죽은 내 새끼를 닮았구나. 그녀는 손을 시체의 얼굴로 가져갔다. 편히 뜬 눈꺼풀을 내리쓸었다. 몇 번 만에 눈은 감겨졌다. 나무관세음보살. 다음에 시체의 얼굴을 가린 팔을 아래로 당겨봤다. 시체는 완강하게 고집한다. 그녀는 가슴이 칵 막혔다. 얼른 돌아서서 방을 나왔다. 빗장을 지르고 자물쇠를 물렸다. 본관과 이어지는 복도를 하이힐을 조용히 울리며 걸어나온다. 푸드덕. 시체실 건물 지붕에서 비둘기 한 마리가 날아올라 본동 시계탑에 가 앉는다. 시계탑은 후면인 이쪽에도 문자판이 새겨져 있다. 그녀는 멍하니 쳐다본다.

그 4월. 줄이어 들이닥치는 부상자로 병실이 넘쳐서 복도까지 침대로 막히고. 바로 이 병원에서 숨을 거둔 그 애가 하던 말. "어머니 난 후회 없어요. 다만 어머니가 불쌍해…… 용서하세요. 네." 녀석은 여느 때 무슨 일을 저지른 다음, 불쌍한 어미를 얼렁뚱땅 속여넘길 때처럼 눈을 찔끔해 보일 속셈인 것 같았으나, 이미 얼굴 힘살은 제대로 말을 듣지 않았다. 그 침대 곁에서 금방 무너질 것 같던 가슴. 그녀의 남편이 임종할 때 손을 내밀며 "재혼해…… 내 희망이야" 하던 때 슬프던 일도 그만은 못했다. "어머니, 나 연애해도 돼?" "원 누가 붙들던?" "괜히 질투하려고?" "저런 망나니 좀 봐." 신년 파티에서 돌아온 밤, 농담 같으면서 짐짓 그렇지도 않은 성싶던 암시. "그렇지만 안 할래." "왜?" "어머니가 울까 봐." "일없다, 일없어. 어유 음흉한 녀석……" 하면서도 덜컥 무엇인가 떨어져내리던 그녀의 가슴. "안심해. 나 어머니 돌아가실 때까진 결혼 안 할 테야." "원 점점 한다는 소리가. 빨리 죽으란 말이구나." "아니야 사실 어떻게 살아야 할지 모르겠어. 난 조그만 행복이면 만족해. 어머니 모시고 세상 한 귀퉁이에서 찍소리 않고 평범하게 살래." 고백하듯 침울하게 맺었다. 봄빛이 한창이던 4월의 그날. 환히 눈에 불을 켠 젊은이들이, 캠퍼스에서 파도처럼 쏟아져나와, 병원 앞을 지나 시내로 향했다. 현관에서 구경하던 어머니 앞에 녀석은 불쑥 나타났다. 어머니를 한옆으로 끌고 가서 "우린 지금 가는 길이야. 가. 바빠. 어머니 우린 가. 알아주지 않아도 좋아. 아무도 몰라줘도 좋아. 우리도 뭐가 뭔지 모르겠어. 그저 가는 거야. 가서 말야 하하하……" 갑자기 껄껄 웃으면서 그녀의 어깨를 두 손으로 잡고 되게 흔들어놓고는, 쉴 새 없이 밀려가는 파도 속으로 달려갔다. 내 것아. 내 귀중하던 망나니. 다시는 이 가슴에 돌아오지 않을 내 것아. 벌써 한 해. 곧 4월이 온다. 그 4월을 어떻게 참을까. 그 4월이 무엇 하러 또 오느냐.

그녀는 복도 난간에 엎드려 소리 없이 흐느낀다. 빳빳하게 풀먹인 하얀 모자 아래로, 겨울 아침의 맵짠 바람을 안은 머리카락이 구름처럼 날린다.

이윽고 머리를 든다. 얼굴을 매만진다. 다시 걸음을 떼놓는다. 모퉁이를 돌아 사라진다.

비둘기는, 시계탑 꼭대기를 발톱으로 걷어차고 푸드덕 날아오른다. 햇빛이 가득한 하늘로 높이높이 아스라이 솟아, 올라간다.

『아라비안 나이트』 속에 나오는 '알리바바와 40인의 도적'을 기억하시겠지요. 그 얘기 속에서 알리바바의 욕심쟁이 형이, 도적들에게 갈기갈기 찢겨 죽는데, 알리바바는 형의 시체를 찾아다 놓고 몹시 걱정하지만, 여종의 꾀로 탈 없이 장례를 치르게 됩니다. 즉 신기료장수를 데려다 시체를 꿰매 붙여서, 감쪽같이 사람들 눈을 속인 것입니다. 이 신기료장수는 해부사解剖師의 반대 작업을 한 것입니다. 조각을 이어붙여서 제 모습을 되살리는 것. 고고학考古學이란 먼저 이렇게 알아두셔도 좋습니다.

죽음을 다루는 작업. 목숨의 궤적軌跡을 더듬는 작업. 그것이 고고학입니다. 우리들의 작업대 위에 놓이는 것은 시체가 아니면 시체의 조각입니다. 사면장死面匠. 박제사剝製師. 우리의 이름입니다. 박제한 호랑이는 아무리 그럴듯하더라도 영원히 단 한 치를 움직이지 못할 것입니다. 그런 점으로 우리는 동상凍傷 취급잡니다. 우리들의 작품을 가리켜 생명에 넘쳤다느니, 창조적이라느니, 허구虛構의 진실이라느니 하고 칭찬할 때는 사실 낯 간지러워집니다. 고고학자란 목숨이 아니라 죽음을, 창조가 아니라 발굴發掘, 예언이 아니라 독해讀解를 업으로 하는 사람입니다. 콜럼버스는 아메리카를 발명發明한 것이 아니라 발견發見했던 것입니다. 발명이란 것도 유有의 순열조합順列組合 놀이에 불과합니다. 쉽게 말해서 고고학자는 신이 아니라 인간이라는 말이지요. 시구始球는 늘 신에 의해서 던져집니다. 요사이는 인간들도 이 흉내를 냅니다. 야구공을 던지는 대통령의 사진을 뉴스 필름에서 보셨지요. 화 있을진저. 옛날 모든 여인들은 그 처녀성을 신에게 바친 시대가 있었는데, 이 종교적 의식이 나타낸 기막힌 상징성을 좀 보십시오. 우리가 하는 일은 신의 행위의 결과인 처녀막의 열상裂傷을 검증하는 일입니다. 우리 자신의 성기를 들이미는 일이 아닙니다. 역사란, 신神이, 시간과 공간에

접하여 일으킨 열상裂傷의 무한한 연속입니다. 상처가 아물면서 결절結節한 자리를 시대 혹은 지층이라고 부릅니다. 이 속에 신의 사생아私生兒들이 묻혀 있습니다. 신은 배게 할 뿐, 아이들의 양육을 한번도 맡는 일 없이 늘 내깔렸습니다. 우리가 하는 일은, 이 지층 깊이 묻힌 신의 사생아들의 굳은 돌을 파내는 일입니다. 캐어낸 화석들은 기형아가 대부분입니다. 그것도 토막토막 난. 일반론과 용어 풀이는 이쯤으로 그치겠습니다.

근대 고고학에 대한 인식이 차츰 높아지고, 따라서 눈여겨보는 분이 늘어가는 일은, 이 밭에서 밥을 먹는 본인들로서는 솔직히 흐뭇한 일이라 아니할 수 없습니다. 꽤 알려진 일이지만 한국의 유적은 그 황폐성과 뒤죽박죽으로서 이름이 있습니다. 폼페이를 파냈을 때, 그곳 전문가들도 놀랐다고 합니다. 그 너무나 말짱한 보존 상태 때문에. 이 같은 이상적인 유적을 다룰 수 있는 그쪽 학자들의 처지는, 우리로서는 부럽기 짝이 없는 이야깁니다. 우리의 유적은 제 꼴 그대로 보존되고 있는 것은 거의 전무합니다. 그뿐 아니라, 햇수 짚어내기에 결정적인 요소의 하나인 매몰 상태도 엉망입니다. 고석기 시대의 유물이 신생대에 파묻혀 있는가 하면, 그 바로 밑에는 아주 최근의 것과 닮은 기계붙이가 있는 형편입니다. 이것은 시대 가르기가 불가능한 경우인데, 난점은 한 시대의 유물 서로 사이에도 있습니다. 이를테면 화장실 자리에 고려자기가 놓여 있습니다. 어느 땐지 아직 밝히지 못하고 있으나, 불행한 우리 조상의 역사에 뒷간 기물까지 고려자기를 쓴 시대는 아마 없었을 것입니다. 그런가 하면, 성경책 속에 피임 도구가 끼여 있는 화석이 나옵니다. 작전 서류 속에 연애편지가 섞여 있기도 합니다. 장군이 시장市場 앞에 서 있는 것은 어떻게 풀어야 할지 알쏭달쏭입니다. 발굴된 저 '베제상像'을 방불케 하는 남녀 포옹상像이, 최근 우리나라에서 나왔는데, 한 팔로 남자의 목을 감고 입을 맞추고 있는 이 여인의 다른 손에는 비수가 들려 있고, 그 쇠붙이는 남자의 옆구리로 슬그머니 다가가는 몸매대로 굳어 있습니다. 이런 예를 들기로 치면 한이 없습니다. 그러나 뭐니 뭐니 해도 가장 난처한 것은, 전혀 성질이 다른 조각으로 이루어진 일기—基의 인물 화석입니다. 즉, 머리는 신부. 얼굴은 배우. 가슴은 시인. 손은 기술자. 배는 자본가. 성기는 말의 그것. 발은 캥거루의 족부. 이 화석의 눈알이 무언지 아십니까? 웃지 마십시오. 아니, 웃으십시오. 눈알이 있을 자리에는 현미경 렌즈가 박혀 있었습니다. 이것은 누가 보나 희극입니다. 그러나 우리로서는 그렇게만 보이지는 않습니다. 이 이지러지고, 우습게 겹치고, 거꾸로 붙은 화석은, 고난에 찬 시대를 살았던 우리 선조들의 서글픈 자세가 아니고 무엇이겠습니까? 우리 조상들의 역사는, 생남生男 기념으로 아버지가 심어준 나무가 아름드리 노목으로 자란 뿌리 가에, 그 아들의 늙은 뼈가 묻히는 식의 역사도 아니었고, 한 도시의 아름다움을 보존하기 위하여 작전을 바꿨던 어떤 지역의 그것처럼, 복 받은 역사가 아니었던 것입니다.

　눈알 대신에 현미경 렌즈를 가진 이 상像이 던지는 문제는, 그러나 이런 감상만이 아닙니다. 이 화석은 그 흉측한 모양에도 불구하고, 그런 대로의 통일감統一感을 느끼게 한다는 사실입니다. 렌즈와 캥거루의 다리와의 결합이, 그냥 이질적異質的인, 장소상場所上의 접근이 아니고, 연속성을 가진 Gestalt로 보이게 하는 힘은 무엇인가, 다시 말하면 장미꽃과 돌멩이를 똑같이 올려놓는 손바닥은 과연 무엇인가 하는 문제입니다.

오늘 여러분이 보신 영화는, 고고학 입문 시리즈 가운데 한 편으로, 최근에 파낸 어느 도시의 전모입니다. 이 도시는 분명히 상고 시대 어느 왕조의 서울로 짐작됩니다. 이 한 편을 특히 고른 것은, 그것이 아주 최근의 발굴이라는 것뿐 아니라, 아까 말씀드린 한국 유적이 모두 그런 황폐성과 무질서성이, 아주 본보기로 나타나 있는 까닭입니다. 그런 점에서 이 영화는 한국 고고학의 과제, 전망 및 골치를 한눈에 보여주고 있는 백미편白眉篇이라 하겠습니다. 이 영화는 학적學的 결벽성潔癖性이 강한 분에게는 사도邪道로 비칠는지 모르나, 초보자를 위하여 어느 정도의 원형 복구가 되어 있습니다만, 말할 것도 없이 전혀 가설적인 맞춤입니다. 그런 탓으로, 언제든지 다시 뗄 수 있게 하기 위하여, 질이 좋은 수용성水溶性 풀로 가볍게 붙여놓았으며, 화학 처리, 원형 변경 등은 아예 하지 않았습니다. 이렇게 함으로써, 학문적 엄격성과 학문의 대중화라는 서로 달아나는 명제를 잠정적으로 붙들어매느라 애썼습니다. 변명이 아닙니다만 이것은 과도기 속에서 삶을 받은 자의 슬픔이라 하겠습니다. 순수한 과학자치고 계몽에 손대기 좋아할 사람이 있겠습니까만. 이는 우리의 십자가인 것입니다. 보신 가운데 맞춤이 의아스러운 점이라든가, 다른 의견이 생각나시는 분은 본 학회에 알려주십시오. 아마추어의 순수한 아이디어는, 전문가들에게는 숫처녀보다 더 귀중한 보배입니다. 이 영화는 피사체被寫體 자신의 성질 탓에, 그리고 말씀드린 만들게 된 뜻에 따라, 비교적 느린 걸음을 썼으며, 클로즈업을 쉴 새 없이 끼워넣었고, 같은 장면의 되풀이 및, 심지어는 영사기의 돌림을 멈추고, 중요한 화면을 정물 사진으로 볼 수 있게 다루었습니다.

다음에 이 필름의 이름은 '조선원인고朝鮮原人考'라 되어 있는데, 조선이라는 이름에는 아무 뜻도 없고, 우리나라의 옛 국호 가운데서 제비를 뽑아 골라진 기호에 지나지 않습니다. 연구가 다 끝나 그 연대가 다른 것으로 밝혀지더라도, 이 이름은 그대로 고유명사 취급을 하여, 바뀌어지지 않게 되기가 쉬울 것입니다. 마지막으로 원인고라 하였는데, 그야 유물은 사람뿐 아니라 거의 한 도시 모두를 이룰 건물 및 그 밖의 것들로 이루어져 있으나, 우리가 미술관에서 풍경화 속을 거닐다가도, 끝내는 초상화부 앞에 와서 제일 오래 머물게 되는 예로 보아, 원경고原景考보다는 원인고를 택한 것이며, 인물 이외의 유물들의 값을 낮게 매긴 때문은 아닙니다. 그 증거로서 이 캐낸 도시는 빙하기氷河期의 것인데, 그것이 몇 번째의 빙하기냐 하는 점은 모르지만, 혹한기의 도시였다는 점을 나타내고자 적잖게 애를 쓴 자취를 느끼실 것입니다. 필름에는, 미루어본 그때 실내 온도, 기온, 바람골, 강설량 등의 날씨 조건, 냉대 미생물, 극광極光 현상, 각 유물이 지닌 방사능의 비례표 등등이 밝혀져 있는 것을 보셨지요.

이것으로 성탄절 기념 초대 시사회試寫會를 마칩니다. (쿨룩쿨룩) 따르릉.

불이 켜졌다. 사람들은 우르르 일어서서 드나들 문으로 천천히 밀려나온다. 그들은 깊은 감동을 애써 감추려 하지 않는 탓으로 오히려 침울하게 보이는 낯으로 말없이 회관을 빠져나갔다. 훈풍이 산들거리는 5월의 밤. 음력 4월 초파일이다. 성탄을 기리는 꽃불이 도시 하늘을 눈부시게 수놓았다. 음향관제가 풀린 공기 속에는, 즐거운 가락이 안개처럼 울려퍼져 있다. 두 연인은 나란히 보도를 걸어간다. 가로등 빛에 박꽃처럼 환한 여자의 왼쪽 볼에 까만 점이 귀엽다. 남자는 빨간 넥타이를 맸다. 말없이 걷는다. 눈치가 말이 일없게쯤 된 사이다. 그들은 대승정관음선사觀音禪師의 설법을 들으러 시민회관으로 갈 셈이었으나 걸음걸이로 봐서 시간 안에 댈 생각도 아닌 모양이다. 이런 친구들의 예정이 어떻게 바뀔는지는 관음선사도 짐작하시지 못할 거다. 바람이 플라타너스 잎을 사르르 흔들고 지나간다. 어디선가 밤 노래가 흘러온다.

5월의 밤
가만히
귀를 기울이면
남몰래 다가드는
소리가 있다

또드락또드락 창틀에
간들간들 플라타너스 가지 끝에
멀리 흘러와서 부딪는 소리
아득한 옛날에서 부르는 소리

5월의 밤
아득한 목소리
듣고 있으면
이 내 맘 공연히
싱숭해지며
님이여 그립다는
편지를 쓴다

꽃불처럼 아름다운 소프라노다. 둥둥 치는 반주는 기타일 거
다. 여자가 남자의 옆모습에 눈을 주며 입을 연다.
"민!"
"……"
이쪽은 말이 없이 눈으로 대답.
"그런 시대에도 사람들은 사랑했을까?"
남자는 그 물음에도 여전히 대답이 없이 우뚝 걸음을 멈춘다.
여자도 선다. 남자가 두 손으로 여자의 팔을 잡는다. 그녀의 눈
동자를 들여다본다. 신기한 보물을 유심히 사랑스럽게 즐기듯.

"깡통. 말이라고 해? 끔찍한 소릴? 부지런히 사랑했을 거야. 미치도록. 그밖에 뭘 할 수 있었겠어."

남자는 잡고 있던 여자의 겨드랑 밑으로 팔을 넣어, 등판으로 거슬러올라가서, 두 손바닥으로 여자의 부드러운 뒤통수를 꼭 붙들어서 꼼짝 못하게 만든 다음, 입을 맞춘다. 오랫동안.

하늘에는 꽃불. 땅에는 훈풍과 아름다운 가락. 플라타너스 잔가지가 간들간들 흔들린다. 잎사귀가 사르르 손바닥을 비빈다.

그들의 입맞춤은 아직 끝나지 않았다.

(1962)

웃음소리

정한 시간까지는 아직 사이가 있었지만 그녀는 곧바로 걸음을 옮겨 골목으로 꺾어지는 모퉁이를 돌았다.

　　'바 하바나'라고 씌어진 간판이 익숙한 눈어림 속에 들어왔을 때, 그것은 마치 죽었다는 소문을 듣고 있던 사람을 거리에서 문득 만났을 때처럼 그녀를 서먹하게 했다.

　　그곳까지는 걸어가는 사이가 무척 길게 느껴졌다. 수없이 오고 간 그 골목이 아주 낯설고 맞받는 힘을 헤치고 들어가야 하는 뿌듯한 물체처럼 생각되는 것이었다.

　　문을 열고 홀 안에 들어섰을 때 그러한 느낌은 줄기는커녕 한층 심해졌다. 벽에 밀어붙여서 쌓아올린 의자들의 위쪽 것은 거꾸로 한 다리를 앙상하게 천장을 향하여 뻗치고 있고, 스크린이 두 겹으로 이 의자의 더미를 성벽처럼 둘러치고 남은 빈자리는 전에는 기름이 잘 먹어 검고 육중하게 빛나던 마루답지 않게 희부옇고 을씨년스러웠다. 그녀의 눈길을 맞은 맨 처음 것은 이 빈자리였고 그 저편에 스크린으로 가려진 의자의 산山을 그리고 그 봉우리에 솟은 삐쭉삐쭉한 쇠붙이의 다리들을 ── 이런 순서로 알아보았던 것이다. 그것은 그녀가 바로 한 달 전까지 거기서 웃고 마시고 얼굴과 몸의 겉을 취한 속에서도 알맞게 계산하면서 주었다, 빼앗았다 하며 돈과 바꾸던 그곳이 아니었다. 다른 어떤 곳. 처음 와보는 어떤 곳. 아마 그녀가 영화에서 본 일이 있는 저 사막에 가서 허허한 모래의 공간과 하늘로 뻗친 앙상한 사보텐의 다리와 가시를 보았다면 그녀의 가슴은 비슷한 아픔을 느꼈을지도 모른다.

그래서 도적놈처럼 죽여지는 걸음에 그때마다 못마땅해지면서, 홀의 끝에 있는 카운터까지 걸어가 널판에 핸드백을 소리내어 얹으면서, 그녀는 말하였다.

"누구, 있어요?"

진열대 아래 뚫린, 부엌과 통하는 문 앞에는 먹고 난 가락국수 그릇이 내놓여 있었다. 아직 물기가 가시지 않은 그릇이 그녀의 물음에 그만큼은 대꾸해주었다. 그러나 저편에서 사람의 목소리는 대꾸해오지 않았다. 그녀는 다시 불렀다. 그리고 한 손으로 백을 잡고, 남은 손으로 주먹을 만들어, 기대고 선 카운터의 수직면을 조금 세게 두드렸다.

속에서 인기척이 났다. 그녀가 다시 무어라고 입을 떼려던 참에 사잇문이 열리며 그 빠끔한 빈 칸에 이번에는 거짓말처럼 낯익은 풍경 ── 순자의 그 통탕한 얼굴이 나타났다.

"어머, 언니."

그녀는 목을 꼬아, 찾아온 사람을 올려다보며 웃어 보이고는 한번 안으로 사라졌다가 그제서야 문을 빠져나와 카운터 안에 들어섰다.

"너 아직 있었구나?"

"응."

순자는 이마에 흩어지는 머리카락을 밀어올리면서 또 한 번 웃었다. 부엌 일을 거들고 있던 순자는 바가 닫히던 무렵에 화장이며 맵시가 부쩍 '언니'들을 닮아서 때가 빠지고 있었다. 그녀는 자기가 가끔 순자에게 쓰다 남은 매니큐어 약이며 루주를 집어준 생각을 하였다.

"마담 안 오셨니?"

"아니."

"언제 들렀니?"

"그러니까…… 한 사오 일 전에 오셨던데, 쉬 다시 연다구……"

"그래?"

그렇다면 오늘 얘기는 지킬는지도 모른다고 그녀는 생각하였다. 마담은 그녀를 다시 두고 싶어 할 것은 분명하였고, 그러자면 밀린 돈을 다른 일 제쳐놓고라도 갚을 것이기 때문이었다. 그녀는, 하나만 남은 의자 위에 올라앉으면서 카운터 안에 선 순자에게 다시 물었다.

"오늘 들르겠단 말 없든?"

"아아니?"

아무튼 기다리기로 하자. 마음먹은 일을 하자면 그만한 돈은 꼭 있어야 했다. 그 돈으로 하려는 일이 지금 그녀에게는 그 돈과 꼭 맞먹는, 그저 치러버려야 할 일로 생각되었다.

이것저것 더 묻지도 않고 속으로 무엇인가 생각하면서 멍해 있는 '언니'와 마주 서 있기가 심심했던지 순자가 가락국수 그릇을 집어들면서 곧 다녀올 터이니 비우지 말아달라고 이르고 나간 다음에도 그녀는 까딱도 않고 손으로 턱을 괴고 그 자리에 앉아 있었다.

두 겹으로 된 나들이문은 그나마 맑은 유리가 아니었고, 위아래로 길쭉한 창에는 두꺼운 커튼마저 가려져서 홀 안은 한결 어두웠다. 그녀가 앉아 있는 어두운 곳에서 보면 창문으로 들어오는 햇빛이 커튼에 배어서 밖은 마치 검은 안경을 쓴 남자의 동공처럼 보였다. 그녀의 망막에는 검은 안경을 쓴 어떤 해사한 눈자위가 퍼뜩 떠올랐으나 그녀 속에 있는 노여움이 거칠고 빠르게 그 그림자를 뭉개어버렸다. 얼굴에 피가 오르는 느낌에 스스로 화를 내면서 그녀는 벽을 열고 화장용 줄칼을 꺼내 손톱을 다듬기 시작하였다.

언제나처럼 그 작업은 마음을 가라앉혔다. 무료한 때, 또는 둘레가 시끄러울 때, 저쪽 말을 귀담아듣고 싶지 않을 때, 또는 눈을 마주치기 싫을 때, 좋을 때, 또는 나쁜 때 — 어느 때건 손톱에 매달리는 버릇은 동료들에게는 잘 알려져 있어서 그들은 그녀의 말보다도 그녀가 손톱을 손질하는 품을 보고 대답을 들었다. 더 손댈 자리가 없어 보이는 손톱에서 그녀는 아주 작은 그리고 희미한 홈을 찾아내어 조심스레 갈고 닦아갔다. 어두운 속에서 그 일은 더욱 시간이 걸리고 온 조심을 필요로 하였다. 줄칼의 어림과, 어둠 속에서 반짝이는 손톱의 윤곽을 엇바꿔 다루면서 그녀는 작업을 이어나갔다.

같은 장사 집들이 늘어선 깊숙한 골목 안은 1시를 조금 지난 이 시간에 아주 조용하여서 그녀는 거의 아무 소리도 듣지 못하였다. 그녀는 가끔 고개를 들어 입구를 바라보고 또 구석의 의자의 산을 뒤돌아본다. 손톱을 만지고 있는 사이 그곳에 문이, 그곳에 의자의 산이 아직도 있어주고 있는가를 다짐하려는 것처럼 보였고 문에서 누가 나타나기를 기다린다고는 보이지 않았다. 왜냐하면 출입구로 갔던 눈길은 멈추지 않고 돌아가는 시곗바늘의 움직임처럼 의자의 산 쪽으로 미끄러져서는 다시 손톱으로 돌아오기 때문이다. 그녀의 동료들은 이 작업을 두려워했었다. 신참자들은 말을 가름한 이 동작 앞에서 '선배'를 느꼈고 경쟁자들은 짜증을 그리고 마담은 이 홀의 '1번'의 무게를 보았었다. 물론 그 '1번'이 '1번'답지 않은 '외도'를 했을 때 마담은 장삿속만이라고는 할 수 없는 타이르는 말을 했었다. 그때도 정말에 몹시 가까운 말을 한다는 자기 느낌 때문에 '마담'답지 않은 울림을 목소리에 풍기는 선배 앞에서 그녀는 천천히 줄칼을 꺼냈었다…… 순자는 이내 돌아보지 않는다. 시간이 되었는데 마담도 나타나지 않고. 순자 얘기대로라면 마담은 올 테지. 오지 않으면, 하고 생각해보니 을씨년스런 홀의 모습이 그녀의 마음속에서 마치 사람처럼 우뚝 마주선다. 만일 오지 않으면. 그녀 앞에 기다리고 있는 것은 그 풍경을 꼭 닮은 생활이다. 지금

까지도 그랬으나 그때는 색칠한 불빛과 마지막 자리에 서 있다
는 썩은 안정감이 있었는데 지금은. 동굴 속의 어둠. 하늘을 찌
르는 사보텐의 산. 그 속에 마지막 자리에서 한 발 더 내디디려
고 허우적거리는 마음이 있다. 그녀는 손톱 다듬는 작업을 그치
지 않으면서 이런 생각을 하고 있는데 그녀의 속에서 또 다른
한 사람의 그녀가 손톱에 신경을 쏟고 있는 그녀와는 달리 돌아
앉아서 혼자 하는 푸념이고 그녀는 그것을 어렴풋이 느끼는 그
런 식으로 오락가락하는 생각이다.

마담이 온 것은 약속에서 너끈히 한 시간은 지난 때였다. 순
자의 말대로였다. 바는 곧 열게 된다고 마담은 말한다. 꾸밈새를
새로 할 생각인데 돈은 넉넉히 들여서 새로 차리는 맛을 낼 작
정이라고도 한다. 마담의 얘기를 들으면서도 그녀는 마음이 안
놓인다. 빚 갚기를 미루기 위해서 허풍을 떠는 것인지 모른다고
생각하기 때문이다. 그렇지 않았다. 뜨아해서 제대로 맞장구도
치지 않는 그녀에게 마담은 핸드백에서 수표를 꺼내주면서 말
했다.

"요즈음 바쁠 테지. 원 다른 애들하구야 다르지. 너야 이만 돈
에야 궁색했겠니? 그래 그 녀석 아직 붙잡지 못했니?"

마담은 약속대로 돈을 준다는 일이 안 될 일이기나 하는 것처
럼 그녀의 변명을 대신해주는 것이었다. 그것은 바가 열리면 다
시 나올 것으로 믿고 있는 이쪽이 거북할까 봐 어루만져주는 것
임이 분명하였다.

아직도 붙잡지 못했느냐는 물음에 그녀는 상처가 건드려진

고양이처럼 화가 났다. 그녀는 말없이 수표를 접어 핸드백에 받아넣으면서 인제는 죽을 수 있게 되었다고 생각하다가 문득 자기는 이 돈이 되지 않기를 바랐던 것이 아닐까 하고 생각하자 또다시 화가 나는 것이었다.

P온천으로 가는 기차는 서울역에서 4시에 있다. 이튿날 그녀는 이 기차를 탔다. 휴일이 아니어서 그런지 이등차 안은 듬성했다. 떠나기 조금 전에 뚱뚱한 중년의 남자가 그녀 앞자리를 차지하고 앉았다. 혼자 있고 싶은 그녀에게는 귀찮은 일이었으나 대뜸 자리를 옮기기도 어려웠다. 그녀는 창밖에서 뒤로 달려가는 5월을 바라보면서 그것을 어제 그녀가 앉아 있었던 바의 풍경과 조금도 다른 것이 아닌 것처럼 보고 있었다.

확실하다. 왜냐하면 그것은 온전히 그녀 자신에 달려 있었고 그녀는 죽기로 마음먹었고 지금 자기 주검을 눕힐 자리로 빨리 달리고 있으니. 하숙집에서 죽기는 죽어도 싫었다. 죽은 다음에 안마당에 세 든 집 식구들이 자기 방문 앞에서 떠들썩하고 들여다보고 할 것을 생각해서 그랬고 약을 마시고 잠이 들기까지 그 좁은 방에서 천장을 쳐다보고 있어야 할 생각은 죽음 그것보다 더 소름 끼치는 일이었다. 가진 것을 팔았더니 밀린 집세와 구멍가게의 빚을 갚는 데 꼭 맞았다. 그래서 마담에게서 받은 돈은 그대로 남았다. 그녀는 P온천에는 전에 가본 적이 있다는 것과 가기가 가깝다는 까닭으로 그곳으로 자리를 골랐다. 모든 일은 끝나고 이제 열차 시간표처럼 꼭 짜인 시간만이 잇달아 그녀를 기다리고 있는데도 모든 것은 여전히 거짓말만 같다. 그것이 그녀를 짜증나게 했다. 어느 누군가 그녀의 마지막 바람까지를 몰래 다스리고 있어서 그녀가 아무리 발버둥쳐보았자 그것은 거짓말이라고 하는 것처럼. 자기만이 정할 수 있는 일에 다른 사람이 참견하고 자기는 그것과 싸워야만 한다는 느낌이 그리고 그 일이 다름 아닌 제 손으로 죽자는 일이라는 사실이 그녀에게는 짜증스러운 것이다.

그러자 그녀는 그 짜증스러움이 밖으로부터도 그녀를 괴롭히고 있는 것을 느낀다. 그것은 맞은편 자리로부터 오고 있었다. 이맛전이 회부연 그 남자는 담배 연기 사이로 그녀를 뜯어보고 있었다. 몸으로 알 수 있는 그 남자의 눈길은 뭐 하는 계집인지 안단 말야 하는 투의 것으로 느껴지는 것이었다. 그녀는 움직일 수 없었다. 움직일 수 없다고 생각이 들자 그것은 무거운 고단함을 떠맡겼다. 그러자 그녀는 거의 날래다고 해야 할 움직임으로 핸드백을 열었다. 줄칼은 없었다. 그러자 그녀 앞에 요즈음 들어 처음으로 부피 있는 느낌이 — 아득하도록 깊은 구렁텅이가 빠끔히 아가리를 벌렸으나 곧 인색하게 아물어졌다.

마치 그녀를 위한 것처럼 차내 판매원이 다가왔다. 그녀는 사과를 사고 칼을 빌렸다. 그녀는 되도록 천천히 껍질을 벗겼다.

"멀리 가십니까?"

뚱뚱한 남자는 끝내 말을 걸어온다. 그녀는 손에 든 칼로 그 소리가 나는 쪽을 힘껏 푹 찌르고 싶은 흉포한 북받침을 겨우 참는다. 그녀는 아무 대답도 하지 않았다. 그녀의 눈길 어림의 그쪽에 싱글거리는 남자의 얼굴이 있다. 그녀는 토마토 껍질 벗기듯 얇게 천천히 사과를 벗겨간다. 칼끝을 그쪽으로 보내고 싶은 욕망에 지그시 버티듯이. 내 얼굴에 하는 일이 나타나 있는 것일까 하고 그녀는 생각해본다. 그 일이 어떻고 저렇구가 아니라 의당 막 굴어도 좋으려니 하는 남자의 눈길에 그녀는 미움을 느낀다. 이 남자 — 이 처음 만난 뚱뚱한 남자를 죽이고 싶은 마음은 거짓말 같지 않았다. 만일 이 사나이를 데리고 간다면……자살 계획에 어떤 어긋남을 가져올까? 술에 약을 타서 먹여놓고 나는 혼자 그 자리에 가서 죽을 수 있다. 정말 그렇게 하고 싶다. 되는 일이다 하고 생각한다. 자기의 죽음이 거짓말 같았던 꼭 그만큼 그 일을 조금도 심한 일이라고는 생각하지 않았다. 죽여버리자…… 아.

"아."

자기 것보다 먼저 나온 남자의 소리를 들으면서 그녀는 엄지손가락을 누르며 그 손에 잡고 있던 사과를 떨어뜨렸다. 누르고 있던 손가락 사이에서 피가 새어나온다.

그녀는 기다리고 있기나 했던 것처럼 말없이 일어나서 시렁에서 트렁크를 집어들고 찻간의 맨 끝자리로 가서 앉았다. 손수건으로 싸 쥐고 있는 손가락 끝이 톡, 톡, 쏘는 아픔 속에 그녀는 의자등에 머리를 기대고 처음으로 편안한 몸매로 창밖을 바라보았다. 푸른빛으로 더럽혀진 사막이 자꾸 다가온다. 속에 사막을 품고 있는 여자도 욕망의 대상으로 삼을 수 있는 남이 그 무정함이 그녀를 슬프게 했다.

P온천에 이르니 바야흐로 해 질 무렵이다. 내어주는 방은 마음에 들었다. 밥맛이 없었으므로 그녀는 방에 있기도 무료해서 거리를 돌아다니기로 한다.

여기저기 노점이 벌여진 사이로 사람들이 오가고 있다. 그녀에게는 그들 모두가 이 고장 사람들이 아닌 것처럼 보인다. 그들 가운데 자기 같은 마음으로 이 거리를 걷고 있는 사람은 없을 것이다. 모두가 즐거운 사람들로 보인다. 그러나 새삼스럽게 부러운 생각은 없다. 목적지에 온 지금 그녀의 마음은 더욱 비어 있다. 사보텐마저 없어진 사막 같다. 그 가시마저. 그래서 더욱 거짓말 같다. 자기가 내일이면 죽는다는 일이.

골목길에 교회가 있다. 불이 켜진 창문이 길 쪽으로 나 있다. 걸음을 멈추고 안을 들여다본다. 양쪽 벽에 의자가 한 줄씩 놓이고 가운데는 비어 있다. 설교단 뒤편에 금누렁 예수상이 있는 것을 보고 그녀는 천주교회라는 것을 안다. 그 텅 빈 홀을 어디선가 본 듯싶은 생각에 사로잡힌다. 마침내 어제 들렀던 바의 그 치워놓은 휑한 마루를 자기가 생각하고 있었던 것을 안다. 자그마한 그 교회는 바의 홀보다 얼마 더 넓지 않다. 그녀는 예수를 바라보았다. 예수는 황금의 두 팔을 힘없이 올리고 고개를 숙이고 있다. 그 앞에 석고로 된 마리아가 석고의 아기를 안고 서 있다. 마리아는 유복자를 안은 홀어미같이 보인다. 세상의 어느 어미 아들하고도 같지 않은 그 식구들이 말없이 살고 있는 이 작은 집에서 그녀는 그들대로 문제를 안고 있는 한 집안을 본다. 문득 위로 치켜진 예수의 금누렁 팔이 점점 늘어지면서 소리 내어 땅에 떨어질 것 같은 환각에 사로잡힌다. 그녀는 한 손으로 머리카락을 쓸어넘기며 오래 지켜서서 본다. 기다리고 있으면 그러한 일이 일어날 것을 알고 있는 사람처럼. 이어 그녀의 마음에 또 엉뚱한 생각이 고개를 든다. 저기 매달린 사내 저 황금의 팔을 가진 사람이 그 팔을 들어 나를 부른다면 나는 죽는 것을 그만두어도 좋다고 그녀는 생각한 것이다. 그러자 그녀는 느끼는 것이었다. 죽기가 겁나서가 아니지. 만일 그런 일이 일어난다면 그건 그녀의 죽음에 맞먹는 일이라는 것을. 그만한 일이 일어난다면 자기의 죽음이 거짓말처럼 겉돌지 않고 죽음은 무거운 돌처럼 그녀의 발목에 매달릴 것을 그녀는 바랐던 것이다. 그녀는 저울의 이쪽 접시에 올라앉아 있다. 그리고 다른 쪽 접시에 그녀의 결심을 ─ 죽음의 결심을 얹었던 것이지만 그것은 비누방울처럼 가벼워서, 살아 있는 그녀의 몸과 맞먹어주지 않았다. 그것이 그녀를 안달나게 한다. 그녀는 예수가 황금의 팔로 그쪽 접시를 눌러주기를 바랐다. 그녀는 거의 비는 마음으로 예수를 바라본다. 그러나 예수는 고개를 들지 않는다. 마치 죄인처럼. 마리아도 움직이지 않는다. 그녀는 그래도 오래 서서 기다렸다. 그러나 아무 일도 일어나지 않았다. 그녀는 부끄러웠다. 그녀는 돌아섰다.

다음 날은 맑게 갠 날씨였다. 천천히 몸차림을 하고 한낮 가까이 여관을 나섰다. 이 집은 산언저리에 시내를 앞에 두고 있었다. 그녀가 작정한 자리는 그 산속에 있다. 그 자리는 죽음을 마음먹은 참부터 그녀의 마음속에 있었다. 세 번 이곳에 올 적마다 산속에 있는 그 자리에서 많은 시간을 보냈었다. 죽자고 마음먹은 참에 졸린 사람이 침대로 걸어가듯 그녀의 마음은 그 자리로 걸어갔던 것이다. 산은 한창 달아오른 훈김과 풀냄새로 싱싱하고도 취하게 하는 몸내음을 풍긴다. 그 자리로 가까이 가면서 그녀는 숨이 가빠진다. 산길의 비탈 때문만은 아니다. 그리고 그 자리에 가까워질수록 그녀는 반대편 접시에 그녀의 진실에 맞먹는 묵직한 저울추의 무게를 느끼는 것이다. 그것은 좋은 자리였다. 산에 가는 사람이면 어디선가 언젠가 한번은 만나게 마련인 산모퉁이에 묘하게 숨은 아늑한 빈터 산속에 있는 무덤이 흔히 그런 명당인 경우가 많지만 그보다 더 막히고 아늑하였다. 멀리서 그녀는 거기를 알아보려고 살핀다. 수풀에 가려서 잘 보이지 않는다. 이제는 내리막이다. 조심스레 발을 옮겨 디디면서 그녀는 비탈을 옆으로 가로질러 간다. 엉킨 나뭇잎 사이로 빈터가 나타난다. 그러자 그녀는 우뚝 섰다. 그리고 나무 사이로 보이는 그곳을 조금 몸을 굽히고 멍하니 바라보았다.

사람이 있다.

그녀는 좀더 걸어나갔다. 그러나 거기가 한계였다. 나무숲은 거기서 끊어졌다가 그 빈터 가까이에서 다시 듬성듬성 비롯되고 있는 데다가 그녀가 있는 자리에서 조금 나가면 작은 낭떠러지다. 그녀는 나무 뒤에 몸을 숨기고 좀더 잘 보려고 애를 썼다. 그러나 빈터를 둘러서 있는 나뭇가지와 잎새가 흐늘흐늘 움직이는 탓으로 사람의 온몸을 볼 수는 없었다. 한 쌍이 잔디에 누워 있다. 여자는 남자의 팔을 베고 서로 얼굴을 바라보며 모로 누워 있다. 그녀는 풀썩 주저앉았다. 바로 풀이 우거진 발밑에 주저앉은 것이었으나 사실은 하나의 떨어짐이었다. 그녀의 마음이 타고 있던 저울에서 저쪽 접시의 무게가 갑자기 옮겨지고 그녀의 마음은 허망하게 내려갔다. 그녀는 다시는 그쪽을 보지 않았다. 치마에 다닥다닥 붙은 가시가 돋힌 열매를 하나하나 옷의 올에서 뜯어내면서 줄곧 고개를 들지 않았다. 바람결에 여자의 짧은 웃음소리가 들린 듯했으나 그녀는 그래도 쳐다보지 않았다. 치마에 붙었던 열매가 다 없어지자 그녀는 손가락에 풀을 감아서 똑똑 따내기 시작했다. 햇빛으로 덥혀진 공기와 밸이 터진 풀과 흙의 독특한 냄새가 버무려져 진하게 퍼져 일어난다. 그 냄새는 떨어질 때의 멀미 같았다. 그녀는 속이 올라왔다. 얼마나 지났는지 아무튼 무척 오랜 시간을 그렇게 앉아 있었다는 지친 느낌을 안고 그녀는 일어섰다. 빈터의 남녀는 여전히 누워 있다. 또 한 번 여자의 짤막한 웃음소리가 들린 듯싶었다. 그녀는 웃음소리에 쫓기듯이 자리를 떠 여관으로 돌아왔다.

온밤 그녀는 뒤숭숭한 꿈속을 헤맨다. 푸른 잔디 위에 두 남녀는 행복스럽게 웃으면서 누워 있다. 자세히 보니 여자는 어느새 그녀 자신이다. 그녀는 말한다. 당신 팔을 베고 이대로 죽고 싶어. 이보다 더 행복하게 죽을 순 없잖아? 남자가 말한다. 왜? 하늘이 저렇게 근사한데. 이 풀냄새 좀 맡아봐. 죽으면 다 그만이야. 그러나 여자는 응석을 부리는 것이다. 싫어이. 지금. 당신과 내가 꼭 붙잡고 있는 지금 이대로 영원해지고 싶어. 남자는 또 어느새 예수였다. 예수는 황금의 팔을 그녀의 머리 밑에 받친 채 하얀 이를 드러내고 쓸쓸하게 웃었다. 그 얼굴이 누군가를 닮았다고 꿈속의 그녀는 생각하였다. 예수는 햇빛이 반짝이는 나머지 한편의 금빛 팔로 그녀의 머리를 쓰다듬으면서 말했다. 나로 말미암지 않고는 죽을 수 없어. 어머. 하고 여자는 말했다. 그거 무슨 뜻? 너는 내 팔에서만 죽을 수 있다는 말이지. 그러니까 죽어요. 안 돼. 하고 예수는 말하면서 누운 채로 호주머니에서 검은 선글라스를 꺼내 썼다. 그러자 해사한 눈자위가 꼭 누구를 닮았다고 꿈속의 그녀는 생각하였다. 왜 안 돼? 하고 그녀는 베고 누운 금빛의 팔을 머리로 비빈다. 예수는 말하였다. 꼭 되는 사업인데 좀 돌려줘. 그녀는 비로소 그가 누구인가를 알았다. 다음 순간 그녀는 남자의 팔에서 미끄러지면서 아래로 떨어지고 있었다. 거기서 잠이 깼다. 아직 한밤중이었다.

이튿날 그녀는 전날과 같은 시간에 산으로 올라갔다. 전날보다 길이 가깝게 느껴져서 그녀는 되도록 천천히 올라갔다. 빈터를 바라보는 데까지 왔다. 그녀는 두려운 광경을 마주 보듯 그쪽을 건너다봤다. 오늘도 두 남녀는 벌써 와 있다. 그리고 그녀는 여자가 베고 있는 남자의 팔이 햇빛 속에서 환한 금빛으로 빛나는 것을 보았다. 남자가 짙은 누렁 셔츠를 입고 있었다. 어제 보았을 때도 그 옷이었는지는 생각나지 않았다. 여자가 몸을 뒤채는 것이 보이고 이어 암암한 웃음소리……

그녀는 곧 돌아서서 여관으로 돌아왔다. 마루 끝에 의자를 내다놓고 부채질을 하면서 생각하였다. 이런 일은 전혀 꿈도 꾸지 않았기 때문에 간단한 결론을 내리는 데도 퍽 시간이 걸렸다.

그 터를 찾아낸 바에는 두 남녀는 이곳에 머무는 동안 날마다 빈터를 찾기가 쉬웠다. 그들은 며칠이나 있을 셈인가? 그것도 알 수 없다. 그들이 나타나지 않을 때까지 기다린다는 길이 있기는 하다. 그러나 설령 그녀가 갔을 때 그들이 빈터에 없다 하더라도 그것은 그들이 이곳을 떠났다거나 그날은 오지 않을 것이라는 말은 되지 못한다. 만일 그녀가 약을 먹고 잠이 들었을 때 그들이 온다면 일은 틀리게 되는 것이다. 그뿐이 아니다. 그들 두 사람만이 거기를 찾아내라는 법도 없다. 그렇게 생각하면 그곳을 쓴다는 일부터가 안 될 말이었다. 남은 길은 두 가지뿐이었다. 거기서 죽는 것을 그만두는 일. 그것은 어려웠다. 죽음을 결심한 참부터 마음에 둔 탓으로 이제 그녀에게는 죽음이자 그 터였다. 거기서 죽을 수 없으면 죽을 길이 없다는 생각에 그녀는 잡혀 있었다. 그렇게 되면 남은 길은 하나뿐이다. 밤사이에 거기서 약을 먹는 일이다. 비록 그 터라는 데서는 마찬가지였으나 밤에 거기서 죽음을 기다린다는 생각은 해본 적도 없으려니와 그 터 그 자리의 맛도 바뀌는 일이었다. 그녀가 처음 그 터를 본 것도 낮이었고 드러누워서 보는 하늘과 거기 떠 있는 여름 구름과 둘러선 나무들의 술렁댐이며 환한 공기가 그곳의 모습이었다. 밤의 그곳이 어떤 것인지 모르는 그녀로서는 밤에 거기를 쓴다는 것은 전혀 짐작할 수 없는 새 사실이었다.

자리에 든 다음에도 언제까지나 매듭도 짓지 못하고 잠도 이루지 못했다. 잠깐 눈을 붙였는가 하면 빈터의 다정한 한 쌍이 나타나고 그녀는 어느새 깨어 있고 하였다. 그런데도 잠을 이루지 못하는 사람의 버릇대로 그녀는 눈을 붙이려는 헛된 안간힘을 썼다. 몇 방 건너 객들이 떠들던 소리도 멈추고 커다란 여관에서 자기만이 깨어 있는 것처럼 느꼈다. 그녀는 끝내 무서운 소설의 무서운 대목을 마지못해 열어보는 어리수굿한 독자처럼 그녀의 마음의 어떤 문을 열었다. 거기 그 풀밭에 그녀 자신과 검은 안경을 쓴 해사한 '그'가 정답게 누워 있었다. 그 광경은 그를 화나게 했다. 그 터가 바로 '그'와의 추억의 자리라는 것을 이제야 깨닫기나 한 것처럼 자기 행위의 뜻이 밝게 드러나는 것을 보면서 화가 나는 것이었다. 그리고 자기를 짓밟는 것이 그 공지를 멋대로 차지한 남녀의 속셈이었다고 생각하고 그들이 밉살스러웠다. '그'에게 순정을 주었다고 생각해본 적이 아주 없다. 그런 순정을 믿지 않는 데서 비롯한 사이였으므로. 오히려 '그'의 순정을 그녀가 다루고 있는 것이라고 생각하고 조금은 안됐다고 느끼는 그러한 사이였다. '그'가 돈을 돌려달라고 할 때도 그런 미안함을 조금 때우는 생각이 있었고 '그'에게 성의를 보인 것은 아니라고 그녀는 생각했었다. 설령 다른 남자가('미스터 강'이나 '한'이었더라도) 그런 다짐으로 말해왔으면 그녀는 응했으리라고 생각해온 것이다. 빈터에 정답게 누운 남녀를 보는 순간 그녀는 환각이라고 의심하였다. 자기와 '그'가 거기 누워 있었으므로. 그것은 기쁨의 환각이었고 그 환각과 죽음은 맞먹었다. 바로 다음 순간에 환각은 깨어지고 그녀는 허망하게 떨어졌다. 그때 그녀는 그 떨어짐의 뜻을 알고 있었다. 다만 생각하고 싶지 않았을 뿐이었다. 지금은 모든 것이 환하였다.

그녀는 사랑했던 것이다. 몸을 판 돈을 선뜻 바치고 의심치 않을 만큼 순정(!)을 바쳤던 것이다. 순정. 그녀는 낄낄낄 웃었다. 연거푸 낄낄낄 웃었다. 그 천한 웃음소리가 자기의 목구멍이 아니고 방구석 어둠 속에 숨은 어떤 여자의 것인 것처럼 느끼면서 퍼뜩 잠에서 깼었다. 꿈속에서 웃고 있었던 것이다. 그런데 금방 생각은 달아나고 다만 누군가의 웃음소리를 들은 것 같았다. 저 빈터에서 바람결에 끌리던 알릴락 말락한 여자의 짧은 웃음소리였다고 그녀는 생각하였다. 밤의 나머지 시간은 방금 꾼 꿈의 안팎을 돌이켜 생각해내려는 씨아질로 새워졌다. 텅 비어서 자꾸 몸이 솟구치는 저울대의 저편에 이번에는 그 꿈을 올려놓으려고 무진 애를 쓴 것이다. 그러는 중에 그녀의 마음은 다른 끝을 잡았다. 그녀는 빈터의 남녀가 자기 자신과 '그'처럼 언젠가 갈라지는 날을 그려봤다. 다정스럽게 팔을 베고 있던 그 여자가 자기처럼 혼자 그 빈터를 찾게 될 어느 날인가를 생각하였다. 그러자 그녀는 거짓말처럼 마음이 잡혔다. 마치 온밤 내 그 맺음을 얻기 위해 애쓰다가 기어이 뜻을 이룬 것처럼 느끼면서 크게 마음이 놓였다. 그녀는 곧 깊은 잠이 들고 늦은 아침까지 한 번도 깨지 않았다.

그녀가 눈을 뜬 것은 전날보다 두 시간이나 늦은 시각이었다. 머리가 깨끗하고 고단한 기운도 없었다.

그러는 사이에 점심때가 되어 그녀는 몇 술 뜨고 다시 산으로 올라갔다. 아무튼 오늘까지만 더 가보자고 생각했던 것이다. 간밤 잠들 때 얻은 심술궂은 희망이 아직도 그녀를 평안케 하고

있었다. 산으로 올라가면서도 어제처럼 안타깝지 않았다. 오늘
또 자리를 차지한 그들을 보게 되더라도 크게 실망할 것 같지도
않았다. 그때는 그때 가서 생각하지. 오히려 그녀는 오늘도 그들
이 왔겠거니, 하고 있었다. 황색의 셔츠를 입은 남자와 그 여자
의 자리에 그녀는 마음속에서 자기와 '그'를 놓고 있었기 때문
이었다.

전날처럼 벼랑에까지 와서 빈터를 바라보았을 때 그녀가 본
것은 남녀가 누워 있던 언저리에 둘러서 있는 여남은 될 사람들
의 모습이었다. 그녀는 순간 속이 올라왔다. 그리고 다음 순간에
는 몸을 움직여 그날 이후 처음으로 망보던 곳을 빠져나와 낭떠
러지를 조심스레 더듬어내려서는 사람들 쪽으로 다가갔다.

둘러선 사람들은 아무도 그녀를 돌아보지 않았다. 그녀가 그
들 사이에 끼어들었을 때도 그녀를 거들떠보는 사람은 없었다.

남녀가 누웠던 자리에는 거적때기가 덮여 있고 두 사람의 머
리와 팔과 다리의 남은 부피가 밖으로 내밀고 있었다. 여자의
머리를 받친 채 한낮이 가까운 환한 햇빛 속에서 황금색으로 빛
나는 남자의 셔츠 소매에서 내민 팔이 검푸르게 썩어 있는 것을
그녀는 보았다.

옆에서 누군가 말했다.

"언제 죽었답니까?"

"저쪽 저 안경 쓴 형사가 그러는데 한 일주일 된 것 같다는군
요."

그녀는 꿈결처럼 그 이야기를 들었다. 그때였다. 거적때기 밑

에서 전날에 들은 그 웃음소리 — 젊은 여자의 짤막한 웃음소리
가 흘러나왔다. 머리가 환해지고 다리에서 맥이 풀리면서 그녀
는 풀밭에 쓰러졌다.

　일주일을 더 묵고 그녀는 서울로 오는 열차를 탔다.
　창가에 앉은 그녀는 가게에서 새로 산 줄칼로 골똘히 손톱을
다듬으면서 가끔 창밖을 내다본다.
　올 때나 마찬가지로 창밖에서는 푸르게 더럽혀진 사막이 흘
러가고 있었으나 그녀는 그 속의 한 풍경을 보고 있었다. 어느
사보텐의 그늘 속에 한 쌍의 남녀가 가지런히 누워 있다. 남자
는 그녀가 모르는 얼굴이다. 여자는 사보텐에 가려서 얼굴이 보
이지 않는다. 그러자 사보텐의 가시의 저편에서 여자의 짤막한
웃음소리. 손톱 다듬는 손이 저절로 멈춰지고 그녀는 홀린 듯이
그 웃음소리에 귀를 기울인다. 아주 귀에 익고 사무치는 목소리
였다. 암암하게 들려오는 소리. 그것은 바로 그녀 자신의 웃음소
리였다.

(1966)

총독의 소리

1

충용한 제국帝國 신민臣民 여러분. 제국이 재기하여 반도半島에 다시 영광을 누릴 그날을 기다리면서 은인자중 맡은 바 고난의 항쟁을 이어가고 있는 모든 제국 군인과 경찰과 밀정과 낭인狼人 여러분. 제국의 불행한 패전이 있은 지 20유여 년. 그간 아시아를 비롯한 세계의 정세도 크게 바뀌었거니와 특히나 제국의 아시아에 있어서의 자리는 어둡고 몸서리쳐지던 패전의 그 무렵에 우려했던 것과는 전혀 다른 모습을 띠고 전개되어오고 있습니다. 그 당시 대본영大本營은 일조 패전의 날에는 귀축미영鬼畜米英은 본토에 상륙하는 즉시로 일대 학살을 감행하여 맹방 독일이 아우슈비츠에서 실험한 민족 말살 정책을 조직적으로 아국에 대하여 감행할 것이며 아 국민의 골육을 럭스 비누와 콜게이트 치약의 원료로 삼을 것이며 왕성한 성욕을 가진 그들 군대는 아 민족의 부녀자들을 신분 고하 없이 욕보임으로써 민족을 명실공히 쑥밭으로 만들 것으로 예측하고 차라리 일억전원옥쇄―億全員玉碎의 비장한 결심을 굳힌 바 있었으나 인류 사상 전대미문의 신병기 원자폭탄의 저 가공할 위협 아래 끝내 후일을 기약하고 작전을 포기하였던 것입니다. 패전의 그날 내지內地에 있었거나 식민지에 있었거나 남방 지역에 있었거나 마누라의 배꼽 위에 있었거나 그 위치 여하를 막론하고 제국 신민된 자로서 뜨거운 피눈물이 배시때기에서 솟구치지 않은 자 그 누가 있겠습니까. 그러나 천기는 거역할 수 없어 반도에 주둔한 병력과 거류민도 폐하의 명에 따라 철수하였거니와 무엇보다 다행한 것은 철수하는 내지인에 대하여 반도의 백성이 취한 공손한 송별 태도였습니다. 피해 입은 내지인은 거의 없었으며 이는 오로지 그동안 제국의 반도 경영에서 과시한 막강한 권위와 그로 인한 반도인의 가슴 깊이 새겨진 신뢰의 염과 아울러 방향 감각을 상실한 반도인의 얼빠진 무결단에서 온 것으로서 오랜 통치의 산 결실이었다고 하겠습니다. 이 점에서 볼 때 패전의 그날은 오히려 새로운 미래를 기대케 하는 희망의 날이었던 것을 본인은 지금도 흔쾌히 회상하는 바이며 이와 같은 대국적 판단 아래 본인이 반도에 남아서 장래를 도모케 된 결심도 바로 이 사실에 기인하는바 절대적으로 중요한 것으로서 독일군이 프랑스에서 패주할 때 그들은 현지 주민으로부터 갖은 잔악한 습격을 받았던 것입니다. 불과 2년간의 점령에 대하여 그러하였거늘 40년의 통치에 대하여 웃으며 보내주었다는 사실을 보고 본인은 경악하면서 회심의 미소를 지은 바 있습니다. 희망은 있다고 본인은 생각하였습니다. 본인은 뜻을 같이하는 부하들과 민간인 결사대를 거느리고 이 땅에 남기로 한 것입니다. 이는 아국의 학자들에 의하여 밝혀진 바, 한국사의 타율성이란 관점에서 볼 때 당연 이상의 당연지사라고 하겠습니다. 반도의 역대 정권은 본질적으로 매판 정권으로서 민족의 유기적 독립체의 지도부 층이 아니라, 외국 세력의 한국에 대한 지배를 현지에서 대행해줌으로써 자신들의 지위를 보존해왔던 것입니다. 그들은 부족部族의 이익보다 외국 상전의 이익을 먼저 헤아렸으며 그렇게 함으로써 자신들의 위치를 유지할 수 있었던 것입니다. 삼국통일 시기의 저 온 지구상 역사에 유례없는 해괴망측한 사실이 그것을 말해줍니다. 당시 한족은 그 판도가 만주에까지 이르러 가위 중국과 더불어 중원을 다투어봄 직한 자연의 세를 얻고 있었습니다. 삼국통일이란, 이 민족의 미래로서의 북방을 민족의 판도에서 사양함으로써 협소한 독 안에 스스로 오므라든 사실을 두고 말하는 것입니다. 통일이라니 이 아니 지렁이가 웃을 노릇입니까. 유기체가 제 몸을 잘라버림으로써 개체를 보존하는 사례는 가장 열등한 경우인 것입니다. 이래로 반도의 지배층은 구령舊領에 대한 성지회부聖地回復의 기운을 북돋움으로써 민중의 피학 의식을 밖으로 돌린다는 권력의 가갸거겨도 실천해본 적이 없습니다. 이조는 바로 이런 사고방식을 국시로 세워진 나라인즉 그 꼴이 어떠했겠습니까. 모처럼 만에 무슨 지랄병이 동했던지 그야말로 희한하고 궁금한 역사의 비밀입니다만 구령 회복의 길에 나선 군대의 사령관으로서 종족의 미래를 열라는 칼을 돌려 꾀죄죄한 매판 왕좌를 뺏는 데 돌린 자의 왕조의 말로가 어떠했습니까. 일한합방입니다. 구차한 목숨과 일가권속의 보신을 대가로 나라를 판 것입니다. 무릇 왕조란 천명이 다하면 깨끗한 마지막 싸움을 시도하여 피바다 속에서 망하는 것이 원칙입니다. 역사의 매듭에서는 운이 다한 왕조의 피가 제단에 바쳐져야 하며 그러함으로써 종족의 역사는 부정不淨을 벗고 다시 나는 권리를 가지는 것입니다. 이조의 망국의 형식은 그들이 매판 왕조였다는 것을 그 형식 면에서조차 뚜렷이 보여주었습니다. 민중으로부터 이같이 분리되었던 썩은 왕조가 무너지는 것을 보고 근대 국가의 의식을 알지 못했던 국민이 이를 자신의 운명으로 동화하는 느낌을 갖지 못하고 한 왕조의 몰락으로만 보았던 것을 의아해해야 할 아무 까닭이 없는 것입니다. 그들에게는 이 왕조가 망하고 일본 왕조가 들어섰다고 느껴졌던 것입니다. 민중의 진취적인 의욕이 국가의 원동력이 되지 못하고 국가의 생물학적 기초인 종족의 생명력이 문화와 정치에서 독립에까지 발전 못한 열등한 종족이 겪는 당연한 귀결입니다. 패전의 그날에 반도인들이 일본인 지배자를 대해준 태도는 실로 이같이 유구한 역사적 연혁을 가지고 있는 것입니다. 알뜰한 제 것을 짓밟혔던 종족이라면 될 뻔이나 한 일이겠습니까. 본인 등이 이 땅에 남아서 후일을 기약케 된 것도 반도인들의 이 뿌리 깊은 노예근성에 희망을 걸었기 때문입니다. 다행하게도 전후 정세는 아 측에 지극히 이롭게 전개하여 패전 전야에는 다가올 심판에 전전긍긍하던 아 측은 뜻밖의 관대한 처분으로써 부흥을 이룩하였습니다. 그에 반해 반도는 일본을 대신하여 전쟁의 배상을 치른 느낌이 없지 않습니다. 분단된 반도에 전란이 일어나서 막대한 병원兵員이 반도의 산하에서 기동 훈련을 시행하였으며 제국이 영위하여놓았던 주요한 시설은 잿더미가 되었습니다. 이는 바로 대본영이 패전 전야에 예상한 내지에 있어서의 본토전의 양상이 아니고 그 무엇입니까. 우리는 내지가 미·소에 의해 점령될 것으로만 알았고 그렇게 되는 경우 내란은 필지라고 보았던 것입니다. 다행히 거꾸로 되었음은 천우신조와 더불어 이 또한 반도인의 저열한 도덕적, 인간적 성격에서 말미암은 것입니다. 반도의 북쪽에서 적색 러시아의 비호 아래 무력을 준비하여 반도의 남쪽으로 진격한 공산당의 행위는 바로 반도인의 역대 정권의 매판성의 또 하나의 변명할 수 없는 증거인 것입니다. 본인은 힘과 권력의 신봉자로서 그들 공산당의 행동을 그르다고 보지 않습니다. 본인이 그들을 논란코자 하는 까닭은 그들의 행동이 본인의 그것과 다르다고 해서가 아니라 오히려 같은 양상을 나타내고 있기 때문입니다. 하물며 본인은 일한합방이 평화적 방법으로 이루어졌음에 비하여 반도의 전란이 동족상잔의 그것이었음은 이해할 수 없는 것이라고 보는 것입니다. 공산당은 그들이 진리를 지녔노라고 말합니다. 진리를 지닌 자는 초조하지 않는 법입니다. 공산당이 어떤 이론을 주장하는가에 본인은 관심이 없습니다. 그들이 어떤 일을 하는가만이 문제입니다. 공산당은 진리를 위한 폭력을 주장합니다. 여기에 그들의 자기기만이 있습니다. 진리는 그 자체로 존재하는 유령이 아니라 누군가를 위한 진리입니다. 반도인 공산당의 경우에 그 '누구'란 곧 반도인일 것입니다. 반도인을 위한 공산주의일 것입니다. 소련 공산당이 트로츠카이트를 추방하고 일국 공산주의를 전술로 채택한 이상 약소국의 공산당도 그것을 떳떳이 주장해 무방할 것이 논리적 정의인데도, 그들은 반도인을 위한 공산주의가 아니라 러시아인을 위한 공산주의라는 입장에서 행동하였습니다. 소련은 민족 공산주의, 위성국은 국제 공산주의라는 이원 정책으로서 결과적으로 또 다른 러시아 제국을 위해 봉사한 것이며 조선 공산당은 그 매판성을 여실히 드러낸 것입니다. 만일 조선 공산당이 정말 민중을 사랑하는 지혜 있는 자들이었다면 오래 외국 통치자들에게 시달린 국민을 전쟁 속으로 몰아넣지는 않았을 것입니다. 미국이 개입할 가능성을 짐작하면서 무책임한 모험을 하지는 않았을 것입니다. 승산 없는 싸움을 시작한 것은 그들이 반도인의 안녕보다 소련 공산당의 긴장 격화 정책에 충실했던 때문입니다. 그들은 반도인의 피를 아끼지 않은 것입니다. 제국이 전쟁 말기에 이르기까지 반도인의 대량 징병을 하지 않은 것과 비겨볼 때 하늘과 땅의 차이가 있습니다. 조선 공산당의 이론의 매판성과 관념성은 불가분하게 얽혀 있습니다. 관념적 진리의 이름 아래 코즈모폴리터니즘을 신봉하고 현실적으로는 매판적 자기 정권의 보전을 도모하는 것, 이것이 반도의 역대 정권의 기만적 가면이었습니다. 어떤 진리냐가 문제가 아니고 그 진리를 누가 누구를 위해서 누구를 통하여 실천하느냐가 문제인 것입니다. 꿩 잡는 게 매라고 하였습니다. 반도의 매판 정권들은 항상 제 백성들을 잡았던 것입니다. 진리는 하느님의 설계도가 아닙니다. 그것은 역사와 풍토라는 세계에 사는 인간이 자기 행위의 기준을 위해서 마련한 가설입니다. 진리는 인간의 도구이지 그 반대는 아닙니다. 역사의 주체는 민족입니다. 역사의 주체가 민족인 것이 옳으냐 그르냐가 아니라 현실적으로 그렇다는 것이 문제의 핵심입니다. 세계가 앞으로는 한 혼혈아가 될 것이라는 것이 문제가 아니라 그렇게 되는 사이에는 여전히 민족이 주체라는 데 문제가 있는 것입니다. 이것이 인간의 조건입니다. 인간은 관념이고 실존實存이 존재이듯이, 인류는 관념이고 민족이 존재이며, 역사는 관념이고 당대當代가 존재이며, 관념과 존재가 하나가 되는 날까지 그럴 것이며, 그럴 날은 오지 않을 것입니다. 사정이 이러한 인간의 조건에 대한 감각이 모자란 종족이란 것이 있는 모양이며 그들은 정치적政治的 음치音痴이며 풍문에 사는 자들이며 현장에 있으면서 없는 자들이며 이목구비가 있으면서 죽은 자들이며 다시 말하면 반도인들입니다. 자기의 실존을 사랑하는 자들은 용기 있는 자들입니다. 실존을 사랑하는 자들은 사실은 민족과 인류가 망하더라도 자신을 더 소중히 생각합니다. 그러나 모든 실존이 다 그러한 강한 독립심을 가졌을 때 여기에 타자他者가 등장합니다. 그들은 불가불 연합합니다. 그렇게 해서 집단은 밖을 노립니다. 바보 같은 집단을 찾아 먹이로 삼습니다. 그러면 그 바보들 가운데 꾀 있는 자가 그들의 앞잡이 노릇을 하게 됩니다. 조선 공산당은 바로 이러한 앞잡이들의 집단입니다. 반도인이 하는 노릇이 어느 하나인들 온전하겠습니까. 민중의

하정을 그렇게도 모르는 자들이 민중을 사랑한다 하니 가증할
노릇입니다. 조선 공산당은 또한 염치가 없습니다. 러시아인들
덕분에 난데없이 하루아침에 반도의 절반을 차지하게 되었으
면 세상에 공짜는 없다는 생각을 하고 손에 든 떡을 굳힐 노릇
이지 나머지 절반마저 손쉽게 차지하려는 그 투전꾼 근성이 전
쟁을 가져온 것입니다. 반도인들은 염치도 없습니다. 제국이 반
도에서 물러난 것은 그들의 힘이 아닙니다. 그들의 독립이 얼마
나 위태로운 것인가를 깨닫지 못하고 있습니다. 어느 세상에 남
을 제 몸같이 돌봐줄 사람이 있겠습니까. 대전이 끝난 후 그들
은 못살고 내지가 잘살고 있는 것을 보고도 역사의 리얼리즘을
보지 못하는 자들에게 영원한 저주와 불행이 있을진저. 귀축미
영은 알아보았던 것입니다. 누가 강자이며, 용기 있고 절제 있고
살려고 버둥거리며 염치도 있는가를 알아보았던 것입니다. 그
들은 우리를 두려워한 것입니다. 영웅이 영웅을 압니다. 우리는
서로가 뱃속을 환히 짚고 있는 공범자인 것입니다. 귀축미영은
제국의 성전聖戰의 대의명분을 부인할 수 없었던 것입니다. 제
국의 작전 수행의 목표였던 아시아의 참상에 대하여 반도의 한
시인은 이렇게 노래하고 있습니다.

　　아시아의 밤
　　오 아시아의 밤!
　　말없이 默默한 아시아의 밤의
　　虛空과도 같은 속 모를 어둠이여

帝王의 棺槨의 칠 빛보다 검고

廣墟의 祭壇에 엎드려 경건히 머리 숙여

祈禱드리는 白衣의 處女들의 흐느끼는

그 어깨와 등 위에 물결쳐 흐르는

머리털의 빛깔보다도 짙게 검은

아시아의 밤

오 아시아의 밤의 속 모를

어둠의 길이여

아시아의 땅!

오 아시아의 땅!

몇 번이고 靈魂의 太陽이 뜨고 沒한 이 땅

歷史의 樞軸을 잡아 돌리던

主人公들의 수많은 시체가

이 땅 밑에 누워 있음이여

오 그러나 이제 異端과 사탄에게 侵害되고

유린된 世紀末의 아시아의 땅

살육의 피로 물들인

끔찍한 아시아의 바다 빛이여

아시아의 사나이들의 힘찬 睾丸은

妖鬼의 어금니에 걸리고

아시아의 處女들의 神聖한 乳房은

毒蛇의 이빨에 내맡겨졌어라

오 아시아의 悲劇의 밤이여

오 아시아의 悲劇의 밤은

길기도 함이여

하늘은 限없이 높고 땅은 두껍고

隆隆한 山嶽 鬱蒼한 森林

바다는 깊고 湖水는 푸르고

들은 열리고 沙漠은 끝없고

太陽은 유달리 빛나고

山에는 山의 寶物

바다에는 바다의 寶物

裕豊하고 香氣로운 땅의 寶物

無窮無盡한 아시아의 天惠!

萬古의 秘密과 驚異와 奇蹟과 神秘와

陶醉와 冥想과 沈默의 具現體인

아시아!

哲學未踏의 秘境

頓悟未到의 聖地 大아시아!

毒酒와 阿片과 美와 禪과

無窮한 自尊과 無限한 汚辱

祈福과 저주와 相伴한

기나긴 아시아의 業이여

끝없는 준순과 미몽과 도회와

회의와 고민의 常闇이여

오 아시아의 運命의 밤이여

이제 우리들은 부르노니

새벽을!

이제 우리들은 외치노니

雨雷를!

이제 우리들은 비노니

이 밤을 粉碎할 벽력을!

오 기나긴 呻吟의 病床!

夢魔에 눌렸던 아시아의 獅子는

지금 잠 깨고

幽閉되었던 땅 밑의 太陽은 움직인다

오 太陽이 움직인다

오 먼동이 터온다

迷信과 魔術과 冥想과 陶醉와 享樂과

耽美에 蠢動하는 그대들이여

이제 그대들의 美女를 목 베고

毒酒의 잔을 땅에 쳐부수고

阿片대를 꺾어버리고

禪床을 박차고 일어서라

自業自得하고 自繩自縛한

繫縛의 쇠사슬을 끊고

幽閉의 땅 밑에서 일어서 나오라

이제 黎明의 瑞光은 서린다

地平線 저쪽에

힘차게 붉은 朝光은

아시아의 하늘에 거룩하게 비치어

오 새 世紀의 동이 튼다

아시아의 밤이 동 튼다

오 雄渾하고 莊嚴하고 永遠한

아시아의 길이

끝없이 높고 깊고 멀고 길고

아름다운 東方의 길이

다시 우리들을 부른다

이 시구의 절실한 가락을 보십시오. 그 위엄을 보십시오. 이 시가 반도인에 의해 씌어졌다는 것은 유감된 일입니다. 내지인 시인들도 숱한 성전 수행을 위한 시를 지었으되 그 가락이 이에 이르지 못한 것은 귀축미영의 썩은 사상이 아국 지식인들에게 감염되어 그들의 부족 시인으로서의 자세가 해체당하였기 때문입니다. 귀축미영은 불치의 병을 앓고 있습니다. 그것은 진보進

246

步라는 사상입니다. 근대에 일어난 이 병에 의하면 인간의 역사는 무한히 발전하는 것인데 따라서 권력의 구조도 변하는 것이며 종교도 변하는 것이며 예술도 변하는 것으로서 자연 모든 값 있는 일이란 이 변화를 알아보고 변화가 바람직한 곬으로 나가도록 유도하는 데 기여하는 것이라고 합니다. 그러므로 이 태도는 현실의 시시각각에 밀착할수록 좋다는 말이 됩니다. 바꾸어 말하면 어떤 현실에 대해서도 100% OK하여서는 안 된다는 말이 됩니다. 이 입장을 문학이 취할 때 문학은 대단한 위기에 서게 됩니다. 그 까닭은 문학도 예술의 말석을 더럽히고 있는 이상 그 값어치의 기준은 그 작품이 주는 감동의 지속 기간이 오래면 오랠수록 좋은 것입니다. 그러나 특히 소설의 경우에 전기한바 진보적 당대주의當代主義에 충실하려고 하는 한, 한 시점에서의 주인공이 다음 시점에서 반드시 바람직한 인물형이라고 할 수 없습니다. 물론 가로되 그 인물형은 다만 진보적 방향을 지향하는 것으로 족하지 완전할 필요는 없다고 할 것입니다. 그렇더라도 마찬가집니다. 근대 소설의 전통은 비범한 초인이 주인공이 아니고 평범한 인간이 주인공인 이상 그에게 그만한 지속적 가치를 부여하기란 지난한 일입니다. 여기에 근대 부르주아 리얼리즘의 위기가 있습니다. 이와 같은 위기를 해결하기 위하여 세 가지 돌파구 형성 작전이 시도되었습니다. 그 첫째는 주인공을 지식인으로 설정하는 길입니다. 그렇게 함으로써 주인공은 고대 문학의 영웅과 같은 힘을 가지게 됩니다. 현대에 있어서 강자의 표징標徵은 그의 지능이므로 이 같은 광범한 관심역關心域을 커버할 수 있으며 시대의 과제에 긴밀하게 접근한 행동과 사건을 병행할 수 있게 됩니다. 이것은 현대와 같이 생활의 회로가 기하급수적으로 간접화하여 어떤 개인이 자기의 삶을 전반적 상황에 좌표 지운다는 일이 지난하게 된 세계에서는 더욱 적절한 듯이 보입니다. 둘째는 혁명가를 주인공으로 삼는 일입니다. 이것은 앞서 든 지식인에게 행동력을 부여한 것입니다. 지식인이 주인공일 경우 특히 현대와 같은 미궁적迷宮的 세계에서 자신의 좌표를 확인한다는 것만으로도 개인에게는 구원이며 예술의 일차적 효용은 이룬 셈입니다만, 논리적으로 볼 때 상황을 알았으면 행동해야 할 것입니다. 상황에 대한 지식은 아무리 방대한 것일지라도 요컨대 그것은 행동을 위한 것이어야 할 것입니다. 고대의 영웅은 적의 소재를 알면 나아가 싸웠던 것입니다. 이것이 이른바 행동주의 문학 혹은 저항 문학이라는 것입니다. 셋째는 전혀 다른 탈출 작전입니다. 이 입장은 첫째도 둘째도 부정합니다. 첫째 것의 결점은 가령 그것이 정확하다 할지라도 그 번쇄함 때문에 윤곽의 선명을 결한다는 점입니다. 나무를 점검하는 데 지쳐 수풀을 볼 정력이 남아나지 못하리라는 것이며 또 근대의 세례를 받은 입장으로서 당대적 이미지에 충실해야 하므로 그것은 마치 작가는 백과사전을 매일 개정하는 작업을, 독자는 그 사전을 매일 읽어야 한다는 것을 뜻하므로 이것은 사람 환장할 일이며 도저히 만인의 벗이 될 수 없다는 것입니다. 둘째 것의 결점은 설령 정확한 상황 판단 아래 움직인다손 치더라도 그 정확은 어디까지나 상대적인 것이지 사람이 신이 아닌 이상 미래의 모든 가능성을 예견한 앎은 원리적으로 갖지 못하는 것이 사람의 팔자이기 때문입니다. 이 주인공처럼 행동하면 절대 안전하다든지 혹은 절대 옳다든지 하는 입장은 제시할 수 없다는 것입니다. 물론 인간은 보다 나은 것을 현시점에서 선택할 수밖에 없지 않느냐 할 것입니다. 물론 그렇습니다. 그러나 이 책임은 자기가 져야지 작자가 질 수는 없는 것입니다. 그렇다면 책임도 질 수 없는 주장을 사실주의의 수법으로 제시한다는 것은 얼마나 무책임한 생각인가, 하는 것입니다. 그러므로 그들은 사실주의寫實主義를 포기한다는 것입니다. 진보와 변화를 따르면서 사실주의의 입장에서 영원을 가시화可視化하는 길은 없다는 것입니다. 그들은 대상인 현실을 버리고 현실의 매체인 언어를 택합니다. 여포呂布, 관우關羽, 장비張飛, 조자룡趙子龍, 홍길동洪吉童, 이순신李舜臣, 안중근安重根 하는 식으로 영웅은 시세 따라 변하지만 '영웅'이라는 '말'은 영원하다는 것입니다. 영원은 밖에 있지 않고 '말'에 있다는 것입니다. 이것이 문학적 논리 실증주의로서 문학에서 윤리라는 이름의 형이상학을 쫓아내고 상징이라는 이름의 추상만을 남기자는 입장입니다. 이것으로써 귀축미영의 사상적 혼란을 충분히 이해하였을 것으로 믿으며 따라서 이들의 시인이 부족 시인으로서의 발상이 불가능한 것도 자명합니다. 왜냐하면 부족 시인이란, 부족이라는 현실의 집단이 곧 영원이라는 신념이 없는 곳에서는 존재할 수 없기 때문입니다. 그러나 귀축미영은 부족 시인을 믿고서 세계를 식민지화하는 것이 아닙니다.

그들은 자국 내에서는 이 같은 세 가지 입장을 다 허용해서 찧고 까부는 대로 두어두고 밖으로 식민지에 대해서는 상징주의고 개나발이고 없이 '힘'으로 조진 것입니다. 즉, '말'은 시인에게, '힘'은 권력자에게,라는 체제를 유지한 것입니다. 식민지를 유혹할 때는 '말'을 내세워 코즈모폴리턴이 되고 기름을 짜낼 때는 '힘'을 내세워 조졌던 것입니다. 이것이 서구적 이원론二元論입니다. 닭 잡아먹고 오리발 내미는 것입니다. 식민지의 우둔한 원주민들은 이 사쿠라 전술에 지극히 약했습니다. 그러나 제국帝國은 차한此限에 부재不在하였습니다. 제국의 이데올로기는 만세일계萬世一系의 황실과 그 아래로 충용한 적자赤子로서의 신민臣民이라는 요지부동한 체계이기 때문입니다. 제국은 귀축미영의 분열을 모르며 그 기만적 이원二元과는 영원히 무연無緣합니다. 다만 귀축미영과 제국은 국체國體는 다를망정 한 가지 같은 점이 있으니 그것은 서로가 강자라는 점입니다. 귀축미영과 맞설 만한 토착적 이데올로기의 존재와 그것을 지킬 만한 힘과, 또 요소가 제국으로 하여금 식민지의 운명에서 벗어나게 한 것입니다. 강자가 통치하는 곳에는 여유가 있습니다. 여유가 있는 곳에 '말'장난하는 문학적 풍류가 허락되는 것은 당연합니다. 내지 시인들의 비국민성은 강자가 고소苦笑하면서 치러야 하는 자선세慈善稅인 것입니다. 이것은 강자의 나라에서만이 있을 수 있는 일입니다. 반도인이 이 흉내를 낸다면 그것은 분수를 모르는 웃음거리밖에 아무것도 아닙니다. 반도의 시인이 '아시아의 밤'을 노래한 태도는 그러므로 반도인으로서 당연한 지족안분知

足安分이라 해야 하겠습니다. 그들에게는 이런 정도가 알맞은 것입니다. 요즈음 반도에서는,

> 아이깨나 낳을 년 양갈보 가고
> 글깨나 쓰는 놈 재판소 간다

는 노래가 유행하고 있는데 그들에게는 이런 정도의 부족적部族的 시사적時事的 심미감審美感이 과연 알맞은 것입니다. 이러한 부족적 발상에서 씌어진 시가 이 문명개화했다는 시절에 가장 정직한 마음을 움직일 수 있다는 그 사실이 바로 반도인들의 저주받을 운명을 말해주고 있습니다. 이것은 모두 반도가 제국의 품에서 벗어난 때문입니다. 제국은 아시아를 저들 귀축들로부터 해방시켜 제국의 보다 인자한 지배를 주고자 싸움을 일으켰던 것입니다. 말이사 바른 말이지 우리가 성공했더라면 그들은 훨씬 편한 노예 생활을 했을 것입니다. 대전 후 아시아의 식민지 국가들이 해방된 것은 바로 제국의 건곤일척한 전쟁의 결과였던 것입니다. 귀축미영은 더 이상 이 지역을 지배할 명분을 잃었던 것입니다. 반도의 독립도 바로 그에 연유합니다. 천시를 얻지 못하여 비록 싸움에는 졌으나 귀축미영은 아 제국의 힘을 알게 되었습니다. 그들은 제국을 달래기 위하여 온갖 편의를 보아주었습니다. 본토는 부흥하고 지난날에 황군皇軍의 무위武威로 차지했던 영예를 산업으로써 차지하고 있는 듯이 보입니다. 논자들은 그렇게 보고 있습니다. 여기서 본인은 이의가 있는 것

입니다. 외견상의 번영에도 불구하고 내지內地는 병들어 있으며 제국의 정신적 상황은 누란의 위기에 처해 있습니다. 왜냐? 제국은 종교를 상실하였기 때문입니다. 제국의 종교는 무언가? 식민지인 것입니다. 식민지는 무언가? 반도인 것입니다. 반도야말로 제국의 종교였으며 신념이었으며 사랑이었으며 삶이었으며 비밀이었던 것입니다. 그렇습니다. 반도는 제국의 영혼의 비밀이었습니다. 오늘 내지가 드러내고 있는 허탈, 도덕적 부패, 허무주의는 영혼의 비밀을 잃은 집단의 절망인 것입니다. 본인은 노예 없는 자유인을 인정하지 않습니다. 식민지 없는 독립을 인정하지 않습니다. 무릇 국가는 비밀을 가져야 합니다. 그의 경륜의 가슴 깊이 사무친 비밀을 가져야 합니다. 반도의 영유領有는 제국의 비밀이었습니다. 영혼의 꿈이었습니다. 종족의 성감대였습니다. 건드리면 흐뭇하게 간지러운 깊은 비밀의 치부였습니다. 오늘날 제국은 이 비밀을 잃었습니다. 이것은 반드시 회복되어야 합니다. 어떠한 형태로든 이것은 회복되어야 합니다. 본인과 본인의 휘하에 있는 전원의 비원悲願도 바로 이곳에 그 목표가 있습니다. 실지회복失地回復, 반도의 재영유, 이것이 제국의 꿈입니다. 영토에 대한 원시적인 향수, 이것이야말로 참다운 강자의 활력의 기초입니다. 반도는 제국의 제단祭壇이었으며 반도인은 제물이었던 것입니다. 그들을 도살하여 그 살을 씹고 피를 마심으로써 이 부족의 활력은 건강할 수 있었던 것입니다. 제정祭政 일치론자인 본인은 그러므로 '정치와 경제의 영역에 있어서의 활력의 원천으로서의 식민지'라는 제목으로 이 방

송에 앞서 이미 방송한 바도 있었던 것입니다. 근자에 와서 제
국이 반도 경영에서 거둔 막대한 성과가 날로 수포로 돌아가고
있는 것을 볼 때 분만의 정 금할 길이 없습니다. 요즈음 반도의
신문에 빈번히 보도되는바 각종 문화 유적의 발굴, 수집은 가공
한 바 있습니다. 총독부 당국이 힘써 인멸코자 했던 종족적 기
억이 되살아나고 있으며 열등의식의 방향으로 유도했던 국학이
점차 자신을 회복해가고 있습니다. 대저 근대 국가의 국민적 연
대 의식의 기초로 사용된 것은 국민사國民史였던 것입니다. 한민
족이 연대하여 난관을 넘어서고 기념비를 세우면서 살아온 역
사를 추체험追體驗함으로써 국민이 되었던 것입니다. 반도의 국
학 붐은 바로 그러한 민족 독립의 정신적 기초 작업의 과정으로
서 실로 위험천만한 불온한 사상인 것입니다. 또한 근래에 있었
던 저 몇 해 전 4월에 반도인들이 선거의 부정을 항의하여 일어
난 사건은 실로 당돌한 것이었습니다. 물론 그때에도 이 치사한
반도인들은 현지 미국 대사관의 동향을 살피면서 그 옹호에 용
기백배한 흔적이 있습니다만 그렇다손 치더라도 반도인으로서
는 과분할 만큼 그럴듯한 행동이었습니다. 그 까닭은 이러합니
다. 대저 귀축미영의 족속들이 받드는 민주주의란 속은 어떻든
형식으로서는 선거라는 제사를 통하여 신탁神託을 묻고 그 신탁
을 통하여 정치를 한다는 제정祭政 구조인 것입니다. 그러므로
이 제사에 부정不淨이 끼면 원천적인 하늘의 분노를 사게 되므
로 제사 집행이 엄격, 단정, 엄숙, 청정하여야 함은, 무릇 고금동
서의 제사祭事와 관련하여 예외가 될 수 없는 것입니다. 이 선거

라는 제사의 특징은, 종래의 역사상의 제사가 대체로 포로의 모가지나, 돼지, 소 등 동물을 제상에 올렸다가 그것을 부족원部族員이 나누어 먹음으로써 공동체 의식을 재확인하고 권력 구조에 대한 참여 의식을 누린다든지, 또는 가톨릭의 경우처럼 신神의 상징적 피와 살을 회식한다든지, 아무튼 인간 이외의 대상을 제물로 삼거나, 인간이더라도 포로를 사용하였으므로 아무튼 운명과의 계약을 맺음에 있어, 또는 하늘의 뜻을 물음에 있어서 '자기 이외의 대상'을 사용했던 것과는 다른 방식이라는 것입니다. 상해 등지에서 준동하던 반도인 불순분자들이 제국의 고관들을 테러한 것이나 흉한兇漢 안중근이 이등 공을 살해한 것은 바로 앞에 든 타입 가운데서 포로나 적국인의 모가지를 제단에 바치는 것에 속합니다. 그런데 이른바 선거라는 형식은 '같은 동족' 중에서 깨끗한 자를, 혹은 먹음직한 자를 제단에 올려놓고 부족원이 투표로써 품평을 한 결과 다수표를 얻은 자를 골라서 신전神殿을 지키게 하는 것입니다. 그렇게 함으로써 신에게 가장 훌륭한 볼모를 드린 대가로 대신 부족의 번영을 비는 형식입니다. 3·15라는 선거에서는 이 선택 과정에 부정이 있었던 것입니다. 이와 같은 체제에서는 이것은 중대사입니다. 왜냐하면 신에게 가짜 제물을 바친 경우에 부족에게 내릴 재앙은 떼어놓은 당상이기 때문입니다. 대전 후 신생국의 선거라는 제사에서는 제물로 들어가는 자들이 자기 희생이라는 본래의 종교적 목적 대신에 돈벌이하러 들어가는 자들이 태반이었습니다. 원래가 무리한 제도이므로 먹겠다는 놈 막는 길은 없지만 덜 먹을 만한 자를 뽑는 권리는 부족원에게 있는 것이므로 책임은 국민이 진다는 식으로 되어 있습니다. 그런데 3·15에서는 인기를 잃은 늙은 추장이 망측한 방법을 썼던 것입니다. 못난 것들이 농담하는 재주는 어디서 또 그리 유별나든지, 쌍가락지표, 피아노표, 올빼미표 따위 듣기에 화사한 방법으로 제사를 망쳤던 것입니다. 이런 사태에 반발하여 일어난 것이 몇 해 전 봄의 저 소동이었습니다. 대저 반도인들은 주기적으로 집단적 지랄병을 일으키는 버릇이 있어서 저 기미년 3월에도 그 발작이 있었던 것입니다. 잘 나가다가 이러는 속은 알다가도 모를 노릇입니다. 그 4월의 지랄병 무렵에 본인은 매우 우려했습니다. 썩은 반도인들이 이 새로운 형식의 제사에서 틀림없이 패가망신할 것을 신념해온 본인이었기 때문입니다. 이 같은 자각은 제국에 대한 노골적인 위협입니다. 이 같은 일이 있어서는 안 되었습니다. 제국이 절대한 이권을 주장해야 할 반도가 이같이 방자한 자유인이 될 때 반도의 재영유再領有는 물론이요 그 같은 이웃을 가진 제국은 질식할 것입니다. 그러나 안심하십시오. 오늘 본인은 유쾌합니다. 하늘에 둥실 떠오른 듯한 이 마음. 흡족합니다. 축배를 드십시오. 이번 선거를 예의 주시하여온 본인과 본인의 충용한 휘하 막료들은 대희大喜하였습니다. 그러면 그렇지요. 반도인들의 그 썩은 근성이 어디로 갔겠습니까. 막걸리는 흘러서 강을 이루고 부스럭 돈은 흩어져 낙엽을 이루었습니다. 또다시 피아노표, 쌍가락지표, 다리미표, 무더기표, 대리투표, 개표 부정의 난장판이었습니다. 민주주의가 난장 맞은 것입니다. 그들은 썩은 제사를 지낸 것입니다. 이 추악한 종족. 자존심도 지혜도 용기도 어느 것 하나 갖추지 못한 이 미물보다 못한 종족. 이들이 못나면 못날수록 제국의 이익임을 번연히 알면서도 슬그머니 화가 나도록 이 못나고 귀여운 나의 반도인들. 이들은 돈 몇 푼에 예수를 판 유다의 격세유전 집단입니다. 충용한 제국 신민 여러분. 제국이 재기하여 반도에 다시 영광이 돌아올 그날을 위하여 은인자중 맡은 바 고난의 항쟁을 계속하고 있는 모든 제국 군인과 경찰과 밀정 여러분. 사태가 이와 같으므로 제군은 희망을 가지십시오. 우려했던 바는 기우에 지나지 않았습니다. 그들은 지난날 일억전원옥쇄一億全員玉碎의 가르침을 고지식하게 명심하고 있다가 2천만 전원 타락이라는 희한한 실천을 보여준 것입니다. 이들은 볼짱 다 봤습니다. 파장은 가깝습니다. 지하에 있는 나의 충용한 모든 제국 신민은 정권 수복의 그날을 준비하십시오. 고생 끝에 낙이 올 것을 믿으십시오. 이들이 자기 불행을 자기 손으로 넘어설 희망은 없습니다. 그들의 도덕적 수준은 이미 소상하게 밝혀졌습니다. 이들은 까마귀 고기를 주식으로 하지 않는데도 잊어버리기 일쑤이며 인간적 수치심과 인간적 분노가 눈곱만큼도 없으며 두려워할 것이 아무것도 없는 자들입니다. 제사를 어지럽힌 그들의 앞날은 오욕과 암흑뿐입니다. 이자들은 지쳤습니다. 민주주의라는 힘에 겨운 제사에 지쳤습니다. 민주주의는 그들이 선택한 제사도 아니며 항차 그들이 싸워서 얻은 제사도 아닙니다. 반도의 시인은 노래하고 있습니다.

이제 우리들은 부르노니

새벽을!

이제 우리들은 외치노니

우뢰를!

이제 우리들은 비노니

이 밤을 분쇄할 벽력을!

　반도인들의 부르는 이 소리. 이것이 누구를 부르는 소리입니
까. 반도인들은 주제에 놓은 즐겨서 불러도 그럴싸하게 부르는
것입니다. 제물祭物 지망자들이 주는 돈으로 명승 구경을 다니
는 반도인들의 무리. 옷고름 풀어헤친 취태. 이것이 그들의 부름
입니다. 유세장에서 나누어지는 부스럭지 돈닢들. 엽전 열닷 냥
에 영혼을 파는 자들. 이 영세零細한 욕망들. 이것이 그들의 부
름입니다. 이제는 내리막길입니다. 이들의 운명의 파멸로의 운
동은 시작되었습니다. 그래서 이들은 부르고 있었습니다. 그렇
습니다. 우리를 부르고 있습니다. 그들은 우리가 그리운 것입니
다. 본인이 다스리던 그 옛날을 그리고 있는 것입니다. 민주주의
네 무엇이네 하여 오뉴월 뙤약볕에 실어다 앉혀놓고 알 수도 없
는 이야기를 들으라고 하는 이 현실을 그들은 원망하고 있습니
다. 유세장에 쭈그리고 앉은 그들의 모습은 흡사히 부역에 동원
된 노예들을 생각게 합니다. 노예를 다루는 데는 그대로의 방법
이 있습니다. 노예들을 짜증나게 해서는 안 됩니다. 노예들에게
는 먹고 자는 이외에 귀찮은 일로 들볶아서는 안 됩니다. 그들

은 거짓 제사에 인제 진저리를 치고 있습니다. 없는 재주를 자꾸 보여달라는 것처럼 몸 다는 일이 또 있겠습니까. 반도인들에게 애당초 없는 도덕적 품성을 발휘하라는 선거라는 제사야말로 민망하기 짝이 없는 것입니다. 그들은 지금 자기들의 손으로 얻은 것이 아닌 자유의 무거운 멍에 아래 비틀거리고 있으며 비명을 지르고 있습니다. 그들은 본인을 부르고 있습니다. 40년의 경영에서 뿌려진 씨는 무럭무럭 자라고 있으며 이는 폐하의 유덕을 흠모하는 충성스런 반도인의 가슴속 깊이 간직되어 있는 희망의 꽃입니다. 그것이 그들의 비밀입니다. 해방된 노예의 꿈은 노예로 돌아가는 일입니다. 그들은 그리워하고 있습니다. 그들은 지난날의 그리웠던 발길질과 뺨맞기, 바가야로와 센징을, 그 그리운 낱말을 애타게 그리워하고 있습니다. 되게 굴던 서방을 여자는 못 잊는 법입니다. 오입깨나 한 사람이면 이 철리는 다 아는 일입니다. 그들은 미국 서방의 우유부단과 격화소양과 뜨뜻미지근과 번문치레와 눈 가리고 아웅하는 예절에 넌더리를 치고 있습니다. 그들은 단도직입, 우지끈뚝딱 눈두덩이 금시에 시퍼렇게 멍들기를 원하는 것입니다. 이것이 반도인의 생리입니다. 이 비밀. 이 비밀을 아는 것은 제국밖에 없습니다. 계집이란 그년의 비밀을 가장 잘 아는 사내의 품에 있어야 할 것입니다. 귀축미국을 설득시켜 반도의 경영권을 이양받을 공작이 진행되고 있다는 정보를 본인은 입수하고 있거니와 상기한 현 정세로 보아 이는 고무적인 기대를 걸어도 좋을 것으로 판단되며 그날이 오기까지 은인자중 동포의 꿈이 묻힌 반도의 산하를 유령처럼 순찰하고 관망하며 정보를 수집하며 불령선인을 기록해 두는 일, 이것이 우리들의 영광스런 사명입니다. 반도에 그날이 오기까지 충용한 나의 장병과 유지 여러분과 낭인狼人 여러분. 한말의 풍운 급박하던 시절에 절대하던 힘을 발휘하여 대사를 치른 낭인 여러분. 시쳇말로 비밀 첩보원 여러분. 자중자애하고 권토중래를 신념하십시오. 반도는 갈데없는 제국의 꿈. 제국의 비밀입니다. 무엇과도 바꿀 수 없고 무엇과도 비길 수 없는 영원한 사랑입니다. 어디로 갈 것입니까. 못 갑니다. 못 가게 해야 합니다. 위대한 선인들의 노력으로 제국의 꿈의 판도 속에 들어온 이 땅. 삼한, 임진, 일청, 일로 이래 충용무쌍한 장병의 기도와 꿈이, 그리고 숱한 비밀이 얽힌 이 땅. 오늘도 조선신궁朝鮮神宮의 성역性域에서 반도인 갈보년들의 성액은 흐르고, 아아 남산을 타고 넘는 밤구름은 어찌 그리도 무심하여 이역에서 구령舊領을 지키는 노병의 심사에 아랑곳없는가. 나의 장병이여 자중하라. 자애하라. 제국의 반도 만세.

　　—지금까지 여러분은 프랑스의 알제리아 전선의 자매단체이며 재한 지하 비밀 단체인 조선총독부지하부朝鮮總督府地下部의 유령방송인 총독의 소리가 대한민국 제6대 대통령 선거 및 제7대 국회의원 선거 종료에 즈음하여 발표한 논평 방송을 들으셨습니다.

　　……지척지척 내리는 빗소리와 아울러 들려오던 방송은 여기서 뚝 그쳤다. 그는 어둠을 내다보았다. 그리고 창틀을 꽉 움켜잡으며 귀를 기울였다. 그 소리는 더는 들리지 않았다. 그 대신

더 어두운 소리들이 그 어둠 속에서 들려오는 것이었다. 피아노 치는 손마디 소리. 부스럭대는 엽전닢 소리. 올빼미의 목쉰 울음. 어딘가에서 다리미질하는 은밀한 소리. 니나노니나노. 창백한 손마디에 쌍가락지 끼는 소리. 눈구멍에 최루탄이 박힌 아이의 신음 소리. 유세장으로 실려가다가 객사한 늙은 아이들의 허기진 울음. 총독의 피 묻은 너털웃음. 시인의 흐느끼는 소리 ─ 오 아시아의 비극의 밤은 길기도 함이여. 그리고 아주 가까이 아주아주 가깝게 들리는 소리. 아구구아구구아구구구아구구구구. 비명. 아구구아구구구아구구구구구. 빗소리와 범벅으로 어우러져 들려오는 그 많은 소리들 가운데서 제일 가깝게 들려오는 이 소리는 그의 목구멍 속에서 나오는 소리였다.

2

— 여러분 안녕하십니까? 여기는 조선총독부지하부가
보내드리는 유령해적방송인 총독의 소리입니다.
총독 각하의 노변담화爐邊談話 시간입니다.
충용한 제국 신민 여러분. 제국이 재기하여 반도에 다시 영광을 누릴 그날을 기다리면서 은인자중 맡은 바 고난의 항쟁을 이어가고 있는 모든 제국 군인과 경찰과 밀정과 낭인 여러분. 새해 첫머리에 반도에는 커다란 일이 일어났소이다. 지난 1월 21일 밤 31명의 북조선 무장특무武裝特務가 대통령 관저에서 엎어지면 코 닿을 거리까지 뚫고 들어와 남조선 군경과 부딪쳐 승강이 끝에 물리쳐졌습니다. 이로부터 이틀 뒤 이번에는 일본 해상에서 귀축미국의 함정 '푸에블로'가 북조선 해군에게 붙잡혀 해당화 피는 명사십리의 항구 원산으로 끌려갔습니다. 60만을 자랑하는 반도인 육군과 게다가 귀축미국의 상징적 병력까지 합세하여 지키고 있는 휴전선을 31명이라는 병원兵員이 어떻게 말짱 빠져나왔으며 빠져나온 것까지는 좋다 하더라도 휴전선에서 서울 근교에 이르는 거리를 어떻게 행군할 수 있었는가. 현재, 침투했던 무장 특무는 수삼 명을 남기고 모두 사살되었다고 발표되었으나 그동안의 반도인들의 태도와 나라 안팎의 움직임은 반도에 있어서의 제국의 이권과 관련하여 매우 중요한 문제를 드러내주었습니다. 대저 반도에 대한 제국의 전통적인 정책은 이 지역에 풍족하고 자리 잡힌 국민 생활이 이루어지는 것을 막고 전란과 혁명으로 지새우게 하며 그러면서도 제삼국의 손아귀에 안전히 들어가게는 놓아두지 않음으로써 반도로 하여금 사는 것도 아니거니와 그렇다고 죽는 것도 아닌 반생반사半生半死의 지경에 머무르게 하여 제국의 번영을 위한 울타리로 삼는 것이었습니다. 그런 탓으로 반도에서 싸움이 멎은 지난 10년은, 이 노병老兵에게 있어서는 참으로 괴롭고 어두운 시기였습니다. 좁사와 두어르무르는. 비록 남과 북이 맞서고 있을망정 평화가 오래 끌면 각기 나름대로 살림의 실實을 거두게 될 위험이 있기 때문입니다. 굴러가는 돌에 이끼는 끼지 않는 법이며 싸움 즐기는 개, 상처 아물 날이 없는 법입니다. 반도의 평화가 이어감으로 해서 살림에 윤기의 이끼가 끼고 멍든 마음의 다친 자리가 가시는 것을 이 사람은 눈뜨고는 못 보는 것이외다. 이러한 처지에 이번 공산당 무장 특무가 들이닥친 일과 미 군함이 잡힌 사건은 본인의 묵은 체증을 쑤욱 내려가게 했습니다. 됐습니다. 그러면 그렇겠습니다. 안 이렇고 될 말입니까. 이독제독以毒制毒, 이독저독 해도 꿀독이 제일이더라고 반도인으로 하여금 반도인을 고달프게 만드는 것이 가장 좋은 방책임에 틀림없습니다. 이번 사건으로 말미암아 반도인들은 그들의 처지를 몸서리치도록 알아보았습니다. 그들은 바늘방석에 앉아 있다는 것을. 죽음의 검은 그림자는 반도의 산하에서 걷히지 않았다는 것을. 작년에 왔던 각설이는 금년에도 또 온다는 것을. 이런 사실들을 이들은 알아야 했던 것입니다. 이것은 반도인들이 앞으로도 군비軍備의 짐에서 헤어나지 못하리라는 것을 뜻합니다. 암마. 그들이 기르고 있는 엄청난 병력이야말로 반도인들의 발에 매달아놓은 쇠사슬입니다. 그들은 빈곤의 늪에서 쇠사슬에 묶여 철거덩 철버덕 허우적거리고 있습니다. 어느 쪽도 군비를 낮출 수 없을 것이외다. 더욱더 증강해야 될 것이외다. 아무리 벌어도 소용없을 것이외다. 대저 군식구가 많고서는 집안이 일어날 수 없는 법. 손마다 일손이라도 모르겠는데 허구한 날 쌀 한 톨 짓지 않는 방대한 군사력을 안고서 무슨 '경제 건설'인가요. 지난날을 돌이켜보십시오. 그들이 제국의 품 안에 있었을 때 제국은 국방의 전부를 도맡아주어 반도인들이 상해의 테러단들과 적색 무장 비적들의 위협으로부터 안전하게 생업에 당할 수 있게 해주었던 것입니다. 이 엄청난 군사력을 가지고 그들은 대체 무엇을 하고 있는 것입니까. 만주의 고토故土를 되찾으려는 것입니까. 아니면 일본을 치려는 것입니까. 아닙니다. 그들은 서로가 서로를 움직이지 못하게 하기 위하여 이 엄청난 병력을 가져야 하는 것입니다. 국경 경비대치고는 굉장히 호사스런 숫잡니다. 그 국경이라는 것이 제 나라 한복판에 있으니 잘된 일이지요. 생각해 보십시오. 우리가 다스리던 시절에는 부산에서 특급을 타면 올리다지로 하얼빈까지 가서 러시아 갈보년들과 땀깨나 흘릴 수 있었습니다. 그만해야 사람 사는 맛이요 돈만 내면 반도인이라고 표 안 팔지는 않았습지요. 지금 반도인들은 제 땅도 그나마 반쪽씩 갈라붙은 속에서 무슨 놈의 홍부 집안인지 아이들만 늘어서 콩나물시루 속입니다. 종족의 온 힘을 들여서 불모의 '경비 임무'에 임하고 있는 것 ― 이것이 반도의 오늘의 기본 골격입니다. 하기야, 한편으로 밖의 적을 막고 한편으로 안으로 삶을 이어나간다는 모양은 인간이 이 지구상에 나타난 이래로 취하고 있는 삶의 형식임에는 틀림이 없습니다. 그러나 일에는 경중이 있고 과부족이 있어서 정도의 문젭니다. 국방이 국민 생활에서 차지하는 현실적 비중과 심리적 비중이 너무 크면 그 국민은 보다 나은 삶을 위해 쓸 힘의 나머지가 없어집니다. 강대했던 역사상의 제국들은 그들의 방대한 군비를 결코 혼자 꾸리지는 않았던 것입니다. 그들의 다스림 아래 있는 민족들로부터 뽑은 민족군이 그들 제국의 부대 안에서 중한 몫을 차지했으며 그들의 병정은 혼성 부대였던 것입니다. 그렇게 함으로써 그들은 스스로의 온 힘을 국방에 써버리는 길을 막았습니다. 반도의 형편은 물론 그럴 처지가 아닙니다. 그들은 모두를 제 힘으로 하여야 하며 그렇게 하면 옴치고 뛸 수 없게 될 것입니다. 반도의 남북에 있는 백성들은 그 어느 편을 물을 것 없이 삶의 원시적인 멍에에 눌려서 그 이상의 일을 할 수가 없게 될 것입니다. 이번 사태에서 본국의 신문이 취한 태도에 대해서 여기서는 말썽이 콩 볶듯합니다. 이 사람은 물론 본국 신문의 태도를 가상할 만한 것으로 알며 흡족한 일로 여깁니다. 말할 것도 없이 그렇게 했어야 옳았습니다. 제국으로서는 반도의 남과 북을 일시동인─視同仁하는 길을 가는 것을 으뜸으로 삼습니다. 남이 승하면 북을 두둔하고 북이 승하면 남을 두둔하여 어느 한쪽이 쑥 솟아서 반도가 통일되는 일이 없게 하는 것이 근본이기 때문입니다. 반도인은 늙은 종족입니다. 그들은 그들이 옛날에 차지했던 땅을 잃어버리고 점차 좁은 삶의 테두리로 밀려와서 지금의 자리에 못 박히면서부터 그 종족의 기력이 폭삭 사그라진 것입니다. 이것이 좋은 일입니다. 임진년에 시작된 저 싸움에서 '가등청정加藤淸正'은 두 가지 액막이를 한 점에서 높이 칭찬받아야 합니다. 그는 반도의 산악에 당시에만 해도 상당한 수로 살던 호랑이를 많이 잡았습니다. 알다시피 호랑이는 반도인들이 영물靈物로 받드는 짐승이올시다. 그 기상과 체력을 사랑한 것입니다. 맹호출림도猛虎出林圖는 서양미술의 예수 수난상만큼이나 굄 받는 그림 제목의 하나로 되어 있습니다. 그것은 반도인들의 늙은 속마음의 수풀 속 깊이 꿈틀거리는 원시적 욕망의 예술적 상징인 것입니다. 고린내 나는 발바닥을 쓸면서 이런 그림을 맛보고 즐긴 조선조 샌님들의 겉보기에 오종종한 정신 속에도 깊이 숨어 살아 있던 부적인 것입니다. 가등청정은 이 부적符籍을 닥치는 대로 사냥했던 것입니다. 인도에 가서 코끼리를 잡은 것이나 마찬가집니다. 그렇게 함으로써 그는 반도인들의 정기精氣를 상징적으로 주살呪殺한 것입니다. 또 다른 한 가지는 그는 반도의 땅 생김새를 살펴 명산대천의 맥을 찾아서 산줄기에 말뚝을 박는다든가 명당자리에 세운 건조물에 흠집을 입혀서 산천을 상징적으로 주살하였습니다. 반도에 전하는 설에 의하면 명산에서 장수가 나와 세상을 구한다고 하는데 이것을 막은 것입니다. 그는 명장이었던 것입니다. 이것은 귀축영국의 전통적인 유럽 정책과도 들어맞는 것이며 인도를 다스린 방식과도 한 본입니다. 제정신으로 사는 종족으로서는 당연 이상의 당연지사올시다. 양두양육羊頭羊肉해서 돈 모았다는 소리 들었습니까. 한말韓末에 우리는 반도의 맥을 또 한 번 끊어놓는 데 성공했습니다. 알다시피 종족의 목숨이란 불가사리 같은 것이어서 한번 맥을 끊었다고 그걸로 끊어지지는 않습니다. 세월이 지나면 상처는 아물고 새살이 돋아나고 정력은 쌓여 다시 꿈틀거리기 시작합니다. 서양의 귀축들이 동으로 밀려 나와서 개국開國을 강다짐한 시기를 당한 쪽인 여기서는 개화開化라고 부릅니다만, 이 개화기가 어디서나 그러했겠지만 반도인들의 경우에도 좋은 새 출발의 때였던 것입니다. 만일 이때에 반도가 정치적 독립을 지키고 개화의 여러 가지 이점을 마음대로 받아들였다면 매우 억울한 일이 생겼을 것입니다. 반도인은 오랫동안 중앙 집권적인 고도의 문관文官 정부에 의해 다스려진 세월을 가지고 있고 그들의 머리는 퇴계나 율곡이 보여주듯이 높은 사변력을 가지고 있습니다. 이 사고력이 저 불모不毛한 땅인 한문漢文에서만 씌어졌을 뿐이므로 거기서는 쌀 한 톨, 파리 한 마리 생겨나지 않았으나 그 뛰어난 사고력을 물질계에 돌리는 날에는 이 역시 눈뜨고 못 볼 일이 아니 일어나리라고 누가 장담할 수 있었겠습니까. 제국은 이 같은 안 된 일을 참을 수 없었으므로 반도를 합쳐버린 것입니다. 물론 그때 러시아의 남하를 원치 않고 그렇다고 대국 중국의 부강을 바라지 않는 귀축미영의 속셈과 제국의 이해가 공교롭게 맞아떨어진 것은 천우신조랄 밖에 없는 일이었습니다. 국민적 줏대를 잃은 반도의 '개화'는 제국이 이같이 마침하게 손쓴 탓으로 환골탈태換骨脫胎된 '개화'가 되었던 것입니다. 그것은 무국적의 기술 개념으로 추상화되고 정치적 독립과 무관한 것으로 알기에 이른 것입니다. 제국이 이 세기의 전반기에 반도를 차지한 시기는 반도에 대해서는 금싸라기 같은 시기였습니다. 그것은 유럽이 치른 르네상스와, 산업혁명과, 민족주의와, 실증과학의 시기와, 그리고 20세기, 이렇게 중요한 변화가 있었던 몇 세기를 한 몫으로 치르지 않으면 안 될 시기였습니다. 만일 인간 세상에 있어서의 이 같은 혁명적인 변화들이 종족 집단의 정치적 이해라는 현실적 구심점을 가지지 못하고 순수 관념의 체계로 각기 받아들여질 때는, 그곳에 벌어지는 모습은 걷잡을 수 없는 뒤죽박죽뿐이며 그 집단은 집단으로서의 갈

피를 잃어버리고 마는 것입니다. 대체로 20세기의 지난 부분에서의 반도인들의 마음의 찬장 속은 그와 같은 모습이었다고 할 수 있습니다. 이런 까닭에 제국이 싸움에 져서 반도가 벗어난 일은 중대한 위기였으나 다행히 분할과 전쟁으로 반도인들은 설쳤던 개화를 다시 해볼 수 있는 처지를 잃어버렸던 것입니다만 휴전이 이루어져 다시 그러한 때가 찾아왔던 것입니다. 반도의 하늘 아래 영일寧日 없기를 바라는 이 사람으로서는 잠을 이룰 수 없는 일입니다. 좁사와 두어르무륵는. 그러나 지금 본인은 매우 흐뭇합니다. 이번 일은 반도의 하늘에 덮인 전운戰雲의 짙음과 그 아래 있는 삶의 부평초 같은 덧없음을 다시 한 번 새겨 주었기 때문입니다. 정초에 벌써 이번 일을 조짐하는 사건이 있기는 하였습니다. 임진전란에 장하게 싸운 반도의 수군제독 이순신의 난중일기가 도적맞은 일이 그것입니다. 반도인들이 철 있는 자들이었다면 이 일에서 깊은 뜻을 읽었어야 했을 것입니다. 이순신은 죽어서도 불초不肖의 동족들의 안위를 걱정하여 스스로의 마음을 적은 유품을 도적의 손에 맡겨 보임으로써 무엇인가 알리고자 한 것입니다. 바로 칠생보국七生報國이며 가위 충신입니다. 그의 충정에 적일망정 한 가닥 측은한 동정을 보냄에 본인은 인색치 않으려 합니다. 그러나 살아서 그를 몰라본 동족이 죽은 그를 알아보겠습니까. 하기야, 이 일기가 잃어졌을 때 반도인들이 보인 관심은 어지간한 것이었습니다. 그러나 이순신의 뜻이 어찌 흰 종이에 검은 자국을 찍은 종이 뭉치에 있었겠습니까. 마음을 잃지 말라 함이었을 것입니다. 이 같은 현

정세로 미루어 반도에서는 차후 다음과 같은 형국이 이루어질 것이 내다보입니다. 이번엔 사로잡힌 한 명의 공산 특무의 여러 언동을 보건대 북조선 공산당이 어떤 사회 형태와 인간형을 만들어내고 있는가를 알 수 있었습니다. 그들은 제국 신민답게 천황제 국가적 사회 형태와 권위 신봉적 인간형을 공산주의라는 이름 아래 온존하고 있음이 분명합니다. 거기에 제국이 전쟁 기간 동안 폈던 국가 총동원 체제까지 곁들여 김일성 천황을 우으로 일사불란한 군국 체제를 지키고 있는 것이 분명합니다. 그가 이런 권위를 참칭함은 대역大逆하고 불경不敬한 신성모독이며 마땅히 그 죄를 물을 것이나 지금은 그 시기가 아닙니다. 현 정세하에서 제국이 반도를 손수 다스리지 못하는 바에 그를 교조주의적으로 나무람은 피스럽지 못하며 그가 간접적으로 제국을 대신하여 제국의 이익에 기여하는 점을 알아주어야 옳을 것입니다. 비록 그 자신이 신자臣子로서 만승萬乘을 참칭함은 가증하되, 그렇게 함으로써 반도의 북반부에 제국의 근본적 통치 구조의 틀을 온존하고 있는 공은 아니랄 수 없는 것입니다. 그는 아황조皇祖의 건국 신화를 본떠 그가 삼수갑산 주재소를 쳤다는 시절의 제종신기諸種神器를 모시는 사당을 곳곳에 세우고 이에 참배시키며 대정익찬회大政翼贊會를 본받은 정당 운영과 문인보국대文人報國隊 정신을 이어받은 예술 조작과 신풍특공대神風特攻隊의 전술 개념에 선 전쟁 태세를 갖추고 있다 하니 이 아니 충실한 제국의 신민이며 폐하의 적자赤子입니까. 게다가 입에서 단내 나는 절약 운동의 전통까지 지키고 있음이 분명합니다. 이번에 투입된 무장 특무가 지니고 온 식량의 품목을 보고 본인은 일말의 애수와 한 가닥 눈물을 금할 수 없었습니다. 오징어, 엿, 미숫가루. 아으 경애하는 '수령'이여. 아직도 이것인가. 다롱디리. 이 고향 냄새 물씬한 음식. 이것이 그대의 자주 노선이었구나 하는 강개慷慨가 있었던 것입니다. 본인은 이 식량들의 영양가를 의심하는 것이 아닙니다. 문제는 그것들의 형국에 있습니다. 그 전혀 가공加工되지 않은 원시적 형태는 너무나 많은 것을 말해줍니다. 본인은 진보를 믿지 않고 인생의 영원한 모순과 인간 상호간의 상극을 인정하는 터이므로 이 같은 삶의 실상實相은 어찌할 수 없다 치더라도 같은 값이면 다홍치마, 심미적審美的 닦임은 있었어야 이 삶이 견딜 만한 것이 아니겠는가 마, 이렇게 사료하는 것이올시다. 그런데, 오징어, 엿, 미숫가루. 무연憮然한 바 있어 하늘을 우러러 탄식한 것이올시다. 죽음의 길로 보내는 병정들에게는 마지막 호사를 시키는 법입니다. 이 식량들을 지니고 이 강산의 산맥의 얼어붙은 밤등성이를 인간 적토마처럼 뛰어온 31명의 적자赤子들. 귀축미영과 적마赤魔, 호적胡賊이 밉지 이 모두 폐하의 유민遺民이 아니겠습니까. 본국에 있는 사람들과는 이 점에서만은 구렁에 눌려 있는 본인과의 사이에 아리송한 다름이 있을 줄 압니다. 정에는 약한 성미여서 딴 얘기가 됐습니다만, 아무튼 제국이 패전시까지 지키고 있었던 사회 형태가 물심 양면으로 온존되고 있다는 것을 강조하려 한 것입니다. 다만 이 점과 관련하여 인정론만은 아닌 걱정을 말해보자면, 백만 적위대라 하여 민생을 고달픈 지경에 묶어두는 것은 옳은 일이나 민중에게 무기를 준다는 것은 까딱하면 위험천만한 일이 될 수도 있기 때문입니다. 즌 데롤 드디올세루. 총알이 사람 가리지 않습니다. 짓눌린 민중이 총부리를 에라 하고 돌리는 날에는 혁명이 성공할 가능성이 있습니다. 귀축미영의 제정祭政 형식인 민주주의가 말도 많으면서도 그렁저렁 버티는 것은 민중의 무력 혁명의 피바다 속에서 헤치고 나온 요물이기 때문에 그 탄생의 위력과 매력이 아직도 노기老妓의 잔향殘香처럼 늙은 오입쟁이들뿐 아니라 풋내기 선머슴들도 뒤숭숭하게 만드는 것입니다. 그렇게 해서 반도의 북쪽에 민중 혁명으로 민주 정권이 서는 날에는 제국으로서는 매우 난처한 입장이 될 것입니다. 선하면 아니 올세라. 이 점에 대한 과부족 없는 보살핌은 하고 있는지 그 점만이 근심일 따름입니다. 그것을 소홀히 하면 귀축들의 불온사상인 민주주의가 이 땅에 발붙이는 형세가 일어나기 때문입니다. 귀축들의 민주주의는 식민지의 등을 타고 앉은 배부른 노름이었으니 자랑도 아무것도 아닌 땅 짚고 헤엄치는 재주였습니다만 반도와 같이 식민지를 가지려야 가질 수 없는 입장에서의 민주주의라는 것은 그야말로 에누리 없는 것으로서 미친 놈 호랑이 잡을까 걱정입니다. 이 점을 충분히 고려에 넣기만 한다면 북반부에서의 사태 진전은 제국으로서는 마음 놓아도 좋으리라 여겨집니다. 요점은 너무 죽이지도 너무 살리지도 말 것 — 백성의 힘의 태반을 국방에 소모시킬 것. 비상 태세의 이름 아래 천황제적 피라미드를 유지하고 비판이네, 자유네, 인권이네, 진보네 하는 권력에 대하여 재수 없는 풍습이 숨쉬지 못하게 내리누르고 죽어 지내는 노예 근성이 더욱 몸에 배게 지키고 있다가 그대로의 상태로 언젠가 그날 본인에게 고스란히 넘겨줄 것. 가시난닷 도셔 오쇼셔. 이것입니다. 한편 반도의 남쪽에서도 불만한 좋은 일이 일어날 것입니다. 현재까지 남쪽은 휴전 이후에 좀 철없이 굴고 있었습니다. 민주주의가 정말 약속된 줄 알고 4·19 같은 일을 일으킨다든가 작년 선거에서 사기가 있었다고 해서 언제부터 민주주의 아니면 그렇게 죽고 못 살았는지 생야단에 삼대독자나 몸져 누운 것처럼 떠들썩하던 판에 냉수를 끼얹은 효과를 낸 것입니다. 경제성장에, 민주주의 발달에, 소득 균형에, 구매력 증대에, 완전 고용에, 국학 창달에, 문예 부흥에, 종교 개혁에 하고 유럽 근세사에 나오는 반반한 이름은 다 들고 나와서 서둘러댔습니다. 이런 일이 말대로 술술 이루어진다면 이것 또한 큰일입니다. 그러나 그렇게 될 리가 없습니다. 구매욕에 자극될 대로 자극된 국민은 저소득과 실업으로 욕구 불만에 가득 차 있습니다. 외설 문학의 범람과 탐독으로 성욕은 이상 발달했는데 장가는 고사하고 한 달에 한 번 거리의 꽃을 살 돈도 마련할 길 없는 청년과 같습니다. 문학과 아울러 대중가요에 있어서의 일본풍의 휩씀은 눈부신 바 있습니다. 이 가요들의 가사는 대체로, '해서는 안 될 사랑'이 거의 태반으로 대중의 욕구 불만이 치정痴情 세계에서의 성욕과 터부의 갈등이라는 자리로 옮겨져서 카타르시스되고 있습니다. 1년 내 발정發情만 하고 있는 미친개도 아니겠고 모두가 불륜의 사랑에만 우는 신세도 아니겠는데 이 같은 노래들이 휩쓰는 것은 아마 반도인들이 백백교 같은 유사 종교에 마음을 기대던 지난 날의 심정이나 같은 것이라고 생각됩니다. 더욱 중요한 것은 그들이 일본풍의 선율과 음계에 익숙해짐으로써 가장 근본적인 뜻에서 정서적으로 내지와의 유대를 계속 지키고 있다는 일입니다. 음악이란 장르는 번역 불가능한 것으로 문학의 경우처럼 본질과 풍속의 분리가 안 되는 것입니다. 그러므로 반도인의 정서가 일본 선율이라는 벡터Vector로 길들여지고 있다는 것은 제국의 문화 정책의 일대 승리를 뜻하는 것으로 흡족한 마음 이루 다할 수 없습니다. 또렷한 종족 감각이 시퍼렇게 살아 있는 땅에서 외국 선율이 판을 치는 법은 없는 것입니다. 삶의 기쁨과 슬픔을 노래하는 틀이 외국제라는 것은 그들이 자기 삶을 살지 못하고 있다는 증거입니다. 이와 마찬가지로 그들의 경제적인 선율도 모두 외국제이며 삶의 모든 자리에서 그들은 남의 노래를 부르고 있습니다. 아무튼 노래는 노래니 그나마 다행인 것이 지금까지의 정세였고 본인이 철이 없다고 평한 것은 이 점이었던 것이올시다. 지금 이후로는 그러나 '노래 부르는 형태를 취하는 것'조차 어려울 것입니다. 노동과 삶의 괴로움을 누그러뜨리는 그만한 여유도 가지는 것이 허락되지 않을 공산이 큽니다. 가무음곡歌舞音曲에 대한 전시 태세의 확립이 요청될 것이외다. 모든 욕망이 방공防共의 이름으로 자숙을 요청당할 것이외다. 제국의 북방 정책의 원칙인 방공 이념이 이처럼 창달될 것임을 생각하면 마음 든든한 마음 가눌 길 없습니다. 이것은 일석이조의 이득을 제국에 가져오게 마련입니다. 우유부단한 귀축미영식 제정 구조인 민주주의가 후퇴되고 제국의 전통적 외교 이념인 방공이 전면으로 솟아올라서 반도인들의 환상적 유럽 추종의 꿈을 산산조각 낼 것이기 때문입니다. 이것은 반도의 남쪽이 줄곧 더욱더 무거운 군비를 가져야 한다는 것을 뜻합니다. 반도인들은 군사적 멍에의 짓누름 아래서 허덕일 것입니다. 불모의 싸움에 대비하기 위한 불모의 정력, 이것이 그들의 팔자입니다. 팔자 도망을 합니까요. 제국은 그래서 이득을 얻게 될 것입니다. 이번에 투입된 '무장 특무'들은 내지 제품의 농구화를 신고 있었다고 발표되었습니다. 이것입니다. 일제 농구화를 북의 무장 특무에게 신겨서 남쪽을 짓밟게 하는 것 — 이것이 요체입니다. 제국은 꾸준히 이 정책을 번갈아가며 추구해야 할 것입니다. 그 까닭은 누누이 설명했듯이 반도의 남과 북이 방공과 천황제天皇制를 각각 계승 발전시키고 있기 때문에 그 어느 쪽도 쓰다듬어 길러야 하기 때문입니다. 반도를 이데올로기적 극단화의 극한적 대립의 형태로 양극화하여 대립 갈등케 하여 피로곤비疲勞困憊케 하고 제국은 자유스러운 입장에서 이쪽저쪽 손보아주면서 실속을 차리는 것만이 반도에 영원한 이해 관계를 가지는 제국의 움직일 수 없는 정책이기 때문에 이번 일에 대한 본국 신문들의 태도는 나무랄 데 없는 것이었으며 현지의 총독은 지극히 만족한 뜻을 전하는 바입니다.

독일이 분할되어 있으며, 팔레스타인이 분할되어 있으며, 인도가 분할돼 있으며, 프랑스령 인도차이나가 분할돼 있으며, 중국이 분할돼 있으며, 조선반도가 분할돼 있습니다. 이 분할들은 모두 귀축미영과 적마赤魔 러시아가 못질해놓은 세계 지배의 손잡이들입니다. 제국만이 여기서 벗어났습니다. 그러나 지금도 고마워할 까닭은 없소이다. 우리는 값을 치렀던 것이외다. 광도와 장기의 하늘 밑에서 우리는 악마의 불을 치렀습니다. 이야말로 귀축의 만행이었습니다. 아국은 이미 힘이 다하고 판국은 명약관화했음에도 그들은 아 측의 강화 제의를 차버리고 천인공노할 과잉 공격을 가했던 것입니다. 아녀자, 노유, 비전투원도 섞여 있는 도시에 대해서 아무 귀띔 없이 그들은 비인도적 무기를 썼던 것입니다. 우리는 그 대가로 분할 점령을 면했던 것입니다. 이 쓰라린 희생에서 얻어진 조건에서 가능한 한 최대한의 이득을 얻어야 할 것입니다. 그것은 귀축미영과 적마 러시아의 세계 정책의 어느 쪽도 이루어지는 것을 방해하면서 동시에 어느 쪽으로부터라도 청부를 받아서 실리를 택하는 길입니다. 이것만이 지난 성전聖戰에서 산화散華한 군민 영령英靈에 대한 보답이며 권토중래를 위한 포석布石이 될 것입니다. 아시아의 태반의 나라들이 아직도 국민적 통일을 이루지 못하고 내란과 혁명의 엇바뀜 속에 영일寧日이 없는 그만큼 제국의 번영은 약속될 것입니다. 그와 같은 괴로움의 길을 거쳐서 그들은 제국의 대동아공영권大東亞共榮圈의 꿈과 제국이 국운을 걸고 무참히 패한 성전의 뜻이 어디 있었던가를 알게 될 것입니다. 그리고 그들의 오늘의 고통은 제국에 대한 그들의 비협조, 의심이 빚은 것이며 귀축미영의 간계와 적마 러시아의 감언에 속은 그들 스스로의 어리석음 때문임을 알 것입니다. 하늘이 당시에 제국에게 때를 주지 않고 그들에게 명明을 주지 않았으니 어찌할 수 없는 일입니다. 그러나 살고자 하는 종족, 모욕을 잊지 않는 종족, 꿋꿋한 용기를 가진 종족, 노예 되기를 원치 않는 종족에게는 역사의 지평선은 항상 열려 있고 기회의 태양은 사시 빛나고 있는 법입니다. 종전의 그날에 제국이 어찌 오늘의 이 평안을 꿈꿀 수 있었겠습니까. 그러나 역사는 공평하고 어김이 없습니다. 역사는 모든 국민에게 그 국민의 인간적 고매高邁함에 정확히 비례하는 만큼의 삶을 줍니다. 더도 덜도 아닙니다. 어김없이 그만한 보상을 주는 것입니다. 미국 군함 '푸에블로'의 나포에 관련한 귀축미국의 태도 때문에 반도인들은 구 우유부단과 격화 소양과 뜻뜻미지근한 번문치레와 눈 가리고 아웅하는 야속함에 넌더리를 치고 있습니다. 그러나 귀축들이 하는 일을 그렇게 겉핥기로만 보아서는 안 될 것입니다. 이것은 아마도 반도의 북쪽에 있는 공산당에 대한 유화 정책이 아니라 남쪽의 반도인들에 대한 심리전인 것으로 사료됩니다. 그렇게 반도인들의 감정을 달뜨게 격앙시켜 반도인들의 입으로 군비 증강을 외치게 해서 스스로의 부담을 감소시키자는 것, 자유와 소득의 증대를 바라는 반도인들에게 찬물을 끼얹는 것, 군국軍國 체제로의 개편을 종용하는 것, 일반적으로 반도의 남쪽 주민들이 고지식하게 귀축미영형 시민 사회로 조속히 옮겨가려는 욕구가 분에 넘치는 일이라는 것, 현재로서의 내지를 제외하고는 아시아의 어느 지역에서나 그와 같은 욕구는 승낙할 여유가 미국에는 없다는 것을 알려줄 심산인 것으로 보입니다.

지난 성전에서 그들의 오열五列과 첩보전諜報戰 때문에 그들의 전의戰意를 오판하여 대전에 말려든 바 있는 제국의 쓰라린 경험에 비추어 만사를 곧이들을 수가 없는 것입니다. 이 같은 정세하에서 제국이 취할 이득은 반드시 어떤 모양으로든 돌아올 것이며 그날이 오기까지 은인자중 동포의 꿈이 묻힌 반도의 산하를 유령처럼 순찰하고 관망하며 정보를 수집하며 불령선인을 기록해두는 일, 이것이 우리들의 영광스런 사명입니다. 반도에 그날이 오기까지 충용한 나의 장병과 유지 여러분과 낭인 여러분. 자중자애하고 권토중래를 신념하십시오. 반도는 갈 데 없는 제국의 꿈, 제국의 비밀입니다. 무엇과도 바꿀 수 없고, 무엇과도 비길 수 없는 영원한 사랑입니다. 어디로 갈 것입니까. 못 갑니다. 못 가게 해야 합니다. 위대한 선인들의 노력으로 제국의 꿈의 판도 속에 들어온 이 땅. 삼한, 임진, 일청, 일로 이래 충용무쌍한 장병의 기도와 꿈이, 그리고 숱한 비밀이 얽힌 이 땅. 오늘도 조선신궁朝鮮神宮의 성역性域에서 반도인 갈보년들의 가난한 성액은 흐르고 아아, 돌흥 높이곰 도두샤 남산을 타고 넘는 구름이여 모란봉牧丹峰 하늘까지 흘러가서 굽이치는 대동강물에 노병老兵의 인사를 전해다오 머리곰 비치오시눌. 나의 장병이여 자중하라. 자애하라. 제국의 반도 만세.

　　　　　　　　　　　　　—총독 각하의 노변담화였습니다.
　　　　　　　　　　　　　여기는 총독의 소리입니다.

방송은 여기서 뚝 그쳤다. 시인은 어둠을 내다보았다. 그리고 창틀을 꽉 움켜잡으며 귀를 기울였다. 그 소리는 더는 들리지 않았다. 넝마를 입었으면서 의젓해 보이려고 안간힘하는 자기를 사랑하면서 거기에 엿보이는 허영을 부끄러워한다는 데 무슨 구원이 있는가고 물을 만한 힘을 가지고 있는 것을 저주하면서 진창에 떨어진 백조라고 자신을 꾸미고 싶어 하는 마음에 매일 날에 날마다 깊은 밤 피 흐르는 매질을 가하면서 방대한 헛소문이 엉킨 전선電線들의 잡음처럼 뜻 없는 푸른 불꽃을 튀기는 속에서 갈피 있는 통신을 가려내기 위해서 원시의 옛날의 울울한 숲에서 먼 천둥소리를 가려듣던 원시인의 귀보다 더욱 가난한 초라한 장치를 조작하면서 이 세상의 악의와 선의의 목소리를 알아들으려는 나를 죽이려는 움직임과 나에게 따뜻한 지평선을 가리키는 손길 끝의 무지개를 알아보려는 마음으로 영광이 없는 시대에 영광을 가지려는 발버둥이 나 혼자만의 힘으로 될 수는 없는 일이라고 해서 그것을 팽개쳐버리는 것은 용사의 길이 아니라는 것을 안다고 해서 그것이 문제에 무슨 도움이 될 것인가고 쓰디쓰게 웃는 자기를 매번 죽여가면서 자기에게 용기가 없다는 것이 이 세상에 정의가 존재하지 않는다는 증명은 될 수 없다는 생각을 인색함이 없이 받아들이려는 머릿속의 용기는 주장하면서 한 여자를 사랑하고 싶은 젊은 생명과 인간답게 살았다는 회상의 명예 사이에 가로놓인 수많은 강과 골짜기와 이끼 낀 늪과 독을 품은 뱀과 이빨과 밥통만을 위해 사는 커다란 짐승들의 딱 벌린 입속에서 흐르는 침을 바라보면서 그것들을 넘어서고 때려눕힐 힘과 지혜가 모자람에 절망하여 가

슴에서 피를 쏟으면서 쏟은 피의 번진 자국에서 집시의 여자가
구슬 들여다보듯 무당이 죽은 아이의 손목에 귀를 기울이듯 계
시를 찾아내려 애쓰면서 끊어진 다리를 이어놓기 위하여 돌을
나르며 역사가 부숴놓은 마을을 말의 힘으로 불러내는 연금술
을 발견하기 위하여 거짓 마술사들이 슬픈 밤의 외로움을 달래
기 위하여 함부로 적어놓은 미친 연구 기록과 악귀와 적들이 우
리를 호리기 위하여 우리들이 가는 길목과 생각의 갈피에 짐짓
떨어뜨려놓은 독이 든 먹이를 가려보기 위하여 굶주린 창자에
게 염치를 가르쳐가면서 비 오는 날에 옷을 적시지 않으려는 사
람처럼 슬픈 안간힘에 지치면서 사막에서 오는 빛과 벌판에서
오는 바람을 바라보면서 그것들이 담고 온 세균과 냄새를 맡아
가면서 언제 올는지 알 수 없는 것이 안타까운 것이 아니라 어
떻게 하면 올 수 있게 할 수 있는지를 몰라서 그것을 알려면 어
느 날 아침에 일어나는 길로 꿇어앉아 기도문을 모르는 기도를
드려야 하는지를 알고 싶어서 가난한 돈으로 지탱하는 잠을 쪼
개서 엄청나고 부끄러운 이데아의 꿈을 꾸면서 소스라쳐 깨면
서 기억할 수 없는 꿈의 내용이 안타까워 끝내 밤을 밝힌 새벽
에 대도시의 큰길을 자신 있게 지나가는 차량들의 소리에 절망
하고 언제나와 다름없는 시간에 언제나 그 자리에 그렇게 있을
레일 위를 달려가는 새벽 기차의 기적 소리를 들으면서 사랑하
고 싶지도 않은 사람들과 한 차에 탄 사람처럼 삭막한 생각에
구름까지 솟은 탑이 무너지는 것을 보면서 그러나 사랑한다는
말이 지닌 뜻을 지폐처럼 의심하지 말아야 할 아무 까닭도 없다

고 다시 기운을 북돋우면서 관념을 부수고 깨뜨려서 맑은 피가 번지는 목숨의 파닥임의 그 끝에까지 이르려는 장한 마음에 살고 싶어 누가 무어라 해도 이 세상에 태어난 것이 태어나지 않은 것보다는 낫다는 생각을 믿고 나갈 생각으로 어떤 일이 있어도 바보가 되지 않겠다는 생각으로 비록 바보라 할지라도 바보인 것을 분명히 알면 그저 바보인 것보다는 왜 나은가를 알기만 한다면 속도 풀리려니와 혹시 더 좋은 세상에서는 덜 바보로 살수도 있는 일이 아닐까 하는 반드시 치사하다고만은 할 수 없는 바람으로 멀리 사라지는 기적 소리에 밑천이 안 들었다고 반드시 값 없는 것이라고만은 할 수 없는 용서를 보내면서 그 모든 엇갈림과 망설임과 갈피 없음 속에서 스스로 갈기갈기 해부해놓은 청각 기관을 한사코 긁어 세워서 부서진 청진기로 천리밖에 있는 함정을 알아보려는 사람처럼 귀를 곤두세운 —— 시인은, 어두운 지붕 밑에서 아버지가 딸에게 매음을 권고하며 허물어진 하수도 속을 죽은 쥐가 낳은 쥐의 태아가 흘러가는 고달픈 잠 속에서 내일 속일 남자의 꿈을 꾸며 무엇이 무엇인지 알수 없기 때문에 무엇이 무엇인지 더욱 알 수 없을 수밖에 없는 삶에 지쳐서 다만 나이가 어리기 때문에 진리를 배우기 위하여 아침마다 학교로 가는 아이들과 지금 장만한 자리와 돈을 그대로 유지하기 위하여 내일도 모레도 거짓말을 하고 사람을 죽이지 않을 수 없는 사람들이 거짓말에 취해서 제라서 시큰둥하게 서슬이 푸르지 않을 수 없는 삶을 오늘도 내일도 이어가야 하는 먼 나라에서 알 수 없는 전화와 전보와 편지들이 시계가 똑딱거리는 한 순간마다 쉴 새 없이 날아들어 와서 풍문의 시장을 이루면 그 속에 번개같이 달려들어 하다못해 기저귀감 하나라도 잡아 들어야 그것을 돈과 바꿀 수 있는 사람들이 고향을 잊어버리고 고향을 잊어버렸다는 넋두리도 지쳐버린 장타령꾼처럼 고단한 잠 속에서 첫사랑의 배신한 여자의 악몽에 소스라쳐 깨는 밀어닥치는 바람에 몸을 사릴 사이가 없기 때문에 가랑잎처럼 파삭한 몸무게에 팔자를 맡기고 먼지처럼 떠다니는 사람들의 자신 있듯이 오락가락하는 얼굴들이 아무 자신이 없을 수밖에 없다는 것을 몰라서 그러고 있는 것이 아니기 때문에 혼자만 똑똑한 체하는 자를 보면 살의를 느끼는 2천 년 전 팔레스타인의 자그마한 고장에서 광장에 모인 사람들의 가슴에서 어쩌면 뒤끓었을지도 모르는 썩은 소용돌이를 가슴마다 지었을지도 모르는 사람들이 전차를 타고 버스를 타면서 백 원 지폐에 대한 거스름을 차장이 잊어버리지 않기를 바라면서 어떤 일이 있어서도 살기는 하여야겠기에 눈을 부릅뜨고 지나가며 값만 물어보고 나가는 손님에게는 연지 바른 입술 사이로 상스러운 욕설을 퍼붓고 삼대까지 매독에 걸리라고 악담을 퍼부으면서 일류학교에 입학한 간통한 밤의 씨앗을 위해서 교복과 등록금을 속으로 궁리하며 주삿바늘로 뽑아낸 자리에 물을 탄 양주병을 들고 누구를 쫓아내고 이놈을 써달라는 부탁을 하기 위하여 동행한 마누라의 옷매무새를 고쳐주고 신발을 탁탁 털고 긴장한 얼굴로 벨을 누르는 사람들과 사람은 자기 뒤통수를 볼 수 없다는 결론을 어떻게 하면 학문이라는 이름으로 출판사에 팔 수 있는

가를 위하여 수많은 책을 뒤지는 사람들과 남을 위하여 살기 위한 방법을 연구하기 위하여는 남을 죽여도 좋은지 어쩐지를 누구에게 물어보아야 하는지를 물어볼 사람이 어디에 살고 있는지를 물어보기 위하여 새벽이 오기를 바라는 사람들과 만화를 즐기는 아이들과 동화책 속에서 다시는 오지 않을 꽃을 한 아름씩 꺾어 들고 싸움질에 지친 부모의 잠자리에 끼어드는 아이들과 살진 이국종 개들과 허영과 치레와 순정을 위하여 내일을 기다리는 꽃집의 식물들과 하룻밤에 스무 명씩 치러낸 노동 때문에 천사처럼 잠든 거리의 마돈나들과 도적질을 할 것인가 사기를 할 것인가 딸을 팔아먹을 것인가 어느 것이 양심적인가를 밤새껏 고민하는 가장과 이 크낙한 소용돌이 속에서 그들은 어떻게 돈을 버는 것인지 모든 남이 마술사처럼 보이는 오래 실직한 사람과 친구를 속이는 것을 예사롭게 알아야 살 수 있다는 귀띔을 해줄 단 한 사람의 친구가 없음을 괴로워하는 사람과 개처럼 사는 것이 정승처럼 죽는 것보다 과연 옳은지 그른지를 몰라서 아직도 족보를 붙들고 앉아 있는 양반의 후손과 형식이 중하냐 내용이 중하냐를 알지 못하여 걸작을 쓰지 못하는 것이라고 생각하고 있는 현상 소설 응모 지망생과 모든 아름다운 일은 출세할 때까지 보류하기로 작정한 시골에서 올라온 푸른 구름의 뜻을 품은 검은 청년들과 한 여자의 진실을 배반했기 때문에 시의 여신의 복수를 받아서 너절한 시밖에는 쓰지 못하게 된 시인과 자기도 감당하지 못할 너무나 좋은 말을 너무도 많이 했기 때문에 한평생을 거짓말만 하고 살아야 할 사람들과 이 세상에는 까

닭과 갈피와 앞뒤끝이 있어야 한다는 병적 공상 때문에 정신병
원의 어두운 창살 사이로 지나가는 사람들의 밝은 웃음을 수수
께끼처럼 바라봐야 할 신세가 된 사람들과 이런 모든 것을 알기
때문에 그곳으로 가야 할 사람들과 그 자신이 살고 있는—이
도시를 바라보면서 오래오래 서 있었다.

3

　　　—제국의 반도 만세. 여기는 조선총독부지하부가
　　　　　　보내드리는 총독의 소리입니다.
　　　　　총독 각하의 특별 담화를 보내드리겠습니다.
　충용한 제국 신민 여러분. 제국이 재기하여 반도에 다시 영광
을 누릴 그날을 기다리면서 은인자중 맡은 바 고난의 항쟁을 이
어가고 있는 모든 제국 군인과 경찰과 밀정과 낭인 여러분. 흘
러간 영화의 터에서 다시 밝아올 그 언젠가 기쁨의 날을 위해
청사青史만이 알아줄 싸움의 세월을 보내고 있는 총독부 예하의
모든 군관민 여러분. 오늘 본인은 제국의 번영과 나라의 체통에
크게 유익한 소식을 여러분에게 전하게 되었음을 참말 기뻐하
는 바입니다. 지난 18일 노벨상 심사위원회는 금년도 문학상 수
상자로 우리 소설가 가와바다 야스나리 씨를 결정 발표하였습
니다. 원래 문학은 경국經國의 대업으로서 그 종족의 힘을 반영
하며 거꾸로 부추겨주는 사이에 있는 것입니다. 회고컨대 아 제

국이 근세 말엽 아국 영해에 나타난 귀축미영의 군함들을 맞아 깊은 수심에 잠긴 이래 백여 년, 애오라지 한 줄기 국체보존國體保存의 대원리 아래 피나는 싸움을 이어온 지난날을 생각할 때 오늘의 이 성사盛事를 당하여 천만 가지 생각에 가슴은 그저 벅찰 뿐입니다.

패전의 그날 하늘이 무너지고 세상이 끝난 심사에 삶이 오직 욕인 양하여 한 목숨 초개같이 제국의 비운悲運에 한 가닥 분향으로 사르고 싶은 마음을 꾹 누르고, 죽은 듯이 살기로, ウチテシヤマム, 숙적의 간을 먹지 않고는 이 눈을 감지 말기로 한 결정이, 잘했지 잘했어, 역사는 살고 볼 일이라고 새삼 눈시울이 뜨거워지는 것입니다. 제국의 개화 백년은 자랑스럽고 떳떳한 것이었습니다. 귀축미영과 그 졸개들인 유럽의 침략에 대해서 오직 제국만이 온전히 독립을 유지할 수 있었고 그들의 기술을 재빨리 배워서 그들에 대항하는 무기로 삼을 수 있었던 것입니다. 이것이 제국의 자랑이며 선택받은 천우신조였습니다. 그에 머무르지 않고 제국은 귀축미영과 그 졸개들이 타고 앉은 동양 천지를 사슬에서 풀기 위하여 국운을 걸고 성전을 결행했던 것이며, 이에 이르러 제국에 대하여 한 가닥 의심을 버리지 못하고 있던 동양 각국의 독립지사들도 흔연히 제국과 협조하기에 이르렀던 것입니다. 그러나 천시를 얻지 못하고 일패도지한 제국은 잿더미 속에서 일어나 오늘날 세계가 부러워하는 부를 쌓기에 이르렀습니다. 이 모든 개화 이래의 노력은 오로지 보다 빨리 세계 경영의 길에 들어선 귀축미영과 겨루면서 국체를 보

존하고 세계 사회에서 보다 나은 자리를 얻기 위한 싸움이었습니다.

그러나 매도 먼저 맞아야 하고, 늙은 소가 콩밭을 안다는 반도의 속담과 같이 귀축미영은 세계 경영에 앞질러 나섰다는 이점을 가지고 있으며, 그 이점은 세월이 가면서 줄기는커녕 새끼를 치고 이자가 붙어서 세계의 여타 지역은 미운 대로 그들의 땅을 부쳐먹고 장리변을 얻어 쓰지 않고는 꾸려나갈 수 없는 처지에 있는 것입니다. 제국의 패전도 원 까닭을 멀리 거슬러 캐어보면 바로 여기에 닿는 것입니다. 세계 경영에 나중에야 참여한 제국은 마치 대지주 틈에 끼어 손바닥만 한 땅으로 자립하겠다는 모범 농민 같은 것이어서 아무리 노력해보아도 한정된 제 땅만 가지고는 대지주는 될 수 없는 것으로 불가불 기왕의 지주들의 땅을 뺏는 길밖에는 없었던 것입니다. 제국만 한 용기와 지혜를 가지지 못했던 다른 동양 민족들, 귀축미국의 소작인 노릇을 하고 있는 아시아 민족들도 귀축미영의 소작인 노릇보다는 제국의 소작인이 되는 것을 바랐던 것이나, 이들 여러 나라에서 귀축들의 마름 노릇을 하던 완매한 자들은 민중의 이 같은 심정을 내리누르고 거꾸로 소작인들을 끌어다 제국의 성전에 대항하는 전쟁에 사용하였던 것입니다. 믿는 도끼에 늘 발등을 찍히는 법입니다.

'민주주의'라는 선전과 '자치'라는 사탕발림에 그들은 눈이 어두웠던 것입니다. 이들 환장한 현지민들 때문에 제국은 작전 수행상에 있어서 막중한 고난을 치렀고 그사이 자원의 저장량에 있어 열세한 제국은 전기戰機를 놓치고 말아 내처 패전으로 밀려간 것입니다. 전후에 제국은 무武로 이루지 못한 바를 산업으로 이루었습니다. 무력을 버린 제국의 무역은 허심탄회한 상도商道의 본질에 오히려 어울리는 모습을 띠어서 적과도 장사하고 도적놈과도 장사하는 귀축미영식 상업의 알맹이를 비로소 터득한 것입니다. 이것은 장사는 인륜人倫에서 분리되어야 하며 '장사를 위한 장사'만이 가장 뛰어난 장사라고 하는 상업 탐미주의라는 것입니다. 제국은 그 정신주의 때문에 오래도록 이 물질적 유미주의唯美主義를 자가약롱지물로 삼는 데 서툴렀으나 얄궂은 하늘의 뜻은 패전이라는 대가로 귀축미영과 경쟁하는 데 필수의 조건인 이 장사의 이치를 깨닫게 하였으며, 한 번 깨달으면 발명의 본가를 찜 쩌먹는 소질을 유감없이 나타내어 오늘날 보는 바와 같은 산업의 성황을 나타낸 것입니다. 이 같은 제국의 융성을 대견스레 보아온 우리 재在 반도 총독부 당국은 그러나 본국의 문화계에 널리 퍼진 귀축미영 색色에 대해서 항상 마땅찮게 보아왔습니다.

이들 경향은 개화 이래 줄곧 맥이 어어온 미망迷妄으로서 귀축미영의 관념적 사해동포주의와 정치적 실리주의를 분간하지 않고 유착된 채 받아들인 물신주의자들로서 이것은 국체國體에 대해 늘 위협적인 경향이었습니다. 제국의 국제 관념은 엄격한 사실주의이며, 어떤 방법가세方法假說의 실체화實體化도 용납하지 않으며 기정사실의 존중과 천황에 의한 절대의 육화肉化만을 인정하며, 이 같은 신념에서 민주주의와 공산주의를 다 같이 배격할 수 있는 사실 감각을 유지할 수 있는 것입니다.

　총독부 당국은 민주주의란 귀축미영의 세계 경영의 선전 문구에 지나지 않으며 공산주의란 적마 러시아의 세계 재편성의 아편에 지나지 않는다는 정통적인 견해를 다시 한 번 분명히 해둬야 한다고 믿는 바입니다. 근자에 본국의 일부 반역자들에 의해서 당지 총독부 당국의 활동에 통제를 가하려는 움직임이 있는바, 이는 성공하지 못할 것입니다. 알제리아에서의 프랑스 거류민단이 겪은 비극을 총독부 당국은 단호 거부하며, 이 같은 낭설 때문에 재在 반도 거류민 사이의 어떤 동요도 미연에 선처할 용의를 갖추고 있습니다. 본국의 유지들은 현재의 전세하에서 반도의 지하 당국이 맡고 있는 역할의 중함에 비추어 적절한 도움이 되는 일을 해줄 것을 기대합니다. 이런 사태가 일어나는 것도 본국 문화계에서 준동하는 귀축미영의 정신적 추종자들 탓입니다. 이들은 지금 그들이 누리고 있는 안락이 개화 이래 제국이 추구한 부국강병富國强兵과 황도皇道 정신의 실력과 바른 방향 감각 때문에 얻어진 것을 잊고 본말을 전도하여 방국邦國의 장래를 그르칠 난동을 자주 보이고 있습니다.

　원래 사건의 바른 모습은 멀리 있는 자에게 더욱 환한 법이고 울분한 마음을 품고 은인자중 오직 심신의 온갖 힘을 관찰에 기울이는 자에게 더욱 밝게 드러나는 것입니다. 원래 총독부는 모국의 정치 정세에 관계없이 제국의 백년대계를 위한 국가적 입장에서 행동한 터라 가장 공정한 입장이며 더욱 오늘과 같이 제국의 정책이 안팎으로 직선적인 표현을 피하고 완곡하고 거슬림 없는 분장을 갖추어야 하는 시기에는 총독부 당국은 제국의 정책의 가장 정통적인 수호처守護處이자 상징의 뜻이 있으며, 그늘에서 울면서도 오직 자식의 출세만을 염원하는 화류계 출신 여자들의 심정을 본인은 알 만합니다. 이런 우려를 가져온 터이므로 이번에 국수國粹로 이름난 소설가가 상을 받게 된 것은 지극히 만족스러우며 본국의 귀축미영 추종자들에게 좋은 경종이 될 것입니다. 귀축미영이 두려워하는 것은 항상 국수입니다. 그러므로 그들은 지난번에 적마 러시아까지 포섭하여 우리들 국수 국가의 동맹을 쳐부수기에 광분한 것입니다.

그들은 공산주의보다 국수주의를 더 두려워한 것입니다. 국수주의야말로 이 세계의 역사의 원동력임을 알고 있기 때문입니다. 이것은 역사가 증명하고 있습니다. 국수와 가장 멀리 있다고 헛소리하던 공산주의자들은 그들이 간단히 치부한 요소 때문에 지금 세상에 추태를 보이고 있습니다.

중국과 러시아가 싸우더니 지난여름에는 러시아와 체코가 싸웠습니다. 참으로 격세지감이 있습니다. 이 세상에 공산국가라고는 러시아밖에 없었을 때 미친 자들은 소련을 온 세계 가난뱅이들의 조국이라고 부르고 공산주의자는 종족으로서의 조국은 없다고 신선神仙 같은 소리들을 했습니다. 그때는 그럴 수 있었습니다. 혼자서 경주하면 앉은뱅이도 1등을 할 수 있습니다. 전쟁이 끝나고 공산국가가 복수複數가 되자 그들의 희떠운 소리는 곧 탄로가 났습니다. 뜀뛰기 실력을 알려면 여럿이 달려보아야 합니다. 혼자서 늘 일등하던 버릇이 있어서 전후에도 적마 러시아는 의당히 일등만 하려고 했습니다. 그것도 우격다짐으로입니다. 그래서 유고가, 중공이, 체코가 심통이 난 것입니다. 심통의 주체 그것이 종족입니다. 전후의 공산권은 정치적으로는 유치원 아동들이었습니다. 적마 러시아는 1917년부터 1944년까지 '국가' 생활을 했다고 착각했을지 몰라도 그것은 국가가 아니었습니다. 그것은 '혁명 단체'였습니다. 치안상의 용법으로 공비共匪였던 것입니다. 이 뛰어난 우리들의 조어造語 감각을 보십시오. 적마 러시아는 실력으로 일정한 영토를 확보하기는 했을망정 귀축미영의 질서 감각이 지배적이던 전쟁 전 세계에 있어서는 귀축미영적 사회의 저 변두리에 있는 산새山塞에 지나지 않았으며 그들은 국제적인 양산박梁山泊이었던 것입니다. 그러므로 그곳의 논리는 의리와 인정이었습니다. 그것은 매정스런 속세의 바람에서 숨어 사는, 꿈을 먹고 사는 동네였습니다. 나쁜 것도 좋게 보아 달랄 수 있고 좋은 것도 좋게 보아 달랄 수 있는 환상의 도원경桃源境이었습니다. 천하를 얻을 때까지는 참고 지내자는 시대였습니다.

전쟁이 끝나고 그들은 천하를 얻었습니다. 천하삼분지계天下三分之計는 이루어진 것입니다. 인제 그들은 우는소리를 할 수 없습니다. 출세하고도 우는소리하는 것처럼 얄미운 소리는 없습니다. 우는소리란 다름이 아닙니다. 이제 채점은 핸디캡을 요구할 수 없는데 자꾸 봐달라는 것입니다. 공산주의가 훌륭하다는 것은 이제 어두운 등불 밑에서, 비밀 독서회에서 간통의 유혹처럼 속삭여질 것이 아니라 버젓하게 일용품으로 증명되어야 합니다. 공산국가 간의 외교 관계가 바로 그런 일용품의 하나입니다. 전후에 러시아가 신생 국가에 강요한 외교 관계의 모습은 참으로 구역질 납니다. 스탈린은 천황의 신성불가침을 참칭하고 소련사는 제국의 신주사神州史를 참칭하더니, 흐루시초프 이후에는 귀축미영의 본을 따라 장사꾼이 되어가고 있습니다. 작자들에게서 하도 희떠운 소리들을 들어온 터라 슬그머니 화가 납니다. 이따위 짓을 기껏 하겠으면서 그런 개나발들을 불어 놓아서, 가난뱅이들은 그렇다 치고라도 양가良家의 귀한 자제들을 숱해 망쳐놓아 불효자의 패거리를 만들어낸 일을 생각하면 어찌 괘씸하지 않습니까. 이것은 황국皇國과 귀축미영의 흉내가 아니고 도대체 무어란 말입니까. 그걸 가지고 공산이네 명월明月이네 하고, 신비주의면 신비주의, 대국주의면 대국주의, 장삿속이면 장삿속 —— 이렇게 터놓을 것이지 순정이네, 영원이네, 집안 안 보네, 당자면 고만이지 해서 불쌍한 빈민 출신의 처녀들 가슴만 울렁거렸을까. 산전수전 다 겪은 축들도 행여나 하고 팔자에 노래 실어 살아온 인생이 문득 허무해진 때가 없다고만 못할 것입니다. 무슨 죄 무슨 죄 해도 꿈을 줬다 뺏는 죄처럼 큰 것이 없습니다. 현실과 꿈, 국가와 혁명의 유착이 분리된 전후의 세계에서 적마 러시아는 이 분리를 인식하지 못하고 현실을 꿈이라, 권력을 혁명이라, 소련을 조선이라, 이반을 삼룡이라 강변하다 실패를 본 것입니다. 그들은 혁명의 순간에만 불꽃처럼 나타나는 백열白熱의 상태인 절대의 시간과, 삶이 그것으로 이루어지는 차가운 상대의 시간을 연결하는 변압變壓 기술 —— 즉 정치를 몰랐던 것입니다.

　여기까지는 그래도 좋습니다. 좋다는 것은 공산당이 제가 무슨 진골이라고 존재의 대원리를 벗어날 수 없는즉, 당연한 일이 당연한 때에 일어난 데 지나지 않다고 볼 수 있기 때문입니다. 문제는 그러므로 공산당이 이런 삶의 근본 모순에 대해서 제국이나 귀축미영 따위보다 얼마나 잘난 해결을 애써봤는가에 있습니다. 본인은 그동안 공산권의 국경 문제와 출입국 문제에 대해서 관심을 가지고 지켜보아왔습니다. 그들에게 있어서 주권 문제와 인구의 이동이 어떤 형식으로 이루어지는가를 알고자 한 것입니다. 주권과 국적의 문제는 근대 국가의 본질의 안팎을 이루는 것으로서 완전히 같은 사실을 하나는 통치권으로서, 하나는 개인의 권리로서 본 것입니다. 현재까지 그들은 이 문제에서 아무 진보적 발전도 보여주지 않았습니다. 러시아는 자기 영토를 위성국들에 할양한 바가 없습니다. 위성국의 영토를 합병하지 않는다는 정도의 단계는 이미 귀축미영의 세계 정책에서 달성된 경지인 만큼 그보다 잘나겠다는 러시아라면 한술 더 떠서 자신의 영토를 위성국에 할양해야 할 것입니다. 왜냐하면 천연의 국토의 광협이 어떤 국가의 생활에 운명적 조건이 된다면 극성스런 합리주의자인 공산당으로서는 이런 비합리적 요소의 평균화를 이루는 것은 당연한 일이기 때문입니다. 대국이니 소국이니 하는 밀림의 풍속, 이 덩치놀음은 간단히 끝장날 것입니다. 그러나 러시아나 중공이나 그들이 영토를 인접 '형제국'에 할양했다는 아무 정보도 없습니다. 그들은 비합리적 기득권을 포기하는 심정의 고귀함을 모르는 것입니다. 반도인이 독립하여 충분한 삶을 누리려면 그들에게는 지금보다 좀더 큰 영토가 필요하며 만주는 바로 그런 적격지이며 역사적으로도 반도인들이 합병을 주장할 수 있는 곳입니다. 중국 공산당이 만일 정치적 윤리주의자들이라면 북조선 당국에 만주의 적어도 일부를 할양하는 것, 이것이 그들의 정치적 순수의 증거가 될 것입니다. 그렇게 해서 중공은 상당한 손실이랄 것도 아무것도 없으나 북조선으로서는 상당하고 중대한 혜택이 됩니다. 왜냐하면 이 지구상 인간의 어떤 역사에도 없는 희한한 일이기 때문입니다. 그것은 아시아에 있어서 공산국가 사이의 평등을 이룩하는 잡담 제하고의 요순행堯舜行이 될 것입니다. '형제'끼리 왜 재산을 나누어 갖지 않습니까. 봉건 유습인 장자 상속권은 움켜쥐면서 그 다음엔 자력 독립이라니 구린내 나고 더러운 자식들입니다. 월맹越盟에 대해서는 인접 성省 하나쯤 떼어줘보십시오. 아무리 일해도 워낙 부치는 땅이 좁아서 고생만 했으니 그럼직한 일입니다. 이런 것이 '형제'라는 것입니다. 그래 봐야 중공으로서는 아홉 마리 소에게 털 한 오라깁니다. 그런 일이 일어난다면 그야말로 달나라에 관광 로켓이 다니게 되는 것의 천만하고 두 배쯤도 더 뜻있는 일입니다.

이보다 더 쉬운 일도 있습니다. 러시아에게 순정만 있다면 동유럽의 공산 위성국을 하나로 묶어 마땅히 하나의 연방 국가를 만들어 소국小國의 분립에서 러시아와의 격차가 보다 좁은, 따라서 비합리적 요소가 한 단계 극복되는, 중국 하나를 만들어야 합니다. 이것은 서유럽이 모색하고 있는 유럽 공동체를 앞지르는 영광을 가질 것이며 국가의 소멸과 자연으로부터의 인간의 해방을 노래하는 그들의 말이 정말인지 거짓인지 증명할 것입니다.

반대로 러시아는 이들의 분립을 조장하고 기껏 러시아의 지령과 생각을 한자리에서 들려주는 효용만을 가진 기관만을 운영하고 있습니다. 이것이 국가의 소멸입니까. 분열시켜 통치한다는 것은 이것 말고 어떤 것입니까. 이것까지도 양보합시다. 그래도 또 방법이 있습니다. 현재의 국경을 변화시키지 않고도 영토의 할양이나, 동유럽 공동체에 해당하는 실효를 거둘 길이 있는 것입니다. 그 길이란, 그들 공산국가 사이에서의 출입국 절차를 무한히 자유롭게 만들어 아무 증명서도 없이 국경을 넘나들 뿐 아니라 공산권 안에서는 어디서나 살 수 있는 자유, 즉 거주와 이전의 자유를 초국경 수준에서 실시해보라는 것입니다. 그들은 이것도 하고 있지 않습니다. 공산권은 이와 같은 이동의 자유가 지극히 불량한 상태에 있으며, 사회학적으로 이 사회의 침체감, 눌린 느낌, 나갈 길 없는 느낌, 갇힌 느낌은 여기서 옵니다. 헌병대의 보고에 의하면 공산권에서 탈출해오는 피난민들은 이구동성으로 숨 쉬는 것 같아서 살 것 같다,고 탈출 소감을 말한다는 것입니다. 이것은 대저 민중이라는 동물들의 본능적 욕구를 단 한마디에 나타낸 말로 이 한마디의 진국 같은 뜻을 모르는 한 공산 두목들은 정치가로서는 항상 제2류에 머무를 것입니다. 이 점에 있어서 귀축미국은 괄목할 진보를 나타내고 있습니다. 그들의 대담한 이민 정책은 미국의 활력의 기초입니다. 그들은 종족적 순결성이라는 어린애 같은 환상에 가장 둔감한, 따라서 가장 어른스러운 생활인들입니다. 혼혈을 두려워하지 않는 것, 이것이야말로 귀축미국의 가장 힘찬 감각입니다.

그러나 그들에게도 한계는 있어서 흑인 문제가 저 지경인 것입니다. 그러나 흑인 이외의 종족에 대해 그들은 비교적 관대한 것입니다. 러시아나 중국이 이 정도의 국제 감각을 가지게 될 날은 요원합니다. 아마 귀축들은 일찍이 해양 종자들로 세계의 항구마다 여자는 있더라는 실감을 축적하여 낯가림을 덜하는 뱃놈 근성을 익혀온 탓일 것입니다만, 흑인에 대한 태도를 보면 그들도 별수 없는 것입니다. 영토, 국경, 국적 ── 이런 중대한 문제에서 공산주의자들이, 반종족주의자며 반국가주의자인 그들이 그들 공산권 내부에서조차 이론과 실천이 상반하는 태도를 취하는 것은 무슨 까닭입니까. 그것은 다름 아닌 종족의 영원성 때문입니다. 이데올로기는 짧고 종족은 영원하다, 본인은 감히 이렇게 말하는 것입니다. 종족의 영광과 편애偏愛에 무관심한 자들이라면 마땅히 실천해야 할 위에 든 정책들을 그들은 실천하지 않고 있습니다. 그들이 매도하는 몽매한 인류 전사前史가 빚어놓은 풍문들 ── 영토, 국경, 국적이라는 이 너절한 옷들을 훨훨 벗지 못하는 그들입니다. 본인은 그들에게 그들의 영토를 제국에 할양하라고 요구하지 않았습니다. 제국의 헌병들을 검문 없이 소련 국경을 넘게 하라고도 하지 않았습니다. 본인이 소련에 귀화하고 싶다고도 하지 않았습니다. 공산권 안에서 자기들 사이에서만은 그것을 해보라는 것입니다. 그들은 이러저러한 이유와 변명을 댈 것입니다. 바로 내 말이 그 말입니다. 그것은 불가능합니다. 왜냐하면 종족은 이데올로기보다 영원하기 때문입니다. 공산당이라고 이 벽을 뛰어넘지는 못하기 때문입니다. 그렇기 때문에 그들은 거짓말쟁입니다. 그들의 공산주의 선전은 이 세상에서 가장 좋은 것을 다 늘어놓은 것입니다. 이것이 '말'하는 공산주의입니다. 공산권의 실태는 귀축미영의 그것과 아무 다름없는 권력 정칩니다. 이것이 '실재'하는 공산주의입니다. 그런데 그들은 '말'한 공산주의가 '실재'한 듯이 속입니다. '말'의 허무를 '행동'으로 극복하지도 않고서 '말'했으니 '실재'한다는 것입니다.

태초에 말씀이 있었느니라, 이것이 공산주의자의 말인 것입니다. 언행言行의 불일칩니다. 이런 무당들이 어디 있습니까. 이보다 더한 야만인들이 어디 있습니까. 이보다 더한 물신주의자들이 어디 있습니까. 있습니다. 귀축미영입니다. 그들도 민주주의라는 '말'을 하고 있으니 그들의 세계는 '실재'하는 민주 사회라는 것입니다. 이들은 모두 언어 실재론의 탈을 쓴 해적과 산적들입니다. 그들에게 있어서의 관념과 실재의 유착의 부당성은 어디 있는가. 그 유착이 합리주의라는 근거밖에 갖지 못했기 때문입니다. 그들의 민주주의와 공산주의를 보장하는 권위는 '인간'밖에 없기 때문입니다. 그러나 제국에 있어서 관념과 실재는 황실에 육화肉化되어 있으며 황실은 신에서 나왔으므로 제국에 있어서의 관념과 실재는 유착은 유착이로되 그 권위가 '인간'적인 것이 아니라 '신'적인 것입니다. 관념을 행동으로 극복하여 실재에 유착시키는 것은 원래 인간에게는 불가능한 것이며, 그러므로 이 육화를 이루기 위하여 2천 년 전에 그리스도가 이 세상에 온 것입니다. 그것은 신만이 할 수 있는 일입니다. 오늘날 세계에서 이 종교적 원리가 국체로서 보존되고 있는 것은 오직 제국뿐입니다. 비록 귀축들에 의해 강요된 이른바 '평화 헌법' 아래서 은인자중하고 있을지언정 국체의 비할 바 없는 본체는 더하지도 줄지도 않고 엄연히 살아 있습니다. 환상의 '말'인 평화 헌법이 실재하는 국체를 범하지 못하며 이 은인자중하는 시기에 총독부는 국체보지國體保持의 간성干城의 역할을 맡고 있는 것입니다. 본인은 노벨상 위원회가 '국수國粹'라는 명목으로 일본 작가에게 상을 준 이 계제를 당하여, 적선지가積善之家 필유여경必有餘慶임과 아울러 개화 백년의 오늘 제국의 신역神域에 숱한 관념의 잡귀들이 넘나들어 백귀야행한 가운데 오직 한 줄기 '국수'의 맑은 등불을 지켜 꺼짐이 없도록 하고 이를 자손만대에 보다 안전하게 전할 수 있도록 재를 털고 심지를 솎아낸 당자에게 심심한 경의를 표함과 아울러 동시에 방국邦國에 오늘의 이 성사盛事가 당자에게만 속한 영광이 아니라 제국의 이데올로기와 국체의 승리이며 그를 있게 한 제국의 막강한 국력과 천신들의 가호였음을 강조하는 바입니다. 아시아 여러 나라들이 그들의 종족적 기억과 종족적 버릇, 감정의 곡절의 투, 특이한 기침 소리, 허리짓, 헐떡임, 허위적거림질, 자지러지는 댓거리 — 이런 모든 '국수'의 기억을 귀축들의 몰아침과 장

광설, 넉살 좋은 구변과 헛손질에 얼떨결에 모두 잊어버리고 차버리고 만 가운데 유독 지조를 지킬 수 있었던 제국에 삶을 받은 행복을 폐하에게 충성한 반도의 민초民草와 더불어 다시 한 번 감사하는 바입니다.

이런 꽃을 피우기 위하여 타향의 적지敵地에서 철조망의 이슬로 사라진 충용한 장병이 무릇 기하幾何이며 웅지를 품고 대륙의 산천을 헤매면서 나라를 위하다가 불령 현지인의 손에 목숨을 잃은 자 무릇 기하이며 어두운 지하실 선혈과 고름이 유화油畵의 무늬처럼 마를락 말락 얼락 녹을락하는 실존 연습장에서 마늘 내 나는 육체 속에서 진리를 이끌어내기 위하여 고된 노동에 종사한 우리 헌병들이 무릇 기하이며 그들을 기다리면서 보낸 아녀자들의 독수공방의 밤들이 무릇 기하이며 그러한 밤의 바람 소리와 대륙의 하늘을 울고 가는 기러기 소리를 이겨내기 위하여 비운 정종술의 양은 무릇 기하이며 술 배달하러 온 현지인 소년의 마늘 내 나는 육체를 문득 발견한 순간의 놀라움의 수는 무릇 기하이며 깊은 밤 돌아가는 길에 창을 내린 군용열차의 검은 운동을 사춘기의 눈으로 바라본 현지인 소년들은 무릇 기하이며 그들의 생애에 끼친 재류 일본인 부녀자들의 밤의 문간에서의 찰나의 시선의 양量은 무릇 기하이며 별과 고문실 사이를 잇는 우주와 역사의 신비를 위하여 헛되게 잠을 설친 식민지 대학생의 귀성한 밤의 시간의 총량은 무릇 기하이며 자욱한 안개 속 シナノキル 속에서 민중의 종교에 불을 붙여 물고 바이칼의 바람이 스산한 고향의 하늘 밑에서 고량 이삭처럼 멋쩍었던 첫사랑의 밤을 회상하는 상하이의 소녀는 무릇 기하이며 좋으면서도 싫어야 할 것 같은 지식인의 허영을 하이칼라 넥타이처럼 우울하고 비딱하게 매고 쿠냥의 앙티로망적 아름다움을 감상하면서 도회의 감미로운 モリナガ 캐러멜 같은 썩은 기쁨의 밤을 산보한 시인들이 무릇 기하이며 참모회의실의 전등불 아래 펼쳐진 대 중국 지도 위에서 피 흘리며 카키 빛 상상 속에서 잘린 불령 현지민들의 모가지가 무릇 기하이며 방화放火의 트집을 뒤집어씌워 보복과 추방의 유송幽送 정책을 생각해낸 선배들의 천재가 가져온 이득은 무릇 기하이며 조선인 노동자들의 초라한 몰골 속에서 일본인의 긍지를 발견하고 불온사상에 대한 해독제를 빚어낸 지혜의 순간들은 무릇 기하이며 현해탄의 파도 위에서 운명한 희망과 절망은 무릇 기하이며 태평양 파도 깊이 누워서 제국의 미래의 시간을 지키는 눈자위에 게들이 집을 지은 백골들은 무릇 기하이며 국수國粹의 알맹이를 온존溫存하기 위하여 열린 세계에의 지평선을 폭파하고 종種의 버릇 속에서 종노비가 되면서 꺼질 수 없는 신화의 목소리를 지켜온 농촌의 딸들의 유곽의 밤은 무릇 기하이며 죽는 것이 사는 것이며 잊는 것이 사랑하는 것이라는 깨끗한 한탄을 실천한 보살들의 원願과 원怨은 무릇 기하이며 그래도 옛날이 좋았다는 민간신앙의 뿌리를 깊이 내리기 위하여 순교한 관리와 헌병과 구舊귀족들과 아편 꽃과 입도선매와 노가다와 메밀꽃 필 무렵이 무릇 기하이며 침략을 개화라고 먹인 교육자들과 가난을 부국富國이라고 먹인 교육자들의 뛰어난 충성은 무릇 기하이며 귀축들

의 거짓말 문국文國에 맞서서 군국軍國의 성벽을 지킨 젊은 무사들의 쿠데타의 밤에 두들긴 계집들의 무르팍에 찍힌 멍은 무릇 기하이며 문득 유신 시절에 지사들의 밤의 계집들의 무르팍에 찍힌 멍이 되살아나며 연면한 왕당王黨의 문장紋章을 터득한 기쁨은 무릇 기하이며 일세를 도도히 흐르는 귀축들을 흉내 낸 하이칼라 바람으로부터 제국의 향기를 지키기 위하여 스스로의 실존을 쇄국鎖國하여 국수國粹를 앓은 자의적 병자와 가난한 것이 곧 국수였던 타의적 병자는 무릇 기하이며 그것은 가난한 자를 더욱 가난하게 하여 그것이 서러워서 더욱 쇄국의 길을 달려간 사람들은 무릇 기하이며 달려간 사람들의 선봉에 서서 타향의 적지敵地에서 철조망의 이슬로 사라진 충용한 장병이 무릇 기하인지. 본인은 다만 가슴 벅찰 뿐입니다.

충용한 군관민 여러분, 오늘을 당하여 권토중래의 믿음을 더욱 굳게 하는 것만이 반도에서 구령을 지키는 우리들의 본분이라고 알아야 하겠습니다. 제국의 반도 만세.

　　　　　　　— 여기는 조선총독부지하부가 보내드리는
총독의 소리입니다. 총독 각하의 특별 담화를 마칩니다.

　　　　　　　　　　　　　제국의 반도 만세.

4

　　　　　　　　　　　—제국의 반도 만세.

　　여기는 조선총독부지하부가 보내드리는 총독의 소리입니다.

　　　　　　총독 각하의 특별 말씀을 보내드리겠습니다.

　　충용한 제국 신민 여러분. 오늘 31년 전, 제국이 피눈물을 삼키고, 개화 이래 겨레의 슬기와 힘을 모아 가꾸어오던 대제국 건설의 빛나는 걸음을 멈추고, 영용한 신민 장병의 거룩한 피와 꿈도 땅 밑에서 흐느끼는 모든 구령과 싸움터에서 성전의 칼을 놓았던 그때를 생각하면 이 노병의 가슴은 폐하에 대한 죄스러움이 어제같이 되살아납니다. 그날의 종전終戰은 우리 민족에게 끝없을 상처를 입혔습니다. 인류사상에 다시 없는 무기인 원자탄을 우리 겨레에 대하여 마침내 썼다는 것은 귀축들이 그들의 세계 지배의 야욕이 얼마나 끔찍한 것인가를 말해줍니다. 그때에 귀축들은 아 제국의 남은 힘에 대한 넉넉한 정보를 가지고 있었습니다. 우리 함대의 주력은 이미 없고, 공군은 기지에서 떠나지 못하고, 넓은 전구戰區에 벌여놓은 지상군은 끈 떨어진 구슬 목걸이와 같았습니다. 본토의 도시들은 적기敵機의 마음 놓은 공격으로 불타고 있었습니다. 신풍神風은 끝내 불지 않고, 적의 함대는 우리 앞바다에까지 기어들고 있었습니다. 한마디로 제국은 통상전쟁通常戰爭의 방식으로도 이미 대세의 골짜기에 있던 것은 누구의 눈에나 뚜렷하였습니다. 그럼에도 귀축들은 아 제국에 대하여 원자 무기를 썼습니다. 광도廣島와 장기長崎는 악마의 불속에서 지옥을 이루었습니다. 어쩌면 인간의 역사에서 다시는 씌어지지 않을지도 모르는 이 무기로 공격 받았다는 일은, 우리 겨레의 집단의식에 대하여 씻지 못할 한을 안겨주었습니다. 오늘날 번영하는 제국의 마음 깊은 저 밑에는, 그러나 그날의 지옥의 불이 더 황황 소리 내고 타고 있습니다. 기억의 골짜기에서 타는 이 불은, 이 누리에서 타는 모든 불 가운데서 가장 세찬 불 ── 굴욕의 원한이라는 불입니다. 이스라엘족이 신을 죽였다는 죄 때문에 짊어진 굴욕과, 자기들을 그와 같은 하수인으로 골라놓은 신에 대한 원한을 지고 살 듯이, 아 제국도, 인류의 문명사상에서 가장 잔인한 도살시험의 도마에 오른 굴욕과, 우리를 감으로 고른 자들에 대한 원한을 다시 지울 수 없는 집단의식의 비의秘儀로 간직하게 되고 만 것입니다.

제국이 다시 군국軍國으로 일어나, 대륙에 대하여 안팎이 모두 갖추어진 영광을 누릴 그날을 위하여, 참지 못할 것을 참고, 눈 뜨고 못 볼 것을 보아가며, 귀신도 울고 갈 서슬찬 공작을 이어 나가고 있는 모든 제국 군인과 경찰과 밀정과 낭인 여러분. 흘러간 영화의 터에서 다시 밝아올 그 언젠가 기쁨의 날을 위해 청사靑史만이 알아줄 싸움의 세월을 보내고 있는 총독부 예하의 모든 군관민 여러분.

종전終戰의 그날을 생각하면, 마음의 저 밑바닥에서 타는 굴욕의 불을 보면서도, 본인은 그에 못지않은 또 하나의 너무나 운명적인 사실에 대하여 역시 눈길을 돌리지 않을 수 없는 것입니다. 그것은 다름이 아닙니다. 만일 운명의 가장 정직한 걸음걸이대로 일이 되어 나갔더라면, 오늘날 반도와 아 열도는 그 형국을 그대로 바꿔 가질 뻔했다는, 바로 그 사실입니다. 천우신조인저. 신풍神風은 분 것입니다. 우리는 이번의 신풍도 저 몽고군 때와 같은 모양으로 불리라고 짐작했으나, 그렇지 않았던 것입니다. 황조皇祖의 조화도 좋을시고, 신풍은 바로 악마의 불을 던진 그 손바람에 곁들어 있었던 것입니다. 귀축들은 난데없이 반도를 동강내고 아 열도를 통합 점령한 것입니다. 귀축들이 반도를 통합 점령하고, 아 열도를 적마 러시아와 분할 점령하였더라면, 오늘날 제국이 반도의 신세를 울고, 반도가 제국의 행운을 노래 부를 뻔한 것입니다. 두려운지고. 몸서리치는지고. 사위스러운지고. 그려보기만 해도 이 가슴 떨리는지고. 반도는 축복 속에 번영하고, 아 제국은 적마와 귀축 사이에서 실속 없는 이데올로기 싸움에 한 피가 한 피를 마시고, 그 뼈가 그 뼈를 짓부술 뻔한 것입니다. 그리고 31년이 지난 이날 이때까지, 군비에 허덕이면서 오른손과 왼손이 싸울 뻔한 것입니다. 이렇게 되었더라면, 아 제국의 국체는 넘어지고, 가꾸고 길러온 슬기는 흙 속에 묻히며, 스스로 저주하면서 꿈 없는 내일을 울 뻔한 것입니다. 그러나 그렇게는 되지 않았습니다. 분단은 반도에, 통일은 제국에. 반도는 제국의 운명의 마지막 고비에서 또 한 번 제국의 복된 땅이며, 제국을 위한 순하디 순한 속죄양임을 밝힌 것입니다. 이 아니 신풍입니까. 그렇습니다. 황조의 무궁한 성총聖寵은 버림 없이 이 적자赤子들의 땅을 건져낸 것입니다. 이 사실을 생각할 때, 본인은 비로소, 저 지옥의 불, 기억의 골짜기를 태우는 불에 맞불을 지른 한 가닥 균형의 느낌을 갖는 것입니다.

8월 15일, 이날을 맞이하면서 본인의 마음은 자못 어지럽습니다. 아 제국의 발전을 새 국면에서 생각하고, 반도 경영의 비책을 헤아려보는 본인의 전의는 다름없이 높은 바 있으나, 본인이 가장 걱정하는 일들이 눈에 띄는 것도 사실입니다. 그것은 다름 아닌, 세대의 문젭니다. 본 총독부 예하 군관민의 세대 구성을 보면, 싸움이 끝나던 그때, 귀여운 코흘리개들이 장년의 마루턱에 들어서 있습니다. 옛터를 지키면서, 흔들림 없는 국체 교육에도 불구하고, 이들의 의식에는 아 제국의 둘도 없는 비의체험秘儀體驗 —— 아 제국의 신국神國임과, 아 민족의 신민神民임에 대한 종족적 환상이 때에 따라 모자라 보일 때가 문득문득 느껴지는 일입니다. 본인은 결코 일이 중대한 지경에 이르렀다고 보지 않습니다. 그러나 이곳에 있는 우리 군관민의 임무의 크고 깊음에 비추어, 비록 적은 싹이나마, 본인으로서는 크게 보고 싶어진다는 말입니다.

오늘 본인은, 이른바 데탕트라고 불리는 귀축미영과 적마 러시아 사이의 더러운 야합 놀음에 대하여, 본 총독부의 공식 견해를 밝히고자 합니다. 본인이 이때에 세계정세에 대한 이 같은 인식을 밝히는 것은, 데탕트의 알속을 밝히는 것이 곧 전후 30년의 뼈대를 찾는 길이며 군관민의 앞으로 할 일에 대한 등불이 되겠기 때문입니다.

1960년대에 접어들면서 귀축미영과 적마 러시아는, 세계 정책에서 눈에 띄는 움직임을 나타내기 시작했습니다. 그들은 서로의 힘이 미치는 테두리에서 멈춰 서서, 서로의 울타리를 서로 눈감아주면서, 전쟁 없이 20세기의 남은 날을 넘기기로 뜻을 모았다는 것입니다. 이것이 평화 공존이라는 이름으로 불리고 있습니다. 본인의 견해는, 이러한 움직임을 현상적 차원에서는 아니라는 것이 아닙니다. 그런 것이 아니라, 오늘날 귀축미영과 적마 러시아를 비롯하여, 세계의 주요 나라들의 우두머리 자리를 맡고 있는 자들이 모두, 성전이 끝나던 1945년 무렵에는, 이 또한 코흘리개들이었던지라, 오늘 일을 풀이함에 있어서, 싸움이 끝나던 그때 진짜 느낌에서 멀리 벗어난 표현들을 철없이 뇌까리고 있기 때문에, 특히 본 총독부처럼, 외교사령의 허울에 속지 말고, 일의 벌거숭이의 본질에 바짝 다가서 있음으로써만 흔들림 없는 전의를 지켜나갈 수 있는 무리에게, 자칫 정세를 잘못 짚어 권토중래의 날이 어려워지기나 한 듯이 아는 환상을 가지게 하기 때문입니다. 정무총감과 학무국장이 말하는 바를 듣건대, 군관민 일부에서, 반도와 나아가서 대륙 수복의 앞길에 대하여 지극히 비관적인 헛말이 돌고 있다고 합니다. 이것은 잘못입니다. 그들의 마음눈에는 안 보일지 모르나, 본인은 잘라 말합니다. 30년의 때는 줄곧 제국에 대해 유리하게 흘렀습니다. 반도 경영을 두고 말하더라도 마찬가집니다. 왜 그런가?

본 총독이 보는 바에 의하면, 데탕트는 포츠담 선언 체제에로의 돌아감입니다. 이것이 본인의 인식의 출발점이며, 귀착점이자, 모든 현상에 대한 분석 기준입니다. 포츠담 선언은 유럽에서의 전쟁이 끝남과 전후 질서와 아울러 아 제국에게 강복降服을 권유하고 조건을 내놓은 의사 표시였습니다. 이 선언에는 먼저 가진 얄타 회담의 내용이 겹쳐 있습니다. 그러므로, 본인이 포츠담 체제라고 하는 것은 실은 포츠담·얄타 체제를 뜻하는 것이지만, 말한 바와 같이 앞선 얄타 합의는 포츠담 선언의 밑바탕으로써 놓이고, 포츠담 회담은 싸움이 실속으로 끝난 자리에서 이루어진 만큼, 포괄적이고 결정적이라는 데서, 귀축 적마의 전후 처리 원칙을 포츠담 체제라고 부르는 것입니다.

1945년 7월에 맹방 독일이 마침내 영웅적 저항을 끝마치고 히틀러 총통이 땅속으로 들어간 다음에, 아직도 피비린내 가시지 않은 베를린 교외 포츠담에서 스탈린, 처칠, 트루먼의 세 귀축들이 모여 눈앞에 다가선 2차대전의 끝남을 맞아 그들 사이에서 세계 분할에 대한 흥정을 만들어냈습니다. 이것이 포츠담 선언입니다. 여기서 그들은 ①동유럽은 러시아가 차지하기로 했습니다. 물론 이 '차지'한다는 결정에는 '민주적 절차'에 따른다느니 '국민적 희망에 충실'하게 정체를 만든다느니 하는 겉치레가 붙어 있습니다만, 그러한 과정을 러시아의 책임 밑에 한다는 것이고, 러시아가 그 책임을 다하지 못했을 때는 어떻게 한다는 마련이 없고 보면, 러시아가 하고 싶은 대로 주물러서 차지한다는 말에 다름 아니며, 그 후에 일어난 일에 비추어 보더라도, 동유럽을 적마의 전리품으로 내어준 것은 뚜렷한 일입니다. 그리고 이것은 풀이하는 것부터가 새삼스럽고 우스운 일입니다. 싸움에 이겼으면 전리품을 얻는 것이지, 싸움은 무엇 하러 하는 것이겠습니까? ②동유럽을 차지하는 값으로 러시아는 짐을 떠

맡았습니다. 전후에 일어날 서유럽에서의 공산 세력의 공세를 누그러뜨리고 그릇 끌고 가는 책임을 진 것입니다. 공산국가로서 러시아가 처음으로 자기 나라 밖에서 얻은 큰 승리에 부추김을 받아 권력 탈취를 위한 과정이 크게 유리해졌다고 판단한 서유럽의 공산 계열이 전쟁을 통해 물질적으로 약해지고 정신적인 권위에 금이 간 지배 세력을 몰아붙이리라는 전망은 서방의 부르주아들에게는 1930년대의 악몽을 다시 겪어야 한다는 공포였던 것입니다. 동유럽을 밥으로 내주는 값으로 서방측은 러시아에 대하여 이 악몽의 재판再版을 막아줄 것을 내놓았습니다. 스탈린은 받아들였습니다. 스탈린으로 말하면 이것은 식은 죽 먹기보다 쉬운 일이었습니다. 1930년대에 한 번 한 일을, 또 한 번 하면 되는 것이기 때문입니다. 1930년대에 숱한 순진한 동조자들을 바지저고리로 만든 러시아의 대스페인 내란 정책, 대파시즘 정책 말입니다. 러시아의 국경을 지키기 위해서 외국의 친구들을 적의 제물로 바치고, 그러면서도 친구들 당자에게는 감쪽같이 '위대한 벗'으로 남아 있는다는 요술 말입니다. 이때에 당한 많은 친구들은, 나머지 생애를, 신학적 비의보다도 어질머리 나는 '위대한 벗'의 신비한 처사를 곰곰이 생각해보는 것으로 거의 소모해버렸던 것입니다만, 아무튼 이번에도 스탈린은 또 한 번 그렇게 하기로 약속했습니다. ③은 아 제국 일본은 일청 전쟁 전의 영토로 돌아간다는 것입니다. 이것이 포츠담 체제가 아 제국에 대해서 기본적으로 설정한 울타립니다. 그리고 이것은, 개화 이래 아 제국이 쌓아온 대동아공영권을 헐어버리는 것을 말합니다. 이 선언이 나온 다음에 제국은 종전 조건을 유리하게 하기 위하여, 이 선언을 무시하기로 하고 적마 러시아를 통하여 교섭을 바랐습니다만, 적마는 대일선전對日宣戰으로 대답하고, 귀축미영은 원자탄 공격으로 이에 대답했습니다. ④는 독일과 제국이 물러난 자리는 옛 식민지 소유국으로 돌아가며, 그 밖의 지역은 대일독전對日獨戰의 전리품으로서, 아메리카와 러시아 사이에서 분할한다 —— 이런 합의에 이르렀습니다.

이것이 포츠담 체제입니다. 포츠담 체제는 전리품 분할을 위한 모임이었고, 그에 대한 합의였습니다. 클라우제비츠는 말하기를, 전쟁은, 다른 수단을 가지고 하는 정치의 연장이라고 했습니다만, 이것은 아직도 소승적小乘的인, 덜 떨어진 말이고, 정치는, 다른 수단을 가지고 하는 전쟁의 연장이라 함이 논리 일관한 것입니다. 왜냐하면, 논리는 간단한 것을 가지고 복잡한 것을 설명해야 하기 때문입니다. 전쟁—전리품의 향락—전쟁—전리품의 향락, 이것이 삶의 가락입니다. 그 밖의 온갖 것은 이 근본 현상을 둘러싼 허울이요, 군더더기입니다. 본인은 항재전장恒在戰場의 마음으로 구령舊領에서 지난 30년을 바라보면서 한때나마 이 감각을 잊은 적이 없습니다. 1945년에서 오늘까지의 세계사는 귀축미영과 적마 러시아 사이의 전리품의 소화 과정이다, 하는 것이 본인의 전후사 인식입니다. 이 전리품의 생김새는 여러분이 지도를 보면 잘 알 수 있듯이, 발틱해로부터, 독일을 가로질러, 유고슬라비아로, 터키를 에돌아서 인도로, 노중국경露中國境을 지나, 38도선에서 끝나 경치도 좋을시고 해금강 물 속에서 끝납니다. 이 북쪽이 적마의 전리품이며, 이 남쪽이 귀축의 전리품입니다.

이렇게 마련된 전리품 식상食床의 소화 과정에서 탈이 나기 시작했습니다. 2차전에서의 아메리카와 러시아의 동맹은 오월동단吳越同丹에 동상이몽同床異夢, 호랑마귀虎狼魔鬼가 어울린 것이므로 풍파가 없을 수 없었습니다. 그들은 합의 사항을 더 유리하게 실천하기 위해서 모든 힘을 다한 것입니다. 먼저 귀축미영은 이런 움직임을 시작하기 위해서, 늦게나마, 강력한 새 수단을 가지게 되었습니다. 그들은 원자 무기를 가지게 된 것입니다. 이 무기의 제작에서 맹방 독일에서 망명한 과학자들이 큰 힘을 보탰다는 것은, 독일의 전쟁수행 정책상에서 크게 뉘우쳐야 할 일로 보입니다. 그들이 모두 국내에 있었더라면 운명은 다른 노래를 불렀을지도 모르는 일이 아닙니까? 아 제국의 신민 가운데서 망명 독일인 과학자와 같은 예를 볼 수 없었던 일은, 국체의 뛰어남을 밝혀주는 좋은 본보기라고 하겠습니다. 이 점에서 아 제국의 지식층은 신자臣子로서 더없는 거울이었음은 알아줘야 할 일입니다. 전쟁이 일기 전까지는, 개화 과정에서 전염된 귀축미영식의 망집에 사로잡혔던 자들조차도, 한번 싸움이 나자 개화 풍조를 헌신짝처럼 내던지고 폐하의 적자로서 오직 성전聖戰의 도구로 산화하기를 바랐으며, 미영식 합리사상의 극악 형태인 공산주의조차도, 아 일본의 경우에는 당수가 솔선하여 전비前非를 뉘우치고 황국 정신 체현의 대열에 백의종군한 것입니다. 그뿐 아니라 반도에서도 그에 못지않은 국민정신의 꽃을 피

웠음은, 현지를 맡고 있는 본인으로서는 참으로 흔쾌한 일이었습니다. 반도인 작가 가야마 미쓰로香山光郎는 내지에 보낸 편지에서 쓰기를, "나는 지금 경성 대화숙大和塾의 한 방에서 이 글을 씁니다. 대화숙이란 것은, 조선인에게 일본 정신의 훈련을 주기 위해 생긴 법무국 관계의 기관으로, 사상보국연맹을 개칭한 것입니다. 사상보국연맹은 아시겠지만, 민족주의자나 공산주의자들로서 출옥자라든지, 기소 유예된 자들에게 일본 정신을 주입하는 곳입니다. 수행이란 일본 정신의 수행입니다. 그저 일본 정신의 수행이라 해서는 처음부터 일본인인 당신에게는 잘 깨달아지지 않을지 모릅니다. 그러나 구한국인舊韓國人이었던 조선인이, 일본인이 되기 위해서는 커다란 수행이 필요함을 통감하였습니다. 그저 법적인 일본 신민일 뿐 아니라, 혼의 밑바닥으로부터 일본인이 되기에는 웬간한 수행가지고는 안 됩니다. 자, 나가자, 자발적으로 모든 조선적인 것을 벗어던지고 일본인이 되자, 이렇게 말하는 사람이 있습니다. 저의 젊은 친구들 가운데는 점점 이렇게 생각하는 사람들이 불어갑니다. 그들의 이러한 일본인 수행 운동은 결코 정치적인, 써먹자는 소행이 아닙니다. 그들은 첫째, 일본의 크낙한 아름다움과, 그리고 고마움을 인식한 것입니다. 그리고 둘째로 조선인을 일본인에까지 끌어올리는 길 말고는, 조선인이 살길이 없음을 간파한 것입니다. 그리고 셋째로, 조선인은 일본인이 될 수 있다고 믿게 된 것입니다. 그래서 그들은 먼저 자기부터 일본인이 되는 수행을 하기로 결심한 것입니다. 이들 젊은이들 가운데 한 사람은 이런 말을 합니다.

'내지인 어린이만 해도 우리 조선인의 선생이다. 왜냐하면, 이 어린 아이들조차 우리들보다 일본인이기 때문이다.' 그리고 이런 말도 합니다. '우리는 구한인舊韓人으로서의, 우리 선조한테서 물려받은 모든 것을 잊자, 그리해서 일본인으로서 다시 나자.' 얼마나 하면 완전한 일본인이 된 것일까요? 주관적으로는 '나는 일본인이다. 천황 폐하를 위해 살고 죽으리라' 하는 감정을 이뤘을 때 나는 일본인이 될 것입니다. 2천3백만 조선인이 한결같이 이런 마음을 지니게 되면 이른바 내선일체는 완성될 것입니다. 그들은 지금 이 수행을 하고 있는 것입니다. 그야말로 정신 차리고 필사적으로 밤낮으로 이 수행을 하고 있는 것입니다. 우리는 조소나 박해 속에서도 꿋꿋하게 나갈 것입니다. 우리는 폐하의 마음을 믿고 있기 때문입니다. 그렇습니다. 폐하의 마음입니다. 그들이 매달릴 수 있는 것은, 오직 폐하의 마음뿐입니다. 그들이 일본인이 되자, 일본인이 되자고 줄기차게 나갈 때 그들의 보람인즉 폐하의 마음의 따뜻한 어광御光을 몸에 느끼는 일입니다." — 어떻습니까? 이만해야만 대제국의 건설을 위한 정신적 기반이 다져졌다 할 것입니다. 불행하게도 맹방 독일은 이러한 점에서 원리상 미흡할 수밖에 없었습니다. 히틀러 총통은 불세출의 영웅이었으나, 초야에서 일어선 몸이었습니다. 비교함도 두려우나, 우리 폐하께서 천손天孫이심과는 사정이 다른 것입니다. 히틀러 총통의 가르침은 사람의 말이었으나, 제국의 가르침은 가르침이 아니라 사실인 것입니다. 황국皇國은 신국神國이라는 사실에의 개안, 체득 — 이러한 종교적 비의입니다. 어진 신민에게는 비의도 아무것도 아닌 그저 사실이요, 생활이지만, 한번 미망의 길에 들어선 자나, 외지인에게는, 필사적으로 수행해서 자기화해야 하는 비의라는 것뿐입니다. 이러한 국체상의 약점 때문에 맹방 독일은 그들이 이용할 수 있었던 기술 자원을 해외에 흘려버린 것입니다. 그 기술이 귀축들에게 강력 무기를 안겨주고, 그 무기가 제국의 패퇴를 재촉하고, 같은 흉기가 제국의 분단을 막아준 것을 생각하면, 현실이란, 감자 덩굴처럼 야릇한 괴물입니다. 이런 절대 무기를 손에 넣은 귀축들은 러시아에게 겁을 주기 위해서 이미 종전을 결심하고 화평교섭和平交涉을 진행시키고 있는 아국에게 이 무기를 시범한 것입니다. 2차대전이 끝나고 나면, 포츠담 회담에서의 약속을 헌신짝처럼 집어던지고 서유럽에 대하여, 옛날에 동지들을 숙청해가면서 보류한 혁명 내란 공세를 부활하여 청사에 이름을 남기려던 스탈린은, 식음을 잊고 한때 자리에 드러누운 것으로 첩보기록은 말하고 있습니다. 그럴 수밖에 없는 것이, 1천만의 목숨과 바꾼 전리품을 지켜내기가 미상불 어려워졌기 때문입니다. 부르주아 국가들을 위해서 그들의 다른 부르주아 경쟁자를 몰아내는 데 동원된 것뿐 아니라, 잘못하면 러시아 국경 안에서 영미 체제의 부활을 위한 움직임이 일어나고 혁명 당시의 내란이 재연되지 말라는 법이 없었기 때문입니다. 이 시기는 스탈린의 생애에서 가장 어려운 고비였을 것입니다. 적들과 결탁해서 동지들을 숙청하기는 승리가 떼어놓은 일이지만, 그 적들과 약해진 국력과, 오래 눌러온 국민을 이끌고 싸우기는 무서운 모험이기 때문입니다. 스탈린은, 나중에 미주리 함상에서의 아국과의 강복문서 조인降伏文書調印이 끝난 다음 포고문에서 러시아의 대일 참전은 제정 러시아가 노일 전쟁에서 겪은 패배에 대한 보복이라고 하면서, "이때의 패배는 국민의 의식 속에 비통한 기억을 남겼다. 그것은 우리나라에 오염을 남겼다. 우리 국민은 일본이 격파되어 오점이 씻길 날이 오기를 믿고 기다렸다. 40년 동안, 우리 구세대는 그날을 기다렸다. 마침내 그날이 왔다"고 한 스탈린이고 보면, 원자 무기가 무엇을 뜻하는가를 잘 알았을 것입니다. 승리는 40년은커녕 하루 사이에 패배의 문을 열어놓은 것입니다. 그러나 악운은 다하지 않았던지, 스탈린은 마침내 그 자신도 원자 무기를 가지기에 이르렀습니다. 사실, 적마가 이 절대 무기를 그렇게 빨리 가지게 되리라고는 본 총독은 짐작지 못했습니다. 우리가 가진 러시아에 대한 군사 정보에 의하면, 러시아는 로켓 무기의 발전을 진행시키고 있고, 그 방면이 가장 큰 관심사였던 것으로 알고 있었습니다만, 모든 예상을 뒤엎고 러시아는 뒤를 밟듯 원자핵의 분열에 성공했습니다. 이렇게 해서 노력 균형은 다시 포츠담의 그 저녁, 술잔을 기울이면서 세계 지도에 개칠을 하던 그 자리로 돌아가고 말았습니다. 이때에 숨을 내쉰 스탈린의 얼굴이 보이는 듯합니다. 귀축과 적마는 서로 절대적 우위의 자리에 서지 못하고, 포츠담 체제에 대한 상대방의 배짱을 한 걸음 한 걸음 눈여겨봐가면서, 금 밖으로 저쪽 발톱이 나오는가 싶으면 으르렁거리고 이빨을 갈아 보이면서, 저쪽에게, 나는 알고 있다, 그런 수작은 가만두지 않겠다는 것을 알리게 된 것입니다. 이때의 그들의 의식은 많이 연구해볼 만합니다. 귀축들로 말하면 근대 과학의 축적 위에 피어난 마화魔花 같은 무기를 손에 쥐고, 바야흐로 사상 일찍이 보지 못한 우세한 힘으로 세계를 지배하려던 그 꿈은, 비록 적마도 똑같은 것을 가지게 된 것을 알았다고 해서 그 순간에 마음이 기계처럼 돌아서지는 못하는 것입니다. 그것이 걸었던 꿈이 현실에서 물거품이 된 다음에도 꿈은 여전히 어떤 타성을 멈추지 못하고 얼마 동안 미끄러져 가는 시공이 필요합니다. 그래서 이런 상황은 그 힘을 처음 생각처럼 마구 휘두르지는 못해도, 그 비슷한 움직임을 하자는 성질을 가집니다. 적마 쪽에도 같은 원리가 미칩니다. 절대 무기 때문에 새 대전이 이미 불가능해진 것을 비록 이성으로 깨달았다 치더라도, 전후에 벌어지리라고 믿었던 좌파 세력의 대공세라는 꿈은 쉽사리 가시지 않습니다. 스탈린으로서는, 그것이 정적이 옛날에 인기를 모은 그 정책임을 생각하면 더욱 그렇습니다. 그래서 적마의 세계 정책도 포츠담 체제를 소학생처럼 지키는 길을 걷지 못하게 됩니다. 이른바, 베를린 위기, 서유럽에서의 좌파 공세, 그리스의 내란, 반도의 6·25사변은 모두 포츠담 체제의 변화 — 합의 사항보다 더 많은 전리품을 얻기 위한 탐색, 모험, 음모, 기득권을 지키기 위한 양동 작전들입니다. 합의 사항의 ①과 ② — 즉 동서 유럽의 분할을 위해서 맺은 합의를 어긴 것은 바로 이런 역학적인 필연성이 작용한 것입니다. 적마는 서유럽의 좌파에게 막대한 자금을 보냈습니다. 혁명이 눈앞에 다가섰다는 인식을 좌파 제 조직의 공식 견해로 채택하고,

양식에 바탕한 모든 합리적인 전술을 주장하는 분자를 자파自派에서 몰아냈습니다. 언제나 그렇지만 이렇게 몰려난 자들이 늘 제일 불쌍한 자들입니다. 하나만 알고 둘은 모르는 자들이므로, 필연의 법칙에 의해서 복수를 당합니다. 그러나 조직은 아랑곳없이 비리의 현실을 쌓고 맙니다. 그렇게 해서 서유럽에서 숱한 신구 좌파 세력이, 정작 끝까지 싸울 뜻은 없는 모스크바의 조종자의 지령에 따라, 이쪽은 끝까지 싸웠습니다. 한편 귀축미영은 미영대로, 동유럽에 내란을 조직하기에 미처 날뛰었습니다. 세계에서 처음 공산제를 창업한 러시아와 달리, 동유럽에서의 전후 공산제는 환상의 여지도 없었으며, 점령군에 의해서 조직된 현지 정권이 어디서나, 언제나 그러했던 바와 마찬가지 모든 흠점과 위선을 드러냈습니다. 참으로 제국이 개항하던 무렵을 생각하고, 동유럽의 모습을 비겨보면 모골이 스산해집니다. 모름지기 민족의 자주 세력이 무너지고, 갖은 이름으로 군림하는 외세의 주구走狗들이 정치를 맡는 고장이란 것은 어디나 마찬가지여서 뚫고 들어갈 틈은 얼마든지 있는 것입니다. 이렇게 해서 이른바, 냉전이라는 것이 발전해나갔습니다. 냉전이란, 귀축들의 코흘리개 평론가들이 말하듯, 열전 아닌 차가운 전쟁도 아니요, 이름만 들어도 정떨어지는 술주정뱅이 처칠이 말한 것처럼 무슨 무쇠의 장막의 이쪽저쪽에서 벌인 독재와 자유라든가 하는 사이에서 일어난 이데올로기 싸움도 아닙니다. 역사란 말싸움 때문에 피가 흐른 적은 없습니다. 언제나 재물을 다툴 뿐입니다. 말이라 생각하는 것은 허울을 몸뚱어리로 생각하는 데서 오는 헛갈림이올시다. 냉전은 포츠담 체제를 말 그대로 지킬 생각이 없었던 귀축과 적마에 의한 전리품의 재분배를 위한 싸움으로서, 포츠담 체제와 관련시켜서 논할 때에만, 그 뚜렷한 모습이 드러나는 것입니다. 베를린 위기는 그 당시에는 심각한 위기감을 자아냈던 사태였습니다. 그러나 결국 베를린에서 전쟁은 일으키지 않았습니다. 동유럽에서 일어난 내란들은 어느 하나도 주어진 체제를 바꾸지 못했을 뿐 아니라 그 이상의 영향을 미치지 못하는, 컵 속의 풍랑으로 그쳤습니다. 그리스는 끝내 공산화되지 않았고, 터키, 이란 모두 낡은 체제의 모순을 지닌 채 근본적인 변화가 없었습니다. 이처럼 냉전의 결과는 우리가 보았듯이, 이기고 짐이 없이, 가라앉았습니다. 이러한 사태 발전의 근본 요인은, 무엇보다도 먼저, 귀축과 적마 사이의 군사력의 균형의 반영입니다. 귀축들이 아국의 평화스런 도시에 악마의 불 ── 원자탄을 떨어뜨리던 순간에 지니는가 싶던, 세계 정책을 위한 절대 무기가 적마의 손에도 들리고 보면, 귀축미영이 몇 세기에 걸쳐 그들의 좋은 세월에 비축했던 통상 전력 면에서의 우위는 상대적으로 그 위력이 줄어든 것입니다. 귀축미영의 잠재 전력은 지난 태평양 전쟁을 통해서 전술적인 수준을 넘어서 문명론의 견지에서 본 총독부의 심심한 관심을 끌었습니다. 속견으로 어떤 나라의 힘을 그 나라 자체의 민족성이라든가 내셔널리즘의 견지에서 본질을 찾으려 합니다. 지난날 제국의 개화 과정을 통해 코흘리개 미영 숭배자들에 의해 떠들어진 '영국 신사'니, '개척 정신'이니 하는 따위 논들이 설정한 바, 영제국, 미

제국의 힘을 앵글로 색슨의 민족성에 돌리려는 형이상학적 사고입니다. 본인은 이와 관찰을 달리합니다. 아 제국을 제외한 그어느 국가도, 종족 자체의 우월성에 의한 힘이라는 것을 가지고 있지 않으며, 어떤 국가의 제국적 역량은 그 민족 자체에 찾을 것이 아니라 역사적 문맥에서 보아야 할 것입니다. 역사적 문맥이란 다름이 아닙니다. 제국의 창업자가 된 어떤 민족이 그 제국 창건에 성공한 다음에 나타내는 힘은, 그 민족 자신의 힘에다가 어떤 x를 더한 것이지, 전량이 그 민족 스스로에게서 실체적으로 나오는 것은 아니라는 말입니다. 이 x란 무엇인가 하면, 그 당시까지의 전 문명의 축적입니다. 전 문명의 축적을 자국에 우선적으로 유리하게 사용할 수 있는 관리권이 힘에 의해서 그민족에게 넘어갑니다. 이 구조를 깨닫지 못하면, 제국 창업국의 힘은 초수준의 신비한 실체적 힘, 민족성의 우수함 따위 말이 나오게 됩니다. 그렇지 않습니다. 어떤 제국이 자기 지배권을 확립하면 그는 전 문명의 축적을 손아귀에 쥐게 됩니다. 그것은 그 제국이 만들어낸 것이 아닙니다. 계승한 것입니다. 전前 제국으로부터 직접 뺏을 수도 있고, 난세기를 거쳐 격세계승隔世繼承할 수도 있습니다만, 아무튼 그것은, 당자가 창조한 것이 아니라 '제국'이라는 자리에 취임함으로써 그의 손에 쥐어진 직분상의 권한—즉 직권, 이 경우에는 '제국이라는 직분에서 얻어진 직권'인 것입니다. 이 직권은 그가 자기 경쟁자를 물리치기 위해 증명한 능력에 비해 엄청나게 큰 힘입니다. 제국 창업자는, 한 적을 넘어뜨리기에 성공만 하면 그 적까지 포함한 열 적을 다스리는 힘을 가지게 되는 것입니다. 이러한 법칙은 그들 자신도 반드시 자각하지 못하기 때문에 자기 환상의 유인이 되는 것이며, 약자에 의한 신비화의 함정이 됩니다. 이것이 이른바 '제국'의 본질입니다. 역사가 위대한 개인을 만드느냐 위대한 개인이 역사를 만드느냐는 질문의 방법이 잘못된 것이고, 여기서 문제의 본질은 위대한 개인이 행사하는 힘은 직권으로서의 힘이며 그에게서 발출론적發出論的으로 나오는 것으로 보이는 힘은, 사실은 조직의 힘인 것처럼, 이 원리는 '제국'과, '제국'을 경영하는 민족의 관계에도 그대로 적용되는 것입니다. 지난 세월에 귀축들이 누린 힘은 이러한 문명적 축적의 빙의력憑依力이었던 것입니다. 그러나 원자 무기는 지중해 문명의 계승자로서의 영미 세력의 힘의, 이러한 이점을 무력화시켰습니다. 국력의 비군사적 분야에서 크게 떨어지는 러시아는 1천만의 목숨을 잃고, 잿더미가 된 국토를 가지고 냉전을 겪었으나, 이 절대 무기를 함께 가짐으로써, 동계문명同系文明의 정통 계승자와의 배짱놀음에서 끝까지 버틸 수 있었던 것이 그것을 증명합니다. 냉전의 전 과정을 통해서, 어디까지가 전리품의 재분배 ── 즉 포츠담 체제를 바꾸기 위한 움직임이고, 어디까지가 전리품의 유지를 위한 양동 작전 ── 즉 포츠담 체제를 지키기 위한 움직임이냐를 밝히기는 어렵거니와, 허허실실, 서로 안팎을 이루는 것으로써, 갈라놓기 어려운 것입니다. 전쟁에서는 거짓이 진실이 되고 진실이 거짓이 되기도 하는 것입니다. 그 본보기가 바로 반도에서 일어난 전란입니다. 이 전란은 분명히 전란이었음에도 불구하고, 맥아더의 해임이 나타내듯이, 즉, 전쟁인 줄 알고 이기자고 나선 직업 군인이 바지저고리가 된 데서 뚜렷해진 바와 같이, 전쟁이 아니었던 것입니다. 얄타와 포츠담에서 귀축과 적마赤魔가 자로 대고 그었던 38도선이 휴전이 되면서 비딱하게 틀어졌다고 해서, 그 선의 본질이 바뀌어진 것이 아닙니다. 귀축과 적마의 눈에는, 휴전선이란 것은 없고, 복원된 38도선인 것입니다. 그들은 반도에서, 서로 저쪽이 포츠담 체제를 바꾸고자 하는 뜻을 과연 어디까지 밀고 갈 속셈인가를 짚어본 것입니다. 국운을 걸고 싸울 뜻은 없었고, 싸울 수도 없었습니다. 이것이 고비였습니다. 평화 공존이란 말은 스탈린의 입에서 처음 나온 말이었습니다. 그는 포츠담 체제를 재확인한다는 뜻을 다른 쪽에 알린 것입니다. 지금까지 말한 지역들은, 지난 전쟁의, 말 그대로의 전리품에 드는 곳입니다. 이 지역은 직접 작전 지역들로서, 귀축 미영군과 아방我邦과 독이獨伊가 피 흘려 다툰 땅입니다. 전리품임이 뚜렷하고, 따라서 포츠담에서도 쉽게 주고받고 한 곳입니다. 그러나, 이들 지역의 뒤에는, 전리품이라는 성격으로써 다룰 수 없는 곳들이 펼쳐져 있습니다. 서유럽의 스페인·아프리카·중동·인도·중국·베트남이 그러한 지역입니다. 이러한 지역이 전리품이 아니라는 것은 미국과 러시아에 대해서 그렇다는 것입니다. 그렇다고 해서, 미국의 등에 업혀서 싸운 영국이나 프랑스의 전리품이라기에는, 그들의 전후에 여기서 행사한 힘의 약체성에 비추어 전리품이라는 말이 어울리지 않는 것입니다. 소화력이 없는 밥주머니에게 음식이 무슨 소용이겠습니까? 먼저 스페인은 지난 대전에서 중립이었습니다. 어떤 뜻으로도 형식적으로는 어느 쪽의 전리품이 될 수 없습니다. 그러나 귀축미영은 스페인을 봉쇄해야 합니다. 스페인이 대서양의 강국이 되는 것을 막는 것 — 이것이, 트라팔가 해전에서 넬슨 함대가 스페인 함대를 바다 속에 묻은 다음에 영국의 대스페인 정책이었고, 나중에는 미영의 공동 정책이 되었습니다. 전쟁은 불장난이 아닙니다. 스페인 본국과 남아메리카의 스페인계 제국의 연합에 의한 the Spanish Commonwealth of Nations이라는 것이 이루어지는 것은, 대서양 국가로서의 귀축미영이 온갖 힘을 다해서 막아야 할 일입니다. 스페인이 트라팔가에서 바다 속에 묻은 것은 목조 군함과, 구식 대포와, 숱한 칼멘과 이사벨라들의 서방님들만이 아니라, 스페인의 미래였던 것입니다. 스페인은 영원히 앵글로 색슨의 수인囚人이 되어야 했던 것입니다. 피레네 산맥과 대서양이라는 벽에 싸인, 스페인이라는 감방에 갇힌, 말입니다. 이런 스페인. 한번 운명의 걸음을 헛디디면 한 종족이 어떻게 되는가를 보여주는 나라가 스페인입니다. 근대에서의 해외 식민 싸움에서 프랑스 또한 머저리 놀음을 한 나랍니다. 그리고 그 주역은 나폴레옹이라고 하는 머저립니다. 이자는 북미에 있는 프랑스 식민지 루이지애나를 미국에 팔아준 돈으로 손바닥만 한 유럽 대륙에서 쓸 데 없는 전쟁 놀음을 벌인 머저립니다. 그렇게 해서 프랑스는 삼류 식민국이 되었지요. 나폴레옹은 낡은 '제국'주의자였습니다. 사람은 태어난 곳을 떠나지 못하는지 그에게는 '제국'의 현실적 공간은 지중해 연안이었습니다. 같은 식민지 경영의 낙제꾼이라도, 스페인 사람들은 대단한 일을 했습니다. 그들은 남미 땅에만 식민한 것이 아니라, 현지의 원주민 계집들의 자궁 속에다 식민한 것입니다. 제일 확실한 식민법입니다. 스페인 사람다운 방법입니다. 그러나 이렇게 생물학적으로 뛰어난 식민법도 본국의 군사적 보호를 벗어나고 보면 대양 너머 버려진 고아일 뿐입니다. 남미의 스페인 식민지는 스페인의 고아원이요, 본토 스페인은 스페인의 감옥입니다. 스페인 노랫가락마따나, '나의 조국은/나의 감옥'이지요. 이 고아원과 감옥의 관리인이 귀축미영입니다. 이런 스페인에 대하여, 스탈린은, 포츠담 회담에서 시비를 걸었다고 기록은 말하고 있군요. 스탈린이 스페인에 대한 귀축미영의 기득권 —— 트라팔가 해전의 전리품으로서의 스페인을 건드릴 생각이 정말 있었는지, 이 피레네 산맥 저쪽의 유럽의 수인에 대해 기사 노릇을 할 마음이 진짜였는지는 의심스럽습니다. 그는 스페인 내란 때, 좌파군左派軍을 귀축들에게 팔아먹은 자이기 때문입니다. 스페인 내란은 좌우군左右軍의 혁명, 반혁명 싸움이 아닙니다. 트라팔가에서 묻힌 '제국'에의 꿈이, 때마침 좌파 이데올로기에 집단빙의集團憑依되어 민중을 반체제의 광기에 몰아넣은 것입니다. '제국'이라는 것은, 늘 문명의 전 축적의 육화라는 구조를 가지기 때문에 본질적으로 종교적 권위와 같은 기능을 가집니다. 그래서 옛날 '제국'의 의식적 무당의 후예인 시인들은 '제국'적인 것에는 근원적 기억을 환기당하는 것이며 스페인 내란에 외국에서 글쟁이 노래꾼들이 달려간 것은 그 때문입니다. 이런 '제국' 부흥 광신 운동이던 스페인 내란을 팔아먹은 스탈린이, 이번에는 좌파를 부추기겠다는 듯한 뜻을 비칠 형식상의 권리는 있었던 것입니다. 왜냐하면 트라팔가의 전리품이지, 2차대전의 전리품은 아니었고, 스페인이 말이지요, 포츠담 체제에서는 배타적인 귀속을 주장할 수 없는 곳이었습니다. 그 후의 일을 보건대, 스탈린은 스페인에 대해서 살뜰한 관심이 없었고, 있었다 해도 그 관심을 나타내고 밀고 갈 만한 시간을 못 가지고 말았습니다.

그러면 아프리카는 어떤가? 아프리카와 중근동中近東은 귀축미영의 역사 감각으로서는, 그들이 로마 제국으로부터 격세상속隔世相續한 유산입니다. 2차대전 후, 귀축미영의 근친상간적 모순이 이 지역에 대한 처리를 둘러싸고 일어났습니다. 포츠담에서의 처칠의 온갖 노력은 이 지역에 가지고 있는 영국의 기득권을 지키는 데 쏠렸습니다. 미국은 이 지역에서 먼저 영국의 지배력을 해체시키기로 했습니다. 전쟁 기간, 물론 2차전입니다. 이 전쟁 기간에 영국은 이 지역의 독립 운동 세력에게 자치를 약속함으로써, 대독작전對獨作戰에서의 현지민의 협력을 얻어냈습니다. 대동아 전구에서의 수법과 마찬가지지요. 이것은 물론 발등에 떨어진 불을 끄자는 속임수였지요. 귀축미국은 이 약속을 지키라고 미친 척하고 졸라댔습니다. 참 야속한 맹방盟邦이지요. 적마의 침투를 막으려면 그 길밖에 없다는 대의명분은 귀축영국으로서는 물리칠 힘이, 말주변이 아니라, 군사력이 없었지요. 무력화해가는 독립운동 세력과, 그들에게 자금을 주는 미국에 대해서 말입니다. 이렇게 해서 이 지역에 구더기처럼 숱한 독립국 ─ 즉 자치국이 생긴 것입니다. 케임브리지와 옥스퍼드에서 남의 말로 마음의 잔뼈가 굵은 한 줌쯤 되는 사람들이, 옛 상전들의 걸음걸이며 기침걸이며, 어깨를 으쓱하는 법이며를 떠올려가면서 빈 의자들을 차지한 것입니다. 이 지역에서 영국은 저 트로이 전쟁에서 그리스 사람들이 목마 속에 군병軍兵을 감춰놓고 짐짓 물러난 고지故智를 따랐습니다. 이스라엘이라는 나라를 심어놓고 떠난 것입니다. 1~2백 년 '제국' 직에 있다 보면, 이런 수법은 우체국 직원이 도장 찍는 솜씨처럼 절로 익혀지게 마련입니다. 이 목마가 오늘날, 그야말로 옛날의 그 목마 못지않은 효험을 내고 있지요. 이 사정은 인도에서도 마찬가지였습니다. 아 제국은 대동아전쟁에서 이 지역 사람들에게 복음을 퍼뜨렸습니다. 제국은 백색제국을 무너뜨리고 아 국체의 빛을 이 지역 사람들에게 누리게 하기 위해서 그들의 상전인 미영과 싸웠고, 인도에서도 그러했습니다. 그러나 귀축들은 아국의 동지였던 '찬드라 보스' 대신에 간디파에게 자치권을 넘겨주었고, 여기서도 목마를 남겨놓고 갔습니다. 파키스탄의 분리입니다. 이 목마가 얼마나 피비린내 나는 흉물이었던가는 그 후의 역사가 잘 말해주고 있습니다. 방글라데시에서 흐른 피는 누가 그렇게 만들었는가를 역사는 잘 알고 있습니다. 이렇게 해서 영국은 인도라는 코끼리 등에서 내려왔습니다. 그러기에, 인도를 잃을망정 셰익스피어는 어쩌느니, 하는 그런 방정맞은 소리는 안 하는 법입니다. 셰익스피어야 잃으려야 잃을 수 없는 이친즉, 셰익스피어는 잃을망정 인도는 어림없다쯤 돼야지, 그 따위 사위스런 소리를 무슨 멋인 줄 알고 뇌까리면, 역사의 터줏대감이 화내는 것입니다. 본 총독부를 보십시오. 일부단견자一部短見者들이 뭐라 하건, 길 없는 데서 길을 보고 빛 없는 데서 빛을 만들어왔고, 만들어가고 있지 않습니까? 이쯤은 돼야 하는 것입니다. 그러기에, 아시아에서의 신생국들의 개화 과정에서 중공과 인도는 두 개의 좋은 대조라느니, 전체주의적 방법과 자유식 방법을 대표하는 것이라느니, 보기에는 중공이 시원스럽게 근대화되는 것 같지만, 영국이라는 좋은 상류 가정에서 자유 예절을 익힌 인도가 결국 천천히겠지만 팔자가 좋을 것이라는 등 아전인수의 헛소리를 하더니 적마의 본을 따라, 태고연한 이 고장 법대로 모후母后와 옥자玉子가 정치하기로 되지 않았습니까? 조선인들 말마따나 구관이 명관이에요. 이제 보니 알겠어요. 우리처럼 불교가 들어온 지 오랜 나라는 인도에 대해 알지 못하는 사이에 높이 본뜰까 하는 심정이 있어요. 인정 아닙니까. 내려오면서 실체는 저 멀리 가보지도 못할 나라고, 거기서 머리 좋은 사람들이 지어낸 말씀만 건너와놓고 보니, 마치 그 나라도 그 말씀 같은 줄만 알기 쉽지요. 아무튼 그래서 우리도 인도라는 나라를 그렇게 무지개로 감싸기 쉬운데, 본인이 불경을 가끔 뒤적이다가 문득문득 심두에 스치는 게 있었어요. 무엇인고 하니, 붓다라는 사람의 가르침인즉, 삶이란 게 괴롭다, 삼계三界가 불붙는 집이다, 하는데 그 까닭은 사람의 욕심이다, 이렇지 않습니까. 붓다의 고향 사람들이 얼마나 욕심이 많으면, 세계 종교가 될 만한 종교를 만들었겠는가. 다시 말하면, 붓다의 고향 사람들의 욕심이란 게 그야말로 세 계급이었다는 말이 아닌가? 이런 생각이 드는 적이 있었다는 말입니다만, 지난 대동아전쟁에서 그들이 해묵은 상전에게 매달리면서 아 제국의 광명정대한 성전聖戰을 끝내 깨닫지 못하고 자파自派의 당리를 위해서 국가 대사를 그르치던 것을 아울러 생각하면 무언가 짚이는 구석이 없지도 않습니다.

러시아는 이 모든 영령해체英領解體 움직임을 환영하고, 귀축 미국과 더불어 영국이 내놓고 물러간 옛 전리품을 다투었습니다. 이 다툼은 포츠담에서의 합의 사항에는, 적어도 형식상으로는 어느 편도 어긋나지 않는 일이었습니다. 지금까지의 되어온 모양은, 영국이 아메리카의 편을 들어, 배 주고 속 빌어먹는 정책을 택한 탓으로, 적마는 이 지역에서 큰 재미를 못 보고 있습니다. 얼마 전에, 러시아가 인도를 세력권에 넣음으로써, 이 지역에서의 세력 분배는 한 고비가 끝난 것으로 보입니다. 포츠담 체제에서 명시적으로 분할된 지역 — 서유럽 · 동유럽 · 조선반도 · 아열도와, 제2의 지역 — 스페인 · 아프리카 · 중동 · 인도 사이의 차이 — 즉 종전 후 정세의 차이는 명백합니다. 전리품 지역에서는 최초 분할 상황이 요지부동으로 30년간 하루같이 바뀌지 않은 데 비하여, 제2지역에서는, 엎치락뒤치락이 있었는데, 이집트 · 콩고 · 알제리아 · 인도네시아 · 인도가 적마의 손에 붙었다, 귀축의 손에 붙었다, 한 것입니다. 이것이 뜻하는 바는, 그 자체가 뜻하는 대롭니다. 포츠담 체제는 절대로 움직일 수 없고, 그 밖의 지역에서는 융통성을 가지고 평화적인 쟁탈 경쟁을 한다, 하는 것입니다. 이 제2지역은 영국과 프랑스가 내던진 곳이기 때문에 포츠담에서는 점잖게 주인에게로 돌아간다고만 했지, 주인들이 내놓은 다음에 미로 사이에서 어떻게 한다는 약정은 할 수 없었습니다. 그렇기 때문에, 이 지역에 대한 그러한 행동 방식의 정립이라는 것도, 포츠담 체제에 대해서는 부정도 긍정도 아닌 사항인 셈이어서, 등식의 양변에서 약분해도 좋은 부분입니다. 이렇게 해서 여전히 제1지역에 대한 합의가 흔들리지 않는 한, 포츠담 체제는 귀축, 적마 관계의 기본 골격으로 남습니다.

아마, 유고슬라비아의 예를 들어, 이런 정식화에 이론異論코자 하는 사람이 있겠지요. 좋은 착안입니다. 그러나, 유고슬라비아는 외려 이 공식을 뒷받쳐줍니다.

제1지역의 다른 나라들과 달리, 유고슬라비아는 점령국의, 이 경우는 러시아의 완전한 전리품일 수 없었습니다. 티토가 이끈 현지인 군사력이 상대적으로 우수하게 조직되고, 독일군에 준정규적 타격을 주는 상태에서 종전이 된 데다가, 이러한 무력 저항이 영국에 의한 군사적 지원 아래 이루어졌기 때문에, 동유럽에서 티토는 유일하게 자기가 거느린 군대를 가지고 정권을 맡았었지요. 동유럽의 모든 공산소두령共産小頭領들이, 오랫동안 제 몸 하나 겨우 적도赤都로 피해가서, 찬 밥술이나 얻어먹다가, 진주하는 적마군赤魔軍을 따라 고향에 돌아온 사정과는 다른 것입니다. 이 경우에 티토 세력이 공산당이라는 간판을 달고 있었다는 것은, 군사적으로는 아무래도 좋은 우연적 요소에 지나지 않습니다. 그 간판 때문에 도매금으로 포츠담에서 동유럽권에 넘겨졌지만, 끝내 오리는 제 물로, 전리품이 아닌 유고슬라비아는 동유럽권에서 벗어난 것입니다. 이것은 마치, 중동과 아프리카의 식민지들이 옛 주인인 프랑스, 영국에 명목상 전리품으로 돌아갔지만, 지킬 힘이 없었기 때문에 지키지 못한 것과 같은 사정입니다. 프랑스나 영국이 옛 식민지들을 자기 손으로 되찾은 것이 아니기 때문에, 전후에 현지에다가 자기들 마음대로의 현지 정권을 세울 수가 없었던 것입니다.

중국에 대해서 이야기할 차례가 되었습니다. 중국 대륙에서의 모비毛匪의 승리와 장蔣의 패퇴는, 전후에 일어난, 포츠담 체제에 대한 최대의 복병이었습니다. 중국은 물론 제1지역도, 제2지역도 아닙니다. 형식상으로 카이로 선언의 서명자이며, 전승국이었습니다. 종전 당시, 귀축과 적마는 중국의 장래에 대해서, 대체로 일정 기간에 걸쳐서는 같은 견해를 가지고 있었습니다. 모비의 세력이 점점 커지고, 큰 위협이 될 수는 있겠지만, 그것은 오늘내일은 아니고, 승전함으로써 장蔣의 정치적 지위는 강화될 것이며, 대일 전쟁에서 훈련되고, 귀축미국의 장비를 풍부하게 갖춘 중경군重慶軍은 모비에 대해 치안유지력을 가지고 있다고 본 것입니다. 총독부 당국이 가지고 있던 정보도 그와 다름이 없는 것이었습니다. 총독부는 아시다시피 대륙 정책의 실질적 본부였으며, 이런저런 제약이 많은 동경보다도, 과감하게 행동하려는 제국 육군의 혁신파들에게는 더 홀가분하게 움직일 수 있는 본부였고, 만주 사변 때만 해도 직접 야전판단野戰判斷으로 압록강을 넘어 조선 주둔병을 출병시킨 일까지 있는만큼 대륙 내에서의 전전전후戰前戰後 사태는 관할의 문제를 떠난 원칙적 관심사였고, 관동군 사령부라는 객원 기구까지도 거느리게 된 8·15 후에는 더욱 그러한 탓으로, 대륙에 대한 정보활동은 계속하고 있었던 것입니다. 그러나 뜻밖에도 모비는 실성한 놈들처럼 지나 대륙을 쓸어 삼키고 말았습니다. 포츠담 체제에 대한 전리품이기는커녕, 형식상으로는 공동 전승국인 중국이 이 같은 내란에 대하여 귀축들과 적마는 모두 손을 쓸 수가 없었습니다. 모비는 러시아가 관동군에게서 뺏어서 넘겨준무기를 가지고 어부지리를 거두었습니다. 귀축과 적마는 2차대전이 끝난 다음, 저마다, 장개석蔣介石과 모비를 빨대 삼아, 중국의 부를 빨아들일 셈이었습니다. 장비蔣匪와 모비는 어느 한쪽도 다른 쪽을 위해서는 없어서는 안 되었습니다. 미로米露는 지나 대륙이 통일된 강력한 국가이기를 바라지 않습니다. 서로 외국 상전을 섬기는 매판세력들이 분열하는 가운데 그 상전 노릇을 하면서 상해나 대운의 조계租界에서 소강주蘇江酒에 대취하면서 지나 미인을 끼고 앉아서 아편장수를 하기를 바란 것입니다. 이것이 임칙서林則徐와 싸운 후부터의 변함없는 그들의 방법입니다. 모비의 실성한 자 같은 대륙 석권은 이들에게 큰 실망을 안겨주었습니다. 누구보다도, 스탈린이 가장 많이 놀란 것으로 보입니다. 공산 이론의 원전에도 없는 방법으로 승리했다는 방식도 그를 불쾌하게 만들었습니다. 사람이란 우스운 것이어서, 자기는 콩팔칠팔 아무렇게나 뇌까리고 얼렁뚱땅 지내면서도, 남이 조금만 그러는 시늉을 보이면 거슬리는 것입니다. 이때까지 스탈린은 모비를 진짜로 이데올로기적 동류라든가, 그것은 어쨌건 지나 대륙의 주인이 되리라든가 하는 생각은 전혀 가지지 않았습니다. 러시아 말고는 유럽의 모든 공산당이 주저앉아버린 것을 본 스탈린은, 지나 같은 후진 지역에서 지금 그 시대에 공산주의의 자생적 승리가 이루어지리라고는 믿지 않았습니다. 그러나 이런 현학적인 허울이야 어찌 됐든, 눈앞에 벌어진 사실이 더 큰일이었습니다. 늘 사실이 무서운 법이지요. 일청 전쟁에서 아 제국이 지나를 망신시키기까지만 해도 귀축들과 적마赤魔(──그때는 백마白魔올시다만)는, 지나의 전력戰力과 지난날의 영광을 분간하지 못하고, 긴가민가하는 형편이다가, 아국의 승리를 보고서야 마음 놓고 지나를 깔보기 시작했는데, 이제 모비에 의해서 통일이 되고 보면 누구보다도 러시아에게는 큰 위협이었습니다. 모비가 본토를 차지하자 스탈린은, 모비를 구슬러서 수하로 삼아보려고 하였으나, 아마 그것이 오래가지 못할 것을 재빨리 판단한 것으로 보입니다. 조선 반도에서 전쟁을 일으키기로 한 스탈린의 목표는 장개석군의 개입을 유발하여, 장군을 본토에 상륙시키고, 상당한 지역을 되찾게 한 다음 휴전을 성립시킨다는 것이었음을 본 총독부가 모은 정보는 뚜렷이 하고 있습니다. 모비의 불필요한 승리를 원장原狀으로 되돌려놓은 일이었습니다. 전쟁이 일어나자 재빨리 열린 UN 안보이사회에서 러시아 대표는 일부러 흠석欠席함으로써 사보타주를 하여, 귀축미국이 반도에 파병할 수 있는 길을 비켜주었습니다. 불가사의한 러시아 대표의 행동의 비밀은 이것이었습니다. 총독부는 당시에 이 사실을 알아내고 본국에 알려주었습니다. 총독부는 이 사태가 제국군의 재편성과 지나 본토 개입에까지 나아가도록 모든 힘을 기울였습니다. 그렇게 되었더라면, 반도를 다시 찾는 가장 빠른 길이 되었을 테지요. 그러나 그렇게는 되지 않았습니다. 반도에서의 싸움 동안에 모비는 두 가지 일을 한 것으로 보입니다. 첫째는, 스탈린의 반도 개입 권고를 받아들여 힘껏 싸움으로써 모비가 중국 본토를 조직하고 동원할 능력을 증명하는 일이었습니다. 다른 하나는, 스탈린에 대해서 행한 일인데, 만일 스탈린이 계속해서 모비 일당의 출혈을 강요한다면, 귀축미국과 단독 강화할 뜻을 강력히 비쳤습니다. 이 같은 조치는 모두 들어맞았습니다. 귀축미국은 장에 의한 대륙반공大陸反攻이 불가능함을 판단하였고, 스탈린 역시 모비의 동원력을 알아보고 제2의 티토화를 재촉하게 될 것을 걱정했습니다. 이렇게 하여 반도에서 전화戰火는 멎었습니다. 그리고 맥아더의 해임에서 보이듯이 38도선은 존중될 것이, 즉 포츠담 체제는 다시 확인된 것입니다. 전리품으로서의 반도의 본질은 더욱 굳어졌습니다. 그런데 이런 분석에서 한 군데 흐릿한 데가 남습니다. 반도전란半島戰亂의 시작에 앞서서 귀축들은 과연 스탈린으로부터 아무런 통보도 받지 않았는가 하는 점입니다. 중국 대륙을 분할하여 경영하는 대사업에서 이들 양자의 합작 여부는 충분히 두고두고 밝혀볼 만한 여러 가지 흔적들을 남기고 있기는 합니다.

말하자면 전쟁 직전의 애치슨 선언 같은 것입니다. 러시아 대표의 안보리흠석건安保理欠席件과 더불어 이 역시 불가사의한 일입니다. 그러나 총독부는 지금 시점에서는 이 문제에 이렇다고 잘라 말할 만한 정보는 아직 가지고 있지 못합니다.

러시아의 모비출혈정책의 가장 큰 출혈자는 그러나, 북조선 공비일당입니다. 이 싸움에서, 북조선 일당은, 혁명 세력이란 이름으로 남부 민중에 대하여 누릴 수 있었던 신비의 가리개를 잃어버리고 말았습니다. 뿐만 아니라 전전戰前까지 남선南鮮에 대하여 본 총독부의 정책에 의하여 우위에 놓여 있던 총독부 치적인 공업자산工業資産을 잃어버림으로써 남선적화南鮮赤化를 위한 유리한 조건을 모두 놓치고 말았습니다. 이것은 자기들이 만든 것이 아니었으니 억울할 것도 없기는 하지만, 그것의 정치적 의미는 큰 것입니다. 그리고 북조선처럼 업혀들어온 공산 체제에게 대해서 치명적이었던 것은, 그들의 체제에 대한 유토피아적 환상을 해독시켜준 꼴이 되었으며, 점령 기간이라는 가장 바람직하지 못한 생활을 통해서 민중에게 채점할 기회를 주었다는 것입니다. 혁명 세력은 이기기 위해서는 이런 기회를 민중에게 주지 말아야 합니다. 환상적 얼굴만을 먼빛으로 보여주고 실무적 비속성은 내놓지 말아야 하는 것입니다. 강요된 전쟁을, 자기들이 선택하지 않는 시점에서 일으킨 북조선 일당은 어쩔 수 없이, 혁명이 일상의 차원에 내려왔을 때의 모습과 함께, 대국大國의 앞잡이 노릇을 해야 하는 소국小國의 초라함까지를 내보이고 만 것입니다.

다음은 베트남입니다. 지난해에 베트남이 적화되었을 때 여러 말이 많았습니다. 그러나 총독부의 관찰에 의하면 이것은 놀라울 것이 하나도 없습니다. 베트남은 포츠담 체제에서는 일지역一地域이었습니다. 그러나 영국이 아프리카와 중동에서 그러했던 것처럼, 프랑스는 이 지역의 치안을 다룰 힘이 2차대전 전후에는 없었습니다. 프랑스는 냉전에 의한 본국에서의 좌파 공세를 맞아 부르주아 체제를 살려내는 데 모든 힘을 기울여야 했습니다. 디엔 비엔 푸에서 패하자 프랑스는 호군胡軍과 휴전하고 이 지역에서 손을 뗐습니다. 이때부터 이 지역은, 포츠담 체제의 기준에서 본다면 제2지역 ─ 즉 러시아와 미국의 기준으로 보면 어느 쪽의 전리품도 아닌 지역이 된 것입니다,라고 하는 것은 이 지역에 개입할 때는 어느 편이나 상대방에게 합의에 의한 합법성의 주장을 할 수 없다는 말이 됩니다. 이것이 러시아나, 미국의 조선 반도 개입과 본질적으로 다른 조건입니다. 내 땅에 왜 손대느냐는 소리를 못 하는 것입니다. 이 지역을 다툰 싸움에서 결정적인 힘은, 현지 세력의 실력과, 프랑스의 향배向背였습니다. 호비胡匪는, 한마디로 줄여서 말하자면 티토 모비형毛匪型의 토착실력집단이었기 때문에, 내부의 권력 구조도 비교적 외부 간섭이 없는 순수한 경쟁과 합리적 개인 역량의 상호평가에 의해 정착되었고, 점령자인 프랑스에 대한 반란사에 있어서 전력이 분명하고, 구체적인 국민적 기반 위에서 공작하였고, 반란두령反亂頭領에 대한 신뢰가 섞인 심리적 위광을 쌓아왔습니다. 하루아침에 나타난 '장군'이나 '위대한 동지'가 아니었던 것입니다. 그리고 무엇보다 중요한 것은 점령자인 프랑스와 정규전의 규모에까지 이른 전투를 했다는 사실입니다. 조선 반도의 어느 반일 세력도 이것을 하지 못했습니다. 그들의 저항은 소규모로 곧 끝난 소저항이었습니다. 베트남의 호비는 운이 좋았습니다. 그들은 약해진 적에게 점점 큰 규모의 저항을 조직하였고 마침내 적으로 하여금 전의를 잃게 하는 데 성공한 것입니다. 이 모든 것을 그들은 혼자 힘으로 하였습니다. 호비는 종족이 받은 굴욕을, 종족의 적이 물러가기 전에 갚을 수 있었던 것입니다. 이것은 큽니다. 만사는 정신이 결판냅니다. 식민지 통치를 받은 것이 굴욕이라면 그것을 씻는 길은 적에게 굴욕을 주는 것뿐입니다. 디엔 비엔 푸에서 호비는 적에게 굴욕을 주고, 그것을 국민에게 선물로 바친다고 하면서 협력을 구한 것입니다. 이것은 큽니다. 본인의 철학으로는, 이것이면 다라고 하고 싶은 것입니다. 이와 같은 정신을 불어넣는 것이야말로 대동아전쟁에서 아군이 힘쓴 선무공작宣撫工作의 원칙이었습니다. 말하자면 아 제국의 개항 시기에 느낀 위기의식을 불어넣은 것이었습니다. 2차대전의 전리품 아닌 땅에서 현지의 내란에 개입한 미국으로서는, 호비의 이 같은 토착 기반은, 그들의 물량을 가지고도 뒤바꿔놓을 수 없는 우세한 전력으로 작용하였으며, 그렇다고 핵무기를 쓸 수 없다는 제한이 있고 보면 상황은 몹시 어려운 것이었습니다. 이와 같은 사태의 반면을 이루는 것입니다만 사이공 정부의 부패는 사태의 악화를 재촉하였습니다. 국가를 사유물로 생각한 이들은 사회의 모든 공공 재산을 가산家産으로서 다루었으며, 가산으로 보고 처리하였습니다. 대개 정권의 청렴은 어느 정권에게나 사활 문젭니다만, 모든 일이 그런 것처럼, 그 현상現象하는 유형은 다양합니다. 사회 전체로 보아 모든 구성원이 청렴하면 제일 좋은 일입니다. 지배자가 피지배자에게 책임을 지는 형식입니다. 차선은 지배자 내부에 어느 정도의 기강이 서 있는 경웁니다. 먹어도 알아서 먹는다는 것입니다. 부패에 있어서의 양식이랄까요. 지배자 집단이 아직 미래 의식과 자신이 있어서 공사公私의 균형의 어떤 위험 수위를 넘지 않을 만한 내부 질서가 있을 땝니다. 그런데 이런 모든 구별과 유형은 동적인 상황과 연결시켜서야만 평가할 수 있습니다. 이만하면 그래도 되지 않았는가고 위선과 자기합리화를 해보아도, 적의 도덕적 수준이 이쪽보다 높으면 대결에서 지는 것입니다. 1점차로 져도 지기는 마찬가지며, 전쟁이란, 그 1점이 사활에 직결된다는 데에 본질이 있습니다. 사이공 정권은 이런 조건에서 모두 뒤져 있었습니다. 그들은 부패의 조직이었지, 공공의 책임을 다하는 지도 집단이 아니었던 것으로 보입니다. 이런 세력을 가지고는 어느 누군들 해보는 도리가 없습니다. 이 같은 현지 지배층의 부패는 그들을 국민으로부터 고립시키고, 전쟁 수행을 위해서 국민의 전 역량을 동원할 수 없이 만듭니다. 충용한 신민 여러분. 지난 대동아전쟁에서의 아 제국에 있어서의 전쟁 수행 태세를 돌이켜보십시오. 우리가 보인 거국일치擧國日致의 자세는 그렇게 아무 데서나 찾아볼 수 있는 것은 아닙니다. 이것은 사회 성원이 지금 벌어지고 있는 일이 어느 누구를 위한 것도 아니고, 그럴 수밖에 없는 타당한 행동이라는 것, 즉 전쟁 목적에 대한 마음속에 짚이는 공감이 있어야만 나오는 행동입니다. 프랑스 또한 미국의 다리를 잡아당겼습니다. 자기가 못먹은 감을 남이 차지하는 것을 보고 있을 수가 없었던 것입니다. 그보다는 적화된 베트남에서 녹고권綠故權을 내세워 전후복구를 위한 입찰에서 좋은 자리를 얻기를 바란 것입니다. 이것은 어느 모로나 프랑스로서는 합리적인 정책이었습니다. 반도인들처럼 오랫동안 정치 감각이 망가져온 자들에게는 얼른 곧이들리지 않겠지만, 근세 이후의 식민지 쟁탈전에서 연이어 패해온 프랑스로서는, 자기가 못나게도 내놓은 지역까지를 앵글로 색슨이 집어삼키는 것은, 정말 새벽에 삼대독자 죽는 꼴은 보아도, 그것만은 눈뜨고 볼 수 없었습니다. 귀축영국 역시 중동에서와는 달리 미국의 베트남 개입을 좋아하지 않았습니다. 향항香港에 대한 권리를 지키기 위해서 영국은 모비의 비위를 맞춰야 했고, 모비의 코앞에서 벌어지는 불장난을 막아주는 데 공을 세워야 했던 것입니다. 그야말로 사면초가 속에서 귀축미국은 베트남에서 허우적거린 것입니다. 적마赤魔 러시아는, 포츠담 체제의 합의를 내세워, 이 지역에 대한 미국의 군사 행동에 대해서는 동등한 자격으로 대응 행동을 폈습니다. 그들은 호비에게 군사 원조를 주었습니다. 아군의 중국 작전 때, 싸움에서는 이기면서도, '버마 루트'를 통한 귀축들의 군사 원조 때문에 작전을 종결할 수 없었던 바와 똑같은 국면이 인도차이나 반도에서 벌어진 것입니다. 참으로 운명이란 야릇한 것이어서, 남을 괴롭힌 무기가 자기를 괴롭히게 되는 일이 흔합니다. 적마의 전리품이 아닌 곳에서 귀축이 용병해도 포츠담 체제에 대한 어긋남이 아닌 것처럼, 귀축의 2차전 전리품이 아닌 곳에다 적마가 군사 원조를 해도 포츠담 선언에 어긋나지는 않는 것입니다. 귀축은 조선반도에서처럼 UN기를 빌려오지도 못했을뿐더러, 선전포고라는 헌법 절차에 의한 승인도 없는 전쟁을 해야 했던 것입니다. 이 같은 국제법, 국내법상에서의 약한 처지는 그들이 베트남에서 움직인 용병 자체를 약하게 만들었습니다. 이 싸움에 나가지 않겠다고 징병을 기피한 젊은 놈들이 큰소리치고 그들을 잡아내는 쪽이 떳떳치 못해하는 판이 된 것입니다. 한때 베트남 싸움이 한창일 때, 이런 기피자를 도와 국외로 보내는 조직이 전국에 걸쳐 있었고, 이 조직은 광범한 헌금에 의해 운용되고, 이에 종사하는 사람들은 양심적 애국 행위를 한다는 심리적 우위에서 행동하였습니다. 마치 대동아전쟁에서 애국부인회가 응소자應召者들을 빼돌려 국외 탈출을 도와줬다고 상상해보면 사태의 기괴함을 알 것입니다. 귀축 사회에는 기독교네, 청교도 찌꺼기네, 하는 것이 아직 남아 있어서 다른 때는 남보다 악착스레 돈벌이를 하다가도 그들 생각에 무슨 혼이 씌웠다 싶으면 이런 엉뚱한 짓을 하는 것입니다. 이런 사회에서는 일이 이쯤 되면 적은 일이 아닙니다. 국방상 유리한 땅에서 본토 안에 적병을 보지 못하고 2백 년이나 살다 보면, 좀 사치해져서 세상에 자기들만 잘나고 비리는 있어서는 안 되기나 한 것처럼 생각하는 버릇이 붙게 됩니다. 이런 사람들의 세금과 피를 거둬서 속여먹자면 여간 꾀가 있지 않고는 시끄러워서 못 배기는 것입니다. 베트남 문제 때문에 시어미 역정에 개 옆구리라고 갖은 투정을 여기다 얽어 넣어서, 사회가 크게 분열되었습니다. 이런 싸움에서 이기기란 어렵습니다. 베트남에서 귀축들이 이기지 말란 법은 없었습니다. 만일에, 그들이 전력全力을 들였더라면, 그들은 더 버틸 수도 있었을 것입니다. 그러나 그들은 전력을 기울일 수가 없었습니다. 싸우고 싶어 하지 않는 병사를 가지고는 해보는 길이 없었던 것입니다. 한때 그 좁은 반도에 50만의 병력이 우글댔습니다만, 말을 물가까지 끌고는 가도 억지로 물을 마시게는 못 합니다. 안 될 일은 뻔한 것이어서, 싸움이란 것도 싸우는 군대 안에서의 사기라고 하는 것은 근본적으로는 자율적인 것이지, 사령관이나 장교의 힘으로 유지되는 것이 아닙니다. 그 자율성이란, 전쟁 목적에 대한 국민적 합의에서 나오는 것입니다. 지난 싸움에서 젊디젊은 꽃다운 나이에, 정종 한 잔 깨끗하게 비우고는 빵긋 웃고 비행기에 오른 '특공대'원들을 어떻게 그렇게 시킬 수 있었겠습니까. 자율성이 우러나오는 합의란, 무슨 유식한 판단을 말하는 것이 아닙니다. 한 사회에 그런 판단을 할 수 있는 사람이 몇이나 됩니까. 그저 주먹구구의, 막 잡은 짐작 말입니다. 그 짐작에 맞으면 사기는 저절로 이루어집니다. 노동자들은 받는 돈만큼 힘을 냅니다. 병사들도 마찬가집니다. 그럴 만한 자리면 죽을 줄 알면서도 갑니다. 가지 않으면 안 됩니다. 전우들이 보고 있기 때문입니다. 향리鄕里의 부모형제 처자식이 보고 있기 때문입니다. 그래서 한 번밖에 없는 목숨을 술 한잔에 빵긋 웃고 버리러 가는 것입니다. 제국이 용병한 개화 이래의 모든 싸움에서 병사들은 기꺼이 죽었습니다. 그들은 성전聖戰의 대의를 옳게 여겼기 때문입니다. 전후에 와서 이러쿵저러쿵하는 전쟁 비판을 본인은 믿지 않습니다. 진주만의 승복에 목메인 국민감정을 본인은 믿습니다. 싸워서 이기자는 뜻이었습니다. 이것을 믿지 않는 자들이야말로 제국의 패전의 책임자들입니다. 그러한 비국민 때문에 제국은 웅도雄圖를 못다 편 것입니다. 일부의, 미영의 아편에 취한 자들의 잘난 척하는 전쟁 비판 증언은, 그들의 민족에 대한 죄를 자백하는 것밖에 뜻이 없습니다. 이렇게 해서 프랑스령 인도차이나 반도는 공비들의 손에 넘어갔습니다. 인도차이나 반도와 조선반도는 그러나 그 성격이 다릅니다. 38도선은 포츠담 체제에 의한 분할선인 데 대하여, 17도선은, 호비와 프랑스 간의 휴전선입니다. 프랑스가 인도차이나 반도에서 물러남으로써 17도선은 포츠담 체제와 간접으로도 끊어졌습니다. 포츠담 체제의 수익자인 프랑스가 스스로 전리품을 내놓았기 때문에, 그것을 실력으로 차지하려고 하는 자에게 대해서, 아무도 포츠담 체제의 이름으로 비난할 수가 없는 것입니다. 즉, 17도선 이남은 우리가 피 흘려 얻은 땅이라는 소리를 할 수 없는 것이, 귀축미영의 입장이었습니다. 남이 내던진 전리품을 주워담으려고 슬몃슬몃 대어들었다가, 깊이 빠져든 싸움이 베트남 전쟁이었습니다. 그것도, 귀축들은, 직접 귀여운 새끼들을 보내 싸우는 데 대하여, 적마, 모비는 저희들 피는 한 방울도 흘리지 않고, 호비 혼자서 당해냈습니다. 38도선과 17

336

도선은, 포츠담에서 제네바까지 가는 교통비가 싸다고 해서 가까울 수는 없습니다. 38도선은 귀축들이 아 제국으로부터 강탈한 전리품의 분할선이며, 적마 러시아가 아 제국에게서 강탈한 전리품의 분할선입니다. 총독부 예하의 일부 군관민 가운데는 이 점을 알지 못하고 본총독부가 베트남에서의 프랑스 총독부가 취한 정책이나 알제리아에서 '프랑스의 알제리아 전선'이 취한 정책으로 옮겨가는 문제를 생각할 때가 되지 않았는가 하는 이야기가 나도는 모양이지만, 이것이 잘못인 것은 뚜렷합니다. 총독부는 귀축과 적마들의 손으로부터 조선 반도를 다시 뺏어내기 위해서는 환상은 금물임을 뚜렷이 하고자 합니다. 본인은 현재의 반도의 휴전선을 38도선의 복원으로 인식하며, 1950년에 일어난 반도 사변은 반도에서의 포츠담 체제의 변혁을 위해 일어난 것이 아니라, 지나 본토에서의 모비의 일방적 패권을 후퇴시키기 위해서 꾸며진 국제 음모로서 보고 있으며, 만일에 그 음모가 이루어졌더라면, 귀축들은 장개석 군의 본토 상륙의 대가로 남조선을 적마에게 내주었을지 모르나, 귀축들이 그 길을 택하지 않고 모비의 티토화 쪽에 걸기로 하고, 장개석 군을 움직이지 않은 이상, 귀축미국은 조선 반도에서는 소심하게 포츠담 체제의 테두리에서 벗어나지 않은 결과가 되는 것입니다. 반도의 전란에서 제일 많은 피를 흘린 것은 반도인이었으나, 그것은 그들의 전쟁이 아니었던 것입니다. 그들의 피를 가지고 남이 일으켜서, 남이 마무리한, 남의 전쟁이었던 것입니다. 남의 전쟁이란 것은 그들이 전쟁으로 말미암아 그들의 팔자를 고치지도 못했고, 앞으로도 고칠 수 있는 길도 못 열고, 남의 장단에 춤이라면 몰라도 피를 흘린 것이기 때문입니다. 길을 열지 못했다는 말은, 비록 남의 전쟁으로 일어났을망정 하다못해, 김일성 일당이 제 힘만으로도 38선 이북으로 복귀하기만 했더라도, 적마 러시아에게 전리품으로서의 값을 치르고 북조선의 주인이 될 수 있었겠으나, 그들은 그럴 힘도 없었고, 모비의 힘을 빌렸기 때문에 또 다른 나라의 전리품이 된 것입니다. 그렇다고 해서 적마의 전리품으로서의 본질이 없어진 것이 아니고 보면, 반도는 포츠담의 전리품임과 동시에 모비의 전리품이라는 이중의 전리품이 된 것입니다. 김일성은 호지명胡志明처럼 식민지 총독부 당국으로부터 실력으로써 현 북조선 지역을 인수한 것이 아닙니다. 총독부는, 그러므로 현존하는 반도의 토착 세력에 대해서 아무런 법적 의무가 없을 뿐만 아니라, 그 실력도 인정하지 않습니다. 총독부는 또한 모비에 대해서도 반도에서의 기득권을 인정하지 않습니다. 포츠담 체제의 당사자인 귀축과 적마에 대해서만 교섭의 상대로서 나가고 있습니다. 이것이 반도 정세의 본질입니다. 인도차이나 반도에 대한 현상론적 인식은 포츠담 체제라고 하는 현 정세의 출발점을 논의에서 잊어버린 데서 오는 삼류 정치인들과 사류 평론가들의 잘못이겠으나, 귀축과 적마의 세계 정책의 담당자들은 물론 포츠담 원본을 가지고 있을 것이므로, 본 총독부의 인식과 일치할 것으로 믿습니다.

데탕트란, 그렇기 때문에, '포츠담 체제,' '포츠담 체제에 대한 변혁의 시도(냉전),' '포츠담 체제에로의 복귀'라는 전후사의 운동에서의 제3단계에 붙여진 이름입니다. 발틱해에서 일본 해에 이르는 이 체제에서의 귀축미영과 적마 러시아가 접경하는 어느 고리도 달라진 것이 없으며, 앞으로도 그럴 것입니다. 지난번 귀축들은 존넨펠트 발언을 통해서 이 사실을 확인했습니다. 유럽에서의 포츠담 체제의 확인 신호입니다. 아시아에서의 존넨펠트 선언은 베트남에서의 철수가 바로 그것에 해당합니다. 인도네시아와 인도에서의 세력 교체가 그것에 해당합니다. 즉, 조선 반도에서의 38도선에서의 분할 상황은 줄곧 움직이지 않았으나, 영국 · 프랑스 · 폴란드 등, 이류, 삼류 식민지 소유국들의 구 점령지역인 인도 · 인도차이나 · 인도네시아에서는 융통성 있는 게임이 벌어져왔으며 앞으로도 그러리라는 것입니다.

특히 주목할 일은, 귀축미국과 적마 러시아가 포츠담 체제의 제1지역에서의 원칙을 그 밖의 지역에 대해서도 확대하려는 경향입니다. 모비의 패권이 이루어지는가 싶던 인도네시아에서 귀축미국과 적마 러시아는 연합하여 모비를 몰아내고 난 후에, 인도와 인도네시아를 사이좋게 나누어 가졌습니다. 아프리카와 중동에서의 그들의 협력도 이와 같은 방식입니다. 이렇게 해서 그들은 냉전이라는 이름으로 시작된 포츠담 체제에 대한 변화를 시험해본 기간을 지나 대체로 지난 10년 동안에 데탕트라는 이름 아래 포츠담 체제로 돌아왔습니다.

이 같은 정세 위에서 총독부는 다음과 같이 두 가지 시안을 마련하고 있습니다. 첫째는 반도에서 전쟁이 일어나도록 유도하는 것입니다. 여러분이 아시다시피 가로 갔건 모로 갔던, 지난

30년 동안 반도는 평화를 누렸습니다. 남북을 통하여 이 기간에 과중한 군비 부담에도 불구하고 생산력은 이미, 총독부 통치시대의 수준을 마침내 넘어서고 말았습니다. 본인은 눈 뜨고는 이런 꼴을 보지 못합니다. 본인은 요즈음 소화가 나빠졌습니다. 평화라고 하는 것은 어떤 기간에 걸쳐서 계속될 때에는 반드시 살림을 살찌웁니다. 반도의 경우에도 마찬가지였습니다. 지금쯤 다시 이 반도에 전쟁이 일어나게 해서, 지난 30년의 성과를 깨끗이 잿더미로 만들고, 굶주림을 불러들이는 것, 이것이 가장 좋은 길입니다. 이 같은 전쟁을 통해서 아 제국은 1950년대와 같은 전쟁 경기를 다시 한 번 맛볼 수 있을 것이며 국수 세력의 힘을 강하게 할 수 있고, 잘하면, 군사적 개입의 길을 열어놓을 수 있을 것입니다. 총독부 당국은 온 힘을 기울여, 이 정책이 실현되도록 애써오고 있습니다. 그러나 이것은, 우리로서는 으뜸가는 정책임에도 불구하고, 귀축과 적마 사이의 포츠담 체제 복귀의 정책과는 정면으로 마주치는 것임이 사실입니다. 그런 까닭에, 총독부 당국은 차선의 길로서 비전비화非戰非和의 방략方略을 아울러 펴나가고 있습니다. 이 길은, 처음 것보다는 못하지만, 반도인의 힘을 지치게 하고 자립할 수 있는 틈을 주지 않는 효력은 넉넉합니다. 이 일을 위해서는 총독부는, 남북의 어느 한쪽에도 사랑이 치우치지 않도록 하고 있습니다. 더욱, 김일성 체제는 아 제국의 국체를 작은 규모에서 본뜨고 있는 상징적 천황제로서의 내실을 더욱 굳혀가고 있으므로, 제국으로서는 행여 김 체제에 변화가 오는 일이 없도록 깊은 배려가 있어야 할 것입니다. 만일에 필요하다면, 김의 위신을 높여주기 위해서, 제국은 거짓 양보조차도 해 보여야 할 것입니다. 김 체제가 건재하는 동안은, 그것이 아 제국의 국체 이데올로기의 반도에서의 건재임을 믿어도 좋을 것입니다. 김일성 체제가 뒤집어쓰고 있는 이데올로기적 허울에 대해서 걱정할 것은 없습니다. 그는 반도인들이 가지고 있던 유럽 추종에 대해서, 그 유럽에서 건너온 이데올로기를 남김 없이 희화화해 보임으로써, 개화 이래의 커다란 환상을 밝혀 보였으며, 천황제만이 반도인이 따라야 할 통치 구조임을 뚜렷하게 나타내 보인 것입니다. 반도인들의 마음을 이처럼 굳혀놓은 공로는 무엇으로도 갚을 수 없는 큰 것입니다. 반도인들이, 인간으로서 머리를 쓰고, 꿈을 꾸어보는 버릇을 가지게 하는 것은, 있어서는 안 될 일입니다. 김일성은 반도인들에게 오직 천황 폐하의 뜻을 받들어, 천황을 위해 살고, 천황을 위해 죽고, 천황을 위해 거듭나서 '봉공奉公'할 참다운 반도적 심성을 만들어냈습니다. 이러한 심성의 상징구조만 있으면 언제든지 그 허울은 갈아넣을 수 있습니다. 권력이 부지깽이를 들고 하느님이라고 부르면 그것을 하느님이라고 믿게 하는 것, 이것이 중요합니다. 이런 심성을 만들어냄에 있어서 김일성은, 더할 수 없이 충실한 아 일본제국의 국체의 선양자였습니다. 이 같은 공로에 비추어볼 때 상황 탓으로 그가 보위寶位를 모독하고 있는 듯이 생각하는 것은 소승적인 생각입니다. 김일성 체제는 반도인의 개화놀음의 우매성과 절망을 끊임없이 온존시키고 있기 때문입니다. 그들은 제국의 국체 개념 밖으로 오늘, 지금까지는 벗어나가지 못하고 있습니다. 반도인들이 만일에 꿈과 현실의 분리라는, 의식에 있어서의 방법적 조작 기술을 깨우치고, 꿈을 도구 삼아, 현실을 개선하는 요령을 터득한다면, 이것이 가장 불령不逞한 일이 될 것입니다. 꿈과 현실의 분리나 추출을 허락하지 않고, 토속적 실감의 지면에서 일어서지 못하는 파충류에 머무르게 하는 것이 무엇보다 힘을 들여야 할 방향입니다. 왜냐하면 '꿈'을 가진다는 것은 '꿈의 육화로서의 제국'이라는 아 국체로부터의 절도 행위이기 때문입니다. 제국의 행동은 그대로 꿈이며, 꿈이 즉 행위입니다. 반도는 제국의 꿈입니다. 반도인들이 꿈을 가진다는 것은 그러므로 제국의 영토를 절도하는 일이 됩니다. 총독부는 이런 선인鮮人을 모두 불령선인으로 봅니다. 김일성이 하고 있는 일은 이러한 아 국책의 원칙에 더할 수 없이 충실합니다. 적은 일을 가지고 시끄럽게 해서는 안 될 것입니다. 믿고서 맡겼으면, 맡은 일을 마음껏 하게 놓아주어야 할 것입니다. 도리어 본국의 정치 정세를 본인은 걱정하고 있습니다. 마치 1930년대의 정객政客들의 탈선을 떠올리게 하는 일들이 일어나고 있습니다. 이것은 분명히 국체의 원리에 어긋나는 정치가 어떻게 되는가를 보여주는 좋은 본보기입니다. 어떤 사람들은 지금이야말로 총독부의 주도로 군이 지하에서 나와 정권을 잡아야 한다고 말합니다. 총독부는, 이 같은 말을 여러 모로 생각한 끝에 지금은 그때가 아닌 것으로 믿고 있습니다. 대세가 데탕트로 기울어지고 있는 지금으로서는, 제국은, 귀축과 적마에게 지레 겁을 줘서는 안 됩니다. 쉬지 않고 기다리면서 힘을 기르는 자에게는 역사는 반드시 자리를 만들어줄 것입니다. 반도를 지하에서 경영하는 일은 지금 조건에서 제국이 할 수 있는, 가장 큰, 국체의 전면 부활을 위한 준비입니다. 더욱, 반도는 지난날과 달라 적들이 전리품으로서 분할 지배하는 형편이기 때문에 이 조건 아래에서 총독부의 공작을 펴나가는 일은 몇 배나 어려워졌습니다. 이와 같은 사정에서, 반도의 경영의 두번째 목표는, 남북 사이에 데탕트의 여택余澤이 긍정적으로 미치는 것을, 적극 가로막아야 할 것입니다. 반도에서의 데탕트는 총독부의 입장에서는 두 가지 면에서 다루어져야 합니다. 첫째는 포츠담 체제의 확인으로서의 데탕트입니다. 이것은 반도의 영구 분단을 뜻합니다. 우리는 이 면을 환영합니다. 왜냐하면 그것은 반도가 강력한 국가로 통일되는 것을, 막아주기 때문입니다. 다른 면이란, 이 같은 데탕트가, 반도가 비록 분단된 채로나마, 양쪽에 군비 축소를 가져오는 방향으로 나가는 가능성입니다. 미국과 러시아는 38도선의 상호 존중의 약속 아래 원조 부담을 벗고자 움직여왔습니다. 반도의 남북의 현지치안피임당국現地治安被任當局에 대한 원조를 귀축과 적마의 양쪽이 모두 끊어버리기 위한 방향으로 공동보조를 취하고, 치안을 전면으로 현지병에게 담당케 하려는 것입니다. 남북의 현지 치안 당사자들이 취할 길은 두 가집니다. 하나는 앞으로도 군비 겨룸을 혀가 빠지게 이어가는 길입니다. 다른 하나는 귀축과 적마가 약게 구는 것처럼, 자기들도 약게 굴어서 군비를 줄이는 길입니다. 총독부는 앞의 것이 실현되도록 움직이고 있습니다. 이른바 남북

회담은 지금 같아서는 잘될 것 같지 않습니다. 이것은 좋은 일입니다. 통일의 가장 쉬운 길은 남북이 군비 경쟁을 버리고 각기의 체제의 합리성을 높여가는 길입니다. 통일=체제의 합리화/전쟁×민족력입니다. 이 공식은, 통일은 민족의 힘의 합리화에 비례하고, 전쟁에 반비례한다, 혹은 민족의 힘을 합리적으로 쓰면 통일에 가까워지고, 그것을 전쟁에 쓰면 통일은 멀어진다, 하는 것입니다. 혹 반대하는 사람이 있을 것입니다. 모든 국민사에서 무력에 의하지 않은 통일이 어디 있었는가 할 것입니다. 일반론으로서는 옳습니다. 그러나 반도에서의 이 법칙의 적용을 한번 살펴봅시다. 남북이 무력을 사용한다는 것은 동족만을 상대한다는 말이 아닙니다. 어느 쪽이든 일방이 단독 승리하자면 반도를 전리품으로 알고 있는 귀축 혹은 적마를 상대로 해야 합니다. 그런데 그 귀축과 적마는 포츠담 체제의 영속을 바랍니다. 통일=체제의 합리화/전쟁×민족력의 공식에서 전쟁은 민족력을 파괴할 뿐 외력外力을 파괴할 수 없다는 말입니다. 이것이 반도인들에게 데탕트가 뜻하는 바입니다. 통일에 대한 이같은 불모의 길을 버리고, 만일에 민족력을 합리화하는 길을 택한다면, 그것은 먼 것처럼 보이되 가까운 길이 될 것입니다. 아국체 이외의 이데올로기가 모두 관념적 허구라고 믿고 있는 본인으로서는, 통일=체제의 합리화/전쟁×민족력의 공식에서의 '체제의 합리화'라는 항은 간단한 것입니다. 어느 체제든 합리성을 극대화하면 그것들은 같아집니다. 이것은 데카르트의 '코기토 에르고 숨'처럼 순수 공식입니다. 요순지치堯舜之治=합리

성이 극대화된 탕걸지치湯傑之治 ── 입니다. 즉, 성정聖政＝극대極
大로 합리화된 악정惡政입니다. 반도의 남북이 그들의 내정을 성
정까지 밀어 올리면 통일은 그것으로 된 것입니다. 왜냐하면 성
정聖政＝악정惡政이기 때문입니다. S＝무한대로 적분된 무한소
입니다. 이것이 라이프니츠의 뜻입니다. 데카르트와 라이프니
츠는 모두 신을 잃어버리고 만, 따라서 신과의 관계에서만 좌표
치를 받았던 전근대前近代가 무너진 자리에서, '나'가 누구인가
를 정립해야 할 사명을 느낀 사람들입니다. 'Cogito ergo sum'
은 신의 아들로서의 '나'가 불가능한 자리에서 '나'에게 현실성
을 주기 위한 천재적 설정입니다. 이것은 천문학에서의 코페르
니쿠스의 지동설에 맞먹습니다. 근대인에게는 사실로서의 성성
聖性은 불가능하며, 그것은 무한대로 개선된 비성성非聖性 ── 이
라는 방법으로써만 가능한 것입니다. 반도인들이 왕조의 사직
에서 풀려난 다음의 의식은, 오늘까지 비참하리만큼 방향을 찾
지 못하고 있습니다. 그들은 아직, 데카르트와 라이프니츠와 코
페르니쿠스와 마키아벨리가 겪은 저 무한심無限深의 심연을 뛰
어넘지 못했습니다. 겁쟁이이기도 하거니와 뛰어넘든 뭐든, 그
심연이 어디 있는지도 모릅니다. 어느 체제든 합리성을 극대화
하면 같아진다 ── 이것이 오늘의 반도인들이, 귀축미영과 적마
러시아라는 그들의 스핑크스들이 던져놓은 피 묻은 수수께끼
에 대한 대답입니다. 이것은 순수 명제이기 때문에 증명을 필요
로 하지 않습니다. 총독부는 반도인들이 이 같은 해답에 다가서
는 길을 막아야 합니다. 통일＝체제의 합리화／전쟁×민족력에

서, 분자를 극소화시키고 분모를 극대화시키는 것, 이것이 총독부의 꾸준한 정책입니다. 이 정책이 성공할 많은 조건이 있습니다. 무엇보다 데탕트입니다. 데탕트를 위의 공식에 넣어봅시다. 데탕트는 평화/분단이므로, 대입하면, 통일=체제의 합리화/전쟁×민족력×평화/분단입니다. 즉 총독부가 택할 길은 역시 분모계를 크게 하고 분자계를 줄이는 일입니다.

충용한 군관민 여러분, 무릇 모든 제국은 영토를, 그에 어울리는 영토를 가져야 합니다. 반도는 제국이 결코 내놓을 수 없는 영토입니다. 제국이 대륙의 구령舊領을 다시 찾기 위한 발판으로서도 반도는 결코 놓을 수 없는 땅입니다. 귀축미국의 반도정책은 앞에서 분석한 바와 같이, ①돈 안 들이고, ②피 안 흘리고, ③포츠담의 전리품을 유지하는 일입니다. 군사 원조를 줄이고, 지상 병력을 감축하고, 그러나 반도의 절반 부분에 대한 권리는 결코 버리지 않는다는 것입니다. 이것은 당연합니다. 피 흘려 얻은 땅을 뺏기지는 않겠다는 것입니다. 이것은 적마호비赤魔胡匪의 입장에서도 마찬가지입니다. 총독부의 관찰에 의하면 미국은 이 같은 정책의 실현을 위해서는 반도에서의 제국의 발언권을 더욱 높이고 따라서 안보 책임을 분담케 하려고 할 것입니다. 제국의 권익은, 이 같은 미국의 사정을 이용하면서 추구되어야 할 것입니다. 그 어느 때보다도 총독부의 입장은 강화되었고, 전망은 밝습니다.

31년 전 오늘을 돌이켜보고 본인의 마음은 천 갈래 만 갈래흩어집니다. 오늘 반도의 상황을 이와 같이 분석해볼 때 이것은 잘못했으면 그대로 아 열도列島의 이야기일 뻔했기 때문입니다. 한쪽에 동경이, 그 이북의 어느 도시가 분단 일본의 북쪽 수도가 되고, 1950년쯤 열도에서 동족 사이에 전쟁이 나고, 한쪽은 귀축미국, 다른 쪽은 적마의 장비를 가지고 3년 동안 싸우다가 겨우 휴전이 이루어지고, 한편 반도에서는 미소공위米蘇共委가 순조롭게 진행되어 남북 각파各派가 참여한 통일정부가 서고, 독립운동 각파各派는 동일 헌법 아래에서의 정견을 달리하는 정당으로 탈바꿈하고, 바꿔가면서 정권을 맡는 가운데, 일본 열도에서의 내란통에 크게 돈벌이를 하고, 그것을 발판으로 비약적인 경제성장을 이룩하고, 미소와의 협의로 비무장 중립국이 되어 남아돌아가는 자금을 아 열도의 전후 복구에 꾸어준다 — 한번 이렇게 생각해보십시오. 참으로 소름 끼치는 악몽입니다. 그러나 이것은 천우신조로 현실이 되지 않았습니다. 현실은 그와 거꾸로 된 길을 걸어왔습니다. 맹방盟邦 독일의 오늘을 생각해볼 때 이 느낌은 더욱 사무치는 바 있습니다. 독일은 같은 패전이면서도 1차대전 때만 해도 분할을 당하지 않았습니다. 세계 질서의 책임자가 단일하고 보면, 한 민족 속에 두 개의 지배 구조를 만드는 것은 불가능했기 때문입니다. 이번 전쟁에서 분단된 독일은 아마 가까운 장래에 통일되기는 바랄 수 없게 되었습니다. 오래갈 것입니다. 모든 형편은 유럽의 중심에 또 하나의 제국 후보자를 만드는 데 반대하는 쪽으로 흘러가고 있었습니다. 이 같은 힘을 거스를 힘을 독일이 만들어내는 것은 불가능합니다. 제국들의 행동은 잔인합니다. 미영이 스페인을 수인으로 매어두는, 그 일관성과 잔인함을 보십시오. 그들은 독일 또한 사슬에 묶어두게 된 것입니다. 이번에는 적마라는 새 간수를 얻기까지 했습니다. 주변의 모든 나라가 독일의 분단 영구화에 찬성입니다. 역발산力拔山하는 독일 민족도 이 사슬을 벗어나기는 힘듭니다. 지그프리트. 사슬에 묶인 지그프리트입니다. 사슬이란 분단입니다. 만일 이 운명이 아 제국에도 닥쳤더라면, 하고 생각하면. 러시아는 일주일의 대일참전으로 차마 균등 분단까지 요구할 수 없었다 치고라도, 부분 점령은 가능했을지도 몰랐던 것입니다. 실지로 스탈린은 8월 16일 미국에 대하여 북해도의 북반의 점령을 요구하였습니다. 스탈린은 '북해도 점령은 소련의 역사의식에 대해서 특별한 뜻이 있다. 잘 알려진 바와 같이, 일본은 1919년부터 1921년에 걸쳐 소련의 극동 전역을 점령했다. 소련이 일본 본토에 얼마쯤의 점령 지역을 갖지 않는다면 우리나라 여론은 들끓을 것'이라 통고했습니다. 이 요구는 미국에 의해서 거부되었습니다. 그것은 얄타에서도, 포츠담에서도 합의된 바 없기 때문입니다. 러시아는 그 짧은 작전 기간 때문에 더 우길 입장이 못 되었다 하더라도, 중국이야말로 그것을 요구할 수 있었을 것입니다. '구주九州'라든지, '사국四國'이라든지 어느 한 섬을 중국이 분할 점령한다는 것은 당연한 일이었을 것입니다. 그러나 장蔣은 이 일을 이루지 못했습니다. 이 순간에, 장의 정치적 장래는 결정된 것입니다. 패전국의 본토에 그 주요 교전국의 하나가 발도 들여놓지 못한다면, 그 정부는 자기들 국민에 대해 무슨 위신으로 군림할 것이며, 그들에게 동원되어 죽어간 사자들에게 무슨 낯으로 지하에서 상면하겠다는 것입니까? 장개석이 중국 방면의 아 제국군 사령관을 문책 없이 돌려보낸 처사는, 참으로 경멸에 값하는 것입니다. 그는 민중의 소박한 정의감을 외면한 것입니다. 국부 측이 아 본토의 '사국四國' 섬이나 '구주九州' 섬에, 주일駐日 중국군 총사령부를 가질 수 있었더라면, 장개석의 정치적 운명은 달라졌을 것임을 본인은 의심치 않습니다. 미국이 방해했을 것입니다. 그것을 해결하는 것이 정치력일 것입니다. 뗏목에다 실어서라도, 중국군 제복을 입은 인원을 아 본토에 올려놓았어야 할 것입니다. 장蔣은 그것을 하지 못했습니다. 자기 민족이 적에게서 받은 굴욕을 갚기 위해서 국민을 조직할 힘이 없는 정부는, 정부가 아닙니다. 오랜 전란 끝에 그 난의 책임을 적에게 물을 힘이 없는 정부에 대한 불신과, 허공에 명분 없는 망령으로 방황하게 된 전사자들의 원한이, 장蔣을 본토에서 몰아낸 것입니다. 이 또한 아 제국에게는 천우신조였습니다. 여기도 신풍神風은 불었던 것입니다. 이렇게 해서 우리는 맹방盟邦 독일의 운명에서 벗어난 것입니다. 이 끔찍한 분할 점령의 악몽을 반도가 현실로 짊어지게 된 것입니다. 반도는 제국의 비운의 순간에도 제국을 위한 살길을, 몸으로 마련한 것입니다. 참으로 제국의 복지福地가 아니고 무엇입니까. 참으로 제국을 위한 속죄양이 아니고 무엇입니까? 그러나 본인도 사람입니다. 더구나 폐하를 위해 반도의 경영을 맡는 몸으로서, 반도 신민에 대한 한 가닥 측은한 마음을 느끼지 않는 것은 아닙니다. 그러나 이것은 어디까지나 한 가닥 느낌에 지나지 않습니다. 내지와 반도의 운명을 그렇다고 바꿔줄 수는 없는 것입니다. 더욱 조심할 것은 정세는 비상한 주의를 가지고 지켜봐야 할 위험한 요소를 가지고 있다는 것입니다. 그 요소란 다름이 아닙니다.

맹방 독일은 분단되었으나, 오스트리아의 처리 방식은 이와 완전히 상반된 것이었다는 점입니다. 대국의 분단은 영구화시키지만, 소국의 분단은 각 점령 당사국의 기득권이 보장된다면 해소시켜도 좋다는 것입니다. 제국의 내셔널리즘과 소국의 내셔널리즘의 조화가 실현된 것입니다. 조선 반도에서 총독부가 가장 걱정하는 것이 이 오스트리아식 해결입니다. 체제의 합리화/전쟁×민족력×평화/분단,이라는 공식이, 오스트리아에서는 분자계를 극대화시키는 방향에서 마침내 현실화된 것입니다. 이것이야말로 반도 문제의 핵심입니다. 현상적 유사성 때문에 베트남과 반도를 대비시키는 론이 많습니다만, 이것은 법적으로 아무 관련이 없으며, 현실의 본질, 즉 힘의 관계에서도 아무 닮은 데가 없습니다. 반도가 닮은 형은 바로 오스트리아입니다. ①법적으로 독일 영토였으나 실질적으로는 강제 합방이었고, 따라서 ②엄연한 타국이며, ③분단된 오스트리아는 아무에게도 위험한 존재가 아니며, ④독일의 전쟁 책임도 나누어 질 것을 추구하는 채권자가 아무도 없으며, ⑤그 자체로서는 대단치 않으나 주변국의 어느 하나에 또 합병되는 경우에는 세력 균형에 큰 혼란을 준다는 점, 그리고 ⑥분할 점령되었다는 점, ⑦ 따라서 민족 안에 국가 장래에 대해 이질적인 전망을 가진 복수의 정치 집단이 조직되었다는 것입니다. 조선 반도는 구프랑스령 인도차이나가 아니고 구조적으로 구독령舊獨領 오스트리아인 것입니다. 따라서 반도의 통일은 베트남 방식으로는 불가능하고, 오스트리아의 건국을 이룬 조건들이 이루어진다면, 반도 또한 통일될 수 있는 것입니다. 그러면 그 조건이란 무엇인가. 오스트리아는 적마와 귀축들의 점령을 통하여, 독일이나 반도에서와 같이 좌우 정치 세력이 각기 보호자의 그늘에서 조직되었습니다. 이 조직 세력을 한 민족 속의 두 개의 권력으로 기능시키지 않고, 한 국가 속의 두 개의 정치 당파로 기능시킨다는 조건입니다. 이 조건에 점령자들이 합의하고 현지 정치 당파들이 또한 합의한 것입니다. 일방적 패권의 추구 대신에 합법적인 이해 경쟁을 택한 것입니다. 오스트리아는 지금은 소국小國입니다마는, 역사의 어떤 기간에는, 유럽의 문명 중심의 하나였고, 무엇보다 권모의 대가 메테르니히의 나랍니다. 권모란 문명 계산文明計算입니다. 힘의 합리적 운용입니다. 그들은 좌우 이데올로기에 대한 관념적 환상을 가질 만큼 야만하지도 않았고, 주변 여러 나라를 동맹국으로서 과신할 만큼 어리지도 않았습니다. 그래서 그들은 자기 밖의 이리와 안의 이리, 즉 타국과 타당他黨을 모두 무해화시키는 길을 가기로 뜻을 모은 것입니다. 이 뜻은 합리적인 것이었으므로, 통한 것입니다. 반도의 여러 정파들의 경우에도 이 법칙은 그대롭니다. 그들이 오스트리아의 길을 가면, 즉 체제의 합리화/전쟁×민족력×평화/분단에서 분자계의 수치를 증대시키는 길을 간다면, 어느 지점에서 통일이라는 현상을 얻는다는 것은 자명한 일입니다.

그러므로 총독부는 반도의 정치력이 이 곬으로 흐르는 것을 막아야 합니다. 다행히, 반도의 공론이, 그들에게는 타산지석도 아닌 구프랑스령 인도차이나에 눈이 팔려 있거나, 팔려 있는 체 하는 동안은, 의식의 면에서도 오스트리아의 모습은 떠오르지 않을 것입니다. 그들은 늘 현상에 끌려 본질에 색맹입니다. 눈에 잘 보이는 것이 제일 그럴듯하다는 것입니다. 총독부의 학무국은 이러한 경향을 더욱 심화하기에 게을리함이 없어야 하겠습니다. 당장 입에 단 것이 좋고 혓바닥에 쓴 것은 몸에도 해롭다고 그들은 생각하고 있습니다. 이 또한 좋은 일입니다. 풍속과 이념을 분리할 줄 아는 길만이, 겉보기에 속지 않는 길만이, 제국처럼 신국神國 아닌 모든 국가나 집단이 따라야 할 슬기인데도, 이들은 완강하게 현상에 눌어붙습니다. 이것은 아마 누대에 걸친 무사주의無事主義에다가, 제국이 통합 기간 중에 베푼 국체 사상의 교육에 의한 효과인 것으로 보입니다. 반도인들은 자신들을 분단 독일에 비유하면서 통일을 논하고, 구프랑스령 인도차이나에 비겨 내란의 전국戰局을 말하려 합니다. 염치없고도 눈 없는 자들입니다. 반도는 강국이 아니었고, 반도는 아 제국의 점령군과 교전한 적이 없습니다. 반도는 독일도, 베트남도 아니며, 가능적可能的 오스트리아입니다.

데탕트는 포츠담 체제의 재확인이기 때문에 포츠담 체제에 의해 이루어졌고, 유지되고 있는 반도 문제 해결의 열쇠 또한 포츠담 체제에, 즉 데탕트 속에 있습니다. 이와 똑같은 구조를 가지는 오스트리아식 해결 방식이, 그 열쇠의 구체적 모습조차도 밝혀놓았습니다. 현지에 형성된 복수의 권력 추구 집단의 절대성의 추구를 상대화시키고, 절대적 관념 밑에서 통제되는 상대적 경쟁 집단으로 전환시키는 것이 그것입니다. 총독부는 이러한 방향으로 사태가 움직이는 것을 전력을 다해서 막아야 합니다. 본인이 위험한 요소라 함은 이런 방향으로 흐르고자 하는 힘입니다. 본인은 이 힘을 불령한 힘이라 부르며, 그렇게 움직이는 선인鮮人을 불령선인不逞鮮人이라 부릅니다. 이러한 움직임은 사실상 중요한 고비를 넘겼습니다. 지난 1972년의 남북이 합의한 7·4성명이 그것입니다. 7·4성명은 반도인들의 자주적 건국을 위한 초석을 놓은 것입니다. 이것은 데탕트에서 얻을 수 있었던 최대의 과실입니다. 여기에는 오스트리아식 해결로 갈 수 있는 모든 포석이 마련돼 있습니다. 이 길로 가는 데서 제일 큰 장애물은, 정통성의 주장입니다. 혁명적 정통성, 민족적 정통성 따위입니다. 아 제국의 국체 말고는 어떤 사회에도 정통성이라는 것은 없습니다. 그러나 7·4성명의 이념이 현실화되는 것을 막기 위해서는 반도 안에 이러한 정통성을 고집하는 세력이 있는 것이 필요합니다. 김일성 일당의 혁명적 정통성 주장은 우리에게 크게 도움되는 것임을 알아야 합니다. 물론 그에게는 아무 정통성도 없습니다만, 그가 그렇게 주장하면 할수록 기존 권력의 상대화는 어려워지며, 따라서 반도의 남북이 평화 공존하기는 어려워지고 분단이 경화되게 됩니다. 문화민족이란 것은, 금속활자를 만들었다거나, 불경을 나무토막에 파가지고 축수했다거나, 항아리를 구워낸다는 말이 아닙니다. 문화민족이란 누가 나의 적이며, 그 적을 몰아내자면 어떤 방책을 어떻게 힘을 모아서 실현시킬 것이냐를 아는 집단 슬기라고나 할까요, 그런 재주를 부릴 줄 아는 민족을 말합니다. 이런 슬기는 사회의 어떤 일각에서 일어나더라도 그것이 공용으로 유통되고 성원 모두의 상식이 되어 권력에 대한 압력으로 작용하여야 합니다. 반도에서 7·4성명이 이런 넓은 저변에까지 스며들고 구체적인 상식이 되기는 매우 어렵습니다. 그러나 대세라고 하는 것은 막기 어려운 것도 사실입니다. 대세란 사실은 여러 갈래 흐름이 어우러진 움직임입니다. 7·4성명에서 빛을 찾고, 그것을 국민 자신의 기득권으로 삼으려는 움직임은 이르는 곳마다에 있다고 봐야 하며, 한 개인 속에도 저도 모르게 숨어 있는 요소라고 보아야 합니다. 그러나 총독부의 방침에 대한 호응자를 우리는 많이 가지고 있습니다. 제국의 유덕遺德과 치적은 맥맥히 이 산하와 인심 속에 살아 있어서 이 노병의 지난한 임무를 가능하게 하고 있습니다. 반도의 전운戰雲이여. 때맞춰 일어나고, 때맞춰 스러지라. 나는 너희에게 이르노니, 이 산하山河 생영生靈을 맡고 있는 본인의 뜻을 어기지 말라. 나의 마하장병摩下將兵이여. 관민 여러분. 식민지의 모든 밀정, 낭인 여러분. 불발不拔의 믿음으로 매진하라. 제국의 반도 만세.

　　　　　—총독 각하의 말씀을 마칩니다. 제국의 반도 만세.
　　　　　여기는 조선총독부지하부가 보내드리는
　　　　　　　　총독의 소리 방송입니다.

방송은 여기서 그쳤다.

　고요함이 일시에 귀로 몰려든다. 작은 구멍으로 쏠리는 홍수처럼. 크낙한 홍수의 밑바닥에 누워서 아우성치는 큰 물소리를 듣는다. 불모의 조류처럼 길 잃은 정충들의 소용돌이는 하수도를 흘러간다. 죽은 쥐들의 자궁을 엿보면서. 아홉 구멍 속에 죽은 시간을 가득 채우고 구공탄은 헛된 성곽의 꿈을 꾼다. 아무도 모른다. 역사는 억년億年. 인생은 70년. 이 세상이 내가 쓴 소설이 아닌 바에야 내 될까 보냐고. 실성한 고단한 대뇌피질들의 피라미드 위에서 검은 사보텐은 일식日蝕처럼 웃는다. 지쳐라 지쳐라. 삶은 지치는 것. 오른손이 왼손을 할퀴고 왼손이 오른손을 비틀게 하라. 숱한 오리발을 만리장성처럼 둘러놓고 푸짐하게 장닭을 잡는다. 민들레 씨앗처럼 흩어지는 깃털 속에서. 낮닭의 울음도 없는 한낮의 멍함 속에서. 정의를 위해서도 시샘하는 사람들도 꿈길에서 미인 콘테스트의 계단을 올라간다. 수영복을 입고서. 휴머니즘의 아이섀도를 짙게 칠하고. 리얼리즘의 살진 유방을 내밀면서. 내가 제일 이쁘죠. 겨울의 계단의 시멘트 틈바구니에 말라붙은 잡풀은 봄을 단념하였다. 슬픔의 옛 시간에도 내리던 비. 어린 아기의 잠 깸처럼. 목숨들이 새로웠을 때 보았던. 기약 없는 싸움터로 내보내기 위해서 중얼거리는 헛소리의 전수를 하는 학교들에는 빈 교실에 그나마 위엄이 있다. 욕됨. 돈 없고 무식하다고 덮어 누르는 거짓말의 덩어리. 거짓말의 꽃동산. 썩은 거름보다도 추한 독초를 피우기 위해서 세상은 미쳐야 한다. 슬픔의 무게 때문에 두레 빠지지도 않는 지구를 위하여. 냄비보다도 못한. 참으라고 하는가. 두레 빠짐의 종말의 날을 위하여. 그러나 60년. 그대의 시계는 너무 크다. 우리는 밑천이 짧은 사람. 이제 태양도 지쳤다. 오랜 홍역을 앓으면서 신열을 뿌려온 투명의 창가에서 기침을 한다. 밤을 질주하는 자동차 소리. 어둠을 금 그으면서 검은 상어의 귓속으로 들어간다. 피 흐르는 속삭임을 위해서. 무당들과 간신들과 종돼지처럼 살진 왕과 왕비들을 위해서만 있었던 순라꾼들의 밤은 질기기도 하여라. 인경은 겉멋으로 치는 것은 아닌 것. 꿈속의 대뇌피질의 꿈의 자리에서도 뚜렷한 슬기 속에서 치는 터질 듯한 종소리가 있어야 하는 것. 밤이여 깊어라. 밤이여 익어라. 땅이 썩고 눈이 먹물처럼 흐리도록 밤아 익어라. 마지막 한마디를 어느 시인이 쓰는 순간에도 지구는 가라앉지 않는다. 밤은 더 익기를 원한다. 봄잠을 즐기는 새아씨처럼. 도둑놈의 팔베개 위에서. 명령받은 단두대처럼 밟히는 작두처럼 지구는 시간의 골차滑車를 끼고 시간을 여물 썬다. 독버섯과 민들레를 가림 없이. 눈뜨고 있는 눈은 단두대에 가장 가까운 눈. 아무도 변호하지 못할 시간을 위해서 재심 청구서를 끄적이며 망명 보따리를 되만져보며 어둠 속에서 담배를 피우면서 어두운 전화 연락을 한다. 밤의 전화기에 매달리는 손들은 얌체스러운 홍정을 주고받는다. 하수도가 하수도를 구하기 위해서는 어찌하면 좋은가. 도장 찍힌 달은 순결을 잃은 처녀처럼 다리를 벌리고 허공 속에 누워 있다. 도시의 하늘 위에. 모두 자기만은 죽지 않으리라고 생각하는 꿈속에서 검은 쥐들이 낟알섬 헐듯 희망을 헐어낸다. 까먹은 조개무덤처럼 집들은 웅크리고 거미줄처럼 다만 실성한 말만을 위해 있는 전깃줄에 묶인 채 도시는 잠잔다. 병원의 시체실에서 시체가 일어난다. 서무과에 가서 계산을 맞춰보기 위해서. 그러나 다시 눕는다. 그만한 일은 산 사람들이 해주리라 믿으면서. 적십자의 모양을 한 피 묻은 거즈를 배에 두른 채. 거짓말 찬송가도 없이 죽은 자기의 죽음을 서운해하면서. 간호부들은 내일의 데이트를 위해 콜드크림을 바르고 꼬부라진 당직의 밤을 밝힌다. 레지던트는 논문을 쓰면서 하품을 한다. 더 많은 재앙을. 풍성한 재앙을. 햇빛처럼 우박처럼 원자의 재처럼 푸짐한 재앙의 시간 속에서 아이들은 잉태되고 죄의 첫 공기를 숨 쉰다. 죄악의 목마 위에서 착함을 배운다. 밤의 바다 물결에 헤엄치는 것들. 집과 길과 찻집과 호텔과 시험공부와 얼어터진 손과 실성한 머리와. 초상난 집에서도 밥을 짓듯이 빼앗긴 들에도 봄은 온다. 거짓말을 지키기 위한 전차戰車들이 장갑을 끼고 밤 속에 웅크리고 있다. 깡패처럼. 카포네의 기관총수들처럼. 포탄의 시가를 물고. 민중을 깔보는 자들이 민중을 대변한다. 달에서 지구를 본 육체의 눈만 한 의식의 눈이 있다면. 지구는 한 줄의 시가 되리라. 지구는 말이 되리라. 지구의 말을 알아들을 수 있으리라. 눈이 있다면 둥근 슬픔의 그림자의 메시지를 읽을 수 있으리라. 말을 건설하기 위해서 시인은 오늘도 불면제를 먹는다. 컴퍼스와 세모자와 함께 말을 존경하는 마음을 해소기침처럼 앓으면서.

(1967~76)

주석의 소리

—삼천리 금수강산 만세.

여기는 환상幻想의 상해임시정부上海臨時政府가 보내는

주석主席의 소리입니다.

주석 각하의 3·1절 담화를 보내드리겠습니다.

사랑하는 애국 동포 여러분. 3·1절의 국경을 맞이해 우리 동
포에게 민족 문제에 관한 공동 인식을 드리고자 합니다. 본 정
부는 광복 전야에 대략 다음과 같은 인식을 피력한 바 있습니
다. ─ 어떤 흔 민족이 ᄌ본주의 초기에 있어서 봉건 제도와 억압
을 ᄐ파ᄒ고 ᄉ봉에 분순 고립ᄒ는고로 광대ᄒᆫ 민족 국ᄀ로 통일
집중ᄒᆯ 것을 급히 ᄁ ᄒᆫ다. 어떤 흔 민족은 ᄌ본주의 발전 단계에
있어서 ᄉ업 ᄌ유에 의ᄒ여 세계 시ᄌ과 싱ᄉ 벙법의 통일 등으
로 부득불 지벙 민족적 고립과 쇄국주의를 ᄐ파ᄒ고 민족의 교
역을 증ᄀ하고 아울러 ᄉ호 의존성을 더 ᄀ ᄒ게 ᄒ니 이로 인ᄒ여
민족적 벙위선을 돌ᄑ ᄒ서 도리어 국제 연계를 확ᄃ 했ᄃ 이는 이

른바 최고 단계의 독점자본주의로 이윤 증구를 위해 혼 강대 제국
주의 국구로서 반드시 다두수의 약소국 민족을 유린하여 즈기에
게 예속시켜 식민지 또는 본식민지로 보는 것이다. 연이나 비록
이들 지역에서 능히 자본주의의 불전을 도흔다 홀지라도 동시에
그 식민지의 궁핍과 반흥을 도볼 조중흔다. ─ 이 같은 근본적 의
식을 이 시점에서 다시 확인하고 풀이하는 것이 이 방송의 목적
이올시다.

보편이라는 말이 논리학적 류개념에 그치지 않고 구체적이고
싱싱한 삶의 실감을 지니게 된 시대 ─ 우리가 지금 살고 있는
시대는 그런 시댑니다. 보편이라는 이 말이 지니는 실감이 뜻하
는 바는 무엇입니까. 그것은 지구라는 구체적인 상像입니다. '세
계'라는 말조차도 다소간에 철학적인 냄새가 느껴져서 마땅치
않다 싶을 그런 시대 ─ 그것이 오늘의 우리가 사는 삶의 터올
시다. 우리의 문제는 민족의 터를 고립시켜 본질을 찾는다는 분
석적 방법으로는 해결되지 않습니다. 우리는 지구 위에 살고 있
는 인류의 여러 집단의 한 성원으로서 살고 있습니다. 그리고
그것이 사변적 요청이나 시적 환상 아닌 사실로서 그러하다는
데 거꾸로 우리 시대의 유례없는 환상성幻想性이 있습니다. 이
말은 모순이 아닌가. 실감으로 이룩된 사실이라고 하면서 그것
을 환상적이라고 하는 것은 무슨 말인가. 이것을 알아보기 위해
서는 이 같은 사태를 가져온 변화의 내력을 살펴볼 필요가 있습
니다.

15세기에서 16세기 사이에 일어난 이른바 르네상스를 기점으

로, 유럽 사회에는 연달아 일련의 변화가 일어났습니다. 이 같은 변화는 마침내 유럽 사회를 역사상 특별한 뜻을 가진 사회로 만들었을 뿐 아니라, 지구 위에 있는 다른 여러 사회에 대해서 결정적인 영향을 주는 원동력이 되었습니다.

르네상스에서 시작해서 종교개혁, 정치혁명, 산업혁명 따위로 불리는 이들 변화는 중세기를 통하여 차츰 규모가 넓어지고 세력이 강해진 화폐 경제의 담당자였던 도시 상공업자라는 주체에 의해서 추진되고 완성되었는데, 그 결과로 이루어진 변화는 역사상에서의 어떤 다른 변화와도 다른 성격을 가지고 있습니다. 역사는 많은 변화나 사건을 기록하고 있습니다. 서양사에서 본다면 알렉산더의 인도 전쟁이라든지, 그리스 – 페르시아 전쟁이라든지, 프랑크 왕국의 성립, 로마 제국에서의 기독교의 인정 같은 것이 있습니다. 이런 변화들은 각기 중요한 것들이었지만, 모두 비슷한 점에서 제약을 가지고 있습니다. 그 제약이란 ①세계의 다른 지역에서도 있었던 유형의 사건이며, ②그 유형성이란 단순 재생산적이며, ③폐쇄적인 터에서의 변화 — 라는 데 있습니다. 이런 성격은 곧 짐작할 수 있듯이 농업 사회의 여러 성격을 그대로 나타내고 있습니다. 그런데 르네상스에서 비롯된 변화는 근본적으로 다른 사회 계층인 상공업자가 그 주체라는 데서 뚜렷이 다른 성격을 가지고 있습니다. 화폐와 상업 그리고 가내 수공업이라고 번역되고 있는 매뉴팩처라는 생산 형태는, ①세계의 다른 지역에서는 일찍이 없었던 모양의 사건인데, ②물론 그것은 화폐가 유럽에만 있었다는 말이 아니고 화폐의 사회적 유대의 기능이 근대 유럽의 그것과 같은 강력한 자리를 가져본 때나 곳이 달리는 없었다는 말이며, ③상공업이 단순 재생산성과 폐쇄성을 극복했다는 말인데, 간단히 말해서 매뉴팩처에서 나타난 기술적 개량과 '외국' 무역에서 나타난 상업의 국제성입니다.

이런 변화들은 ①질적으로 가중적인 고도화와 ②양적으로 가중적인 확대화라는 성격으로 요약되는데, 이를 개방성 혹은 확대 재생산성이라 불러도 좋을 것입니다. 그것은 정교와 웅대를 더불어 원하는 욕망인데 오늘날 외계를 향해 발사되고 있는 그들의 우주 로켓에서 그 극치를 볼 수 있습니다. 아무튼 유럽은 르네상스에서 우주 로켓에 이르는 길을 정력적으로 너무 정력적일 정도로 달려서 오늘의 지구 사회를 성립시켰습니다. 그러므로 오늘 우리가 사는 터는 근대 유럽의 필연적 완성이라고 할 수 있습니다. 우리들의 안과 밖의 모든 것 —— 정치·경제·문화의 모든 분야에서 한 국민이나 한 집단이, 한 개인이 자기 자리를 확인하고 그에 대응하는 행위를 하려 할 때, 그들은 지구 사회라는 틀과 그러한 틀의 중심이며 주류를 이루는 구조를 정당하게 알지 못하고서는, 효과 있는 결과를 바라지 못할 것입니다. 그런데 우리들의 행위와 판단의 근거인 이 지구 사회라는 현실 자체가 우리들의 판단을 그르치고 우리들의 행위를 빗나가게 하는 근거가 되기 쉬운 요소를 지니고 있습니다. 왜 그런가.

근대 유럽이 자기 자신을 성숙시키고 자기를 지구사地球史의 보편적 주체로까지 완성시키는 과정에서 유럽은 본질적으로 그

보편성이 제약되는 두 가지 조건에 얽매여 있었습니다. 그것은 '민족 국가'와 '계층성'이었습니다. 근대 유럽은 로마 제국의 해체의 뒤를 이어 성립한 프랑크 왕국의 해체기에, 그 왕국의 정치적 판도를 유지할 만한 정치력을 발견하지 못한 채 동왕국의 각 지방에서 부르주아의 주동적 투쟁으로 민족 국가의 분립을 본 것으로서 말하자면, 프랑크 왕국의 유산이 자녀 사이에 분할 상속되었다는 형태로서 성립하였습니다. 이것은 근대 유럽의 보편적 성격, 우리가 앞서 말한바 그 개방성에 모순하는 역학적 구조를 가지게 만들었습니다. 근대 유럽 사회의 이 같은 구조적 모순을 그들은 해외로의 진출, 더 솔직히 말하면 식민지의 취득과 확대라는 방향으로 해결하였습니다. 역사는 민족 간의 교섭의 역사이며 그 교섭이란 구체적으로는 전쟁·무역·문화의 주고받음인데 근대 유럽의 세계 정책 이전의 어떤 경우에서도 그것은 한정된 것이었습니다. 우선 공간적으로 그것들은 한정돼 있었고 질적으로도 한계가 있습니다. 알렉산더 왕의 전쟁이나 칭기즈칸 제국의 전쟁에서도 그 지역적 규모에는 스스로 한계가 있었고, 한편 그와 같은 교섭의 질만 하더라도 상대방을 완전히 동화하거나 무화할 수 있는 그런 정도에는 이르지 못했습니다. 로마 제국의 법체계에 전형적으로 나타나 있는 듯이 대체로 정복자의 법과 토착법이 이원적으로 공존한다는 정도의 것이었습니다. 그러나 근대 유럽의 이념과 제도는 근본적으로 보편적인 것이었으며 질적 차이를 양화量化의 방향에서 극복하려는 충동을 가진 데 그 특색이 있습니다. 이것을 우리는 근대 과학과 화폐에서 전형적으로 볼 수 있습니다. 그러나 여기서 강조하고자 하는 바는 질적인 것의 양화의 한계라든지 그 양화의 방법론에서의 이견異見 같은 것이 아닙니다. 근대 유럽의 이념과 제도 및 그 충동의 보편성 혹은 개방성에도 불구하고 그것이 민족 국가라는—그 이념의 인류사적인 진보성에 비교할 경우, 그에 어울릴 만한 높이에 이르지 못할 정치적 주체에 의해서 실천되었다고 하는 사실이 보다 중요하다는 것입니다. 그것은 막강한 무기가 막강할 수 없는 도덕적 자세의 주체에 의해서 소유되었다는 것을 뜻합니다. 뜻한다기보다 근대 유럽의 세계사에서의 행위 과정이 우리로 하여금 그와 같이 판단하게 합니다. 민주주의와 테크놀로지라 불리는 이 두 가지 인류적 달성이 유럽의 민주 국가에 의해서 세계에 적용된 결과가 오늘의 세계입니다.

다른 하나의 제약인 '계층성'의 문제는 이 민족 국가와 안팎을 이루고 있는 조건입니다. 역사적으로 그 민족 국가가 도시 상공업자라는 계층에 의해서 이루어졌다는 것을 말하는데, 이 계층은 원래 그 발생의 조건에서 볼 때 매우 보편적이며 진보적인 계층이었습니다. 그것은 화폐 자신이 지니는 유동성에 잘 나타나 있듯이 평등한 경쟁이라는 활동을 그 본질로 삼고 있습니다. 이 점에 대해서는 막스 베버의 고전적 연구를 비롯한 숱한 증언들을 듣고 있으며 그것들은 믿을 만하다고 생각합니다. 이 계층의 초심初心 단계에서의 그와 같은 건강함이 그러나 이후의 모든 과정에서 변함없이, 충분히 지켜진 것은 아니라는 것도 동시에 가릴 수 없는 것 같습니다. 애덤 스미스에 의해 표현된 경쟁에 의한 예정조화적인 경제 질서의 신념은 근대 유럽의 성장 과정에서 파탄에 직면하게 되었습니다. 경쟁이라고 하는 경우에 그것은 당연히 평등한 조건에서의 경쟁을 뜻한다는 것이 이념인데 그 평등은 법률 속에서는 영원히 보편적이고 청신한 것이지만 구체적인 생활 속에서는 그럴 수 없습니다. 왜냐하면 화폐는 그 유동성 때문에 어떤 개인에게 그의 자연인으로서의 활동력의 한계에 구애됨이 없이 그것을 축적할 수 있게 하여줍니다. 그런데 경쟁에서는 누군가는 이기고 누군가는 지지 않으면 안 되기 때문에 화폐의 위와 같은 성격의 혜택을 얻는 사람과 잃는 사람이 생깁니다. 평등은 깨어집니다. 다음부터의 경쟁은 불평등한 조건 아래서의 평등한 경쟁입니다. 이것이 자유라는 이름으로 법의 옹호를 받을 때 벌써 그것은 근대 유럽의 보편적인 이념에 대한 제약이 되지 않을 수 없습니다. 보편적이며, 이념적인 개방된 직업 형태였던 부르주아적 생활 형식이 이렇게 해서 불합리한 기득권에 얽매인 계층으로 굳어져버립니다. 경쟁에서 탈락한 계층과 원래 경쟁에도 끼어보지 못한 계층이 하나가 되어 승리자들과의 사이에 긴장이 생깁니다. 이 긴장의 쌍방의 명분은 모두 근대적 자유와 평등인데 기정사실로서는 벌써 중대한 해석의 차이가 생겨버립니다. 이렇게 해서 노동 문제가 발생합니다. 이 같은 평등의 불균형은 식민지라는 후진 지역의 희생으로 교정됩니다. 그러나 여기도 문제는 있습니다.

서술의 편의상 유럽의 움직임을 단원적으로 기술해왔지만 이

제 그것을 다시 나눌 단계에 온 것 같습니다.

유럽이 위에서 말한 바와 같은 불균형을 식민지라는 방법으로 시정한다는 사정은 유럽의 여러 민족 국가에 있어서 그 정도를 달리했습니다. 영국이나 프랑스 같은 선진국에 비해서 독일이나 러시아, 이탈리아 같은 후진 유럽 국가들의 사정은 매우 급박한 것이었습니다. 독일에 뒤이어 러시아가 근대적 체제를 갖추었을 때는 세계는 이미 영국과 프랑스에 의해 분할된 다음이었습니다. 독일과 오스트리아라는 민족 국가가 국제 시장에서의 시장의 확대를 무력으로 추진하려고 한 전쟁, 그것이 제1차 세계대전입니다. 이 전쟁의 종결은 두 가지 숙제를 남겼는데 하나는 독일과 오스트리아 국가의 욕망이 무력으로 보류되었다는 것이며 또 하나는 러시아에 있어서의 공산 정권의 성립입니다.

제2차 세계대전은 욕망의 달성이 보류되었던 독일, 이탈리아와, 비유럽 세계에서 오직 하나의 경우로 민족 국가의 정치적 독립을 유지한 채 근대 유럽의 체제를 성립시킨 일본이 연합하여 선진 근대 민족 국가인 영국·미국·프랑스와의 사이에 벌인 전쟁입니다. 제2차 세계대전은 두 가지 점에서 중요한 뜻을 가집니다. ①그것은 1차전과 달리 일본까지가 본격적인 전쟁의 주체가 되었다는 점에서 당시까지 존재한 모든 유럽 체제적 국가 전부가 참가했다는 점에서 민족 국가 이념의 마지막이며 전면적인 자기주장의 기회였다는 것과, ②문자 그대로 세계의 모든 지역이 전지화함으로써 지구 시대의 시작을 위한 진통이라는 사회학적 뜻을 지녔기 때문입니다. 이 전쟁의 결과는 ①지구

규모에 있어서의 근대적 이념의 확산이 ②민족 국가 이념의 상당한 수정 아래에서 전개되는 국면을 가져왔습니다.

2차대전의 결과는 식민지의 독립과 세계의 방대한 지역이 공산화되었다는 사실로 요약할 수 있습니다. 더 정확히 말하면 과거에 식민지로 있던 지역들이 각기 자유, 공산 두 진영에 분할 편입되었습니다. 이것은 ①유럽의 식민지 소유 국가들이, 민족 국가의 이익 추구를 위한 제한 없는 타민족 국가의 수탈을 지양하는 대가로, 지난날의 피식민지 국가와의 공영 유대를 성립시키기로 작정했다는 것이며(이것이 영국의 후퇴와 미국의 계승의 정치적 의미입니다) ②근대 유럽의 다른 하나의 숙제였던 사회적 긴장의 해소를 공산주의 국가라는 형태의 정치적 강제를 통해서 이루려고 하는 시안이 역사에 대해서 제출되었다는 것을 의미합니다.

이 시안을 검토해보면 공산주의는 안팎으로 중대한 딜레마에 빠져 있다고 여겨집니다. 공산주의 자체를 안에서 관찰하건대 그들은 두 가지 점에서 근대 민족 국가의 숙제를 해결하지 못하고 있습니다. ①제2차대전 후에 동유럽과 아시아에서 새로운 공산 체제를 성립시키고 중요한 국제 정치적 주체가 되기에 이른 공산권은 그 정치권력의 단위가 여전히 민족 국가의 형태에 머물러 있습니다. 전후의 공산권 정치사는 공산주의적 보편 이념과 민족 국가의 이념 사이의 투쟁사라고 해도 무방합니다. 이미 스탈린의 생전에 유고슬라비아의 이탈을 시작으로 헝가리 폭동, 독일에서의 폭동, 폴란드의 정변, 중공의 이탈, 루마니아의 반란 그리고 최근 진행 중인 체코슬로바키아의 독자적 방향의 요구 등에 명백히 나타난 바는 공산주의가 그들이 표방한 국제주의에도 불구하고 결코 민족 국가의 한계를 벗어나지 못하고 있으며 공산주의의 이념인 국가의 부정과 계급의 국제적 연대성이라는 막강한 관념적 무기가 러시아 국가라는 주체의 국리를 기준으로 사용될 때 그것은 소국의 희생에 의한 러시아라는 후진 유럽 강국의 세계 정책의 도구로 떨어지고 말았다는 사실을 증명하였습니다. ②뿐만 아니라 공산 체제에 있어서의 보다 중요한 문제는 정치권력을 비롯한 모든 집단 조직에 있어서의 운영에서 나타난 관료주의적 해독인 것으로 알려지고 있었습니다. 관료주의는 민주주의 내용인 자유와 평등의 분배가 불균형하고 그것이 누군가에 의해 독점돼 있고 누군가는 거기서 소외당하고 있는 데서 옵니다. 그런데, 자유와 평등의 이 불균형은 바로 이 글의 앞부분에서 우리가 지적한바 유럽 근대 국가의 내부적 관계였던 계층성에서 말미암은 것이며, 그 계층이 기능적 개방성을 잃고 고정화하고 비대화할 때 오는 형상이었습니다. 같은 결과에 대해서는 같은 원인이 있지 않으면 안 됩니다. 그 원인이란 공산국가에는 계급이 있고 그 계급은 고정화하고 비대화하고 있었다는 것입니다. 이에 대한 증언을 우리는 가장 전형적으로 밀로반 질라스로부터 듣고 있습니다. 관료주의는 우리들이 흔히 쓰는 말로 조직과 소외의 문제인데 이 점을 자유 진영과 공범 사항으로 가진다는 것은 공산주의의 자기 모순 이외에 아무것도 아닙니다.

한편 공산주의가 밖으로 직면하고 있는 딜레마란 무엇인가. 그것은 공산주의가 객체로서 투쟁의 목표로 삼고 있는 자본주의 체제에 있어서의 변질입니다. 지금까지의 얘기에서 우리는 역시 서술의 편의상 자본주의의 성장을 극히 정태적이며 원리 일관한 것으로 취급했지만, 사실은 그것은 자신 속에서 서서히 바뀌어져왔다고 하는 것이 진실입니다. 자본주의는 두 가지 점에서 바뀌었습니다. ①자본주의는 자신의 안에서 야기된 계층 간의 긴장을 완화하는 조치를 취해왔습니다. 이와 같은 과정이 이루어진 요인은 물론 단순하지 않습니다. 그것은 여러 요인들의 작용인데, 아마 기업의 현명한 자제와, 국민의 부단한 권리 투쟁의 결과였다고 요약할 수 있습니다. 또 그 과정은 주체 쌍방에 있어서의 그와 같은 바람직한 주관적 행위에 의해서만 이루어지는 것도 아닙니다. 그것을 가능케 한 객관적 요인은 아마 역설적이고 아이로니컬하고 우리들로서는 감개무량한 일이지만 i)식민지로부터의 수탈과 ii)그사이의 시간적 여유에서 이루어진 계속적인 생산성의 발전에 있었다고 생각됩니다. 우리는 i)의 요인을 과대하게도 과소하게도 평가하려 하지 않으며 그것이 경제 순환의 동태적 측면에서 분명히 전기한 긴장 완화에 기여했다는 견해만을 진술할 따름입니다. ii)의 요인은 보다 중요한 의미를 갖습니다. 보다 중요하다는 것은 이 점에 마르크스의 한계와 그의 후계자들의 고의적인 자기기만이 있는 것 같기 때문입니다. 마르크스는 자본의 축적 과정을 설명하는 데서 상품의 분석과 잉여 노동의 수탈, 그 수탈 부분의 재투자 및 그 이

윤의 금융화라는 전개를 통하여 자본가적 생산의 구조 분석이라는 논리적 방법에 의존하고 있습니다. 그 결과 그는 자본주의 사회의 모순의 극대화를 결론하고 혁명의 필지를 예언했습니다. 그러나 그는 자기 생전에 영국의 더욱 더한 번영과 독일과 프랑스에서의 사회주의의 좌절을 보아야 했으며, 러시아에 대해서는 난처한 예언을 했습니다. 이와 같은 사실을 설명하고 마르크스의 이론을 보완한 것이 레닌의 제국주의에 대한 견해인데, 그는 식민지 수탈이라는 점으로 난점을 극복하려 한 것입니다. 그러나 그의 방법도 역시 제국주의 단계에서의 자본주의라는 구조 분석이었습니다. 그러나 그들은 모두 빠뜨린 것들이 있습니다. 만일 유럽 자본주의가 그 초창기에서부터 오늘까지 줄곧 증기기관차와 넬슨의 군함, 나폴레옹의 대포밖에 갖지 못했다면 혹시 마르크스의 예언이나 레닌의 희망이 맞고 이루어졌을지 모릅니다. 생산성의 발전 —— 이것이 마르크스에서는 그의 시대적 한계 때문에 고려될 수 없었고, 레닌에서는 전술적 주관성 때문에 고려할 수 없었던 요인입니다. 그들의 이론을 빌린다면, 양적 발전이 질적 발전을 가져왔다고 표현할 수도 있겠는데, 그들은 식민지라는 양적 발전은 계산했지만 생산성의 발전이라는 양을 계산하지 못했거나 않은 것입니다. 아마 이 두 가지 양의 증대가 상승하여 일으킨 질적 변화가 앞서 말한 기업의 자제와 국민의 권리 투쟁이라는 주관적 행위를 가능케 하고 성과 있게 한 객관적 조건입니다. 그 결과가 선진의 자본주의 사회에서의 부富의 균배, 기업의 공익성에 대한 조처, 복지적 제도의 발전 등으로 나타났으며, 이 사실은 영국의 오늘의 모습에 그대로 나타나 있습니다. ②자본주의 변질의 다른 모습은 국제 정책에서의 수탈에서 공영으로의 변화라고 할 수 있습니다. 공영이라고 해서 우리는 그것을 결코 과대평가할 생각은 없으나, 현실의 사물은 불가불 비교적으로 상대적으로 평가할 수밖에 없다면, 오늘날 자본주의 국가의 세계 정책이 옛날의 그것과 조금도 다름이 없다고 하는 것도 진실이 아닐 것입니다. 이것은 유럽의 고전적 민족 국가의 이익 추구 형태에 비하면 상당한 양보를 의미합니다. 이 양보의 단적인 표현이 피식민지 국가들의 정치적 독립의 취득이라는 현상입니다. 이것이 자본주의적 유럽의 변화이며 공산주의가 지칭하는 대상의 오늘의 모습입니다. 그 모습은 공산주의가 이론적으로 분석한 형태에서는 이동했으며, 전술적으로 선전하는 모습만큼은 음산한 것이 아닙니다. 만일 이 같은 변화를 인정하려 않는다면 다른 말은 그만두고라도 이런 변화를 가져오기 위한 광범한 국민 대중의 권리 투쟁의 역사적 노력과 그 전리품에 대한 모독이라는 평은 최소한 면할 수 없습니다.

공산주의가 안팎으로 겪고 있는 이 같은 딜레마는 그것의 근대 유럽의 숙제에 대한 해결 시안으로서의 의미를 무력화시키고 있습니다. 이것이 우리들의 판단입니다.

인제 겨우 우리들 자신의 얘기를 할 때가 왔습니다. 오늘 우리가 살고 있는 이 생활의 터를 오늘과 같은 모습으로 만든 주역들의 이야기는 끝났습니다. 그들의 그와 같은 주도적 행위의 결과로 오늘 우리는 이 자리에 이런 모습으로 있습니다. 세계는 분명히 하나가 되었고, 서로 연결되고, 이러한 상태로 존재합니다. 이것은 현실이자 결과입니다. 우리도 그 현실 그 결과 속에 있습니다. 그러나 이 현실 이 결과는 우리들의 발상, 우리들의 주도에 의해서 이렇게 된 것이 아닙니다. 더 구체적으로 말하면 우리는 근대 유럽에서 시작된 지구 시대의 길고 먼 과정에서 선진국·중진국 들이 중요하고 결정적인 행위가 끝난 다음에 겨우 지구 사회의 공민권을 얻게 된 것입니다. 이 같은 사정 때문에 우리에게는 특별한 난관이 있습니다. ①먼저, 아직도 민족 국가의 단위로 생존해야 되는 이 지구에서 우리들 후진국이라 불리는 지역은 가장 불리한 조건에서 경쟁하지 않으면 안 된다는 사실입니다. ②근대 유럽의 선진국·중진국들이 길게는 4세기, 짧게는 1~2세기에 걸쳐 이룬 과정을 우리는 겨우 어제오늘에 시작했다는 사실입니다. ③그것은 사회의 유기적인 발전이 거부된 것이기 때문에 부자연한 것이며, 그런 성장이 생물의 개체에 있어서 무리하듯이, 한 사회, 한 국가에 있어서도 생리적인 인내를 넘는 고통이며 ④그 고통은 유럽 근대 국가들이 오늘까지 오는 사이에 겪은 여러 단계를 동시에 겪어야 한다는 데서 오며 ⑤더욱 이런 과제를 해결하는 일이 지구 정부 아래서 이룩되는 복지 정책으로 수행되는 것이 아니라 여러 민족 국가 사이의 여전한 생존 경쟁의 형태로 이루어져야 한다는 것이며 ⑥경쟁은 경쟁이기 때문에 선진·중진 국가들에 의한 다양한 간섭도 존재하는데 ⑦그 간섭은 국제 정치의 힘의 원리와 특히 이데올로기적 전술 때문에, 근대 국가의 두 가지 제약인 민주 국가의 속성인 내셔널리즘과 그 계층성의 속성인 자본의 냉혹한 이윤 추구의 원리가, 보편성과 자유의 위장 아래 후진 여러 나라의 정치적 자립에 중대한 제약으로 작용하는 위험을 배제하기 어렵고 ⑧이런 위험에 대해서 자본이 약한 후진국의 기업이나, 정치적으로 미숙한 국민이나, 그런 조건에서 통치하는 정부가 효과적인 행동을 취할 힘이 부족하며 ⑨이 같은 사정은 정부의 부패, 기업의 매판성, 국민의 무력감의 요소를 지니고 있으며 ⑩이 무력감, 부패, 매판성이 바로 이 방송의 맨 처음에서 우리가 지적한바, 우리 시대의 환상성이라고 표현한 것의 조건이자 동시에 주관적 위험입니다.

환상성이란, ①엄연한 우리가 그 속에 있는 현실에서 ②자신을 인식하는 현실 감각을 잃어버리고 ③자기를 현장에서 소외시키며 그렇게 해서 주체로서의 자신을 잃어버리는 것을 말합니다. 현실에 대한 이 같은 태도는 문학에서도 이미 유행이 지난 방법이며, 하물며 장난 아닌 생활의 터에서는 바로 '죽음에 이르는 병'입니다. 이 병을 앓지 말고 ①에서 ⑩에 이르는 과제를 슬기롭게 해결하는 것이 필요합니다. 어떻게 하면 되는가. 지금까지 말한 것이 상황의 구조라면 이 상황에 대한 주체의 반응이, 다시 말하면 상황과 주체 사이의 구체적인 교섭의 과정마다 결정되는 바람직한 궤적이 우리가 취해야 하고 바라는 바인데, 그것은 정책이며 역사입니다. 정책은 전문적이며 기술적인 것이고 역사는 예언하는 것이 아닙니다. 그런데 이 자리에서는 전문적이고 기술적인 입안(幻籍에 오른 본정부로서는 불가능하기도 하지만)이나 예언을 의도하지는 않겠습니다. ①상황의 구조와 ②정책과 ③주체 가운데서 ①은 이미 언급했고, ②를 배제한다면 남는 것은 ③주체입니다. 그러므로 여기서는 주체의 편에서의 바람직한 행위 방향이라는 점에 문제를 한정하기로 합니다. 주체는 어떻게 행동하는 것이 옳은가. 주체를 편의상 정부 · 기업인 · 지식인 · 국민으로 나누어 살펴보겠습니다.

정부 ── 후진국에서 가장 큰 책임을 지고 있는 것이 정부입니다. 정부에 대해서는 우리는 헌법에 씌어져 있는 것에 좇아 권한을 행사하라고 말해야 하겠습니다. 우리가 헌법에,라고 말할 때, 한국 사람이면 모두 어떤 감회를 느낄 것입니다. 왜냐하면 우리는 그 헌법에 대해서 그 힘을 번번이 의심할 수밖에 없는 괴롭고 환상적인 경험을 해왔기 때문입니다. 정부는 밖으로 국제 사회에서 민족 국가의 독립을 유지하는 것이 최대의 의무입니다. 그 독립을 유지하고 보다 나은 국제적 지위를 얻기 위하여 국민을 조직하고 지도할 책임이 있습니다. 우리는 반세기 전에 가장 악질의 정부에 의하여 민족 국가의 발전에 있어서 치명적으로 중요했던 시절을 적 치하에서 신음해야 하는 처지에 굴러떨어졌었습니다. 자기 국민을 적에게 파는 정부, 그것이 최악의 정부입니다. 그것은 최악의 전제 정치보다도 나쁜 것이었습니다. 우리는 개화기에 있어서 정부가 취한 이 병매적痴呆的인 반민족 행위에 대하여 좀더 주의와 분석이 여러 사람에 의해서 가해지기를 바랍니다. 우리가 지적하고 싶은 한 가지 문제점은 저 반역자들의 의심할 수 없는 도덕적 저열성과 악의는 논외로 치고, 그들이 언중유골 식으로 풍기고 있는 어떤 변명에 대해서입니다. 즉, 그들은 마치 주권의 희생하에서 개화를 하는 것이 불가피했던 것 같은 태도를 가지고 있었습니다. 이것은 객관적으로 허무맹랑한 것이었습니다. 객관적이란, 일본 제국주의는 우리를 개화시키기 위하여 그토록 안달을 한 것이 아니라 우리를 수탈하기 위하여 침략했다는 것을 말합니다. 그리고 또 주관적으로는 반역자들의 변명은 근거가 없습니다. 정권의 담당자로서 주관적 의도를 정당화하는 길은 국민의 뜻을 얼마나 반영했는가 하는 척도 말고는 아무 정당성도 없습니다. 우리 국민은 그들의 반역을 한 번도 지지한 적이 없습니다. 자명한 사실에 대해서 이 같은 말을 하는 것은 사회변혁이 급격하게 진행되는 시기에 있어서는 그 사회변혁의 진보성이라는 것과 민족 국가의 주권이라는 것이 마치 서로 양보할 수 있는 성질이거나 한 듯이 착각하고, 그 착각을 이기심의 위장으로 삼는 부류가 흔히 나타난다는 경험을 상기시키기 위해섭니다. 근대 유럽의 발전을 통해서, 그들의 세계 정책을 통해서, 일본 제국주의의 야만적 통치를 통해서, 우리는 이 같은 보편주의가 최악의 아편임을 확인하였습니다. 그것은 환상의 독소와 같은 것으로서, 정부의 최대 의무는 이 독의 늪에서 국가를 안전한 지대에 있게 하는 것입니다.

정부는 그 권력을 헌법에 규정한 대로 사용하여야 합니다. 주권은 국민으로부터 나옵니다. 근대 유럽 국민들이 막강한 인습과 권력의 힘에 항거하여 정치권력을 손에 쥔 역사적 경험은 아마 우리들의 정서적 상상력을 넘는 것일지도 모릅니다. 그러나 우리도 인간인 이상, 그와 완전히 동일한 역사적 세부까지를 추체험하는 것은 불가능하더라도, 그와 동일한 형태의 생명의 경험은 가지고 있습니다. 그것은 가장 가까운 것으로만 보더라도 3·1운동과 4·19에서 나타난 국민의 주권 의사입니다. 정부는 자신이 행사하고 있는 권력이 국민의 주권 행사의 표현인 헌법에서 나온 것임을 매일같이 명심하여야 합니다. 권력의 행사에 있어서의 국민의 주도권을 우리는 민주주의라고 부르고 있으며, 이것은 오늘의 세계에서 민족 국가가 대외적으로 힘을 발휘할 수 있는 최대의 무기입니다. 스스로를 민주주의의 공인된 원리에 구속시키고 있는 정부가 가장 강한 정부이며, 그 구속을 벗어나 있는 정부가 가장 약한 정부입니다. 공산주의에 대해 가장 강한 정부는 민주적 정부이며, 가장 저항력이 약한 정부는 반민주적 정부입니다. 우리들의 상황은 어떤 정권의 민주성의 정도가 단지 내정에서의 민주주의의 기복을 나타낸다는 태평한 세월이 아닙니다. 그것은 밖으로 공산주의에 대한 방위력의 궁극적인 기초입니다. 민주주의는 민족 국가의 국방력의 안받침입니다. 이 안받침을 흔드는 자는 국방력을 흔드는 자이며 국방력을 흔드는 자는 반역자입니다. 정부 권력의 민주적 행사 여부의 표준은 정부가 자기 권력을 그 수임자인 국민에게 항상 개방하는 것, 권력의 원천에 의한 계속적인 추인의 기회를 유지하는 것입니다. 이 점에서도 우리는 쓰라린 경험과 앞으로도 계속

될 난관을 가지고 있습니다. 그럴수록 정부는 국민에 의한 비판의 온갖 기회를 스스로 개방하여야 하며, 결과적으로 그것이 그 정권 자체의 득이기도 하다는 것을 알아야 합니다. 이러한 권력 행사에 대한 국민의 참여의 최대 기회가 선거입니다. 민주주의란 선거이다,라고 해도 무방합니다. 자유로운 선거의 보장, 논리적으로는 정부의 모든 기능은 이 한마디에 그칩니다. 현재 정부가 수행하는 모든 행정 기능은 정부 외의 사회 집단에 이양할 수도 있지만 선거의 관리만은 사영화할 수 없습니다. 그것은 민주 국가의 가장 중대한 공적 행위입니다. 사회의 모든 성원이 자유로운 의사 표시를 할 수 있는 공정한 관리 기관이 정부이며, 우리는 아직도 이 점에서 찬양할 만한 도덕적 자제력을 가진 정부를 가진 적이 없기 때문에, 그리고 그 여부가 민족 국가의 독립과 직결돼 있기 때문에 이것이 우리의 버릴 수 없는 꿈이며 양보할 수 없는 요구라고 밝히고 싶습니다.

기업인 — 근대 유럽 민족 국가가 부르주아 민족 사회라고 불리듯이 민주주의의 주도적 담당자는 상공업자들이었습니다. 후진국에 있어서의 기업가 계층은 대부분 민족 국가의 주권이 박탈된 상태에서 자라났다는 점에 그 치명적 약점이 있습니다. 역사적인 이 같은 사정은 그들에게서 공익성에 대한 감각이 사실상 함양될 기회를 주지 않았습니다. 함양이라는 말을 쓴다고 해서 무슨 유별난 도덕적 심성을 표현하려는 것은 아닙니다. 오히려 반대로 건강한 이해 감각을 말하는 것입니다. 유럽 근대 국가에서의 기업의 이윤의 소장消長은 그들의 민족 국가의 국력의 소장과 걸음을 같이했습니다. 그럴 수밖에 없는 것이, 그 사회의 빵을 만들고 자유를 보장한 것이 그들이었기에 말입니다. 일본 제국주의의 통치가 우리들에게 국가와 사적 활동 사이에 있는 건전한 감각을 해체시키고 망국적인 이기주의의 심성을 배양한 것은 틀림없습니다. 그러나 지금은 다릅니다. 자기의 이익은 국가의 이익과 직결돼 있다는 것을 알아야 합니다. 기업은 자기가 처한 상황을 잘 인식할 필요가 있습니다. 그들은 자유 진영에 속해 있기 때문에 기업의 자유를 누릴 수 있으며, 유럽 국가들의 자본과 기술을 이용할 수 있다는 이점을 생각해야 합니다. 공산국가의 국민이 누리지 못하는 자유이며, 그들에게는 아직도 부족한 여건을 이용한다는 직업인으로서의 혜택 말입니다. 인간은 사회로부터 무엇인가를 받았으면 무엇인가를 내어줘야 하는 것이 도리입니다. 내어주기는 아무나 즐거워하지 않으나 그래도 내어주는 것이 바로 도리입니다. 기업은 스스로가 유능하기에 부를 이루었다고 생각하는 것도 자유지만, 그러한 형태의 유능함을 허용하는 사회이기 때문에 부의 축적이 가능했다고 생각할 줄도 알아야 합니다. 그렇다면 그러한 허용을 옹호하는 사회의 건강을 위해서 힘써야 합니다. 우리는 지금 자본주의를 창조하고 있는 것이 아니라 우여곡절을 거친 끝에 공산주의라는 무력화한 시안이 강제적인 채택을 강요하는 처지에서 수정되고 보완된 자유 기업의 원리하에 경제 생활을 하고 있습니다. 여기서 지적한바 유럽 자본주의의 자기 수정 과정을 잘 명심할 필요가 있습니다. 그들은 그럴 필요가 있어서 그렇게 한 것입니다. 어려운 사정은 있습니다. 자본주의의 초기에서의 난점들을 완화할 힘이 후진 제국에는 없기가 쉽다는 사정이 그것입니다. 그런데 문제는 그런 사정을 고려하기를 인색해한다거나 안 한다거나 하는 것이 아니고, 그럼에도 불구하고 기업의 공익성에 대해 최대의 노력과 자제를 보이지 않으면 야단날 것이라는 점입니다. 식민지와 높은 생산성, 유럽 국가들에게 있었던 이 두 가지가 우리 기업가들에게는 모두 없습니다. 우리는 그들에게 자기 자신의 근면의 창의를 그들의 식민지로 삼으라고 권하고 싶습니다. 그렇지 않고 국민 대중을 자기들의 식민지로 삼을 때 그들은 가장 어리석은 짓을 했다는 심판을 받을 것입니다. 이 같은 공익성의 감시는 물론 정부에 그 책임이 있습니다. 그러나 이 항목에서는 경제의 능동적 주체로서의 기업의 합리적인 자기 개선에 한정해서 얘기하는 것입니다.

지식인 — 오늘날 지식을 전혀 상품의 형태로 거래하지 않을 수 있는 형태의 지식인이나 권력으로부터 완전히 자유로울 수 있는 지식인을 상상하기란 사실상 불가능한 일이나, 이런 제약을 너무 강조하는 것도 진실이 아니라고 믿습니다. 권력을 남용할 위험을 간직하면서도 역시 정부가 민주주의를 창달시킬 가장 큰 힘을 지녔듯이, 반사회적 이윤 추구에의 위험한 욕망을 간직하면서도 역시 기업이 사회적 부의 증대를 이룰 가장 큰 힘을 지녔듯이, 상품화와 어용화의 위험을 간직하면서도 역시 지식인이 진리를 밝힐 가장 큰 힘을 지닌 것이 사실입니다. 위험을 강조하기보다는 가능한 힘을 강조하는 것이 생산적입니다.

죄가 있는 곳에 구원도 있습니다. 진흙 속에서 연꽃이 핍니다. 구원과 연꽃을 강조하는 것이 좋으리라 생각합니다. 진리의 옹호, 그것이 지식인에게 맡겨진 주요한 노동입니다. 우리의 경우 진리를 옹호한다 함은 민족 국가의 독립을 지키고, 사회 정의를 실천하고, 사회적 부의 증대를 가져오기 위한 과학적인 방법을 연구하고, 이것을 사회에 보고하는 일입니다. 후진 사회에서의 지식인의 바람직한 입장은 기술적인 연구가의 능력만으로는 부족하며, 상품화와 어용화의 위험에 저항하는 윤리적 힘 또한 지식인의 능력으로 간주되어야 할 것입니다. 권력이 안정되고 부가 축적된 사회에서는 진리가 반드시 권력과 부의 적이라고만은 할 수 없습니다. 그러나 우리 사회의 권력과 부에는 그런 여유가 없습니다. 그렇다고 지식인이 그의 판단을 위험을 무릅쓰고 표명하는 용기를 갖지 않는다면 우리 사회는 끝장입니다. 그렇게 해서 다분히 순교자적인 일면을 지니게 될 것입니다. 순교자라는 말에 대해서 우리는 아무런 과장이나 감상을 섞고 싶지 않습니다. 이 상황에서 인간으로서의 감각을 관철시키다 보면, 그리고 인간으로서의 감각을 보편적 방법으로 유지하는 기술을 맡고 있는 지식인이라는 직업이 그렇게 시키는 직업의식입니다. 노동자가 일을 안 하면 팔이 근질거리듯이, 원래 지식인도 진리를 말하지 못하면 속이 끓습니다. 이것은 인간에게 보편적인 충동이지만, 지식인은 그것을 방법적으로 세련된 형태로 지니고 있습니다. 그것이 직업 감각입니다. 지식인은 이 직업 감각에 충실해야 합니다. 우리가 살고 있는 사회의 현재 형태가 우리 사회 자신의 힘에 의해 창설된 것이 아니기 때문에 지식인은 이 상황의 구조와 내력을 국민에게 알릴 의무가 있습니다. 그렇게 함으로써 상황에 유효하게 대처할 수 있는 행동의 양식을 교육해야 합니다. 지식인은 기술자인 동시에 윤리적 기술자이기도 하기 때문에 정부와 기업에 대한 비판자로서의 의무가 있습니다. 관권이나 금권이 윤리적 설교에 의해서 회개할 수 있다는 말이 아닙니다. 국민에게 공정한 정보를 제공함으로써 국민이 자기 권리의 옹호를 위해 필요한 판단을 하는 것을 돕는다는 말입니다. 말이 권력과 금력을 움직이는 것이 아니라 말을 들은 국민이 권력과 금력을 움직이는 것입니다. 그러므로 지식인의 무기는 말이며, 이 말의 자유스런 사용을 규정한 것이 우리 헌법에서의 학술과 언론 예술의 자유입니다. 이 자유는 최대한으로 지켜져야 합니다. 이 또한 공산주의에 대한 막강한 무기입니다. 최근의 체코슬로바키아의 사태가 언론의 자유를 그 중요한 쟁점으로 했던 것을 상기하기 바랍니다. 후진국 국민의 정치적 미숙성의 원인인 역사적 경험의 결여는 예술, 학술, 언론에 의한 교육으로 극복할 수밖에 없으며, 그러자면 그 교육의 자유가 선진국들과 후진국의 현실적 격차와 역비례로 더 많이 보장되어야 하는 것이 이치이나 사실은 그 반대입니다. 이것이 가장 심각한 문젭니다. 현실의 부족을 꿈으로 메우려는 충동을 인간은 가지고 있으며, 또 현실의 부족을 교육으로 메우려는 충동을 인간은 가지고 있습니다. 근대 국가 생활의 여러 요령을 경험을 통해 오랜 시간을 사용해서 얻는 것이 불가능하다면 그것은 교육에 의해서 빨리 얻어지지 않으면 안 됩니다. 학술, 예술, 언론은 교육의 기능을 수행하는데, 그 기능은 표현의 자유 없이는 이룩될 수 없습니다. 그런데 그 표현의 자유가 선진국보다 못하다고 하면 우리는 현실에서도 지고 교육에서도 진다는 결과가 됩니다. 이렇게 된다면 이 지구 사회에서의 불균형의 시정은 영원히 이룩되지 않을 것입니다. 지식인은 이 사회와 이 지구 위의 현재에서 가장 어울리는 인간상을 자유롭게 묘사하기 위해서 이 헌법적 자유를 부단히 행사해야 합니다. 이런 바람직한 인간상의 제시를 위해서는 ①국학의 개발과 발전에 의한 민족의 연속성의 유지와 특수성의 인식, ②지구인으로서의 보편적인 감각을 고려해야 하며, ③그러한 구체적인 매개 위에서 근대 유럽의 이념인 민주주의와 이성의 현실에 기여하는 인간상을 모색해야 합니다.

국민 ── 위에서 정부, 기업인, 지식인 따위의 분류에 따라 우리는 상황에 대응하는 주체에게 요구되는 윤리적 기준을 묘사했습니다. 확실히 우리는 그와 같은 익명의 조직에 의해서만 사회에 참여할 수 있으나, 그 조직들을 과도하게 의인화하는 것은 매우 위험합니다. 그 조직에서 구체적으로 움직이는 것은 바로 개인입니다. 여기서 '국민'이라고 하는 것은 그러한 개인으로서의 국민입니다. 우리는 조직이 조직으로서의 생리와 그것이 흔히 그 속의 여러 개인적 의사와는 모순되게 움직인다는 것을 알고 있습니다. 그럼에도 불구하고 조직은 개인에 의해서 운영됩니다. 이것도 사실입니다. 인간은 동물과 달리 그의 사회생활에서 간접적 매개를 통해서 행동하며 그 매개의 회로를 더욱 복잡하게 만들어오고 있습니다. 여기서 조직에서의 개인의 소외라는 말을 하게 되는데, 이것은 조직의 운영에서 개인의 참여가 무력해지고 있다는 것을 말합니다. 그러나 이것을 너무 엄살스럽게 인정해서는 안 됩니다. 조직은 누군가의 조직인 바에는 소외가 있다면 누군가가 소외시키고 있으며 누군가는 소외당하고 있다는 말이지, 그런 주체 쌍방의 진정한 관계를 묻지 않고 소외라는 현상이 자연 현상처럼 우리 밖에서 진행되는 것처럼 생각하는 것은 바로 소외된 자의 환상입니다. 소외는 누군가가 소외시키고, 누군가는 소외당하고 있다는 것이며, 그것은 너와 나의 인격적 관계가 대상에(조직이라는) 투영된 모습 이외에 아무것도 아닙니다. 자기를 남이 때리고 있을 때 거울에 비친 그 모습을 보고 어떤 친구가 얻어맞고 있군, 하고 해석한다면 바로 그런 사람을 우리는 소외되었다고 말해야 합니다. 소외가 조직의 자동 현상이기나 하듯이 말하는 논의는 경계되어야 합니다. 그것은 사실은 너의 횡포이며, 나의 비굴입니다. 주체와 주체 사이의 인간적 관계를 객체 사이의 자연적 현상이기나 한 듯이 절대화하여 책임을 면함으로써 해탈하려는 발상은 문학에서도 이미 끝장이 난 낡은 유행입니다. 하물며 장난이 아닌, 단 한 번밖에 살 수 없는 삶의 터에서 이 같은 태도를 가진다는 것은 '죽음에 이르는 병痴呆의 병病'입니다. 우리를 소외시키고 있는 그 누구를 찾아내고자 노력하십시오. 그와 투쟁하고 협상하고 거래하십시오. 그렇게 해서 우리의 몫을 늘리고 일단 손에 쥔 몫은 결코 놓치지 말고 다음 투쟁과 협상과 거래를 위한 조건으로 삼으십시오. 정치와 직장에서 소외로부터 스스로를 해방시키는 책임은 궁극적으로 개인에게 있습니다. 조직에서 개인의 책임을 과소평가한다면 그는 조직을 인간의 현상이 아니라 마술적 매임[呪縛]으로 생각하는 것입니다. 소외를 극복하는 책임이 개인에게 있듯이 그에게는 그럴 능력도 있습니다. 우리는 그 최근의 증거를 체코슬로바키아에서 보았습니다. 그것은 소외시키는 자의 횡포에 대한 소외당하는 자의 비굴을 소외당하는 자가 인간적으로 수치스럽게 느끼고 그 수치가 분노로써 표현된 것이 아니고 다른 무엇입니까. 이런 의미의 개인의 책임이 민주주의의 주체적 조건입니다. 우리는 이 방송에서 우리들의 상황의 어려움에 중점을 두고 말했고 그것은 그만한 타당성이 있다고 믿지만, 그러한 모든 것을 고려한 다음에 이 방송을 맺는 대목에서 우리가 인간일 수 있게 하라고 상황에 대해 요구할 권리를 가짐과 동시에 우리 자신이 인간임을 개인으로서 증명할 의무가 있음을 명심합시다. 사랑하는 애국 동포 여러분, 자중자애하고 행복하십시오.

　　　　　　　　　— 여기는 환상의 상해임시정부가 보내드리는
　　　　　　　　　　　　주석의 소리입니다.
　　　　　　　　　　　　삼천리 비단강산 만세.

　방송은 여기서 뚝 그쳤다. 시인은 창으로 걸어가서 밤을 내다보았다. 헛된 소망이 아닌가 하고 자기의 소망에 섞여 들었을지도 모르는 허영을 부끄러워하면서 그러나 자기에게 책임이 있을 리 없는 목숨의 씨앗의 운명을 용서하면서 까무러지는 편이 편한 것이 확실한 그 거대한 시간의 앙금들을 뚫고 무서워도 할 수 없는 그 빛나는 어둠의 글을 읽기를 원하며 거미줄의 매듭매듭마다에 맺힌 하늘과 별의 목소리와 카누와 부메랑과 돌도끼의 날카로운 번뜩임의 무게를 재어보면서 언제나 잠들지 않았던 저 부족의 파수병들을 생각하면서 그 육체를 이긴 육체, 마음을 이긴 마음, 눈을 이긴 눈의 힘을 부르면서 광장의 횃불과 밀실의 눈물을 이른 아침의 안개 낀 거리를 누벼간 은밀한 걸음걸이가 이른 장소를 생각하면서 바다에 잠긴 노예선의 탯줄에서 흘러나간 족보의 연면한 이음과 이음의 마디를 짚어보면서 자기가 볼 수 없는 태양을 위해서 왜 인간은 죽어야 할 때도 있는가에 절망하면서 너와 나의 사이에 걸린 테이프보다 서글픈 인연의 약함에 떨면서 거기에 불을 보고 싶은 곳에 어둠을 보고 꽃을 보고자 원하는 곳에 독약처럼 서린 뱀을 보게 될 때 너의 어둠에 부채질하고 너의 짐승에 기름을 부으면서 남들이 남들이라는 다만 그 사실에 화를 내면서 밑 빠진 독처럼 부어지는 시간의 흐름 속의 저 밑바닥에 떨어지는 거미만 한 기척도 내지 못하면서 떨어져가는 나와 많은 나들을 뒤따를 방법을 모른 채 어느 날 거리의 먼지 속에서 까닭 없이 거지처럼 웃어보며 가능하다는 것을 아무도 보장하지 않을 뿐 아니라 그것이 과연 한 알의 피임약보다 이 세상에 소용될 것인지조차 의심스러운 관념의 알을 품고 부끄러운 연습을 하면서 아편을 그리워하면서 지구의 무게만 한 졸음에 견디면서 그 무게를 이길 힘을 다시금 불가능한 연약한 육체에 요구하면서 아무것도 하지 않으면서 입으로만 붕어처럼 언어의 거품을 내면서 헛되이 시간을 담배처럼 태워 없애는 것이라고 생각하면서 그러나 대체 어느 누가 이 모든 것에 대해서 소리 높은 꾸지람의 목소리를 가질 수 있겠는가 하고 자기를 변호하면서 밤을 몰아내기 위해 횃불을 밝힌다는 것이 반딧불 흘러가는 여름밤의 냇가처럼 아무 일 없고 그저 아무 소용없는 언제나 쉬고 싶은 이마의 저편에서 교수대를 보면서 한동안 자신있게 거리를 지나다니고 담배를 사서 피우며 바둑도 두지만 자기처럼 아무 일 없는 남의 얼굴 때문에 문득 무서워지며 무서운 것을 들추는 나쁜 취미를 다른 사람에게 강요하지 않고도 서로를 알고 싶은 욕망을 불을 피우지 않고 고기를 굽자는 일처럼 어이없다고 자기에게 일러주면서 거리마다 골목마다 인간은 반드시 고매하지 않아도 건물은 제법 서 있다는 사실에 이것 봐라 하고 놀라면서 그런 골목에서는 좋은 일을 하고 싶다는 오한에 떨면서 부풀어 오른 떡반죽처럼 시큼하게 나를 울면서 식칼로 쌍둥 잘라버린 무 꽁댕이가 수북한 대폿집 앞을 지나면서 그들의 꿈과 한탄으로 새까맣게 타버린 마룻바닥에 놓인 드럼통을 바라보면서 많은 것들 사이에서 세균처럼 들락거리는 의식의 파편들을 넝마 줍고 가면서 슬픔의 무게 때문에 지구는 갈앉아버리리라는 어느 동료 시인의 말을 재채기처럼 되새기노라면, 낯선 건물의 계단을 올라가는 낯선 사람의 뒤꼭지가 마지막 가는 사람의 한숨처럼 안타까운데도 언제

나 같은 굴레를 타고 실려오고 실려가는 아픔과 아픔의 사이에
서 이를 악물고 견디는 새벽에 아무 소리조차 들리지 않고 어둠
속에 누워서 귀를 기울이고 보라 준비하라고 없는 귀에 속삭이
면서 그런 날 문득 고타마 붓다와 스파르타쿠스의 야누스를 생
각하고 낯을 붉히며 걸어가자 걸어가자 어디를 가건 걸어가는
것이 모두라고 수면제 같은 주문을 만들어보며 너무 짧다는 것
이 삶의 불행이 아니라 복일 것인가 하고 긴치 않은 탄식을 하
며 아아 하고 바다의 표류물 같은 마음을 들여다보며 출렁이는
출렁임의 저 멀리에 있는 항구와 선창과 불 밝힌 창들과 한 봄
날의 아이들의 손뼉 소리와 풍선과 죽은 이들이 오랜 노동의 고
달픔을 쉬는 묘지가 있는 아무렇지 않은 아무 일도 없는 해바라
기처럼 해를 따라 익어만 가는 그런 항구의 꿈을 꾸면서 부러진
돛대에 매달려 도시를 표류하는 시인은 서로 머리칼을 쥐어뜯
으며 거문고처럼 잡아 뜯으며 분뇨 속에서는 분뇨가 되어야 한
다는 삶의 꾀를 방패 삼아 피차 내남이 날로 더욱 썩어가며 잃
어버리고 다 잃어버리고 기침하는 법까지 다 잃어버리고 옆집
에 가서 제 속곳 간 데를 물어보며 서로 주머니를 털어서 소매
치기하며 실성한 듯이 온 도시가 옷토세이의 노래를 부르고 마
치 오늘 처음 인간이 오르간을 가진 듯이 허둥지둥하고 어두운
그림자들은 환하게 웃으며 지나가고 구석마다 이름 모를 것들
이 검은 눈자위 속에서 이쪽을 바라보고 아무 일도 없는 듯이
모든 일이 꾸며지고 사람들은 지구만 한 무게의 짐을 지고 간
신히 기동을 하면서 차를 마시고 분뇨 속에 담을 둘러치고 꽃

을 가꾸면서 고전에 대해서 얘기하며 모두 몰라서가 아니라 알면서일 것 같으면서 사실은 몰라서 그런가 싶으면서 버스를 타고 미친년처럼 택시를 집어타고 자신 있게 어디론지 바삐 오가면서 하기는 그러면 어쩌란 말이냐고 하면 실상 도리도 없는 일인 것이 더욱 딱해서 교수들은 실성한 듯이 논문을 쓰고 오락가락하며 종종걸음으로 다니는 아이들은 이 역시 어쩔 수도 없이 학제가 바뀔 때마다 경풍 들린 듯이 깜짝깜짝 놀라는 슬기가 있는지는 모르겠지만 그러지 않아도 옛날에는 다 애 낳고 살았는데 젊음을 반드시 '구가'하겠다는 아이들은 구가하고 마구 걸어다니며 또 앉기도 하며 하는데 여름이면 비가 오고 장마가 지며 헛되이 버린 정조를 잃어버린 패물처럼 아쉬워하면서 빗소리를 들으며 천지에 바늘같이 내리는 빗소리를 들으면서 야망에 불타는 청년은 하숙집 벽이 파이도록 졸리는 눈을 부릅뜨면서 웅대한 독서를 계속하고 살찐 사람들은 여윈 사람들을 청승맞다고 생각하고 여윈 사람들은 살찐 사람들을 주책없다고 생각하면서 제집 일에는 한 치를 다투지만 우리 일에는 한 발을 양보하고 나서면서 지친 마음을 넝마처럼 어깨에 메고 돌아가는 길을 재촉하며 고관대작이 뇌물 먹고 잡혀 가는 것을 조금도 미워하지 않으며 먹은 뇌물의 덩치가 작을 때는 한껏 경멸하며 신숙주의 아내를 실성한 년이라고 어이없어하며 남편들이 훔친 돈을 가지고 문지방을 넘어설 때 여자들의 가슴속에는 순정의 꽃다운 바람이 일며 아직도 아직도 알고 모르며 도둑질이 서툴고 무능한 남자들은 자기 여자들이 아무도 가르쳐주지 않은 족보

에 없는 화류계 출신인 것을 발견하고 소스라쳐 놀라며 모두가
모두 실성한 듯이 집을 짓고 꽃을 가꾸고 물론 옛날부터 사람은
그래 왔다는 말이 아무 위안이 안 되는 것이 옛날의 그 일이 아
직도 그 일이래서야 사람 살겠는가는 말인 것이며 이렇게 해서
어디에도 정말은 없으며 하루아침에 기쁨의 방석에서 절망의
하수구 속을 죽은 쥐처럼 흘러가며 아무 목소리도 없고 이 살벌
한 도시를 통곡하는 아무 목소리도 없는 것은 아니며 다만 모
두 통곡하는 소리가 입에서 나오는 순간에는 남을 잡고 보는 밀
고가 되고 미어지는 가슴이 증오이며 허공을 거머쥐려는 기도
의 손인즉 남의 목줄기를 움켜쥐고 절명한 다음에야 놓는다는
것이 슬프다면 슬픈 일이겠지만 그 밖에 무슨 방도가 있을 리는
절대로 없으며 한사코 용서치 않으리라는 속다짐만을 단단히
할 뿐 어떻게 해볼 도리는 없으며 병신을 만드는 자에게 짐짓
속는 체하면서 목구멍의 포도청에서는 풀려나야 할 것이며 그
래 보았자 번연히 소용없는 말들을 쓰고 붙이고 두루 돌아다니
면서 말해보고 하는 것이며 어리둥절하면서 죽어갈 생각에 때
로 아득하지만 그때뿐 어두운 극장에서 갈팡질팡 자기 자리를
찾겠다고 오락가락하고 껌을 짝짝 씹으면서 여염집 여자들의
오르간도 상품으로 자유화시킨 건국 이래의 호경기를 노래하면
서 사실은 노래도 아니겠지라고 생각하는 것은 공연한 염려고
사실 당자들은 나쁘지 않아 하는 것이 반드시 나쁘다는 말은 아
니고 급기야 그렇게 되고 마는 것이겠지만 일은 순서와 앞뒤가
있어서 거짓말을 듣고 자란 사람들 생전에는 보고 싶지 않은 꼴

도 많은데 그래도 호기 있게 제 오이 오뉴월에 거꾸로 먹든 제 복숭아 곶감 만들어 먹든 할 수 없는 것이 제일 큰일은 아닌데 큰일이 시큰둥한 일이 된 것이 큰일이랄 것도 없이 된 도시에서 삶은 기하학이 아니라는 것을 너무나 늦게 안 것을 통탄하면서 세균처럼 번식하고 암세포처럼 반란하는 법칙을 뒤쫓기에 허덕이면서 왜 혼자서 세계를 도맡아야 하는가에 의심을 품으면서 도대체 인간의 살과 뼈대가 그런 일을 하도록 되어 있을까가 의심스러워지면서 자기 속에 있는 자기를 떼어내면서 자기 눈알을 검사하기 위하여 빈 눈자위의 어둠 속에서 떼어낸 눈알을 볼 수 있는 눈알이 없는 것을 소스라쳐 놀라면서 어느 날 새벽에 꿈에서 깨면서 스스로를 끊임없이 기계화하면서 구식의 노력을 짐짓 쓰디써하면서 그러나 모든 기계가 그곳으로 돌아갈 목숨의 솜털의 맨 처음 떨림에까지 이르기 위하여 기계와 신문지의 밀림을 헤치고 들어가기를 원하면서 아무도 기록하지 않는 세계에서 반칙은 어떤 뜻을 가지는가를 생각하면서 아차 하는 실수가 돌이킬 수 없어지는 세계에서 사람이 사람다워질 수 있는 방법을 에디슨처럼 만들어내기를 원하면서 힘센 비관론자들과 부유한 신앙자들에게 속지 말고 발버둥치며 보상 없이 도착하고자 하는 것이 오기와 어떻게 다른지를 알아내기 위해서 필요한 시간의 엄청남 앞에서 기절하면서 혼자 깨어나야 하며 이웃들에게 굳세어라 금순아 할 수도 없고 약하여라 어머니여 할 수도 없고 이리도 저리도 할 수는 분명히 없는데 그러나 분명히 저절로 매일마다 무엇인가 할 수밖에 없고 그것들은 쌓여가고 쌓인 것들은 얽히고설켜서 발을 묶고 아무도 무슨 말을 할 권리를 잃어버리고 사람은 6백 년을 사는 것이 아니라는데 모든 사단에의 열쇠는 있는 것이 아닐까 하는 생각이 도적놈처럼 어디선가 들락날락하고 모든 사람들이 할 수 있는 일은 사적인 선의가 아니라 선의를 끊임없이 공적인 유가증권으로 바꾸어가는 일이지만 어느 날 갑자기 혁명이 일어나 그것들이 한낱 휴지가 되는 것이 예사로운 세상이라면 선의의 주가가 착실하게 오르는 것을 낙으로 삼을 수 있는 삶의 방식이 허용되지 않는 것을 알기에 이른 소시민으로서의 자기를 발견하면서 피와 땀과 절단된 사지와 연막과 전차와 파헤쳐진 농토의 무너진 집들과 그보다도 더 막심한 상처의 앞날이 있어야 무엇인가가 이루어지고 이 둥근 땅의 덩어리 위에 모든 사람이 알아볼 수 있는 표말뚝이 간신히 세워지리라는 예감이 맞는다면 그 사이를 견뎌야 하는 사람들의 허망한 삶을 위해서 부를 이름조차 없는 이 정직하고 잔인한 세기가 슬퍼지면서 도저히 그것은 믿을 수 없고 믿을 수 없다는 이유밖에는 없다는 것이 그것을 믿어야 하는 까닭이라는 것을 믿을 수 없고 아무 준비도 없이 어둠만을 들여다보게 된 운명 앞에서 눈을 가리고 손바닥 두 개만 한 어둠의 평화 속에 혈거인처럼 퇴화하고만 싶은 거리의 태양 아래를 남들처럼 분주하게 오가면서 정신병원에 가지 않기 위해서 친구를 만나면 미소하고 신호등을 주의해서 보며 통행금지를 지키기 위해서 황급히 열한시 반의 거리를 질주하면서 아무것도 아니라고 아무것도 아니라고 내가 아무것도 아닌 것을 알기 때문에 나는 무섭다고 밀리고 당기면서 살다가 죽으면 되는 거리를 보기 위한 두 개의 눈에 또 하나의 눈이 열한번째 손가락처럼 덧붙은 것을 저주하면서 그러나 기왕에 생긴 나머지 눈을 모체를 죽이지 말고 떼어내어 광장에 희사할 수 있는 길이 없을까를 연구하기 위하여 새벽닭도 있을 리 없는 도시의 새벽을 항상 마중 나가는 오늘과 내일을 보내면서도 그러나 여전히 서마서마한 무서움은 어디서 오는가를 알 것 같은 무서움에 떨면서 삶이 두렵다는 느낌이 삶의 온 힘이 되어버린 인간이 누구에게 무슨 도움을 준다는 허영인가를 무서워하면서 아침에 일터로 나가 여러 가지 일을 보며 모서리마다 서린 모양할 수 없는 무서움의 그림자의 무서움이 어른거리는 속에서 시달리면서 무섭지 않은 체하면서 사람들이 무서워하지 않고 있다는 것이 얼마나 무서움에 질린 상태인가가 알아지는 무서움에 떨면서 아아 그토록 실성하도록 무서움에 얼이 빠져서 무섭지 않게 되기 위해서만 오늘과 내일과 모레와 모든 내일과 모레가 있다는 말인가 하고 아득해하면서

아이들을 이해할 수 없는 늙은이들은 이해하지 못한다는 것에 겁을 먹고 다만 선교사들의 흉내를 보다 쉽게 이룰 수 있는 부드러운 근육을 가졌다는 까닭만으로 기고만장한 젊은 야만인들은 손에 닿지 않는 욕망을 위해 날로 흉포해지고 삶이 큰 형벌 같으며 아무도 내일을 생각지 않고 내일을 생각하는 자는 오늘 죽으리라는 감을 자기 명치끝보다 더 아프게 느끼는 사람들이 허깨비 같은 너와 나의 흉기로 서로 찌르며 저미고 한 가지

거짓말을 위해 또 거짓말을 해야 하며 오늘의 거짓말을 참답게 하기 위하여 내일도 거짓말을 해야 하며 갈가리 찢긴 지구 위에서 무엇이 어디로 어떻게 흘러가는지 알 수 없고 사람들은 저마다 그들의 은닉처에서 도끼를 들고 남이 지나가는 것을 노리며 운전수는 손님을 관리는 청원자를 교사는 생도를 생도는 교사를 서로 노리며 뒤통수를 치고 앞통수를 치고 옆통수도 안 치지는 않으며 웃으면서 찌르고 울면서 사랑하고 다음 순간에 누가 이빨을 드러낼지 아무도 모르는 너와 나들이 거리와 모퉁이를 숨바꼭질하며 밀려다니고 점점 닮아가는 서울이란 이름의 홍콩을 상하이를 마카오를 서로 이웃의 몸에서 물어뜯은 살점들을 들고 자기네 가족들에게로 달려가며 다친 자와 죽은 자가 자신이 아니었던 것만을 흐뭇해하면서 죄악이 신문지의 제3면에만 있는 것으로 치부하기로 하고 아이들에게는 좋은 사람이 되라고 가르치며 대문이 높은 창가에서 나어린 창녀를 찾고 고전의 캐리커처가 된 고급 호텔에서 젊은 화랑을 사타구니에 끼면서들도 자녀들에게는 엄한 교육을 원하고 썩은 늪에서 잉어가 나오는 법이라 희한하게 자기를 달래면서 삶이란 그렇고 그런 것이라면서도 누군가 자기 발등이라도 밟을라치면 미친 듯이 화를 내고 무슨 일이 있더라도 기정사실만 만들면 그것이 제일이라 생각하며 남의 착함에는 반드시 간계가 있다고 누가 어디서 무엇을 하는지는 알 것 없고 다만 그의 가진 돈만이 필요하며 이 좋은 세상에 못 먹는 놈이 병신이라 생각하면서 그러나 아무리 버둥거려도 송사리인 자기임을 알게 될 때 절망하면서 알지 못할 힘이 이리저리로 몰고 다니는 양 떼들의 학살을 새벽꿈마다 보게 되며 밤에 지나가는 비행기 소리에 식은땀을 흘리면서 금붙이가 제일 안전할 것이라 생각하며 가끔 기어드는 약한 마음을 물리치기 위해서 서부 영화를 보러 가며 자기 아내는 정숙하기를 남의 아내는 음란하기를 간절히 희구하면서 돈이 많고 잘 생기고 유식한 남자가 순정이기를 바라면서 모든 사람이 자기는 있을 자리에 있지 않다고 생각하기 때문에 남의 실수를 용서하지 않으며 언제나 어디서나 배신할 준비를 가지고 모임에 참석해서 정보를 얻어들으면서 회심의 미소를 지으면서 교회에서 나온 사람들과 도둑놈과 창녀들이 누가 누군지를 알아보지 못하기 때문에 기묘한 부딪침과 오해와 미움이 맺히고 풀리며 권력에서 쫓겨나자 전 가족이 한자리에서 자살한 어느 집안의 이야기가 곧 수신 교과서에서 아름다운 영혼의 본보기로 실릴 지경에 이르렀는데도 율법이 없으므로 죄도 없으며 규칙이 없으므로 양심도 없으며 빛이 없으므로 어둠도 없으며 그러나 어두운 백치의 밝음 속에서 윤리의 중력을 잃어버린 것을 잊어버리고 풍선처럼 떠다니며 하루에도 몇 번씩 자기의 생일을 저주하고 들려오는 어지러운 발걸음과 너털웃음에 얼이 빠지고 어제저녁에 걸어온 길이 오늘 아침에 없어진 것을 보고 놀라는 사람처럼 남의 집이 들어선 자기 마음을 넋 나간 마음을 전세 내어 살기 위해서 빚을 내기 위해서 도둑질하지 않는 하루를 가지기를 원하며 모든 사단이 어디에서 오는지를 알 길 없고 남들은 모두 잘사는 줄로 알고 이를 갈며 발을 구르고 자녀들에게 기대할 수 없는 것을 기대하면서 이런 난장판에서 무사하게 지내게 해준 조상을 위해 제사를 지내며 꼬챙이로 헤집는 사람은 많아도 앞치마로 담아 안는 사람은 없고 좋은 몫을 차지한 사람들은 내일도 오늘 같은 태양이 제시간에 동에서 뜨기만을 바라면서 건강하게 밝게 살아야 한다고 다른 사람들에게 권하는 도시의 불빛을 내다보았다.

이맘때면 그러는 것이려니만 알고 봄 고양이들이 괜히 울어예는 어느 날 밤의 일이었다.

(1969)

가면고

1

분명히 처음 보는데 언젠가 한 번 본 것만 같은 그런 얼굴이었다.

삶의 언저리에서 가끔 일어나 짜증이 나게 마음을 헝클어놓기 일쑤인 기억의 환각…… 민은 그녀가 두어 정거장 앞에서 오른 때부터, 그런 생각에 사로잡혀 있었다. 그는 시계를 들여다보았다. 아마 이 전차가 마지막일 테지. 텅 빈 차 안에는 대여섯 사람이 앉았을 뿐. 그러고 보면 요즈음에 전차를 탄 적이 얼마 없었다. 따져보면 떠나고 닿는 사이가 전차와 버스 사이에 그리 큰 차가 지는 것도 아닐 테지만, 스탠드에서 표를 사는 일이 유니폼을 입은 차장에게 표를 건넨다는 수속이 또는 전차의 보다 큰 부피, 그런 것이 아마 쫓기고 늘 무거운 그의 마음에 짐스러운 탓인지 모른다. 밤늦은 시각에 버스를 타고 가다가 얼핏 엇갈려 가는 전차 속 그 넓은 빈자리에 띄엄띄엄 몇 사람의 고단한 얼굴이 을롱하게 흩어진 풍경을 그는 앞뒤가 잘린 토막 난

필름을 보듯 야릇한 느낌으로 바라보곤 했다.

민은 내려뜨렸던 눈길을 들어, 다소곳이 앉은 그녀를 한 번 더 바라보고는 몸을 꼬아 창밖으로 눈길을 옮겼다. 부옇게 안개 끼듯이 내리는 비 속에, 집들의 창에서 번지는 불빛으로 레일이 둔하게 빛을 내며 깔려나가고, 이따금 머리 위에서 전선이 팍, 팍 튀는 소리가 떨어져온다.

마음의 올은 맹랑한 것이어서, 지금 그는 그녀의 얼굴에 대해 골똘히 마음을 쓰고 있는 것은 아니었다. 한눈에 뜨끔하니 모질고 강한 인상을 받은 얼굴이었으나, 민은 그 얼굴을 망막에서 새김질하는 대신에 그 영상 때문에 움푹 파인 마음의 어느 구멍에 느리고 짜증스런 손짓으로 자꾸 흙을 퍼넣고 있었다. 어느 한 모퉁이에 또 빈자리가 늘어가는 것은 두려운 일이 아닌가. 그 빈자리를 메우려고 또한 얼마나 귀찮은 바람이 스며올는지 모르는 일이다. 달팽이처럼 속으로 속으로 오므라들면서, 자기의 남모르는 일을 끝낼 때까지는 햇바퀴의 아름다움을 보지 않아도 그만이란 속셈에서였겠지만, 덜커덩 차가 흔들리는 통에, 여태껏 저편 자리에 앉은 여인의 얼굴을 또 그려오고 있던 것을 깨닫고 민은 속으로 혀를 찼다.

그는 눈을 감았다. 감은 눈 속에서, 몇 해 전 그가 군에서 나오고 바로 겪었던 일이, 먼 바닷가 밀물처럼 회상의 언저리를 적셔온다. 그 물결에 거슬러보는 뜻 없는 노력을 버리고 어느덧 발목에서 정강이로 느릿느릿 적셔오는 밀물에 발을 담그고 우두커니 서 있었다……

푸른 다뉴브의 물결이 홀에 넘쳐흐르고 있었다.

초여름 밤의 훈훈한 기운이, 그를 흐뭇한 기쁨 속으로 몰아주는 까닭의 모두는 아니었다. 그는 즐거웠다. 조금도 서두를 까닭이 없었다. 새색시 의롱에서 잠든 저 많은 옷가지들처럼, 이제부터 하나하나 끄집어내서 그의 인생의 보람 있는 장면을 채워줄 티 없는 시간을 넉넉히 가지게 된 그였다. 퇴역. 그는 여자의 손에 약간 힘을 주어봤다. 꼭 같은 만큼의 운동이 거기서 되돌아왔다. 눈덩이처럼 흰 이브닝드레스에 싸인 그녀는 이런 화려한 데서도 십분 눈길을 끌 만하였다. 밴드에 맞추어 물결 타듯 가볍게 지나가면서 파트너의 어깨 너머 흘깃 던져오는 사나이들의 눈매가 그것을 다짐하고 있었다. 자리를 바꾸는 참에, 동성이기 때문에 거침없이 쏘아붙이며 대번에 이쪽 값어치를 셈해내는 여자들의 눈이 그것을 말하고도 남는 것이었다. 그런 모든일이 그를 즐겁게 했다. 그는 자랑스럽기까지 했다. 잡고 있는 여자의 손바닥이 촉촉이 젖어 있었다. 그의 손이 젖어 있는 것인지도 모른다. 그는 여자의 이름을 불러보았다. 그녀는 〔……〕말없이 올려다본다. 두 개의 구슬 속에 차단한 불꽃이 어른거린다. 그 눈이 아름답다고 그는 생각했다.

곡이 끝났다. 그들은 자리로 돌아왔다. 그는 소다수를 시켰다. 그는 여자의 컵에 따라줄 때 잘못하여 가로 흘렸다. 여자는 나무라듯 살며시 흘겨보았다. 흠, 이 아가씨가? 평소에 몸가짐이 점잖은 여자가 지나친 몸짓을 해 보이는 것은 사랑한다는 표시다. 당신에게만은 응석을 부리겠어요, 하는 몸짓이 아니고 무언가. 여자의 마음속 가장 깊은 곳에 숨은 가실 줄 모르는 바람은 다시 한 번 그녀들의 황금시대로 돌아가고 싶다는 것. 아버지라는 시종무관의 무릎에서 세계의 이야기를 듣던, 그 시절로 시간의 바퀴를 되굴려 가보자는 소원이다. 물론 이때 아버지는 멋진 코밑수염을 어느 손가락으로 토닥거려야 하는지를 알 만큼 눈부신 지성의 소유자여야 하며 그러자면 그는 외국 유학을 한 사람이어야 하고, 그의 집안은 부유한 봉건 지주나 날치기 광산쟁이여야 하며, 외국에 가 있는 동안 어느덧 브나로드적 유행성 열병이 깨끗이 가라앉고, 돌아올 땐, 삯바느질한 어머니가 부쳐준 학비로 미술 학교를 다니던 어떤 여류 화가를 달고 와야 하며, 그렇게 살다 보니 서로 시들해져서 한국은 나를 알아주지 않는다고 술타령과 기생 오입의 도락삼매가 시작되어야 하며, 이윽고 가산이 바닥나지 않는다는 것은 가을이 와도 나뭇잎은 머무르라 식의 영 말도 아닌 소릴 것이며, 천대와 괄시 속에서도 남자를 사랑하지 않고서는 못 배기는 — 저 '노라' 양에게 뺨을 열두 번이나 얻어맞아도 장히 마땅할 그의 아내가, 자기 어머니의 고된 팔자를 이어 그 남편에게 커피 값을 낸다는 대목에 이를 것이며, 드디어 과로와 그보다도 식어버린 남편의 사랑에 상심하여 그녀가 죽은 뒤에야 남편은 지금은 다시 뉘우칠 길도 없는 애인이 남기고 간 유산을 무릎에 앉히고 아버지는 정말은 어머니를 사랑했다는 거짓말을 되풀이 되풀이 이야기하는 가운데 그녀가 어머니를 대신하여 아버지의 고해성사를 맡아보면서부터 몸에 붙인 고백을 받는 기쁨에까지 거슬러 올라갈 수 있다. 무엇을? 어 무슨 이야기가 이리도 길게 되었던가. 이게 나쁘다. 바로 이게 지옥이다. 군이여. 군은 이 자질구레한 장난, 계집애의 바느질 쌈지 속 같은 바글자글한 마음의 장난을 하는 버릇을 아직도 떼지 못하였는가. 아니다. 너무 그리 까다롭게 따질 건 없잖아. 나는 다만 그 이름은 무어던가, 프랑스의 어떤 위대한 서정 시인의 시 가운데 있는 구절 ── 한 송이 국화꽃을 피우기 위하여 천둥은 그렇게 울었나 보다 하는, 한 가지 일이 있기까지는 숱한 사실의 고리가 뒤에 있다는 메타포를 한국 근대 정신사에다 옮겨본 거지. 내 정신이 아직도 부드러운 상상력을 잃지 않았는가 알아봤을 뿐이야…… 아무튼 그는 조금도 악의는 없었다. 다만 흥겨울 뿐이었다.

누군가가 그들의 앞에 머물러 섰다.

그들은 머리를 들어 그 사람을 바라보았다. 홀쭉한 키에, 머리칼을 길게 밀어붙이고, 나비넥타이를 매었다. 자식 가만있자, 독일어에 있어서 물주 형용사와 인칭 대명사의 제이격과의 차이를 말해봐, 아마 모르지? 흥 나는 박격포탄을 우박처럼 맞아도 하나도 잊어버리지 않았어. 전쟁이 개인의 운명을 바꾸었느니, 전쟁이 기성 질서와 생활 감정을 어쨌느니, 전쟁이 무엇을 무엇했느니, 그래 전쟁이 없었다면 네가 운동의 네번째 법칙을 발견할 것을 못 했단 말인가. 전쟁 통에 그만 배울 걸 제대로 배웠겠습니까 머리를 긁는 친구, 전쟁에 그만 깡그리 가산을 날리고 이러면서 소주잔을 비우는 빵장수, 전쟁이 저를 이렇게 만들었어요. 당치도 않은 피해망상을 실습해보는 갈보의 센티멘털리즘, 거짓의 무리들이여 열세 번이나 지옥으로 가라. 만일 그대들의 말이 옳다면 나의 옆에 다소곳이 앉은 이 여자의 눈이 보여주는, 저 순결성을 어떻게 풀이할 것인가. 그녀도 분명 전쟁을 나라 안에서 겪은 바에는. 전쟁은 게으른 자와 음탕한 자들에게만 평계를 주었다. 그뿐.

나비넥타이는 허리를 굽히며 그녀를 파트너로 소망하는 것이었다.

여자는 가볍게 거절했다. 얼음처럼 쌀쌀해 보였다. 그녀의 귀고리가 반짝 빛났다. 가볍게 고개를 움직인 거절의 동작이 그녀의 귀에 달린 금붙이의 빛깔보다 차가웠다. 나비넥타이는 미안하다는 인사를 남기며 떨어진 곳에 홀로 앉은 댄서 쪽으로 옮아갔다. 그가 고개를 돌렸을 때, 여자의 장난꾸러기 같은 웃음을 머금은 눈이 그를 맞았다. 방금 보여준 그 쌀쌀한 얼음은 벌써 끄트머리도 없었다. 그는 또 한 번 느긋하지 않을 수 없었다. 그는 소다수를 마시는 그녀의 동그스름한 목이 보여주는 움직임을 보고 있었다. 그 목은, 희고 탄력 있는 부피가 차분히 오른 썩 잘된 조각 같았다. 어쩌면 그는 이 목 때문에 그녀에게 끌리기 시작했는지도 모른다. 그 목 아래, V자로 파인 이브닝드레스의 가슴은, 오늘 저녁 처음 보는 부분이었다. 그 목에 의당 어울리는 좋은 가슴이었다. 그러나 그는 거기를 오래 보지는 않았다. 겸연쩍었기 때문에. 그는 무슨 말을 해야 하겠다고 생각했다.

"즐거우십니까?"

"선생님은?"

누가 가르쳐주었기에 이런 묘한 응답의 재주를 부리는 것일까? 그는 생각한다. 사랑? 아마. 사랑은 모든 것을 가르쳐주는 법이니까.

"이만하면 저도 꽤 용감하지요?"

"왜요?"

"왈츠 한 가지만 갖추고 싸움터에 나섰으니 말입니다."

그녀는 활짝 웃었다. 웃는 모습을 보고 그녀의 순결을 믿는다. 수줍은 여자일수록 한번 마음을 주면 쉽사리 참마음을 드러내는 것이라 생각한다. 단단히 오므라든 소라의 몸처럼, 섣불리 내밀지는 않지만, 깊은 바다풀의 그늘에서는 마음 놓고 노는 것이라고. 사랑이란, 경계의 해제가 아닐 텐가. 모든 것이 그녀의 사랑과 순결을 나타내고 있었다. 그는 이 모든 것을 믿으리라 했다. 그는 이전에 얼마나 많은 어리석음을 저질렀던가. 다람쥐 쳇바퀴 타듯, 끝이 날 수도 없고, 끝이 난대야 어떨 것도 없는 망설임의 바퀴를 뱅뱅 돌리며, 세상을 거꾸로 보면서 살았던 그때. 한방에 있는 친구가 댄스를 배우러 나간 사이, '대영백과사전'을 발바닥에 얹고 거꾸로 서기 연습을 하면서, 친구의 경박성에 항의해보았던 때, 그는 분명히 속이 좁았다. 다른 일은 다 제쳐놓고라도, 사람에 대해서 너무나 몰랐다. 더 테두리를 좁히면, 여자에 대하여 너무도 무지했다. 그는 여자를 깨우치려 들었다. 가르치려고 했다. 따지려 했다. 알아내려 했다. 심지어 존경하려고까지 했다. 사랑해야 하는 줄을 몰랐던 것이다. 사랑합니다, 하는 애인에게 정말? 정말? 얼마나? 어떻게? 왜? 를 캐고 또 캐어 끝내 진절머리가 나게 한 끝에, 그 파랑새를 홀랑 잃어버렸거니. 사랑이란 무엇인가를 알기 위하여, 시험관 속에 넣고 쪼개보면서, 어두운 방 안에서 허구한 시간을 없애다가, 아무런 마음의 다짐도 없이 그는 전쟁에 나갔었다. 아무렴 지금은 전쟁을 생각하기 위하여 여기 온 것이 아니다. 다시 전쟁이 일어나고, 다시 국가가 나를 부를 때 나는 또 한 번 전쟁에 나갈 게다. 그러나 지금은 아니다. 나는 지금 한 가지밖에 없는 밑천, 왈츠가 울려나오기를 기다리고 앉은 선량한 시민이다.

푸른 다뉴브가 다시금 물결쳐 흐르기 시작했다. 그들은 일어섰다. 마주 보고 웃었다. 두 사람만이 아는 웃음이 더욱 그들을 흐뭇하게 했다. 사랑이란, 비밀을 나누어 가졌다는 공범 의식이라 그는 생각해본다. 이번 춤은 아까보다 훨씬 즐거웠다. 그는 소년처럼 가볍게 움직였다. 걸음마다 더 가벼워지는 듯했다. 왈츠만은 자신이 있었다. 한 달 동안 왈츠만 익혔으니까. 그건 이 여자를 사랑한다는 말이 아니고 또 무엇일까. 그렇다. 군에서 사바 세상에 나온 순간에, 내게 다가온 이 아름다운 운명을 소중히 여겨야 한다. 그 누군가가 나에게 보내주는 이 선물에 트집을 잡아서 그를 노엽게 해서는 안 된다. 아 참 왈츠란 좋은 곡. 이놈이 나를 이렇듯 즐겁게 만드는 것이구나. 다뉴브는 흐르고, 그 위에 내 모든 어두운 젊은 날도 실어 보내자. 다뉴브는 독일의 강 이름이 아니라 삶을 너그럽게 찬미하는 모든 사람의 가슴에서 흘러가는 기쁨의 강 이름. 삼박자로 고동치는 젊은 피의 흐르는 소리일 게다. 그는 더욱 즐거워졌다. 여자의 손은 더욱 젖어온다. 여자는 웃고 있었다. 오늘 저녁 그녀를 입 맞춰주리라 결심한다. 귀여운 턱. 목. 환한 가슴. 그때 그는 한 가지 발견을 했다. 그 발견은 처음에 노곤한 기쁨을 주었다. 그러자 아주 갑자기, 어떤 오래 잊었던 일이 빠르게 머리를 스치고 지나갔다. 그의 스텝에 헛갈림이 왔다. 여자는 상냥스레 주의를 주는 눈짓을 보낸다. 그래도 효험이 없었다. 어느덧 그녀가 이끌고 있었다. 그는 인형처럼 끌려서 돌았다.

눈보라가 휘몰아치는 산허리를 행군이 지나가고 있다.

밤.

춥다.

왜 이다지도 추운가. 떡떡 이 맞히는 턱을 악문다. 길게 꼬리를 끌며 바람 소리가 멀어졌는가 하면, 금세 싸 하는 울음과 더불어 눈가루가 낯을 때린다. 그럴 때마다 숨이 턱턱 막힌다. 방어선이 뚫린 곳을 버리고 적의 포위를 피하여 산길을 타며 물러나는 부대의 길게 뻗친 대열 속에 그는 있었다. 퍼붓듯 걸차게 내리는 눈을 모진 바람이 가로채서는, 산허리를 안고 돈 좁은 벼랑길을 말없이 지나는 사람들의 낯이며, 어깨며, 발목에다 후려갈기는 것이다. 하얀 바람의 미친 듯한 춤. 춥다. 다 귀찮고 미친 듯 춥다. 그는 옆에 걸어오는 M소위를 옆눈으로 비쳐 보았다. M소위가 번쩍 고개를 돌렸다. 그 얼굴을 보며 (……?) 했다. M은 웃고 있었다. 웃는다? 녀석. 그뿐 그 웃음의 까닭을 캐기도 귀찮았다. 그는 아까부터 줄곧 생각하는 일이 있었다. 그건 불이었다. 다음 진지에 닿는 대로 장작을 산처럼 쌓아올리고, 휘발유를 끼얹어 시뻘건 불을 질러야지. 아니 빈 농가를 집째 태우는 게 좋지. 얼마나 잘 탈까. 짚을 인 지붕이 공중으로 뿜어져오르 겠지. 우지끈하며 불기둥이 된 서까래가 불티를 날리며 무너져 내린다. 야 그 불길이 굉장할 거야. 휘발유를 자꾸 붓는다. 자꾸 자꾸. 싸, 바람이 더한층 거세다. 눈앞이 보얗게 흐려온다. 그는 환상 속의 불길을 부채질하며, 이를 악물고, 현실의 추위를 막아 보는 노력을 하면서 걷고 있는 것이었다. 다른 생각을 하면 불 이 꺼진다. M이 웃거나 말거나 그런 것에 마음을 둘 겨를이 없 다. 불. 불. 그 불 곁에서 죽었으면. 그 뜨거운 불 옆에 조용히 팔 다리를 펴고 드러누워 죽어가는 건 얼마나 좋을까. 참 좋을 거 야. 거기서 죽었으면. 죽음을 장난처럼 희롱하며 불을 쬐는 기쁨 과 바꾸어보는 것이다. 그때 M이 소리를 쳐왔다.

"여보게 내가 무슨 생각을 하고 있는지 알겠나?"

"선생님 무슨 생각을 하고 계셔요?"

"아 네 네……"

"이러심 싫어요. 그만두시겠어요?"

"아닙니다. 아니에요. 너무 행복해서……"

"어머나……"

그는 얼핏 그녀의 V자형 가슴의 골짜기를 바라보았다. 오 잘 못 본 것이 아니었구나. 그렇다면…… 그러나 세상에 유독…… 다뉴브 강물 위에 눈이 날린다. 자욱한 눈이……

"여보게 내가 지금 무슨 생각을 하고 있는지 알겠나?"

M은 두번째 소리친다. 내가 알 게 뭐람. 네가 속으로 무슨 생

각을 하는지. 아 불이 그만 꺼졌다. 에이 망할 자식. 그는 다시 불을 일으키려고 애쓴다. 이런 때 공상도 마음대로 움직여주지 않는다. 불이 좀처럼 살아나지 않는다는 말이다. 일 듯 일 듯하다가도 사르르 꺼지곤 한다. 이런 일도 있을까.

"여보게 나는 지금 내 애인의 가슴을 생각하고 있네. 하얀 가슴이네. 참 얼마나 하얀 가슴이었던지……"

망할 자식. 망할 자식. 네놈 때문에 불이 꺼졌어.

"그 가슴 젖과 젖 사이에 말이야 여보게 까만 기미가 있단 말일세. 팥알만 한 새까만 점 말야."

꽁꽁 얼어붙었던 그의 가슴속에, 그 순간 M소위의 연인 가슴에 있다는 그 까만 점이 불씨처럼 뜨겁게 튀어들었다. 그러자 불은 다시 훨훨 타오르기 시작한다. 됐어 됐어. 이젠 들어주지. 오라 네놈도 추위를 막느라고 여자의 가슴을 그려보며 걸어온 것이었구나.

"난 아까부터 줄곧 그 까만 기미를 그리면서 걸어오는 중이야. 이상스러워. 그러면 조금도 춥지 않아. 얼굴이 영 생각나질 않는 거야. 다만 기미만 하얀 바탕에 돋아나 보이는 거야."

그래? 애인의 몸의 비밀을 알려주면서까지 추위를 막아보자는 거지. 그 감격으로. 그 폭로의 쾌락으로 응? 좋다. 좋아. 하느님이라도 팔아서 불과 바꾸고 싶은 처지에. 아 추워. 어쩌면 이리도 추울까.

"이제 돌아가면, 나는 그 애를 정말 사랑할 수 있을 것 같아. 이렇게 눈 속에 떨면서, 그 애 가슴에 있는 까만 점을 머리에 그리며 추위 속을 걷고 있다는 사실이, 내게 권리를 줄 것 같아. 그 애를 떳떳이 사랑할 수 있다는 권리를. 눈. 이 하늘의 티끌이 내 가슴에 쌓이는군. 그러면 내 몸 밀도가 자꾸 진해지고…… 내 값어치가 자꾸 오른단 말일세. 그 애를 결코 남에게 빼앗기지 않을 수 있는 자격이 생기는 것 같아."

M의 이야기를 듣고 있는 그의 가슴은 오히려 점점 차들어온다. 왜 이럴까? 질투. 아니다. 쩨쩨한……

"사랑할 테야. 미치도록 사랑할 테야. 그 가슴은 뜨겁기도 하더니. 여보게 헤시가처럼 매끄럽고 따사했네. 내 발음이 이상하지? 입이 얼어서 발음이 제대로 안 돼. 페치카 페치카, 저 러시아 벽난로 말야."

쏴, 한층 더 모진 바람이 덮쳐든다. M은 움찔하면서 말을 끊었다. 굽이를 돌아간다. 산꼭대기를 훑어내려온 바람이 그들의 어깨를 넘어 저 아래 끝이 보이지도 않는 낭떠러지의 바닥을 향하여, 피리 소리마냥 날카로운 소리를 남기고 떨어져간다. 춥다.

"그 가슴의 기미는 내 십자가야. 내 깃발이야. 정말 더운 가슴이었어. 게다가 시인이었어. 펜네임이 설아라구 눈 설 자에 아이라는 아 자. 자네도 가슴이 더운 여자를 사랑하게. 실례했네. 물론 자네 애인도 가슴이 더울 테지. 그리구 까만 기미도?"

M은 그를 향하여 웃는 듯했다. 그의 가슴속에서 붙던 불이 M의 그 말이 끝나자 탁 꺼졌다. 그렇다. 그 불씨는 M의 것이지 내 해가 아니었구나. M이 가진 그 하얗고 매끄러운 페치카의 불티였구나. 그 페치카는 M의 것이지 내 해가 아니었구나. 내게는

까만 기미를 가진 더운 가슴이 없지. 그래서 추웠군. 너는 춥지 않을 만한 까닭이 있다, 암.

바람이 더욱 세차게 불어오자, 둘레는 갑자기 캄캄해졌다.

달이 넘어간 모양이다.

"안 되겠어요. 자리로 돌아가요."

푸른 다뉴브는 여전히 흐르고 있었다. 그는 여자가 이끄는 대로 자리에 돌아왔다. 이마에 땀이 배고 숨결이 거칠었다. 여자는 손수건을 내밀었다. 그는 말없이 받아서 이마를 닦았다. 열은 없이 차가웠다. 그는 오싹 몸을 떨었다.

"어디 편찮으신가 본데……"

그녀는 손수건을 받으며 수심스런 낯을 지었다. 그는 손으로 테이블에 놓인 컵을 가리켰다. 그녀가 옮겨주는 컵을 받아 입언저리로 가져온 채 이윽이 들여다보았다. 컵 속으로 눈이 떨어져온다. 바람이 분다. 물결이 인다.

……바람이 짐승처럼 짖어댄다. 여전히 어둡다. 발이 미끄럽다. 그가 벼랑으로 바짝 붙어서며 M을 잡아끌 셈으로 손을 내밀었던 때였다. 어? 하는 낮은 소리와 함께 벼랑 밑으로 휘 떨어져가는 흰 그림자를 보았다. 방금 옆에 있던 M은 간 곳이 없었다. 순간에 일어난 일이었다. 그는 엉거주춤 골짜기를 굽어보았다. 춤추듯 설레는 눈바람이 눈앞을 가릴 뿐 더는 아무것도 보이지 않았다. 뒤에 오던 병사가 그에게 부딪쳤다. 그는 황급히 벼랑 반대편으로 몸을 붙였다……

"돌아가시죠. 공연히 저 때문에……"

그녀의 말은 걱정스러운 듯 다정하면서, 어딘가 서운한 마음을 감추지 못했다. 그는 컵의 물을 단숨에 들이켜고 벌떡 일어서면서 자기 손으로 다시 컵을 채웠다. 일어선 자세에서 그는 다시 한 번 그녀의 가슴을 보았다. V자의 아래쪽 브로치 바로 뒤에 흰 살결 때문에 더욱 뚜렷한 까만 윤나는 기미. 그는 여자의 곁에 앉으며 손을 잡았다. 그녀는 말없이 그를 쳐다보았다. 고백을 기다리는 빛을 거기서 보고 그는 목이 잠긴다. 그러나…… 세상에 유독 M의 애인 가슴에만 기미가 있으란 법이…… 어쩌면 터무니없는 우연의 일치일 수도 있다. 말이 안 되지. 이쯤까지 마음이 가까워진다는 건 사람이 살아가면서 그리 흔하게 있는 게 아니야. 교양도 있고, 마음도 착한 사람들이 은근히 다가섰다가 너무 하찮은 실수로 엇갈려버린 일이 얼마든지 있었다. 그러나 어떻게 확인하느냐…… 옳지 그렇다. 그는 태연해 보이게 애쓰면서 입을 열었다.

"혹시, 설아雪兒란 펜네임으로……"

"어머나, 그걸 어떻게……"

또다시 푸른 다뉴브가 연주되기 시작했다. 그러나 그들은 추지 않았다. 그는 여자를 데리고 문 쪽으로 나오고 있었다. 그는 그녀가 전혀 눈치 채지 못하게 여자를 상냥스레 이끌었다. 그는 입을 꽉 다물고 있었다. 그는 바빴다. 그녀를 얼른 바래다주고 빨리 혼자가 되어야 했다. 혼자서 화를 낼 수 있는 시간을 빨리 가져야 했다. 몇 번이라도 뜨거워질 수 있다는, 페치카의 참으로 나쁜 생김새를 위하여……

이후 그녀의 소식은 모른다.

그녀의 얼굴이 바로 저편에 앉은 여자의 얼굴과 닮은 데가 있었다. 그 사건은 무서운 결과를 가져왔다.

전차를 버리고 고궁의 담을 낀 어두운 길을 따라 걸음을 옮기면서 그는 생각한다. 전쟁. 남만큼은 어렵게 몸소 치른 그 전쟁이 얼마만큼이나 그 자신을 바꾸었을까 하고. 전쟁 중 '진짜 그 자신'은 소리 없이 숨어 있었다. 환경에 어울리기 위한 짐승의 슬기였다고 할까. 군이라는 테두리 밖으로 나오자마자 겪은 그 사건은 까불고 있는 그의 뒤통수를 쳤다.

군에서 나왔을 때 민은 너그러운 심경을 느끼고 있었다. 경풍에 걸린 젖먹이처럼 잔뜩 뒤로 자빠진 섣부른 '반항' 따위와는 아예 인연이 없는 마음이었다. 그는 오히려 조용히 웃고 싶었다. 빈정대는 웃음이 아니고, 열심히 살아보자는 담담한 생각이었다.

'화약과 사람의 살점이 범벅이 돼서 몸부림치던 저 도살장 속에서 보낸 내 청춘을 헛되게 해서는 안 된다. 그 생활을 내 생애의 공백 기간으로 셈할 것이 아니라, 천금을 주고도 사지 못할 비싼 겪음으로 살려야 한다. 아 나는 이 시대에 살 수 있는 세금을 치른 거야. 주둥아리 끝으로 치른 게 아냐. 몸으로, 몸으로 치른 거지. 그뿐이 아니야. 난 값을 치렀습네 하고 체험을 강매하지 않겠다 이런 말씀이거든. 그저 부듯해진 내 몸의 밀도만으로 족해. 이 수확만으로 세상을 사랑하면서 살 테야.'

그의 결심은 이러했다. 백과사전을 발바닥에 얹어야만 했던, 고슴도치마냥 가시 돋친 가죽이 전쟁이란 호된 병을 겪고 순한 바탕으로 뱀처럼 허물을 벗었다고 믿었다.

'기미 있는 여자'의 사건이 일어난 것은 바로 이런 때였다.

그 사건은 어지간히 상징적인 공포를 그에게 안겨주었다. 어떤 일이 술술 풀려나갈 것처럼 보이다가도 중요한 매듭에 와서는 틀림없이 파장이 되고 만다는, 그런 악의에 찬 선고를 거기서 읽었었다.

다람쥐 쳇바퀴 타듯 한정 없이 도는 의식의 바퀴를 타고 멀미가 나게 허덕이던 옛 '백과사전 시대'가 또다시 눈부신 망설임과 분열의 무지개에 싸여 그의 앞에 되살아오는 것을 보아야 했다.

아무것도 달라지지 않았던 것이다.

전쟁은 그에게 보태지도 빼지도 않았다는 증거가 거기 있었다.

왜?

그는 겉보기에 속았던 것이다.

숱하게 터져나가던 포탄들의 숫자를 그 자신의 인간 수업의 수입란에다 염치없이 적어넣었었다. 숯덩이처럼 나동그라져 구르던 주검이며, 동강 난 팔이며 다리들을 그 자신의 수난으로 셈한 데 잘못이 있었다. 피를 부르며 부서지던 그 포탄들은 장군의 전황 지도에 필경 가장 관계 깊은 사실이었고, 동강 난 팔과 다리는 '남'의 팔 '남'의 다리였지, '그'의 팔 '그'의 다리가 아니었다는 지극히 당연한 진실을 느지막이나마 깨닫고야 말았다. 그의 팔다리는 여전히 붙은 자리에 붙은 채 전쟁은 끝났던 게 아닌가. 그는 아무것도 잃지 않은 채 전쟁을 치른 것이다. 이 시대에 살 수 있는 세금을 치르지 못했을뿐더러, 부둣해졌다고 생각했던 몸의 밀도는 바늘 끝으로 살짝 건드리면 소리만 요란스럽게 터지고 말 저 풍선의 밀도마냥 얄팍한 거짓이었다. 퇴역 후 의젓한 긍정肯定의 기분에 싸일 수 있었다는 것도, 남들은 눈알을 뽑히고 다리를 날려 보낸 그 끔찍한 도살장에서, 말끔한 몸으로 살아났다는 사실에서만 가능한 일이 아니었던가. 긍정이라느니 차라리 까불싸한 맛조차 있었던 퇴역 직후의 그의 마음. 계집애들 분홍 손수건마냥 반지레하던 그 느긋함 속에는, 남의 주검을 발돋움 삼아서 죽음의 골짜기를 빠져나온 자기 겸연쩍음을 얼버무리려고 자기를 속이는 빛은 없었던가.

따뜻한 페치카가 풍기는 따사로움을 솔직히 받아들일 수 있는 기회는, 그처럼, 상징적인 악의에 찬 우연의 장난 때문에 헛되이 지나가버렸다.

어떤 여자의 과거를 찬찬히 캐어본다는 일도 없이, 미인도 아닌 얼굴의 어떤 윤곽이 마음에 든다는 이유 하나로 그녀가 순결하리라고 믿었다는 건, 암만해도 이 세상에는 죽을 고비를 열 번 넘어도 제 버릇 개 못 주는 족속이 있다는 증거인지도 몰랐다. 전쟁 같은 외적인 조건은 '사람'을 바꾸지 않는 성싶었다. 아무리 방대하더라도 그 방대한 겉보기에 속아서 계산을 발라 맞춘다면, 그는 반드시 그 빼먹은 몫을 언젠가는 치러야 한다. 비록 처마 끝에서 떨어지는 물방울 하나라도, 어떤 사람의 마음이 그때 그 일을 맞이할 준비만 돼 있다면 잴 수 없이 깊은 인상을 줄 수도 있는 것이다. 그렇게 생각하는 것이 옳을 성싶었다.

'얼굴'에 대한 그의 미신은 뿌리가 있었다. 어떤 얼굴이냐고 묻는다면 정작 망설일 것이다. 둥글다든지, 갸름하다든지, 하는 그런 형태적 기호를 말하는 것이 아니고, 얼굴이 통째로 풍기는 느낌이랄까. 민의 옛 '백과사전 시대'나 지금 겪고 있는 정신의 상태에서 바라볼 때, 체면 없이 매달려보고 싶어지는 얼굴의 본을 그는 가지고 있었다. 기미의 여자나 종전차의 여자는 그런 본에 가까운 얼굴이었다. 민에게 그때나 지금이나 가장 뜻있기는 사람뿐이었다.

학교 시절에 아마추어 천문가라 불리게 천문에 열중한 적이 있었다. 천문학의 입문서란 입문서는 모조리 사들이고, 구하기 힘든 망원경에까지 돈을 들인 정도였으나, 시들해진 지 벌써 오래다. 만일 화가가 된다면 풍경화가가 아니고 인물화가가 되려니 생각했다. 밖으로 쏠렸던 모든 관심이 안으로 초점을 옮겨 자기 자신의 완벽한 초상화를 갖고 싶다는 생각이었다. 자기를 보고 싶다는 욕망과는 거꾸로, '자기'는 자꾸 뒤로 물러가버렸다. 자기의 얼굴을 다스리지 못하는 것은 마음이 덜됨을 말하는 것이 아닌가. 어떤 미소를 짓고 난 후 다음 순간 그 부자연함과 섣부른 배우 같은 생경함에 얼굴을 붉히곤 한다. 가장 엄숙한 낯빛의 바로 등 뒤에서 혀를 날름하며 비웃는 '불성실한 방관자'를 붙잡아 목을 조르려는 애씀은, 더해지는 고달픔과 울화를 만들어낼 뿐, 얻음이 없었다. 표정과 감정 사이에 한 치의 겉돎도 없는 그런 비치는 얼굴의 소유자였으면 하는 욕망은, 자아 완성이라는 르네상스적 '개념'이 빈말이 아니라 어떤 시대 사람들의 '감각'이었다는 것을 알게 해줬다.

민은 걸음을 멈추고 앞뒤를 둘러보았다. 희부연 비안개가 온몸의 털구멍을 타고 흘러들어오는 듯한 막막한 환상에 사로잡힌다.

'왜 이런 처참한 기분을 치러야 하나. 아무렇지도 않아, 나는 아무 일도 없어……'

호주머니에 손을 지르고 머리를 흔들며, 같은 말을 몇 번이나 거듭 중얼거렸다.

자리에 들어서도 부스럭거리다가 종내 잠드는 것을 단념하고 일어나 앉은 그는, 윗목에 걸린 경대 앞에 다가섰다. 거울 속에는 쫓기는 사람의 초조함을 숨기느라고 짐짓 평정을 꾸민 가짜 성자의 탈이 있었다. 신의 창조에 들러리 선 사람만이 가질 만한 자신을 꾸민 눈. 바로 그것을 어기고 있는 입의 선. 탈의 데생은 위태로워 어느 선 하나 차분함이 없다. 양식의 모방에 과장된 필체로 그려진 서투른 초상화였다. 저 탈을 피가 흐르도록 잡아 벗겼으면. 그 뒤에는 깨끗하고 탄력 있는 살갗으로 싸인 얼굴이 분명 감춰진 것을 알고 있다. 그 탈을 떼내는 일에서 어딘가 민은 미지근하게 해왔음이 사실이었다. 용서 사정 없이 그 거짓의 얼굴 가죽을 벗겨내는 작업에 정실이 섞였다면 그것은 또 어찌 생각하면 그 탈이 벗겨진 다음의 맨얼굴을 은근히 두려워한 까닭이 아니었을까? 바싹 얼굴을 거울에 갖다 대었다. 살눈썹이 날카로운 풀잎처럼 뻗어 보인다. 콧날이 육중히 돋아선

황소의 등뼈 언저리마냥 무딘 피부로 다가온다. 바른 각도로 들여다보아선 시선이 상쇄해서 저편 동공의 표정을 알 수 없다. 비스듬히 저편을 엿본다. 자연 저쪽의 동공도 움직인다.

'녀석 딴전을 부리누나.'

탈은 눈 맞추기를 두려워한다. 그것이 바로 그가 좋지 못한 일을 하고 있는 뚜렷한 증거다.

끝내 탈은 시선을 마주치기를 거부한다. 약간 사이를 두면 초점을 맞출 수 있으나, 그땐 탈은 이미 새침한 표정을 되찾고 있다. 저쪽을 모욕하기 위하여 일부러 눈을 찡그리고 입을 헤벌리며 머리를 갸우뚱하여, 만화를 만들어본다.

'보아라, 이놈⋯⋯'

민은 흠칫 놀라며 움직임을 멈추었다. 입을 쩍 벌리며 그를 비웃고 서 있는 한 사람의 얼굴을 거울 속에 본 것이다. 그는 휙 뒤를 돌아다보았다. 아무도 없다. 다시 거울을 들여다보았다. 선반 위에 진열된 수많은 인형 속에서 피에로가 그를 보고 웃고 있었다.

그는 쓴 침을 삼키며 자리로 돌아와서, 이불을 푹 뒤집어썼다.

민이 재작년 가을 '현대발레단'으로부터 입단 교섭을 받은 것은, 그 사건이 있은 다음이었다. 어느 문예 잡지에 실은 '무용론'이라는 글이 발레단의 연출자의 눈에 띄었던 것이다. 평소에 무용이라는 예술이, 사람의 몸이라는 원시의 수단을 가지고, 공간의 조형에다 시간까지를 포함시킨 점에 예술 활동의 이상을 느껴오던 중, 그러한 무용의 상징성을 본으로 삼아 예술론을 펴 보았다. 처음 입단 교섭이 있었을 때 그는 망설였다. 무용 이론을 해볼 생각은 있었으나, 안무사가 될 생각은 없었다. 결국 언제든지 자유행동을 해도 좋다는 조건은 붙였을망정 들어오고만 것은, 참전 용사의 훈장을 버리고 또다시 '발바닥에 얹은 백과사전'의 시대로 되돌아간 것을 뜻했다.

오늘 저녁, 연출자이며 주역 무용수인 강 선생이 연습을 끝내고 그를 불러서 이런 말을 했다.

"자네가 가져온 각본 말일세. 아이디어는 좋은데 이번 공연에는 안 되겠어."

민은 전번에 그다지 신통치 않은 표정으로 돌려주면서 나중에 얘기하겠다던 일을 생각했다. 그래서 아무 말도 없이 잠자코 있으려니까, 이렇게 덧붙였다.

"정임이가 유월 말쯤에는 돌아올 거야."

그는 강 선생의 누이동생인 발레리나가 일본 어느 발레단을 그만두고 귀국한다는 이야기는 단원들에게 들은 적이 있었으나, 지금 그들의 화제와의 연락을 얼핏 이을 수 없어서 어리둥절했다. 강 선생은 껄껄 웃으며 그의 팔을 잡아끌어서 자기와 나란히 앉히고 담배를 권했다.

"설명이 필요하군. 아까도 말했지만 그 각본의 아이디어는 찬성이란 말일세. 헌데 프리마 발레리나를 누구를 시키느냐 말이야. 이건 작가인 자네 자신이 사실은 더 잘 아는지도 몰라. 명앤 합당찮아. 헌데 작품의 이미지와 꼭 맞는 여자가 한 사람 있어.

그게 정임이란 말야. 알겠어?"

"글쎄요……"

"글쎄요가 아니라, 하긴 정임일 아직 보지 못했으니까…… 그
럼 명앤 자네 이미지와 맞아드나?"

민은 담배 연기를 후 뿜으며 고개를 흔들었다.

"그것 봐. 그러니까 지금 당장은 실현 불가능이란 말이거든.
오히려 잘된 일인지 몰라. 막상 이제 레퍼토리로 채택한다손 치
더라도, 각본 하나가 있을 뿐이지 그 밖의 것이야 무어 하나 의
논이 된 게 있어야지. 미술 관계만 해도 그렇지 않아?"

미술 관계란 말에 순간 미라를 생각했다. 아침의 장면을 생각
하고 갑자기 기운이 엉망이 되어오는 것을 느꼈으나, 그런 빛을
강 선생이 잘못 볼까 싶어서 얼른 입을 열었다.

"그래요. 그런대로 한다면, 지금 있는 사람들 중에 한 사람쯤
고를 수 없는 것은 아니지만, 그렇다고 꼭 이 사람이면 하는 것
도 물론 아니고…… 또 제 각본인데 저 자신으로서도 반드시 만
족할 만한 것은 아닙니다. 시간이 허락된다면 좀더 손을 대든지,
아주 고칠 생각입니다. 그런 뜻에서도 오히려 다행한 일인지도
모르지요."

그 말에 강 선생이 인사로나마 부정하는 이야기를 하지 않는
것은, 처음부터 각본 자체에 그대로 찬성하지는 않은 증거라고
볼 수 있었다. 강 선생이 나가버린 후, 그는 서너 사람이 난로를
둘러싸고 모여 앉은 자리로 와 앉았다. 민의 각본이란, 그가 재
학 시절에 쓴 벌써 오랜 것이었다. 소박한 성격이 현실에 부딪

쳐 뚫고 나가려 하지만 결국 난파한다는 아이디어를 옛날 얘기에 담은 것으로, 단순한 순박성은 구원이 못 된다는 데 강조가 놓여 있었다. 지금의 그로선 오히려 반대의 심경에 이르고 있었기 때문에, 강 선생에게 한 말은 퉁명스런 심술만은 아니었다. (단순……) 또다시 오늘 새벽의 일이 떠오르며, 뒷머리가 바늘로 후비듯 저려왔다. 그는 그 사건과 두개골의 동통을 한꺼번에 털어버리기나 할 것처럼 머리를 조용히 흔들었다. 그래도 아픔은 여전하였다. 안간힘해도 끈질기게 붙어오는 생각을 애써 털어버리려는 헛수고를 그만두고, 마음대로 머릿속에서 지근지근하게 버려둔 채 좌중의 이야기에 끼어들었다. 젊은 단원이 모이면 흔히 그렇듯이 무슨 논 자 붙은 이야긴 모양이었다.

"뭐야 인생론인가?"

민은 일부러 들뜬 목소리였다.

그렇게라도 하지 않고선 배기지 못하게 울적하다.

"어, 인생론이란 것보다도…… 그렇군, 그렇게도 말할 수 있겠지만, 더 감각적인 이야기다."

그는 말을 끊고 민을 향하여 입맛을 다셨다.

"이렇게 도중에 뛰어들면 성가시단 말야. 갈피를 모르니까, 문제가 어려울수록 빨리 알릴 수 없단 말일세. 자네 설명하게."

지명받은 미술반원은, 텁수룩한 턱밑 수염을 쓱 문지르며 한참 꾸물거린 끝에, 입을 열었다.

"무어 간단한 이야기야. 이렇네. 열중하면서 사는 것은 어떡하면 가능한가?"

민은 엄지손가락을 세워 앞으로 쑥 밀어 보였다.

"바로 그거야. 그것이 문제야. 내가 가르쳐준 기억은 분명히 없는데 누군가, 제안한 사람이?"

웃음이 일어났다.

"제길 의사 방햍 하지 말아요."

"만담이 아닙니다."

"이야기가 자연히 흘러서 그렇게 된 거지 제의는 무슨 제입니까. 자, 조용히 조용히. 그러면 신참자도 논지를 이해했으니까 이야기를 계속해."

곧 말을 하는 사람은 아무도 없다.

"하던 무엇도 멍석을 깔면 안 한다더니, 왜 갑자기 벙어리가 됐나?"

민은 사실 미안해서였다. 텁석부리는 민을 째려보면서 자리에서 일어났다.

"자네 탓이야."

민은 정말 미안한 생각이 들었다.

"안 되겠는걸. 자 그럼 우리 그 얘긴 다음에 하기로 하고 내가 오늘 한잔 내겠어, 어때?"

딴말이 있을 리 없어서, 한데 몰려서 시내로 나왔다. 그들의 연구소는 M동 산 밑에 있는, 이전에 일본 절이던 자리를 개조한 곳이어서, 시내까지는 운행 코스의 관계로 그렇지만 여하튼 버스를 두 번 갈아타야 할 거리였다. 몇 군데 술집을 돌아가다가 어느 좁은 골목에 들어섰을 때다. 거기는 골목이라기보다 빌딩 사이에 약간 사이를 띄어놓은 공간이었다. 뒷골목을 빠지다 보니 어떻게 그런 곳으로 접어들었던 것이다. 고개를 젖히면 하늘이 한 줄기 강물처럼 길게 흘렀다. 뒤에 떨어져서 걸어가던 민은 문득 발을 멈추었다. 보통 이런 틈바구니 양편은 시멘트를 입히지 않은 벽돌이 그대로 드러난, 밋밋한 절벽으로 되어 있는 법인데, 그런 절벽에 문이 하나 있고, 희미한 문등이 달려 있었다. 거기까지는 좋으나 민이 발을 멈춘 것은 그 때문이 아니었다. 문등 아래 가로 걸린 글씨에, 취중에도 적이 흥미가 당겼다.

'The Psychic Society'

심령학회? 이런 단체도 있었던가?

그가 어렴풋한 불빛으로 문 안을 들여다보려고 할 때, 앞에 가던 친구들이 찾는 소리가 들려왔다. 민은 한 번 더 미련쩍은 눈길을 뒤로 남기며, 소리 나는 쪽으로 달려갔다. 돌아올 땐, 영락없이 막 받아 마셨던 탓으로 흠뻑 취했었다. 그들과 갈라지고, 민은 잠깐 망설였다.

미라한테로 간다?

전차 정류장에서 망설이면서 깊은 밤 여자의 몸을 생각하는 것은 무언가 참담한 심정이었다. 쌍두의 뱀처럼 상대방을 물어뜯으면서 자기 몸에 닥치는 자릿한 마조히즘을 즐기는, 저 밤의 일을 위하여. 인간이 한 몸이 된다는 것은 얼마나 괴로운 짐인가.

민은 발끝을 내려다보았다. 미라의 얼굴이 보도 위로 그 차단한 웃음을 머금은 채 피어오른다. 그녀는 무엇이 불만일까. 한 사람에게서만으로는 사랑을 채우지 못하는 그런 여자는 아니다. 미라도 역시, 그녀 자신의 '자기'를 버리지 못하는, 강한 것 같지만 제일 약한 여자들의 한 사람일까.

어젯밤 늦게 찾아간 민을 그녀는 아틀리에를 겸한 침실에서, 등을 돌린 채 테이블 위에 얹은 토르소를 그리면서, 말없이 맞이하였다. 두툼한 털실 스웨터를 걸쳤어도 그녀의 어깨는 까칠하게 모가 졌고, 아무렇게나 묶어서 내려뜨린 머리가 애처로워 보였다. 민은 그런 뒷모습이 그대로 그녀의 모두였으면 그들 사이는 잘돼갈 것이라 생각했다. 올해 국전에는 꼭 입선하고 말겠다는 그녀의 핏발 선 눈을 떠올리고 그는 또다시 씁쓸해지면서 눈을 감았다. 자기 예술의 눈에 보이는 성과를 향하여 허덕이는 그녀의 모습은, 민 자신의 일을 늘 돌이켜보게 하는 두려운 거울이었다. 두 사람의 예술가가 한 지붕 밑에 사는 것은 얼마나 꿈 같은 삶일까 싶었던 생각은, 그녀와의 서너 달 동안의 생활에서 산산이 부서지고 말았다. 의논 끝에 갈라진 후에도 가끔 민이 이렇게 찾아올 뿐, 그녀가 제 쪽에서 만날 기연을 만드는 기맥은 보이지 않았다. 처음에는 섣부른 자존심에서, 민은 그녀가 먼저 찾아오기를 버티었지만 마침내 지고 말았다. 그 졌다는 일이 사랑에 진 것인지, 몸의 외로움에 진 것인지 그 자신 가늠할 수 없었다. 사랑이 따로 있고 몸이 따로 있다는 말은 어디까지 정말인가. 그녀와의 일에서 민은 온몸의 맥이 스르르 풀리는 그런 낯빛을 보곤 했다. 아무 염치도 없이 숨을 몰아쉬는 그런 때, 그녀는 오히려 먼 곳을 보는 눈치로 골똘히 생각에 잠긴 것을 문득 보는 때가 많았던 것이다.

"미라, 싫어?"

"아니에요."

"그럼 뭐야?"

"아무것도 아니에요……"

민은 그런 때 그녀가 미웠다. 강제가 아닌 바에야, 몸을 섞는 어느 한편이 다른 한쪽을 어색하게 해서는 안 된다. 한 움큼 모래를 씹는 텁텁한 노여움은 그를 몰아 거칠게 만들었다. 그녀가 차가우면 차가운 만큼 민은 설쳤다. 자기의 불로 저쪽의 불길을 불러일으키려는 것이겠지만 그 효험은 미상불 의심스러운 것이었다. 세상 남녀들이 모두 이쯤한 데서 얼버무리고 있는 것일까. 차분히 가라앉은 중년의 사랑이니 하는 것도, 알고 보면, 감정의 불이 꺼져버린 사랑의 껍데기를, 버릇이라는 페인트로 칠한 거짓인가. 그렇건 안 그렇건 지금 이 나이에야 그것은 안 될 일이다. 얼버무린다는 건 악덕이었다. 모든 타락의 어머니다. 다른 젊은 연인들의 애욕의 생리가 어떤 것인지 그런 가장 숨은 인간의 행위란 알 수도 없는 것이었고, 그런 이야기가 날 때마다 귀를 기울이는, 그 방면의 통이라는 선배들의 이야기는, 속담처럼 진리이기도 하고 진리 아니기도 한 일반론이었다. 그는 자기 자신이 남달리 강한 욕망을 가진 것인가도 생각해보았다. 강하다는 것이 부끄러워야 한다는 느낌 속에, 그는 자기 속에 깊이 스민 거짓을 보았다.

"미라는 나 혼자만을 짐승을 만들어주려구 이 일을 하나?"

"왜 그런."

그녀는 벌떡 몸을 일으켜, 민의 가슴에 기대면서 오래 그의 입술을 빨았다. 침대 스프링이 가라앉았다가 되살아오는 것을 알린다. 그녀의 눈 속에는 헝클어진 빛이 있었다.

"제가 그렇게 못난 여자라면, 우선 제가 저 자신을 용서치 않을 거예요."

"교양이 있으면서도 꼬치꼬치 캐지 않는 순수한 여자가 있다면……"

"교양이 있으면서도 무사처럼 굵직한 선을 가진 남자가 있다면…… 하면 노여우실까?"

그녀의 말은 아마 정말이었다. 평소에 괴로워하던 일을 분명히 여자의 입에서 들을 때, 마음은 즐거울 수 없었다.

오늘 새벽까지의 지나간 일을 돌이켜보다가, 그의 작품에까지 생각이 미쳤을 때, 민은 뒤집어썼던 이불을 젖히고 일어나서, 테이블 서랍에서 한 뭉치의 원고를 끄집어내었다.

그는 황황 소리를 내면서 벌겋게 타는 난로 앞에, 두 손에 그 원고 뭉치를 들고 우두커니 서 있었다. 마치 그 원고의 값을 선 자리에서 정해버리려는 듯이. 한참 후에 그는 쇠꼬챙이로 난로 뚜껑을 열었다. 방 안이 환해지면서 후끈한 열기가 위로 뻗쳤다. 그는 하잘것없는 쓰레기를 버리듯, 몹시 게으른 손으로 그 뭉치를 불 속에 툭 집어넣고 뚜껑을 닫았다. 그런 후에 열렸던 난로 밑을 막고 자리에 돌아왔다. 그는 천장을 쳐다본 채 한참 누웠다가, 모로 돌아누우면서 다시 이불을 푹 뒤집어썼다.

이튿날 민은 일찌감치 연구소를 나와 시내 찻집에서 친구를 만났다. 친구라고는 하나 십 년 가까운 손위로, 어느 여학교에서 음악을 가르치는 여선생이었다. 그는 옛날부터 손위 친구들이 많았다. 그들과 같이 있으면 마음이 놓이고 그 자신도 적이 원만한 사교가가 되는 것을 느끼기 때문에 없지 못할 사귐이다. H선생도 그런 사람들 가운데 한 사람이다. 짙은 청흑색 투피스에, 엷은 하늘빛 스웨터를 걸친 차림은 썩 어울려 보였다. 민은 호들갑스럽게 팔을 벌리며 놀라는 시늉을 했다.

"기맥힙니다. 솜털이 보송보송한 병아리들 댈 것이 못 되는군요."

그러나 H선생은 꿈쩍 않는다.

"실례지만 댁의 날갯죽지는 아직 마르지도 않은 것 같은데요?"

"네? 이건 너무하십니다……"

민은 큰 소리로 웃다가 H선생이 옆자리를 보면서 눈치를 보내는 바람에 간신히 웃음을 거뒀다. 젊은 여자랄 것도 없이, 미라에게만 하더라도, 이렇게 지분지분하고 소탈하게 굴 수만 있더라도 일은 훨씬 쉬울 것이 아닌가. 그러나 이런 소탈함은 몸에 힘주지 않아도 될 사이이기 때문에 되는 것이 아닌가. 이참에도 민은 그런 생각을 하고 있었다.

그녀와 갈라져서 전찻길로 나오다가 지금 걷고 있는 데가 어제 저녁 술 마신 언저리인 것을 깨닫고, 얼핏 The Psychic

Society가 머리에 떠올랐다. 그러자 대뜸 거기를 찾아가보기로 작정해버리고 있었다. 술 취했을 때 일이라, 별로 넓지도 않은 일대에서 그 골목을 찾아내기까지 좀 시간이 걸렸지만, 마침내 틀림없는 The Psychic Society의 문을 열고 들어섰다. 들어선 바로 거기는, 약 2평방미터가량 되는 칸이고, 바로 눈앞에 또 하나 문이 있고, 그 위에 역시 The Psychic Society란 패가 붙었다.

문을 두드리니, 들어오시오 하는 낮은 응답이 있었다. 민은 어떤 신비한 실내 분위기를 그렸으나, 그 방은 형광등 조명이 조금 어두웠다는 것뿐 이상스런 티를 자아낼 만한 것은 아무것도 없는, 보통 응접실이었다. 안경을 쓰고 코밑수염을 기른 사나이가, 일어서지도 않은 채 손으로 의자를 권하였다. 막상 들어와놓고 보니 말을 끄집어낼 아무 마련도 없었다.

"어떻게 오셨습니까?"

"네 우연히 지나치다가……"

코밑수염은 안경을 한 번 만지작거렸다.

"무슨 소개라도……?"

"아닙니다. 그런 것이 필요한가요?"

코밑수염은 머리를 저으며,

"혹시 그런가 해서 여쭈어보았을 뿐입니다."

"사실은 어제 여기를 지나다가 간판을 보았습니다. 저도 평소 이런 쪽에 몹시 흥미를 가졌던 터라, 달리는 알아볼 길도 없고 해서, 이처럼 대뜸 들어온 것입니다."

"좋습니다. 좋습니다."

코밑수염은 몇 번이나 고개를 끄덕이고 나서 단체의 윤곽을 알려주는 것이었다.

우리나라에서는 전혀 처녀지의 형편에 있지만, 심령학의 연구는 외국에서는 활발한 활동을 하고, 세계심령학회라는 조직이 뉴욕에 본부를 두고 있는데, 여기는 한국 지부라는 것이며, 입회원을 낸 지 일 년 안에는 회원이 될 수 없다는 것, 단 도서 열람이나 정신 의료상의 상담에는 언제든지 응한다는 이야기였다. 그는 본부에서 내는 기관지를 내보였다. Psyche라고 흰 글씨로 박히고 바탕은 검다. 몇 장 뒤적이다가 어떤 논문에 눈길이 못 박혀졌다. 한, 반 페이지나 정신없이 읽다가 그는 언뜻 큰 실례를 하고 있는 것을 깨닫고, 책을 덮는 시늉과 함께 코밑수염을 향하였더니, 그는 빙그레 웃고 나서 일어서서 옆방으로 들어가버렸다.

족히 반시간이나 걸려 논문을 읽고 나서 그는 멍한 채 앉아 있었다.

어떤 결정적인 말을 읽었을 때의 부듯함이었다. 불경의 어떤 구절처럼. Psycho-Humanism이란 제목이 붙은 그 논문에는, 아름다운 필체로 '시몬 밀러'라 서명돼 있었다. 논지는

현대 사회에 있어서의 인간의 정신적 분열은, 세계관의 상실에 유래하는 윤리 감정의 결핍에서 오는 것인데, 이것을 구하기 위하여는 새로운 세계관을 준다는 방법으로써는 불가능하다. 왜냐하면 역사가 밝혔듯이 세계관이란 바뀌는 것이며, 인간

은 변하는 것 위에서 마음 놓을 수 없기 때문에. 종교도 또한 그 길이 못 된다. 종교의 핵심은 교리와 전설의 상징적 매개를 통하여 인간이 자기의 영혼 가운데서 획기적인 영혼의 혁명을 일으키는 데 있음에도 불구하고, 그런 행복한 성공이란, 저 '은총' '소명' 등의 말이 가리키듯이 어느 뛰어난 정신의 소유자에게, 그것도 아주 우연한 형태로 이루어지는 것이므로, 보통 사람에게는 바라볼 수 없는 귀족적 방법이라 할 수밖에 없다. 문제의 해결은 이 같은 영혼의 승리를, 밀교와 같은 신비주의로부터 대량적인 적용이 가능한 법칙성의 차원에까지 끌어내는 데 있다. 조잡한 표현이라 할는지 모르지만, 성자를 기계적으로 만들 수 있는, 영혼에 대한 기계적 조작 법칙을 찾아내는 것이다. 인간의 얼굴을 기계적으로 미인을 만드는 방법과 같이, 영혼의 정형술을 만들어내는 것이다. 역사적인 휴머니즘의 제 형태가 혹은 윤리를 혹은 가치를 그 중추로 한 순전히 공상적인 것이었다면, 우리가 주장하는 휴머니즘은 오늘날 과학의 세계에서 홀로 신비의 너울을 벗기지 않으려는 정신의 세계에까지 인간 자신의 창조적 노력을 들이대어, 어떤 우상 — 신이든, 가치든, 핏줄이든, 자연이든 간에 — 에도 기대지 않는 인류 자신의 손에 의한 인류의 건짐, 십자가에 달린 선의의 한 인물의 가슴 아픈 희극을 번연히 알면서 그 선의 속에 자학적인 신뢰를 건다는 저 서양이 이천 년 동안 받들어온 주술적 믿음 대신에, 이 영역에 있어서도 우리는 완전히 방법론상으로 자각적이어야 한다는 것이다. 우리의 모험은 그러나 인류 역사상 난데없는 것은 아니다. 이 길에도 빛나는 앞선 이들이 있다. 동양 고대의 성자들의 구도 의식求道意識에 대한 알아보기 끝에 본인은 놀라움을 금치 못하였다. 거기에는 분명히 무엇인가가 있다. 먹지 못할 포도를 가리켜 시큼할 거야 해버리는 식의 무시를 허용하지 않는 무엇인가가 있다. 그러나 이 빛나는 무엇인가에도 불구하고 그들의 방법은 현대의 것이 될 수 없다.

그것은 너무나 시적인 비유와, 고아한 역설에 넘친 영혼의 줄타기에 속하는 것이므로, 생각 없는 눈에는 단순한 놀이로 비치거나, 혹은 구원할 수 없는 자가류의 풀이에 빠질 우려가 있기 때문이다. 한마디로 말하면 빵집 아주머니 '엘자'나, 담배 가게 '조지'나 이발소집 '짐'에게는 감히 가까이 가볼 수 없는 귀족적 방법인 것이다. 그렇다. 제군이 즐기는 말을 빌린다면 동양의 방법은 민주주의적이 아닌 것이다. 동양은 영원히 민주주의를 모르는 것이다. 우리의 방법은 그와는 다르다. '엘자'도 '조지'도 '짐'도 익힐 수 있는 구원의 길을 심리학적 법칙성으로 터주자는 것이다. 만인이 쓸 수 있는 영혼의 공식을 알아내는 것이 우리의 목표다. 이 때문에 나는 우리의 주장을 가리켜 그 방법론적 자각성을 표시하는 Psycho를 머리에 붙여서 Psycho Humanism이라 부르는 것이며, 사람이 달에 갈 수 있는 날이 다가선 오늘날에 있어서도 아직도 여전히 돈키호테적 꿈이라는 구박을 받기가 십상인 이러한 획기적 연구의 분야는, 불행하게도 또는 어떤 뜻에서는 다행스럽게도 오직 심령학만의 고투에 맡겨져 있음을 말하지 않을 수 없다. 영혼의 해탈의 비밀을 숨기고, 그 중세기적이며 수공업적인 명장 의식明匠意識을 버리지 못하고 해탈을 위한 기계적 방법의 가능성에 대한 논의를 공격하는 수많은 종교가들의 경건한 체하는 흥분 가운데는, 얼마나 너절한 직업적 두려움이 깃들어 있는 것인가. 마치 산업 혁명 당시의 영국 숙련공들이 새로 나온 '기계'를 저주했듯이. 그러나 끝내 그 기계가 이겼듯이 마지막 신비의 너울이 벗겨지는 날은 반드시 올 것이다. 그 싹은 심령학 속에 있으며, 그 방향은 Psycho Humanism 위에 있다.

이런 문제에 대하여 이런 주장을 하는 그 논문의 중첩된 관계 대명사와 꼬리를 문 형용절과 추근추근한 조건절에 휘감긴 그 구문 속에서, 민은 동양인의 두 배는 보통 되는 저 부하니 털이 있는 두툼한 손, 기름진 반들거리는 서양인의 육감적인 손이 자기의 목구멍에 밀려드는 환상을 보며 울컥 메스꺼워지는 것이었다. 로맨티시즘의 최후의 거점, 달로 인간의 비행기를 띄워 보낸 저 서양인의 '기름진 손'을. 그렇다. 동양에 없는 것은 이 '기름진 손'이다.

"꽤 흥미가 있으신 모양이군요?"

그는 퍼뜩 명상에서 깨어났다.

"네…… 이 '밀러'란 사람은 어떤 사람입니까?"

"네……?"

코밑수염은 옆으로 다가와서 그 논문을 들여다보더니

"아, 이 사람 말입니까? 시카고 대학 안에 있는 심령학 연구회

지도교수입니다."

민은 자기가 느끼는 반발은 밀러 씨의 야유처럼 서민 의식에서 오는 것일까 그렇지 않으면 논점을 선취당한 패배감일까 재어보았다. 아무려나 뻐근한 이야기였다. 성자의 대량 생산. 빌어먹을. 서양 놈들이란 어디까지 기름진 욕망의 인종들인가.

"댁에서도 퍽 콤플렉스가 센 편인 것 같으신데, 어때요, 요사이 저희들이 해보고 있는 좋은 치료법이 있는데 받아보시지 않으렵니까?"

민은 빙긋이 웃어 보였다.

"성자가 되는 치료법입니까?"

이번에는 코밑수염이 웃었다.

"최면술의 힘을 빌려서 자유 연상에다 일정한 암시를 주는 방법입니다."

민은 끌렸다.

"어쨌든 치료가 끝날 때까지는 방법에 대한 이야기를 털어놓으면 피치료자가 거기에 걸려서 효과가 재미없을 때가 많으니까요. 치료 후에 조금이라도 기분이 개운해지면 그건 효과가 있는 증겁니다. 해보시렵니까?"

그는 고개를 끄덕이고 일어나서 코밑수염이 가리키는 대로 옆방에 차려진 침대에 몸을 뉘었다. 코밑수염은 흰빛의 알약을 권하면서 말하였다.

"자, 나를 보십시오."

민은 코밑수염과 눈길을 맞추었다.

"당신은 이 자리에서만은 자기의 신분을 속일 필요가 없습니다. 만일 그것을 말한다면 세상 사람들이 앙천대소하며 놀리려 들 것이 뻔한, 당신의 정말 신분과 이야기를 나에게 들려주십시오. 세상의 속물들에게서 한때나마 떨어져서, 사람의 관심이란 정말은 무엇인가를, 말이 통하는 벗을 놓고 오순도순 말해본다는 것은 얼마나 아름다운 유혹입니까. 사랑하는 사람의 유혹에는 넘어가주는 것이 너그러운 마음 가진 자의 덕입니다. 믿는 벗의 농 섞인 조름에 짐짓 넘어가서, 사실은 혼자만 새기면서 죽어야 할 첫사랑의 이야기를 조용히 털어놓는 것은 사람을 파멸에서 건지는 길입니다…… 그렇지요?"

"글쎄? 딴은, 그래서……?"

"자 우리는 저 오솔길을 압니다. 일상성의 틀을 살며시 밀어내면, 그 뒤에 숨겨진 영원에로의 입구를 우리는 압니다. 우리의 잃어버린 옛날로 길을 떠납시다. 우리는 왜 서투른 이방에서 쑥스럽고 불편한 외국말로 이야기해야만 합니까? 우리말로 이야기합시다. 저 고귀한 영감으로 가득 찬 우리말로. 고향의 정다운 사투리 속에서만 우리는 점잖음을 되찾을 것입니다. 외국말을 쓴다는 것은 발에다 쇠뭉치를 달고 뜀뛰기를 하는 것이나 다름없지요."

그건 그렇다. 옳은 말이다…… 무어 나는 숨기려는 게 아니야…… 통하기만 한다면 왜 대화를 마다하겠는가. 나는 침묵을 저주한다 암…… 오해받기가 싫어서 뒤집어쓴 탈일 뿐이지……

"정이 식은 애인이, 과대망상증이라는 딱지를 붙여서 소문을 퍼뜨리는 것이 두려워, 차마 애인에게도 말 못 할 영혼의 고백을 들려주십시오. 세상이 메마르고 울화가 터질 꼬락서니가 거리에 넘쳐도, 영원의 나라의 버릇을 그래도 잊지 않고 있는 녀석 한둘은 씨가 마르지 않는 법입니다. 그까짓 여자의 세계. 사나이의 우정이란 시큼한 진실이 있는 법입니다."

그렇다. 그렇다.

"당신은 잊어버린 것이 아닙니다. 곁에 있는 사람이 넘겨다볼까 두려워서 깊이 감싼 것뿐입니다. 풀어놓으십시오."

오…… 그렇다…… 아마……

"자 인제 생각나시지요? 당신이 누구인지."

……!……

"네 알겠습니다. 생각나는군요! 오 벵골 평원이 보입니다. 나는 가바나迦婆那국의 왕잡니다. 이름은…… 이름은……"

코밑수염은 낮으나 힘있게 북돋는다.

"괜찮습니다. 왕자, 이름을 밝히십시오."

"내 이름은…… 가바나국의 왕자, 다문고多聞苦. 삼천여 년 전 인도 북부에서 융성한 왕국 가바나의 왕자요. 나는 지금 침실에 있군요…… 그리고……"

코밑수염은 벽 한편에 친 커튼을 들쳤다. 그 자리에 숨겨진 문이 나타났다. 그가 문을 조심스레 열고 저편 방에 들어섰을 때, 거기에 세 사람의 인물이 앉아서 담배를 피우고 있었다. 그 중 대머리가 벗어진 한 신사의 손에는 잡지 『프시케Psyche』가 들려 있었다. 탁자 위에는 한 대의 소형 확성기가 놓여 있다. 코밑수염이 다가서서 스위치를 넣었다. 그러자 중얼거리듯, 망설이듯 한, 무겁고 느릿한, 남자의 말소리가 흘러나오기 시작했다. 세 사람은 일제히 담뱃불을 비벼 끄고 귀를 기울인다.

……침상 머리맡에 놓인 키 높이 황금 촛대에서 흐르는 불빛이, 흑단黑檀 침대에 부딪혀서는, 창을 가린 벵골 모시의 우아한 무늬 속으로 안개마냥 스며든다.

나는 내 팔을 베고 누운 궁녀 아라녀를 물끄러미 내려다보았다. 몸 둘 바를 몰라서 금세 잦아들 듯싶은 몸매로 나의 방에 들어왔던 여자가, 지금은 이렇게 활개를 펴고 깊은 잠에 빠져 있다. 조금 벌린 입술 틈으로 이가 드러나 보인다. 고르고 흰 이다. 왕후마마의 분부로 왕자를 모시러 왔습니다. 저녁에 이렇게 말하며 이 방에 들어선 여자를, 나는 덤덤하게 받아들였다. 제왕의 당연한 풍류로 가볍게 여긴 탓일까. 아니다. 이 여자가 말하는 뜻을 알아차리자 나는 어머니의 당치 않은 오해에 노여움이 솟았다. 나의 일상의 우울을 그녀는 자기대로 풀이한 것에 대한 노여움이었다. 그러나 한편 모르는 것에 대한 충동이 나의 몸을 뜨겁게 한 것이다. 바라문의 성자들이 그렇게 경계하고 갖은 고행으로 억누른다고 하는 몸의 열반을, 스스로 가져보고 싶은 충동에서였다. 만일 그 기쁨이 그리도 강하고 끌리기 쉬운 힘을 가졌다면, 과연 지금의 나의 괴로움과 바꿀 만한 것인가 어떤가, 하는 점을 알아볼 생각에서.

결과는 부蓋였다.

황홀한 순간을 지난 지금, 나는 이제껏 겪지 않은 또 하나의 탈이 내 얼굴에 덧씌워지는 것을 느꼈다. 나는 아직 잠든 여자의 목덜미에 입술을 대었다. 따뜻한 부드러움이 내 입술을 맞이하는 것이었다. 나는 손을 들어 턱과 목을 만지다가, 희고 화려하게 솟은 가슴을 더듬었다. '아름다운 그릇이여.' 나는 손으로 뇌었다. 이런 아름다운 그릇은, 그러나, 손을 뻗치면 어디나 언제나 있을 수 있는 것이었다. 그러나 이것은 아니었다. 분명코 이것이 아니었다. 내가 바라던 것은 이것이 아니었고, 또 내가 바라는 것이 이것으로 이루어질 수 있는 것도 아니었다. 나의 여자의 얼굴을 위에서 똑똑히 들여다보았다. 모든 것이 다 갖추어진 얼굴이었지만 한 가지가 모자랐다. 그 한 가지가 무엇인지 나도 모른다. 사람의 얼굴을 브라마Brahma와 하나를 만들어주는 그 '한 가지'가 무엇인지 모르기 때문에, 가바나 성 제일의 미녀를 품에 안아도 나의 마음은 막막할 뿐이었다. 오히려 이런 아름다움에 만족하며 전쟁과 정치 속에 묻혀서 왕자답게 살 수 있기를 원했으나, 이제 와서는 벌써 내 힘으로써도 돌이킬 수 없이 마음에 파고든 구도求道라는 마魔는, 찰나의 안심도 나에게 주지 않는 것이다.

나의 소원은 브라마의 얼굴을 가지고 싶다는 것이다.

내가 그 그림을 본 것은 한 해 전 나의 스승이 떠나면서 잠깐 보여준 것이 처음이며 마지막이었다.

"이것이 브라마가 사람으로 나타난 모습입니다. 보시오 이 두루 갖추고 굽어보는 얼굴을. 왕자가 일생을 두고 다듬어야 할 얼굴의 본이 바로 이것이오."

스승은 나의 앞에 한 폭의 그림을 펼쳐 보였었다. 그것을 들여다본 나는, 숨이 막혔다. 거룩한 아름다움, 그리고 무엇보다도 그 망설임을 넘어선 표정이었다. 모든 일을 따뜻이 끌어안으면서 그 만사에서 훌훌히 떨어진 영원의 얼굴. 나는 그림의 자취를 눈으로 빨아들이기나 할 것처럼 보고 또 봤다. 잠시 눈을 감았다가도, 다시 들여다보았다. 그때부터 나의 머리에 그 영원의 얼굴이 뜨거운 인두로 지지듯 새겨졌다. 스승의 말이 아직도 쟁쟁히 울리며 내 귓전에 남아 있다.

"모든 사람의 얼굴은, 이 참다운 얼굴을 가리고 있는 탈이오. 모든 사람의 얼굴은, 이 브라마와 꼭 같이 거룩한 얼굴을 하고 있으나, 업業과 무명無名에 가려 그 탈을 벗지 못하는 거요. 왕자, 이 일은 왕국보다도 중하오. 자기의 얼굴을 브라마의 얼굴로 만들 때까지 쉬지 마시오."

쉬지 말라 하였을 뿐, 스승은 그 얼굴을 가질 수 있는 아무런 길도 가르쳐주지 않고 떠나버렸다. 그러나 나는 모든 사람 속에 브라마가 숨겨져 있다는 가르침을 믿었다. 이 누리의 모든 비밀을 알고 난 다음에 비로소 그런 얼굴이 자기에게 주어지는 것이리라 생각했다. 가끔 지칠 때 피리를 부는 것뿐, 오늘까지 나는 서재에 파묻혀 살았다. 나의 서재에는 아무의 눈에도 띄지 않는 곳에 거울이 숨겨져 있다.

내가 그 거울을 들여다볼 때마다, 거기에는, 무엇인가에 쫓기는 자의 초조와 짐짓 평정을 꾸며보는 가짜 성자의 둔감이 하나로 엉겨 붙은 탈이 비친다. 자신을 가장한 눈의 표정. 저 탈을 피가 흐르도록 벗겨냈으면. 그 뒤에 분명 숨겨진 깨끗하고 탄력 있는 살갗의 얼굴을 가리고 있는 이 탈을 벗겨낼 수만 있다면. 나는 요사이 공포에 가까운 마음으로 눈치 채고 있는 일이 있다. 날이 가면 갈수록, 나의 학문이 깊어지면 깊어질수록 내 얼굴이 오히려 그리는 얼굴에서 멀어져가고 있다는 일이다. 이 생각은 나를 미친 듯한 초조에 몰아넣는다. 깊은 학문을 하면 할수록, 내 표정은 점점 맑아가고 수정처럼 영롱해가야 할 터인데, 그 반대로 되어가는 까닭은 무엇일까? 무지한 탓으로 소박한 표정을 가지는 것은 아무런 값이 없다. 들꽃이 자기 미모에 아무런 자랑도 가질 수 없음과 같다. 간디스 강변의 모래알처럼 많은 슬픔과 기쁨을 안고, 히말라야의 눈 덮인 언덕처럼 높고 맑은 슬기를 가졌으면서도, 마치 어느 바닷가 소금 굽는 어린 소녀와 같은 천진한 웃음을 지닐 수 있는 것, 이것이 아니면 안 된다. 무지한 데서 오는 단순하고 소박한 마음은, 악귀의 꾀임에 견딜 수 없고, 별처럼 숱한 이 세상 괴로움에 견딜 힘도 없다. 그러한 얼굴은 그저 '하나'일 뿐이다. 겹겹의 업이 사무쳐 이루어진 '하나'가 아니다. 언뜻 보기에 물 긷는 소녀의 투명한 표정은 브라마의 저 투명한 표정과 닮았지만, 하나는 광물처럼 무기無機한 영혼의 타면墮眠이며 하나는 불꽃을 겪고 나온 영원의 원면原面이다. 학문을 깊이 해서 나쁠 까닭이 없다. 학문은 불꽃이며 인간의 괴로움을 풀이하고 가름하는 힘을 준다. 소금 굽는 소녀의 투명함이 그대로는 아무런 값이 없는 캄캄한 밤이라면, 남은 길은 브라마의 이법을 캐고 모든 학문을 내 것으로 만든 다음에 오는 저 아침으로 가는 길밖에 또 무엇이 있을까.

그러나 거울을 볼 때마다 탈은 더욱더 굳어가고, 그늘이 짙고, 홈이 파여가면서, 투명한 얼굴의 바닥이 자꾸 뒤로 숨어들어가는 것은 어떻게 된 일일까. 산호의 수풀과, 진주의 벌판을 간직한 채, 한 빛깔 담담한 푸른빛으로 웃음 짓는, 저 인도양의 물 같은 얼굴은, 어찌하면 가지게 되는가. 이빨을 가는 표범과, 굶주림에 울부짖는 늑대를 가슴에 품은 채, 한 빛깔 눈부신 흰빛으로 푸른 하늘을 우러러보는 저 히말라야의 낯빛을 어찌하면 닮을 수 있을까. 이 서로 어긋나는 두 극이 부드럽게 입 맞추게 할 수 있는 그 비법은 무엇일까.

나의 괴로움은 여기 있다.

나는 가끔 자기의 방법에 무슨 잘못이 있는 게 아닌가 그렇게 생각해본다. 나의 얼굴에 씌워진 이 탈을 벗자면, 그 위에 새겨진 그늘과 홈을 영혼의 힘을 가지고 하나하나 지워나가는 것, 또는 하나하나 다듬어나가는 길밖에 다른 도리란 생각할 수 없는 일이다. 사람의 영혼이란, 브라마가 그 그늘을 던지는 못과 같으며 얼굴은 그 겉면인 것이다. 물속에 아름답고 빛나는 것을 간직하면 할수록, 겉에 어리는 그림자는 그윽할 것이다. 이 얼의 깊은 늪에 산호를 가꾸고, 진주를 배게 하고, 빛깔 고운 조개를 벌여놓아 물결을 헤살 짓지 않고 바람이 일으키는 물결을 어루만져 물을 제자리에 가라앉히는 버릇을 가진 고기 떼들을 기르는 일이, 바로 구도가 아니고 무엇인가.

그러나 내 얼굴에 씌워진 탈을 벗겼다고 생각하는 순간 벌써 탈은 뒤로 물러나 여전히 도사리는 것이었으며, 그 탈을 한 번 더 벗기면 또 뒤로 물러난다. 마치 그림자를 밟을 때와 같은 술래잡기 ─ 끝없는 술래잡기다. 이쪽이 가만있으면 저쪽도 안 움직인다. 이것이 무한 지옥이라는 것일까. 사람으로 태어나, 가장 보람 있고 가장 복된 자아 완성의 길에 든 내가, 이런 끔찍한 삶을 맛보아야 한다는 것은 말이 되지 않는다. 원만하고 부드러운 심경으로 느긋이 거니는 봄날의 시골 길같이 평화스러운 것이 자아 완성의 길이어야만 할 것 같은데. 풍족한 느낌 대신에 굶주린 도깨비마냥 헉헉한 가슴을 쥐어뜯으며, 핏발 선 눈으로 새벽을 맞는 것이 브라마의 길이어야 한다는 것은 모순이었다. 흙탕 속에서 꽃이 피어나는 그런 역설일까. 그렇다 하더라도 이 길은 어디까지 가야 할지 알 수 없는 일이었다. 어디서 그치는 길이며, 이 싫은 탈이 떨어지고, 저 깔끔한 얼굴이 내 것이 되는 날이 그 언제일까를 생각할 때, 나는 자기가 돌이킬 수 없는 손해를 저지르고 있는 것이나 아닌지 어두운 마음을 걷잡을 수 없다. 지금에 와서 이 괴로운 길을 버릴 수는 없다. 그것은 무슨 전공이 아깝다느니 하는 장사치의 속셈에서 나온 결심이 아니다. 이 길에 든 나의 마음은 벌써 비탈을 구르기 시작한 돌덩이처럼 내 힘으로도 어찌할 수 없다. 나의 마음속에 끈질긴 사로잡힘의 뱀이 든든히 내 얼을 휘감아 끼고, 끝없는 이 길로 나를 다그치는 것이다.

여색의 길만은 내가 아직 알지 못한 세계였다. 이 세계를 이루고 있는 모든 것을 알고 말겠다는 것이 나의 욕망이며, 그렇게 함으로써만 이 탈을 벗을 수 있다면 여인도 또한 피할 수 없는 것이다. 더욱, 중들이 그처럼 멀리한 것이라면, 그만큼 알아볼 값이 있는 것이었다. 궁녀 아라녀를 아무 말 없이 받아들인 나의 마음에는 이런 속셈이 있었던 것이다. 이것도 뚜렷한 한 가지 기쁨이다. 목이 메도록 슬프고 기쁜 일임에는 틀림없었다. 오히려 모든 학문에 비겨서, 그 직접적이고 단적인 점으로 사람이 이때만은 티 없는 자기 자신이 될 수 있다는 커다란 발견을 한 것이었다. 그러나 너무도 짧았다. 이 긴장이 거짓이라는 표는 바로 그곳에 있었다. 그 견줄 데 없이 티 없고 맑은 데 비하여, 행위 이전보다도 더 큰 허무의 주름이 나의 탈에 깊이 새겨지는 것은 이 길이 순수하면 할수록, 거짓에 가깝다는 증거 이외의 아무것도 아니었다. 그 녹을 듯한 기쁨, 그리곤 허전함, 인간의 가죽을 벗고 싶은 시들한 뒷맛은 무슨 까닭인가. 사람과 사람이 더욱더 상처를 주고받고, 더욱더 탈을 깊이 도사려 쓰게 하는 누군가에게 속고 난 다음 같다.

나에게는 한 여인을, 목적이 아니라 수단으로 다룬 하룻밤에 대하여 인간적인 죄악감 같은 것은 조금도 없다. 다만 나의 실험이 헛되었다는 실책감만이 덩그러니 남아서 뜬눈을 감지 못하고 엎치락뒤치락하는 것이었다…… 그 기척에, 잠들었던 여자가 부스스 눈을 뜨면서, 팔을 들어 내 목에 감아왔다. 그 몸짓이 지극히 태연스럽고 버젓한 체하는 것으로 보이면서, 나는 순간 어떤 불결한 상상이 떠올랐다. 나는 감아오는 여자의 팔을 세게 비틀어올렸다. 아…… 하는 절반은 아직도 졸음에 묻힌 비명을 끌다가, 이번에는 분명히 잠에서 깬 눈으로 나를 쳐다보는 것이다. 그 눈을 보고 놀랐다. 여태껏 나를 이렇게 바로 볼 수 있는 사람은 두 사람밖에 없었다. 아버지와 어머니와. 거리낌 없이 눈길을 얽어오는 궁녀의 눈에서 나는 처음으로, 이 여인과 나 사이에 벌어졌던 일의 뜻을 똑똑히 알았던 것이다. 나는 다른 탈 하나가 떨어질 수 없이 튼튼히 내 살갗에 엉겨 붙는 것을 느꼈다. 나는 그 탈을 힘껏 잡아떼려고 손에 힘을 주었다. 결과는, 여자의 입에서 더 깊은 고통의 신음이 그러나 소리를 죽이며 흘러나왔다.

……얼마나 지났을까. 민은 차츰 걷히는 마음의 안개 속에서 저를 되찾아갔다. 노동을 마치고 난 고달픔이 있었으나, 무거운 것은 아니고, 어딘지 후련한 배설감을 데리고 있었다. 깨고 싶지 않은 꿈을 보았을 때처럼, 단맛이 가물가물 남아 있었으나, 그 꿈의 안속은 단 한 자리도 떠올릴 수 없는 게 아쉽다. 그는 눈을 번쩍 떴다. 코밑수염이 들여다보고 서 있다.

"그동안 잠이 들었던가요?"

"그렇습니다."

"그럼, 잠재우는 게 치료군요?"

"잠도 잠이지만, 좋은 꿈을 꾸면서 즐기는 잠이지요."

"전혀 기억하지 못하겠는데요?"

"그것이, 좋은 꿈입니다. 보통, 꿈이 없는 잠이 단잠이라고 하지만, 그 꿈을 기억하지 못하는 것뿐입니다. 사람은 늘 꿈을 꿉니다. 분열이 없이 순수하게 활동할 때는, 영혼은 고달픔을 느끼지 않는 법입니다. 왜 무슨 일을 열중해서 할 때는 고단한 줄 모르지 않아요? 그런 다음에 오는 피로를 그 활동의 결과라고 함은 근거 없는 말입니다. 오히려 그런 순수한 활동의 중단에서 오는 좌절감이, 곧 피로라는 현상이지요. 말을 바꾸면, 열중할 생활 내용이 없을 때, 사람은 늘 피로한 겁니다. 과로란 말은 자발성이 없는 데서 오는 것입니다."

"보통 이론과는 반대군요."

"그렇게 됩니다."

"아니 좀 이상한데……"

"뭐가요?"

"아무도 모르는, 본인도 모르는 꿈을 과연 꾸었는지, 안 꾸었는지 어떻게 꾸었다고 단정하느냔 말입니다."

코밑수염은 소리를 내어 웃었다.

"간단하지요. 의식이 활동할 때의 대뇌 피질의 주파수와, 잠잘 때의 주파수를 비교해보면 됩니다. 본인은 기억하지 못한다는 경우에도, 기계 장치의 바늘은 나타내고 있는 것으로써 알 수 있지 않습니까?"

"그러면 본인도 기억 못 하니 그 꿈은 누가 꾸는 것일까요?"

코밑수염은 두번째 웃었다.

"자격이 있으십니다. 그러나 유감스럽게도 연구가 아직 거기까지는 미치지 못했습니다. 다만 가설을 말씀드리는 것이 용서

된다면 아마 어느 근원적인 '나' 혹은 '우리'가 꾸는 것이겠지요. 개개의 '나'나, 추상적인 '우리' 이전의 말씀이에요."

민은 시를 듣고 있는 기분이었다. 그러자 또 한 가지 생각이 나서 그는 물었다.

"최면술이라 하셨지만, 약품으로 잠을 자게 한 것이 아닙니까?"

"그렇지 않습니다. 약품은 기분 조정에 쓴 내과적인 처방이었을 뿐입니다. 시술施術한 부분을 기억 못 하시는 것은 그것이 바로 최면술인 까닭입니다."

거기에는 민도 할 말이 없었다.

돌아서 나올 때 코밑수염은 생각나는 대로 찾아와서 다시 한 번 치료를 받으라고 이르면서, 그에게 기관지 『프시케』를 빌려주었다.

이른 봄의 궂은비가 지척지척 내리고 있었다. 외투 깃을 세워서 목으로 떨어져오는 비를 막으며, 민은 지금 자기가 품고 나오는 상쾌감의 까닭을 꿈결처럼 생각해보는 것이었다.

2

오월이 되자, 민은 철이 바뀔 때마다 겪게 마련인 뒤숭숭한 느낌에 겹쳐서, 현실적으로도 초조해야 할 여러 가지 문제가 한꺼번에 몰려드는 것을 보아야 했다.

먼저 작품의 문제가 있었다. 무어니 무어니 해도, 예술가로서의 자기 재능에 자신이 있는 동안에는 결정적인 파국은 피할 수 있는 것이었기 때문에, 그런 좋은 작품을 쓴다는 것은 유력한 자기 구원의 길이었다. 먼젓번 원고를 태워버리고 나서 몇 번이나 붓을 들어보았지만, 막연한 감동에 끌려 원고지를 대하곤 할 때마다, 번번이, 형상화하기까지에는 너무나 약한 모티프였던 것을 느끼게 되기가 일쑤였다. 게다가, 강 선생이 다음 레퍼토리로 그 작품을 쓰자고 부쩍 열을 내기 시작한 후부터는, 기분에 따라 언제든지 쓰려니 하는 셈으로 나갈 수는 없는 것이었다. 민이 벌써부터 쓴웃음으로 느껴온 바지만, 어찌 보면 민에게는 신념을 가진 사람이나 훨씬 나이 먹은 사람의 원만한 평정이라고 잘못 알 만한 풍모가 있었다. 서른이나 그만한 나이에 달관이란 것이 도대체 원리적(?)으로 될 일이 아닐 텐데, 다른 사람들은 민에게서 젊은 나이에 된 사람이라는 인상을 받는 것이었다. 그런 치명적인 오해는, 그럴수록 민의 행동에 올가미를 씌웠고, 자아 기만과 그에 대한 반발이라는 바싹 마음을 썩이는 악순환을 가져왔다.

이런 모든 의식의 고통을, 작품을 쓴다는 일로 다스려보자는 그의 생각은, 틀린 것이 아닌지도 모르지만, 작품은 그런 바람대로 움직여주질 않았다. 영감이 우선 오는 것인지 모르지만, 그저 그뿐이었다. 시작이 반이란 말은, 예술의 세계에서는 거짓말이었다. 이렇게 일이 안 되고 보면, 안 된다는 사실을 지나서 재능을 의심한다는 참기 어려운 괴로움을 불러낸다. 물론 자기 힘을 의심해본다는 일은 나쁘지 않은 일이지만, 그보다 어두운 절망과 짜증이 앞서는 것은 역시 참을 줄 모르는 젊음의 탓이었을까. 그는 당장 자기 재능에 대한 보장을 눈앞에 볼 수 있다면, 단두대라도 사양치 않을 것 같았다. 인생을 두고 한개 한개 벽돌을 쌓아올리는 식이 아니고, 해가 떨어지면 횃불을 켜들고라도 하룻밤 사이에 성을 쌓아버린 다음, 나머지 기나긴 세월을, 완성의 다음에 오는 저 느긋함과 덤비지 않는 의젓한 얼굴을 가지고 살고 싶었다. 마음의 완성 없이 인생을 산다는 것은, 화장하지 않고 무대에 서는 것이나 다름없다 싶었다. '마지막 것'을 잡지 못하고는 단잠을 자지 못하겠다는 상태는, 결론광이라고나 할까, 겉으로 보이지 않는, 그것은 고요한 광기였는지 모른다.

미라와의 사이만 해도 그랬다. 어떤 격렬한 마지막 것을 바랐다. 마지막 것을 일시에 가지고 싶다는 것은, 죽음을 앞에 둔 사람이 느끼는 초조감이 아닐까. 싹이 트고, 그 위에 비 이슬이 스미고, 해가 쬐며, 줄기가 자라 잎이 열린 후, 열매가 드디어 맺는, '과정'은, 다만 발을 구르고 싶도록 안타까운 헛일처럼 여겨졌다. 그런 낭비를 모조리 제쳐버리고, 단숨에 빛나는 핵심을 쥐고 싶었다. 선고를 받은 사람이, 촉박한 가운데 처리할 수 있는 껏 많은 양을, 되도록이면 빠른 시간 안에 해치우자는 심정. 다시 못 올 먼 길을 떠나는 사람이, 아무것도 모르는 가족들의 늘어진 움직임에서 받게 되는 짜증스런 야속함 같은 것, 문밖에 희미하게 들리는 어느 사람의 발자국이 출발을 다그치는데, 집안사람들은 아무도 그 낌새를 눈치 채지 못할 때 당자가 느끼

는 미칠 듯한 마음. 그러면 사랑이란, 죽음의 선뜩한 냉기를 눈
치 챈 자의 채난探暖 작업이랄까. 서로 몸을 오그려 붙이며 하
얀 얼음판 위에서, 처음, 몸과 몸으로 비벼댄 빙하 시대의 불씨
의 이름을 사랑이라 하는가. 그렇게 알아낸 불씨를, 사람들은 몸
에서 몸으로 전해오는 것이지. 불씨를 하늘의 동정자가 갖다주
었다는 말은 그릇 전해진 것이다. 이 사랑이란 불씨는, 사람들이
어쩌지 못할 죽음의 냉기를 막기 위하여 만들어낸, 인간 자신의
재산이다. 온대에 사는 신의 나라에 사랑이 있었을 리 없다. 삶
을 울러대 추위 속에서 태어난 인간의 발명품이다. 사랑이 아무
리 불타도, 눈이 닿는 곳까지 허허한 얼음 벌판의 추위를 막을
수는 없었을 게다. 그러나 사람들은 태우고 또 태웠다. 지구의
양 꼭지에만 남기고 대부분의 땅을 녹여버린 것은, 그 얼마나
많은 세월을 사람들이 태워온 사랑의 열매일까. 그러나 지구는
또다시 얼어붙기 시작했다. 이 눈에 보이지 않는 얼음은 더욱
차갑다. 눈에 보이지 않는 탓으로 우리는 옛사람들보다 불씨를
허술히 다룬다. 휘몰아치는 바람 속에, 깊은 얼음 구멍 속에, 우
리의 불씨를 빠뜨렸을 때, 우리는 얼어 죽는다. 춥다. 현대는 정
말 춥다. 혼자서는 불을 못 피운다. 바람을 막으며 손바닥만 한
얼음 위에 불을 피우려면 두 사람이어야 한다. 작업에는 짝패가
필요한 것이다. 어느 일에나 그렇지만, 짝을 잘못 만나면 일을
망친다. 한눈을 팔지 말아야 한다. 남의 모닥불을 탐내어 한눈을
팔 때, 다시없는 불씨는 꺼지고 만다. 남의 불도 다 그렇고 그런
것. 남에게서 꾸어올 수는 없는 불씨고 보면, 함부로 불 댕길 수

는 없다. 이거다 싶은 짝을 만났을 때 그들은 시간을 낭비해서
는 안 된다. 실수 없이 강렬한 목숨의 보람을 불태우는 작업을
서두르는 데 그의 광기가 있는 것일까.

　안심이란 게 없는 그러한 마음 한편 구석에는, 순교자의 자학
적 기쁨과 의젓한 자랑스러움이 없는 것도 아니었다. 가끔 생각
한다. 왜 지근지근 쑤시는 이마에 싸늘한 손끝을 씹으며 살아야
하나. 마치 세계의 열쇠를 자기가 쥔 듯이 느끼는 절박감은 못
난 망상이 아닌가. 내가 완성을 이루든 그르치든, 저기 흘러가는
저 생활의 강물은 여전히 흐르는 것이다. 내 혼자의 초라한 초
조를 무슨 사명감으로 자부하려 들면 안 돼. 내가 정말 바라는
것은 무엇일까? 그러나 한번 눈을 뜬 모나드는 마치 체념의 재
무덤에서 날개를 떨며 날아오르는 불새처럼, 새로운 회의의 하
늘로 솟아오르는 것이었다. 그의 마음속에서 퍼덕이는 이 마魔
의 새는, 아류적인 체념의 잿더미에 파묻히지 않는 고집을 가진
새였다. 털끝만 한 거짓에도 날카로운 힐난의 울음을 질러대면
서 몸부림치는 것이었다. 이 새의 목을 비틀어 파묻어버리려면,
얼버무리거나 속임이 아닌 그 어떤 틀림없는 것이 있어야 했다.

　그것이 무엇일까.

　작품이 굼벵이 걸음을 치는 세월을 그는 The Psychic Society
에서 빌려온 잡지를 읽는 일로 거의 보냈다. 미라의 생각이 퍼
뜩 들 때면, 웬만큼 늦은 시각이 아니면 그길로 달려가곤 했다.
상큼하니 도사린 것 같으면서, 겉보기만큼 무정하지는 않은 그
녀를 애인으로 가지고 있는 것은, 짐은 되면서도 버릴 수 없는

짐이었다. 그녀의 말대로 문화를 모르는 여자를 데리고 살지 않는 한 길은 한 가지, 서로 잘해보는 길밖에는 없다.

　오월의 훈풍을 안고 기폭처럼 날리는 커튼이, 높이 뛰어올라, 선반에 얹힌 인형들의 발목이나 허리며 어깨 언저리에서 헤살 짓고 있다. 민은 일어서서 인형들 앞에 섰다. 꽤 많은 수가 얼굴만 있고 몸뚱어리는 막대기로 대신한 것들이다. 얼굴만 보여주고 나머지는 둥근 막대 하나로 때워버린 이 스타일의 창시자는 분명 천재였음에 틀림없다. 이 스타일은 원류는 옛날 중국 무덤에 있는 조각이 다른 문물의 전래에 섞여서 일본으로 건너가서 암시된 게 아닌가 하는 게 학자들 말이다. 서양 인형들, 말하자면 피에로 같은 것은 흥겨운 기분이 순간적으로 잡힌 느낌이었지만 중국, 일본, 한국의 그것은 유형有形의 것이 그 형을 서서히 잃어가는 마지막 순간인 양 싸늘하게 도사리고 있다. 인형의 표정과 어린애들, 또는 짐승의 그것 사이에는 닮은 데가 있다. 얼굴이 하나밖에 없다. 그런 표정은 민처럼 두 개 세 개의 얼굴의 스페어를 가진 사람에게 무어랄까, 빌붙어볼 수 없는 쌀쌀한 슬픔과, 닮고 싶은 사랑을 함께 불러일으켰다. 그는 밀러 씨의 성자 생산론을 생각했다. 성자들의 얼굴은 아마 이런 것이리라. 나는 성자가 되고 싶은 것이다. 성자가 되고 싶다는 이 우스꽝스런 욕망의 또 한 꺼풀 뒤의 마음은? 남을 위해서가 아니라 나를 위해서. 처음에 인형 모으기를 시작했을 때는, 재미로 한 것이었지만, 그들을 보고 지내면서 그런 여러 가지를 생각하게 됐다. 며칠 전 다니는 가게에 들러서 새로 들어온 것이나 없을까 보고

있는데,

"여기는 어떻게 오셨습니까?"

돌아다보니 H선생이었다.

"지나다 보니 아무래도 그런데, 설마 인형 사러 들어올 것 같지는 않고……"

"왜요. 사러 들어왔는데요……"

"저런, 귀여운 취미를 가지셨군요."

"귀엽다구요……?"

민은 웃었다.

"아니 인형 모으는 취미에도 무슨 어려운 내력이 있는가요?"

"하긴, 그렇습니다."

그런 일이 있었다.

민은 그 인형의 얼굴에 미라의 얼굴을 겹쳐보았다. 그녀의 성미의 다양성과 이 인형들의 순수함이 하나가 된, 그 영혼의 몽타주는, 황홀한 아름다움을 지닌 얼굴이었다. 그녀가 이런 여자가 되어주었으면. 둔한 여자는 필요치 않았다. 사람의 마음을 건축에 비긴다면, 먼저 튼튼한 돌이나 벽돌집이어야 한다. 발코니를 인 돌기둥이 받치는 현관. 현관의 문은 두껍고 굵직한 참나무로 짜이고 그 위에 엷은 부조가 있다. 문을 열고 들어서는 정면과 좌우로 또다시 세 개의 문이 있다. 정면의 문을 열면 이층으로 오르는 계단이 나타나고 좌우편 문을 열면 거실과, 식당으로 가는 복도가 나타난다. 꾸밈새는 문과 낭하를 될수록 많이 써서 폐쇄적인 안정성을 가지게 한다. 다시 밖으로 나와서 북쪽과 서쪽에 백엽과 벚나무를 드문드문 심은 넓은 뜰이 있다. 전체로 이 집은 풍부한 다양성과 그것을 부드럽게 묶고 있는 양식의 통일성이 육중한 양감에 싸여 있는 것이다.

민에게 있어서 자아의 완성이란 몸과 마음이 다 같이 살 수 있는 단 하나의 구원이었다. 이런 자기의 문제를 일반성에까지 높인 작품을 만들어보려는 것이 오랜 꿈이었으나 문제가 미묘한 것과 무용의 레퍼토리로 씌어진다는 조건이 곱빼기 어려움을 만들고 있었다.

민은 시계를 들여다보았다. 9시 10분. 미라는 지금 무얼 하고 있을까. 그렇게 생각하자 요 며칠 만나지 못한 그녀가 불현듯 보고 싶어졌다.

'아무리 붙잡고 앉아도 한 줄도 쓸 수 없는 바에야⋯⋯'

그는 방에 쇠를 잠그고 거리로 나섰다.

캔버스에는, 두 사람의 인물이 얽혀서 허우적이는 발 아래 질편한 진흙탕이 펼쳐진 모양이, 반쯤 색칠이 돼 있다.

그녀는 칠을 깎고 다시 바르고 하면서, 민에게는 말을 건네지 않았다. 걷어올린 팔뚝에 정맥이 푸르다.

'여자가 예술을 한다는 건 과연 행복한 일일까. 이런 생각은 물론 봉건이야 봉건⋯⋯'

민은, 오랜 시간 그녀가 그리하는 모습을 보고 있으면서도 별로 지루한 줄을 몰랐다. 그녀를 만나러 와서 하릴없이 기다리면서 지루하게 느끼지 않는 것은, 다만 그녀는 소재로서 필요할 뿐 여기서도 민은 '나'를 생각하고 있는 때문이었다. 어떤 사람과 이야기할 때 정녕 흥미가 없어질 때가 있어서 눈만은 어울리면서도 전혀 딴 궁리를 하는 경우가 많았지만, 저쪽은 오히려 고즈넉이 듣거니 알고 있음을 퍼뜩 깨달으며, 적이 미안해지는 일 같은 것도 나쁜 버릇이었다. 민은 방을 둘러봤다. 지금 미라가 앉은 쪽은, 방을 반으로 잘라서 창에 가까운 쪽이고, 나머지 반 오른편 벽에 붙여서 침대가 놓였다. 그는 침대에 가 누우면서 눈을 감았다. 사각사각 그림을 다듬고 지우는 소리. 이따금 전차가 지나는 쇳소리가 거리 때문에 둔하게 닳아져 흘러온다. 그 틈틈이 자동차의 혼 소리. 저 소리는 화음이라…… 그는 뒤숭숭한 생각을 시작한다. 화성학…… 대위법…… 소리의 평면적 공감, 소리의 입체적 배열…… 그렇다, 그런데…… 무어야 이건?…… 무슨 생각을…… 하자는 건가……?…… 하자는……

민이 눈을 떴을 때 그녀는 여전히 캔버스 앞에 앉아 있었다. 그동안 깜빡 잠이 들었던 모양이다. 어느새 비가 오기 시작했는지 뚝뚝 낙숫물 지는 소리가 들린다.

조용하다.

민은 메스꺼운 덩어리가 가슴 언저리에서 푸들푸들 움직이면서 그것을 그대로 쏟으면 어린애처럼 으앙 소리 나는 울음으로 터질 것 같았다.

그는 벌떡 일어나, 그녀의 등 뒤로 다가서면서, 목에다 팔을 감고 그녀의 머리카락 속에 얼굴을 묻었다. 어쩔한 냄새가 코에 스민다. 이게 미라의 냄새?…… 이게…… 미라? 그는 더욱 팔에 힘을 주었다. 미라는 조용히 몸을 비틀어 그를 향하여 돌아앉았다. 그 눈 속에 민은 자기 것과 똑같은 초조의 빛을 보았다. 왜?…… 그림이 뜻대로 안 돼서?…… 암 그렇지. 누가 뭐랬어? 내가 찾아온 동기가 불순한 바에야 나무랄 자격이 나한테 있어? 그의 팔의 힘이 더해진다. 아…… 신음이 흘러나오는 입술이 푸르르 떨린다. 죽이진 않아, 너를 죽이면 돼?…… 사랑해…… 나는 바보야, 어떻게 사랑하면 되는지 몰라서……

민은 그녀의 목에서 팔을 풀고 그 자리에 꿇어앉았다.

"미라, 어떻게 하면 사랑할 수 있어? 우린 이대로 가면 안 돼."

"왜 그래요?"

"아무 말이라도 좋아. 아무렇게라도 대답을 해줘."

"아무렇게나?"

"아무렇게나. 누군 별말을 했어? 아무 말이나 한 놈이 통한 거야. 아무렇게나 한 놈이 기억된 거야. 제일 좋은 일을 하려다, 우리는 아무것도 못 하고 마는 게 아니야? 제일 아름다운 말을 하려다, 아무 말도 못 하고 마는 게 아니야?"

"그래도, 자기를 속이는 건 아무런 해결도 안 돼요."

"아니야. 속았느냐 안 속았느냐는 종이 한 장 사이야."

"그 한 장이 모두예요."

민은 벌떡 몸을 일으키며 옆에 놓인 칼을 집어 들었다. 미라는 외마디 소리를 지르며 뒤로 물러섰다. 그러나 민이 움직인 건 반대편이었다. 그는 미완성의 그림 위에 나이프를 비껴들고 미라를 바라보았다. 금세 그녀의 얼굴이 질리며 눈을 부릅떴다. 공포와 놀라움에 질린 얼굴.

"그 얼굴. 바로 그런 얼굴. 미라와 내가 짐승이 될 때 왜 그렇지 못해? 왜 나만 동물을 만들어?"

이번에는 그녀가 꿇어앉았다.

"제발 그 칼을 버려주어요. 그림을 다치지 말아요 제발……"

민은 캔버스에 나이프를 푹 꽂아서, 크게 ㄱ 자로 꺾어 내리훑었다.

진흙탕에서 서로 얽혔던 그림 속의 남녀 중에서 여자가 힘없이 펄럭, 저쪽으로 넘어졌다.

퍼뜩 잠이 깼다.

우선 찡한 시장기가 온다. 옆에 앉았던 노인은 벌써 내린 모양이다. 민은 유리창에 얼굴을 대고 역 이름을 본다.

P역.

우동이라도 먹어야지.

그는 띄엄띄엄 자리 잡은 손님들이 곤히 잠든 틈을 빠져서 플랫폼에 내려섰다. 내린 사람들은 벌써 저편 개찰구로 몰려서 빠져나가고 있었고, 그가 선 곳으로부터 네댓 개 떨어진 차량 앞에 있는 구내 가게 앞에 그와 같이 시장기를 풀려는 사람들이 옹기종기 모여서 그릇들을 입에 대고 있는 모양이 바라보인다. 워낙 작은 가게를 일여덟이 둘러서면 나머지는 뒤에서 기다려야 했고, 그래도 판매원은 바쁘게 돌아간다. 민은 저만큼 한 사

람이 비워놓은 자리로 끼어들어, 판자에 팔꿈치를 올려놓다가 흘깃 옆에 선 사람을 보고는,

"아 이거……"

저편도 못지않게 반색을 하는 H선생을 보았다. 식사를 마치고, H선생의 짐을 거들어 민이 앉은 칸으로 옮기고 그들은 나란히 앉았다.

"같은 차였군요."

그들은 서로 이 차를 탄 내력을 짧게 주고받았다. 선생은 고향에 볼일이 좀 있어서 다녀오는 길이라 한다.

민은 먼젓번 미라와의 일이 있은 후 곧 지방에 있는 어느 친구가 오라는 대로 보름 동안 그의 시골집에서 쉬다가 돌아오는 길이었다. 민은 내려와보고 잘 왔다 했다. 고원 지방의 서늘한 공기는, 벌써 뜨거운 햇빛이 귀찮아지기 시작한 서울에서 내려온 그에겐, 다른 세계처럼 시원했다. 게다가 아주 농촌도 아니고 그렇다고 도회는 더구나 아닌 이 고을에서, 시를 공부하고 있다든가 연극을 공부한다는 그룹들과 만나서 이야기도 하면서, 민 자신은 도회인다운 은근한 우월감을 보류한 채 긴박할 필요가 없는 관찰을 즐겨보는 것은, 바른 예의는 아니나마 뒤쫓기듯 한 경쟁 속에서 빠져나온 신경에는 약이 되는 것이 사실이다.

산중턱 풀이 우거진 벼랑에 기어올라, 풀 냄새를 맡으며, 구름이 오락가락하는 양을 바라보고 누웠으면, 스르르 눈이 감기는 부드러운 졸림 속에서 문득 자기가 지금 이런 때 이런 자리에 누워 있다는 우연이, 마치 겨울날 신선한 과일의 선뜩한 닿음새

처럼 새삼 느껴진다든지, 처음 한 주일쯤은 옳게 값있는 나날을
보냈으나, 두 주일째부터는 벌써 지루하기 시작했다. 막상 시달
릴 대로 시달린 끝에 빠져나온 서울이었건만, 이렇게 내려와놓
고 보니, 자기가 없는 서울에서 자기를 빼놓은 채 무슨 큰일이
그동안 되어가고 있는지도 모른다는, 참으로 어이없는 생각이
성화같이 치미는 것이었다.

　무슨 새 일이 일어났을 리 만무였다. 우선 미라만 하더라도,
자기가 찢어버린 그림을 그만큼까지는 아직 그리지 못했을 테
고, 민이 내려오기 직전에 여름 공연이 끝난 단에서도 별일이
있었을 리 없고, 그렇다고 서울에 혁명이 일어나지 않은 것은,
신문을 보면 확실한 일이었다. 아무리 따져보아도 민이 그때 그
자리에 있지 못한 것을 평생 한으로 삼을 만한 일이 그동안 서
울에서 일어날 확률은 영에 가까운 것인데 민이 돌아가고 싶다
는 생각은 누그러지지 않았다. 이것을 가리켜 귀심여시歸心如矢
라 했던가. 이 한자 숙어의 평범한 겉모양 밑에 압축된 강력한
감각을 처음 알아보는 듯한 심정이었다. 그렇다면, 출장을 내려
온 것도 아니요, 보따리를 싸고 일어섰으면 그만이었겠으나, 이
것도 야릇한 말이지만, 민은 버티었던 것이다. 하야한 현자가,
수삼 차에 걸친 조정의 귀경 독촉에 좀처럼 차일피일하면서 응
하지 않았던 고전적 드라마를 혼자서 세 사람 노릇 하는 역의
심리극으로 되풀이해보는 어이없는 꼬락서니였다.

　그는 일부러 속 편한 듯한 투의 편지를 강 선생에게 보냈으
나, 꿩 구워 먹은 소식이었다. 제법 정다운 말로 전번의 추태를

사과하고 제작의 진전 상태를 묻는 편지를 낸 미라에게서도, 가타부타 말이 없었다. 그들에게 써보낸 편지 내용이 문제였던 것이 아니다. 강 선생에게 띄운 편지에다 그는, 자기 작품의 새로운 구상을 익히고 있다는 것, 돌아오는 가을 공연에 늦지 않게, 될수록 빨리 끝내야 하겠다는 것, 정임이는 예정대로 귀국하는 것이 틀림없느냐는 등 써 보냈지만, 모두 속에 없는 말이었다. 인제 그만하고 빨리 오너라, 이곳에 자네가 없는 탓으로 밀린 일이 많으니까, 하는 말을 듣고 싶은 속셈에서였을 뿐이다. 이런 혼잣속 싱갱이 끝에, 더 참을 수 없어서 올라오는 길이었다. 잠도 오지 않고 모처럼 긴 여행에서 만난 자리를 잠으로 때우고 싶지 않은 그들은, 이 이야기 저 이야기 심심하지 않았다.

"H선생 같은 분에게 이런 말을 하는 건 건방진 이야기 같지만, 사람과 사람의 사이라는 것, 특히 이성 간의 문제란 참 어렵습니다."

"글쎄요, 쉽게 생각하면 되지 않을까요?"

"그렇게 말해버리면 그만이지만, 그게 그렇게 쉽지 않은 것 같아서……"

"그야 물론 그렇지요, 성격에도 관계되구……"

"아니 제 얘기는 성격상으로 어떻다는 말이 아니라, 원래 문제 자체가 쉽지 않다는 것입니다."

"그럴까요? 저는 오히려 보다 많이 성격의 문제라고 생각하는데…… 성격이란 참 편리한 말이에요. 성격이 다른 곳에 공통의 원리란 있을 수 없잖아요? 성격이 곧 원리란 것이지요. 이를

테면, 별로 따지지 않고 살아가는 경우에도 그것이 반드시 무자각하다느니 적당주의니 하고 탓할 것만은 아니라고 생각해요. 제가 보아오는 많은 예로, 군말이 많은 편보다는 말없이 애정을 쌓아나가는 편이 실속은 더 있는 게 아닌가 합니다."

"비극을 성격비극으로 번역하는 근대적 사고이신데, 성격이란 개념을 믿지 못하겠어요. 성격이란 마치 요즘 사람의 전매특허구 옛날 사람에겐 성격이 없었던 것처럼 일쑤 말하는데, 사회적인 신분 관계로 겉에서 분방하게 주장될 수 있었느냐 없었느냐가 문제지, 예나 지금이나 사람의 문제는 극한에까지 밀고 가면 결국 마찬가지가 아닙니까? 예수보다 철저한 이상주의자가 누구며 공자보다 엄격한 리얼리스트가 누굽니까. 문제를 바로 보면 늘 물음은 같은 것이 아닐까요? 스커트가 무르팍을 덮느냐 안 덮느냐, 허리를 파느냐 밋밋하니 뽑느냐 하는 것은, 문제가 아니잖아요? 홍수처럼 설득하려 드는 저널리즘의 베스트셀러식 사상에 장단을 맞추느라구 시대사상의 스타일 북을 좇아다니는 사이에, 허심탄회하게 본론을 생각하며 보냈어야 할 시간을 허비하고 싶지 않아요. 다만 껍질이 다를 뿐 원형은 같다, 이 말이에요. 그렇지 않고서야 전통이니 유산이니 하는 말의 뜻이 없는 것이 아닙니까?"

"굉장히 어려워서 잘 모르겠지만, 어디 그런 추상론보다 자신의 케이스를 말해보세요. 그쪽이 이 얘기를 진행하기가 쉬우니까."

"자신의 문제란 건……"

"연애는 비밀로 아름답다는 순정파이신가?"

민은 웃고 나서,

"글쎄요, 어쩌면 고전파인지 모르죠. 때에 뒤지지는 말아야겠지만 해묵은 것도 간직하자는 것이 소원이니까, 작품도 역시."

"결국 최고를 노리는 것이군요. 교양도 있구, 얼굴도 이쁘구, 성격 또한 좋아야 한다?"

"이해하시는 품이 퍽 구체적이시군요. 글쎄 그렇게 풀어놓고 보면 해묵은 이야기가 되고 마는군요."

"해묵구 아니구는 문제가 아니라고 방금 말씀하시구서…… 해묵었단 말이나 영원이란 말이나, 마찬가지 아니에요?"

"이거 어떻게 이야기가 자꾸 격이 떨어집니다."

"미안해요. 같은 문제도 다루는 사람 따라 오르기도 하고 내리기도 하게 마련이니까. 우리같이 다된 사람보고, 젊은 양반이 의논할 게 무어 있어요? 혼자서 찾아보는 겁니다. 이렇구 저렇구 이렇습니다, 하고 손금 가리키듯 못 하는 게 인생일진대, 만져보고 아픈 줄을 아는 길밖엔 없겠지요. 아무튼 근래에 보기 드문 청년이야."

"역시 통하는군요. 솜털이 보송보송한 병아리들 댈 것이 아니란 말입니다."

"또, 패전지장을 놀리는 게 아닙니다."

그 말 끝에 어딘가 쓸쓸한 것이 있어서 민은 거기서 말을 끊었다. 그는 앞을 물끄러미 바라보고 앉은 H선생의 얼굴에서 몹시 고달픈 빛을 볼 수 있다고 생각했다. 평소 여자치고 소탈한

그녀의 거조도, 겪고 지친 지난날이 가져오는 허세였던가 싶어
지며, 비감한 기분이 들었다. 시골에 무슨 일로 다녀오는지. 남
에게 동정을 일으킨다면 약자인 징조다. 사랑은 동정이 아니다.
사랑은 싸움이어야 한다. 아무런 핸디캡도 없는 잔인한 싸움에
서만 흔들리지 않는 사랑의 질서가 설 텐데. 두루뭉실이나 눈가
림은 파멸을 늦추고 급기야 파멸이 올 때 그것이 더욱 보기 싫
게 하는 것뿐이다. 미라, 그녀는 분명한 호적수였다. 핸디캡을
수락하기를 마다하는 긍지 높고 칼칼한 검객이라 할까, 지지 않
겠다고 바득바득 기를 쓰며 달려드는 그녀에게서 느끼는 그의
불만은, 남자는 피고 여자는 죽어달라는 오랜 타성의 게으른 투
정이 아니고 무엇인가. 그녀에게 백치를 요구할 것이 아니라, 싸
워서 이겨야 한다. 그녀에게도 칼을 주고 당당히 겨루어오게.

  H선생은 어느덧 잠들어 있었다. 이마에 걸린 머리카락과 눈
시울에서 흘러나간 감출 수 없는 주름을 바라보다가 민은 자신
을 힐난하면서 눈길을 돌렸다.

  서울역에서 H선생과 갈라져, 민은 차를 몰아 어둑어둑한 이
른 새벽의 거리를 미라의 하숙으로 달렸다. 민이 놀란 일로는
그녀는 벌써 일어나서 화가에 마주 앉아 있다가, 오랜간만인 그
의 때 아닌 방문에도 돌아보려 하지도 않았다.

  그녀의 어깨 언저리는 스웨터를 걸쳤던 지난봄보다 더욱 야
위어 보였다.

  전번 일에 미안했던 것이며, 여행의 뒤끝에 어리는 아무나 그
리운 마음을 안고, 이른 새벽 고단하면서도 부푼 가슴으로 달려

온 민에게는, 미라의 그런 쌀쌀한 모습은, 응석을 섞어 내민 입술을 손바닥으로 되밀린 부끄러움을 주는 것이었다. 민은 말없이 침대에 가 누웠다. '아직도 우리는 사랑하는 것일까……' 불에 얹힌 송진마냥 지글지글 번지는 생각을 발로 짓이기며, 엎치락뒤치락 보람도 없는 풋잠을 얼마나 잔 때였는지, 흠칫 민은 이상한 느낌에 몸을 오그라뜨렸다. 등 뒤에서 보고 있는 남의 눈길을 느끼고 휙 돌아보면 틀림없을 때의 감각이었다. 민은 정신을 가다듬으며, 기척 없이 약간 고개를 들어 발치를 내려다보았다. 미라가 이쪽으로 등을 보이고 민의 발쪽을 향하여 쭈그리고 앉았다. 그녀의 손 언저리를 눈으로 더듬어가다가 민은 숨이 막혔다. 미라의 스케치북에 그려져가고 있는 민 자신의 마른 나뭇가지처럼 초라한 맨발.

다음 순간, 그는 욱하니 자리에서 일어나며 그녀의 손에서 그림을 빼앗아 갈기갈기 찢고 있었다.

그길로 단에 나온 민에게 강 선생은 손바닥을 내밀었다. 달라는 거다.

"조금만 더…… 약간씩만 손을 대면 인제 되겠습니다."

"아니야. 그 각본이 완전해야 할 필요는 없어, 해나가느라면 자연 고치기도 하고 할 테니까."

"일주일만. 어김없이……"

강 선생은 고개를 갸우뚱하다가,

"좋아…… 허지만 무어 그렇게까지 할 필요는 없을 것 같은데."

464

사정을 모르는 강 선생은 민이 까다롭게 군다고 생각하는 모양이었다. 집으로 오면서 민은 한 주일이라고 한 약속을 뉘우쳤다. 강 선생은 민의 등에 대고, 프리마 발레리나가 드디어 이십오일에 온다는 연락이 왔으니까 알아서 해 한 것이다. 그는 또다시 어지러운 도시의 소음 속에서 일에 쓰일 기한부 아이디어의 주문에 쫓기는 자기를 깨닫는다.

　민은 버스를 기다리다가 마침 닿은 전차에 올랐다. 웬일인지 닿아야 할 버스가 꽤 기다렸는데도 오지 않은 탓이었다. 사람들이 다 앉고도 드문드문 자리가 비어 있다. 전차가 떠날 때 창으로 내다보니 버스가 막 닿는 것이 보인다. 쳇.

　민은 언젠가 늦은 전차를 탔다가 만났던 여자 생각이 났다. 그 얼굴 위로 미라의 얼굴이 겹친다. 가만있자. 그때도 미라와 다투고 난 날 밤이었다. 미라와 싸우는 날마다 공교롭게 전차를 타게 되는 우연이 까닭 없이 불길하게 여겨졌다. 쓸데없는 생각, 그는 속으로 침을 세 번 뱉었다. 불길한 징조가 있을 때마다 사람이란 다 저마다 과학을 가지고 있는 법이다. 아침에 길을 나설 때 고양이가 가로질러간다든지, 까마귀가 머리 위에서 울든지 하면 불길한 걸로 되어 있다. 그런 것들은 보이지 않는 요술 옷을 입고 악의를 비수처럼 품고 사람의 뒤를 밟아 다니는 악마의 그림자. 아마 그 요술의 옷에 단추가 하나 끌러지든지 소매에 실밥이 터지든지 하면, 그런 새로 비죽이 비치는 마물魔物의 살갗의 한 군데가 그렇게 나타나는 것이다. 마술 이야기는 참 좋다. 그리스 신화에 나오는 마물들은 조금도 무섭지 않다. 마물이 풍기는 어둠이 없다. 유럽의 전설에 등장하는 마물은 그렇지 않다. 그들은 어둡다. 러시아의 밤하늘을 나는, 스웨덴의 수풀의 밤 속을 걸어다니는 마물들은 그 하늘보다 음울하고 그 밤보다 진하다. 동양에서도 마찬가지다. 인도의 마귀는 사람을 놀라게는 해도 으스스하게 만들지는 않는다. 중국 괴담이 풍기는 저 썩은 시체의 냄새 같은 물컥한 오한. 그 속에는 분명히 세계의 뿌리에 엉킨 악의의 냄새가 난다. 어쩌면 이 세계의 뿌리에는 원통하게 죽은 여자의 뼈가 묻혀 있는지도 모른다. 그 독즙이 줄기와 가지를 좀먹어올 때 나무는 넘어지고 잎사귀는 시드는 것이다. 시인은 황금의 계절을 노래하고 물론 태양을 고려해야 한다. 나무는 태양을 향하여 애원의 손을 뻗친다. 나뭇가지들은 모두 남향하지 않는가. 이런 발상법은 시인에게는 용서될 수 있는 일이다. 이 세계는 저주를 받은 공주와 같다. 씩씩한 기사인 태양에게 악마를 물리치고 자기를 살려주기를 비는 나무의 몸짓, 그렇다, 이편이 훨씬 합리적이다. 인간을 죄인이라 하고 처참한 심판의 학살 다음에 신을 위하여 지하 운동 한 혁명가들만 거둔다는 헤브라이의 비뚤어진 세계관보다, 유럽 동화가 거듭거듭 채택하는 모티프 ─ 아름답고 선량한 공주가 나쁜 악마의 저주로 불행해진 다음, 씩씩한 기사의 힘으로 구원된다는 사상이 더 깊다. 더 합리적이다. 이것이 어쩌면 모든 예술의 원형이다. 모든 예술은 이 원형에다 때와 곳과 소재라는, 다를 수밖에 없는 옷을 입힌 변주곡이 아닌가. 인간이 악이면서 선이란 건 아무리 해도 우습다. 인간이 악하기 때문에 신은 더욱 사랑한다

는 건 아무래도 수상하다. 인간은 원래 가련한 공주처럼 아름답
고 착하다. 흉악한 마귀 할미가 그녀를 저주하여 불행하게 만든
다. 착한 기사가 씩씩하게 구원한다. 이거야 이거. 이편이 훨씬
씨가 먹혔다. 가만있자, 그러면 공주는 결국 악과 선 사이에서
자기는 아무 참여 없이 운명에 주물리는 무엇이 되고 말지 않는
가. 자유 의지며 주체성이 없지 않은가. 역시 헤브라이의 인격
주의가 더 깊다. 불쌍한 공주와 기사 얘기는 중세의 페미니즘과
북방 민족의 유치한 괴기 취미와의 결합 이외의 아무것도 아니
다. 정말? 정말 그런가? 그렇지 않을걸. 바이블의 알맹이가 인간
을 신의 종이라고 보는 데 있다면 인간의 주체성이란 무슨 말인
가. 이놈아 주체성이란 회개의 주체성 말이다. 오라 자수의 자유
말이지. 노예의 권리 말이지? 신은 입법하고 인간은, 범죄, 준수,
혹은 자수한다는 자유 의지 말이지? 그렇다면 악신과 선신 사이
에서 몸부림치는 공주가 가진 슬픔의 자유와 오십보백보 아닌
가? 일그러진 입술과 풀린 눈으로 표상되는 범죄인의 얼굴보다,
등에 굽이치는 금발과 슬픔에 잠긴 고귀한 눈과 구원을 비는 대
리석 같은 손목이 더 좋지 않아. 제라서 구질구질한 마조히즘의
초상화를 택할 게 뭐람. 같은 값에 다홍치마. 인생이란 엄숙한
거야. 메르헨의 센티멘털리즘이 아니다. 라고? 에끼 수작 마라.
악마가 금방 기름 가마를 펄펄 끓이며, 얘 공주야 너 손 좀 내봐,
어디 얼마나 살이 올랐나 하는 판에 고기 뼈다귀를 내보이는 공
주의 상황은 엄숙하지 않단 말이야? 저 국민학교 일 학년생 똘
똘이에게 물어보아라. 막달라 마리아가 더 불쌍하냐 백설공주

가 더 불쌍하냐구. 손오공 얘기를 봐. 그 책을 읽을 때마다 왜 그렇게 흐뭇한가. 현장법사가 공주이기 때문이다. 동양 사람은 페미니스트가 아니었기 때문에 공주 대신에 덕 높은 중으로 대신한 것뿐이다. 미남 기사 대신에 원숭이 난봉꾼일 뿐. 어쩌면 털털한 맛이 이편이 낫다. 손오공처럼 유머러스한 녀석을 어느 문학이 지어냈나. 톰 소여? 톰 소여는 어림도 없다. 톰 소여는 손오공 밑에서 분대장 노릇도 못 한다. 고상(!)하게 말하면 신들메도 못 푼다. 『서유기』는 기막힌 책이다. 아무리 낮게 매겨도 바이블의 네 배하고 반은 나간다. 복숭아를 따먹고 천제와의 옥신각신 끝에 벌 받는 것은, 에덴동산의 훔쳐 먹기 이야기가 아니고 무엇이며, 서역으로 가는 도중의 모험은, 다시 예호바에게 돌아가기 위한 구약의 의인들의 이야기가 아니고 무엇일까. 부처님 손가락에 글씨가 써 있던 이야기는, 저 벽 앞에 나타난 손이 쓴 글씨가 아니고 무엇이며, 드디어 뜻을 이루고 극락왕생함은, 구주에 의한 보속이 아니고 무엇인가. 괴테의 '파우스트'가 와서 발바닥을 좀 핥게 해달라고 한대도 『서유기』는 마다할 게다. 세계관에는 분명 두 가지 본이 있다. 헤브라이즘과 헬레니즘이 아니다. 헤브라이즘과 페어리 테일리즘fairy taleism이다. 헬레니즘엔 어둠이 없다. 너무 밝다. 악마들도 너무 뻔하다. 페어리 테일의 악마들은 무섭다. 어둡다. 요기가 있다. 느닷없는 사건 전개와, 전혀 우연의 연쇄인 등장인물들의 행동은 무설명無說明이 주는 심미감으로 가득 차 있다. 악이라 하고 요기라 할 때, 같은 내용을 하나는 윤리의 안경으로 보고 하나는 미학의 손으로 만진 것이다. 윤리는 예술일 수 없다. 그대로는. 그렇다면 내 작품도 한번 이런 쪽으로 잡아보면 어떨까. 무용 레퍼토리로 고전이될 수 있는 그런. 남들은 전깃줄과 기계를 무대 장치로 쓰는 세상에 옛날 얘기를 하다니 하는 걱정은 말 것. 다들 모더니즘을할 때 옛날 옛적에 — 하는 편이 뼈 있는 노릇이 아닌가. 모더니스트들이 이 사람 무슨 소리야 내가 언제 모더니스트였단 말인가, 하고 비슬비슬 책임 회피를 하게 되는 날부터 모더니즘을시작하는 게 정말 멋이다. 그렇지. 어쩌면 농담이 아니라 그 작품을 이런 방향으로 뽑아본다?……

"종점입니다."

민은 그 소리에 생각에서 퍼뜩 깨어났다. 그는 얼결에 고개를기웃하여 창밖으로 눈길을 주며 닿은 데를 가늠해보는 몸짓을하면서, 사람들 틈에 끼여 전차를 내렸다. 그는 길에 내려서면서팔뚝시계를 들여다보았다. 9시. 그런 다음 발길을 떼어놓으려고고개를 들자, 그는 우뚝 서버렸다.

?……?……?

여기가 어딘가? 방향을 모르겠다. 사방을 휘둘러보았다. 눈익은 집이 하나도 없다. 무심히 내렸지만 그가 내려야 할 곳을지나쳐온 것이 분명했다. 그러고 보면 아까 버스를 기다리다 전차를 잡아탈 때 그는 방향만 보고 올랐을 뿐이었다. 말할 수 없는 공포가 그를 사로잡았다. 어떡허나…… 어떡헌담…… 그는태연하게 걸음을 옮기기 시작했다. 지금 걸어가고 있는 쪽이 북인지 남인지도 모르겠다. 거리를 지나는 사람들이 자기를 유심히 쳐다보는 듯싶어 얼굴이 화끈거린다. 불이 환히 켜지고 문이 열린 점포들의 깊숙한 속이, 껄껄 웃어대는 어느 커다란 목구멍 같다. 길이며 사람들이며 늘어선 건물들이 금세 자기를 손가락질하며 왈칵 웃음을 터뜨릴 것 같은 무서운 부끄럼이 덮친다. 여기가 어디쯤 될까. 가만있자…… 무얼 무어가 어쨌단 말이야. 여기가 어디쯤…… 전찻길이 바뀐 건가. 새로 놓은 건가. 민은 태연하게 걸으려고 애쓰면 애쓸수록 발길이 뒤뚝거려지고 거북한 몰골이 자주 드러나는 것 같았다.

머리는 더 헷갈려온다. 누구한테 물어본다……? 절박한 마음의 또 한편에는, 전혀 어긋나는 게으름이 머리를 쳐든다. 사형수가 막상 단두대에 오를 때 느낌은 이런 것이 아닐까. 노곤하다. 그렇다. 자꾸 걸어가노라면 눈 익은 곳이 나지겠지. 그는 마치 바쁜 볼일을 가진 사람처럼 발을 잽싸게 놀리며 좌우편에는 한눈도 팔지 않고 걸었다. 갈수록 곳은 낯설어만 온다. 민은 그 자리에 쭈그려 앉거나 길옆 가로수에 머리를 기대고 소리를 터뜨려 울고 싶었다. 눈앞에 아물아물 모습이 나타난다.

앙상한 맨발.

그 발이 무엇인가를 자꾸 걷어차고 있다. 미라의 어깨다. 그녀의 까칠한 어깨는 차이면서도 비웃듯 이죽대고 있다. 발길은 자꾸 헛나간다. 어깨는 오히려 들이대듯 비죽거린다. 하얀 발바닥이 퍼뜩퍼뜩 뒤집히며 허공을 찬다. 어디선지 소리가 들린다. 어린애들 노랫가락 같은 자꾸 되풀이하는 후렴 같은 약오르으지이 약오르으지이 약오르으지이 약오르으지이. 가만히 귀를 기울이면 그렇게 들린다. 한 사람의 목소리 같기도 하고 그런가 하면, 여러 사람의 목소리 같기도 하다. 미라의 목소린가 하면 민의 목소리 비슷하고, 또는 아무의 목소리 같지도 않다. 약오르으지이 약오르으지이 장단에 맞추어 이죽대는 어깨, 헛차는 발길, 민은 누군가와 쾅 부딪쳤다. 그는 바쁜 사람이 하듯 두서너 번 꾸벅거려 보이고 더 빨리 걸어간다. 원 아가씨도 제가 불한당인 줄 아십니까. 뭐 그렇게 돌아서서 노려보실 것까지야. 자그만 갈 길을 가시오. 바이바이. 왜 자꾸 우스워진다. 그렇지 불행을 이런 식으로 웃어줘야지. 여기서 지면 안 된다. 가만있어. 까불 게 아니라 너도 이렇게 까불 줄 알아?

이제 마음이 좀 가라앉은 모양이구나.

저기 또 아가씨가 온다. 옳지 저분에게 길을 물어야지.

"실례합니다. 여기가 어딥니까?"

아니 저런. 거들떠보지도 않고 휙 지나가시다니. 원 난 이래봬도 애인이 있다구. 누가 뭐랬나. 사람 웃기지 마라. 가만있어. 가만있어. 이놈아 점점 네놈이 실없어지는구나. 재즈 악단의 트럼펫 부는 녀석처럼 신명이 나서 까부는구나. 좋다 좋아 모르면 대수냐. 여기는 서울이겠지 기껏해야. 그는 하늘을 쳐다보았다. 노리끼한 달이 빌딩 어깨에 걸렸다. 그럼. 그리고 지구에 있는 것은 틀림없고. 그렇다. 얼마나 좋은 밤인가. 산책을 위하여 이보다 더 좋은 밤은 없다. 치우친 산속이나 벌판에서 풀줄기를 훑으며 걷는다는 건 옛날 멋이다. 전차와 네온과 상점과 시끄러울 대로 시끄러운 도시의 한복판에서, 길을 잃은 사막의 나그네처럼 걸어간다는 게 새로운 멋이 되어야지. 이게 사막이지 따로 있어? 한국이 좁아서 큰 기운을 기르지 못하겠다는 게 무슨 소리야. 보라 이렇게 허허벌판이 끝없이 나가고 있지 않아? 저 신기루의 집들을 보라. 대도시의 생활에서 전차의 패를 똑똑히 보지 못했다는 이 간단한 실수로 순간에 연관聯關의 테두리 밖으로 밀려나올 때 이 도시가 사막과 어디가 다를 게 있느냐 말이외다. 사막. 참 좋은 말이구나. 자 나는 사막에 와 있다. 사막의 길을 걸어가자. 이 집들이 모두 신기루란 말이지. 이 사람들이 모두 걸어다니는 식물들이군. 자 사막의 순례다. 오라 저기 저 큼직한 선인장 곁으로 가보자. 선인장 속에 불이 켜졌구나. 담배. 껌. 초콜릿이 놓였구나. 그리고 사람 모양을 한 식물이 그 뒤에 앉아 있고. 그걸 하나 줘. 그 담배 비슷한 것 말이야. 아마 여기는 이 사막에 마련해놓은 선물 가게인 모양이군. 고 인형 참 잘 만들었다. 꼭 사람 같아. 게다가 말까지 하고. 거스름을 바꾸고 살짝 웃기까지 하네. 이런 인형을 만들기에는 얼마나 희한한 기술과 감이 들었을까. 웃음 웃는 것도 백 환짜리 손님과 이백 환짜리 손님과는 매듭을 짓도록 만들었을 테니 말이오. 사막이란 이렇게 풍부한 곳이던가. 사막의 풍경은 이렇게도 사람 사는 도시와 닮았구나. 지리학 교과서는 모두 거짓말이었군. 그 어여쁘고 상냥하던 국민학교 때 담임선생이 거짓말을 했다니, 아니 그녀도 사막에는 와보지 못하고 책에서 읽었을 뿐이겠지. 보지도 못한 걸 너무 알고 있다는 게 나쁜 거야. 자기 것도 아닌 그 보배들이, 알고 보면 보배가 아니고 한 번만 실수하면 와르르 무너지는 모래 위에 지은 집. 사막에는 집을 짓느니 낙타의 두 개의 혹 사이 움푹 팬 홈이 더 믿음직하다. 내가 몸담을 낙타의 혹은 어디 있는가.

인제 그만.

민은 저 혼자 정색을 하며 머리를 뚝 떨어뜨렸다. 그는 걸음을 훨씬 늦추고 천천히 걸어갔다.

이윽고 눈 익은 로터리가 나타났다.

붉은 신호등. 잠시 후 푸른빛. 둥글고 불룩한 모양이 꼭 낙타의 혹. 그 혹이 '가라' 한다. 그는 크게 발을 떼어놓았다……

어느새 The Psychic Society의 앞문을 열었다. 코밑수염. 민은 두 손바닥을 겹쳐 머리에 대는 시늉을 했다. 지쳤다. 쓰러져 자고 싶다. 주검 옆에서라도.

"네 네 그럼 저리로……"

코밑수염도 군말 없이 알아차리고, 그 알약을 준 다음 시술로 들어갔다. 5분도 지나지 않아 민은 벌써 꿈속에 있었다. 코밑수염은 일어서서 민의 머리 쪽 벽에 달린 단추를 눌렀다.

그러자,

"침상 머리맡에 놓인 키 높이 황금 촛대에서 흐르는 불빛이, 흑단 침대에 부딪혀서는 창을 가린 뱅골 모시의 우아한 무늬 속으로 안개마냥 스며든다. 나는 내 팔을 베고 누운 궁녀 아라녀를 물끄러미 내려다보았다."

전번에 민이 말한 이야기가 녹음기를 통하여 흘러나왔다. 민은 조용히 듣고 있다. 몸은 조금도 움직이지 않는다.

녹음이 다했다.

코밑수염이 입을 연다.

"왕자 다문고."

"네."

"전번엔 여기까지 말씀해주셨지요? 자 그 다음을 말씀해주십시오."

"네 알았습니다."

코밑수염은 조심스럽게 일어나서 옆방으로 들어왔다. 전번과 똑같이, 세 사람이 확성기를 둘러앉아 담배를 피우고 있었다. 코밑수염은 대머리의 귀에 대고 무엇인가 속삭였다. 대머리는 고개를 끄덕끄덕하였다. 민의 독백이 이윽고 시작되었다.

어느 날 밤, 자리를 같이한 아라녀로부터 나는 어떤 마술사의 이야기를 들었다. 그녀는 자기가 병들었을 때 그 마술사의 기도로 나은 적이 있다는 것이며, 떠도는 소문으로는 죽은 사람을 살리기까지 했다는 것이다. 그러면서 나더러도 한번 치료를 받으면 그 무엇인지 자기는 알 수 없으나, 왕자의 병도 나을 것이라고 덧붙였다. 그때는 무심히 지나쳤으나 문득 어떤 생각이 들어서 부다가라는 이름의 그 마술사를 불러들여, 내 방에서 단둘이 만났다. 나는 내 소원을 그에게 말해주고 어떤 비법이 있느냐고 물어보았다. 내가 그를 만나보았을 무렵에는 나는 벌써 예전의 내가 아니었던 모양이다. 사람이란 몹시 진지해야 할 순간에 느닷없이 우스운 일이 생각나서 픽 웃음을 흘린다든가, 하는 일이 있지만, 그런 때는 흔히 그 사람이 몹시 허해빠진 경우가 많다. 마술이 큰 힘을 가진 것을 모르는 바는 아니었으나, 이전 의 나였다면, 마음의 밀실에서 아무도 모르는 은밀한 조작과 실험을 통해서만 가능한 그런 주체적인 문제를, 이런 방향으로 풀어볼 생각은 감히 안 했을 것이다. 나는 내 일을 성급하게 말해 주고는,

"들으니, 그대는 누리의 움직임에 통하였다 하는데, 무슨 좋은 비법이 있느냐. 만일 없다면 너는 거짓을 퍼뜨리고 다니는 놈. 응분의 벌을 짐작하라."

나의 눈에는 핏발이 서 있었으리라. 마술사는 흘깃 눈을 들었다가, 다시 눈을 아래로 깔았다.

"아뢰옵기 두렵사오나, 왕자께서 바라시는 것은, 가장 높은 것과 가장 낮은 것이 합하여 하나가 된, 바라문의 얼굴을 가지고자, 지금 쓰고 계신 탈을 벗으실 길은 없는가 하는 물음이시옵니까?"

"그렇다. 바로 그것이다."

마술사는 다시 말을 끊고 한참 침묵하였다.

"왜 대답이 없는가?"

재촉하는 나의 목소리에 비웃음에 가까운 울림이 있었다.

"네 있사옵니다."

나는 그의 입을 지켜볼 뿐이다. 눈으로는 여전히 비웃으면서.

"있사옵니다. 그러나 왕자께서 여태껏 하신 방법과는 전혀 다른 방법이옵니다."

이 말에는 나도 움직였다.

"내 방법과 다르다?"

"그렇습니다. 왕자께서는 전혀 상극이 되는 두 가지를 안에서 맺으심으로써 탈을 벗으시고자 하였으나, 저의 방법은 그 두 가지를 밖에서 묶는 것이옵니다."

"무슨 뜻인가……?"

"지금 왕자께서는 가장 높으신 것은 가졌으되 가장 낮은 것을 갖지 못하였습니다."

"오 그렇다. 그 가장 낮은 것이 문제다."

"그것은, 배움을 가진 사람에게는 마침내 가질 수 없는 물건입니다. 그것은 다만 일생을 배움을 모르고 지낸 자, 혹은 전혀 배움과는 떨어진 자리에 있는 여인에게만 있는 것입니다."

"옳다…… 말하라."

"그러므로, 다문고 왕자께옵서 갖지 못한 그 한 가지를 왕자의 얼굴에 보태시면, 소원이 이루어질 것이 아닙니까. 얼굴을 벗는 것과 전혀 거꾸로 가는 길입니다."

"그 길을 묻고 있는 것이어늘!"

"네 그것은……"

"무엇인가 빨리 말하라!"

"네 그것은, 그러한 가장 낮은 것을 지닌 사람의 얼굴 가죽을 벗겨서, 왕자의 얼굴에 붙이는 것입니다."

나는 뚫어질 듯이 마술사를 노려보다가, 어느덧 눈길은 곳 아닌 한 곳을 헤매고 있었다.

"그럴 수 있는가?"

"있사옵니다. 이는 오랜 비법이오며, 그 옛날 마하나니 왕이 그 죽은 왕비의 얼굴을 자기 시녀의 얼굴에 씌워서 오래 기쁨을 누린 것은, 알려진 이야기옵니다. 다만 한 가지, 왕자께서 가지신 높은 것과 벗긴 얼굴의 주인이 가진 낮은 것이 서로 빈틈없이 그 높음과 낮음의 도가 똑같은 경우에만 비법이 힘을 쓰게 돼, 벗겨진 얼굴이 왕자의 얼굴에 붙게 되는 것입니다."

이때 나는 자기가 찾던 것이 분명히 손아귀에 잡혀지는 것을 느꼈다.

높은 코, 둥그런 눈썹, 꽃 잎사귀처럼 도톰하고 바른 입술, 부드러운 턱의 선을 가진 그 낯가죽은, 손에 받친 초의 힘으로 성성하게 살아 있는 듯하였다. 쟁반에 담긴 이 벗겨진 사람의 탈을 나는 숨을 죽이고 들여다보았다. 마술사 부다가는 덤덤하였다. 그의 마음속은 알 수 없다. 이 처음 실험에 바쳐진 낯가죽을 벗겨낸 솜씨는 놀라웠다. 얼굴 살갗의 어느 한 부분도 다친 데가 없었다. 향료와 방부제로 처리한 이 낯가죽은, 그 살갗의 본래 빛깔을 간직한 채 오랫동안 저장할 수 있는 것이라고 그는 말하였다. 눈은 감았으나 그 뒤로 둥그스럼하게 받친 초의 부피로 갈데없이 잠든 얼굴의 봉긋한 눈 모습이었다.

"자 시작합시다."

그 소리에 나는 소스라치며, 부다가를 쳐다보았다. 내 눈은 두려운 무엇 앞에 떠는 노예의 빛이 있었으리라.

"어떻게……?"

"이 가죽을 얼굴에 쓰시고 침상에 누워 계시면, 다음은 제가 하라는 대로만 하십시오."

"오호, 이것을 얼굴에 써야만 하는가?"

부다가는 말없이 머리를 조아렸다. 그는 방 한쪽에 놓인 침상으로 다가가서 자리를 고치고, 몸을 돌이켜 나를 재촉하는 눈짓을 보냈다. 나는 그대로 한참이나 박힌 듯이 앉았다가, 벌떡 일어나서 침상으로 달려가자, 넘어지듯 몸을 뉘었다. 부다가는 여전히 표정이 없는 얼굴인 채, 쟁반의 얼굴을 틀에서 벗기면서 나에게 작은 알약을 주었다. 나는 말없이 그것을 받아먹었다. 그런 다음에 부다가는 벗겨든 가죽을 나의 얼굴에 덮어씌웠다. 이를 악문 나의 얼굴이 푹 가려지고, 살아 있는 듯한 데스마스크의 인물이 되었다. 한참 후에 나는 흐릿한 의식 속에, 중얼거리듯 뇌는 부다가의 말을 듣고 있었다.

'왕자 모든 것을 버리시오. 그대가 태어나기 이전의, 저 어슴푸레한 해 질 녘의 그들을 생각하십시오. 생각이 없었으므로 그대가 신과 하나였던 그때를 떠올리십시오. 독 묻은 화살처럼 마음에 꽂혀오는 생각을 버리고, 히말라야를 타고 감도는 흰 구름가에, 깊이 잠드십시오. 그곳이 그대의 고향입니다. 처음에 그대는 그 나라의 이름 없는 물방울이었습니다. 무엇을 탐내어 그대는 가도 가도 끝이 없는 생각의 수풀 속을 헤매어 들어왔습니까. 아 아름다운 나라. 생각이 없는 투명한 큰 냇물. 번뇌의 조약돌들이 연기처럼 풀려서 없어지는 강 밑바닥에, 죽은 듯이 몸을

478

뉘십시오.'

나는 점점 가물거려오는 의식 속에서, 기쁨에 찬 가슴으로 이 넋두리를 듣고 있었다. 부다가의 소리는 이어진다.

'죽으십시오. 당신은 머나먼 찾음의 길에서 문득 아스라이 죽어가고 싶던 북받침을 기억하지 못합니까. 그것입니다. 비 오듯 하는 하늘의 보석들도 억겁의 세월을 앉아서 죽는 날을 기다리는 넋들입니다. 왜 히말라야의 눈빛과 인도양의 물빛이 그토록 그리웠겠습니까. 그들은 죽어가는 넋의 눈빛이기 때문입니다. 죽으십시오. 고요히 아름다이 죽으십시오⋯⋯'

나는 죽음의 벼랑에서 기쁨과 아쉬움에 떨면서 서성거리는 나를 깨닫는다.

'무엇을 망설이십니까. 당신께 아쉬운 무엇이 이 세상에 있단 말입니까. 당신은 모든 배움을 구했습니다. 그래도 당신은 기쁘지 못했습니다. 당신은 여인을 품었습니다. 그래도 당신은 기쁘지 못하였습니다. 깊이 얼굴에 새겨진 업의 탈을 벗고 이 맑은 얼굴 속에 마음을 파묻으십시오. 이 얼굴의 임자는 생각을 모르고 살아온, 히말라야의 나무꾼입니다. 당신이 아트만을 찾으려 먼 길을 두루 헤맬 때, 이 사람은 아트만에게 가장 가까운 자리에서 머문 채 한 발도 움직이지 않으며 죽음의 날을 기다린, 이 인간의 슬기를 안아들이십시오. 이 가장 낮은 것과 순순히 결혼하십시오. 당신의 몸을 돌려, 등 뒤에 기다리는 당신의 반쪽을 맞이하십시오.'

나는 히말라야의 깊은 오막살이 속에서, 때를 모르는 나무꾼의 삶을 좇고 있었다. 아득히 불어가는 눈바람 소리. 유리처럼 푸른 하늘. 천천히 타오르는 노변의 붉은빛.

　이러한 첫번째 실험에 이어 두번째 세번째…… 오늘까지 벌써 몇 차례가 되는지 모른다. 왜냐하면 첫번을 비롯하여 모든 실험이 실패로 돌아갔기 때문이다. 내가 의식을 되찾고 얼굴에 씌어진 탈을 손으로 당겼을 때 그것들은 힘없이 떨어져나왔기 때문이다. 죽음으로써 호령하는 나에게 마술사 부다가는, 차갑게 대답하는 것이었다. 제가 무어라고 처음에 여쭈었습니까. 왕자의 가장 높은 것과 그 낯가죽 임자들의 가장 낮은 것이 한 치 어긋남도 없이 들어맞는 때에만 엉겨 붙는다고 말씀드리지 않았습니까.
　나는, 그의 말을 믿는 나를 가끔 돌이켜보았다. 그러나 그를 죽이지는 않았다. 무서운 굿을 몇 번이나 거듭하는 가운데, 못된 기쁨이 그 속에 있는 것을 알았으며, 그것이 나를 사로잡고 놓지 않을뿐더러, 마법사 부다가의 조형적 논리 속에는 지금의 나로선 끝까지 매달리고 싶은 쉬운 힘과 설득성이 있었다. 나의 방법은 무형적인 것이었다. 부다가의 방법은 뚜렷한 목표가 있었다. 사막의 신기루처럼 자꾸 달아나면서도, 여전히 뚜렷한 목표임에는 틀림없었다.
　어느 날, 시종 한 사람만 데리고 사람이 끓는 장터거리를 걷고 있었다. 즐비한 천막 가게에는 여러 가지 물건이 쌓여 있었다. 댓 집 이은 포목전을 지나쳐 다음으로 옮아갈 때였다. 나를 향하여 애원하는 소리에 발을 멈추었다. 항아리들만 길이 넘게 쌓아올린 도가니집 처마 밑에, 눈먼 거지 계집애가 앉아서 구걸하고 있다. 그녀의 얼굴을 들여다본 나는 적이 놀랐다. 자기가 찾아내고 있는 그 얼굴들에 족히 견줄 만큼 아름다운 얼굴이었기 때문이다. 옷이랄 수 없는 그 남루한 누더기에는 파리들이 쉴 새 없이 날아와 앉았다가는, 가끔 적선을 베푸는 사람이 가까이 오면 왕 소리를 내며 한꺼번에 날아갔다가, 또다시 달라붙는다. 내가 문득 정신을 차리고 둘러보았을 때 가까운 가게에서 호기심에 찬 눈들이 나에게 모아지고 있는 것을 알았다. 나는 자기가 너무 오래 서 있었던 것을 깨달으며, 조금 당황해지면서 얼른 지나치려다가 다시 발을 멈추었다.

"지나가시는 나으리 마나님들, 적선합쇼. 자비하신 나으리 마나님들 적선하고 극락에 갑쇼."

나는 그녀의 얼굴을 뚫어지게 뜯어보았다. 탐나는 얼굴이었다. 부다가에게 한마디만 일러주면 내일은 저것을 써볼 수 있으리라. 그때 무엇에 놀랐는지 파리 떼가 또다시 왕 소리와 더불어 한꺼번에 날아왔다. 그녀의 일으켜 세운 무르팍에는, 넓적하니 곪긴 종기에서 누르끄레한 고름이 굵은 줄을 지어 한 치쯤 쭉 흘러내려 번들거리고 있었다. 참혹하고 혐오스런 생각에 싸이면서 나는 얼결에 자신의 팔에서 황금 팔찌를 끌러 그녀 앞으로 던져주었다. 둘레에서 웅성임이 일어났다. 저런, 하는 소리가 들린다. 걸인 소녀의 무릎 앞에 떨어진 팔찌는 금테두리 겉쪽에, 군데군데 금강석을 박은 것이었으므로, 그런 값비싼 보물이 걸인에게 던져졌으니 사람들이 놀랄 만도 한 일이었다. 나는 사람들이 웅성대는 틈을 타서 도망치듯 그 자리를 피하였다. 이 일이 얼마 가지 않아서 서울은 말할 것 없고 온 나라 안에 좍 퍼졌다.

이 사건은 나의 둘레에 오해의 벽을 쌓고, 나의 얼굴에는 거짓의 탈을 덧씌웠다. 옆 사람들이 성자 대하듯 하기 시작했고, 나 자신은 적어도 그런 눈들에 어울리도록 몸을 가져야 했기 때문이다.

장마철이 시작되면서 나는 몸이 불편하여 자리에 눕는 일이 많았다. 아플 때에는, 약도 약이려니와 무엇보다 마음을 평안히 가지는 것과 잠을 잘 자야 하는 것이지만, 그중 어느 하나도 내게는 주어지지 않았다. 어렴풋이 잠들었는가 하면 무서운 꿈을 꾸고 후딱 잠을 깨곤 하였다.

꿈의 내용은 거의 몸뚱이 없는 얼굴에 대한 것이었다. 그런 얼굴들이 보통 악몽에서처럼 달려든다든지 하는 것이 아니고, 벽이며 마루며 천장이며 온통 사람의 얼굴로 꽉 차서 말없이 나를 쳐다보는 것이다. 한번 부다가의 말을 받아들여 인간의 낯가죽을 얼굴에 쓴다는 방법을 택한 후, 나는 사실상 그 이전처럼 책을 읽고 궁리하는 제대로 된 학자의 나날을 거의 버리고 있었다. 나의 속에서는 언제부터인가, 책과 연구를 통한 자아의 완성이라는 것은 불가능한 일이라는 마음이 싹트고 있었다. 하루의 모두를 갈피 없는 망상 속에 보냈다. 과제적인 연구의 엄격성을 떠난 마음은, 엄한 지아비의 슬하를 벗어난 방탕한 천성의 여인 모양, 게으르고 멋대로 놀아나는 것이었다. 나에게 지금 남은 것은 감각뿐이었다.

얼굴에 무엇인가 덧씌워져 있는 듯한 이물감이라는 형태로 나의 구도 의식은 감각화되고 있었다.

이 근질근질한 닿음새. 끈적거리고 꺼림한 얼굴의 이물감 때문에, 나는 지랄처럼 손을 들어 이마에 열 개의 손톱을 박아 얼굴을 벗겨내는 시늉을 한 탓으로, 이마에 가끔 찍힌 자국이 생겼지만, 이 일은 아라녀도 알지 못하였다. 어머니인 왕후가 찾아오는 일이 있었으나, 그런 때 나는 오히려 달래 보내는 게 일쑤였다. 둘레 사람들에게 될 수 있는 데까지 평정을 꾸미는 노력을 저도 모르게 해내고 있는 것이었다. 겉으로 보기에 우울한 기질의 사람일 뿐, 나는 아주 조용하고 다정하기까지 한 사람이었다. 어느 날, 시녀의 한 사람이 내가 늘 사랑하던 수정 항아리를 잘못하여 깨뜨린 일이 있었다. 나는 물끄러미 깨어진 그릇을 내려다보고 서 있었다. 그녀는, 너무나 커다란 실수에 넋을 잃고 그 자리에 엎드린 채 죽은 듯이 벌을 기다리고 있었다. 아무리 기다려도 그녀에게 곧장 떨어져야 할 꾸지람도, 매도, 내리지 않았다. 그녀가 간신히 머리를 들었을 때, 나는 이미 그곳에 없었던 것이다. 이 말도 곧 퍼졌다. 찾아온 모후가 이 말을 끄집어내자 나는 눈썹을 찌푸렸다. 그때 나는 터지려는 노여움을 간신히 참았던 것이다. 그 자리에 그대로 서 있으면 무슨 일을 저지를지 모르겠기에, 자리를 떴던 것이 사실의 모두였다. 모든 사람이 나를 완성의 군자로 잘못 아는 것이 나를 더욱 괴롭혔다. 어머니조차 그것을 모를 때, 그런 그녀에게서 위안이나 응석 바라지를 찾을 마음이 나지 않았다. 앎이 월등하게 낮은 한 여인에게, 다만 생물적인 근원에 의지하여 쉴 데를 찾는다는 것은, 나 같은 따위 사람에게는 처음부터 못 하는 일이었다. 이 많은 궁중의 사람이 있으나 나는 늘 혼자였다.

지금 나에게 가장 가까운 사람이라면, 그는 마술사 부다가였다. 부다가는 마치 노예처럼 나의 뜻을 좇을 뿐 말이 없었다. 나의 어두운 집념의 과제를 잔인한 냉정함을 가지고, 묵묵히 도울 뿐, 나를 건드려 살생의 가책에 마음을 쓰게 될 섣부른 흉내를 내지 않았다. 지금 필요한 사람은 부다가 같은 사람이었다. 사람의 껍질을 자기 얼굴에 붙이겠다는 생각은, 지금 나에게는 단 하나의 삶의 과제였다. 언제 끝날지 모르나, 아무튼 이 일을 빼앗는다면, 그 순간 나의 존재는 텅 빈 물질의 껍데기가 되고 말 것을 알고 있었다. 처음의 출발과 동기 같은 것이 지금은 훨씬 멀리 사라져가고, 다만 브라마의 얼굴을 가지고 싶다는 그 한 가지 소원뿐이었다. 브라마의 얼굴은 다만 완성된 자아의 표정으로서만 뜻이 있을 것인데도 지금의 나는, 이 분열된 나의 얼굴에 어느 빛나는 남의 얼굴을 덧붙인다는 일 그 자체에 더욱 매달리고 있었다. 거꾸로 선 그런 마음 속에서 가끔, 퍼뜩 얼이 돌아올 때가 없는 것은 아니었으나, 나는 두려운 듯 그런 귀찮은 생각에서 도망쳐나왔다. 많은 세월과, 신경을 발기발기 찢어세우는 생각의 골짜기를 거쳐서 내가 마지막으로 이른 쉽고 조형적인 방법 —— 그것이 곧 사람의 낯가죽을 쓴다는 방법이었다.

그 방법을 다시금 방법론적 회의의 도마에 올리기를 나는 두려워했다. 어렴풋이 벼랑을 앞에 느끼면서도, 눈을 감고 그쪽으로 달음질을 멈추지 않는 저 망하고자 마음먹은 사람의 무서운 게으름과도 같았다.

나는 가끔 부다가의 집으로 나갔다. 부다가는 그의 방 안에 초틀에 담긴 얼굴들을, 네 벽에 돌아가면서 시렁을 만들고 그 위에 얹어놓았다.

얼굴의 방.

처음 이 방에 발을 들여놓았을 때, 나는 쭈뼛한 귀기가 덮침을 느꼈다. 소박하고 투명한 얼굴들이 눈을 감고 있는 이 방은, 마치 세계가 이곳에서 숨을 거둔 마지막 자리 같았다. 그럼에도 불구하고 나는 거기서 발길을 돌이키지는 않았다. 사람이 느끼는 뉘우침의 불길보다도, 내 속에 도사린 집념에 어린 뱀의 눈알이 더 차가웠던 때문이다. 오히려 대결하듯이 죽은 얼굴들을 바라보라고 가리키는 손가락이 있어, 나의 눈길은 뚫어지듯 얼굴들로 쏠리고 있었다.

이렇게 보면 그 많은 얼굴은, 어느 하나 같은 것이라곤 없었다. 작은 다름. 또는 비슷한 것 같으면서 전혀 다른 바탕. 살갗의 색깔. 이마의 넓이. 코의 높이. 입술의 부피. 턱의 퍼진 정도. 얼굴의 앞쪽과 옆대기의 비례. 코와 입술 사이의 홈의 깊이. 그런 다름으로 말미암아 그들 얼굴은, 쉽게 갈라놓을 수 있는, 다른 얼굴과 얼굴이었다.

단순함에도 이렇게 많은 층계가 있는가.

그 얼굴들은 단순함이 가지는 계급을 뚜렷이 보여주고 있었다.

부다가가 말한 것은 바로 이게 아닌가. 이 층계의 어느 하나에도 다양성이 들어맞지 않는단 말이지. 그렇다면…… 나는 몸을 떨었다. 지금 이 방과 같은 얼굴의 방이 자꾸 불어가고 그 방마다, 채곡히 얹힌 얼굴 얼굴 얼굴……의 환상이 나를 떨게 하였다.

그 떨림 속에는 '그래서는 안 된다' 하는 뉘우침 대신 '그렇더라도 그렇더라도' 하는 저 차가운 눈이 있었으므로, 그 생각이 더욱 나를 떨게 하였다. 나는 두 손을 모아잡고 바로 눈앞의 얼굴을 다시 보았다. 그것은 여자의 얼굴이었다. 몇 번째부턴지 부다가가 가져오는 얼굴 속에는 여자의 얼굴이 섞여 있었던 것이다. 내가 마주 보고 있는 얼굴은, 많은 얼굴 가운데서도 가장 끌린 얼굴이었다. 거의 완전에 가까운 좋은 얼굴이 그 얼굴이었다. 손을 들어 그 얼굴의 살갗을 만져보았다. 차가운 초의 닿음새와 조금도 다름이 없었다.

사람의 얼굴이란 참으로 신비한 것이다. 그들은 어찌하여 이런 얼굴을 가질 수 있었던가. 브라마와 가장 먼 자들이…… 나는 그 순간 이름 모를 미움의 솟구쳐옴을 느꼈다. 나의 마음을 늘 어둡게 하여오던 자기 행위에 대한 깊은 가책이 사라지고, 또다시 조용한 미친 불길이 가슴속에 타오르는 것을 보았다.

그렇다. 이것들은 그 아름다운 탈을 자랑할 아무 턱도 없다. 그들은 오직 무지한 탓으로 조용했을 뿐이다. 오직 무지한 탓으로. 가장 높은 것과 맺어져서 영원의 얼굴을 이루는 것은 그들에게 영광이어야 한다. 비록 성공하지 못하였을망정, 그 실험의 자리에 오를 수 있었던 것만으로도 그들에게는 영광이어야 한다.

이렇게 생각하면서 얼굴들을 돌아보았을 때, 지금까지 생생한 부피로 맞서오던 그 많은 얼굴들은, 흙과 아교로 빚어놓은 한갓 '물체'로밖에는 보이지 않았다.

나는 눈앞의 얼굴을 집어 들었다.

이제 아무 값도 목숨도 없어진 이 정밀한 자연의 가공물. 이것들이 몸통에 붙어 있던 때라 한들 정작 지금과 견주어 얼마나 더한 값이 있었단 말일까. 자기를 모르고, 아트만을 찾는 일도 없이 살아온 삶은 짐승과 무엇이 다를 바가 있는가. 나는 얼굴을 제자리에 놓고 방을 나오면서 부다가를 불렀다.

어느새 부다가가 곁에 와 서 있었다. 그는 언제나 그러하듯이 주인의 곁에 다가붙은 고즈넉한 개처럼, 될수록 자기의 속은 감추고, 내가 그의 있음에 조금도 마음을 쓰지 않아도 될 몸가짐을 알고 있었다. 부다가는 조심스럽게 이런 말을 했다.

"다문고 왕자. 신은 발원發願한 자에게는 반드시 응답이 있을 테지요?"

나는 그를 쳐다보았다. 왜 갑자기 이런 말을 할까 싶어서였다. 여태껏 나의 손발처럼 일해왔으나, 나는 이 늙은이에게는 공범자를 대하는 불쾌함밖에는 더 느끼지 못하는 터였다. 문득, 은근한 투로 자기의 마음의 아픈 곳을 건드려오는 것이 기이했던 것이다. 부다가의 굵은 주름이 잡힌 눈시울에 어쩐지 부드러운 기운이 어린 듯했다.

"나는 지금 그런 것을 생각할 겨를이 없다. 낸들 알 수 있느냐."

부다가는 그 말에 고개를 숙이고 잠깐 말이 없다. 나는 그를 거느리고 뜰로 내려섰다. 이 뜰은 시가의 끝에 있는 이 집 뒤뜰이었으나, 높은 담에 가려서 그 너머 있을 벌판은 보이지 않고, 군데군데 구름이 떠도는 하늘이 있을 뿐이었다.

나는 오래 그 자리에 서 있었다.

나의 눈은 구름을 좇고 있었다. 번쩍이는 빛에 싸여서 부드럽게 흘러가는 하늘의 흰 조각들은, 내 마음에 부드러운 그리움을 채웠다. 구름이 흐르듯 헤매고 싶은 마음이 솟아오르며, 그 구름의 아랑곳없는 움직임 속에 순례자의 마음의 비밀을 읽을 수 있을 성싶었다.

차분히 가라앉은 마음이 되어 무심히 부다가를 돌이켜 보았을 때, 나는, 지금까지의 기분을 대번에 깨뜨려버리는 광경을 보았다. 부다가는 아까부터 나를 지켜보고 있은 듯했다. 그 눈빛은 복종과 무관심으로 일관했던 늘 보던 그것이 아니고, 어떤 동정의 눈매였다. 나는 가라앉으려 하던 무엇이 딱 움직임을 멈추며 또다시 솟구쳐오르는 소리를 들었다. 한때나마 이 징그러운 늙은이에게 틈을 보인 것을 뉘우치면서 부다가를 노려보았다.

나의 갑작스런 변화에 따라 부다가의 얼굴에는 뚜렷한 실망의 빛이 보였다.

"얼굴을 벗겨 들여라. 또, 또, 몇백 장, 몇천 장이라도."

부다가는 대답 대신에 품속에서 그림 한 장을 꺼내어 말없이 펼쳐 보였다. 그 그림을 본 나는 외마디 소리를 질렀다. 나는 그림을 움켜쥐고 부르짖었다.

"이것이다. 이것이다. 이것을 벗기라. 이걸."

흥분이 가라앉았을 때 나는 물었다.

"이것은 누군가?"

부다가는 잠자코 나를 쳐다보더니 무겁게 입을 열었다.

"다비라국의 왕녀 '마가녀'이옵니다. 온 인도가 두려워하는 저 코끼리 떼를 거느리는 여인입니다. 그녀의 얼굴을 무슨 재주로 벗기겠습니까?"

내 손에서 그림이 떨어졌다.

나는 고개를 떨어뜨리고 눈을 감았다. 이윽고 다시 눈을 떴을 때, 흰 코끼리 위에서 빙긋 웃고 있는 다비라국의 왕녀 마가녀의 얼굴이 발끝에 있었다.

부다가는 나의 소매를 끌고 방 안으로 들어와 발을 내렸다.

3

팽팽하던 줄이 뚝 끊어지듯, 웅성임이 멎었다.

스타트였다.

흑, 백, 갈색의 싱싱한 물체들이 엷은 안개처럼 감도는 주로의 아지랑이 속으로 튕겨지듯 내달았다. 말과 기수는 빠름이 더해짐에 따라, 차츰 부피를 잃어간다. 가벼운, 잠자리가 가듯, 움직인다느니보다 둥실하게 떠 보인다.

민은 흘긋, 옆에 선 정임을 보다가 그녀의 손에 눈길이 갔다.

오른손 다섯 손가락은 쥐가 일었을 때처럼 한 가닥 한 가닥이 갈고리 구부러지듯 하고, 오른발꿈치가 약간 들리고 왼손은 주먹을 만들어 가슴에 붙인 온몸의 균형에 앞으로 굽힐싸한 그녀의 얼굴은 빛나고, 놀란 사슴을 닮아 코언저리가 시큰하였다.

민은 그녀가 눈치 채지 못하게 조금 뒤로 물러서면서 그녀의 온몸을 다시 한 번 훑어보았다.

싱싱한 사슴이다.

그는 옆을 둘러보았다. 뒤켠에 자리 잡은 그의 둘레는 빼곡히 사람이 들어찬 방 안처럼 답답하지는 않았으나 그보다 더 진하고 육중한 '열중'의 벽이 훈훈히 둘러싸고 있었다.

모든 눈은 주로를 보고 있었다.

모든 몸이 주로를 보고 있었다.

그 가운데서 정임의 몸이, 직업이 직업인지라 가장 티 없는 '열중'의 본을 이루고 있는 것뿐이었다.

모든 사람이 하나가 된 이 공감의 터에서 민은 자장磁場을 어기고 외톨로 뒹구는 쇳가루 같은 외몫으로 난 헛헛함에 발버둥 치는 것이었다.

이것이다…… 아마 이거야…… 왜 여기에 휩쓸리지 못하는가. 무엇 때문에 물러서는가. 피에로가 되는 순간의 겸연쩍음에 애당초 대처하기 위하여?…… 거부당했을 때의 절망이 두려워서 고백을 미루는…… 아서라…… 아서…… 정임이를 처음 보왔을 때 나를 때리던 느낌도 이것이었다. 저 갈고리 진 손의 힘, 시큼하게시리 긴장한 코언저리를 가진 저 얼굴이 나타냈던, 그 숨김없는 얼굴이었다. 그 첫눈의 느낌, 그 강렬한 첫 보기의 느낌을 왜 믿지 못하는가. 왜 그것을 계시로 받아들이는 데 망설이는가.

남모를 밀실의 기도 속에서 계시가 주어지던 고전의 시대는 지났다. 우리는 자기대로의 수법으로 어디서나 굴러다니는 계시를 놓치지 말아야 한다.

비 오는 날 어느 모퉁이 길에서 문득 발끝에 차이는 빈 깡통의 더러운 레테르 위에서, 늦은 전차에 탄 여인의 지친 살눈썹 속에서, 방향치方向痴가 되어 사막을 걷던 밤, 도시의 하늘에 빛나던 낙타의 푸른 혹에서, 여름풀이 우거진 먼 교외의 비탈에 선 햇빛에 익은 고압선의 부피 속에서, 도시의 창자를 흘러가는 구정물의 철떡이는 소리에서, 은회색 스탠드의 매표구에서 십오 환짜리 보통권을 내미는 손의 까칠한 살갗에서 우리는 무엇인가를 잡아야 한다.

그렇다면 젊은 다리를 감싼 발레리나의 토슈즈의 발끝에서 무엇인가를 읽는 데 망설일 무슨 까닭이 있는가? 정임이와의 그 첫 장면에서……

그때 그는 강 선생에게서, 그녀가 분장실에 있다는 말을 듣고, 손에 담배를 붙여 든 채 노크도 없이 문을 열었었다.

자기가 오늘부터 턱으로 부려먹을 애숭이에게, 들어가도 좋습니까 하는 따위 짓을 하는 일이 징글맞은 허례라는 상투쟁이 생각에서가 아니라, 저 혼자라고 마음껏 방심하고 있는 현장을 잡아 기를 죽여놓자는 심술이었다.

그녀의 귀국에 관심이 없었던 듯이 보였던 자기가 사실은 꽤 신경을 써왔고 마음 깊은 데서 어떤 촉박한 기대를 품어온 터이라는 사실을 그 순간 그는 절실히 느꼈었다.

두터운 방음 재료로 만든 문 때문에 소리가 나지 않았던 탓인지, 방 안의 인물은 그가 들어온 것을 몰랐다.

한 발은 뒤에서 앞으로 당기다 말고 뒤꿈치가 들린 채 그 자리에 머물렀고, 쳐든 턱 끝에 한 송이 꽃을 두 손으로 받쳐 들고 있다. 가운데가 휘어서 앞으로 나간 몸집 위에서 장난치다 어떻게 그런 몸짓이 된 어린애처럼 무심한 얼굴이, 꽃을 보고 있었다.

이런 발레리나를 민은 처음 보았다. 몸 크기의 잘된 인형을 보는 느낌이었다.

낮게 소리를 지르며 그녀는 이편을 보았다. 그녀는 꽃에서 한 손을 떼고 무릎을 꺾으며 발레리나의 인사를 하였다.

민은 그녀의 손을 잡아 일으켰다.

"철학자이시라구요?"

"네?"

그녀는 웃음을 참느라고 꽃을 깨물고, 민은 그 모양을 바보처럼 보고만 있었다.

쯧쯧, 이게 무슨 꼴이람…… 내가 시킬 탓으로 움직일 인형…… 그는 자기 방 시렁 위에 얹힌 인형들을 얼핏 떠올렸다.

그러나 얼마나 잘 만든 인형인가? 말도 하고 웃기도 하고……

어쩌면…… 그의 머릿속에서는 사연 있는 필름의 맨 마지막 어떤 장면이 예언처럼 흘러갔다. 그때 그는 자신을 저주하면서 그런 환상을 물리쳤다. 그녀의 모습에서 창작 의욕이 건드려진 것뿐이라고 생각하려 들었다.

그날 밤 집에 돌아오는 대로 시작하여 그의 오랜 계획이던 작품을 끝만 빼고 거의 마쳤다.

신데렐라 공주 이야기를 뜯어고쳤다. 서양의 콩쥐 팥쥐 이야기인 이 옛날 얘기에서 계모와 의붓자식인 신데렐라 사이의 갈등을 그 원래대로의 비중을 깎아버리고, 원 얘기에서는 외적 행복의 상징으로만 나오는 왕자를 앞으로 가져온다. 그는 얘기를 이렇게 바꾸었다.

어떤 성의 왕자가 마술사의 저주로 얼굴에 탈이 씌워져 벗겨지지 않는다. 마술사는 이 세상에서 제일 아름다운 여자가 왕자를 사랑하게 될 때까지는 그 탈이 벗어지지 않을 것을 예언한 것이다. 왕자는 고민 끝에 모든 나라의 공주들에게 초청장을 보내 색시를 고르기 위한 춤잔치를 연다. 제1막은 신데렐라의 집, 그녀의 이복형제가 계모의 도움을 받으며 춤잔치에 갈 채비에 바쁘다. 아름답고 건방진 여성의 본보기. 그녀는 신데렐라에게 짜증을 부리며 어머니를 들볶는다. 이 어머니가 다름 아닌 마술사다. 아름다운 자기 딸을 왕비로 삼기 위한 계획이었다. 화장을 마친 신데렐라의 이복형제가 왕자를 유혹하러 떠나는 직전의 설렘과 다가올 행복에 취한 마음을 나타내는 혼자춤. 신데렐라는 뒤쪽으로 물러가서 부러워하는 몸짓을 되풀이한다. 마술사는 딸의 둘레를 춤추어 돌면서 이기적인 어머니의 마음을 나타낸다. 이때까지는 마술사는 계모라는 유형적 악역을 통념 정도로 보여줄 뿐, 후에 가서 드러나는 마성魔性은 엿볼 수 없다. 딸에게 은근히 부모의 얼굴이 깎이지 않을 정도로 꾀를 불어넣어, 잘사는 집 아들을 우려내게 하는 현대 부르주아 집안의 어머니나 마찬가지 정도의 악성뿐. 이윽고 모녀 춤잔치로 떠남. 홀로 남은 부엌데기 신데렐라. 곧은 마음의 아름다움을 지닌 그녀의 솔직한 슬픔의 춤. 이런 때 슬프지 않은 체하는 탈의 연기를 모르는 곳에 바로, 이 무용극의 매듭을 푸는 열쇠를 준 작자의 뜻이 있다. 어느덧, 춤에 취한다. 그녀의 낯빛이 밝아가고 우아한 턴과 경쾌한 도약이 미어진 기쁨의 솔로로 바뀜. 불행 속에 구질구질 얽히지 않고 그것을 뚫고 밝음으로까지 자기를 높이는 그녀의 성격을 나타내는 보기. 밝게 웃는 신데렐라의 얼굴에 스포트라이트를 주어 관중에게 다시 한 번 그녀를 기억시킨 다음 무대 암전. 제2막, 왕자의 춤잔치. 좌우로 벌려 선 여성 무용수들, 가운데 탈을 쓴 왕자. 탈을 벗으려는 고민과 간절한 사랑을 찾는 왕자의 춤. 메르헨적인 당돌성과 무설명 속에 인간의 운명이 외적인 조건 때문에 휘둘리는 분위기와, 그에 대한 왕자 편의 안타까움과 반항의 심리 과정이 우러나오도록. 배경으로 물러나 늘어선 여성 무용수들 한 사람씩 나와 왕자의 탈 벗기를 돕는 듀엣. 실패의 연속. 마지막으로 나오는 신데렐라의 이복형제 두 사람만 남기고 모두 나간 가운데, 온 장면 중 가장 눈부시고 육감적인 듀엣. 춤을 마친 마술사의 딸. 자신에 넘친 손으로 왕자의 탈을 벗기려 다가옴. 바람에 찬 왕자. 꿇어앉아 그녀를 맞는다. 실패. 탈은 꿈쩍도 않는다. 절망하여 무대에 쓰러지는 왕자. 불빛 푸름으로 바뀌며 마녀 등장. 풀어헤친 머리. 1막에선 보이지 않던 비죽이 드러난 뾰족한 덧니. 푸른 불빛 속에 '원 이럴 수도 있담⋯⋯!?'을 감추지도 못하고 드러낸, 망연자실한 악마의 애교 있는 모습. 그녀의 예언은 그녀 자신의 뜻을 벗어난 다른 현실성을 숨기고 있었던 것이다. 다음 순간 악마 모녀의, 저희들의 실패에 대한 노여움과 저주에 찬 미친 듯한 춤. 비바람 치는 음악. 모녀 춤에 지쳐 무대에 쓰러진다. 무대에는 왕자와 모녀와 음악. 희망과 가능성을 예고하는 달콤하고 고요한. 그 소리에 살며시 일어나는 왕자. 기쁨과 기대와 떨림에 넘친 몸짓. 위기적인 전환을 가능케 하는 어떤 일의 다가섬을 예상시키는 무드로 무대와 음악이 바뀜. 눈부신 품위를 지니며 신데렐라 나옴⋯⋯

터지는 외침과 더불어 정임은 민의 팔에 매달리면서 뛰어올랐다.

"보세요. 5번이 이겼어요."

깃대처럼 흔들어대는 그녀의 팔 끝 펴진 주먹 속에서 No. 5 경마권이 그녀의 이마처럼 젖어 있다.

경마장에서 점심을 마치고 비원에 들어와서도 얼마나 자기가 말에 대해서는 익숙한 감식가인가를 늘어놓기에 정임은 세월이 없었다.

"제가 무어랬어요. 그 갈색 말이 꼭 이긴다고 하지 않았어요? 흰말이 보기에는 그럴듯해도 뒷다리가 엉거주춤한 거랑 그 자세가 틀렸거든요. 인제 제 실력을 알 만하죠."

그녀는 정말 즐거운 모양이었다. 어린애처럼 다짐 받으려 들었다.

여인이여 무슨 실력 말인가? 그대의 No. 5 서러브레드가 우승하고 나의 백마가 진다는 사실을 예언한 그 위대한 영혼의 투시력 말인가……?

"스타트 라인에 선 모양만 봐도 안답니다. 우물쭈물하는 빛이 있는 건 안 돼."

옳다. 행동과 심리 사이에 틈이 있을 때 그는 지는 거야. 빈틈 없는 열중만이 삶의 보람을 느끼는 길이지. 출발선에서 망설인 자는 벌써 진 것이다. 말이든 사람이든.

"근데 저만 공연히 흥분하네…… 선생님은 경마엔 흥미가 없으신가 봐."

민은 문득 미라를 생각했다. 그녀라면 이 뜰에서 무슨 말을 느낄 것인가. 그러고 보면 민이 그녀를 경마에 이끌었거나 비원에 데리고 온 기억은 없었다. 늘 새 아틀리에를 가졌으면 좋겠다는, 그 채광이 나쁜 아틀리에에서 지루한 신경전을 강요한 것밖에 또 무엇이 있었던가? 그 까칠한 목을 죄고, 밤을 새면서 그려놓은 출품 작품을 칼로 찢어버리는 것이 사랑이었을까. 역설로 나타난 사랑? 잔소리 마라. 왜 순순히는 사랑을 나타내지 못해. 네가 인형을 사랑할 때 인형의 팔을 분질러야 사랑의 표시가 되나. 다치기 쉬운 것을 함부로 다루는 건 멋도 아니고 사랑의 역설도 아니야. 그러나…… 무엇을 또 꾸미려 드느냐. 왜 그렇게 자주 '그러나'를 가져오느냐. 선뜻 피리어드를 찍는 그런 선선한 사나이가 왜 못 돼. 그것은 옳다. 그러나…… 잠깐만…… 그러나, 그녀는, 미라는 과연 '다치기 쉬운 것'으로 자기를 받아주기를 바라는 것일까. 자기가 인형처럼 다루어지기를 바라겠는가. '물건'으로 다루어지기를 바랄는지. 아니다. 경마를 권유한다면 그녀는, 가엾은 듯한 웃음을 지은 얼굴로 묵묵히 팔레트에 붓을 이기며 고개를 흔들 테지. 비원에 가자면 케이스에 가득히 스케치북을 메고 와서 나를 절망시키겠지.

정임은 화제야 어떻든 자기 세계를 고집하지 않고 나와의 대화를 늘 바란다. 어쩌면 나는 대화를 할 줄 모르는 놈인가. 늘 독백만 하고 귀를 기울여 고즈넉이 들으며 다정히 응답하는 대화의 예절을 모르는 나.

"아니야 난 정임이하고 이야기하는 게 좋아."

정말이다. 적어도 반은 정말이다. '반은'이란 말에 고까워 말라. 내 딴엔 찬사야.

"제 이야기가요, 정말?"

그녀는 활짝 웃는다.

"정말이야. 내 침묵을 달리 생각지 말아줘."

이번도 정말이다. 나는 어쩌면 너한테서 빛을 찾고 있는지도 몰라. 내가 쓴 저 작품의 끝이 너에게서 나올지도 몰라. 어쨌든 그건 너에게 관계없는 일. 자꾸 말하여다오. 제길 왕들의 옛 자리에서 서러브레드 품평회란 얼마나 좋아. 오직 그 풍류를 네가 알기까지 한다면 오죽 좋으랴만.

"그렇지만 철학자하고 말 이야기만 지껄이다가 문득 생각하니......"

무슨 소리를. 그것이 네 매력인 줄 모르느냐. 철학자는 무슨 빌어먹을 철학자. 약한 마음이 앓는 신경 쇠약에다 이러쿵저러쿵하는 탈을 뒤집어씌운 거지. 제 손으로 쓴 그 탈이 손오공의 머리 테처럼 빠지지 않아서 이 꼴이지. 게다가 그 진짜 철학이란 것도 사실은 아무것도 아니란다, 아가야.

"정임이, 나면서부터 선인은 애쓴 끝의 성자보다 복된 거야. 힘쓰지 않고 착하다면 군소리가 무슨 소용이야?"

이것은 정말 정말이다. 너는 이 말이 얼마나 정말 정말인지 모를 거야. 모르는 게 너의 매력이고 모르는 게 단 한 가지 흠이지만.

"사실은 저를 깔보시는 거 아니야요?"

쳇. 언제 그런 말을 배웠소. 그런 말을 배우면 못써요. 그런 투를 배우기 시작하면 너는 마력을 잃은 불쌍한 마녀처럼 동리 사람들에게 학살당하는 거야. 자의식이라는 동리 사람에게 때려잡히는 거야.

"정임이, 내가 지금 지도하는 레퍼토리는 다만 정임이 하나를 보고 하는 거야. 아직 끝맺지 못한 채 연습을 시작한 건 가을 공연에 늦지 않기 위해서고, 정임이 이미지에 매혹돼서 이 작품을 쓴 건 잘 알잖아? 정임이 우리가 일생 이렇게 같이 일한다면 행복할 것 같아?"

네 눈이 빛나누나. 그렇다. 나는 정임이를 적어도 공연 날 밤까지는 사랑할 필요가 있다. 그녀의 이미지를 허물지 않기 위하여. 미라에게 죄 될 것은 조금도 없다. 정임이 같은 애숭이를 미라와 바꿀까 보냐. 내 여자는 미라다. 미라를 잘 길들이는 길만이 뜻이 있다. 문제를 가지지 않은 여자를 사랑하는 것은 해결이 아니고 회피다.

그녀를 안심시켜야 한다. 민은 비로소 정임이를 대할 때마다 치미는 심술의 까닭을 안다. 그와 정임 사이에는 저 여윈 어깨, 미라의 어깨가 가로막고 있다. 정임에게 향하는 호의가 그 어깨에 걸려서 자꾸 비뚜로 달아난 것이었다. 미라 아무것도 아니야. 나는 배반하지 않아. 나는 미라를 통해서만 행복하고 싶어. 정임이는 나의 예술을 위해 필요한 수단이고……

그들은 왕과 왕비의 침실 앞까지 와 있었다. 이 살림살이는 한말에 일본서 주문한 것이리라. 금박이 입혀진, 왕조풍의 것들이다. 천장이 나지막한 기와집 방 안에 놓인 그 양식 살림들은, 왕자의 으리으리한 살림 자리라기보다는 동화극 속의 조촐한 풍경 같았다.

민은 농담을 하는 것이었다.

"저기 가 한번 앉아볼까 부다……"

민은 다리가 맵시 있게 구부러진 의자를 가리키며 둘레를 둘러보았다. 안내인은 보이지 않는다. 신성한 것을 버려주는 기쁨이 있을 것만 같았다.

그 말이 채 끝나기 전에, 정임은 막아놓은 줄을 발레 동작으로 가볍게 넘기며 그대로 스텝을 밟아 의자로 가서, 사뿐 올라 앉았다. 금빛 의자에 바른 몸매로 앉은 그녀는 여왕보다 고와 보였다.

그녀는 민의 말을 받아 그런 자그마하나마 충분히 민에 대한 응석을 나타낸 모험을 하고 있는 것이 아주 즐거운 모양으로, 익살을 부리는 것이었다. 상글상글 웃으면서.

"경은 어려워 말고 가까이 오라. 짐은 심히 즐겁도다. 내 사랑을 물리치지 말라."

이상한 일이 민의 가슴속에서 일어났다.

떼를 쓰는 어린이가 생트집으로 어머니더러 보기 싫다고 방에서 나가 나가 하며 발버둥 쳐놓고는, 막상 어머니 치마꼬리가 문틈으로 빠지기 무섭게 왁 울음을 터뜨릴 때의 마음과 꼭 같은 틀에서 부어져나온 것만은 틀림없으나, 달리 표현할 수는 없는 무엇이 불끈 가슴에 솟아난 것이다.

민은 펄쩍 줄을 뛰어넘었다.

의자에 앉은 그녀에게 달려가자, 다짜고짜로 그녀의 비스듬히 모로 꼰 발목을 사정없이 낚아챈다.

"바보 어디라고 이런……"

비명을 지르며 마룻바닥에 엉덩방아를 찧었다가, 재빨리 일어서면서 그를 노려본 정임의 눈에서 떨어지는 눈물을 보자, 그는 눈을 감았다.

네놈이야말로 희극이다. 그리고 악당이다.

민은 이를 악물고 그 소리를 거부했다.

플라타너스 잎이 보도에 구르기 시작할 무렵, 현대발레단 가을 공연 「신데렐라 공주」 상연 날짜가 하루하루 다가오고 있었다.

넉 달 동안 민은 정임과 자기 사이에 놓인 미라의 어깨에 걸려 엎어지면서, 눈 가리고 아웅 하는 광대 노릇을 해왔다. 미라는 그가 찾아가면 덤덤히 앉은 채 전혀 상대를 하지 않았다. 오면 오는가, 가면 가는가, 바람보다 더는 그를 여기지 않는 듯한 태도였다.

국전 개전이 가까워오면서 더 심해지는 듯했다.

일부러 민을 사로잡기 위해서였다면 그녀의 수법은 큰 성공이었다.

몸과 마음이 안고 뒹굴던 여자의 그런 덤덤한 반응은, 민을 무섭게 만들었다. 버림받는 것. 인간이 싫어졌다고 쓴웃음으로 버림받는 것은 지옥이었다. 하느님은 몰라도 좋지만 너만은 알아달라고 염치를 버리고 매달리고 싶었다. 그런데도, 그런 곧은 길로 나가지는 않았다. 민은 아직도 어느 날 새벽 자기의 앙상한 발목을 그리고 앉았던 그녀의 싸늘한 눈초리에 막혀 있었다. 어쩌면 마지막 승부에서 써먹을 패 쪽지로서 쓰기 위하여 짐짓 막힌 체하는지도 모른다.

그의 일기장에 적힌 토막글들은 그간 그 자신의 마음의 어수선한 그림이다. 내용이야 무엇이든.

독백은 자음自淫이요 대화는 사랑이다.

자기 결함을 안다는 일이 덕이 될 수는 없다. 자백은 면죄를 성립시키는 것이 아니므로.

서양 철학이란, 바이블이 너무 알기 쉽기 때문에 될수록 어렵게 옮겨놓은 것이다. 다만 그리스는 빼고.

여자가 약한 것이 아니라 사랑에 빠진 여인만 약하다. 그 나머지는……

여기가 로도스 섬이다. 여기서 해보란 말은 틀렸다. 왜냐하면 여기는 로도스 섬이 아니므로.

역설이란 것이 근대 이후에 사랑을 받기 시작한 것은, 인간의 사상의 순열 조합이 가능한 형태는 다 끝났기 때문에, 이번에는 한번 한 말을 뒤집어놓기 시작한 데 까닭이 있다. 아무튼 말은 해야 했으므로. 예수의 역설은 무어냐구? 신에게는 역설이 없답니다. 역설이란, 신이 인간과 상의함이 없이 저지른 단독 계약에 대하여 인간이 투덜대는 피해 의식입니다. 갚음을 청구할 수 없는.

울어야 할 때 웃는 것이 감동적이라는 것을 알았을 때 인간은 연극을 발명했을 것이다. 울어야 할 때 우는 것은 극이 아니므로.

동양의 할아버지들은 이후의 모든 후손에게 불초 두 자만을 유산으로 남겨주었다.

모든 인간이 양반이고자 하는 것.
또는 양반이 되려는 것을 적어도 막을 수 없다는 것.
(민주주의!)
그런데 결국 그들은 양반이 될 수 없다는 것(족보가 없으므로)
바로 현대의 골치 아픔의 까닭.

이상주의가 낡은 옷 같아 보이는 시대에, 공동 사회적 연대 의식은 과연 언제까지 지탱할까?
어떤 나라의 청년들은 전통도 없이 주먹질만 한다는 소문이 있다. 공중에 대고. 이렇게 말하는 경우 나는 물론 전통을 서구적 문화라고 새기고 아무 회의도 느끼지 않는 사대주의자요 문화적 식민지 주민이다.

동양에 관한 말에 관심을 가진 척해서는 안 된다. 교양 있는 신사들이 그대의 최신형 헤어스타일 속에 아득한 상투의 환상을 대번 떠올릴 것이며, 사실 그것들은 거들떠볼 값도 없는, 멸망하는 자의 노랫가락이며, 썩어빠진 것이므로.

장사는 긴 목이다.

알면서 입을 다무는 것과 몰라서 그러는 것은 다르다. 이 비약을 서양인은 영원히 구별 못 한다. 그들은 생략법을 모른다. 이 까닭에 서양인에겐 동양의 달관은 영원히 이그조틱한 스핑크스일 뿐이다.

한시漢詩의 거시성巨視性에서 현대시에 대한 구원을 보는 것은?

서양은 늘 그 변두리에 풀이 못 할 어떤 것을 남긴다. 이 어떤 것이 동양의 재산이다. 서양이라는 등기소는 이 재산의 등록을 거부한다. 왜냐하면 근대라는 물권법에는 그런 재산에 대한 항목이 없기 때문이다. 이리하여 동양은 이 창피한 유산을 이그조티시즘을 거래하는 서양 상인에게 헐값으로 팔아버린다.

니힐리즘이란, 기권을 선언하고서도 여전히 경기장에 남아서 이러쿵저러쿵하는 경기자의 알쏭달쏭한 미련과 같다.

삶은 캐비지를 닮았다.
캐고 꼬집으면 몽땅 그런 심지가 떨어질 뿐.

현대인에게 정공법은 통하지 않는다. 그에게 무엇을 설득하려면 궤계詭計를 써야 한다. 정공법은 그에게 경계심을 일으키므로.

참나무처럼 단단한 경건의 줄기에, 목련처럼 풍부한 감각을 꽃피우는 것.

참나무처럼 고루한 형식의 줄기에, 목련처럼 부화한 허무를 꽃피우는 것이라고 뒤집고 싶지?
너는 악마의 몇째 아들이냐?

'파리'와 같은 진짜 허무가 없다고 열등감을 느끼는 식민주의자들이 있다. 마치 뉴욕의 갱에 비하면 한국의 깡패는 어린애 장난이야 하고 어깨를 으쓱해 보이며 비관하듯이. 소름 끼치도록 딱한 아저씨들.

예수는 한 번 십자가에 달린 것으로 넉넉하다. 석가는 한 번 바늘방석에 앉은 것으로 됐다.
현대인은 자기의 건망증을 핑계로 예수가 수없이 십자가에 오르기를, 부처님이 수없이 바늘방석에 앉기를 창한다. 기합술사에게 한 번 더를 요구하듯.

현대인은 바이블의 역사적 진리성을 자아의 심리적 타당성으로 옮긴다. 제목이 붙은 그림을 옮겨, 무제의 음악을 만든다.

고지식한 자는 구원된다.

지방 자치법은 정신생활에 더욱 필요한 입법이다.

천재들이 자살한 까닭은 그들이 걸작을 쓴 이튿날에도 해가 동에서 떴기 때문이다.

광학光學에는 한 가지 백색만 있다.

마음에는 두 가지 백색이 있다.

원래부터가 백색인 경우와

흡수해서 백색인 경우와.

이것을 구별해야 한다. 그러나 정말 고백하면, 똑같다. 뿐만 아니라 하느님께선 앞의 것을 편애하신다는 소문조차 있다.

우주여행의 결과 신이 사탄의 맏아들이었다는 것이 밝혀지는 날, 모든 긍정론은 만화가 되겠지.

슬픔을 가장하는 자는 복수당한다. 거짓말하던 아이가 이리에 잡아먹혔듯이.

무어라구?

지금은 달나라에 가는 때가 아니냐구? 눈을 크게 뜨고 우주를 보라구? 알았어. 헌데 저리 좀 비켜주게나.

현대인을 건지는 단 한 가지 길을 나는 알고 있다. 그러나 차마 입 밖에 내지는 않겠다. 네가 배를 쥐고 웃을 테니까. 무어 정말 안 웃을 테야? 그럼⋯⋯

사랑하면서 열심히 살라. 이거야. 이 악마 같은 놈아. 웃지 않겠다고 하고서. 주여 그는 저의 하는 소행을 알지 못하오니⋯⋯

헤매는 대철인보다 타고나기를 착한 사람을 택하겠다.

개념과 논리의 헛갈림으로 뒤얽힌 인간의 논쟁을 수식으로 보기 쉽게 풀 수 있는 마음의 수학.

자기의 불면증의 이유도 모르고서 남의 위암을 고쳐주겠다는 사람이 얼마나 많은가. 그들이야말로 살인광이다.

단순만으로는 안 되고 다양만으로도 안 된다.
침묵과 웅변의 합금을 만들 줄 아는 요술쟁이는 어디 있는가?

현대는 말하기 어려운 때다. 인간과 인간의 오감이 끊어진 시대, 그러므로 현대에서 말을 하려고 한다는 사실만으로서도 덕이라 불려야 하며, 동시에 악덕 혹은 악취미라 불려야 한다.
한 사람의 연인을 가진다는 것은 현대에서 가능한 최대한의 정의 실현이 아닐까?

기다림도 또한 덕이 아닌가. 누리를 가로지르는 성운에 참가할 때까지, 내 자신의 모나드의 창가에 경건한 촛불을 켜놓고 연인의 꿈을 꾸는 것으로 만족하자.

교외 전차의 운전사가 플라톤의 독자일 수 있고 버스 여차장이 보바리의 애독자일 수 있다는 데 미상불 모든 악은 있다. 신분과 교양이 일치했던 오호 흘러간 황금시대여.

Cynicism을 목 졸라 죽이고 겸허라는 무기 감방에 살고 싶다는 것이 원.

달밤이었다.
지붕에서 굽어보는 눈에 로터리는 둥글게 둘러선 고층 건물에 싸인, 깊은 우물의 물 빠진 밑바닥처럼 보인다.
관객들이 말끔히 흩어진 극장 앞 광장. 총총한 가로등 빛을 받아 조금 물기 있게 빛나는 보도와, 건물의 육중한 벽으로 싸인 그 마당은 사람들이 돌아간 또 하나의 극장 무대 같다.
공연이 끝나자 그는 이 옥상으로 와버렸다.
신데렐라 공주의 피날레.

예고와 희망에 찬 음악을 타고 신데렐라 나옴.

왕자의 기쁨에 넘친 구원에의 욕망과 프리마 발레리나의 헌신과 사랑을 나타내는 듀엣.

배경 속에서 서서히 일어나는 마녀 어미 딸.

음악은 숨 가쁜 승리와 해결로 접어든다. 모녀의 방해를 굳세게 물리치고 사랑을 고백하는 신데렐라.

외적 운명이 내적 필연으로 바뀜.

마침내 떨어지는 탈.

천천히 퇴장하는 모녀. 악마가 자포자기한 묘한 해학의 몸짓으로. 무대에 남은 주역 무용수 두 사람의 승리의 춤.

처음에 그는 실팬가? 하였다.

막이 내렸는데 박수가 없었다.

눈앞이 캄캄해졌다. 그러자 갈채가 터졌다. 주역인 강 선생과 정임이 몇 번이나 무대에 나가서 환호에 답례했다. 흥분한 단원들이 어깨를 부딪치며 이리 뛰고 저리 뛰는 속에서, 단원의 한 사람이 꽃다발과 쪽지를 민에게 전했다. 그 쪽지를 훑어 읽자 민은 이쪽으로 걸어오는 정임을 스치며 문을 박차고 극장 입구로 달려갔다.

"아무도 나간 사람 없소? 지금 막."

"네 어떤 부인이⋯⋯"

"베레모를 쓴?"

"네, 네, 방금 어떤 신사 분과 차로 떠나셨습니다."

"⋯⋯"

그길로 그는 옥상에 올라와버린 것이다.

〔……〕 저를 마녀의 딸로 만들어버린 건 너무하시잖아요? 이건 농담. 반갑습니다. 현대발레단의 앞날을 축복합니다. 저는 불란서로 부임하는 오빠의 권대로 파리로 떠납니다. 사랑했습니다.

쪽지의 문면이 머리에서 꿀벌처럼 잉잉거린다. '했습니다'라고 한 과거형 속에, 민은 그녀의 마음을 읽었다. 그녀가 지난번 국전에 들기만 했대도 지금의 이 어두운 느낌은 없을 것을.

민은 돌아다보았다. 마지막 장면의 옷 그대로인 정임이가, 옥상 어귀에서 이쪽을 기웃하니 보고 있다. 그녀는 민의 곁으로 다가와서 그의 얼굴을 들여다보다가, 아직도 움켜쥔 미라의 쪽지를 그의 손에서 뽑아 달빛에 대고 읽었다. 민은 그 자리에 주저앉아 무릎을 세우고 팔로 감싸 안았다. 무릎 새에 머리를 묻었다.

곁에 섰던 정임이 푸르르 달려가는 기척에, 민은 퍼뜩 머리를 들었다가, 얼어붙은 듯 숨을 죽였다. 달무리 진 하늘을 뒤로 옥상의 휜칠한 난간 위에 발끝으로 선 정임의 둥실한 포즈를 거기 본 것이다.

로터리의 희부연 보도를 향하여 나비처럼 떨어져가는 그녀의 환상이 머리를 스쳐갔다. 침착하게…… 서둘지 말고……

"알았어 알았다니까……"

속에서 타는 감동을 한껏 감추며, 아무렇지도 않은 듯이, 가볍게, 무슨 장난이야 하는 기분이 풍기게 소리 냈다. 그러나 그렇게 말했을 뿐, 민은 한 발도 움직이기는커녕 손의 자리도 바꾸지 못했다. 만일 자기가 조금이라도 움직이면 그녀의 균형이 무너질 것 같았다. 자꾸 머리가 어지러워온다. 자기만 '사람'이고 다른 사람은 인형으로 알고 살아오던 사람이, 처음으로 또 다른 자기 밖의 '사람'을 발견한 현장에서 느끼는 멀미였다. 사막과 인형들을 상대로 저 혼자만의 독백을 노래하며, 포탄에 찢어진 '남의 팔다리'를 가로채면서 살아온 자에게는, 지금 테라스 위에서 맞서오는 '사람'의 모습은 어지러웠다. '사람'이란 이렇게 무서운 것……

톡.

그 기척에 바짝 정신을 차렸을 때, 정임은 사뿐히 뛰어내려 그의 옆에 서 있었다.

앞으로 고꾸라지는 민을 가슴으로 받으며 그녀는 웃고 있었다.

누군가 계단을 뛰어올라오는 기척이 난다.

4

나는 일이 이렇게 쉽사리 이루어지리라곤 생각지 않았다.

잘못되면 죽음까지 각오한 터였으나, 이처럼 순순히 계획한 대로 들어맞았을 때는 오히려 신기했다. 나는 옆에 놓아둔 피리를 집어 들었다. 오래 손에 잡아본 적이 없었던 이 피리가, 큰 몫을 할 줄이야. 이곳 다비라국의 서울까지 숨어든 나와 마술사 부다가는, 낮 동안에 왕녀가 코끼리 부대를 조련하고 있는 벌판까지 나가서 형세를 살펴보았다. 처음 보는 눈에, 조련하는 모습은 큰 구경거리였다. 이백 마리를 헤아리는 코끼리들이, 등에 무사를 태우고 옆으로 줄을 지어 전후좌우로 자욱한 먼지를 일으키며 달리고 있다. 그 대형의 가운데 한층 큰 흰 코끼리 위에 눈부신 바구니 속에 앉아서 지휘하는 왕녀 마가녀는, 민첩하게 운동하는 인물이 자아내는 건강하고 싱싱한 아름다움으로 빛나고 있었다. 나는 여태껏 찾아온 얼굴 — 저 브라마의 얼굴이, 살아 있는 팔다리에 붙어서 움직이는 모습을 내 눈으로 똑똑히 보았다.

해 질 무렵이 되어 조련이 끝나자, 웅장한 대열이 시가를 향하여 행군해올 때, 나와 부다가는 대열을 거슬러 모습을 나타냈다. 나는 떠도는 바라문으로 차리고 있었다. 나는 피리를 불며 의젓이 걸어나갔다. 긴 행렬의 가운데쯤에 이르렀을 때, 나는 코끼리 위에 탄 왕녀의 눈길이 내 위에 주어지는 것을 알 수 있었으나 여전히 유유한 걸음을 옮겨갔다. 대열의 마지막쯤에 이르렀을 때 왕녀가 탄 흰 코끼리가 이편으로 돌아져오는 것을 보고, 나는 만족한 웃음을 지그시 눌렀다. 내 옆에서 머문 코끼리 위에서 그녀는 나의 피리를 칭찬하고, 하룻밤 자고 갈 데를 주겠노라고 했다. 소문에 들은 마가녀의 피리 부는 취미에 맞춘 꾀가 들어맞은 것이었다.

융숭한 대접을 받고 잠자리로 물러 나올 때 그녀는, 만일 나만 좋다면 며칠이라도 묵어가라고 말했다. 이렇게 쉽게 되다니. 나는 갑자기 하루의 피로가 덮치면서 잠이 몰려왔다. 나의 잠들어가는 의식 속에 고귀한 웃음을 품은 왕녀의 얼굴이 떴다, 가라앉았다, 한다. 내가 벗겨내야 할 얼굴이.

바라문이라는 신분에, 피리라는 취미와 그보다도 왕녀의 거침없는 성격이 우리를 빨리 가깝게 했다. 나의 피리 가락에는 자부하고 있었으나, 왕녀의 그것도 더불어 즐길 만했다. 다만 이내 알 수 있는 것은, 이 왕녀가 고귀한 신분과 총명에도 불구하고 전혀 배움은 없다는 사실이었다. 나는 여태껏 이처럼 자유자재한 몸짓의 인간을 보지 못했다. 그녀의 마음과 얼굴은 하나였다. 마음이 웃는 것은 얼굴이 웃는 것이며, 얼굴 밑에 숨겨진 아무것도 없었다. 밤이 미지 때문에 신비하다면, 창창한 대낮은 그 너무나 투명한 폭로 때문에 오히려 신비한 것이 아닐까. 내가 밤이라면 그녀는 낮이었다. 그녀의 웃음과 이야기는, 거침없는 사람의 아름다움이었다. 혼돈을 모르는 데서 오는 힘이 넘치고 있었다. 그러한 그녀의 얼굴은, 한 번 본 이래 나의 마음에 자리 잡고, 무한한 뒤쫓음으로 나를 몰아넣고 있는, 저 브라마의 얼굴에 대한 쌍둥이 꼴이었다.

나는 그 얼굴을 가질 때의 기쁨을 생각했다. 마침내 목표에 지척의 거리까지 다다른 것이다. 그러나 여기서 한 팔을 뻗치는 것은 아주 위험했다. 무모하다는 것이 낫다. 첩첩이 쌓인 적 중에서 적의 왕녀에게 해를 가한다는 건 있을 수 없는 일이었다.

그녀를 나라 밖으로 꾀어내는 일이 남은 일이었다. 나는 요즘 그녀의 점점 가까워오는 심정을 싸늘하게 재어보고 있었다. 어제 저녁 늦은 시각에 뜰을 거닐며 하던 그녀의 말이 생각난다.

"바라문은 환속할 수 없습니까?"

나는 그녀의 물음에 고개를 끄덕였다.

"있단 말씀이군요."

그녀는 잠깐 생각하는 듯하더니, 이내 옆에 있는 무화과 열매를 따서 연꽃으로 온통 뒤덮인 못 위에 던지고 던지고 하면서, 코끼리 이야기를 했다. 지금 그녀가 타고 다니는 코끼리가 몇 살이라는 것. 코끼리들은 사람의 마음을 다 꿰뚫어 알기 때문에, 자신이 없는 사람이 부리면 잘 따르지 않는다는 얘기. 자기가 늘 이상하게 생각하는 일은 그 큰 허우대에 비해서 그들은 대단히 소식가인데 왜 그런지 알 수 있느냐고 물어올 때, 나는 착잡한 마음으로 실소했다. 사람이 이렇게 어이없고 단순한 관심의 세계에서도 살 수 있다는 데 놀랐다. 가령 그녀에게, 누리에 넘친 아트만의 이법을 말한다 할지라도 통하지 않을 것을 알았다. 그녀의 영혼의 생김새는 그렇게 깊은 문제를 다루도록 만들어져 있지 않은 듯하였다. 영혼이 없는지도 몰랐다. 그녀가 가진 것은 얼굴뿐이 아니었을까. 내가 그녀에게서 얻을 수 있는 것은 그 얼굴뿐이라 생각했다. 그 얼굴을 뺏는 것. 뺏어서 나의 얼굴을 완성하는 도구가 되는 것만이, 그 여자가 할 수 있는 일이라 믿었다. 나는 마술사 부다가의 말에 따라, 어느 날 밤, 늘 하듯 뜰을 거니는 참에 잎이 무성한 보리수 그늘에서 그녀의 입술을 범하였다. 나는 바라문의 길을 버리고 환속하겠노라 말했다.

그녀와 갈라져 잠자리로 돌아온 후에, 끝내 잠을 이루지 못한 나는, 다시 뜰로 걸어나갔다. 나의 발길은 무심결에, 방금 아까지 마가녀와 더불어 앉아 있던 그 자리로 향하고 있는 것을 다 와서야 깨달았다. 그 자리에 누군가 서 있는 기척을 느끼고, 잠시 발을 멈추었다.

"누구요?"

대답이 없다.

나는 긴장해서 잠시 그곳을 들여다본 후, 다시 걸음을 옮겨 걸치는 나뭇가지와 남은 잎사귀들을 제치면서 걸어갔다.

"아 돌아가지 않고……"

뜻밖이었다. 마가녀 공주는 마치 이 자리에서 다시 만나기를 약속하기나 했던 사람처럼, 다소곳이 앉아 있을 뿐, 머리도 들지 않았다. 복잡한 마음의 실마리가 한꺼번에 뒤엉키는 대로 한다면, 그녀를 와락 끌어안고 싶었으나, 이런 때에도 자유스러운 동작에 오금을 박는 어떤 악랄한 것이 있었다. 말을 하여야 쓸데 없는 줄을 깨닫고, 또 할 말도 떠오르지 않았다. 그녀의 앞으로 다가가 멈춰 섰다. 달이 이미 기울어진 때여서, 더군다나 우리의 둘레에 엉키고 덮인 수목과 키 높은 꽃나무들 때문에, 아까 처음에 기척을 느꼈을 때에도 그녀를 알아보지는 못했던 것이다. 늘 어찔한 멀미를 느끼며 그녀의 얼굴을 대해온 나에게는, 여태 껏 마가녀는 곧 얼굴이었으며, 그 팔과 다리와 몸뚱이를 마음에 둔 적은 없었다. 지금, 짙은 어둠 속에서 보는 그녀는, 얼굴을

가려 볼 수 없고, 다만 사람 크기의 부드러운 그림자의 덩어리
였다. 지금의 그녀를 의식하는 것은, 시각으로는 불가능한 일이
었다. 나는 두 손바닥으로 그녀의 턱을 받쳐서 위로 향하게 했
다. 얼굴이 있을 데가 알릴락 말락 보얀 원을 이루었을 뿐 '그녀
의 얼굴'을 볼 수는 없었다. 나는 어둠 속에서 눈을 흡뜨고 얼굴
을 찾았으나, 헛수고였다. 분명히 손아귀에 받들고 있는 물체를
눈으로 볼 수 없다는 일이, 무언가 참을 수 없는 조바심을 자아
냈다. 그 느낌은 왜 그런지, 노여움에 가까운 것이었다. 나는 거
칠게 그녀를 껴안았다. 그래도 왕녀는 여전히 뿌리치지도 않고,
그저 고스란히 몸과 마음의 침묵을 지킬 뿐이었다. 나는 양팔에
든 그녀를 좌우로 뒤채며 이름을 불렀다. 그래도 반응이 없었다.
안고 있는 몸이 전하는 따뜻한 기운을 느끼자, 한꺼번에 몸속을
몰아치는 욕망의 바람이 지나갔다. 얼굴도 볼 수 없고, 말도 없
는, 이 따뜻하고 부드러운 덩어리는, 그 속으로 들어가지 못할
물체가 일으키는 짜증을 부른 것이었다. 나는 마가녀에게서 어
떤 저항을 느껴본 적은 없었다. 그녀는 투명 자체이며, 그 투명
성이 낮의 빽빽한 투명성처럼 오히려 미지의 신비를 자아낸다
고 생각하긴 했으나, 그렇다고 이쪽의 침투를 밀어내는 것이라
곤 여기지 않았으며, 오히려 나 자신의 자아가 마음대로 개척할
수 있는 무기無記의 빈칸이라고 믿어왔다. 그런 탓으로, 그녀 자
신을 인격으로 대하는 대신, 그녀에게 비치는 자기 자신을 상대
해왔던 것이다. 비록 그녀가 나의 말에 응답한다손 치더라도, 그
말은, 내가 던진 말의 메아리였다. 지금 얼굴도 보이지 않고, 말

도 없는 마가녀는, 나로서는 모든 공격의 수단이 거부된 튼튼한 요새였다. 나는 이런 사태가 나 자신의 문제와 얼마나 깊게 얽혀 있는가를 미처 생각 못 하고 있었다. 그저, 더욱 도가 거세어 가는 짜증과 노여움이 있었다.

확실히 손아귀에 잡았다고 생각했던 물건이, 뜻밖에 엄연한 자기의 존재를 주장한 데서 온 일방적인 감정이었다. 그런 감정은 이 경우 욕정으로 표현을 얻고 있었다. 나는 마가녀의 입술을 미친 듯 찾았다. 입술에도 감각이 없는 듯했다. 열렬히 되받는 입술이 아니고, 여전히 의사 표시를 버린 입술. 무서운 욕망의 불길이 누를 수 없이 몸을 불태웠다.

그때.

여럿이 떠들면서 이편으로 오는 기척이 났다. 왕녀의 시녀들이었다. 마가녀는 또 한 번 나를 배반했다.

"인제 오느냐. 지금 막 돌아가려던 참인데."

그녀의 소리가 귓속에서 우렛소리처럼 울렸다. 나는 그녀를 안았던 팔을 풀었다. 자연히 왕녀와 손을 맞추기나 하듯, 소리를 죽이는 나 자신의 동작이 나를 슬프게 했다. 귀를 기울여 그들이 돌아가는 발자취 소리를 들으면서, 닭 쫓던 개 같은 느낌이 나를 괴롭혔다. 만일 왕녀가 부르지 않았다면, 시녀들은 이 어둠 속에서 그들을 찾아내지는 못했으리라. 그녀는 나를 사랑하지 않고 있었던가? 이런 생각을 하다가, 나는 적이 놀랐다. 그녀와의 사이는 오로지 계략에 불과한 것이 아니었던가. 흉내를 내고 있을 뿐이었을 터였다. 하긴 나의 목적이 이루어지려면 그녀의 마음만은 정말이어야 한다. 그러나 지금 내가 문득 그녀는 나를 사랑한 것이 아니었던가? 하고 생각한 것은, 내 계획에 대한 걱정에서 나온 순전히 타산적인 뜻에서만은 아니었기 때문에 나를 놀라게 했다. 그녀의 알 수 없는 침묵과, 시녀들에게 기척을 내어 마지막 대목에서 몸을 뺀 일은, 나를 두 가지로 괴롭혔다. 왕녀가 나에게 열중하지 않고 있는 증거라면 나의 지금까지 쌓아온 노력은 허탕이 될뿐더러, 위험까지도 닥칠 염려가 있다는 걱정 때문이었다. 다른 한 가지에 대하여 나는 못 본 체하려 들었다. 나는 좀더 악랄해져야 한다. 생각할 틈을 줄 때, 나는 그녀를 잃을 것이다. 그녀는 지금 무언가 생각하고 있다. 위험한 일이다. 또, 그녀의 얼굴이 저 생각의 흉한 그림자를 지니게 하는 것도 안 될 말이다. 내 연기가 부족했다면, 더 잘된 연기를 보여야 한다. 내가 그녀를 사랑하는 것이 목적이 아닌 바에는 아무리 진실에 가까운 사랑의 연기를 한다손 치더라도 조금도 부끄러울 것이 없다.

이튿날 나는 아프다는 핑계로 종일 누워서 지냈다. 핑계로 누운 것이었지만, 몸과 마음이 몹시 지쳐 있는 것도 사실이었다. 잠을 청하였지만 생각은 구름처럼 일어, 오정쯤 됐을 때는, 더 누워 있을 수 없었다. 나는 부다가를 시켜서 왕녀가 궁 안에 있는지 알아보게 했다. 부다가는 돌아와서, 마가녀 공주는 아침 일찍부터 조련장에 나갔다 한다. 그 말이 또 나를 때렸다. 지난밤 그런 일이 있었다면, 오늘 하루쯤은 자기 방에서 번민의 시간을 가지는 것이, 사랑하는 여인의 통상이 아닐까 생각할 때, 나는 새삼 그녀의 마음속에 어느 만큼이나 한 영토를 얻는 데 성공했던가, 의심할 수밖에 없었다. 높은 천장과 방의 넓이에도 불구하고, 답답하고 무더웠다. 나는 부다가를 데리고 조련장으로 나갔다. 우리의 모습을 보고 코끼리를 몰아온 그녀의 얼굴을 보자, 나는 또 한 번 의아한 마음을 누르지 못하였다. 어젯밤 일을 까맣게 잊은 듯한 무심한 얼굴.

그녀와 같이 탄 코끼리의 잔등에서 둘러보았을 때, 시야에 들어온 것은 육중한 잿빛 물체들이 치열히 움직이는 물결이었다. 집채만 한 몸뚱이가 땀과 기름에 번들거리며, 뜨거운 햇살 아래 거센 숨을 내뿜으며 치닫는 먼지바람 속에서, 나는 짐승들의 훅훅 끼치는 살 냄새에 현기증이 났다. 나는 왕녀를 보았다. 그녀의 눈빛은 뜨거운 흥분으로 빛나고 있는 이런 때에도, 더욱 맑았다. 수백 마리의 육체가 흐느끼는 이 장대한 운동의 마당에서도, 나의 관심은, 이런 분방한 운동의 초점에 몸을 둔 한 인간의 얼굴이 보여주는, 놀라운 무잡성無雜性에 있었다. 저런 얼굴. 브라마의 이법에 아랑곳없이 살아온 이 여인이 눈앞에서 보여주는 얼굴은, 나에게 치욕을 느끼게 했다. 나는 발버둥쳤다. 이 빛나는 얼굴은 그녀의 공이 아니다. 애쓰지 않은 완성은 그것 스스로는 값없는 것이다. 그것은 완성이 아니라 출발하지 않은 것이다. 바라문의 전통인 구도 정신의 고귀함을 믿고, 인간이란 오직 그 길을 거쳐서만 아트만을 내 것으로 만들 수 있다고 배워온 나는, 그녀의 얼굴에 반하면 할수록 그 얼굴의 임자를 낮춰보려 애썼다.

어느 날 밤 우리는, 관목이 우거진 속에 파묻힌 정자 속에 앉아 있었다. 신명이 나서 혼자서 말하고 있던 왕녀가 말을 뚝 그치며 나를 쳐다보았다.

"바라문, 언제나 이야기하는 건 저뿐, 당신은 듣고만 계십니다."

갑자기 들이대는 그 말에 나는 당황했다. 늘 거짓의 몸짓을 짓다 보니 어느덧 그런 몫을 맡고 있었던가. 진실을 말할 수 없다면, 침묵이란, 최소한의 예의였는지 모른다. 또 이 여인과 더불어 열을 올릴 수 있는 화제가 대체 무엇일까. 그 많은 사람들이 쉴 새 없이 죽을 때까지 떠드는 말의 부피가, 나에게는 어리석어 보였다. 정녕 어쩌지 못하여 내는 말이 그렇게 많을 수 있을는지를 의심해왔다.

"별로…… 나는 왕녀의 이야기를 듣고 있으면 재미있을 뿐이죠."

정말이다. 나는 자기가 진정한 감정 표시를 한 사실을 느낀다.

"제 이야기가요? 정말일까?"

마가녀 공주는 두 손을 모아 잡고 적이 행복한 낯을 지었다. 그렇다 여인이여 너의 이야기를 듣고 있으면, 그 자질구레한 일상의 일에 대한 진술 속에서, 나는 어떤 해방감을 느끼는 거다. 굉장히 부지런한 사람이 게으른 사람을 보고 숨이 열리듯이. 여인이여 네 말이 옳다. 자꾸 이야기해다오.

"정말입니다, 왕녀. 당신의 이야기를 듣고 있으면 나에게는 모든 것이 다 잊혀집니다."

이번도 진실이다. 너의 밝은 다변으로 나의 탈을 벗겨줄 수 있느냐. 허심탄회 코끼리의 소식小食에 맞장구를 칠 수 있는 사람을 만들어줄 수 있느냐.

"그렇지만 저는 아무것도 아는 것이 없어서 바라문처럼 학문이 높은 분하고도 코끼리 얘기밖에는 늘 하는 것이 없고, 그 생각이 지금 퍼뜩 들었어요."

아니다. 아니다. 내가 거기 끌리는 줄을 모르느냐.

"마가녀. 사람이란 깨끗해질수록 이야기의 내용이 간결해지는 법이오. 말이란 간결할수록 좋고 어려운 이야기란 안 해도 된다면 안 할수록 좋은 것입니다."

이것도 틀림없는 진실이다. 얼굴도 그렇다. 얼굴……

"바라문 당신은 정말 나를 사랑하는 것입니까?"

이건 또 무슨 소린가. 이 여자의 마음속에 무슨 그늘이 지기 시작했는가. 사랑이 그녀에게 의심을 가르쳐주었는가.

"마가녀 의심하면 행복은 달아납니다."

옳다. 이런 적당한 말을 재빨리 생각해내다니.

"그래도. 웬일일까요. 자꾸 무언지 두려워져요."

나는 일어서서 그녀의 앞에 섰다. 그녀는 얼굴을 들어 나를 쳐다보았다. 살눈썹이 젖어 있었다. 나는 거기서 인간이 사랑할 때의 얼굴을 보는 대신, 또 한 번 틀림없는 목표를 확인했다고 믿었다. 이 얼굴만이 필요했다.

"마가녀 나를 사랑합니까?"

대답 대신에 꽃망울이 열리면서 이슬이 밀려나오듯 거침없이 눈물이 흘러내린다.

"그렇다면 나를 위해서 모든 것을 버릴 수 있겠습니까?"

"모든 것을!"

"부모와 나라까지도?"

"네, 부모까지도?"

단순한 동물이여. 너의 지금 나이에 부모란 벌써 가장 가까운 사람들의 자리에서 물러나야 한다는 것을 모르느냐. 하물며 왕국이랴.

"그렇습니다. 부모까지도."

나는, 그녀의 어깨에 얹었던 손을 내리며, 한 발 물러섰다.

"바라문. 그 사람들을 버리지 않고 우리가 행복할 수 있는 길은 없습니까?"

"없습니다. 당신은 둘 중의 하나를 고를 수 있을 뿐입니다. 망설이면 행복은 지나갑니다. 망설이면 코끼리들이 헝클어지듯이."

"오 그렇습니다."

나는 조급히 굴지 않고, 늦추지도 않았다. 먹이를 던지고 지켜볼 뿐이었다.

"우리가 같이 살면 행복할 것 같습니까? 마가녀 공주."

"바라문, 더할 수 없이 행복할 것 같아요."

"그래도 그들을 버릴 수 없습니까?"

갑자기, 나뭇가지 사이로 달빛이 바로 흘러들었다.

마가녀의 눈에는 벌써 눈물이 없었다.

그녀는 결심한 것이다.

벵골 벌판의 하늘에는 백금 도가니를 닮은 태양이 지글지글 타고 있었다.

싸움의 대세는 이미 드러나 있었다.

다비라군의 코끼리 부대는, 그래도 처음에는, 줄을 지어 가바나군을 짓밟아왔다. 계략대로 나뭇가지에 붙인 무수한 유황불이 던져지자, 걷잡을 수 없는 혼란이 동물들 사이에 일어났다. 지리멸렬이 된 채 날뛰는 거상군은, 몸에 엉켜 붙은 뜨거운 유황덩이를 뿌리칠 생각으로 거대한 몸을 뒤채며 일제히 방향을 돌렸다. 그 힘은 무엇으로서도 막을 것 같지 않았다. 다음에는 저항 없는 일방적인 사냥이나 다름없었다. 싸움이란 그런 것이다. 해가 들판의 저편으로 떨어졌을 때는, 이미 싸움은 끝나고, 왕과 장군들의 천막을 둘러싸고 벌판에는 불기둥이 줄느런히 일어났다. 이긴 가바나군이 피우는 모닥불이었다.

낮의 싸움에서 나의 행동은 전군의 사기를 돋우는 가장 큰 힘이었다. 왕과 장군들이 보내는 치하 속에서 나는 다만 우두커니 아래를 보고 섰을 뿐이었다. 어느 장군은 나를 가리켜, 전 인도 제일의 용사라고 불렀다. 손꼽는 다비라군의 장수가 내 칼 아래 쓰러진 수가, 열 명을 넘을 것이라고 그는 말했다. 용맹이 아니라 목숨이 귀찮아서 아무렇게나 움직이는 사람만이 가지는 허무한 난폭성이 있었으나, 이 살벌한 행동의 마당에서 그런 미묘한 심리적 굴곡을 알아본 사람이 없었다. 드디어 내가 두려워하면서 기다리던 일이 일어났다. 참패한 다비라 국왕과 왕비가 부왕 앞에 끌려온 것이다. 왕비와 눈길을 마주치는 순간 나는 고개를 숙여버렸다. 그녀의 얼굴이, 살아 있었을 때의 왕녀 마가녀와 너무도 닮은 때문이었으며, 다음에는 나를 알아본 왕비의 눈빛 때문이었다.

나는 부왕 앞으로 조용히 걸어나갔다.

"대왕. 오늘 싸움에 이긴 원인이 천분의 일이라도, 만일, 저에게 있다고 하신 아까의 말씀이 참말씀이라면, 간곡한 청을 하나 들어주십시오."

부왕은 만족스런 얼굴로 나를 바라보았다.

"좋고말고. 오늘 싸움의 으뜸 공을 세운 자의 청, 못 들어줄 일이 무엇인가? 말하라."

"다비라 국왕과 그 왕후의 목숨을 살려주십시오. 이것이 청입니다."

부왕을 비롯하여 늘어선 사람들이 조용한 채 아무 말도 없었다. 나는 부왕을 바라보았다. 나는 다시 한 번 간청했다.

"싸움에 공이 있는 자의 청은 들어주는 것이 법도입니다. 그들에게 제가 많은 은혜를 입은 바 있습니다. 굳이 소원합니다."

말이 없던 부왕은, 자리에서 일어나면서, 높은 소리로 외치듯 말했다.

"왕자의 청을 들어주노라. 쓸데없는 살생을 피함은 왕자의 덕이로다. 다비라 국왕과 왕후를 손님으로 모셔라."

말을 맺고 부왕은, 다음 천막에 마련된 잔치 자리로 부장들을 거느리고 옮아갔다. 이윽고 떠들썩한 환성과, 악기의 드높은 가락이 터질 듯 일어났다.

그 무렵 나는 서울을 향하여 달리고 있었다. 마치, 한때 육체의 열반에서 허무를 느꼈던 것처럼, 전쟁의 흥분도 허무를 메우지 못하는 것을 나는 마지막으로 알았다. 싸움이 끝났을 때, 나는, 천막으로 돌아와서 거울을 들여다보았다. 짐승이 보였다. 휘번뜩이는 눈과 부푼 콧구멍과, 더한층 거짓이 짙게 새겨진 그 탈이 더욱 흉하게 그곳에 어리어 있었다.

달리는 말 위에서 나는 눈을 감았다. 감은 눈 속에 살아 있던 때의 마가녀 공주의 얼굴이, 환히 떠올랐다. 쟁반에 담겨 왔던 그녀의 얼굴은 웃고 있었다. 그때까지도 나는, 모진 마음이 허물어지지 않았다고 생각했다. 드디어 바람이 이루어지는 기쁨에 목이 메어 있는 것이라고, 내 가슴의 격동을 자신에게 일러줬었다. 그 얼굴을 아주 제가 가지는 것으로 그녀에 대한 사람으로서의 빚을 넉넉히 갚을 수 있다고 다짐하려 들었다. 그 얼굴을 쓴 순간의 기쁨과 두려움.

그리고 떨리는 손으로 다시 그 얼굴을 당겼을 때, 힘없이 손을 따라 묻어나온 얼굴을 두 손바닥에 받았을 때, 내게는 모든 것이 마침내 끝났던 것이다.

머리를 곱게 빗고 금방 부스스 눈을 뜰 듯이 웃음 띤 그 얼굴은, 목숨을 모독당한 그 자리에서까지도 끊임없이 소리 없는 사랑을 호소하고 있는, 사람 얼굴의 모양을 하고 쟁반에 담겨진 사랑의 모형이었다. 나는 오늘 싸움에서 죽기를 바랐다. 그러나 나는 죽지 못하고 다시 한 번 흥분 뒤에 오는 덩그런 허전함을 겪었다. 이제는 스스로 죽는 길만이 남아 있었다. 죽기 전에 한 가지 할 일이 있었다. 그 일을 마치려고 나는 서울로 달리고 있었다.

마술사 부다가의 집에 닿았을 때는 새벽이 가까웠다.

나는 말에서 내려 문을 두드렸다.

한참 만에, 문이 열리며, 등불을 한 손에 든 부다가의 모습이 문간에 나타났다. 나는 말없이 집 안으로 들어서서 뒤에 남아 빗장을 잠그는 부다가를 기다리지 않고 '얼굴의 방'으로 걸어갔다. 기다란 복도에는 아직 바깥의 흐릿한 새벽빛이 들어오지 못하고 있었다.

나는 문을 열고 방에 들어섰다. 전혀 앞이 안 보이게 캄캄하였다. 나는 마가녀의 얼굴이 놓였을 자리를 어림하여 눈을 돌렸다. 부다가가 걸어오는 소리가 들린다. 그가 문을 열면 그 손에 들린 횃불이 말없는 얼굴들을 대뜸 밝혀줄 게다.

나는 마루에 풀썩 무릎을 꿇으며 두 손으로 낯을 가렸다. 처음으로, 이 많은 얼굴들에 대한 공포가 덮쳐들었다. 나는 죄어드는 가슴과 찢어질 듯한 머리의 아픔 때문에 신음했다. 방 안에 부다가가 들어서는 기척이 나고, 낯을 가린 내 손가락 사이로 붉은 기운이 흘러들었다.

나는 오래 그런 대로 앉아서 두려운 듯이 조금씩 손을 아래로 물러내리다가, 홱 손을 떼버리며 앞을 바라보았다. 행여나 사라졌을까 한, 턱없는 내 바람에 아랑곳없이 바로 앞에는 시렁의 맨 마지막 자리에서 마가녀 공주의 얼굴이 웃고 있었다. 나는 고개를 돌려 얼굴들을 차례로 훑어보았다. 모든 얼굴이 금세 눈을 뜨고 "여보시오!" 하면서 말을 걸어올 것 같다. 나는 낯을 가리며 신음했다. 내 등 뒤에서 마술사 부다가의 말소리가 들려왔다.

"왕자, 후회하십니까?"

나는 벌떡 일어나며 부르짖었다.

"후회한다⋯⋯"

나는 숨을 모으기 위하여 잠깐 말을 끊었다.

"내 탈을 벗지 못해도 좋다. 영원히 깨닫지 못한 채 저주스런 탈을 쓰고 살아도 좋다. 만일 이 끔찍한 일을 하지만 않았다면, 이 죄만 없어진다면⋯⋯"

나는 칼을 뽑아 들고 마술사 부다가에게 달려들다가, 문득 그 자리에 서버렸다.

부다가는 손에 든 횃불을 왕녀 마가녀의 얼굴에 바싹 들이댄 것이다.

어찌 된 일일까? 그 얼굴은 금세 얼음 녹듯 철철 녹아버려 그 뒤에 받친 틀과 더불어 질펀히 괸 촛물이 되고 말았다. 부다가는 그 다음 얼굴도, 또 그 다음도, 돌아가면서, 방 안에 있는 모든 얼굴을 모조리 녹이고 있다.

처음에 나의 머릿속에서 불덩이가 어지럽고 뜨겁게 맴돌아가다가, 마술사 부다가가 일을 거의 끝낼 무렵에는, 그 덩어리에 한 표현을 주고 있었다.

'가짜, 가짜였구나!'

그 생각은 입으로 그대로 흘러나왔다. 부다가는 천천히 이편을 바라보았다.

"그렇소 왕자. 이 얼굴들은 모두 가짜요. 아교와 초로 잘 만든 탈바가지들이오."

나는 짐승 소리를 질렀다.

"저기를 보시오."

마술사 부다가가 가리키는 쪽 문이 열리고, 왕녀 마가녀가 두 팔을 벌리며 걸어들어오고 있었다.

상상을 벗어난 일에 얼이 빠진 나는 떨리는 손으로 왕녀의 따뜻한 몸을 자꾸 쓸어보았다. 그녀의 목에 걸린 눈 익은 진주 목걸이를 몇 번이나 만져보았다. 그러다가 퍼뜩 마술사 부다가 쪽으로 몸을 돌렸다.

"오 당신은……"

내 말과 동시에 우리 두 사람의 눈앞에서, 허리가 꾸부정하던 마술사 부다가는, 처음에 옛 스승 사리감으로 모습이 바뀌고, 다시 변신하여 저 그림 속에서 본 브라마의 신으로 바뀌었다.

"왕자 다문고. 너의 한마디가 너의 업業을 치웠다. 탈은 벗겨졌다."

나는 발밑에 떨어진 것을 보았다. 흉하게 일그러진, 주름으로 얽히고, 떨어지면서 비틀려 오그라진 나 자신의 업의 탈을.

민은 눈을 떴다.

의식을 되찾은 것을 보자, 코밑수염은 그의 어깨를 부축해 일으키면서 "오 이번에는 정말 곤히 주무시더군. 좋은 꿈 보셨는지, 웃음을 지으시더니."

"아닙니다. 아무 꿈도……"

민은 옆방에 기다리게 한 정임을 생각하고, 침대에서 내려섰다. 공연이 끝난 후 한 달이 지난 어느 날 오후였다.

그들이 이 근처로 지나가다 정임의 호기심을 풀어주느라고 들렀던 것이다. 그가 시술받고 독백하는 동안에, 옆방에서는 오늘 이야기와 함께 먼저 녹음한 것까지도 정임이가 모조리 들은 일을 그는 알지 못하였다. 본인도 모르는 '더 깊은 그' 자신의 소리를, 그의 여인이 다소곳이 빼지 않고 들었다.

"한동안 신세 질 일이 없을 것 같습니다."

민의 말에 코밑수염은 천만에 천만에를 해 보였다.

"그건 우리가 바라는 바입니다. 부디."

코밑수염은 추위에 떠는 어린애 손을 녹여주듯 그의 손을 자기의 두 손바닥 사이에 한참이나 품었다.

서로 외투의 어깨를 비비며 문을 나서는 두 사람을 문틈으로 내다보고 있던 옆방의 도청자들은, 그들의 모습이 문밖으로 아주 사라지자, 조용히 응접실로 밀려나왔다.

오랫동안 그들은 감동을 지그시 즐기고 있는 사람들처럼 부드러운 웃음을 지으며 담배를 피울 뿐, 말이 없었다.

대머리가 벗어지고 무테안경을 쓴 신사가, 코밑수염을 건너다보며 생각난 듯이 말했다.

"내일 안으로 복사한 녹음을 뉴욕으로 보내시오. 케이스에 대한 해설과 함께."

"결론은 그대로 둡니까?"

"그러면?"

"'본 케이스는 청년기의 보상 의식의 나타남으로서, 싸움에 다녀온 젊은이들이 그동안의 공백 기간을 무엇인가 값있는 어떤 것을 빨리 얻음으로써 메워보려는 정신 현상의 하나임.' 이 대목 말입니다."

"그 대목에 약간 불만이 있으시다 그런 얘긴가요?"

"이를테면…… 모든 사람의 정신 활동을 이처럼 환경과 그에 대한 '대응'의 두 가지로 나누어버리면 결국은 인간을 해체한다는 거나 다름이 없지 않을까 하는 생각입니다. 제일 과학적인 방법으로 인간을 연구한다는 노력이 마지막에는 인간의 파편을 한 아름 얻었을 뿐, 살아 있는 인간은 잃어버리는 결과가 된다는 건, 방법론 자체에 커다란 모순이 있는 것으로 여겨집니다. '환경' '대응' 그리고 제3의 요소가 필요합니다. '꿈'이랄지, '명예'랄지. 물리학은 환경과 반작용으로 충분히 세계를 설명하지요. 그러나 인간을 설명할 때는 또 하나 제3의 계기가 반드시 필요하지 않을까요? 그렇지 않고서야 운동과 행위를 구별할 수 없지요."

"찬성입니다. 동시에 불찬성입니다. 찬성이란 건 서양식 학문이 방법론상으로 결함이 있다는 걸 시인하는 뜻에서 그렇고, 불찬성이란, 귀하가 우리 협회의 뜻을 잘못 아신 데서 그렇습니다. 우리는 철학을 하려고 모인 게 아닙니다. 사람의 행위에 가치론의 메스를 대려는 게 아니지요. 그런 기도는 너무도 많았고, 또 다른 사람들의 손에 의해서 앞으로 얼마든지 계획이 될 겁니다. 우리는 영혼의 생태학을 수립하기 위한 기초적인 법칙을 세우기 위해서 자료를 모으는 것입니다. 케이스에 대한 개별적인 감동이라든지, 그런 것에 유혹돼서는 안 될 줄로 압니다. 해부학자가 실험용 동물에게 불교도의 자비심을 베푼다면 그는 다지요. 학문에 감상이 섞여서야 될 말인가요? 우리는 인정이 너무 많아서 망한 거지요. 자기를 속이는 인정이……"

코밑수염은 손바닥으로 머리를 때리며 단단히 코를 떼었다는 시늉을 호들갑스레 몸짓으로 나타냈다.

"지금까지는 지부 책임자로서의 공식적인 말입니다. 그 소위 '제3의 계기'에 대해서는 이런 방법으로 전폭적인 지지를 나타내고자 합니다."

대머리는 이렇게 말하며, 찬장에서 한 병의 양주와 사람 수대로 글라스를 꺼내, 회원에게 죽 부어놓고 선창했다.

"다문고 왕자를 기념하여."

높이 들린 글라스 속 불그무레한 액체가 희미한 형광등 빛을 번쩍, 되비쳤다.

(1960)

느릅나무가 있는 풍경

── 소설가 구보씨의 일일 제1장

1969년이 다 가는, 동짓달 그믐께를 며칠 앞둔 어느 날 아침, 소설가 구보씨는 잠에서 깼다. 잠에서 깨는 참에 그의 머릿속에 무엇인가 두루마리 같은 것이 두르르 펼쳐졌다가 곧 사라졌다. 구보씨는 그것을 곧 알아보았다. 그것은, 오늘 하루 그가 치러야 할 일과였다. 다른 누구도 알아보랄 것 없고 구보씨만 알면 그만이었던 만큼 그 두루마리는 눈 깜박할 사이에 사라졌다. 구보씨는 잠에서 깬 다음에도 그대로 침대에 누워 있었다. 쩍쩍쩍 하고 까치가 운다. 침대에서 서너 걸음 떨어진 창문 밖에서 이 아파트의 잔디밭에 몇 그루 심어놓은 오동나무의, 지금은 잎 떨어진 가지 끝에 앉아서 목청이 울릴 때마다 꼬리를 까딱까딱하고 있을 그 새의 모습을 구보씨는 떠올렸다. 그러자 역시 늘 그런 것처럼 구보씨는 서글퍼졌다. 구보씨는 대단히 과학적인 소설가였는데도 아침에 우는 까치 소리에는 매우 미신적이었다. 구보씨는 시골에서 자란 것도 아닌 자기가 그와 같은 토속土俗

의 마음을 가지고 있는 것은 어쩐 일인가 하고 생각하였다. 그러자, 서글펐던 마음은 사라지고 말았다. 늘 이렇단 말이야, 하고 구보씨는 다른 모양의 서글픔을 느꼈다. 까치 소리가 서글프다는 것은 이런 뜻이었다. 까치가 울면 좋은 일이 있다고 한다.

구보씨는 까치 소리를 들을 때마다, 기계적으로, 언제나, 틀림없이, 그 생각이 떠오른다. 떠오른다기보다, 절로 그렇게 된다. 그 느낌은 구보씨의 어떤 사상思想보다도 뚜렷하다. 자기가 정말 믿고 있는 것이란 까치 소리 하나뿐인지도 모른다, 하는 감상적인 생각을 그때마다 하는데, 영락없이 그러면 구보씨는 가슴인가 머릿속인가 어느 한 군데에 까치 알만 한 구멍이 뽀곡 뚫리면서 그 사이로 송진 같은 싸아한 슬픔이 풍겨나오는 것을 맡는 것이었다. 이런 감상感傷을 생활에 그대로 옮기려고 할 만큼 구보씨는 젊지도 않고, 그렇게까지 비과학적인 사람은 아니었으므로, 그 슬픔은 그저 그만한 것에 지나지 않았고 별 탈이 없는 것이었다. 그런데 그만한 미신까지도 캐어내보면서 내 속의 토속土俗은, 하고야 마는 또 한 사람의 구보씨의 차가운 마음이, 다른 한 사람의 구보씨를 슬프게 한 것이었다. 벌거숭이 된 내 마음, 진실이란 병에 걸려 벌거숭이 된 내 마음, 하고 구보씨는 중얼거렸다. 그만하자. 구보씨는 오늘 하루에 기다리고 있는 많은 일을 생각하고, 아침의 이때를 더는 까다로운 생각의 놀이를 위해 쓰지는 말기로 마음먹었다. 그는 침대 머리에 붙은 시렁 위에서 청자갑을 집어서 한 대를 피워 물었다. 대한민국 전매청은 백 원 스무 개비의 그 맛 속에서 아직은 공신력公信力을 지키려는 안간힘을 보여주고 있었다. 구보씨는 오 원어치의 연기를 조심스럽게 점검하면서 민주 국가의 시민다운 책임감을 가지고, 오 원어치의 테두리 안에서 전매 행정에 대한 비판을 즐겼다. 별다른 탈이 없었으므로 그는 전매청을 용서할 수밖에 없다고 생각하였다. 지난밤, 걷어놓지 않은 커튼 사이로 별이 반짝이던 창가에는 이 아침, 미안하리만큼 새파란 하늘이 가득히 채워져 있었다. 구보씨는 눈을 한 번 감았다가 떴다. 좋은 눈약을 한 방울 떨어뜨린 다음처럼. 그리고 하느님도 용서할 수밖에 없다고 생각하였다.

이처럼 자기를 다스리면서 화해和解에 가득 찬 마음으로 아침을 맞은 구보씨는 아파트를 나와 버스 정류장에 닿았을 때 이미, 그와 같은 너그러운 마음으로 이 하루를 보내기가 힘들리라는 것을 깨달았다. 구보씨와 마찬가지로 급히 어디론가 가야 할 권리를 가지고 있는 많은 사람들이, 그를 제쳐놓고 좌석버스란 이름의 입석버스를 타고 수없이 떠났는데도 구보씨는 좀처럼 차를 잡을 수 없었다. 왜 전차를 없애야 했을까 하고 구보씨는 생각하였다. 대형 전차를 더 늘리는 것이 이 교통난을 푸는 길이 아니었을까. 또 자동차만 하더라도 택시 대신에 이층버스 같은 것을 만들어 쓴다면 이렇게 거리가 자동차로 꽉 차지는 않을 것이 아닌가. 아니 전차의 대수를 자동차의 몇 분지 일만 늘렸더라면 이 버스와 택시는 없어도 됐을 것이다. 그러면 떠들썩한 소리와 매캐한 냄새를 맡지 않아도 됐을 것이 아닌가. 전차만 해도 평등, 공公적인 터 ─ 그런 느낌을 가지게 해주었다. 그러나 이 자동차란 것은 남을 밟지 않고선 살지 못한다는 마음보를 가르치는 데 꼭 알맞을 만큼밖에는 넓지도 않고 좁지도 않다. 자동차는 앓는 이·불난 데·싸움터·짐 싣기, 이런 것에만 쓰면 될 것이 아닌가. 나머지 사람은 모두 전차를 타면 된다. 대통령에서 유치원 어린이까지 전차를 타고 다닌다면 세상살이도 썩 부드러워질 것이 아닌가. 이런 생각을 하고 있었기 때문에 구보씨는 더욱이 뒤로 처졌다. 마침내 그는 허둥거렸다. 10시까지 자광慈光대학에 닿지 않으면 안 되었다. 그 대학의 문학과 학생들에게 강연을 하기로 돼 있다. 여기서 자광대학까지 차로 가면 십 분이면 될 것이었고, 지금 시각은 9시 반이니 아직 늦은 것은 아니지만, 이렇게 하다가는 언제가 될지 몰랐다. 그는 택시를 기다리는 줄에 들어섰다. 길게 뻗은 그 줄도 구보씨를 넉넉히 절망시켰지만 그래도 여기는 질서가 있었다. 더구나 택시조차도 어울려 탄다는 그 운전수와 손님 사이의 야합野合의 버릇 덕으로 구보씨는 이윽고 시간에 늦지 않고 자광대학에 닿을 수 있었다. 그는 학보學報사를 찾아서 이 신문의 주필이며 시인인 친구 오적吳赤을 만난다. 오적은 그 자광慈光 어린 부드러운 얼굴로 그를 맞으면서 바쁠 텐데 와주어서 고맙다고 했다. 그는 오적과 둘이 마주 앉아 전기난로를 쬐면서 친구들 소식이며 문단 얘기를 주고받았다. 오랫동안 만나지 못했지만 곧 어제도 만났던 것 같은 느낌이 들었고 그래서 궁금하던 일도 대단치 않은 것이 되고 말았다. 그러는데 다른 연사 두 사람이 왔다. 시인이며 평론가인 이동기李桐基 씨와 김관金箸 씨다. 시간이 되었으므로 그들은 강당으로 갔다. 강연 장소는 이 대학의 대학극장이었다. 그것은 약 백 자리가량의 작은 굿터였다.

김관 씨부터 시작했다. 그는 1960년대에 나온 신인들의 문학 세계를 솜씨 있게 소개하였다. 1960년대. 십 년이 지났으면 이제 어떤 형태로든 마무리를 할 수는 있을 만한 일이었다. 김관 씨는 그 자신이 뒷받침한 십 년의 시간을 '감수성의 혁명' '의식의 의식화' '자아의 확산' 따위의, 구보씨로서는 익히 알 수밖에 없는 말을 써가면서 풀이하고 있었다. 구보씨는 이 자기보다 약간 후배이지만 거의 문단 생활을 같이 시작한 프랑스 문학 전공의 비평가를 새삼스레 쳐다보았다. 그러나 그는 십 년 전보다는 훨씬 책임 있는 말을 해야 하는 자리에 있었다. 그는 이론적 이상理想으로서의 주장과 그와 같은 이상을 옮긴 예로서 그가 옹호한 작가들의 업적 사이의 미묘한 거리를 지적하면서 이야기를 끝냈다.

다음에는 이동기 시인이 했다. 그는 지난 십 년의 한국 시가 여러 문학 세대의 연립聯立이었다고 말하면서, 자기로서는 그 어느 하나가 다른 것을 넘어설 수 있었다고는 보지 않는다고 말했다. 사실상 어느 시대에나 있기 마련인 양식樣式상의 대립과, 양식상의 대립보다 더 포괄적인 세대世代 간의 대립이 구별되어야 하며, 같은 세대 간에서의 양식상의 대립은 다른 세대 간의 양식상의 동일성보다 더 가까운 입장이라고 말했다.

다음이 구보의 차례였다. 구보는 정작, 지난 십 년에 관한 한 앞의 두 사람의 얘기보다 훨씬 다른 어떤 얘기를 할 수는 없었다. 그래서 그는 행동주의 심리학에서의 환경론環境論의 기본 입장을 설명하고 문학의 미학적 구조는 영원불변하지만 그와 같은 구조에 이르게 하는 매개체인 환경은 바뀌기 때문에 작가는 이 환경에 대한 앎이 있어야 하며, 그러나 그 지식 자체는 문학이 아니기 때문에, 작가는 환경에 대한 정보를 익힌 다음에는 그것을 노래로 바꾸어내는 노력을 해야 한다고 끝맺었다.

강연이 끝나고 질문이 있었다. 김관 씨보다 별로 더 늙게는 보이지 않는 한 학생이 일어났다. 그는 김관 씨의 주장 가운데에서 '감수성'의 내포에 대한 꽤 날카로운 질문을 던지면서, 구보씨에 대해서도 아픈 데를 찔렀다. '감수성'이란 것이 문학의 경우, 순수한 감각의 뜻에만 머물 수는 없고 '윤리'에까지 나가야 된다고 생각되는데 과연 어떤 혁명이 있었단 말인가, 하는 것이었고 그 질문 속에서, 구보씨는 요즈음 신비주의적인 경향이 있는데,라고 지나가는 말로 인사를 한 것이었다. 김관 씨는 자기는 동시대의 신인들의 문학적 성격을 뚜렷이 하기 위하여 방법적 도식화를 하는 과정에 어쩔 수 없는 과장이 있었는지는 모르겠으나 아까도 얘기한 것처럼, 그 문제는 그들 신인들이 앞으로 풀어야 할 과제라고 생각한다고 답변했다. 구보는 자기에 대한 언급은 대답할 성질이 아니라고 생각했기에 가만히 있었다. 구보는 학생들이 일어서서 나가는 사이를 의자에 앉아 기다리면서 창밖을 내다보았다. 스님 차림을 한 사람이 뜰을 지나간다. 이 학교는 불교 재단이 움직이는 학교였다. 구보는 불교, 하고 뇌어봤다. 그 정묘한 관념의 체계의 한 부분을 가지고 그럼

직한 미학美學의 이론 하나 만든 사람이 없다는 것을 생각해본
다. 천 년이요, 이천 년이요를 들여 몸에 익힌 버릇에서 실오라
기 하나 건지지 못하고 시대가 바뀌면 미련 없이 『팔만대장경』
을 나일론 팬티 하나와 바꿔버리는 풍토. 구보는 문득 부끄러움
을 느꼈다. 벌거숭이 된 내 마음. 오, 초토焦土에서, 이방인들의
넝마라도 주워 입어야 했던, 벌거숭이 된 내 마음. 문화사文化史
적인 분노의 전사戰士라는 포즈를 지어보는 감상感傷에 젖으면
서 구보는 겨우 그 부끄러움에서 빠져나왔다. 어쩌란 말인가. 그
렇지 못할 내 인연이기에 이렇게 법法의 울타리 밖에서 그나마
멀리 우러러보는 것으로 용서해달라. 그는 적반하장을 샤카무
니에게 슬쩍 들어 보였다.

대학을 나와 세 사람은 퇴계로 어느 음식점으로 갔다. 점심
먹을 때가 되었던 것이다. 가져온 음식은 맛이 없었으나 사람
이 붐비지 않아서 얘기하기에는 좋았다. 거기서 그들은 몸을 녹
이고 밖으로 나왔다. 세 사람은 저마다 갈 데로 헤어졌다. 구보
는 그들이 가는 모습을 보았다. 매우 점잖은 어투로 십 년의 시
간에 대해서 이러저러하게 이야기한 사람들이 그 시간이 지나
자 뒤도 돌아보지 않고 뿔뿔이 갈라진다는 사실이 어쩐지 섬뜩
했다. 어쩌란 말인가. 강연을 같이했다고 해서 의형제라도 맺어
야 한단 말인가. 에잇 구보는 보이지 않는 칼을 들어 마치 백정
白丁처럼 사정없이 자기의 그, 독신자다운 어리광의 미간을 푹
찔렀다. 소는 원망스러운 눈을 치뜨면서 맵짠 동짓달 그믐 무렵
의 바람 속에 산화散華했다.

그는 가까운 다방으로 들어갔다. 그것은 충무로와 퇴계로를 잇는 골목에 있는 '커피숍'이라고 간판을 단 다방이었다. 불빛이 어두웠다. 전에 한 번 들른 적에도 그랬던 것 같지만 밖에서 갑자기 들어온 눈에는 아주 캄캄할 지경이었다. 잘 보이지 않는 자리를 찾던 그는 이층 계단을 올라갔다. 거기도 어둡기는 매한가지였지만, 눈이 익어서 좀 나았다. 그는 창 옆 자리에 가 앉았다. 1시까지 틈이 있었다. 1시에 월간 잡지인『여성낙원女性樂園』사에 가서 현상 소설 당선자를 뽑아야 했다. 고개를 돌리면 창밖으로 저 아래를 그 좁은 거리가 미어져라 사람이 지나간다.

물론 그들에게는 구보 자기와 마찬가지로 그렇게 바쁘게 다닐 권리가 있는 것이었다. 그는 눈을 돌려 다방 안을 보았다. 거기에도 역시 구보 자기와 다름없이 그렇게 앉아서 한 잔의 차를 마실 권리가 있는 사람들이 혼자서, 둘이서 혹은 셋이서, 이야기하고 혹은 가만히 앉아 있었다. 그들과 자기와의 사이에 있는 공간이 깊은 낭떠러지처럼 아래와 위로 벌어지는 것을 구보는 보았다. 그들이 저 겨울옷 속에 지니고 있는 시간. 그리고 구보의 시간. 그 사이에는 아무 관련이 없었다. 구보야, 너는 아까 어린 학생들 앞에서 우리들은 모두 떨어질 수 없는 연대連帶 속에 살고 있으며, 인간의 일은 모든 인간에게 무관할 수 없다고 하지 않았느냐. 물론. 물론 그렇게 말했다. 그러나 이것은 다르다. 무엇이 다르단 말인가. 학교의 강연에서와 너의 마음속의 진실은 다르단 말인가. 아니다. 말해봐. 구보는 다그치는 물음에 약간 비켜서는 투로 차를 한 모금 마셨다. 내가 말하는 것은, 하고 구보는 천천히 생각했다. 내가 말하는 것은 무슨 어렵지도 신기하지도 않은 이야기다. 동네 시어머니란 말이 있지 않은가. 인간은 어울릴 수 있는 것과 없는 것이 있다. 아니, 어울림 속에 끊어짐을 가지고 있다고나 할까. 아니 끊어져 있기 때문에 이어지는 것이라고나 할까. 혹은 커다란 연대 속에 작은 단절이 들어가 있다고나 할까. 이 작은 단절은 집단集團 속에서의 공상空想의 한때일 수도 있고 또는 심하면 죽음일 수도 있다. 공상과 죽음은 집단으로서는 어찌할 수 없지 않은가. 공상과 죽음이라는 단절 위에서의 연대 —— 그게 사람의 어울림이다. 그것을 바로 본 위에서의 연대가 정말 어른스러운 연대다. 한 발 잘못하면 자기뿐만 아니라 남까지도 그 허무의 공간 속에 떨어지게 할 위험을 막기 위한 약속 —— 그게 연대다. 목숨의 이어짐? 자연의 뜻에 의해 이미 연대되어 있지 않으냐고? 그런 '밖'의 이어짐, '나'와 상의함이 없이 그 옛날 누군가가 팽이에 시동始動을 주듯이 결정해버린 목숨의 타성 —— 그것은 '나'가 아니다. '나'는 그 목숨의 연속의 밖에 있는 어떤 '깨어남'이다. 그 목숨의 거울, 그림자다. 목숨이 있는 것처럼 그림자도 '있다.' '나'란 그렇게 약하고 그렇게 아슬아슬하다. 약하고 아슬아슬한 것이 발을 헛디디지 않으려면 굳세고 든든하게 되어야 할 것이 아닌가. 물론, 그런데, 그 굳세고 든든하다는 것은 '소망'이긴 하지만, 결코 그 '소망'만큼 한 '실현'은 없는 법이다. 덜 이룬 '실현'을 다 이룬 '소망'의 실현이라고 우긴다면 하루 이틀이면 몰라도 너무 오래면 그것은 틀림없이 탈이 된다. 할 수 있는 테두리에서의 정의

正義를. 그런 정의가 무서운 정의다. 나머지 정의는 시詩에서 위안받는 길밖에 없다. 칼 빛에 어리는 안개 — 그게 시다. 칼이 없는 시도 가짜고, 시가 없는 칼도 가짜다 — 여기까지 말을 좇아가다 말에 쫓겨온 구보는 문득 제정신이 들었다. 그리고 이러한 생각을 하고 있는 동안의 자기의 얼굴은 틀림없이 미친 사람 아니면 살인범의 표정을 지니고 있었으리라고 생각했다. 그것은 그가 바라는 바가 아니었다. 그는 담배를 꺼내서 불을 붙였다. 그 가냘픈 연기의 건너편으로 구보는 무서운 말이 빚어낸 그 어질머리와 섬뜩함을 건너다보았다. 그 순수한 것들은 연기를 싫어하는 모양인지 잠시 머뭇거리다가 흩어져버렸다. 구보는 그런 말들과 놀다가 이제는 꼼짝없이 그것들에게 잡혀버린 자기의 지난 십 년을 생각했다. 비록 지금, 담배 연기 때문에 사라졌을망정 말들은 결코 그를 떠나지 않을 것이었다. 신이 내려버린 무당처럼 비참하다고 자신을 생각하였다. 게다가 그는 진짜 무당처럼 돈도 받는 것이었다. 그의 안주머니에는 얼마 안 된다고 하면서 오적이 건네준 오천 원이 들어 있었다. 내가 그 대학에서 지내고 온 굿은 무슨 굿인가. 그러자 아까 그 학생이 요즈음 구보씨의 소설은 신비적인 — 하던 말이 언뜻 생각났다. 얼마나 잘 맞힌 말인가. 맞힌다? 그러면 그 학생도 무당이란 말인가. 그는 갑자기 우스워졌다. 그렇게 놀랄 일도 아니었다. 예술의 발생사發生史가 가리키듯이 그것은 사실이다. 내가 아까 말한 이론을 따른다면 환경에 맞게 계산해내는 무당이면 될 것이 아닌가. 미美의 사제司祭 — 라고 하면 그럴듯한데 미의 무당이라고 하면 섬뜩한 것은 무슨 까닭인가. 아마 이 땅의 무당들이 게을렀기 때문이었으리라. 집단과 더불어 힘들여 자라는 힘을 가지지 못한 탓이었으리라. 그래서 죽은 돼지 대가리나 겨누었지, 그 칼춤은 아무도 두렵게 하지 못한 것이리라. 흠, 또 칼의 그림자구나. 죽은 돼지 대가리보다 훨씬 그럴 만한 대가리를 겨누는 칼춤을 추면 되겠지. 그래, 무당이라. 그는 푸닥거리를 마치고 난 무당처럼 남아 있는 커피를 조금씩 마셔가면서 목을 축였다. 이런 순간에 그는 자기 자신의 현실적 신분을 그다지 염려할 필요는 없었다. 한 월남 피난민으로서, 서른다섯 살이며, 홀아비고, 십 년의 경력을 가진 소설가라는 그의 현실적 신분보다 훨씬 높은 데를 걸어갈 수 있는 시간이었다. 그것은, 모든 직업인이 자기 일에 들어서는 참에 갖추어지기 마련인, 어떤 엄숙함의 분위기였다. 그런 분위기 속에 그는 말려들어갔다. 그러자 언제나처럼 그 '말의 공간空間'은 노동자의 일터처럼 그에게 든든함을 주었다. 그는 한참 후에 일어서서 변소로 갔다. 이 다방의 변소는 아래층에 있었다. 그는 소변을 보고 올라오다가 문득 걸음을 멈췄다. 구보씨가 걸음을 멈춘 곳은 계단의 꺾임목이었다. 거기에 난 창문으로 구보씨는 한 풍경을 보았다. 그곳은 자리로 보아서 화교 국민학교의 뒷마당임이 분명하였다. 이층 시멘트 집의 뒷모습이 보이고 작은 창고 같은 집이 있고, 느릅나무 큰 그루가 몇 서 있었다. 구보가 놀란 것은 그 풍경이, 그의 북한 고향의 그가 다니던 국민학교 뒤뜰과 너무도 닮았기 때문이었다. 그의 옆으로 여러 번 사람이 지나갔지만 그는 그대로 서 있었다. 많은 세월을 사이에 두고 문득 마술처럼 눈앞에 나타난 풍경에 구보씨는 홀렸던 것이다. 그는 다방에 올라가서 자리를 옮겼다. 그쪽에 붙은 창문으로 그는 지금 발견한 풍경을 볼 수 있었다. 진작이 자리에 오지 않았던 것을 뉘우치면서 그는 뒷마당을 내려다보았다. 구보씨의 고향은 동해안의 이름난 항구 완산完山이다. 전쟁이 났을 때 그는 고등학교 일학년이었다. 전쟁이란, 거의 모든 사람에게 그런 것이지만 더구나 고등학교 일학년짜리에게는 그것은 어떤 어질머리였다. 피난. 월남. 이십 년의 세월. 그 이십년은 구보에게 있어서 그 어질머리의 실마리를 풀어가는 일이었다. 어질머리. 삶은 어질머리를 가만히 앉아서 풀어가는 가내수공업 센터 같은 것이 아닌 것도 사실이긴 하였다. 풀어간다는 것도 살면서 풀어가는 것이고, 산다는 일은 어질머리를 보태는 일이었다.

밑 빠진 독에 물 붓는 콩쥐의 일감. 어느 사람이 이 어질머리에서 풀려난단 말인가. 사람들은 그래서 사노라면 어느덧 누에처럼 그 어질머리 속에 들어앉아버린다. 그러나 불행하게도 구보의 경우에는 그럴 수 없었다. 그는 어질머리라는 누에집을 풀어서 그것이 대체 어떤 까닭으로 그렇게 얽혔는가를 알아보아야 했다. 그것이 소설이라는 것이라고 그는 생각했으므로. 그는 자기 집을 헐고 자기 껍질을 벗겨서 따져보는 그러한 누에였다. 벌거숭이 된 내 마음. 오, 진실을 찾다가 벌거숭이 된 내 마음. 그 어질머리가 자기의 한 군데라는 것을 알았을 때는 이미 자기 몫의 어질머리를 갈가리 찢어발겨놓은 다음이라는 발견. 모든 슬픈 사람들이 뒷사람을 위해 충고의 말을 적어놓았음에도 불구하고, 자기가 겪지 않고는 풀어 읽지 못하는 너무나 단순한 비문碑文. 그런데 여기 그의 어린 시간이 있었다. 어질머리를 어질머리로서 살 수 있는 오직 한 번의 기회로서의 한 사람의 소년의 시간. 그는 세계라는 어질머리와 자기 사이에 책이라는 완충기를 가지고 있었다. 그는 책을 음악처럼 읽었다. 등장인물이라는 이름의 선율들이, 그의 책의 페이지 위에서 아름다운 어질머리를 풀어나갔다. 아름다움을 남보다 더 누린 사람은 반드시 그 갚음을 해야 한다. 월남 후 그는 그 갚음을 하기에 이십 년을 허비했다. 그가 아름다움이라고 생각했던 것이 슬픔이었고, 그가 어질머리라 생각했던 것이 무서움임을 알고 있는 지금으로서는 구보에게는 이 삶은 한 견딤, 한 수고受苦였다. 그는 눈 아래 뜰에 선 느릅나무의 헐벗은 가지를 바라보았다. 보고 있자니 그의 눈에는 그 가지들이 담뿍 잎이 달려 보였다. 속삭이는 듯한 모양을 한, 그 독특한 느릅나무 잎새가 간간이 바람에 날리는 모양도 보였다.

1시에 구보씨는 여성낙원사에 닿았다. 함께 심사를 맡은 이홍철李洪鐵 씨도 와 있었다. 구보씨는 이 동향의 선배를 오랜만에 만났으므로 반가웠다. 구보씨는 이홍철 씨에게 당선이 될 만한 것이 있더냐고 물어보았다. 편집장은 자리를 옮기자고 말했다. 그들은 회의실인 듯한 방으로 안내되었다. 스팀이 들어와서 훈훈한 방이었다. 구보·이홍철·편집장 세 사람은 가운데 놓인 넓고 긴 탁자의 한 모서리에 자리를 잡았다. 한 사원이 차를 가져왔다. 책상 위에는 응모 소설 원고가 놓였다. 그것은, 구보가 먼저 읽고 이홍철 씨가 받아 읽은 다음 오늘 가지고 나온 원고였다.

"어떻습니까. 뭐 좋은 거 있습니까?"

하고 편집장이 한 손으로 듭시다, 하는 시늉을 하면서 다른 손으로 자기 찻잔을 들며 말하였다.

구보는, 먼저 쉬운 일부터 마친다는 듯이 찻잔을 들어 상징적으로 마시는 시늉을 한 다음, 말하였다.

"글쎄요, 이 형은……"

이홍철은 한 번 웃더니 입을 꽉 다물었다가 말했다.

"네, 이거……"

하면서 원고 뭉치에서 하나를 뽑아냈다. 구보와 편집장은, 한 구유에 머리를 디미는 돼지 새끼들처럼 동시에 원고를 들여다보았다. 그것은 「검은 에덴」이라는 소설이었다. 구보도 별다른 의견이 없으면 그것이리라 한 소설이었다. 구보는 말했다.

"그렇겠군요."

"그래요?"

편집장은 원고를 넘겨보면서 또 말하였다.

"어떤 소설입니까?"

"근친상간近親相姦 얘기예요"

하고 이홍철 씨가 말했다.

"근친상간요?"

편집장은 이홍철 씨가 근친상간을 했다는 고백이나 한 듯이 물었다. 그것이 우스웠으므로 구보씨는 어허허 하고 웃었다.

"괜찮아요"

하고 이홍철 씨가 근친상간이 괜찮다는 듯이 말했다.

"하긴, 근친간도 다루기 나름이지만"

하고 편집장은 좀 생각하다가,

"우리 잡지가 여성지라, 상식적으로 너무 동떨어진 건……"

"말씀대로 다루기 나름이지요"

하고 이홍철 씨가 말했다. 그리고 그들은 「검은 에덴」에 대하여 다음과 같은 의견을 주고받았다.

"쪽 빠졌잖아."

"그래."

"이야기가 확실해."

"검은 에덴이라고 제목을 붙인 걸로 작가의 판단은 들어 있는 셈이지."

"그런데 좀 생각하게 하더군."

"뭐요."

"옛날 소설가 같으면, 간통 이야기를 다룰 때 이런 분위기가 되지 않겠소? 그런데 지금은 근친간이나 해야, 옛날 간통만 한 분위기가 되는 거구나 이런 생각 말이오."

"저항력抵抗力이 생겨서 옛날 십만 단위가— 백만 단위가 된 거지 뭐."

"뜨끔한 일 아니오?"

"어제오늘 일인가. 하, 구보씨 꽤 낡은데."

"낡다니?"

"그러니 구보씨는 아직 장가도 못 갔단 말이오."

"아니 내가 낡았으면 누가 새롭겠소?"

"현재 얘긴즉 그렇지 않소?"

"그럴까?"

"형편없어요. 싹 썩었어요, 문드러지기 일보 직전에 흐물흐물하는 바닥이야."

"바닥?"

"이 바닥 말이야."

"흐음."

"그러니까 소재는 근친간이지만, 작가는 그걸 비판하고 있다, 이런 얘기가……"

"그렇죠."

"그럼 상관없겠군요."

"상관없다니깐요."

"네, 상관없습니다."

"그럼 결정된 걸로 하겠습니다."

일을 끝내고 그들은 잡담을 하였다. 이홍철 씨는 자기가 구상하고 있는 역사소설에 대해서 얘기했다. 그는 전에도 역사소설을 쓴 적이 있었는데 구보는 대단히 부럽게 생각했다. 그 어질머리를 용케 풀어서 앞뒤를 맞춘다고 생각하였던 것이다. 역사소설에 대한 얘기가 발전해서 소설과 역사의 본질론으로 나갔다. 이홍철 씨는 자기 생각을 말했다. 대체로 역사와 소설이 엄청나게 달라지고 그 둘 사이에 차별이 문제시되는 시대는 지배 계급이 정치에 대한 믿음을 잃고 미래에 대한 믿음을 가지지 못하는 시대다. 왕조의 양반 계급은 역사 외에 가공의 진실이라는 소설을 필요로 하지 않았다. 지금 소설이라고 부르는 예술의 몫을 맡은 것은 시였는데 그들은 시에서 굳이 역사를 주장하지 않았으며 완전히 현실의 짐에서 벗어난 놀이로 생각했다. 그들은 사서史書를 읽는 것으로 족히 현실에 대한 눈과 책임을 느꼈기 때문에 거짓말 역사로서의 소설이란 것을 생각할 수 없었다. 그것이 사실은 건강한 것이 아닌가. 오늘날처럼 정치와 예술의 분열이 없었던 것이다 — 이홍철 씨는 이렇게 말했다. 구보씨는 거기다 자기 의견을 말했다. 사실과 오락을 그렇게 두부모 자르듯 가른다는 것은 그들 양반 계급이 자기들의 세습적 신분에 대해서 거의 의사자연擬似自然적인 안전감을 가진 탓이었겠지. 그러나 세습적 지위라는 것이 원칙적으로 인정되지 않는 근대 이후의 세계에서는, 사실과 상상想像 사이에 그와 같은 구별은 있을 수 없지. 20세기 문학의 상징적 경향은 그것이 결과적으로 폐단도 있겠지만, 사실은 이 세상에 단단한 것은 없다는 세계관의 표현으로서, 사람이 늘 거기서부터 출발하고 거기로 돌아가야 할 발판이 아닐까. 아니 '발판 없음의 인식'이 아닐까? 구보씨는 이렇게 말하였다. 이런 얘기를 한 다음 그들은 심사료 각×만 원씩을 받아들고 잡지사를 나왔다. 이 잡지사는 대법원 골목에 있었는데, 그들은 덕수궁 뒷담을 오른편에 보면서 광화문 쪽으로 고개를 넘어갔다. 덕수궁 뒷문 앞을 지날 때 열린 문 사이로 석조전石造殿 오른쪽 옆구리가 보였다. 그러자 구보는 문득 오래된 기억을 떠올렸다. 그때 구보는 어떤 여자와 이 길을 가다가 꼭 지금처럼 그 석조전을 들여다봤던 것이다. 그의 기억의 앙금으로 가라앉아 있는 서울의 한 건물이 있다는 사실이 그에게 어떤 감회를 안겼다. 이렇게 한 도시는 사람들의 기억 속에 가라앉아 있고, 기억의 눈길에 얽혀 있으려니 생각하였다. 마치 밤하늘에서 비행기를 잡는 탐조등探照燈처럼, 사람들은 그렇게 그들의 기억의 하늘에서 집을, 거리를, 나무를, 우체통을, 어느 다방을 밝혀내는 것이라고 생각하였다. 그리고 그 사람이 죽으면, 그 사람이 바라보던 머릿속의 풍물은 전류가 끊긴 전기알처럼 물질의 백치白痴로 돌아가는 것이리라. 구보는 중얼거렸다. 대단한 일이야. 산다는 건 대단한 일이야. 이홍철 씨가 뭐야? 하고 물었다. 구보는 머저리처럼 웃었다. 이홍철 씨도 머저리처럼 웃었다. 구보는 그 웃음이 이홍철 씨의 몇 년 전까지만 해도 잡지 같은 데 나던 사진, 그의 이십대의, 좀 마른 얼굴에 어려 있던 웃음 같다고 생각하였다. 그가 고등학교의 선배라는 실감이 났다. 고등학교.

그때의 고등학교라는 그 이상한 삶을 지금으로서는 거의 떠올릴 수 없다. 아무것도 몰랐다는 것. 아무것도 모르면서 삶을 시작해야 한다는, 삶의 이 불량소녀 같은 엉터리 없음. 그들은 구세군 서대문 본영을 지나 경기고녀와 덕수국민학교 앞을 지나서 광화문으로 나왔다.

"약속 있어?"

하고 이홍철 씨가 물었다.

"없어"

하고 구보는 대답하였다.

"9(나인)에 가볼까?"

"그러지."

9다방은 소설가 남정우南丁愚가 가끔씩 들르는 곳이었다. 그들은 구름다리를 올라가서 건너편에 내려섰다. 남정우는 혼자 앉아 있었다. 남정우는 '淨土'라는 소설을 써서 재판을 받고 있는 중이었다.

"어서 와."

남정우 씨는 자기 집처럼 말했다. 아마 자주 오는 집이어서 집처럼 생각하는 모양이었다.

"어디서 오는 길야, 둘이서?"

"음, 병아리 감별을 하고 오는 길야."

"뭐?"

"병아리 암수 가리는 것 있잖아"

하고 이홍철 씨가 말했다.

"뭐?"

"응, 저, 현상 소설 심사를 하고 오는 길이야."

"아, 그래."

"암컷인가, 수컷인가, 레구홍인가, 토종인가, 잘 크겠나, 못 크겠나"

하고 이흥철 씨가 말했다.

"허, 과연 그래"

하고 남정우 씨가 가장 유쾌한 일 다 듣겠다는 것처럼 웃었다. 구보씨는 그 순간, 확 풍기는 닭똥 냄새를 맡았다. 과연 그래. 그는 넌지시 손을 코에 갖다 댔다. 훅 끼치는 닭똥 냄새. 그럴 것이었다. 껍질을 깨고 나와서 살겠다고 비악비악거리는 숱한 병아리들을 만지지 않았는가. 현상 소설의 원고지 사이에서 풍겨나오는 그 비릿한 냄새는 분명히 닭똥 냄새였다. 자 이번에는 병아리 감별사가 됐군.

구보씨는 '9'에서 두 사람과 헤어져 나와 광화문 지하도 쪽으로 가다가 극작가 배걸裵傑 씨를 만났다. 지하도 입구 신문팔이 옆에서 그들은 악수를 나누고, 오랜만이니 어디 가서 얘기를 하기로 하자고 뜻이 맞았다. 구보씨와 배걸은 지하도를 내려가 동아일보 앞에서 땅 위로 올라왔다. 그들은 오른쪽으로 걸어가서 길을 건너 소방서 앞을 지나 '宮'다방 모퉁이를 돌아서 골목으로 들어갔다. 조금 가면 중국집이 있었다. 여기가 좋겠다고 끄덕이면서 그들은 안으로 들어갔다. 홀을 지나 깊숙한 통로로 그들은 안에 있는 방으로 들어갔다. 좀 이르지만 배갈을 좀 하기로 했다. 그들은 배갈을 마시면서 연극 얘기를 했다.

"베케트가 탔지."

"음."

"알아주는 모양이지."

"그야."

"연극 어때?"

"연극."

"맘대로 되나."

"연극적 감수성이 문제야."

"자네 거 좋더군."

"뭐."

"대사 주고받는 식은 곤란하지."

"대사?"

"응."

"안 되지. 극적 공간의 조형造型, 그게 있어야지."

"극적 시간의 전달."

"그래그래 조형된 시간을 주고."

"받는다?"

"그럼. 자 받아."

"천천히 하지그래."

"응."

"사실寫實극의 밑거름도 없는데 좀 무리하잖을까?"

"뭐 농사짓는 건가?"

"농사야 농사지."

"공간을 간다[耕]?"

"갈아[改]야지."

"공간."

"인간적 공간."

" — 을 가는 거지."

"간다[行]?"

"응 밀어가며, 미는 거야, 밀어내는 거야."

"그 저항이 응?"

"그럼, 그럼."

"타인의 인식, 그 사이."

"옳지, 사이와 사이의 골짜기."

"뛰어넘는 거야."

"빈 골짜기지?"

"비었구말구. 차 있다고 생각하는 게 통속이야."

"옳지, 그렇게 규정하면 되겠군."

"암마. 비었다, 어질머리, 아무것도."

"아무것도 없다 — "

"없다?"

"없지. 그걸 온몸으로."

"온몸으로 말이지 — "

"미는 거야."

"맨몸으로."

"맨몸이지. 뭘 입었다고 생각하면 안 돼."

"알몸으로?"

"벌거숭이지."

"벌거숭이. 벌거숭이 된 내 마음."

"그래그래. 벌거숭이 된 마음이 벌거숭이의 공간을 밀고 나가는 거야."

"밀고 나간다?"

"나가야지."

"괴롭군."

"살아보니 그렇잖아?"

"그래그래. 그런데 괴롭다고 징징 우는 게 죄가 된다니 괴롭지?"

"징징거리는 건 안 돼."

"그럼."

"괴로운 건 괴로운 거야. 그러나 징징 짜는 건 안 돼."

"안 되긴 안 되지."

"안 돼."

"왜 안 돼?"

"짜증이 나잖아?"

"아니 왜 죄가 되나 말야?"

"징징거리면서 일은 언제 해? 징징거릴 시간을 착취하고 있는 거야."

"착취?"

"그럼. 먹어야 짤 거 아냐? 남도 울고 싶단 말야."

"맞았어 맞았어. 실연하고 하소연하는 거 말야."

"그래그래, 죽이고 싶지."

"죽여야 돼, 죽여야 돼."

"그런데 베케트처럼 안 해도 되잖아?"

"어떻게?"

"체홉처럼."

"그건 달라."

"달라?"

"다르고말고. 끝까지 가면 베케트가 되는 거야."

"흠."

"돼. 그렇잖아? 예술이 예술을 의식하게 되면 그리되는 거지."

"그게 예술이 쇠약해진 증거가 아니야?"

"에이 시시한 소리 말아. 왁찐을 연구하기 위해 제 몸에 실험을 하는 게 생명력이 약해서 그런 거야?"

"왁찐이라 —"

"병균을 제 몸에 심는 의학자는 왜 과학이구, 박애구, 순수 정신을 제 몸에 심는 예술가는 왜 타락이야?"

"순수 —"

"순수를 남에게 심어보려는 게 나쁘지."

"남에게 — 라?"

"남이지. 남에게만 세균을 넣고 자긴 말짱하고. 죽어야 돼."

"남이라. 취하지?"

"하나 더 할까?"

"그만해."

"그만?"

"하나 더 할까?"

"하나 더?"

"하나만 더 해."

손뼉을 친다. "부르셨습니까" 하면서 문이 열리고 심부름하는 아이가 얼굴을 들이민다.

"하나" "네" 소년의, 나이에 비해 잘 발달한 손이 술병을 받아가지고 문을 닫는다.

"가만, 식사할까?"

"천천히 하지 뭐, 바빠?"

"아니야, 이따 저녁에 약속이 있어."

"여자야?"

"아니야.『성남동 까치』라구 ─"

"응, 김광섭金廣攝 씨 시집?"

"그래. 출판 기념회가 있어."

"건강이?"

"응, 나도 잘 모르는데, 그동안 병문안도 못 했고."

"그렇겠군. 평이 좋지?"

"안 읽었나?"

"응."

"서로 좀 읽고 했음 좋겠어."

"그렇구말구."

구보씨나 배걸 씨나 모두 술을 잘하는 편은 못 되고 말 안주로 삼는 편이었기 때문에 지금 마시고 있는 병이 두번째였다.

그들은 계속해서 대략 다음과 같은 얘기를 했다.

抽象과 具象은 서로 배척할 것이 아니라 공존해야 한다는 것/
時代에 따라서 歷史는 열려 있는 것처럼도 보이고 닫혀 있는 것
처럼도 보이지만, 현재 인간의 文明은 그러한 明暗이 2項對立式
으로 널뛰기를 하면서 번갈아 執權한다는 表現을 하기에 어울리
는 고비는 지났다는 것/抽象과 具象도 한 時空에 同時에 存在하
는 生의 얼굴이라고 봐야지 한쪽만으로 결판내려면 生을 일그
러뜨릴 수밖에 없다는 것/일그러뜨릴 때는 그것이 言語의 展開
形態인 繼起的 敍述의 限界에서 오는 方法的 單純化임을 自覺하는
餘裕가 있으면 좋지만 그런 虛構의 操作을 實體化하려 들면 敎條
主義가 된다는 것/藝術은 現代文明에서 單一한 儀式을 가질 수 없
다는 것/儀式典範을 統一하려 할 것이 아니라 分派가 택한 典範
各己의 테두리 안에서 얼마나 感傷을 克服했는가를 가지고 信心
을 저울질하는 길밖에 없다는 것/文學이 그 가운데서도 특별한
障壁을 가진 것은 認定해야 한다는 것/感覺藝術과 같은 純粹한 音
階의 設定이 不可能하다는 것/文學의 音階는 複合音階로서 風俗
의 指示를 包含하지 않을 수 없다는 것/그러나 藝術이라는 이름
으로 묶인다면 다른 藝術과 다름이 있을 수 없다는 것/아마 詩心
의 높이가 그 가늠대일 것이라는 것/明月이나 梧桐나무에는 發
情하는 詩心이 人事의 正邪에는 發情하지 말아야 한다는 것은 原
理의 一貫性에 矛盾된다는 것/現實의 어느 黨派를 支持할 것이냐
하는 立場을 버리고 가장 높은 詩心의 領域에서 醜한 것은 無差別

射撃할 것/友軍의 行動限界線이라고 해서 射撃을 延伸하지 말고 詩心이 허락할 수 없는 地帶에는 융단 爆撃을 加하여 利己心에 대한 殺傷地域을 造型할 것/그렇게 해서 詩가 人事를 두려워할 것이 아니라 人事가 詩를 두려워하게 할 것/泣斬馬謖에서 泣도 버리지 말고 斬도 버리지 말 것/泣이냐 斬이냐 하는 虛僞의 2項對立의 惡循環에서 벗어날 것/泣은 조강之妻에게 斬은 斬망나니手에게 돌리고 孔明은 泣斬할 뿐이라는 것/예술은 인간이다,라는 까닭에서가 아니고 예술이라는 칼을 들었으면 칼이 가자는 데로 가야 한다는 것/그런 匠人意識/因緣으로 흐린 自己의 利害打算의 눈을 스스로 眼盲케 하여 失明을 얻은 다음 詩의 물레를 돌릴 것/눈먼 손이 뽑은 詩의 명주실을 풀리는 대로 버려둘 것/그러면 가이사의 몫은 가이사가 가져갈 것이고 하느님의 몫은 하느님이, 異邦人들과 단군 열두 支派도 제 길이만큼 잘라 갈 것이라는 것/그런 물레질.

　구보씨는 5시 반에 성북동에 있는 '유정'이라는 술집에 닿았다. 거기가 『성남동 까치』 출판 기념회 자리였다. 여느 술집과 마찬가지로, 가로가 긴 아크릴 간판을 단 한옥韓屋이었다. 이 집의 위치를 초청장 뒤에 그린 지도를 보고 찾아왔던 것인데 쉽게 찾았다. 쉽게 못 찾을 만하면 하긴 술집도 아닐 것이었다. 벌써 와 있는 사람이 많이 있었다. 구보씨는 앉은 사람 모두에 대하여 막연히 인사하고 빈자리에 가 앉았다. 대청마루와 건넌방 사이의 문을 걷어내고 상을 여러 개 붙여놓은 자리에 앉아서 살펴

보니, 둘러앉은 얼굴은 모두 선배들이었다. 사람들이 이어 들어
왔다. 새로 온 사람들이 자리에 앉다가 말고 김광섭 씨에게 인
사하러 가는 것을 보고서야 구보씨는 김광섭 씨가 아까부터 자
리에 있었다는 것을 알았다. 공교롭게 그가 앉은 줄 몇 사람 건
너에 앉아 있어서 알아보지 못했던 것이다. 인사하러 가야 했으
나 이미 사람이 들어찬 자리가 몹시 좁아져 있었으므로 그는 그
만뒀다.

　상을 둘러앉았다기보다 상과 뒷미닫이 사이에 끼어 앉았다
는 것이 마땅할 만큼 좁았던 것이다. 그 있지도 않은 등과 뒷미
닫이 사이를 음식을 든 술 치는 여자들이 다니면서 시중을 들었
다. 구보씨는 한옆에 시인 윤석경尹石輕 씨, 다른 쪽에 시인 한유
학韓有學 씨 사이에 끼어 앉았는데 사람들이 연이어 들어서고 자
리는 그때마다 좁아졌다. 구보씨는 가끔 몸을 돌릴 때마다 옆으
로 김광섭 씨를 바라보았다. 김광섭 씨는 머리가 아주 백발이었
고 두루마기를 입은 모습은 딴사람 같았다. 술이 돌아가고 농담
이 돌아가고 하는 사이에도 그의 목소리는 한 번도 들리지 않았
다. 이만한 부드러운 모임에도 간신히 견디고 있다는 느낌이었
다. 아무도 술을 권하지도 않았다. 그것도 보통 술자리와의 대조
를 뚜렷하게 만들어주었다. 그는 김광섭 씨가 건강하던 때 모습
을 떠올렸다. 느리고 완강한 데가 있어 보이는 얼굴이었다. 언젠
가 명동의 '바다비아'에 데리고 가주던 일을 구보는 떠올렸다.
웬일인지 그때 그 바의 풍경이며 마담의 얼굴이 너무 확실하게
떠올랐다. 그때 마담은 김광섭 씨더러 무정한 애인이라고 하면

서 외상술 마실 때만 오느냐고 했다. 김광섭 씨는 외상이 아니라 오늘은 공짜라고 하였다. 마담은 공짜라도 좋으니 매일 오라고 하였다. 그때 구보씨는 저만한 시인이 되면 명동의 이만한 바의 마담을 애인으로 가지고 있는 법이고 술도 여자 쪽에서 대는 것이구나 하고 몹시 감동했다. 십 년 전 구보씨가 처음 소설을 쓰고 김광섭 씨가 내는 잡지에 실었을 때의 일이었다. 구보씨는 술집에서의 그 흔한 농담의 정석定石을 실전實戰처럼 생각한 자기의 그때 젊음보다, 그런 자기를 데리고 술집에 가준 씨의 젊음을 생각하고 조금 슬퍼졌다. 씨의 지금 얼굴은 사실은 없어도 좋은 여러 선線들을 지우개로 모두 지워버린 다음 같은 그런 느낌이었다. 그는 『성남동 까치』에 실린 시들을 생각하였다. 그 시들에게는 말로만 듣던, 삶의 겨울의 그 무서움이 있었다. 닳아빠지도록 징징 운 적이 없는 사람이 나 정말 봤소, 하고 보고하는 그 삶의 겨울의 얼굴이 있었다. ── 옆에 앉았던 한유학 씨는 거의 구보의 무릎 위에 앉아 있었다. 구보는 일어나서 안방으로 들어갔다. 거기에는 슬기롭게도 일찌감치 선배들에게 자리를 내주고 나온 이철봉李鐵棒 씨가 마담을 데리고 무슨 얘기를 하고 앉아 있었다.

"여기가 편하군."

"응, 성황이어서 잘됐어."

구보씨는 이철봉 씨가 앉아 있는 아랫목 벽장 아래 가 앉았다. 그 옆으로 사진사가 둘, 보자기를 씌운 사진기를 옆에 세워 놓고 앉아 있다. 대청과 방은 미닫이로 막혀 있어서 보이지 않왔다.

"이봐"

하고 이철봉 씨가 마담에게 말했다.

"여기도 한 상 차려와."

"곧 가져옵니다. 미안합니다."

"어딜 가는 거야."

"네 다른 방에 좀."

"다른 방?"

"네."

"돌려보내 돌려보내."

"어머 거기도 손님인데."

"손님? 아무튼 여기 빨리 가져와. 자리가 없어 나앉았는데 술
까지 나앉으란 말야?"

작은 자개상에 술과 생선 구운 것이 얹혀서 왔다.

"이거 뭐 행랑아범 상 같잖아?"

"아이 무슨 말씀을."

"회계는 내가 하는 거야"

하고 이철봉 씨는 마담의 어깨를 안았다.

"응, 돈은 이 양반이 가졌어"

하고 구보씨는 무책임한 거짓말을 했다. 마담은 그래서만도 아
니고 이철봉 씨의 평론가다운 고상한 풍모 때문이기도 하겠지
만 윗몸을 맡기고 가만히 있었다.

"마담 몇 살이야"

하고 철봉 씨가 물었다.

"맞혀보세요."

"글쎄"

하고 철봉 씨는 나이 맞혀보는 건 양보해도 좋다는 듯이 구보씨를 돌아보며 마담을 좀더 겨드랑 밑에 집어넣었다. 구보씨는 마담 얼굴을 바라보았다. 거기도 한 얼굴이 있었다. 그것은 얼굴을 이루는 많은 선線들이 어디로 갈지 몰라서 제자리에서 잠깐씩 망설이고 있는 듯이 보이는 얼굴이었는데 눈을 가운데로 삼은 부분이 비옥肥沃해 보였다. 눈의 흰자위가 성性의 비곗살처럼 살쩌 보였다.

"글쎄"

하고 구보씨가 모처럼의 권리를 낭비해버렸다. 그러자,

"서른다섯"

하고 철봉 씨.

"꼭 맞혔어요."

마담은 서른다섯 살을 철봉 씨가 주기나 한 것처럼 반가워했다. 그것으로 봐서 몇 살 더 먹었을 것이라고 구보씨는 생각했다.

"서른 살쯤이 아닐까?"

"그러면 좋게요"

하고 마담은 말하면서 일어서려고 했다.

"어딜 가는 거야."

"좀 나가봐야죠"

하고 마담이 대청마루 쪽을 눈으로 가리켰다.

"애들이 있잖아?"

철봉 씨가 그렇게 말했으나 마담은 잠깐만이라고 손가락 하나를 들어 표시를 하면서 일어서 나갔다. 대청마루에서는 돌아가면서 축사를 하는 중인 모양이었다. '까치' '까치' 하는 소리가 말 가운데서 자주 들렸다.

"늙었지?"

하고 철봉 씨가 말했다.

"응, 머리가 다 세었다."

"머리는 갑자기 세는 것이라는군."

"응."

"'성남동 까치' 좋지?"

"응."

'성남동 까치'는 이번에 나온 시집의 이름이자 그 속에 실린 한 편의 이름이었다. 김광섭 씨의 앓기 전의 시는 존 던을 연상케 하는, '形而上學의 騎士'가 투구를 쓰고 움직이는 듯한 느낌이 있었다. 기생방 병풍 냄새 같은 것이라든지, 청상靑霜의 안쓰러움 같은 것이 대체로 주류를 이룬 시단에서 그의 시풍은 쇳소리가 울리는 특이한 것이었다. 그런데 이번 시집에서 그는 그 투구를 벗고 있었다. 그리고 구보가 놀란 것은 투구를 벗은 그의 머리가 그사이에 세어 있었다는 사실이었다. 그 투구 안에서 그는 다른 싸움을 싸웠던 모양이었다. 모든 사람들이, 그가 투병鬪病하는 동안 그에게 씌우고 있었던 옛날의 그의 시풍의 투구를 그는 스스로 벗고, 지금도 그러리라고 생각해온 그와는 너무 다른 얼굴을 드러냈던 것이다. 투구보다는 더 튼튼한 그러나 가벼운, 싸움을 치른 그의 체력도 견딜 수 있는, 튼튼함과 무게 사이의 비례 관계를 벗어난 그런 옷을 입고 그는 서 있었다. 아니 저기 앉아 있다.

"당신들 여기 있었군."

사회를 보고 있는 시인 김정문金正文 씨가 들어서면서 말했다.

"자리를 내드리느라구"

하고 구보가 말했다.

"자 당신들두 한마디 하시오"

하고 그는 구보씨와 철봉 씨를 두 마리의 까치 새끼처럼 손바닥으로 몰아가지고 대청으로 나왔다.

구보는 이런 얘기를 했다.

— 김광섭 선생의 『성남동 까치』는 1960년대의 끝에 와서 문득 우리 문학의 하늘에 올린 길한 소리였습니다. 우리는 헤매는 한국시가 어디로 가는 것인지 알지 못합니다.

그러나 한국 시는, 거짓을 버린다는 이름으로, 우리가 시라고 생각하던 옷을 하나씩 벗어왔습니다. 그러나 우리는 한국 시가 저 옛얘기의 벌거숭이 임금님이 되기는 원치 않습니다. 임금님은 임금다운 옷을 입어야 합니다. 벌거숭이냐, 옷이냐 하는 양자택일적인 물음이 사실상 감상感傷에 지나지 않음을 우리는 보아왔습니다.

선택은 벌거숭이와 옷 사이에 있지 않고, 어떤 옷과 어떤 옷 사이에 있습니다. 『성남동 까치』는 시에게 위엄과 점잖음의 옷을 되찾아주었습니다. 그러나 그 옷은 번쩍거리지도 절그럭거리지도 않는—목숨처럼 자유무애하고 자유인답게 점잖은 그런 옷입니다. 우리가 할 일은 그러나 김 선생님의 옷을 뺏어 입는 것은 아닐 것입니다. 또 뺏어지지도 않습니다. 이 시인의 싸움을 우리도 싸우는 것, 그렇게 해서 우리도 자유인이 되는 일이라 믿습니다. 무엇보다 선생님의 건강을 빌어 마지않습니다.

이철봉 씨는 보다 간단한 그러나 정에 넘친 연설을 하고 나서, 구보씨와 철봉 씨는 다시 별실로 왔다. 그때 구보씨는 자기가 각설이 타령을 하고 나오는 거지처럼 느껴졌다. 그럴싸한 일이었다. 음식을 한 상 받고 앉은 대감들 앞에서 각설이 타령을 한마디 하고 별실에 물러나와 한 상 얻어먹는 거지 같다고 생각하고 구보씨는 슬퍼졌다.

이번에는 거지가 됐군, 하고 구보씨는 생각했다.

대감들 방에서는 노래가 시작됐다. 이제 남은 일은 기념사진을 찍는 일뿐이었다.

"이 형은 집이 어디요?"

하고 구보가 물었다.

"여기서 가까워."

"자기 집이지?"

"응."

"용한데."

"오막살이야 오막살이."

"아무튼. 애기 둘이랬지?"

"둘이야."

"더 낳을 생각인가?"

"응 길러보니 하나쯤 더 있어도 좋을 것도 같고."

"둘이면 되잖을까?"

"남의 걱정 말고 자넨 뭐야?"

"응 나야 뭐."

"뭐라니."

그들은 내년 PEN대회에 대한 얘기를 했다. 나쁠 것은 없다는 것이 두 사람의 의견이었다. 자본이건 정치건 국제적인 '빽'이 있어야 하는 세상에, 문학에도 그런 게 있어서 나쁘기까지야 하겠는가, 하는 점에 그들은 의견을 같이했다. 그것이 과연 '빽' 구실을 할 수 있을까 하는 것이 의심스럽다는 점에 대해서도.

8시에 기념 촬영을 하고 모임이 끝났다.

구보씨는 버스 정류장에서 혼자 차를 기다렸다. 낮에도 맵짠 날씨더니 지금은 어지간히 떨렸다. 한 시인을 축하하고 사람들은 뿔뿔이 흩어지고. 에익, 또. 구보씨는 사랑에 굶주린 거지 같은 자기 몰골을 생각하고 화가 났다. 벌거숭이 된 내 마음. 오 거지 같은 내 마음. 그는 하늘을 쳐다봤다. 까맣게 갠 하늘에서 벌거숭이의 그 숱한 것들은 그래도 고왔다. 사람도, 헐벗으면서도 저럴 수 있다고 잘못 알고 얼마나 많은 사람들이 무모한 짓을 하다가 삶의 이 엄동설한에 얼어 죽었을까, 하고 구보씨는 생각하였다. 빛나는, 하늘의 그 고운 것들과 고운 것들 사이에 놓인 공간이 아름다움이면서 무서움인 것처럼, 한 시인을 축하한 사랑은, 뿔뿔이 흩어져야 하는 무서움이기도 하다는 것을 생각한다.

"아저씨" 누가 옆에 와 선다. 그는 돌아보았다. 머리끝이 쭈뼛
했다. 정말 헐벗은 한 여자가 그에게, 밤처럼 캄캄한 손을 내밀
고 있었다. 어쩐 일이었던지, 그 여자의 얼굴에서, 벌써 옛날에
갈라진 한 여자를 보았다고 헛갈린 것이다. 그는 백원짜리 한
장을 꺼내 주었다. 죄인처럼. "고마워요" 그녀가 말했다. 비웃음
처럼.

버스가 왔다.

구보씨는 황황히 이십 원 길의 나그네가 되어 밤 속으로 외마
디 소리처럼 사라져갔다.

(1970)

달과 소년병

1920년대의 어느 해 초여름 한낮이 조금 지난 무렵의 일이다.

두만강을 굽어보는 만주(두만강 건너편의 중국 땅) 쪽, 강에 바싹 다가선 벼랑에 독립군 두 사람이 풀숲에 몸을 숨기고 건너편 조국의 강산을 바라보고 있었다.

머릿수건에 감발을 치고 망태기를 짊어진 차림새는 농군 부자가 길을 가는 행색이었다. 엎드린 채 오른손에 거머쥔 장총만 아니라면. 둘 중의 한쪽은 아주 어려 보인다. 열대여섯 살쯤. 땀과 먼지에 절어 누르티티한 머릿수건 밑에 까맣게 탄 이마를 밀어올리듯이 한껏 벌어진 눈자위 속에 초롱초롱한 눈빛으로 보면 그쯤도 채 못 되었을지도 모르겠다. 나이 많은 쪽이 망원경을 꺼내 눈에 대었다.

망원경이 아니라도 그들이 아까 고개를 쳐들어 첫눈에 알아본 강 건너 광경은 너무 뚜렷하였다.

그쪽은 훨씬 멀리에 산맥이 바라보이는 꽤 넓은 벌판이었다.

여기저기 낮은 야산이 산재한 벌판은 강에 가까운 쪽이 조며 옥수수 같은 잡곡밭이고, 좀 멀리 부드러운 논배미가 바라보였다. 야산을 한쪽으로 끼고 보통 농가 두엇을 잇대놓을 만한 학교가 있는데 지금 운동회가 열리고 있는 것이었다. 추녀 끝에 이어놓은 만국기가 울긋불긋한데, 운동장에서 꼬마들이 이리저리 움직이고 있다. 구경꾼이 하나도 없다. 그러니 운동회를 앞두고 연습을 하는 모양이다. 그런데 학교에서 백 미터쯤 떨어져 천막이 하나 쳐졌는데 그 앞에 야전에서 하는 식으로 총을 걸어 세워놓고 왜병들이 휴식을 하고 있는 것이다. 일개 분대쯤 되어 보인다.

그들이 처음에 벼랑 이쪽을 기어올라가서 살며시 고개를 쳐들었다가 불에 닿은 듯 고개를 풀숲에 묻어버린 것은 이 때문이었다.

합방 이후 두만강, 압록강 국경에서 줄곧 이어져온 독립전쟁은 3·1 혁명 이후 국내에서 쏟아져 오는 탈출자들을 맞아 지난 한 해 동안 더 치열해졌다. 그러자 왜총독이 국경을 시찰한다는 비밀정보가 들어왔다. 독립군 부대들은 연락을 취하여 구역을 정하고 매복했다가 천우신조하면 왜총독을 잡기로 결정하였다. 지금 압록·두만 양강을 끼고(어떤 구역에서는 국내 쪽에) 수많은 저격조가 매복해서 한편으로 국내 연락자들과 연결하고 뒤에 큰 부대들이 멀찌감치 기다리고 있다. 한성 천리를 제 발로 걸어온 원수의 우두머리를 여기서 격살할 수 있다면 이보다 장쾌한 일이 없을 것이었다. 지금 두만강 연안 중국 쪽에 솟은 벼랑 위 수풀 속에 두 사람의 독립군이 나타난 것은 이런 까닭이다. 왜총독을 만나면 저격하고 그렇지 못한 사정이면 후방 주력부대에 연락하는 일이 그들의 임무였다. 이틀 전 출발해올 때 그런 말이 없었으니 왜군은 그사이에 이동한 것이다. 왜총독의 시찰 길목이 될 짐작은 그만큼 크다.

이렇게 시작된 그들의 망보기는 이튿날부터는 벌써 틀이 잡혔다. 교대로 잠을 자 가며 왜군을 살피면서 국내에서 넘어올 연락을 기다리게 되었다.

소년은 억지로 잠을 청하면서 기다리다가 조장이 나무뿌리를 베개 삼아 드러눕자 망원경을 들어 적을 바라보았다. 어제에 이어 오늘도 그들은 야산 허리에서 도랑을 파고 있다. 웃통을 벗고 삽을 놀리는 자들의 얼굴이 숨막히게 가깝게 보인다. 그들의 유효사거리 안에 있는 참호 안의 병사들의 키가 낮아지고 퍼 올려서 쌓이는 흙더미의 키가 높아진다. 소년의 망원경은 국민학교 운동장으로 돌아간다. 달리기를 연습하는 아이들이며 편을 짜서 줄다리기를 하는 한옆에서 횟가루로 금을 긋고 있는 선생인 듯한 사람이 엇갈린다. 소년은 망원경 속을 날아가서 그들 속에 섞여 있는 것처럼 빨려들었다가는 문득 놀라며 왜병들 쪽으로 돌린다. 그러다가 이끌리듯이 학교를 향한다. 거기서는 아까하고는 조금 다른 일이 분주하게 돌아가고 있다. 어느덧 오후가 지나간다. 조장이 일어나서 자리를 바꾸고 소년병은 수통을

들고 물 뜨러 내려간다. 골짜기를 내려가는 소년의 머릿속에는
방금까지 보아온 광경이 가득 차 있다.

　이틀째 되는 날에 그 일이 일어났다. 그리고 소년은 그 광경
을 처음 본 순간부터 머리가 터질 듯이 아파오기 시작하고 귓속
이 멍멍해졌다.

　오후 망보기를 하고 있었다. 왜군들은 진지를 다 끝내고 쉬고
있다. 야산에 자란 잡목 그늘에 누워도 있고, 천막 안에도 있고,
서너 명이 학교 쪽으로 걸어간다. 소년은 긴장한다. 왜병들이 울
타리도 없는 운동장에 들어가서 선다. 구경을 한다. 그러더니 줄
다리기에 두 편으로 갈라서 끼어들어 어울린다. 흰 이가 드러나
는 왜병들과 아이들 영차영차 소리, 사람들이 와르르 흔들린다.
망원경을 잡은 손이 제 손 같지 않게 흔들리는 것이다.

　잠이 깨어 소년 곁으로 기어온 조장은 소년의 눈빛이 달라진
것을 보았다. 조장은 망원경을 받아 들고 살펴보았다. 먼저 왜
병들을 찬찬히 바라보고 그 역시 학교 쪽으로 망원경을 돌리자
굳어졌다. 사격에 뛰어나 뽑혀 오게 된 소년이 고향에서 일가가
모두 왜병들에게 참살되고 천애고아가 된 처지임을 알고 있는
조장은 소년의 마음을 알 수 있었다. 그가 망원경에서 눈을 뗐
을 때 소년은 물 뜨러 가고 없었다.

　저녁에 다시 소년이 망보기를 맡았을 때 소년은 침착해 보였다.

　보름을 조금 지난 달 아래 강물이 번쩍거리고 맞은편 강산은
깊이 잠들어 있었다. 그들이 이렇게 깨어 있는데도.

사흘째 되는 날 두 병사는 하루 종일 운동회를 바라보았다. 그렇게밖에 될 수 없는 것이 왜병들도 절반가량 그쪽에 가서 뛰고 달리고 하였기 때문에 이날만은 이쪽저쪽을 번갈아 볼 필요가 거의 없었다. 만국기가 좋은 날씨의 햇빛 아래 예쁘게 펄럭이고 이날은 마을 사람들의 흰옷과 아낙네들의 물색 옷이 운동장을 메웠다. 아침부터 시작한 운동회가 점심시간이 되자 아이들이 왜병들의 천막에서 큰 그릇에 무엇인가를 날라 가는 것이 보인다. 무슨 음식인 모양이었다. 소년은 종일 화난 듯이 말하지 않았다.

밤이 되어 달은 여전히 밝다. 천막가를 돌아가는 왜병 동초의 총칼이 달빛에 번쩍인다.

나흘째 되는 날 그들은 철수하였다. 여기서 떨어진 곳에서 강을 건너온 국내의 연락자의 보고에 의하면 왜총독은 압록강 쪽을 둘러보고 한성으로 돌아갔다고 한다. 그쪽에서 독립군들이 공격할 수 있었는지 연락자는 알지 못했다. 연락자가 돌아간 다음 그들도 온 길을 되밟아 출발하였다. 해 질 녘까지 행군하였다. 산이 높은 데서는 산허리 중간보다 약간 아래쪽을 따라 그들은 나갔다. 가끔 오른쪽으로 멀리 벌판이 보이고 산허리와 허리 사이로 강물이 번쩍이는 것이 보일 뿐 가도 가도 울창한 수풀이 지칠 줄 모르고 그들을 앞서 갔다. 대륙 지방의 여름이라는 것은 늦은 들꽃이 흐드러지는 봄이기도 하여서 원시의 수풀이 뜸하게 끊이고 햇볕 이글거리는 일런 언저리는 눈에 부신 꽃마당이 여기저기 퍼져 있었다. 조장은 산열매가 보이면 따서 소년을 먼저 주고 자기도 먹었다. 그때마다 소년은 말없이 받아먹었다.

저녁 무렵에 그들은 개울가에서 식사를 했다. 이 고장 평지에서는 맛보기 어렵게 시원한 물에 미숫가루를 타서 마시고 육포를 씹었다. 그것이 그들이 가져온 식량이었다. 조장은 가끔씩 소년의 표정을 살폈다. 그러나 정작 하고 싶은 말은 하지 않았다. 갑자기 어두워지고 그것이 밤이었다. 그들은 모닥불에서 조금 떨어진 바위를 머리맡에 두고 잠이 들었다. 내일 일찍 떠나면 점심때까지는 본대에 들어설 수 있을 것이었다. 달이 좋은 밤이다. 깊이 잠든 병사들과 수풀이 어슴푸레하게 달빛에 싸이고 굵은 토막을 지펴놓은 모닥불에서 뻗치는 굵은 불길이 거기서만 달빛을 끄슬렀다. 작은 쪽이 살며시 일어났다. 그대로 잠깐 기다리다가 일어서서 한 발자국씩 자리에서 멀어져갔다.

소년은 밤내 걸었다. 달이 있다 해도 밤길은 거북이 걸음처럼 더뎠다. 새벽이 되었을 때 소년은 어제 지나온 길을 절반쯤 되돌아와 있었다. 소년은 가끔 뒤를 돌아다보았다. 금방 그쪽 수풀에서 조장의 모습이 불쑥 나타날 것 같았다. 그들이 사흘 동안 망보던 벼랑에 닿은 것은 한낮이 가까워서였다. 소년은 머리를 내밀어 강 건너를 바라보았다. 운동장에서는 아이들이 펄럭이는 깃발 아래에서 뛰어다녔다. 왜병들 쪽으로 눈길을 돌렸을 때 소년은 숨을 죽였다. 서 있는 한 왜병을 둘러싸고 세 사람의 어린이가 서 있고 그중 한 아이는 왜병의 목을 타고 앉아 있었다. 소년은 오래 그들을 바라보았다. 한 덩어리가 된 그 모습이 꽉 찼다. 소년은 전날에 만들어놓은 돌무더기 위에 총대를 얹고 가늠쇠 끝에 왜병의 발끝을 올려놓았다. 왜병과 어깨 위의 어린이가 아래위로 마주 보며 흰 이를 드러냈다. 소년병은 방아쇠를 당겼다.

그런데 왜병의 어깨 위에서 어린이가 문득 멈추는가 싶더니 왜병의 얼굴을 덮으며 허수아비처럼 푹 까부러졌다.

소스라쳐 깨면서 소년병은 일어나 앉았다. 자욱한 달빛 속에 모닥불이 마치 물속에서 타는 불 같았다. 조장은 깊이 잠들어 있었다. 소년병은 소리를 죽여 느껴 울었다. 소년은 다시 잠들지 못했다. 그 꿈이 있는 잠 속으로 돌아가기가 무서웠다. 잠들지 않기 위해서 그는 눈을 크게 뜨고 모닥불을 지켜보았다. 하늘 가운데로 옮아온 달빛으로 구름처럼 웅크린 수풀의 등허리가 하얗게 빛난다. 소년은 달을 올려다보았다. 약간 이지러졌으나 놀랍게 크고 둥근 얼굴이 그를 내려다보고 있었다. 오래 쳐다보고 있자니, 만주에서 죽은 누나며, 고향에서의 일이며, 부모님이 참살되던 날의 일, 외삼촌네와 함께 고향을 떠나던 일, 누나가 죽고 독립군에 들어오던 때의 일이 달 속에 그림자처럼 떠올랐다. 그림자는 자꾸 꼬리를 물고 떠오르고 소년병은 그리운 얼굴들을 놓치고 싶지 않아 달의 얼굴을 지칠 줄 모르고 바라보았다. 아주 오래, 너무 오래 그렇게 바라본 모양이었다. 달이 말했다. "그만 자거라, 내일 길을 가야지." 조장이 돌아누우면서 그렇게 중얼거렸다. 소년병은 몸을 눕혔다. 갑자기 눈먼 졸음이 산더미처럼 밀려왔다.

이튿날 새벽, 조장과, 벌써 깨어나 앉아 있던 소년병은 아침 요기를 하고 새벽이슬에 젖으면서 본대를 향해 출발하였다.

(1983)

'네이션' 너머 사랑의 실험
── 최인훈 중단편 소설에 대하여

이광호
(문학평론가)

1. 최인훈 중단편의 문제성

　최인훈 문학의 중요한 성취를 『광장』을 비롯한 장편으로 요약하는 것은 가능한 일이지만, 최인훈 문학의 스펙트럼은 '소설 장르'의 문법적 한계를 넘어서 있다. 희곡과 에세이 그리고 중단편 소설들은 최인훈 글쓰기의 경계 없음을 보여준다. 그의 중단편 소설들은 최인훈의 실험과 도전이 날카롭게 드러난 자리일 뿐만 아니라, 최인훈 글쓰기의 원형질과 최전선을 모두 보여주는 지점이라는 측면에서 문제적이다. 최인훈의 중단편 소설들에서 가려 뽑아 묶어낸 이 책은 최인훈 소설의 경계 없는 세계를 다시 보여주기 위해 기획되었다. 특히 〈최인훈 전집〉에 수록되지 못한 「달과 소년병」을 수록함으로써, 〈최인훈 전집〉에 대한 보완으로서 의미를 갖고자 한다.

　최인훈 문학의 광대한 사유는 그의 소설을 관념적인 것으로

착각하게 만들고,『광장』의 압도적인 문제성은 그의 소설을 분
단의 연대기에 한정된 것으로 오해하게 한다. 하지만 그의 문학
적 상상력은 글쓰기의 급진성만큼이나 예측 불가능한 것이었
다. 그는 한국 문학사 안에서 소설 장르가 할 수 있는 언어와 사
유의 모험 한 극한으로 나아갔다. 그가 넘어서려고 한 것은 다
만 소설 장르의 문법적인 한계만이 아니었다. 그는 식민지와 분
단이라는 상황에서 태어난 개인에 대한 투철한 자기 응시로부
터 출발하여 세계사적 시야와 인간과 세계에 대한 심원한 사유
로 나아가고자 했다. 근대 소설의 위치가 민족 국가nation-state의
확립과 밀접한 관련을 갖는다면, 그의 소설적 모험은 '네이션-
근대 소설' 사이의 연계와 공모를 탈주하는 지점에 육박한다.[1]
최인훈의 중단편들은 소설이 어떻게 '근대'와 '국가'로부터 시
작된 자신의 기원을 근원적으로 성찰하면서 다른 차원의 글쓰
기를 뚫고 나가는지를 보여주는 놀랍도록 현재적인 사례이다.

2. 풍경의 주체와 풍경 너머의 시간

「그레이 구락부 전말기」(1959)는 최인훈의 등단작이며, 최인

---

1 "1950년대 이후 한국 사회의 '네이션'이라는 이념형은 최인훈의 소설을 통해
'서술'되었고, 이러한 서사화 작업을 통해 한국 담론장에서 구체적인 '몸'을
얻게 되었다." 이소연, 「최인훈『소설가 구보씨의 일일』에 나타난 탈국가적
상상력 연구」,『한국근대문학연구』 19권 37호, p. 267.

훈 소설의 문학적 맹아들이 숨어 있는 문제적인 텍스트이다. 전후 젊은이들의 내면적 좌절을 그리고 있는 이 소설에서 주인공은 '행동을 거부하는 철저한 무위'를 주창하는 '그레이 구락부'라는 비밀스러운 모임에서 자신의 위치를 찾고자 한다. "국가를 전복할 의논"(p. 42)을 하는 불온 단체로 오인받고 형사의 취조를 받게 되면서 모임은 해산에 직면한다. 현실에 대한 무위를 주창하던 모임이 국가권력의 개입을 통해 해산될 수밖에 없는 상황은 젊음의 순수와 무기력을 보여준다. '비밀결사'와도 같은 '무위의 공동체'조차 허락하지 않는 '국가'의 모습을 폭로한다. '창조는 끝났다'고 선언하는 이런 무위의 공동체는 전후 세대 청춘의 무력증을 보여주는 것이지만, 현실은 그 무력한 공동체조차 용납하지 않는다. 이 공동체의 구성원들은 '창'을 통해 세계와 교섭하고자 한다. "창은 슬기 있는 사람의 망원경이며, 어리석은 자의 즐거움이 아닐까? 이것이 그레이 구락부의 믿음이다"(p. 25). 여기에 세계를 '창'을 통해 관조하는 최인훈의 인간형이 등장하고 '창'을 매개로 한 주체화 과정은 최인훈 인물의 한 원형을 이룬다.[2] 풍경을 통한 시선 주체의 정립은 최인훈 문학의 중요한 지점이지만,[3] 문제적인 것은 오히려 그 주체화가 좌절되고 분열되는 지점이다. 그 실패의 과정에 여성 인물과

---

2 이 문제에 대해서는 오생근, 「믿음의 세계와 창의 문학」, 『삶을 위한 비평』, 문학과지성사, 1978 참고.

3 이 점에 대해서는 졸고, 「최인훈과 유령의 시선」, 『시선의 문학사』, 문학과지성사, 2015 참고.

'사랑'이 개입한다. 이 단체의 강령과 분위기에 균열을 만드는 것은 여성 인물 '키티'의 존재이다. 이 소설에서 남성들 사이에는 남성 우월주의가 등장하지만, 가장 문제적인 부분은 '키티'에 의해 이 남성 지식인 집단의 허위가 적나라하게 드러나는 지점이다.

　　웃기지 마세요. 그레이 구락부가 무에 말라빠진 것이지요? 무능한 소인들의 만화, 호언장담하는 과대망상증 환자의 소굴, 순수의 나라! 웃기지 말아요. 그 남자답지 못한 잔신경, 여자 하나를 편안히 숨 쉬게 못 하는 봉건성. 내가 누드가 되었다고 화냈지요? 천만에, 난 당신들을 경멸하기 위하여 몸으로 놀려준 거예요. 그 어쩔 줄 모르고 허둥대는 꼴이란. 그레이 구락부의 강령이란 게 정신의 소아마비지. 풀포기 하나 현실은 움직일 힘이 없으면서 웬 도도한 정신주의는? 현실에 눈을 가린다고 현실이 도망합디까.

　　　　　　　　　　　　　　　　──「그레이 구락부 전말기」(p. 46)

　　이 무력한 남성 집단은 키티의 비판을 받아들일 수밖에 없고 "이 못난 놈은 키티를 조금은 사랑했어……"(p. 49)라고 고백할 수밖에 없다. 최인훈 소설에서 사랑은 단지 초월적인 구원의 방식으로 제시되는 것은 아니다.[4] 사랑은 한편으로는 무력한 현실

4　"사랑은 관념과 현실의 어긋남이 발생할 수밖에 없는 현실의 맥락을 벗어난 곳에서 그에 대한 구원의 형식으로 찾아온다는 점에서 현실 외부에 존재하는

로부터 탈주하는 공간이지만, 다른 한편으로 남성 주체의 윤리적 허위와 자기 분열을 드러내고 거부할 수 없는 실재로서의 신체를 만나게 한다.

당대의 풍경을 예리하게 보여주는 단편 「국도의 끝」(1966)은 주한미군 기지촌의 모습을 배경으로 하고 있다. 이 소설은 당시 한국과 미국 사이의 주권 문제를 기지촌의 풍경을 제시하는 방식으로 드러내고 있다는 측면에서 주목할 수 있다. 이 소설의 기법상의 흥미로움은 작중 서술자의 논평적인 개입이 거의 드러나지 않고, 기지촌 주변 국도의 풍경을 건조한 카메라의 시선으로 그려내고 있다는 점이다. 풍경과의 '거리 두기'는 그 풍경이 함축하는 사회적 상황과 조건들을 암시적으로 드러내는 서사적 전략이라고 할 수 있다.

그 건널목 저쪽 어귀에 SALEM 담배의 거대한 모형이 빌딩처럼 우뚝 솟아 있다. 높은 받침대 위에, 약간 삐딱하게 얹힌 녹색의 거대한 담뱃갑 위꼭지에서, 연통만 한 담배 한 개비가 3분지 1만큼 나와서 포신처럼 하늘을 겨누고 있다. 그녀는 멍하니 그 하얀 포신을 바라본다. 농지거리를 하는 미군 병사들을 실

초월적인 가치가 된다." 김영찬, 「최인훈 초기 중단편 소설의 현대성」, 『상허학보』 7집, p. 391. 하지만 최인훈 소설 속에서 사랑과 여성 인물은 단지 초월적인 구원의 방식이 아니라, 남성 주체가 여성이라는 타자를 통해 에고에 갇힌 자신을 성찰하고 주관적 관념에 묶인 남성 인물에게 신체라는 실재를 대면하게 하는 것이기도 하다. 이 점에 대해서는 김지혜, 「최인훈 소설의 여성 인물을 통해 본 사랑의 변증법 연구」, 『현대소설연구』 45호, pp. 135~36 참고.

은 트럭이 몇 대 지나가고 버스는 안 온다. 그녀의 얼굴은 초조해 보이지 않는다. 여전히 거대한 SALEM을 바라보면서, 무슨 생각에 골똘히 잠겨 있다. 반시간쯤, 뙤약볕 속에, 그렇게 서 있었다. 마침내 그녀는 트렁크를 집어든다. 그러고는 방금 자기가 타고 온 방향──SALEM 쪽으로 걸어간다.

──「국도의 끝」(p. 63)

이 장면은 미군 수송 차량의 행렬과 기지촌 양공주의 장례식 행렬에 대한 묘사와 더불어 이 단편의 인상적인 대목을 이룬다. 미국 담배의 거대한 광고판 모형이 서 있는 황량한 국도의 풍경은 당대 사회에 대한 정치적 상상력을 촉발시킨다. 미국 담배의 '하얀 포신'은 미국의 군사력과 자본의 힘의 상징이면서, '남근'을 연상시키기에 충분하다는 측면에서 젠더와 섹슈얼리티의 문제를 은유적으로 드러낸다. '그녀'는 미군들의 성적 대상인 동시에 기지촌 주변 한국 남성들의 혐오의 대상이다. 이 이중의 대상화는 기지촌 여성을 둘러싼 당대 사회의 정치적 층위와 젠더적인 층위가 이중적으로 작용하는 식민지적인 모순성을 보여준다. 한국 남자 취한들의 농지거리를 피해 버스에서 내린 양공주인 '그녀'가 미국 담배 모형 쪽으로 걸어가는 길은 당대 사회에 대한 예리한 은유적인 표상이다.[5] 소설의 마지막은 돈 벌러

---

5 "국도의 풍경을 통해 그려진바, 미군과 기지촌 여성들을 바라보는 한국인들의 이중적인 태도와 일상화된 폭력성은 식민지 지배자에 대한 굴종을 사회적 약자에 대한 억압으로 등치하는 한국인들의 착종된 의식들을 보여주고 있

간 누이를 기다리는 소년의 이야기로 마감된다. "누나는 왜 안 올까"(p. 65)라는 소년의 기다림은 전반부의 양공주인 '그녀'를 둘러싼 기지촌 국도의 풍경 묘사에 대한 일종의 숨겨진 논평이라고 할 수 있고, 기지촌 풍경 안에서 구성할 수 있는 정치사회적 질문의 가능성이다. 이 소설에서 풍경을 재현하고 제시하는 서술자는 보여주기의 방식으로 시선 주체의 자기 정립을 도모하는 위치에 머물지 않는다. 풍경은 당대 사회의 식민성에 대한 질문을 포함하는 것이며, 이것은 '시적인' 방식으로 사회적 모순에 대한 표상을 드러내려는 서사적인 전략과 욕망이다.

「소설가 구보씨의 일일」 연작은 작가 개인의 자전이 반영된 것으로 작가의 일상적 경험에 대한 기록이다. 실향민으로서 정치적 난민이며 작가인 주인공이 겪는 하루 일과는 작가 개인이 처한 사회문화적 위치에 대한 자기 응시이기도 하다. 그의 일과는 문단의 주변부에서 사소한 관계들을 유지해야 하는 소시민의 시간이지만, 그 시간 사이로 자신이 처해 있는 분열적인 삶을 기록한다. 그 기록은 소설가로서의 글쓰기 행위 자체에 대한 자기 반영적이고 메타적인 사유와 연관되어 있다. 구보는 쓰는 자이면서 동시에 쓰기의 대상이 되는 존재이며, 이 자기 응시는 소설과 소설가의 분열을 미학적 모험으로 만든다.

그는 세계라는 어질머리와 자기 사이에 책이라는 완충기를

다." 배지연, 「식민지의 어떤 풍경: 최인훈의 「국도의 끝」에 나타난 공간 표상과 그 의미」, 『국어국문학』 186호, p. 321.

가지고 있었다. 그는 책을 음악처럼 읽었다. 등장인물이라는 이름의 선율들이, 그의 책의 페이지 위에서 아름다운 어질머리를 풀어나갔다. 아름다움을 남보다 더 누린 사람은 반드시 그 갚음을 해야 한다. 월남 후 그는 그 갚음을 하기에 이십 년을 허비했다. 그가 아름다움이라고 생각했던 것이 슬픔이었고, 그가 어질머리라 생각했던 것이 무서움임을 알고 있는 지금으로서는 구보에게는 이 삶은 한 견딤, 한 수고였다. 그는 눈 아래 뜰에 선 느릅나무의 헐벗은 가지를 바라보았다.

— 「느릅나무가 있는 풍경」(p. 547)

'어질머리'는 그 분열증의 증상이라고 할 수 있다. 구보에게 "산다는 일은 어질머리를 보태는 일"(p. 546)이며, 그는 이 세계의 현기증에 대응하여 '책-문학'이라는 완충기를 가지고 있다. 그가 다방의 한쪽 창에서 본 느릅나무의 풍경이 "북한 고향의 그가 다니던 국민학교 뒤뜰과 너무도 닮았"(p. 545)다는 것을 깨닫는 순간은, 그가 그 시간으로부터 완전히 벗어나지 못했음을 암시하는 동시에, 정치적 난민으로서의 자신의 위치를 다시 깨닫는 순간이기도 하다. 그에게 특정한 풍경을 마주하는 순간은 관조의 순간이 아니라, 자신이 처해 있는 '내적 풍경'을 대면하는 시간이다. 내적 풍경을 통해 자기 삶에 대한 응시에 도달한 그가 욕망하는 것은 무엇인가. 그는 "사랑에 굶주린 거지 같은 자기 몰골을 생각하고 화가 났"(p. 569)지만, 그에게는 사랑은 어질머리를 넘어설 수 있는 중요한 가능성이기도 하다.

「달과 소년병」(1983)은 1920년대 "두만강을 굽어보는 만주쪽"에서 건너편 조국의 강산을 바라보는 독립군 두 사람의 모습을 묘사하는 것으로 시작한다. 열대여섯 밖에 되지 않는 독립군 소년병은 고향에서 일가가 모두 왜병에게 참살되고 천애고아가 되어 독립군에 가담한 것이다. 일본 총독의 행방에 대한 정보를 얻기 위해 매복하고 있던 소년병의 망원경이 조국의 국민학교 운동장을 향했을 때 거기에는 근처에서 천막을 치고 있는 왜병들의 무리가 아이들과 함께 어울려 놀고 있다. 이 상황은 소년병에게 깊은 혼란을 가져온다.

왜병들 쪽으로 눈길을 돌렸을 때 소년은 숨을 죽였다. 서 있는 왜병을 둘러싸고 세 사람의 어린이가 서 있고 그중 한 아이는 한 왜병의 목을 타고 앉아 있었다. 소년은 오래 그들을 바라보았다. 한 덩어리가 된 그 모습이 꽉 찼다. 소년은 전날에 만들어놓은 돌무더기 위에 총대를 얹고 가늠쇠 끝에 왜병의 발끝을 올려놓았다, 왜병과 어깨 위의 어린이가 아래 위로 마주 보며 흰 이를 드러냈다. 소년병은 방아쇠를 당겼다.

그런데 왜병의 어깨 위에서 어린이가 문득 멈추는가 싶더니 왜병의 얼굴을 덮으며 허수아비처럼 푹 까부러졌다.

소스라쳐 깨면서 소년병은 일어나 앉았다. 자욱한 달빛 속에 모닥불이 마치 물속에서 타는 불 같았다. 조장은 깊이 잠들어 있었다. 소년병은 소리를 죽여 느껴 울었다. 소년은 다시 잠들지 못했다. 그 꿈이 있는 잠 속으로 돌아가기가 무서웠다.

——「달과 소년병」(pp. 578~79)

이 소설은 앞의 단편들처럼 서술자의 개입 없이 소년병의 시점으로 상황을 간결하게 묘사한다. 소년병의 망원경은 왜병을 공격하기 위함이지만, 동시에 조국에서의 자신의 유년을 바라보는 것이기도 하다. 문제는 왜병들과 아이들이 평화롭게 어울려 놀고 있는 운동회를 그 망원경이 보고 말았다는 사실이다. 왜병들은 가족들을 죽인 원수이자 악마여야 하지만, 그 왜병들이 조국의 아이들과 어울려 놀 수도 있는 평범한 인간이라는 것을 깨닫게 되는 순간, 소년에게 혼란과 슬픔이 찾아온다. 망원경을 든 독립군 소년병이 본 것은 왜병의 악랄함이 아니라, 그들이 '인간'이라는 것이다. 이 풍경 너머에서 소설은 소년에게 총과 망원경을 쥐여준 것이 적대국의 병사가 아니라, 제국주의 전쟁이라는 상황, 다시 말하면 '국가-제국'의 폭력이라는 것을 암시한다. 소년병이 망원경을 통해 본 것은 바로 그 풍경 너머 식민지와 제국주의의 뼈아픈 진실이다.

3. 몽유의 글쓰기와 목소리의 주체

최인훈의 문학적 실험 한가운데 반리얼리즘적인 환상소설이 위치하고 있다는 것은 주지의 사실이다. 최인훈의 환상소설들은 리얼리즘에 대한 형식적인 반기의 차원에서만 이해되어서는 안 된다. 최인훈의 소설에 등장하는 환상들은 당대 현실에서의 개인의 무의식 안에서 발굴된 소설적 고고학에 해당한다. 최인훈의 환상은 당대의 현실로부터의 도피가 아니라, 그 현실 깊숙이 자리 잡은 개인과 집단의 무의식 안에서 은폐된 상상적 현실을 발굴하는 글쓰기이다.

「웃음소리」(1966)에서 애인과 사랑을 나누던 곳을 죽을 장소로 선택하여 찾아간 주인공 여자는 남녀 한 쌍이 그곳에서 사랑을 속삭이는 것을 듣고 목격한다. 하지만 그것은 환각과 환청이었음이 소설의 마지막에 드러난다. 그녀는 환청을 통해 자기 내부의 숨은 장면을 발견한 것이다. 환청으로 들은 죽은 여자의 웃음소리가 바로 자신의 웃음소리라는 것을 깨닫는다. 이때 그녀가 들은 환청은 단순히 병리적 증상이 아니라 사랑을 둘러싼 한 개인의 깊은 통증과 무의식이 만든 상상적 현실이다. 그 상상적 현실에 직면함으로써, 개인은 자신의 고통에 대한 다른 차원의 자각에 도달한다.

「가면고」(1960)는 최인훈의 환상적인 글쓰기가 당대 한국 문학의 차원을 뛰어넘는 풍부한 상상력의 겹을 만들어낸 소설이다. 가면고의 주인공은 자신에게 덧씌워져 있는 "거짓의 얼굴 가죽"(p. 419)을 벗고 "투명한 얼굴"(p. 485)이 되기를 욕망한다. "얼굴에 무엇인가 덧씌워져 있는 듯한 이물감이라는 형태로 나의 구도 의식은 감각화되고 있었다"(p. 483). 주인공에게 투명한 얼굴이 되는 것은 인격적 자기 완성에 해당하는 것이다. 그 추구의 과정에서 주인공은 '다문고 왕자'가 되며, '다문고 왕

자'가 창작한 무용극 안의 왕자의 이야기가 겹쳐진다. 최면에
의한 환상 서사와 무용극이라는 장치를 통해 등장하는 이 세 겹
의 이야기는 '브라마의 얼굴'이라는 이상을 향한 추구의 과정이
다. 투명한 얼굴을 향한 지향은 예술적인 완성의 추구와 분리되
어 있지 않다. 하나의 서사적 욕망 안에 여러 층위의 이야기가
동거하는 이런 구조는 한국소설의 문법적 경계를 확장한다. 투
명한 얼굴에 도달하려는 욕망과 그 욕망을 추구하는 과정에서
등장하는 세 겹의 이야기라는 형식은, 얼굴을 둘러싼 관념적인
사유에 상상적인 현실과 미학적인 육체를 부여하고, 그 사유의
추상성을 구제한다.

「가면고」에서 얼굴을 둘러싼 문제의식을 살아 있는 욕망으
로 만드는 것은 사랑의 문제이다. 타자의 진정한 존재를 인정하
지 않는 상황에서 사랑을 통해 가면의 문제가 해결되고 구원을
받게 된다는 것은 허위이고 불가능한 일일 수 있다. 투명한 자
아의 완성, 혹은 완전한 자기 동일적 주체화의 실패는 필연적인
것이며, 그 실패의 과정은 다른 잠재적인 문제의식으로 전환된
다. 현실에서의 주인공 민의 미라 혹은 정임과의 관계, 환상 서
사에서의 다문고 왕자의 마가녀와의 사랑과 죽음은 그가 타자
의 존재를 통해 주체화의 다른 가능성을 열 수 있는 계기라고
할 수 있다.[6] 사랑은 타자를 대면하고 이를 통해 관념을 넘어선

6 "민의 최면 속 서사에서 다문고 왕자는 마가녀의 죽음이라는 실체적 경험을
   통해 강렬한 고통으로 느낌으로써 타자의 존재성을 인정할 수 있는 인간이
   되지만, 그것이 일시에 업의 소멸로 이어진다는 것은 온전한 인식의 성취에

실재를 만나는 경험이다. 이 소설에서 투명한 얼굴의 도래는 바로 그 사랑의 실재성을 대면하는 일이다.

「구운몽」(1962)은 자신에게 늦게 배달된 옛 연인의 편지의 진실을 찾아가는 주인공이 환상적인 상황 속에 빠져드는 이야기이다. 그 환상 속에서 자신을 '선생님' '사장님' '반란군 지도자' '교황 사절' 등으로 오인하는 무리들과 조우하면서 겪게 되는 상상적 사건을 다룬다. 연인과의 진실을 찾기 위한 도정에서 자신이 전혀 의도하지 않은 상황에 휘말리고, 자신을 다른 존재로 착각하는 집단들과 만난다. 자신의 진정한 존재를 오인하는 타자들과의 대면이라는 측면에서 주체화의 실패에 관한 이야기로 읽을 수 있다. 현실과 비현실의 경계를 허물어버리는 이 소설의 전개는 이 서사의 전체가 몽유의 형식임을 보여준다. 후반부에 나오는 영화에서의 '고고학'에 관련된 이야기는 이 소설 전체를 집단 의식과 무의식의 고고학으로 읽을 수 있게 만든다.[7] 이 소설에서도 역시 중요한 것은 사랑의 문제이며, "피닉스는 다시 날까요? [……] 사랑이 있는 한 날 것입니다"(p. 174) "그런 시대에도 사람들은 사랑했을까"(p. 209)라는 문장이 반복적으로 등장한다. 주인공이 겪는 몽유의 계기가 사랑의 진실을 찾

이르지 못하는 봉합에 가깝다." 서세림, 「최인훈의 「가면고」에 나타난 예술가의 정체성」, 『한국현대문학연구』 54집, pp. 477~78.

7 소설의 후반부에 등장하는 김용길 박사의 이론은 이 소설의 창작론과 연결되어 있다. "개인은 시공에 매임 없이, 인류가 겪은 얼마인지도 모를 기억의 두께 속에 가라앉아, 급기야 그 개인성을 잃고 만다. 바다에 떨어진 한 방울의 물처럼, 그것은 미궁迷宮 속에 빠진 몽유병자 같은 상태일 거다."(p. 190)

아가는 과정이며, 소설의 마지막은 남녀의 입맞춤 장면으로 끝난다. 몽유의 과정을 통한 상상적 현실의 탐사는, 사랑의 이름으로 타자를 만날 때만 삶이 재구성될 수 있음을 보여준다.

「총독의 소리」(1967~76)와 「주석의 소리」(1968)는 최인훈 소설의 미학적 독창성과 역사적 상상력의 극점에 있다. '소리'의 형식은 소설의 본문 전체를 가상의 담화로 구성함으로써 재현할 수 없는 정치적 무의식을 재현하려는 시도이다. 이 형식에는 1960년대의 한일 관계라는 역사적 문제가 놓여 있다. 「총독의 소리」는 현재 한국에서 '조선총독부의 비밀 조직'이 남아 있다는 역사적 가정하에서 총독의 담화를 방송하는 상황이 설정되며, 소설의 본문은 그 총독의 담화를 기술하는 것으로 되어 있다. 이를테면 소설 자체가 거대한 환청인 것이며, 그 환청은 정치적인 환청이기도 하다. 문제는 후반부에 드러나는 것처럼 '총독의 소리'를 듣고 반응한 자가 '시인'이라는 점이다. 소설 본문의 발화자와 소설의 숨은 서술자의 어긋남, 소리의 발화자가 상정하고 있는 청자와 소설 속의 청자의 어긋남은 이 소설을 독특하고 풍부한 '복화술적인 담화'로 만든다.[8] 발화의 주체가 바로 풍자의 대상의 되는 이런 형식은, 담화의 내용에 나타나는 근대민족국가를 둘러싼 정치적 욕망과 그것이 구성하는 주체에

---

8 "이러한 담화 상황을 만들어내는 작가는 발화자인 총독이 전달해주는 것과는 다른 정보를 독자에게 복화술적으로 전달하게 되기 때문이다. 이러한 담화 상황으로 인해 총독의 발화는 이중적인 목소리를 지니게 된다." 류동규, 「탈식민적 정체성과 근대 민족국가 비판: 최인훈의 「총독의 소리」 연작을 중심으로」, 『우리말글』 44집, p. 248.

대한 예리한 비판이 된다. 후반부의 '시인의 소리'는 '총독의 소리' 자체를 풍자적인 대상으로 만들어버리는 발화의 역전을 가능하게 만든다. "지쳐라 지쳐라. 삶은 지치는 것"(p. 355), "밤이여 깊어라. 밤이여 익어라"(p. 356), "민중을 깔보는 자들이 민중을 대변한다"(p. 357)와 같은 풍자적인 넋두리는 '총독의 소리'의 권위와 담화의 권력을 무화시켜버린다.

　「주석의 소리」의 경우는 「총독의 소리」와 달리 발화 자체가 풍자의 효과가 아니라 계몽적인 효과를 발생시키는 것처럼 보인다. 발화의 주체가 '상해의 임시정부 주석'이기 때문이다. 하지만 「총독의 소리」 후반에 등장하는 것과 같은 '시인의 소리'는 앞의 '주석의 소리'와 어조와 태도의 차이를 드러낸다. 논리적인 의미 연관이 해체되어 있는 '시인의 소리'는 '주석의 소리'가 가지는 진지함과 권위를 다른 방식으로 비틀어버린다. 이 소설을, 주석이 설파하는 민족의 생존을 위한 민족 국가적인 비전을 전달하는 계몽적인 서사로 이해하는 것은 단면적인 해석이 될 수 있다. "헛된 소망이 아닌가 하고 자기의 소망에 섞여 들었을지도 모르는 허영을 부끄러워하"(pp. 386~87)는 시인의 소리는, 주석의 소리가 '말할 수 없는' 개인 무의식의 영역에 대한 것, 주체 안에 남아 있는 신경증적이며 예측 불가능한 자기 분열의 자리를 드러낸다. 공적인 담화로 말해질 수 없는 것들에 대한 뒷면의 언어들을 시인의 소리는 담고 있다. 이 목소리는 근대 민족 국가에 대한 주석의 계몽적이고 이상적인 담화들 바깥에 남아 있는 삶의 다른 영역을 암시한다.

4. '네이션'과 사랑의 불가능성

최인훈의 중단편 속에는 최인훈 문학의 경계를 무한 확장하는 글쓰기의 동력이 작동하고 있을 뿐만 아니라, '최인훈 이후' 한국 문학사의 모든 실험과 시도의 유형들이 나타나 있다. 최인훈 이후 한국 문학사는 글쓰기의 다른 차원에 진입했다고 할 수 있다. 최인훈의 소설들은 소설 장르와 '주체화'의 문제를 근본적으로 사유하는 모든 문학적 글쓰기의 최전선에 있다.

최인훈의 실험적인 글쓰기는 장르와 형식의 문제에만 해당되는 것이 아니라, 근대 소설이라는 제도적 장치를 둘러싼 근대 민족 국가의 이데올로기와 주체화의 문제를 근본적으로 사유하게 만든다. 최인훈의 문학적 모험은 민족 국가의 이념에 복속되기를 거부하는 유목적인 주체의 잠재성을 밀고 나가는 것이며, 개인 주체성이 민족 국가에 의해서만 정립되어지는 근대적인 상황 자체에 대한 근원적인 비판을 품고 있다. 그의 인물들이 기본적으로 '국민'이 아닌 '난민'의 존재 방식을 가지는 것은 이런 이유이다. '네이션'의 이데올로기에 기반한 재현의 서사가 일관되고 통합적인 주체화의 과정을 추구하는 것이라면, 최인훈은 재현 불가능한 인간의 내적 영역에 대한 탐사를 통해 역사의 고고학과 주체의 자기 분열을 드러낸다.

그런 분열의 사태가 사랑이라는 사건을 통해 발생하고 있는 것은 주목을 요한다. 최인훈 소설에서 남성 주인공이 여성 존재를 통해 주체화를 이루려 하는 욕망은 '정치적으로 올바른' 것은 아니라고 할 수 있다. 하지만 최인훈 소설에서 사랑의 사건은 근대 민족 국가의 주체화 과정에 복속된 남성 주체의 자기 동일성을 좌절시키고 신체라는 실재를 대면하게 한다. 최인훈 소설에서 사랑은 '네이션'의 이념을 넘어서는 급진적이고 불온한 욕망이다. 최인훈의 사랑의 실험이 무섭게 현재적인 것은, 그 사랑의 실패와 불가능성이 네이션 바깥의 삶에 대한 상상을 가능하게 해주기 때문이다. 「구운몽」의 구절을 빌리면 사랑이 있는 한 '바깥'을 향한 글쓰기의 모험은 계속된다.